Mechaniczna księżniczka

DIABELSKIE MASZYNY

Tom III

Mechaniczna księżniczka

CASSANDRA CLARE

Przełożyła Anna Reszka

Wydawnictwo MAG
Warszawa 2013

Tytuł oryginału:
The Clockwork Princess. The Infernal Devices – Book Three

Redakcja:
Urszula Okrzeja

Korekta:
Magdalena Górnicka

Ilustracja na okładce:
Cliff Nielsen

Ppracowanie graficzne okładki:
Piotr Chyliński

Projekt typograficzny, skład i łamanie:
Tomek Laisar Fruń

ISBN 978-83-7480-405-9
Wydanie I

Wydawca:
Wydawnictwo MAG
ul. Krypska 21 m. 63, 04-082 Warszawa
tel./fax 22 813 47 43
e-mail: kurz@mag.com.pl
www.mag.com.pl

Wyłączny dystrybutor:
Firma Księgarska Jacek Olesiejuk
Spółka z ograniczoną odpowiedzialnością S.K.A.
ul. Poznańska 91, 05-850 Ożarów Maz.
tel. 22 721 30 00
www.olesiejuk.pl

Druk i oprawa:
drukarnia@dd-w.pl

Rodzinie Lewis:
Melanie, Jonathanowi i Helen.

„Nie wiem! – Jednego znałem zaiste,
Co najzawilszych badań docierał,
Rozdwojem dźwięk swej lutni rozdzierał,
A wciąż na tony silił się czyste".

– Alfred, lord Tennyson, *In memoriam A.H.H.*
(Przełożył Adam Pajgert)

Prolog

York, 1847

– Boję się – wyszeptała mała dziewczynka siedząca na łóżku. – Dziadku, możesz zostać ze mną?

Aloysius Starkweather prychnął ze zniecierpliwieniem, ale przysunął krzesło do łóżka i usiadł. Irytacja była tylko po części szczera. W skrytości ducha cieszył się, że wnuczka mu ufa i że często tylko on potrafi ją uspokoić. Jego szorstkość nigdy nie przeszkadzała dziewczynce mimo jej wrażliwej natury.

– Nie ma się czego bać, Adele – zapewnił ją teraz. – Sama się przekonasz.

Wnuczka spojrzała na niego wielkimi oczami. Ceremonia pierwszych runów zwykle odbywała się w którymś z okazalszych pomieszczeń Instytutu w Yorku, ale z powodu słabych nerwów i kruchego zdrowia Adele postanowiono tym razem przenieść uroczystość do jej bezpiecznej sypialni. Dziewczynka siedziała na brzegu łóżka ze sztywno wyprostowanymi plecami. Na sobie miała odświętną czerwoną sukienkę, delikatne, jasne włosy były związane z tyłu czerwoną wstążką. Oczy wydawały się ogromne w drobnej twarzyczce. Wszystko w niej było kruche jak chińska porcelana.

– Co mi zrobią Cisi Bracia? – spytała.

– Podaj mi rękę – rzekł dziadek, a ona z ufnością wyciągnęła do niego prawą dłoń. Starkweather obrócił ją i popatrzył na siateczkę jasnoniebieskich żył rysujących się pod skórą. – Użyją steli... wiesz, co to jest stela. Żeby narysować ci Znak. Zwykle zaczynają od Runu Wzroku, o czym dowiesz się na lekcjach, ale w twoim wypadku rozpoczną od Siły.

– Bo nie jestem zbyt silna.

– Żeby cię wzmocnić.

– Tak jak mnie wzmacnia rosół wołowy. – Adele zmarszczyła nos.

Dziadek się roześmiał.

– Mam nadzieję, że to nie będzie aż takie nieprzyjemne. Poczujesz lekkie ukłucie, ale musisz być dzielna i nie krzyczeć, bo Nocni Łowcy nie płaczą z bólu. Pieczenie szybko ustąpi, a ty poczujesz się dużo silniejsza. I to będzie koniec ceremonii. Potem zejdziemy na dół i zjemy tort dla uczczenia ceremonii.

Adele klasnęła w ręce.

– Będzie przyjęcie!

– Tak, przyjęcie. I prezenty. – Starkweather poklepał się po kieszeni. Trzymał w niej małe pudełeczko owinięte w niebieski papier. Znajdował się w nim jeszcze mniejszy rodowy pierścień. – Mam tu jeden dla ciebie. Dostaniesz go, jak tylko skończy się ceremonia znaków.

– Jeszcze nigdy nie miałam swojego przyjęcia.

– Teraz zostaniesz Nocną Łowczynią – powiedział Aloysius. – Wiesz, dlaczego to jest ważne, prawda? Pierwsze runy oznaczają, że już jesteś Nefilim, tak jak ja, jak twoja matka i ojciec. Oznaczają, że jesteś częścią Clave. Częścią naszego rodu wojowników. Kimś innym i lepszym od pozostałych ludzi.

– Lepszym – powtórzyła Adele wolno.

W tym momencie do pokoju weszło dwóch Cichych Braci i Aloysius dostrzegł błysk lęku w oczach wnuczki. Dziewczynka pośpiesznie zabrała rękę z jego uścisku. Starkweather zmarszczył brwi. Nie podobał mu się strach u własnych potomków, choć nie mógł zaprzeczyć, że Cisi Bracia są dość upiorni z tym swoim milczeniem i dziwnym, posuwistym krokiem. Gdy podeszli do łóżka, drzwi otworzyły się ponownie i do sypialni weszli rodzice Adele. Jej ojciec, a jego syn, w szkarłatnym stroju, synowa w czerwonej sukni wybrzuszającej się w talii i w złotym naszyjniku z runem *enkeli*. Uśmiechnęli się oboje do córki, a ona odpowiedziała im drżącym grymasem.

Adele Lucindo Starkweather, rozbrzmiał głos pierwszego Cichego Brata, Cimona. *Osiągnęłaś odpowiedni wiek, żeby otrzymać pierwszy ze Znaków Anioła. Jesteś świadoma zaszczytu i zrobisz wszystko w swojej mocy, żeby na niego zasłużyć?*

Adele posłusznie skinęła głową.

– Tak.

Przyjmiesz Znaki Anioła, które na zawsze pozostaną na twoim ciele i będą ci przypominały, co jesteś winna Aniołowi, oraz o twoim uświęconym obowiązku wobec świata?

Dziewczynka powtórnie kiwnęła głową. Serce Aloysiusa napęczniało dumą.

– Przyjmę.

Zaczynajmy więc. W długiej, białej dłoni Cichego Brata błysnęła stela. Cimon ujął drżącą rękę Adele i przytknął do niej czubek narzędzia. Zaczął rysować.

Adele ze zdumieniem patrzyła, jak na jej bladym przedramieniu pojawia się zarys symbolu Siły, delikatny wzór z przeplatających się czarnych linii. Całe ciało miała napięte, zęby wbiła w górną wargę. W pewnym momencie pomknęła wzrokiem ku dziadkowi, a on zdziwił się na widok tego, co dostrzegł w jej oczach.

Ból. Odrobina cierpienia w czasie nakładania znaków była rzeczą normalną, ale w źrenicach wnuczki Aloysius zobaczył... agonię.

Poderwał się z krzesła tak gwałtownie, że upadło.

– Stop! – krzyknął.

Niestety, za późno.

Znak był gotowy. Cichy Brat cofnął się i wytrzeszczył oczy na widok steli splamionej krwią. Adele cicho jęczała, najwyraźniej mając w pamięci upomnienie dziadka, żeby nie krzyczeć z bólu... ale kiedy jej poraniona skóra zaczęła czernieć, płonąć i odchodzić od kości, jakby znak był ogniem, nie zdołała się powstrzymać, tylko odrzuciła głowę do tyłu i zaczęła wrzeszczeć, wrzeszczeć...

Londyn, 1873

– Will? – Charlotte Fairchild uchyliła drzwi sali treningowej Instytutu.

Jedyną odpowiedzią było stłumione mruknięcie. Charlotte weszła do dużego, wysokiego pomieszczenia. Charlotte dorastała, trenując tutaj niezliczone godziny, więc znała każdy skrawek drewnianej podłogi, starą tarczę strzelniczą namalowaną na północnej ścianie, okna ze szprosami. Pośrodku sali stał Will Herondale z nożem w ręce.

Gdy odwrócił głowę i spojrzał na Charlotte, po raz kolejny naszła ją refleksja, jakim on jest dziwnym dzieckiem... Był bardzo ładnym dwunastoletnim chłopcem, o gęstych czarnych włosach, które lekko wiły się nad kołnierzykiem, teraz mokre i sklejone od potu. Kiedy przybył do Instytutu, cerę miał ogorzałą od wiejskiego powietrza i słońca, ale sześć miesięcy miejskiego życia pozbawiło jego skórę opalenizny, tak że teraz rumieńce na policzkach tym bardziej się odznaczały. Niebieskie oczy były wyjątkowo świetliste. Mógłby wyrosnąć na przystojnego mężczyznę, gdyby zrobił coś z gniewną miną, która na stałe gościła na jego twarzy.

– O co chodzi, Charlotte? – rzucił burkliwie, kiedy weszła do sali i zatrzymała się przy drzwiach.

Nadal mówił z lekkim walijskim akcentem, co mogłoby być czarujące, gdyby nie cierpki ton. Wytarł czoło rękawem.

– Szukam cię od wielu godzin – powiedziała Charlotte z lekkim wyrzutem, choć surowość nigdy nie robiła wrażenia na Willu. Niewiele rzeczy robiło na nim wrażenie, kiedy był nie w humorze, czyli prawie zawsze. – Pamiętasz, co ci wczoraj mówiłam? Że dzisiaj przyjeżdża do Instytutu ktoś nowy?

– Och, pamiętam. – Will rzucił nożem i jeszcze bardziej spochmurniał, kiedy ostrze utkwiło tuż poza kręgiem na tarczy. – Po prostu nic mnie to nie obchodzi.

Chłopiec ukryty za Charlotte wydał stłumiony dźwięk, całkiem podobny do śmiechu. Ale on przecież nie mógłby się śmiać? Ostrzeżono ją, że przybysz z Szanghaju nie jest całkiem zdrowy, lecz i tak była zaskoczona, kiedy wysiadł z powozu, blady i chwiejący się jak trzcina na wietrze, o ciemnych kręconych włosach przetykanych srebrem, jakby miał osiemdziesiąt lat, a nie dwanaście. Duże, srebrno-czarne oczy były dziwne i zarazem piękne, ale raczej niesamowite w tak delikatnej twarzy.

– Will, bądź uprzejmy – powiedziała z naciskiem, usunęła się na bok i popchnęła gościa ku środkowi sali. – Nie przejmuj się Willem. On po prostu bywa czasami nie w sosie. Willu Herondale, mogę cię przedstawić Jamesowi Carstairsowi z Instytutu Szanghajskiego?

– Jem – odezwał się przybysz. – Wszyscy mówią mi Jem. – Zrobił krok do przodu, obserwując Willa z przyjaznym zaciekawieniem. Ku zaskoczeniu Charlotte mówił bez śladu akcentu, ale, z drugiej strony, jego ojciec był Brytyjczykiem. – Ty też możesz.

– Cóż, skoro wszyscy tak do ciebie mówią, twoja propozycja nie jest dla mnie szczególnym wyróżnieniem, prawda? – rzucił Will kwaśnym tonem. Jak na kogoś tak młodego potrafił być zadziwiająco niemiły. – Zapewniam cię, Jamesie Carstairs, że będzie lepiej dla nas obu, jeśli zajmiesz się sobą i zostawisz mnie w spokoju.

Charlotte westchnęła w duchu. Miała nadzieję, że rówieśnik jakoś zdoła przebić się przez gniew i złośliwość Willa i być może go rozbroi, ale teraz stało się jasne, że młodego Herondale'a naprawdę nie obchodziło, że do Instytutu przybył inny Nocny Łowca. Nie chciał przyjaciół ani ich nie potrzebował. Zerknęła na Jema, spodziewając się, że zobaczy na jego twarzy zaskoczenie albo urazę, ale on tylko uśmiechał się lekko, jakby Will był kotkiem, który próbuje go podrapać.

– Nie trenowałem, odkąd wyjechałem z Szanghaju – powiedział. – Przydałby mi się partner, z którym mógłbym potrenować.

– Mnie też – odparł Will. – Ale ja potrzebuję kogoś, kto dotrzyma mi kroku, a nie słabeusza, który wygląda, jakby stał nad grobem. Choć może nadałbyś się jako cel przy ćwiczeniach z rzucania nożem.

Charlotte, która znała prawdę o Jamesie Carstairsie – ale nie podzieliła się nią z Willem – zamarła z przerażenia. „Stał nad grobem", dobry Boże! Co powiedział jej ojciec? Że Jem musi zażywać narkotyk, który przedłuży jego życie, ale go nie uratuje. Och, Will!

Zrobiła ruch, jakby chciała wejść między chłopców, ochronić Jema przed okrucieństwem rówieśnika, w tym wypadku gorszym, niż Will mógłby przypuszczać... ale się zatrzymała.

Jem nawet nie zmienił wyrazu twarzy.

– Jeśli przez „stanie nad grobem" masz na myśli umieranie, to owszem – powiedział. – Zostały mi jakieś dwa lata życia, trzy, jeśli będę miał szczęście. Przynajmniej tak mówią.

Nawet Will nie zdołał ukryć szoku. Jego policzki poczerwieniały.

– Ja...

Ale Jem już ruszył w stronę tarczy namalowanej na ścianie. Wyszarpnął nóż z drewna, po czym odwrócił się i podszedł do Willa. Choć delikatnej budowy, był tego samego wzrostu co on. Stojąc zaledwie cale od siebie, chłopcy zwarli się spojrzeniami.

– Możesz mnie wykorzystać do ćwiczeń z celności, jeśli chcesz – powiedział Jem takim tonem, jakby mówił o pogodzie. – Chyba nie muszę się bać, bo nie masz zbyt dobrego oka. – Odwrócił się, zamachnął i rzucił nożem. – Broń utkwiła w samym środku tarczy i zadrżała lekko. – Albo możesz mi pozwolić, żebym cię potrenował. – Jem z powrotem spojrzał na Willa. – Bo ja mam bardzo dobre oko.

Charlotte osłupiała. Przez pół roku obserwowania Willa zauważyła, że chłopak z nienawiścią i precyzyjnie wymierzonym okrucieństwem odpycha od siebie wszystkich, którzy próbują się do niego zbliżyć – nauczycieli, jej ojca, jej narzeczonego Henry'ego, obu braci Lightwoodów. Gdyby nie to, że była jedyną osobą, która widziała, jak Will płacze, chyba już dawno straciłaby nadzieję, że jej podopieczny potrafi być dla kogoś dobry. A jednak teraz, kiedy patrzył na Jamesa Carstairsa, tak kruchego, że wydawał się jak zrobiony ze szkła, twardy wyraz jego twarzy powoli zmieniał się w niepewność.

– Naprawdę umierasz? – zapytał bardzo dziwnym tonem.

James kiwnął głową.

– Tak mówią.

– Przykro mi – powiedział Will.

– Tylko nie to – rzucił cicho Jem, odgarnął połę kurtki i wyjął nóż zza paska. – Nie bądź pospolity. Nie mów, że ci przykro. Powiedz, że będziesz ze mną trenował.

Podał nóż Willowi, rękojeścią do przodu. Charlotte wstrzymała oddech. Bała się poruszyć. Czuła, że jest świadkiem czegoś bardzo dziwnego i bardzo ważnego, ale sama nie wiedziała, co właściwie rozgrywa się na jej oczach.

Will wyciągnął rękę i wziął nóż, nie spuszczając wzroku z twarzy Jema. Palcami musnął przy tym dłoń drugiego chłopca. Charlotte po raz pierwszy widziała, jak jej wychowanek dotyka kogoś z własnej woli.

– Będę z tobą trenował – oznajmił Will.

Rozdział pierwszy

Potworna awantura

„W poniedziałek żeń się dla zdrowia,
We wtorek dla bogactwa,
Środa to dzień najlepszy,
W czwartek dla udręki.
W piątek dla straty, a
W sobotę dla nieszczęścia".

– przyśpiewka ludowa

– Grudzień to dobry czas na ślub – stwierdziła szwaczka z ustami pełnymi szpilek. – Jak powiadają: „Kiedy w grudniu pada śnieg, bierz ślub, a prawdziwa miłość przetrwa". – Wbiła ostatnią szpilkę w suknię i zrobiła krok do tyłu. – No. I co panienka myśli? To jeden z ostatnich modeli Wortha.

Tessa spojrzała na swoje odbicie w lustrze. Suknia była ze złotego jedwabiu, zgodnie z tradycją Nocnych Łowców, którzy uważali biały za kolor żałoby, choć sama królowa Wiktoria brała w nim ślub. Koronka zdobiła dopasowany stanik i stanowiła wykończenie rękawów.

– Piękna! – Charlotte klasnęła w ręce i pochyliła się. Jej brązowe oczy jarzyły się zachwytem. – Tesso, ten kolor świetnie na tobie wygląda.

Tessa okręciła się przed lustrem. Złoto przydawało jej policzkom tak potrzebnych kolorów, gorset nadawał jej sylwetce kształt klepsydry i zaokrąglał ją w tych miejscach, gdzie powinien, mechaniczny aniołek wiszący na szyi koił ją swoim tykaniem. Pod nim wisiał jadeit, który podarował jej Jem. Wydłużyła łańcuszek, żeby móc nosić obie te rzeczy razem, bo z żadną nie chciała się rozstawać.

– Nie sądzisz, że ta koronka jest zbyt ozdobna?

– Wcale nie! – Charlotte odchyliła się do tyłu, odruchowo kładąc rękę na brzuchu. Zawsze była bardzo szczupła – prawdę mówiąc, wręcz chuda – i nie potrzebowała gorsetu, a teraz, kiedy spodziewała się dziecka, zaczęła nosić luźne suknie, w których wyglądała jak ptaszek. – To twój ślub, Tesso. Jeśli istnieje jakaś okazja, żeby nawet przesadnie się wystroić, to właśnie w ten dzień. Tylko sobie wszystko wyobraź.

Właśnie temu zajęciu Tessa oddawała się ostatnio przez zbyt wiele nocy.

Jeszcze nie wiedziała, gdzie ona i Jem wezmą ślub, bo Rada nadal zastanawiała się nad ich sytuacją. Ale kiedy wyobrażała sobie tę chwilę, ślub zawsze odbywał się w kościele, ona szła główną nawą, wspierając się na ramieniu Henry'ego, nie rozglądając się, tylko patrząc prosto przed siebie na narzeczonego, jak przystało pannie młodej. Jem miał być w stroju nie bojowym, tylko specjalnie zaprojektowanym na tę okazję, ale w stylu militarnym: czarny ze złotymi pasami wokół nadgarstków i złotymi runami na kołnierzu i kieszonce.

Wyglądał tak młodo. Oboje byli tacy młodzi. Tessa wiedziała, że to niezwykłe, by pobierać się w wieku siedemnastu i osiemnastu lat, ale czas ich naglił.

Czas Jema.

Tessa dotknęła szyi i poczuła znajome wibracje. Skrzydła aniołka drapały wnętrze jej dłoni. Szwaczka z niepokojem spojrzała na nią. Była Przyziemną, nie Nefilim, ale miała Wzrok, jak wszyscy, którzy służyli Nocnym Łowcom.

– Mam usunąć koronkę, panienko?

Zanim Tessa zdążyła odpowiedzieć, rozległo się pukanie do drzwi:

– Jesteś tam, Tesso?

Charlotte wyprostowała się gwałtownie.

– Och! On nie może cię zobaczyć w tej sukni!

– Dlaczego? – zdziwiła się Tessa.

– Bo Nocni Łowcy uważają, że to przynosi pecha. – Charlotte wstała. – Szybko! Ukryj się za szafą!

– Za szafą? Ale...

Tessa pisnęła zaskoczona, kiedy Charlotte objęła ją w talii i niemal zaciągnęła do kryjówki jak policjant eskortujący wyjątkowo opornego przestępcę. Uwolniona Tessa otrzepała suknię i wykrzywiła się do Charlotte. Kiedy szwaczka otworzyła drzwi, obie wyjrzały zza szafy.

W szparze pojawiła się srebrna głowa. Jem był lekko rozczochrany, marynarkę miał przekrzywioną. Gdy rozejrzał się ze zdziwieniem i dostrzegł Charlotte i Tessę do połowy ukryte za szafą, westchnął z ulgą.

– Dzięki Bogu! Nie miałem pojęcia, gdzie się podziewacie. Gabriel Lightwood jest na dole i urządza straszną awanturę.

***

– Napisz do nich – powiedziała Cecily Herondale. – Proszę. Tylko jeden list.

Will odrzucił do tyłu spocone włosy i spiorunował ją wzrokiem.

– Zajmij właściwą pozycję – rozkazał, wskazując miejsce czubkiem sztyletu. – Tam.

Cecily z westchnieniem spełniła polecenie. Wcześniej celowo źle stanęła, żeby sprowokować Willa. Łatwo było go sprowokować. Tyle pamiętała z czasów, kiedy miał dwanaście lat. Wtedy też podjudzanie go, żeby coś zrobił, na przykład, wspiął się na stromy dach rezydencji, wywoływało taki sam skutek: gniewny niebieski płomień w oczach, zaciśnięte zęby, czasami złamana noga albo ręka.

Oczywiście, ten Will, prawie dorosły, nie był bratem, którego pamiętała z dzieciństwa. Stał się bardziej wybuchowy i bardziej zamknięty w sobie. Odziedziczył urodę po matce i upór po ojcu, a także, jak się obawiała, jego skłonność do występków, choć tylko się tego domyślała z szeptów mieszkańców Instytutu.

– Podnieś broń! – Ton Willa był chłodny i profesjonalny jak u jej guwernantki.

Cecily wypełniła polecenie. Minęło trochę czasu, zanim przyzwyczaiła się do stroju bojowego: luźnej tuniki, spodni i pasa. Teraz poruszała się w nim równie swobodnie jak w nocnej koszuli.

– Nie rozumiem, dlaczego chociaż nie zastanowisz się nad napisaniem listu. Jednego listu.

– A ja nie rozumiem, dlaczego ty nie zastanawiasz się nad powrotem do domu – odparował Will. – Gdybyś po prostu pojechała do Yorkshire, mogłabyś przestać martwić się o naszych rodziców i...

– A może byś się założył, Will? – przerwała mu Cecily.

Była jednocześnie zadowolona i trochę rozczarowana, kiedy zobaczyła błysk w oczach brata, zupełnie taki jak u ojca, gdy proponowano mu zakład. Mężczyźni są tacy przewidywalni.

– O co? – Will zrobił krok do przodu.

Cecily widziała runy wijące się na jego nadgarstkach i *mnemosyne* na szyi. Przez dłuższy czas patrzyła na znaki jak na oszpecenia, ale teraz się do nich przyzwyczaiła. Podobnie jak do noszenia stroju Nocnych Łowców, do wielkich sal Instytutu wypełnionych echami i do jego dziwnych mieszkańców.

Wskazała na ścianę ze starą tarczą strzelniczą namalowaną pośrodku czarną farbą.

– Jeśli trafię w środek trzy razy, napiszesz do rodziców list o tym, co u ciebie słychać. Musisz im powiedzieć o klątwie i wyjaśnić, dlaczego uciekłeś.

Will spochmurniał, jak zawsze, kiedy siostra wyskakiwała z tą prośbą.

– Nigdy nie trafisz trzy razy, Cecy.

– W takim razie zakład nie powinien być dla ciebie wielkim zmartwieniem, Williamie.

Celowo użyła jego pełnego imienia. Wiedziała, że w ten sposób wprawia go w zakłopotanie, chociaż, kiedy tak mówił jego najlepszy przyjaciel Jem... nie, jego *parabatai* – o tej istotnej różnicy dowiedziała się po przybyciu do Instytutu – Will traktował to jak wyraz uczucia. Możliwe, że nadal pamiętał, jak ona człapie za nim na tłustych nóżkach i woła zadyszana: „Will, Will!". Nigdy nie nazywała go wtedy Williamem, tylko Willem albo po walijsku Gwilym.

Brat zmrużył oczy, ciemnoniebieskie jak jej własne. Kiedy ich matka stwierdziła kiedyś z czułością, że Will będzie pożeraczem kobiecych serc, kiedy dorośnie, Cecily spojrzała na nią z powątpiewaniem: chudy, rozczochrany chłopak, same ręce i nogi, zawsze umorusany. Ale kiedy wparowała do jadalni Instytutu, a on wstał zdumiony, pomyślała: to nie może być Will.

Kiedy wbił w nią wzrok – miał oczy ich matki – dostrzegła w nich gniew. Nie był zadowolony, że ją widzi, o nie! I gdzie się podział ten chłopak z jej wspomnień: chudzielec z szopą czarnych włosów, z liśćmi na ubraniu. Teraz miała przed sobą wysokiego, onieśmielającego mężczyznę. Słowa, które zamierzała z siebie wyrzucić, uwięzły jej w krtani, więc odpowiedziała mu gniewnym wzrokiem. I od tamtej pory Will ledwo tolerował jej obecność, jakby była kamykiem w bucie, stałą, ale drobną przykrością.

Cecily wzięła głęboki wdech, uniosła podbródek i przygotowała się do pierwszego rzutu. Will nie wiedział, ile godzin spędziła sama w tej sali, ćwicząc, ucząc się wyważania noża, odkrywając, na czym polega dobry rzut. Odchyliła prawe ramię do tyłu, za głowę, po czym przeniosła ciężar ciała do przodu. Gdy czubek noża znalazł się na jednej linii z celem, Cecily wypuściła go, wstrzymując oddech, i błyskawicznie cofnęła rękę.

Nóż utkwił w ścianie, dokładnie pośrodku tarczy.

– Jeden – powiedziała Cecily, posyłając bratu uśmiech pełen wyższości.

Will odpowiedział jej kamiennym spojrzeniem, a następnie podszedł do ściany, wyszarpnął z niej broń i oddał ją siostrze.

Przy drugim rzucie nóż również trafił w cel i zawibrował niczym drwiący palec.

– Dwa – odliczyła Cecily grobowym tonem.

Brat oddał jej nóż z zaciśniętymi zębami, a Cecily przyjęła go z uśmiechem. Czuła, że w jej żyłach niczym krew płynie pewność siebie. Wiedziała, że jest w stanie to zrobić. Zawsze potrafiła wspiąć się tak wysoko jak Will, biegać równie szybko, wstrzymać oddech równie długo...

Rzuciła. Nóż wbił się w cel, Cecily podskoczyła, klaszcząc w ręce, ogarnięta radością zwycięstwa. Włosy uwolnione ze szpilek rozsypały się jej po twarzy. Odgarnęła je i szeroko uśmiechnęła się do brata.

– Napiszesz list. Zgodziłeś się na zakład!

Ku jej zaskoczeniu Will się uśmiechnął.

– Napiszę – powiedział. – Napiszę, a potem wrzucę go w ogień. – Uniósł rękę na widok jej oburzenia. – Obiecałem, że napiszę list, ale nie mówiłem, że go wyślę.

– Jak śmiałeś mnie tak oszukać?! – wykrzyknęła Cecily.

– Uprzedzałem cię, że nie jesteś materiałem na Nocnego Łowcę. Inaczej nie dałabyś się tak łatwo oszukać. Nie zamierzam napisać tego listu, Cecy. To wbrew Prawu, i już!

– Jakby obchodziło cię Prawo! – Cecily tupnęła nogą i od razu zirytowała się jeszcze bardziej; nie znosiła dziewczyn, które tupały nogami.

– A tobie nie zależy na byciu Nocną Łowczynią. – Will zmrużył oczy. – Co ty na to? Napiszę list i dam ci go, jeśli mi obiecasz, że sama zawieziesz go do domu... i już nie wrócisz.

Cecily aż się cofnęła. Pamiętała wiele głośnych kłótni z Willem, porcelanowych lalek wyrzucanych przez okno poddasza, ale wśród wspomnień były też miłe chwile: brat bandażujący jej rozcięte kolano albo zawiązujący wstążkę we włosach. Tej dobroci brakowało Willowi, który stał teraz przed nią. Ich mama płakała przez pierwsze dwa lata po jego wyjeździe. Tuląc Cecily, mówiła, że Nocni Łowcy „pozbawią go całej miłości". To zimni ludzie, powtarzała, ludzie, którzy zabraniali jej małżeństwa z ich ojcem. Czego on u nich szukał, jej Will, jej mały synek?

– Nie pojadę – oświadczyła Cecily, mierząc brata wzrokiem. – I jeśli się uprzesz, że muszę, ja... ja...

W tym momencie drzwi sali się uchyliły. W progu stanął Jem.

– A, widzę, że sobie grozicie. Robicie to całe popołudnie czy dopiero zaczęliście?

– To on zaczął. – Cecily wskazała brodą na Willa, choć wiedziała, że to bezcelowe.

Parabatai Willa traktował ją z obojętną, łagodną uprzejmością zarezerwowaną dla młodszych sióstr przyjaciół, ale zawsze stawał po jego stronie. Uprzejmie, ale zdecydowanie stawiał jej brata ponad wszystkim na świecie.

Cóż, prawie wszystkim. Widok Jema zrobił na niej piorunujące wrażenie, kiedy zjawiła się w Instytucie: jego nieziemska, niezwykła uroda, srebrzyste włosy i oczy, delikatne rysy. Wyglądał jak książę z bajki. Cecily mogłaby nawet rozważyć zakochanie się w nim, gdyby nie było oczywiste, że Jem jest po uszy zakochany w Tessie Grey. Jego wzrok podążał za nią wszędzie, dokądkolwiek szła, głos się zmieniał, kiedy do niej mówił. Matka Cecily stwierdziła kiedyś z rozbawieniem, że jeden z ich młodych sąsiadów wpatruje się w dziewczynę, jakby „była jedyną gwiazdą na niebie", i właśnie w taki sposób Jem patrzył na Tessę.

Cecily nie czuła zazdrości. Tessa była wobec niej miła i przyjazna, choć trochę nieśmiała, zawsze z nosem w książce, podobnie jak Will. Jeśli właśnie takiej dziewczyny pragnął Jem, Cecily do niego nie pasowała. Im dłużej przebywała w Instytucie, tym wyraźniej sobie uświadamiała, jak bardzo skomplikowałyby się sprawy z Willem. Jej brat był wyjątkowo opiekuńczy wobec

Jema. Obserwowałby ją przez cały czas i czuwał, żeby przypadkiem go nie zdenerwowała albo nie skrzywdziła w inny sposób. Nie, lepiej trzymać się od tego wszystkiego z dala.

– Właśnie myślałem, żebym związać Cecily i nakarmić nią kaczki w Hyde Parku – powiedział Will, odgarniając do tyłu wilgotne włosy i posyłając Jemowi rzadki u niego uśmiech. – Przydałaby mi się twoja pomoc.

– Niestety, chyba będziesz musiał odłożyć na później swoje plany wobec siostry. Na dole jest Gabriel Lightwood, a ja chciałbym ci przypomnieć dwa słowa. Twoje ulubione słowa, przynajmniej kiedy ty je wypowiadasz.

– „Kompletny prostak"? – podsunął Will. – „Bezwartościowy uzurpator"?

Jem uśmiechnął się szeroko.

– Demoniczna ospa.

***

Z wprawą trzymając tacę w jednej ręce, drugą Sophie zapukała do pokoju Gideona Lightwooda.

Usłyszała pośpieszne kroki i drzwi się otworzyły. W progu stał Gideon w spodniach, szelkach i białej koszuli z podwiniętymi rękawami. Ręce miał mokre, a włosy wilgotne, jakby pośpiesznie przeczesał je palcami. Sophie drgnęło serce w piersi, ale zmusiła się do tego, żeby przybrać surową minę.

– Panie Lightwood, przyniosłam rogaliki, o które pan prosił, a Bridget zrobiła kanapki – oznajmiła.

Gideon zrobił krok do tyłu, żeby wpuścić ją do środka. Pokój był taki sam jak wszystkie inne w Instytucie: ciężkie, ciemne meble, wielkie łoże z baldachimem, duży kominek, wysokie okna, tutaj wychodzące na dziedziniec. Sophie czuła na sobie spojrzenie Gideona, kiedy szła przez pokój i stawiała tacę na stoliku. Potem się wyprostowała i odwróciła z rękami złożonymi z przodu na fartuchu.

– Sophie... – zaczął Gideon.

– Panie Lightwood – przerwała mu Sophie. – Ma pan jeszcze jakieś życzenie?

Spojrzał na nią na pół buntowniczo, na pół ze smutkiem.

– Chciałbym, żebyś mówiła mi Gideon.

– Już panu tłumaczyłam, że nie mogę.

– Sophie, proszę. – Zrobił krok w jej stronę. – Zanim wprowadziłem się do Instytutu, myślałem, że jesteśmy na dobrej drodze do przyjaźni. Ale od dnia, kiedy tu zamieszkałem, traktujesz mnie chłodno.

Sophie odruchowo powędrowała dłonią do twarzy. Przypomniała sobie, jak pan Teddy, syn jej dawnego pracodawcy, dopadał ją w ciemnych kątach, przyciskał do ściany i wsuwał ręce pod stanik, mamrocząc jej do ucha, żeby była mu przychylniejsza, jeśli wie, co dla niej dobre. Na to wspomnienie zrobiło się jej słabo, nawet teraz, po latach.

– Sophie. – W kącikach oczu Gideona pojawiły się zmarszczki. – O co chodzi? Jeśli zrobiłem coś złego, czymś cię obraziłem, powiedz mi, proszę, jak mogę to naprawić...

– Nic złego pan nie zrobił, niczym mnie nie obraził. Jest pan dżentelmenem, a ja służącą. Nie może być między nami poufałości. Proszę nie wprawiać mnie w zakłopotanie, panie Lightwood.

Gideon opuścił uniesioną rękę. Minę miał tak żałosną, że Sophie zmiękło serce. Ja mam wszystko do stracenia, a on nic, upomniała się surowo. Powtarzała to sobie późno w nocy, leżąc w wąskim łóżku, dręczona wspomnieniem oczu koloru burzy.

– Myślałem, że jesteśmy przyjaciółmi.

– Nie mogę być pańską przyjaciółką.

Gideon zrobił krok do przodu.

– A gdybym cię poprosił...

– Gideonie! – W otwartych drzwiach stanął zdyszany Henry w jednej z tych swoich okropnych kamizelek w zielone i pomarańczowe paski. – Twój brat jest na dole...

Oczy Gideona się rozszerzyły.

– Gabriel jest tutaj?

– Tak. Krzyczy coś o waszym ojcu, ale zaklina się, że nic nam nie powie, póki ty się nie zjawisz. Chodź.

Gideon się zawahał, przesuwając wzrok z Henry'ego na Sophie, która starała się być niewidzialna.

– Ja...

– Chodź, Gideonie. – Henry rzadko mówił ostrym tonem, a kiedy to robił, efekt był zdumiewający. – On jest cały we krwi.

Gideon zbladł i sięgnął po miecz wiszący przy drzwiach.

– Idę.

***

Gabriel Lightwood opierał się o ścianę przy drzwiach Instytutu, bez kurtki, w samej koszuli i spodniach przesiąkniętych krwią. Na zewnątrz u stóp schodów Tessa widziała powóz Lightwoodów z herbem w postaci płomienia namalowanym na boku. Chłopak musiał sam nim przyjechać.

– Gabrielu – zaczęła Charlotte kojącym tonem, jakby próbowała uspokoić znarowionego konia. – Powiesz nam, proszę, co się stało.

Gabriel – wysoki i smukły, z kasztanowymi włosami sklejonymi krwią – podrapał się po twarzy. Wzrok miał dziki.

– Gdzie mój brat? Muszę porozmawiać z moim bratem.

– Już idzie. Posłałam po niego Henry'ego, a Cyril szykuje nasz powóz. Gabrielu, jesteś ranny? Potrzebujesz *iratze*? – Charlotte mówiła macierzyńskim tonem, jakby chłopak nigdy nie patrzył na nią z góry, stojąc za krzesłem Benedicta Lightwooda, nigdy nie spiskował ze swoim ojcem, żeby odebrać jej Instytut.

– Tak dużo krwi – zauważyła Tessa, wysuwając się do przodu. – Gabrielu, to nie tylko twoja, prawda?

Gdy na nią spojrzał, Tessa pomyślała, że młody Lightwood po raz pierwszy na nikogo nie pozuje. W jego oczach widziała jedynie strach, oszołomienie... i dezorientację.

– Nie. To ich...

– Ich? O kim mówisz?

Pytanie zadał Gideon, zbiegając po schodach z mieczem w ręce. Za nim śpieszyli Henry, Jem, Will i Cecily. Gdy Jem nagle zatrzymał się na stopniach, Tessa uświadomiła sobie, że zobaczył ją w sukni ślubnej. Jego oczy się rozszerzyły, ale pozostali już przepychali się obok niego, tak że pociągnęli go ze sobą jak liść niesiony prądem rzeki.

– Ojciec jest ranny? – Gideon stanął przed bratem. – A ty?

Ujął brata za podbródek i odwrócił do siebie jego twarz. Choć Gabriel był wyższy, na jego twarzy odmalowała się ulga, że starszy brat jest obok. W jego surowym tonie zabrzmiała nuta urazy.

– Ojciec... Ojciec to robak.

Will zaśmiał się krótko. Był w pełnym rynsztunku, jakby właśnie wyszedł z sali treningowej, wilgotne włosy miał przyklejone do skroni. Nie patrzył na Tessę, ale ona już się do tego przyzwyczaiła. Nigdy na nią nie patrzył, jeśli nie musiał.

– Dobrze widzieć, że zacząłeś podzielać nasz punkt widzenia, Gabrielu, ale oznajmiasz to w dość niezwykły sposób.

Gideon posłał mu spojrzenie pełne nagany, po czym zwrócił się do brata.

– Co masz na myśli, Gabrielu? Co ojciec zrobił?

Chłopak potrząsnął głową.

– Jest robakiem – powtórzył bezdźwięcznie.

– Wiem. Zhańbił nazwisko Lightwoodów i okłamał nas obu. Okrył wstydem i zniszczył naszą matkę. Ale nie musimy być tacy jak on.

Gabriel uwolnił się z uścisku brata i błysnął zębami w gniewnym grymasie.

– Nie słuchasz mnie. On jest robakiem. Robakiem. Przeklętym wielkim wężem. Odkąd Mortmain przestał przysyłać lek, było coraz gorzej. Ojciec się zmieniał. Te plamy, które miał na rękach, zaczęły się rozprzestrzeniać na całe ciało. Dłonie, szyję, twarz... – Zielone oczy Gabriela odszukały Willa. – To demoniczna ospa, prawda? Wiesz o niej wszystko, tak? Jesteś ekspertem?

– Nie musisz się zachowywać, jakbym to ja ją wymyślił – odparł Will. – Tylko dlatego, że wierzyłem w jej istnienie. Są o niej relacje w starych księgach w naszej bibliotece...

– O demonicznej ospie? – zapytała Cecily, marszcząc brwi. – Will, o czym ty mówisz?

Jej brat otworzył usta i zarumienił się lekko. Tessa ukryła uśmiech. Minęły tygodnie od chwili przybycia Cecily do

Instytutu, ale jej obecność nadal irytowała i niepokoiła Willa. Najwyraźniej nie wiedział, jak się zachowywać w obecności młodszej siostry, która już nie była dzieckiem, jakim ją pamiętał. Z uporem powtarzał, że jej obecność tutaj jest niemile widziana. Ale Tessa widziała, że wodzi za nią wzrokiem z taką samą opiekuńczością i miłością jak czasami za Jemem. Z pewnością istnienie demonicznej ospy i sposobu jej przenoszenia się było ostatnią rzeczą, jaką miałby ochotę wyjaśniać Cecily.

– Nie musisz nic o tym wiedzieć – wymamrotał.

Spojrzenie Gabriela powędrowało ku Cecily, jego usta rozchyliły się z zaskoczenia. Tessa zobaczyła, że młody Lightwood wręcz pożera ją wzrokiem. Rodzice Willa musieli być kiedyś bardzo piękni, pomyślała. Cecily była równie ładna, jak Will przystojny: oboje mieli takie same lśniące czarne włosy i zadziwiające ciemnoniebieskie oczy. Dziewczyna śmiało odwzajemniła spojrzenie Gabriela. Na jej twarzy malowała się ciekawość. Pewnie się zastanawiała, kim jest ten chłopak, który wyraźnie nie lubi jej brata.

– Ojciec nie żyje? – spytał Gideon, podnosząc głos. – Demoniczna ospa go zabiła?

– Nie zabiła, tylko zmieniła – odparł Gabriel. – Zmieniła go. Przed paroma tygodniami zarządził przeprowadzkę do Chiswick. Nie wyjaśnił, dlaczego. Kilka dni temu zamknął się w gabinecie i nie wychodził z niego nawet po to, żeby coś zjeść. Dziś rano poszedłem tam, żeby spróbować coś zrobić. Drzwi były wyrwane z zawiasów, a przez korytarz biegł jakiś oślizły ślad. Ruszyłem za nim na dół i dalej do ogrodu. – Rozejrzał się po obecnych. – Stał się robakiem. Właśnie to mówię.

– Pewnie nie byłoby możliwe, żeby... hm, na niego nadepnąć? – odezwał się Henry.

Lightwood popatrzył na niego z niesmakiem.

– Przeszukałem ogród. Znalazłem paru służących. A kiedy mówię „znalazłem", dosłownie to mam na myśli. Byli rozerwani na strzępy. – Gabriel przełknął ślinę i spojrzał na swoje zakrwawione ubranie. – Usłyszałem jakiś dźwięk, przeraźliwe, wysokie wycie. Odwróciłem się i zobaczyłem, że w moją stronę sunie wielki ślepy robal, zupełnie jak smok z legend. Paszczę miał rozdziawioną i pełną zębów ostrych jak sztylety. Odwróciłem się i pobiegłem do stajni. Robal wśliznął się za mną, ale ja wskoczyłem do powozu i wyjechałem przez bramę. Stwór... ojciec, nie podążył za mną. Chyba nie chciał, żeby ktoś go zobaczył.

– Aha – mruknął Henry. – Więc za duży, żeby na niego nadepnąć.

– Nie powinienem był uciekać – stwierdził Gabriel, patrząc na brata. – Powinienem był zostać i walczyć z tym stworem. Może dałoby się przemówić mu do rozumu. Może ojciec gdzieś tam jest.

– A może przegryzłby cię na pół – rzucił Will. – Opisałeś właśnie transformację w demona, ostatnie stadium ospy.

– Will! – Charlotte wyrzuciła ręce w górę. – Dlaczego wcześniej tego nie powiedziałeś?

– W bibliotece są książki na temat demonicznej ospy – odparował Will urażonym tonem. – Nikomu nie broniłem ich czytać.

– Tak, ale skoro Benedict miał się zmienić w ogromnego węża, mogłeś przynajmniej uprzedzić o takiej możliwości – stwierdziła Charlotte. – Nie sądzisz, że sprawa dotyczy nas wszystkich?

– Po pierwsze, nie wiedziałem, że Benedict zmieni się w gigantycznego robala – zaczął Will. – Ostatnim stadium demonicznej ospy jest przemiana w demona. Dowolnego rodzaju. Po drugie, transformacja trwa kilka tygodni. Można by sądzić, że nawet taki patentowany idiota jak Gabriel kogoś powiadomi o tym, co się dzieje.

– Kogo miał powiadomić? – wtrącił Jem, całkiem rozsądnie. W czasie rozmowy przysunął się do Tessy. Teraz stali obok siebie, a ich dłonie się stykały.

– Clave. Listonosza. Nas. Kogokolwiek. – Will rzucił zirytowane spojrzenie Gabrielowi, który tymczasem odzyskał rumieńce i teraz wyglądał na wściekłego.

– Nie jestem patentowanym idiotą...

– Brak patentu nie dowodzi inteligencji – odparował Will.

– Poza tym mówiłem, że ojciec zamknął się w gabinecie na cały zeszły tydzień...

– I nie pomyślałeś, żeby się tym zainteresować? – rzucił Will.

– Nie znasz naszego ojca – odezwał się Gideon beznamiętnym tonem, który przybierał czasami, kiedy rozmowa o ojcu była nieunikniona. Następnie odwrócił się do brata, położył ręce na jego ramionach i zaczął coś do niego mówić spokojnie i cicho, tak że nikt więcej go nie słyszał.

Jem splótł mały palec z palcem Tessy. Był to zwyczajowy czuły gest, do którego tak się przyzwyczaiła w ciągu kilku ostatnich miesięcy, że czasami odruchowo wyciągała rękę, kiedy Jem stawał obok niej.

– To twoja suknia ślubna? – zapytał szeptem.

Tessę uratowało od odpowiedzi pojawienie się Bridget z ekwipunkiem. Gideon nagle zwrócił się do wszystkich obecnych i powiedział:

– Chiswick. Musimy tam jechać. Przynajmniej Gabriel i ja.

– Sami? – wyrwało się Tessie. – Dlaczego nie wezwiecie innych...

– Clave – przerwał jej Will z roziskrzonymi niebieskimi oczami. – On nie chce, żeby Clave dowiedziało się o jego ojcu.

– A ty byś chciał? – gwałtownie spytał Gabriel. – Gdyby chodziło o twoją rodzinę? – Wykrzywił usta. – Nieważne. Przecież ty nie masz pojęcia o lojalności...

– Gabrielu, nie mów do Willa w taki sposób – skarcił go Gideon.

Młodszy brat wyglądał na zaskoczonego i Tessa wcale mu się nie dziwiła. Tak jak wszyscy w Instytucie, Gideon wiedział o klątwie, która była przyczyną wrogości i gwałtownych zachowań Willa, ale nikt z zewnątrz nie znał tej historii.

– Pojedziemy z tobą. Oczywiście, że pojedziemy z tobą. – Jem puścił rękę Tessy i wystąpił do przodu. – Gideon wyświadczył nam przysługę. Nie zapomnieliśmy o tym, prawda, Charlotte?

– Oczywiście, że nie – odparła Charlotte. – Bridget, strój bojowy...

– Dobrze się składa, że ja swój już mam na sobie – powiedział Will.

Tymczasem Henry zrzucił marynarkę i zamienił ją na górę od stroju bojowego oraz pas z bronią.

Jem poszedł za jego przykładem i nagle w przedsionku zrobił się ruch. Charlotte mówiła coś cicho do Henry'ego, trzymając rękę na brzuchu. Tessa odwróciła od nich wzrok i zobaczyła ciemną głowę pochyloną ku jasnej. Jem stał obok Willa i kreślił stelą znak na jego szyi. Cecily spojrzała na brata i spochmurniała.

– Ja też jestem w stroju bojowym – oznajmiła.

Will tak gwałtownie uniósł głowę, że Jem zaprotestował z irytacją.

– Cecily, absolutnie nie.

– Nie masz prawa mówić mi, co mogę robić, a czego nie. – Oczy dziewczyny zapłonęły. – Idę.

Will spojrzał na Henry'ego, ale ten przepraszająco wzruszył ramionami.

– Ona ma prawo. Trenuje od prawie dwóch miesięcy...

– Jest jeszcze dziewczynką!

– Ty robiłeś to samo w wieku piętnastu lat – przypomniał mu cicho Jem, a Will odwrócił się do niego gwałtownie.

Przez chwilę wszyscy wstrzymywali oddech, nawet Gabriel. Jem spokojnie patrzył w oczy przyjaciela, a Tessa nie po raz pierwszy odnosiła wrażenie, że ci dwaj bezgłośnie przekazują sobie jakieś słowa.

W końcu Will westchnął i zmrużył oczy.

– Teraz twoja narzeczona zgłosi się na ochotnika – powiedział.

– Oczywiście, że jadę – oświadczyła Tessa. – Może nie jestem Nocną Łowczynią, ale ja też trenowałam. Jem nigdzie się beze mnie nie ruszy.

– Jesteś w sukni ślubnej – zauważył Will.

– Wszyscy już ją widzieli, więc nie mogę w niej wziąć ślubu – stwierdziła Tessa. – No wiecie, pech.

Will wymamrotał coś po walijsku, ale tonem pokonanego. Jem posłał Tessie lekki, zatroskany uśmiech. W tym momencie otworzyły się drzwi Instytutu i do środka wpadł blask jesiennego słońca. W progu stał zdyszany Cyril.

– Drugi powóz gotowy – oznajmił. – Kto jedzie?

***

Do: Konsula Josiaha Waylanda
Od: Rady

Drogi Panie,

z pewnością jest Pan świadomy, że po dziesięciu latach kończy się okres Pańskiej służby jako Konsula. Przyszła pora wyznaczyć następcę.

Jeśli chodzi o nas, poważnie rozważamy kandydaturę Charlotte Branwell z domu Fairchild, która dobrze się spisuje w roli szefowej Instytutu Londyńskiego. Przypuszczamy, że ma ona Pańską aprobatę, jako że po śmierci jej ojca została wyznaczona na to stanowisko właśnie przez Pana.

Ponieważ Pańska opinia jest dla nas niezwykle cenna, będziemy wdzięczni za wszelkie uwagi w tej kwestii.

Z poważaniem

Victor Whitelaw, Inkwizytor,
w imieniu Rady

Rozdział drugi

Robak zdobywca

„Szaleństwo – grzechy i niedole –
I strach, co życie skraca".
– Edgar Allan Poe, *Robak zdobywca*
(Przełożył Antoni Lange)

Kiedy powóz Instytutu wtoczył się przez bramę Lightwood House w Chiswick, Tessa mogła dokładniej obejrzeć sobie to miejsce, ponieważ za pierwszym razem była tutaj w środku nocy. Długa, szutrowa droga obsadzona po obu stronach drzewami wiodła do kolistego podjazdu znajdującego się przed ogromnym białym domem. Rezydencja o silnych, symetrycznych liniach i wyniosłych kolumnach bardzo przypominała jej znane z rycin klasyczne greckie i rzymskie świątynie. Przed schodami stał powóz, przez ogrody biegły żwirowe ścieżki.

Były to piękne ogrody. Nawet w październiku tonęły w powodzi kwiatów. Wzdłuż porządnie utrzymanych alejek wijących się między drzewami rosły późne czerwone róże oraz brązowo-pomarańczowe, żółte i ciemnozłote chryzantemy. Kiedy Henry zatrzymał powóz, Tessa wysiadła z pomocą Jema i usłyszała szmer strumienia, którego bieg, jak podejrzewała, zmieniono tak, żeby płynął przez ogrody. Tego przepięknego miejsca w żaden sposób nie potrafiła połączyć w myślach z tamtym, w którym Benedict wydał swój diabelski bal, choć widziała okrążającą dom ścieżkę, którą szła tamtej nocy. Prowadziła ona do skrzydła, które wyglądało, jakby dobudowano je niedawno...

Za nimi zatrzymał się powóz Lightwoodów kierowany przez Gideona i wysypali się z niego Gabriel, Will i Cecily. Rodzeństwo Herondale'ów nadal kłóciło się ze sobą. Will podkreślał swoje racje, wymachując rękami, Cecily łypała na niego spode łba. Gniewny wyraz twarzy bardzo upodabniał ją do brata, co w innych okolicznościach mogłoby być nawet zabawne.

Gideon, jeszcze bledszy niż wcześniej, zeskoczył na ziemię i rozejrzał się z nieobnażonym mieczem w ręce.

– Powóz Tatiany – stwierdził krótko, kiedy Jem i Tessa się do niego zbliżyli. Wskazał na pojazd stojący przy schodach. Obie pary drzwi były otwarte. – Pewnie postanowiła złożyć wizytę w domu.

– Akurat teraz... – Gabriel był wyraźnie wściekły, ale w jego zielonych oczach czaił się strach.

Tatiana, ich siostra, niedawno wyszła za mąż. Herb na boku powozu, wieniec z cierni, musiał być symbolem rodu jej męża. Cała grupka stała jak wmurowana, kiedy Gabriel podchodził do powozu, wysuwając broń zza pasa. Zajrzał do środka i zaklął głośno, po czym odsunął się i spojrzał na Gideona.

– Na siedzeniach jest krew – oznajmił. – I... to paskudztwo. – Dźgnął koło czubkiem klingi. Kiedy ją cofnął, zwisała z niej długa nić cuchnącego śluzu.

Will wyszarpnął zza pasa seraficki miecz i krzyknął:

– Eremiel! – Kiedy ostrze rozjarzyło się w jesiennym słońcu niczym jasna gwiazda, wskazał najpierw na północ, a potem na południe. – Ogrody otaczają cały dom i schodzą aż do rzeki. Dobrze o tym wiem. Pewnej nocy ścigałem po nich demona Marbasa. Gdziekolwiek jest Benedict, wątpię, czy opuścił ten teren. Bałby się, że zostanie zauważony.

– My weźmiemy zachodnią część domu, ty sprawdź wschodnią – zadecydował Gabriel. – Krzyknij, jeśli coś zobaczysz, a wtedy przybiegniemy.

Wytarł ostrze o żwir podjazdu i ruszył za bratem wzdłuż boku rezydencji. Will skierował się w przeciwną stronę, a za nim podążyli Jem, Cecily i Tessa. Will zatrzymał się w narożniku i powiódł wzrokiem po ogrodach, wyczulony na każdy podejrzany dźwięk czy widok. Chwilę później skinął na pozostałych, żeby szli za nim. Kiedy ruszyli dalej, Tessa zawadziła obcasem o luźny kamień leżący pod żywopłotem. Natychmiast odzyskała równowagę, ale Will obejrzał się i spiorunował ją wzrokiem.

– Tesso. – Kiedyś mówił do niej Tess, ale te czasy już dawno minęły. – Nie powinnaś być z nami. Nie jesteś przygotowana. Zaczekaj w powozie.

– Nie!

Will odwrócił się do Jema i powiedział:

– Tessa jest twoją narzeczoną. Przemów jej do rozsądku.

Skrywając uśmiech, Jem zbliżył się do niej z laską mieczem w ręce.

– Tesso, mogłabyś wyświadczyć mi tę przysługę?

– Uważasz, że nie potrafię walczyć, bo jestem dziewczyną – rzuciła Tessa, mierząc go wzrokiem.

– Uważam, że nie możesz walczyć, bo jesteś w sukni ślubnej – odparł Jem. – I cokolwiek to dla ciebie znaczy, nie sądzę, żeby Will też potrafił walczyć w takim stroju.

– Może i nie – przyznał Will, który miał uszy jak nietoperz. – Ale byłbym olśniewającą panną młodą.

– Kto to jest? – spytała nagle Cecily, wskazując przed siebie.

Wszyscy odwrócili się i zobaczyli pędzącą ku nim postać. Słońce stało nad ich głowami, tak że przez chwilę, zanim jej oczy przyzwyczaiły się do blasku, Tessa widziała tylko niewyraźną plamę. Plama szybko okazała się biegnącą dziewczyną bez kapelusza, o jasnych włosach rozwianych na wietrze. Wysoka i koścista, miała na sobie fuksjową suknię, kiedyś zapewne elegancką, teraz podartą i poplamioną krwią. Nieznajoma z wrzaskiem rzuciła się w ramiona Willa.

Ten się zachwiał i omal nie upuścił Eremiela.

– Tatiana...

Tessa nie potrafiła stwierdzić, czy Will ją odepchnął, czy dziewczyna sama się odsunęła, ale w każdym razie dopiero teraz wyraźnie zobaczyła jej twarz, wąską i kanciastą. Piaskowe włosy były takie same jak u Gideona, oczy zielone jak u Gabriela. Mogłaby uchodzić za ładną, gdyby jej rysów nie szpecił wyraz dezaprobaty. Choć zalana łzami i zdyszana, zachowywała się trochę teatralnie, jakby była świadoma, że spojrzenia wszystkich skierowane są na nią, zwłaszcza spojrzenie Willa.

– Wielki potwór! – zaszlochała. – Ta istota... wyrwała mojego kochanego Ruperta z powozu i z nim umknęła!

Will odsunął się od niej jeszcze bardziej.

– Co to znaczy „umknęła"?

Tatiana wskazała ręką.

– T-tam – wykrztusiła. – Zaciągnęła go do włoskich ogrodów. Z początku Rupertowi udawało się unikać jej paszczy, ale stwór wlókł go ścieżkami. Choć krzyczałam, nie puszczał go! – Znowu zalała się łzami.

– Wrzeszczałaś – powtórzył Will. – Tylko to zrobiłaś?

– Głośno wrzeszczałam. – Tatiana była wyraźnie urażona. Całkiem odsunęła się od Willa i wbiła w niego wzrok. – Widzę, że jesteś nieżyczliwie nastawiony jak zawsze. – Pomknęła wzrokiem ku Jemowi, Cecily i Tessie. – Pan Carstairs – powiedziała sztywno, jakby brała udział w przyjęciu ogrodowym. Kiedy spojrzała na Cecily, zmrużyła oczy. – A pani...

– Och, w imię Anioła! – Will wyminął ją i poszedł dalej, a Jem uśmiechnął się do Tessy i ruszył za nim.

– Pani musi być siostrą Willa – stwierdziła Tatiana, kiedy obaj Nocni Łowcy się oddalili. Tessę z rozmysłem zignorowała.

Cecily popatrzyła na nią z niedowierzaniem.

– Tak, choć nie rozumiem, co to za różnica. Tesso, idziesz?

– Tak.

Czy Will tego chciał czy nie, po prostu nie mogła bezczynnie patrzeć, jak ci dwaj narażają się na niebezpieczeństwo. Po chwili usłyszała za sobą kroki na żwirze. To Tatiana niechętnie poszła za nimi.

Zmierzali w stronę ogrodu francuskiego na pół ukrytego za wysokimi żywopłotami. W oddali światło słoneczne odbijało się od szklanej kopuły oranżerii. Był piękny jesienny dzień, wiał rześki wiatr, powietrze pachniało liśćmi. Tessa obejrzała się na dom. Gładka biała fasada wznosiła się wysoko, przełamana jedynie łukami balkonów.

„Will" – wyszeptała, kiedy rozplótł jej dłonie i zdjął je ze swojej szyi. Ściągnął jej rękawiczki i rzucił je na kamienną posadzkę, po chwili dołączyła do nich maseczka i szpilki do włosów pożyczone od Jessie. On też zdjął swoją maskę i cisnął ją na bok, po czym przesunął palcami po wilgotnych czarnych włosach, odgarnął je z czoła. Dolna część półmaski zostawiła odciśnięty, jaśniejszy ślad na jego wydatnych kościach policzkowych, ale kiedy Tessa wyciągnęła ręce, żeby ich dotknąć, on chwycił je i łagodnie opuścił w dół. „Nie" – powiedział. – „Najpierw ja ciebie dotknę...".

Rumieniąc się mocno, Tessa oderwała wzrok od domu i przepędziła wspomnienia. Tymczasem dotarli do przerwy w żywopłocie. Za nią rozciągał się „włoski ogród" otoczony listowiem. Stały w nim rzędy posągów klasycznych bohaterów i postaci mitycznych. W umieszczonej pośrodku fontannie Wenus lała wodę z dzbana, rzeźby wielkich historyków i mężów stanu – Cezara, Herodota, Tukidydesa – patrzyły na siebie pustymi oczami poprzez alejki odchodzące od centralnego punktu. Byli tam również poeci i dramaturdzy. Tessa minęła Arystotelesa, Owidiusza, Homera z oczami przesłoniętymi kamienną maską przypominającą o jego ślepocie, Wergiliusza i Sofoklesa. Nagle powietrze rozdarł przeraźliwy krzyk.

Tessa odwróciła się gwałtownie. Kilka stóp za nią Tatiana stała jak wmurowana, z wytrzeszczonymi oczami. Tessa rzuciła się w jej stronę, pozostali tuż za nią. Ona pierwsza dotarła do dziewczyny. Tatiana chwyciła ją na oślep, jakby na chwilę zapomniała, z kim ma do czynienia.

– Rupert – jęknęła, wpatrując się przed siebie.

Idąc za jej wzrokiem, Tessa zobaczyła męski but sterczący z żywopłotu. Przez chwilę myślała, że jego właściciel po prostu leży nieprzytomny na ziemi, z resztą ciała ukrytą w listowiu, ale kiedy się pochyliła, stwierdziła, że jest to sam but i kawałek pogryzionego, zakrwawionego ciała wystającego z cholewki.

***

– Robal długi na dwanaście metrów? – mruknął Will do Jema, kiedy szli przez włoski ogród. Ich buty dzięki runom bezdźwięczności nie chrzęściły na żwirze. – Pomyśl, jaką rybę można by na niego złapać.

Usta Jema drgnęły.

– To nie jest zabawne, wiesz.

– Trochę.

– Nie możesz w tych okolicznościach silić się na żarty o robakach, Will. Mówimy o ojcu Gabriela i Gideona.

– Nie mówimy o nim, tylko ścigamy go w ozdobnym ogrodzie z posągami, bo zmienił się w robaka.

– Demonicznego robaka – przypomniał mu Jem, zatrzymując się i ostrożnie wyglądając zza żywopłotu. – Wielkiego węża. Może to zniechęci cię do niestosownych dowcipów?

– Czasami moje niestosowne dowcipy choć odrobinę cię bawiły. – Will westchnął. – Nawet o robakach.

– Will...

Słysząc przeraźliwy krzyk, obaj odwrócili się i zobaczyli, jak Tatiana Blackthorn zatacza się w objęcia Tessy. Tessa chwyciła ją i podtrzymała, a Cecily ruszyła do przerwy w żywopłocie, wyciągając zza pasa seraficki miecz z wprawą doświadczonego Nocnego Łowcy. Will nie słyszał, co siostra mówi, ale ostrze rozjarzyło się w jej ręce, oświetlając jej twarz i rozpalając płomień strachu w jego żołądku.

Zaczął biec. Jem za nim. Tatiana bezwładnie opierała się o Tessę, twarz miała wykrzywioną od płaczu.

– Rupert! – zawodziła. – Rupert!

Tessa z trudem ją podtrzymywała. Will chciał się zatrzymać, żeby jej pomóc, ale uprzedził go Jem. I dobrze. To była jego rola jako narzeczonego.

Will oderwał od nich wzrok i skierował go na siostrę, która właśnie przechodziła przez otwór w żywopłocie, z wysoko uniesionym mieczem omijając ponure szczątki Ruperta Blackthorna.

– Cecily! – zawołał Will z irytacją.

Dziewczyna zaczęła się odwracać...

I świat eksplodował. Przed nimi trysnęła pod niebo fontanna błota. Grudy ziemi spadły na nich jak grad. Ze środka gejzeru wyrastał ogromny, ślepy wąż o szarawo-białej skórze. Koloru martwego ciała, pomyślał Will. Bił od niego odór jak z grobu. Tatiana pisnęła i zemdlona osunęła się na trawę, pociągając za sobą Tessę.

Robak zaczął się kołysać, starając się uwolnić z ziemi. Paszczę miał rozdziawioną. Była to nie tyle paszcza, co wielkie rozcięcie dzielące jego głowę na pół, najeżone zębami ostrymi jak u rekina. Z gardła wydobywał się przenikliwy syk.

– Stój! – krzyknęła Cecily, unosząc przed sobą seraficki miecz. Wyglądała na całkowicie pozbawioną strachu. – Cofnij się, przeklęta istoto!

Bestia zaatakowała. Dziewczyna nawet nie drgnęła, kiedy wielka paszcza zawisła tuż nad nią... W tym momencie Will skoczył i odepchnął siostrę na bok. Oboje potoczyli się w żywopłot w chwili, kiedy łeb robaka uderzył w ziemię, tam gdzie przed chwilą stała Cecily. Zostawił w niej spore wgłębienie.

– Will! – Cecily wyrwała mu się, ale tak niezręcznie, że seraficki miecz ciął go w czoło i zostawił po sobie czerwone oparzenie. Jej oczy płonęły niebieskim ogniem. – To było niepotrzebne!

– Nie jesteś wyszkolona! – krzyknął Will, oszalały z wściekłości i przerażenia. – Zginiesz! Zostań, gdzie jesteś!

Sięgnął po jej miecz, ale Cecily już zerwała się z ziemi. Chwilę później robak znowu zaatakował z otwartą paszczą. Ratując wcześniej siostrę, Will upuścił swój miecz. Broń leżała teraz kilka stóp dalej. Will uskoczył w bok, unikając o włos zębów bestii, i w tym momencie zjawił się przy nim Jem z laską w ręce. Uniósł ostrze i wbił je mocno w bok robala. Z krtani stwora wyrwał się diabelski wrzask, trysnęła krew. Demon cofnął się gwałtownie i z sykiem zniknął za żywopłotem.

Will się odwrócił. Nie widział Cecily. Jem wskoczył między nią a Benedicta i teraz był cały zbryzgany czarną krwią i błotem. Za nim zobaczył Tessę, która trzymała Tatianę na kolanach. Ich spódnice mieszały się ze sobą: jaskraworóżowa ze zniszczoną ślubną w kolorze złota. Tessa pochylała się nad dziewczyną, żeby chronić ją przed widokiem ojca, tak że większość demonicznej krwi spryskała jej włosy i ubranie. Teraz uniosła pobladłą twarz i napotkała wzrokiem oczy Willa.

Na chwilę ogród, hałas i odór krwi demona zniknęły, a on znajdował się w cichym miejscu sam na sam z Tessą. Chciał do niej podbiec, objąć ją. Chronić.

Ale to było zadanie Jema, nie jego. Nie jego.

Chwila minęła i oto Tessa już stała. Dźwignęła Tatianę z ziemi, zakładając jej rękę na swoje ramiona. Młoda wdowa opierała się o nią półprzytomna.

– Musisz ją stąd zabrać – stwierdził Will, wodząc wzrokiem po ogrodzie. – Mogłaby zginąć. Nie ma wyszkolenia.

Usta Tessy zaczęły się zaciskać w znajomą, upartą linię.

– Nie chcę cię zostawiać.

– Chyba nie myślisz... – Cecily była wyraźnie wstrząśnięta. – Sądzisz, że ten stwór by się nie pohamował? Przecież ona jest jego córką. Jeśli... jeśli zostały mu jakieś rodzicielskie uczucia...

– Pożarł własnego zięcia, Cecy – burkliwie przypomniał Will. – Tesso, idź z Tatianą, jeśli chcesz uratować jej życie. I zostań z nią przy domu. Byłoby niedobrze, gdyby tu wróciła.

– Dziękuję ci, Will – szepnął Jem, kiedy Tessa pociągnęła ze sobą słaniającą się dziewczynę.

Will odczuł te słowa jak trzy ukłucia igły w serce. Zawsze kiedy starał się chronić Tessę, Jem myślał, że robi to ze względu na niego. Każda z tych igieł miała swoje imię. Poczucie winy. Wstyd. Miłość.

Nagle Cecily wrzasnęła. Żywopłot się rozstąpił i jakiś cień zasłonił słońce. Will ujrzał tuż przed sobą przepastny czerwony przełyk ogromnego robaka i ślinę kapiącą z wielkich zębów. Sięgnął do pasa po miecz, ale bestia już się cofała ze sztyletem sterczącym z szyi. Will od razu rozpoznał tę broń. Należała do Jema. Jego *parabatai* wydał ostrzegawczy okrzyk i w tym momencie demon ponownie zaatakował. Will wymierzył mieczem cios w górę, w spód szczęki. Przez zębiska robala trysnęła krew, zasyczała w zetknięciu ze strojem Nocnego Łowcy. Coś od tyłu uderzyło Willa w kolana. Nieprzygotowany, przewrócił się i rąbnął twardo plecami w ziemię.

Zaparło mu dech. Wokół kolan miał owinięty cienki, szczątkowy ogon robaka. Wierzgnął nogami, zobaczył gwiazdy, zaniepokojoną twarz Jema, niebieskie niebo...

Łup. Strzała wbiła się w ogon bestii, tuż pod kolanem Willa. Benedict zwolnił chwyt, Will odtoczył się od niego i ukląkł z trudem. W tym momencie zobaczył, że w ich stronę pędzą obaj Lightwoodowie. Młodszy z nich trzymał w ręce łuk i w biegu nasadzał na niego strzałę. Will uświadomił sobie z chłodnym zaskoczeniem, że Gabriel Lightwood właśnie strzelił do ojca, żeby uratować mu życie.

Robak zatoczył się do tyłu, jakieś ręce wsunęły się pod ramiona Willa i pomogły mu wstać. Kiedy go puściły, Will zobaczył, że jego *parabatai* ściska w dłoni laskę i patrzy przed siebie. Demon wił się w agonii, poruszając wielką głową, wyrywając krzewy. Liście fruwały w powietrzu, mała grupka Nocnych Łowców krztusiła się od kurzu. Will usłyszał kaszel Cecily i miał ochotę jej powiedzieć, żeby biegła do domu, ale wiedział, że siostra go nie posłucha.

Rzucając łbem, robak jakoś zdołał uwolnić się od miecza wbitego w szczękę. Broń z brzękiem wpadła między krzewy róż, umazana czarną posoką. Demon zaczął sunąć do tyłu, zostawiając za sobą śluz i krew. Gideon skrzywił się, skoczył po miecz i podniósł go dłonią w rękawiczce.

Benedict nagle wyprostował się jak kobra, z rozdziawionymi, ociekającymi szczękami. Gideon uniósł broń. Wyglądał na żałośnie małego w porównaniu z ogromną bestią.

– Gideonie!

To krzyknął Gabriel i blady na twarzy wycelował z łuku. Will uchylił się, kiedy obok niego przemknęła strzała i wbiła się w cielsko bestii. Robak zawył, odwrócił się i zaczął uciekać z niewiarygodną szybkością. W szalonym pędzie trafił ogonem jeden z posągów i strącił go z postumentu. Rzeźba rozpadła się w pył, a ten po chwili osiadł na suchej, ozdobnej sadzawce.

– Na Anioła, właśnie zniszczył Sofoklesa – stwierdził Will, kiedy robak zniknął za dużą budowlą w kształcie greckiej świątyni. –

Czy w dzisiejszych czasach nikt już nie ma szacunku dla klasyki?

Gabriel opuścił łuk, oddychając ciężko.

– Ty głupcze! – wrzasnął do brata. – Co sobie myślałeś, kiedy tak na niego biegłeś?

Gideon odwrócił się i wycelował w niego zakrwawiony miecz.

– Nie na niego, tylko na demona. To już nie jest nasz ojciec, Gabrielu. Jeśli nie możesz się z tym pogodzić...

– Strzeliłem do niego z łuku! – krzyknął Gabriel. – Czego jeszcze ode mnie chcesz?

Gideon potrząsnął głową, jakby był zdegustowany jego zachowaniem. Nawet Will, który nie lubił Gabriela, doznał dla niego odrobiny współczucia. Ostatecznie chłopak strzelił do bestii.

– Musimy go ścigać – stwierdził Gideon. – Zniknął za folly.

– Za czym? – spytał Will.

– Za folly – odezwał się Jem. – To dekoracyjna budowla ogrodowa, atrapa. Przypuszczam, że nawet nie ma prawdziwego wnętrza.

Gideon pokiwał głową.

– To sam gips. My dwaj obejdziemy ją z jednej strony, a ty i James z drugiej...

– Co robisz, Cecily? – przerwał mu Will. Zdawał sobie sprawę, że zachowuje się jak nadopiekuńczy rodzic, ale nie dbał o to, co inni sobie pomyślą. Jego siostra wsunęła miecz za pas i najwyraźniej próbowała się wspiąć na jeden z małych cisów tworzących żywopłot. – To nie pora na łażenie po drzewach.

Dziewczyna rzuciła mu gniewne spojrzenie i już otworzyła usta, żeby coś odpowiedzieć, ale nagle rozległ się łoskot jak przy trzęsieniu ziemi i budowla ogrodowa rozpadła się w kłębach gipsowego pyłu. W ich stronę pomknął robak z przerażającą szybkością pociągu bez maszynisty.

***

Zanim obie dowlekły się do domu Lightwoodów, Tessę bolała szyja i plecy. Pod niewygodną suknią ślubną miała ciasno zasznurowany gorset, a ciężar szlochającej Tatiany boleśnie ciągnął w dół jej lewe ramię.

Na widok dziedzińca poczuła ulgę. Ulgę i jednocześnie zaskoczenie. Wszystko wyglądało tak zwyczajnie: pojazdy stały tam, gdzie je zostawili, konie skubały trawę, nic nie zakłócało spokoju. Tessa na pół zaciągnęła, na pół zaniosła Tatianę do pierwszego powozu, otworzyła drzwi i pomogła jej wsiąść. Skrzywiła się, kiedy dziewczyna wbiła paznokcie w jej ramię, gramoląc się do środka.

– O, Boże! – jęknęła Tatiana. – Jaki wstyd, jaka straszna hańba. Clave może się dowiedzieć, co spotkało mojego ojca. Na litość boską, nie mógł pomyśleć o mnie, choć przez chwilę?

Tessa wytrzeszczyła oczy.

– Nie sądzę, żeby ta istota była zdolna do myślenia o kimkolwiek, pani Blackthorne – powiedziała.

Tatiana spojrzała na nią oszołomiona i przez chwilę Tessa wstydziła się niechęci, którą do niej czuła. Nie podobało się jej, że odesłano ją do domu, choć mogłaby pomóc Nocnym Łowcom... ale Tatiana właśnie widziała, jak własny ojciec rozszarpał jej męża na kawałki. Zasługiwała na więcej współczucia.

– Wiem, że przeżyła pani wielki wstrząs – rzuciła ostrożnie, siląc się na łagodny ton. – Może się pani położy...

– Jesteś bardzo wysoka – stwierdziła raptem Tatiana. – Dżentelmeni się na to nie skarżą?

Tessa osłupiała.

– Jesteś w stroju panny młodej – ciągnęła Tatiana. – Bardzo dziwne. Czy strój bojowy nie byłby bardziej stosowny? Rozumiem, że jest mało twarzowy, a poza tym, jak trzeba, to trzeba, ale...

Nagle rozległ się głośny trzask. Tessa odsunęła się od powozu i rozejrzała. Dźwięk dochodził z wnętrza rezydencji. Henry, pomyślała od razu. Wszedł do środka, sam. Oczywiście bestia grasowała po ogrodach, ale... to był dom Benedicta. Pomyślała o sali balowej pełnej demonów, kiedy ostatnio tutaj przebywała. Zebrała spódnice w obie ręce.

– Proszę tu zostać, pani Blackthorne – powiedziała. – Muszę odkryć przyczynę hałasu.

– Nie! – Tatiana usiadła prosto. – Nie zostawiaj mnie!

– Przykro mi. – Tessa cofnęła się, kręcąc głową. – Muszę. Proszę zostać w powozie.

Tatiana coś za nią krzyczała, ale Tessa już wbiegała po schodach. Wpadła przez frontowe drzwi do wielkiego holu z marmurową posadzką w biało-czarną szachownicę. Z sufitu zwisał masywny żyrandol, ale świece nie były zapalone. Jedyne oświetlenie stanowił dzienny blask wpadający przez wysokie okna. Na piętro prowadziły kręte, imponujące schody.

– Henry! – krzyknęła Tessa. – Henry, gdzie jesteś?

Z góry dobiegł okrzyk i kolejny trzask. Tessa popędziła po schodach. Po kilku krokach potknęła się o rąbek sukni i rozdarła szew. Niecierpliwie odgarnęła spódnice i pobiegła dalej długim korytarzem o ścianach pomalowanych na pudrowy róż i obwieszonych dziesiątkami sztychów w złoconych ramach. Wpadła do jakiegoś pokoju.

Pomieszczenie, biblioteka albo gabinet, bez wątpienia należało do mężczyzny: zasłony z grubej, ciemnej tkaniny, na ścianach stare olejne obrazy wielkich statków wojennych, ciemnozielona tapeta pokryta tajemniczymi plamami. W środku panował dziwny zapach... taki jak nad brzegami Tamizy, gdzie w upalne dni gniły różne podejrzane rzeczy. Ale nad wszystkim dominowała miedziana woń krwi. Regał na książki był przewrócony, po podłodze walało się rozbite szkło i połamane drewno, a na perskim dywanie mąż Charlotte toczył pojedynek z istotą o szarej skórze i niepokojącej liczbie rąk. Henry wrzeszczał i kopał długimi nogami, a stwór – bez wątpienia demon – szarpał pazurami jego strój bojowy i kłapał wilczą paszczą tuż przed jego twarzą.

Tessa rozejrzała się gorączkowo, chwyciła pogrzebacz, który leżał przy nierozpalonym kominku, i zaatakowała. Próbowała przypomnieć sobie szkolenie – godziny cierpliwych lekcji Gideona – ale w rezultacie chyba zadziałał instynkt, kiedy wbiła długi stalowy pręt w tors istoty, tam gdzie powinna znajdować się klatka piersiowa, gdyby to było zwykłe ziemskie zwierzę.

Usłyszała nieprzyjemny chrzęst, kiedy broń weszła w ciało. Demon zawył jak pies i stoczył się z Henry'ego, pogrzebacz z brzękiem upadł na podłogę. Trysnęła czarna posoka, powietrze wypełnił smród dymu i zgnilizny. Tessa cofnęła się chwiejnie i przydeptała obcasami oberwany brzeg sukni. Runęła na podłogę w chwili, kiedy Henry dźwignął się na kolana i z cichym przekleństwem ciął demona przez gardło sztyletem, na którego ostrzu jarzyły się runy. Stwór zacharczał i złożył się jak papier.

Henry się wyprostował. Jego rude włosy były sklejone krwią i posoką, strój podarty na ramieniu, z rany sączył się szkarłatny płyn.

– Tesso! – wykrzyknął i w jednej chwili znalazł się przy niej. Pomógł jej wstać i rzucił na swój zwykły sposób: – Na Anioła, ale z nas para. – Spojrzał na nią z niepokojem. – Jesteś ranna?

Tessa spojrzała na siebie i zrozumiała, o co chodzi Henry'emu: suknię miała umazaną posoką, na przedramieniu ziała brzydka rana od potłuczonego szkła. Nie bolała ją za bardzo, ale krwawiła.

– Wszystko w porządku – zapewniła. – Co się stało, Henry? Co to był za stwór i skąd się tu wziął?

– Demoniczny stróż. Przeszukiwałem biurko Benedicta i musiałem dotknąć czegoś, co go obudziło. Z szuflady buchnął czarny dym i zmienił się w to coś. Stwór skoczył na mnie...

– I poorał cię pazurami – stwierdziła Tessa z troską. – Krwawisz...

– Nie, sam to sobie zrobiłem. Upadłem na sztylet – wyjaśnił Henry ze skrępowaniem, wyciągając zza paska stelę. – Tylko nie mów Charlotte.

Tessa niemal się uśmiechnęła. Zaraz jednak się zreflektowała, podbiegła do okna i odsunęła zasłony. Mogła stąd zobaczyć ogrody, ale, niestety, nie włoski, bo ten znajdował się po drugiej stronie domu. Przed nią ciągnęły się zielone bukszpanowe żywopłoty i płaskie trawniki, które już zaczynały brązowieć przed zimą.

– Muszę iść – oznajmiła. – Will, Jem i Cecily walczą z demonem. Stwór zabił męża Tatiany. Musiałam zaprowadzić ją do powozu. Była bliska omdlenia.

W gabinecie zapadła cisza.

– Tesso – odezwał się po chwili Henry dziwnym głosem.

Odwróciła się i zobaczyła, że przerwał rysowanie *iratze* na swoim ramieniu. Wpatrywał się w przeciwległą ścianę, tę pokrytą dziwnymi plamami. Tessa zauważyła teraz, że nie jest to przypadkowy wzór. Na tapecie widniały trzydziestocentymetrowe litery napisane zaschniętą czarną krwią.

DIABELSKIE MASZYNY NIE ZNAJĄ LITOŚCI.
DIABELSKIE MASZYNY NIE ZNAJĄ ŻALU.
DIABELSKIE MASZYNY SĄ NIEZLICZONE.
DIABELSKIE MASZYNY NIGDY
NIE PRZESTANĄ PRZYBYWAĆ.

Pod tymi słowami znajdowało się jeszcze jedno zdanie, ledwo widoczne, jakby ten, kto je pisał, stracił władzę w rękach. Tessa wyobraziła sobie Benedicta zamkniętego w tym pokoju, powoli wpadającego w obłęd w miarę transformacji, własną krwią zmieszaną z posoką mażącego na ścianie te wielkie litery.

Niech Bóg zlituje się nad naszymi duszami.

***

Robak zaatakował. Will rzucił się na ziemię i potoczył, o włos unikając kłapiących szczęk. Błyskawicznie zerwał się do przysiadu, wyprostował i popędził wzdłuż cielska demona. Zobaczył, że stwór unosi się jak kobra nad Gideonem i Gabrielem... ale, ku jego zaskoczeniu, nie rzuca się na nich, tylko syczy. Czyżby rozpoznał swoje dzieci? Coś poczuł? Trudno było stwierdzić.

Cecily znajdowała się w połowie drogi na cis i kurczowo przywierała do gałęzi. Mając nadzieję, że siostra wykaże się rozsądkiem i zostanie na drzewie, Will odwrócił się do Jema i uniósł rękę. Dawno temu opracowali serię gestów, którymi porozumiewali się w czasie bitwy, jeśli nie mogli słyszeć swoich głosów. W oczach Jema zabłysło zrozumienie. Rzucił laskę swojemu *parabatai*. Ta pofrunęła idealnym łukiem, a Will ją złapał i nacisnął rączkę. Gdy z trzaskiem wysunęło się z niej ostrze, zadał nim szybki, mocny cios, rozrywając grubą skórę bestii. Robak szarpnął się do tyłu i zawył, a Will uderzył znowu, odrąbując ogon od ciała. Benedict zaczął się miotać, posoka trysnęła kleistym strumieniem prosto na Nocnego Łowcę. Will uskoczył z krzykiem. Skóra paliła go żywym ogniem.

– Will! – Jem popędził w jego stronę.

Tymczasem Gideon i Gabriel cięli głowę demona, żeby ściągnąć na siebie jego uwagę. Podczas gdy Will wycierał piekącą ciecz z oczu, Cecily zeskoczyła z drzewa i wylądowała prosto na plecach bestii.

Wstrząśnięty Will upuścił laskę. Nigdy wcześniej nie zdarzyło mu się zgubić broni w trakcie walki, ale teraz jego siostra przywierała z determinacją do pleców ogromnego węża. Zupełnie jak pchła wczepiona w futro psa. Will zobaczył z przerażeniem, że Cecily wyszarpuje zza pasa sztylet i wbija go z wściekłością w cielsko demona.

Co ona sobie wyobraża? Że ten nożyk jest w stanie zabić tak ogromnego stwora?

– Will, Will – natarczywym tonem powtarzał mu wprost do ucha Jem, a on uświadomił sobie, że mówił na głos.

W imię Anioła! Łeb demona obrócił się w stronę Cecily, z otwartą, zębatą paszczą...

Cecily puściła rękojeść sztyletu i stoczyła się po boku demona. Groźne szczęki minęły ją o włos i z wściekłym kłapnięciem zacisnęły się na jego własnym ciele. Trysnęła czarna posoka, robak szarpnął łeb do tyłu, z jego gardła wyrwało się upiorne wycie. W jego boku ziała wielka rana, z kłów zwisały strzępy mięsa. Podczas gdy Will tylko się gapił, Gabriel uniósł łuk i strzelił.

Strzała trafiła w jedno z czarnych, pozbawionych powiek ślepi stwora. Demon wyprostował się na całą wysokość... po czym jego łeb opadł do przodu, a on sam złożył się wpół i zniknął jak wszystkie demony, kiedy opuszcza je życie.

Łuk Gabriela upadł z cichym trzaskiem na zadeptaną ziemię przesiąkniętą krwią demona. Tymczasem Cecy wstawała z niej powoli, krzywiąc się z bólu. Prawy nadgarstek miała wykręcony pod dziwnym kątem.

Will sam nie wiedział, kiedy ruszył pędem w jej stronę. Uświadomił sobie, że biegnie, kiedy w pół kroku zatrzymał go Jem. Will odwrócił się do niego gwałtownie.

– Moja siostra...

– Twoja twarz – rzekł przyjaciel z godnym podziwu spokojem. – Jesteś cały pokryty krwią demona, Williamie. Muszę nałożyć ci *iratze*, zanim nieodwracalne wypali ci skórę.

– Puść mnie. – Will próbował się wyrwać, ale chłodna ręka *parabatai* przytrzymała go za kark.

Po chwili poczuł piekący dotyk steli na nadgarstku i ból, którego do tej pory sobie nie uświadamiał, zaczął ustępować. Jem puścił go i syknął, kiedy trochę posoki dostało się na jego palce. Will zatrzymał się niezdecydowany, ale przyjaciel gestem kazał mu iść i sam przyłożył stelę do swojej ręki.

Była to tylko chwila zwłoki, ale zanim Will dotarł do siostry, Gabriel już zdążył ująć ją pod brodę i przesunąć wzrokiem po jej twarzy. Ona patrzyła na niego ze zdumieniem. W tym momencie zjawił się Will, chwycił ją za ramię i warknął:

– Odejdź od mojej siostry.

Gabriel cofnął się, zaciskając usta w wąską kreskę. Tymczasem nadbiegł Gideon i teraz wszyscy trzej ją otaczali. Will przytrzymał ją mocno jedną ręką, drugą wyjął stelę. Siostra patrzyła na niego płonącymi niebieskimi oczami, kiedy rysował czarny *iratze* na jednym boku jej szyi, a *mendelin* na drugim. Jej czarne włosy wymknęły się z warkocza, tak że wyglądała teraz jak dzikuska, którą pamiętał z dawnych lat, gwałtowna i nieustraszona.

– Jesteś ranna, *cariad*? – Niechcący wymsknęło mu się czułe słówko, które już niemal zapomniał.

– *Cariad*? – powtórzyła Cecily z niedowierzaniem w oczach. – Nic mi nie jest.

– Niezupełnie – zauważył Will, wskazując na jej nadgarstek, na zadrapania na twarzy i dłoniach, które już zaczynały się goić pod wpływem *iratze*. Buzował w nim taki gniew, że nawet nie usłyszał kaszlu Jema. Zwykle ten dźwięk pobudziłby go do działania jak iskra rzucona na suche drewno. – Cecily, co ty wyprawiałaś...

– To była jedna z najodważniejszych akcji, jakie widziałem w wykonaniu Nocnego Łowcy – przerwał mu Gabriel. Nie patrzył na Willa, tylko na Cecily, z mieszaniną zaskoczenia i czegoś jeszcze na twarzy. We włosach miał błoto i krew, tak jak wszyscy, ale jego zielone oczy promieniały.

Cecily się zarumieniła.

– Ja tylko...

Urwała raptownie i rozszerzonymi oczami spojrzała za brata. Nagle Jem znowu zakaszlał i tym razem Will go usłyszał. Odwrócił się i zobaczył, że jego *parabatai* osuwa się na kolana.

Rozdział trzeci

Do ostatniej godziny

„Nie, trupia otucho, Rozpaczy, ja nie, nie będę się sycił
Twą padliną; ostatnich – niechby wiotkich –
splotów męstwa w sobie
Nie rozplączę, ani, znużony, nie jęknę
Nie mogę już. Mogę;
Mogę coś: mieć nadzieję, świt witać, nie szukać
wyjścia w niebycie".
– Gerard Manley Hopkins, *Trupia otucha*
(Przełożył Stanisław Barańczak)

Jem opierał się o bok powozu, z zamkniętymi oczami i twarzą białą jak papier. Will stał obok i mocno trzymał go za ramię. Biegnąc w ich stronę, Tessa zorientowała się, że nie jest to braterski gest. Jem stał prosto tylko dzięki temu uściskowi.

Ona i Henry usłyszeli przedśmiertne wycie demona. Gabriel znalazł ich chwilę później, kiedy zbiegali po frontowych schodach, i opowiedział im zdyszany o śmierci robaka, a następnie o tym, co się stało Jemowi. Tessa zbladła, jakby została nagle i mocno spoliczkowana.

Tych słów nie słyszała już od dłuższego czasu, ale zawsze na pół się ich spodziewała. Czasami śniła o nich w koszmarach, z których budziła się nagle, walcząc o powietrze. „Jem", „upadł", „oddycha", „krew", „Will", „Will jest przy nim", „Will...".

Oczywiście, że Will był przy nim.

Pozostali trzymali się w pobliżu. Bracia Lightwoodowie ze swoją siostrą. Nawet Tatiana milczała, a może Tessa po prostu nie słyszała jej histerycznej paplaniny. Była świadoma również obecności Cecily i Henry'ego, który stał obok niej z niepewną miną, jakby chciał ją pocieszyć, ale nie wiedział, od czego zacząć.

Kiedy zbliżyła się, omal nie potykając o oderwany rąbek sukni, Will spojrzał jej w oczy. Przez chwilę porozumiewali się bez słów. W kwestii Jema nadal potrafili na siebie patrzeć bez skrępowania. Jeśli chodziło o niego, oboje byli twardzi i nieustępliwi. Tessa zobaczyła, że Will zaciska dłoń na rękawie Jema.

– Ona tu jest – szepnął.

Jem wolno otworzył oczy. Tessa z trudem zapanowała nad wyrazem twarzy. Źrenice jej narzeczonego były rozszerzone, czarne tęczówki otaczał wąski pierścień srebra.

– *Ni shou shang le ma, quin ai de*? – zapytał cicho.

Jem uczył Tessę mandaryńskiego, na jej prośbę. Teraz zrozumiała przynajmniej słowa „*quin ai de*". „Moja droga, kochanie". Sięgnęła po jego rękę, uścisnęła ją.

– Jem...

– Jesteś ranna, moja ukochana? – odezwał się Will.

Jego głos był równie spokojny jak wzrok. Tessa poczuła, że do jej policzków napływa krew. Spojrzała w dół na swoją rękę ściskającą dłoń Jema. Jego palce były blade jak u porcelanowej lalki. Jak mogła nie zauważyć, że jest taki chory?

– Dziękuję za tłumaczenie, Will – powiedziała, nie odrywając oczu od narzeczonego.

Obaj Nocni Łowcy byli zbryzgani czarną posoką, ale podbródek i szyję Jema pokrywały również plamy czerwonej krwi. Jego własnej.

– Nie jestem ranna – wyszeptała Tessa i od razu pomyślała: nie, tak nie może być. Bądź silna dla niego. Wyprostowała plecy, nie puszczając ręki Jema. – Gdzie jego lek? – spytała Willa. – Nie wziął go przed wyjazdem z Instytutu?

– Nie mów o mnie, jakby mnie tu nie było – odezwał się Jem, ale bez cienia gniewu w głosie. Odwrócił głowę i powiedział coś szeptem do Willa, a przyjaciel skinął głową i puścił jego ramię. Tessa wyczuła napięcie w postawie Willa. Był czujny, gotowy złapać swojego *parabatai*, gdyby ten się zachwiał, ale Jem stał pewnie na nogach. – Czuję się silniejszy, kiedy Tessa jest przy mnie. Sam widzisz.

Will przekrzywił głowę, tak że Tessa nie mogła dojrzeć jego oczu.

– Widzę – potwierdził. – Tesso, nie ma tutaj jego leku. Jem chyba go nie zażył przed wyjazdem z Instytutu, ale teraz się do tego nie przyzna. Jedź z nim do domu i przypilnuj go. Ktoś musi.

Jem wziął chrapliwy wdech.

– Reszta...

– Ja będę powozić. To żaden kłopot. Balios i Xantos znają drogę. Henry może odwieźć Lightwoodów.

Will był szybki i skuteczny, za szybki, żeby mu chociaż podziękować. I najwyraźniej wcale nie oczekiwał podziękowań. Pomógł Tessie zapakować Jema do powozu, uważając przy tym, żeby nie musnąć jej ramienia ani nie dotknąć ręki. Następnie podszedł do pozostałych, żeby im wyjaśnić sytuację. Przed zamknięciem drzwi pojazdu Tessa usłyszała jeszcze słowa Henry'ego, że musi zabrać z domu księgi Benedicta.

***

– Co znaleźliście w domu? – zapytał Jem, kiedy przejeżdżali przez otwartą bramę posiadłości Lightwoodów. Nadal wyglądał kiepsko. Głowę opierał o poduszki, oczy miał półprzymknięte, jego policzki lśniły od gorączki. – Słyszałem, że Henry wspomniał coś o gabinecie Benedicta...

– Właśnie tam Benedict oszalał – odparła Tessa, ujmując zimne dłonie narzeczonego. – Musiał postradać rozum w dniach przed transformacją, kiedy według Gabriela nie opuszczał pokoju. Nabazgrał na ścianie, chyba krwią, coś o „diabelskich maszynach". Że nie znają litości i nigdy nie przestaną przybywać...

– Pewnie miał na myśli armię automatów.

– Pewnie tak. – Tessa zadrżała lekko i przysunęła się do Jema. – Może to głupie z mojej strony, ale przez ostatnie dwa miesiące panował taki spokój...

– Zapomniałaś o Mortmainie?

– Nie. Nigdy o nim nie zapomniałam. – Spojrzała na okno, choć nie mogła przez nie wyjrzeć. Wcześniej zaciągnęła zasłony, kiedy uznała, że ostre światło razi Jema w oczy. – Miałam nadzieję, że może zajął się czymś innym.

– Nie wiemy, czy tak się nie stało. – Jem splótł palce z jej palcami. – Śmierć Benedicta jest tragedią, ale koła zostały puszczone w ruch już dawno temu. To nie ma nic wspólnego z tobą.

– W bibliotece były też inne rzeczy. Notatniki i książki Benedicta. Dzienniki. Henry przywiezie je do Instytutu, żeby przestudiować. Jest w nich moje imię. – Tessa umilkła. Jak mogła zawracać Jemowi głowę takimi sprawami, kiedy źle się czuł?

Jem chyba czytał jej w myślach, bo przesunął palce na jej nadgarstek, jakby badał puls.

– Tesso, to tylko krótki atak. Szybko minie. Wolałbym, żebyś powiedziała mi prawdę, całą prawdę, nieważne, czy jest gorzka, czy przerażająca. Nigdy nie pozwolę, żeby stała ci się krzywda. – Uśmiechnął się. – Twój puls przyśpiesza.

Prawdę, całą prawdę, nieważne, czy jest gorzka, czy przerażająca.

– Kocham cię – powiedziała.

Jem spojrzał na nią z rozpromienioną miną, która czyniła jeszcze piękniejszą jego szczupłą twarz.

– *Wo xi wang ni ming tian ke yi jia gei wo.*

– Ty... – Tessa ściągnęła brwi. – Chcesz się ożenić? Ale przecież już jesteśmy zaręczeni. Chyba nie można zaręczyć się drugi raz.

Jem się zaśmiał i od razu rozkaszlał. Tessa napięła całe ciało w oczekiwaniu, ale atak okazał się lekki, bez krwi.

– Powiedziałem, że ożeniłbym się z tobą jutro, gdybym mógł.

Tessa udała, że kręci głową.

– Jutrzejszy termin mi nie odpowiada, sir.

– Ale już masz stosowny strój – zauważył Jem z uśmiechem.

Tessa spojrzała na zniszczoną suknię ślubną.

– Owszem, gdybym miała wziąć ślub w rzeźni. Cóż. I tak niezbyt mi się podobała. Zbyt krzykliwa.

– Uważam, że wyglądasz w niej pięknie – oświadczył cicho Jem.

Tessa oparła głowę na jego ramieniu.

– Przyjdzie inna pora – powiedziała. – Inny dzień, inna suknia. Czas, kiedy będziesz czuł się dobrze i wszystko wypadnie idealne.

– Nie ma rzeczy idealnych, Tesso. – W łagodnym głosie Jema brzmiało straszliwe zmęczenie.

***

Sophie stała w oknie swojej małej sypialni i patrzyła na dziedziniec. Minęły godziny, odkąd powozy odjechały z turkotem. Miała wyczyścić kominki, ale szczotka i wiadro stały bezużytecznie u jej stóp.

Słyszała głos Bridget dobiegający z kuchni.

Hrabia Richard miał córkę;
Przystojna dziewczyna
Obdarzyła miłością słodkiego Williama,
Choć równa mu nie była.

Czasami, kiedy Bridget miała szczególny nastrój do śpiewania, Sophie myślała o tym, żeby zakraść się na dół i wepchnąć ją do pieca jak czarownicę z „Jasia i Małgosi". Ale Charlotte z pewnością by tego nie pochwaliła. Nawet jeśli Bridget śpiewała o zakazanej miłości między ludźmi z innych klas, akurat kiedy Sophie karciła się za to, że za mocno ściska zasłonę. Widziała szaro-zielone oczy, zastanawiała się i martwiła... Czy z Gideonem wszystko dobrze? Jest ranny? Walczy z ojcem? A jeśli będzie musiał...

Brama Instytutu otworzyła się ze skrzypieniem i do środka wtoczył się powóz. Na koźle siedział Will. Był bez kapelusza.

Jego czarne włosy powiewały dziko na wietrze. Zeskoczył z miejsca woźnicy i podbiegł do drzwi, żeby pomóc Tessie wysiąść. Nawet z tej odległości Sophie zobaczyła, co się stało ze złotą suknią. Potem ujrzała Jema opierającego się ciężko na ramieniu *parabatai*.

Z sykiem wciągnęła powietrze. Choć już nie wyobrażała sobie, że jest zakochana w Jemie, nadal bardzo go lubiła. Trudno żeby było inaczej, zważywszy na jego otwartość, łagodność i miły charakter. Zawsze traktował ją wyjątkowo uprzejmie. Czuła ulgę, że w ciągu ostatnich kilku miesięcy nie miał żadnego ze swoich „złych okresów", jak je nazywała Charlotte, i chociaż szczęście go nie wyleczyło, wydawał się silniejszy, zdrowszy...

Cała trójka zniknęła w Instytucie. Ze stajni przyszedł Cyril i zajął się Baliosem i Xanthosem. Sophie odetchnęła głęboko i wypuściła zasłonę z ręki. Charlotte mogła jej potrzebować, żeby pomogła jej przy Jemie. Odsunęła się od okna i pośpieszyła na korytarz, do wąskich schodów dla służby.

W holu na dole spotkała Tessę, bladą i zatroskaną, stojącą z wahaniem przed sypialną narzeczonego. Przez uchylone drzwi Sophie dostrzegła Charlotte pochyloną nad Jemem, który siedział na łóżku. Will opierał się o kominek, z rękoma skrzyżowanymi na piersi. W jego postawie było widać napięcie. Tessa uniosła głowę i kiedy zobaczyła Sophie, na jej twarz wróciły kolory.

– Sophie – powiedziała cicho. – Sophie, Jem nie czuje się dobrze. Miał kolejny... atak choroby.

– Wszystko będzie dobrze, panno Tesso. Widywałam go już wcześniej w takim stanie i zawsze z tego wychodził.

Tessa zamknęła oczy. Miała pod nimi cienie. Nie musiała mówić na głos tego, o czym obie pomyślały. Że pewnego dnia Jem będzie miał atak i już z niego nie wyjdzie.

– Muszę przynieść gorącą wodę – stwierdziła Sophie. – I ręczniki...

– Ja powinnam to zrobić – oświadczyła Tessa. – I zrobiłabym, ale Charlotte mówi, że muszę zdjąć suknię, bo krew demona może być niebezpieczna, jeśli zbyt dużo jej zetknie się ze skórą. Posłała Bridget po ręczniki i okłady, a lada chwila przybędzie brat Enoch. Jem inaczej nie posłucha, ale...

– Wystarczy – ucięła twardo Sophie. – Nic dobrego mu z tego nie przyjdzie, jeśli pani również się rozchoruje. Pomogę pani z tą suknią. Szybko się uwiniemy.

Tessa zamrugała.

– Droga, wrażliwa Sophie. Oczywiście masz rację. – Ruszyła korytarzem w stronę swojego pokoju. Zatrzymała się przy drzwiach i obejrzała na służącą. Zmierzyła ją wzrokiem i chyba skinęła w duchu głową, jakby potwierdzała własny domysł. – Jemu nic nie jest. Wszystko w porządku.

– Z paniczem Jemem?

Tessa pokręciła głową.

– Z Gideonem Lightwoodem.

Sophie się zarumieniła.

***

Gabriel nie był pewien, dlaczego znajduje się w salonie Instytutu. Oczywiście, brat kazał mu tutaj przyjść, a nawet po tym wszystkim, co się wydarzyło, on nadal był przyzwyczajony do robienia tego, co kazał mu Gideon. Był zaskoczony zwyczajnością tego pokoju w porównaniu ze wspaniałymi wnętrzami rezydencji Lightwoodów w Pimlico albo w Chiswick. Ściany były wyłożone tapetą w wyblakłe róże stulistne, blat biurka poplamiony atramentem, pełen rys od noży do listów i piór, kominek osmolony. Nad nim wisiało zmatowiałe lustro w złoconej ramie.

Gabriel spojrzał na swoje odbicie. Strój bojowy miał podarty przy szyi, na szczęce długie czerwone draśnięcie, które właśnie się goiło. Całe ubranie było umazane krwią. Twoją czy ojca?

Szybko odepchnął od siebie tę myśl. To dziwne, pomyślał, że jest taki podobny do matki. Była wysoka i smukła, z kręconymi kasztanowymi włosami i oczami koloru najczystszej zieleni, niczym trawa na zboczu schodzącym w stronę rzeki, która płynęła za ich domem. Gideon przypominał ojca: barczysty i mocno zbudowany, o oczach bardziej szarych niż zielonych. Co za ironia, że akurat Gabriel odziedziczył temperament po ojcu: upór, skłonność do wpadania w gniew, niechęć do przebaczania. Gideon i Barbara byli bardziej ugodowi, cisi i spokojni, wierni swoim przekonaniom. Oboje bardziej jak...

Do pokoju weszła Charlotte Branwell w luźnej sukni. Oczy miała żywe jak u małego ptaszka. Za każdym razem, gdy Gabriel ją widział, zaskakiwało go, jaka jest mała i jak bardzo on nad nią góruje. Co sobie myślał Konsul Wayland, oddając tej drobnej istocie władzę nad Instytutem i nad wszystkimi Nocnymi Łowcami w Londynie?

– Gabrielu. – Charlotte przekrzywiła głowę. – Twój brat mówi, że nie jesteś ranny.

– Nic mi nie jest – rzucił krótko i od razu się zreflektował, że jest niegrzeczny. Nie zachował się tak z rozmysłem. Ojciec przez lata wkładał mu do głowy, że Charlotte jest głupia, bezużyteczna i podatna na wpływy. Choć on sam wiedział, że jego brat nie zgadza się z tą opinią – do tego stopnia, że zostawił rodzinę i zamieszkał w Instytucie – była to lekcja, którą trudno mu było zapomnieć. – Myślałem, że jest pani z Carstairsem.

– Przybył brat Enoch z jeszcze jednym Cichym Bratem. Wyprosili nas wszystkich z pokoju Jema. Will krąży po korytarzu jak lew po klatce. Biedak. – Podchodząc do kominka, Charlotte zerknęła na Gabriela i szybko opuściła powieki. – Ale dość tego. Rozumiem, że twoja siostra już została odwieziona do rezydencji Blackthornów w Kensington. Chciałbyś, żebym do kogoś wysłała wiadomość w twoim imieniu?

– Wiadomość?

Charlotte stanęła przy kominku i splotła ręce za plecami.

– Musisz gdzieś się podziać, Gabrielu, chyba że chcesz, żebym wypuściła cię za drzwi jedynie z listą adresów.

Wypuściła za drzwi? Czy ta okropna kobieta naprawdę zamierzała wyrzucić go z Instytutu? Przypomniało mu się, co kiedyś powiedział ojciec. „Fairchildowie nie dbają o nikogo oprócz siebie i Prawa".

– Ja... dom w Pimlico.

– Konsul wkrótce zostanie poinformowany o wszystkim, co się wydarzyło w Lightwood House – oznajmiła Charlotte. – Obie londyńskie rezydencje twojej rodziny zostaną skonfiskowane w imieniu Clave. Przynajmniej do czasu, kiedy będą mogły zostać przeszukane w celu stwierdzenia, czy zostały w nich jakieś wskazówki.

– Wskazówki?

– Co do planów twojego ojca – odparła Charlotte niezbita z tropu. – Jego związków z Mortmainem, knowań Mortmaina, diabelskich maszyn.

– Nigdy nie słyszałem o żadnych cholernych maszynach – zezłościł się Gabriel i natychmiast oblał się rumieńcem. Zaklął w obecności damy. Choć Charlotte w niczym nie przypominała którejś ze znanych mu dam.

– Wierzę ci – powiedziała. – Nie wiem, czy Konsul Wayland uwierzy, ale to już twoje zmartwienie. Jeśli podasz mi adres...

– Nie znam żadnego – rzekł Gabriel z desperacją. – Dokąd mam pójść?

Charlotte tylko na niego popatrzyła, unosząc brew.

– Chcę zostać z bratem – oświadczył w końcu Gabriel. Zdawał sobie sprawę, że mówi z rozdrażnieniem i gniewem, lecz nie bardzo wiedział, co z tym zrobić.

– Ale twój brat mieszka tutaj – przypomniała Charlotte. – A ty jasno wyraziłeś swoje zdanie na temat Instytutu i moich praw do kierowania nim. Wiem od Jema, że według ciebie mój ojciec doprowadził twojego wuja do popełnienia samobójstwa. To nieprawda, ale nie oczekuję, że mi uwierzysz. Zastanawiam się jednak, dlaczego chcesz tutaj zostać.

– Instytut to schronienie.

– Twój ojciec zamierzał uczynić z niego schronisko?

– Nie wiem! Nie mam pojęcia, jakie są jego plany... jakie były jego plany!

– Więc dlaczego mu pomagałeś? – Jej głos był cichy, ale ton bezlitosny.

– Bo to był mój ojciec! – krzyknął Gabriel i odwrócił się od Charlotte.

Oddech uwiązł mu w krtani. Nie całkiem świadomy tego, co robi, objął się rękoma i ścisnął tak mocno, jakby chciał się ratować przed rozsypaniem na kawałki.

Wspomnienia kilku ostatnich tygodni, wspomnienia, które starał się zepchnąć w najdalsze zakamarki umysłu, teraz groziły wychynięciem na powierzchnię. Tygodnie po odprawieniu sług, nasłuchiwanie hałasów dochodzących z pokoi na górze, nocne wrzaski, krew na schodach rankami. Ojciec wykrzykujący niezrozumiałe rzeczy przez zamknięte drzwi biblioteki, jakby już nie potrafił formułować sensownych zdań...

– Jeśli zamierza pani wyrzucić mnie na ulicę, proszę zrobić to teraz – powiedział Gabriel z rozpaczą w głosie. – Nie chcę myśleć, że mam dom, skoro go nie mam. Nie chcę myśleć, że znowu zobaczę brata, jeśli go nie zobaczę.

– Sądzisz, że nie poszedłby za tobą? Nie szukałby cię, dokądkolwiek trafisz?

– Myślę, że już udowodnił, na kim zależy mu najbardziej – stwierdził Gabriel. – Na pewno nie na mnie. – Wyprostował się powoli. – Proszę mnie odprawić albo pozwolić zostać. Nie będę błagał.

Charlotte westchnęła.

– Nie będziesz musiał. Nigdy nie odprawiłam nikogo, kto powiedział, że nie ma dokąd pójść, i nie zrobię tego teraz. Poproszę cię tylko o jedną rzecz. Pozwolić komuś mieszkać w Instytucie, w samym sercu Enklawy, to uwierzyć w jego dobre zamiary. Obym nie pożałowała, że ci zaufałam, Gabrielu Lightwood.

***

Cienie w bibliotece się wydłużyły. Tessa siedziała w kręgu światła przy jednym z okien, obok lampy z niebieskim abażurem. Na jej kolanach od kilku godzin leżała otwarta książka, ale ona nie potrafiła się na niej skupić. Wzrokiem bezmyślnie przesuwała po wydrukowanych słowach i często przyłapywała się na tym, że próbuje sobie przypomnieć, kim jest ta postać albo dlaczego robi to, co robi.

Była w środku rozdziału piątego, kiedy nagle usłyszała skrzypnięcie deski podłogowej. Podniosła wzrok i zobaczyła, że przed nią stoi Will z wilgotnymi włosami, w rękawiczkach.

– Will. – Tessa odłożyła książkę na parapet. – Wystraszyłeś mnie.

– Nie chciałem ci przeszkadzać – powiedział cicho. – Skoro czytasz... – Zaczął się odwracać.

– Nie. Jakoś nie potrafię zatracić się w słowach. Nie mogę się skupić ani znaleźć w nich ukojenia.

Will zatrzymał się i spojrzał na nią przez ramię.

– Ja też nie – wyznał.

Już nie był umazany krwią. Ubranie miał czyste, skórę nietkniętą, choć na jego szyi, pod kołnierzykiem koszuli Tessa dostrzegła różowo-białe kreski, ślady po gojących się ranach.

– Są jakieś wieści... o Jemie?

– Nie ma żadnej zmiany – odparł Will, choć tyle sama się domyśliła. Gdyby coś się zmieniło, nie byłoby go tutaj. – Bracia nikogo nie wpuszczają do pokoju, nawet Charlotte. A ty dlaczego tutaj siedzisz prawie po ciemku?

– Benedict napisał coś na ścianie swojego gabinetu – powiedziała Tessa. – Zanim przemienił się w demona albo w czasie transformacji. Nie wiem. „Diabelskie maszyny nie znają litości. Diabelskie maszyny nie znają żalu. Diabelskie maszyny są niezliczone. Diabelskie maszyny nigdy nie przestaną przybywać".

– Diabelskie maszyny? Przypuszczam, że miał na myśli automaty Mortmaina. Choć żadnego nie widzieliśmy od miesięcy.

– To nie znaczy, że nie wrócą – stwierdziła Tessa. Spojrzała na stół biblioteczny ze zniszczoną politurą. Jak często Will i Jem musieli siedzieć tutaj razem, uczyć się, ryć inicjały na blacie jak znudzeni uczniowie? – Ja stanowię dla was zagrożenie.

– Tesso, już o tym rozmawialiśmy. Nie jesteś dla nas zagrożeniem. Owszem, Mortmainowi chodzi o ciebie, ale gdybyś nie przebywała tutaj, pod ochroną, łatwo mógłby cię dopaść. Jakie wtedy szkody mogłyby spowodować twoje moce, gdyby je wykorzystał? Nie wiemy. Wiemy tylko, że on czegoś od ciebie chce i że w naszym interesie jest trzymać cię od niego z daleka. To nie jest bezinteresowność. My, Nocni Łowcy, nie jesteśmy altruistami.

Tessa uniosła głowę.

– Myślę, że jesteście wielkimi altruistami. – Kiedy Will prychnął, dodała: – Na pewno wiesz, że robicie coś wyjątkowego. Clave cechuje chłód, to prawda. „Jesteśmy pyłem i cieniami". Ale przypominacie bohaterów z dawnych czasów, takich jak Achilles i Jazon.

– Achilles został zabity zatrutą strzałą, a Jazon umarł w samotności, zabity przez swój własny gnijący statek. Taki jest los bohaterów. Anioł wie, dlaczego ktoś chciałby być jednym z nich.

Tessa zmierzyła go wzrokiem. Pod niebieskimi oczami miał cienie, odruchowo skubał mankiety koszuli. Miesiące, pomyślała. Miesiące, odkąd byli sam na sam dłużej niż chwilę. Tylko przypadkiem spotykali się na korytarzach, na dziedzińcu, niezręcznie wymieniali uprzejmości. Tessa tęskniła za jego żartami, za książkami, które jej pożyczał, za iskierkami śmiechu w jego oczach. Ogarnięta wspomnieniami dawnego Willa rzuciła bez namysłu:

– Wciąż pamiętam to, co mi kiedyś powiedziałeś.

Will spojrzał na nią zaskoczony.

– Tak? Co takiego?

– Że czasami, kiedy nie potrafisz zdecydować, co zrobić, udajesz, że jesteś postacią z książki, bo wtedy łatwiej ci sobie wyobrazić, jak ten ktoś by postąpił.

– Jeśli szukasz szczęścia, raczej nie jestem osobą, od której powinnaś oczekiwać rady – odrzekł Will.

– Nie chodzi o szczęście. Niezupełnie. Chcę pomóc, zrobić coś dobrego... – Tessa westchnęła. – Szukałam w tylu książkach, ale jeśli jest w nich jakaś wskazówka, to ja jej nie znalazłam. Mówiłeś kiedyś, że jesteś Sydneyem Cartonem...

Will z westchnieniem opadł na krzesło po drugiej stronie stołu. Opuścił powieki.

– Chyba wiem, kim w takim razie jest reszta z nas – ciągnęła Tessa. – Ale ja nie chcę być Lucie Manette, bo ona nie zrobiła nic, żeby uratować Charlesa. Pozwoliła, żeby wszystko zrobił Sydney. I była dla niego okrutna.

– Dla Charlesa? – zapytał Will.

– Dla Sydneya. On chciał być lepszym człowiekiem, ale ona mu w tym nie pomogła.

– Nie mogła. Była zaręczona z Charlesem Darneyem.

– A jednak to nie było dobre – upierała się Tessa.

Will zerwał się z krzesła równie szybko, jak wcześniej na nie opadł. Pochylił się, trzymając ręce na blacie. Jego oczy były bardzo niebieskie w niebieskawym świetle lampy.

– Czasami trzeba wybierać, czy się chce być dobrym, czy honorowym – powiedział. – Czasami nie można być takim i takim jednocześnie.

– Co jest lepsze? – cicho spytała Tessa.

Usta Willa wykrzywił gorzki grymas.

– Pewnie to zależy od książki.

Tessa odchyliła głowę do tyłu, żeby na niego spojrzeć.

– Znasz to uczucie, kiedy czytasz książkę i wiesz, że to będzie tragedia, czujesz, że nadciąga ciemność i zimno, widzisz, że sieć zaciska się wokół postaci, które żyją na jej stronicach. Ale jesteś przywiązany do tej historii, jakbyś był wleczony za powozem, nie możesz się go puścić ani zmienić kierunku.

Oczy Willa pociemniały, gdy zrozumiał... oczywiście, że zrozumiał.

Tessa pośpiesznie ciągnęła dalej:

– Czuję, jakby teraz działo się to samo, tylko że nie z postaciami z książki, a z moimi ukochanymi przyjaciółmi. Nie chcę siedzieć bezczynnie, gdy zbliża się tragedia. Powstrzymałabym ją, ale na razie próbuję odkryć, jak to zrobić.

– Boisz się o Jema – stwierdził Will.

– Tak. I o ciebie również.

– Nie – powiedział Will ochryple. – Nie trać na mnie czasu, Tesso.

Zanim zdążyła odpowiedzieć, drzwi biblioteki się otworzyły i w progu stanęła Charlotte. Wyglądała na wyczerpaną.

– Jak Jem? – zapytał Will.

– Nie śpi i rozmawia – odparła Charlotte. – Zażył trochę *yin fen*, a Cichym Braciom udało się ustabilizować jego stan, powstrzymać wewnętrzne krwawienie.

Na wzmiankę o wewnętrznym krwotoku Will zbladł. Tessa przypuszczała, że ona wygląda podobnie.

– Może przyjmować gości – dodała Charlotte. – Prawdę mówiąc, nawet tego zażądał.

Will i Tessa wymienili szybkie spojrzenie. Tessa wiedziała, o czym oboje myślą. Które z nich powinno być tym gościem? Narzeczona Jema czy jego *parabatai*, u Nocnych Łowców świętość nad świętościami. W tym momencie wątpliwości rozstrzygnęła Charlotte, odzywając się bardzo zmęczonym głosem:

– Prosił o ciebie, Will.

Will zrobił zaskoczoną minę i spojrzał na Tessę.

– Ja...

Tessa nie mogła zaprzeczyć, że po słowach Charlotte poczuła zaskoczenie i silne ukłucie prawie zazdrości, ale zdławiła ją bezlitośnie. Kochała Jema dostatecznie, by chcieć tego, czego on sam pragnie, zwłaszcza że zawsze miał po temu swoje powody.

– Idź – powiedziała łagodnie. – Oczywiście, że ciebie chce zobaczyć.

Will ruszył do drzwi, ale w połowie drogi zawrócił i podszedł do Tessy.

– Kiedy będę u Jema, zrobisz coś dla mnie? – zapytał.

Tessa podniosła na niego wzrok i przełknęła ślinę. Stał tak blisko, za blisko. Wypełniał całe jej pole widzenia, w uszach miała tylko dźwięk jego głosu.

– Tak, oczywiście. O co chodzi?

***

Do: Edmunda i Linette Herondale
Ravenscar Manor
West Riding, Yorkshire

Drodzy Mamo i Tato,

wiem, że to tchórzliwe z mojej strony wyjechać tak, jak wyjechałam, wczesnym rankiem, zanim się obudziliście, i zostawiłam tylko liścik z wyjaśnieniem swojej nieobecności. Nie potrafiłam stanąć z Wami twarzą w twarz, wiedząc, co postanowiłam, a także to, że jestem najgorszą z nieposłusznych córek.

Jak mogę wyjaśnić decyzję, którą powzięłam? Jak do niej doszłam? Nawet teraz wydaje się to szaleństwem. Każdy dzień rzeczywiście jest bardziej szalony niż kiedyś. Nie kłamałeś, Tato, kiedy mówiłeś, że życie Nocnego Łowcy jest jak gorączkowy sen...

Cecily gwałtownym gestem przekreśliła napisane zdania, po czym zmięła kartkę i oparła głowę na biurku.

Zaczynała list wiele razy, ale nie była zadowolona z żadnej wersji. Może nie powinna próbować teraz, kiedy starała się uspokoić nerwy po powrocie do Instytutu. Wszyscy skakali wokół Jema, a Will, pośpiesznie sprawdziwszy w ogrodzie jej obrażenia, później już prawie wcale z nią nie rozmawiał. Henry popędził do Charlotte, Gideon odciągnął Gabriela na bok, aż w rezultacie ona sama weszła po schodach Instytutu.

Wśliznęła się do swojej sypialni i nie zawracając sobie głowy zdejmowaniem ekwipunku, zwinęła się w kłębek na miękkim łożu z baldachimem. Kiedy tak leżała w półmroku i słuchała słabych odgłosów londyńskiego ruchu dobiegających z zewnątrz, serce się jej ścisnęło z nagłej, bolesnej tęsknoty za domem. Pomyślała o zielonych wzgórzach Walii, o matce i ojcu, i wyskoczyła z łóżka jak z procy. Pobiegła do biurka, wzięła papier i pióro, w pośpiechu brudząc sobie palce atramentem. A jednak słowa nie przychodziły. Miała wrażenie, jakby broczyła żalem i samotnością ze wszystkich porów, ale nie potrafiła nadać tym uczuciom takiego kształtu, żeby mogli to przeczytać rodzice.

Nagle rozległo się pukanie do drzwi. Cecily sięgnęła po książkę leżącą na biurku i otworzyła ją na chybił trafił.

– Proszę wejść! – zawołała.

W progu z wahaniem stanęła Tessa. Już nie miała na sobie zniszczonej sukni ślubnej, tylko prostą z niebieskiego muślinu.

Na jej szyi lśniły dwie ozdoby: mechaniczny aniołek i jadeitowy wisiorek, prezent od Jema. Cecily z ciekawością popatrzyła na gościa. Choć odnosiły się do siebie przyjaźnie, nie były ze sobą blisko. Tessa miała w sobie pewną rezerwę, której źródła Cecily się domyślała, choć nie potrafiła tego udowodnić. W dodatku było w niej coś obcego i dziwnego. Cecily wiedziała, że Tessa jest zmiennnokształtną i umie przybrać postać dowolnej osoby, lecz nie mogła pozbyć się uczucia, że to nie jest naturalne. Jak można poznać czyjąś prawdziwą twarz, skoro ten ktoś potrafi zmienić ją równie łatwo jak przebrać się w inną suknię?

– Tak, panno Gray?

– Proszę, mów mi Tessa.

Zamknęła za sobą drzwi. Nie po raz pierwszy prosiła Cecily, żeby zwracała się do niej po imieniu, ale nawyk i przekora nie pozwalały jej na to przystać.

– Przyszłam zobaczyć, czy wszystko u ciebie w porządku, czy czegoś nie potrzebujesz.

– Aha. – Cecily poczuła lekkie ukłucie rozczarowania. – U mnie wszystko w porządku.

Tessa zrobiła krok do przodu.

– To „Wielkie nadzieje"? – zapytała.

– Tak. – Cecily nie przyznała się, że widziała, jak Will czyta tę książkę, więc wybrała ją, żeby zrozumieć, w jaki sposób brat myśli. Na razie czuła się kompletnie zagubiona. Pip był ponury, a Estella taka okropna, że Cecily miała ochotę nią potrząsnąć.

– „Estello, do ostatniej godziny mojego życia pozostaniesz częścią mnie, częścią tej odrobiny dobra, które jest we mnie, częścią zła" – wyrecytowała Tessa.

– Uczysz się na pamięć całych fragmentów książek, tak jak Will? A może ten jest twój ulubiony?

– Nie mam pamięci Willa – odparła Tessa, wchodząc dalej w głąb pokoju. – Ani jego runu *mnemosyne*. Ale kocham tę książkę. – Przyjrzała się Cecily. – Dlaczego nadal jesteś w stroju bojowym?

– Myślałam o tym, żeby pójść do sali treningowej – odparła Cecily. – Stwierdzam, że dobrze mi się tam myśli, a poza tym raczej nikogo nie obchodzi, co robię.

– Jeszcze więcej treningu? – zdziwiła się Tessa. – Właśnie brałaś udział w bitwie! Czasami trzeba sobie zaaplikować runy uzdrawiające więcej niż jeden raz, żeby całkiem dojść do siebie... Zanim wznowisz ćwiczenia, powinnam kogoś do ciebie wezwać. Charlotte albo...

– Willa? – burknęła Cecily. – Gdyby im zależało, już by przyszli.

Tessa stanęła przy łóżku.

– Nie możesz myśleć, że nie obchodzisz Willa.

– Nie ma go tutaj, prawda?

– Przysłał mnie, bo sam jest u Jema – powiedziała Tessa, jakby to wszystko wyjaśniało.

Cecily uznała, że w pewnym sensie tak jest. Wiedziała, że Will i Jem nie tylko są bliskimi przyjaciółmi, ale kimś więcej. Czytała o *parabatai* w Kodeksie i wiedziała, że tego rodzaju więź nie istnieje wśród Przyziemnych, że oni są sobie bliżsi niż bracia, niż krewni.

– Jem jest jego *parabatai*. Will złożył przysięgę, że będzie przy nim właśnie w takich chwilach.

– Byłby przy nim niezależnie od przysięgi – stwierdziła Cecily. – Byłby przy każdym z was. Ale na mnie nie zależy mu aż tak bardzo, żeby tu zajrzeć i zobaczyć, czy nie potrzebuję drugiego *iratze*.

– Cecy... – zaczęła Tessa. – Klątwa Willa...

– To nie była prawdziwa klątwa!

– Wiesz, że w pewnym sensie była – powiedziała Tessa z namysłem. – Will wierzył, że nikt nie może go pokochać, bo jeśli on na to pozwoli, spowoduje śmierć tej osoby. To dlatego was opuścił. Chciał, żebyście byli bezpieczni, a teraz ty mieszkasz w Instytucie, co dla niego oznacza, że z samej definicji nie jesteś bezpieczna. On nie potrafi zdobyć się na to, żeby przyjść i obejrzeć twoje rany, bo czuje się tak, jakby sam je zadał.

– Ja sama postanowiłam zostać Nocną Łowczynią. Nie tylko dlatego, że chciałam być blisko Willa.

– Wiem – przyznała Tessa. – Ale czuwałam przy Willu, kiedy leżał w gorączce po zetknięciu z krwią demona, i pamiętam, czyje imię wykrzykiwał. Twoje.

Cecily popatrzyła na nią zaskoczona.

– Will mnie wzywał?

– O, tak. – Kąciki ust Tessy wykrzywił lekki uśmiech. – Oczywiście, kiedy go zapytałam, kim jesteś, nie chciał mi powiedzieć, co niemal doprowadziło mnie do szału... – Urwała i odwróciła wzrok.

– Dlaczego?

– Z ciekawości – odparła Tessa, wzruszając ramionami, ale na jej policzkach wykwitł rumieniec. – To mój główny grzech. W każdym razie on cię kocha. Wiem, że u Willa wszystko jest postawione na głowie, ale fakt, że go tutaj nie ma, jest kolejnym dowodem na to, jak jesteś mu droga. On ma skłonność do odpychania wszystkich, których kocha, a im bardziej cię kocha, tym usilniej stara się tego nie okazywać.

– Ale nie ma żadnej klątwy...

– Nie tak łatwo pozbyć się wieloletnich nawyków – stwierdziła Tessa ze smutkiem w oczach. – Nie sądź błędnie, że Will cię nie kocha, bo on tylko udaje, że mu nie zależy, Cecily. Stań przed nim i zażądaj prawdy, jeśli musisz, ale go nie skreślaj. Nie wyrzucaj ze swojego serca. Bo jeśli to zrobisz, pożałujesz.

***

Do: członków Rady
Od: Konsula Josiaha Waylanda

Wybaczcie mi zwłokę, Panowie, ale chciałem, żeby moje opinie były rezultatem cierpliwego namysłu, a nie nadmiernego pośpiechu.

Obawiam się, że nie mogę poprzeć rekomendacji Charlotte Branwell na moją następczynię. Choć ma ona dobre serce, jest zarazem zbyt zmienna, emocjonalna, wybuchowa i nieposłuszna, żeby zostać Konsulem. Jak wiemy, płeć nadobna ma swoje słabości, od których wolni są mężczyźni, a niestety, pani Branwell posiada tych cech aż w nadmiarze. Nie, nie mogę jej polecić. Nalegam, żebyście rozważyli, Panowie, inną kandydaturę: mojego siostrzeńca George'a Penhallowa, który skończy w listopadzie dwadzieścia pięć lat, jest dobrym Nocnym Łowcą i prawym młodym człowiekiem. Uważam, że ma wystarczająco dużo siły charakteru i zasad moralnych, żeby wprowadzić Nocnych Łowców w nową dekadę.

W imię Razjela,

Konsul Josiah Wayland

Rozdział czwarty

Być mądrym i kochać

„Być mądrym i kochać
Przekracza ludzką moc mądrość w miłości".
– William Shakespeare, *Troilus i Cressida*
(Przełożył Maciej Słomczyński)

– Myślałem, że przynajmniej zrobisz z tego pieśń – powiedział Jem.

Will z zaciekawieniem spojrzał na swojego *parabatai*. Choć Jem prosił o jego przybycie, nie był w gościnnym nastroju. Siedział na brzegu łóżka w czystej koszuli i spodniach. W trochę za luźnym ubraniu wyglądał na jeszcze chudszego niż zwykle. Na obojczykach miał plamki zaschniętej krwi, coś w rodzaju upiornego naszyjnika.

– Z czego?

Jem wykrzywił usta.

– Z naszego zwycięstwa nad robakiem? Po tych wszystkich twoich żartach...

– Przez kilka ostatnich godzin nie byłem w nastroju do żartów – oświadczył Will i pomknął wzrokiem ku zakrwawionym szmatom leżącym na stoliku nocnym obok łóżka i misce pełnej różowawego płynu.

– Przestań, Will – rzucił Jem. – Wszyscy się nade mną trzęsą, a ja nie mogę tego znieść. – Chciałem, żebyś do mnie przyszedł, bo... bo ty tego nie robisz, tylko mnie rozśmieszasz.

Will wyrzucił ręce w górę.

– No dobrze. Co powiesz na to?

Zaiste, już nie trudzę się na próżno,
By dowieść, że demoniczna ospa rozum odbiera.
Więc choć to żal, nie poszła na marne
Śmierć ospowatego robala.
Bo teraz wszyscy musicie mi uwierzyć.

Jem wybuchnął śmiechem.

– Okropne!

– To była improwizacja! – obruszył się Will.

– Istnieje coś takiego jak skandowanie... – Śmiech Jema w jednej chwili przeszedł w kaszel.

Kiedy Jem zgiął się wpół, Will do niego przyskoczył. Krew spryskała białą kapę.

– Jem...

Przyjaciel bez słowa wskazał na pudełko stojące na szafce nocnej. Will sięgnął po szkatułkę z narysowaną na wieczku kobietą wylewającą wodę z dzbana. Nienawidził jej widoku.

Otworzył pudełko... i zamarł. Coś w rodzaju srebrzystego cukru pudru ledwo zakrywało drewniane dno. Może leku było więcej, zanim Cisi Bracia podali go Jemowi. Will nie miał pojęcia. Wiedział tylko, że powinno go zostać dużo, dużo więcej.

– Jem! – wykrztusił. – To wszystko? Jak to możliwe?

Jem przestał kaszleć. Na jego ustach pojawiła się krew. Na oczach przerażonego Willa, który nie był w stanie się ruszyć, wytarł ją rękawem. Płótno natychmiast zrobiło się czerwone. Jem wyglądał, jakby miał wysoką gorączkę, jego blada skóra lśniła, ale on sam zachował całkowity spokój.

– Will – powiedział cicho.

– Dwa miesiące temu... – Will uświadomił sobie, że podnosi głos, więc z trudem się opanował. – Dwa miesiące temu kupiłem dość *yin fen*, żeby wystarczyło ci na rok.

W spojrzeniu Jema dostrzegł wyzwanie i smutek.

– Zwiększyłem dawkę.

– Zwiększyłeś?

Teraz Jem nie patrzył mu w oczy.

– Brałem dwa albo trzy razy więcej.

– Ale zwiększone dawki leku odpowiadają za pogarszanie się twojego zdrowia – przypomniał Will, a kiedy Jem się nie odezwał, wyrzucił z siebie jedno słowo: – Dlaczego?

– Nie chcę żyć połowicznie...

– W ten sposób nie przeżyjesz nawet jednej piątej! – krzyknął Will i z sykiem wciągnął powietrze.

Wyraz twarzy Jema się zmienił. Will z trzaskiem odstawił szkatułkę z powrotem na nocną szafkę, żeby nie uderzyć pięścią w ścianę. Jem usiadł prosto, jego oczy płonęły.

– W życiu chodzi o coś więcej niż o nieumieranie. Popatrz, jak ty żyjesz, Will. Płoniesz jasno jak gwiazda. Brałem tylko tyle leku, żeby przetrwać, ale nie dość, żeby czuć się dobrze. Trochę więcej narkotyku przed bitwami, żeby dodał mi energii, a poza tym życie na pół gwizdka, szary zmierzch życia...

– Ale dawkę zmieniłeś teraz? – zapytał Will. – Po zaręczynach? Z powodu Tessy?

– Nie możesz jej winić. To była moja decyzja. Ona nic o niej nie wie.

– Chciałbym, żebyś żył, James...

– Nie będę żył!

Jem zerwał się na równe nogi, z płonącymi policzkami. Will pomyślał, że jeszcze nigdy nie widział go tak rozgniewanego.

– Nie będę żył i mogę wybrać, że będę płonął dla niej jasno, chociaż krócej, zamiast obarczać ją ciężarem dłuższego życia z półczłowiekiem. To mój wybór, Williamie, i nie możesz go za mnie dokonać.

– Może mogę. To zawsze ja kupowałem dla ciebie *yin fen*...

Kolor zniknął z twarzy Jema.

– Jeśli nie chcesz tego robić, będę kupował sam. Zawsze chciałem, ale ty się uparłeś. A jeśli chodzi o to... – Zdjął z palca pierścień rodowy Carstairsów i podał go Willowi. – Weź go.

Will spojrzał na pierścień, a następnie z powrotem na twarz Jema.

Do głowy przyszedł mu z tuzin okropnych rzeczy, które mógłby powiedzieć albo zrobić. Już dawno się przekonał, że nie tak łatwo zrzucić z siebie maskę. Przez tyle lat udawał, że jest okrutny, że odruchowo zachował się jak człowiek z roztargnieniem skręcający powozem w stronę domu, w którym mieszkał przez całe życie, ale ostatnio się z niego wyprowadził.

– Chcesz mnie poślubić? – zapytał.

– Sprzedaj pierścień – powiedział Jem. – Weź pieniądze. Mówiłem ci, że nie powinieneś płacić za moje narkotyki. Ja raz zapłaciłem za twoje i pamiętam, jakie to uczucie. Niemiłe.

Will skrzywił się, patrząc na symbol rodu Carstairsów lśniący na bladej, pokrytej bliznami dłoni Jema. Delikatnie wziął pierścień z ręki przyjaciela.

– Kiedy stałeś się lekkomyślny, a ja ostrożny? Od kiedy muszę strzec cię przed tobą samym? To zawsze ty mnie pilnowałeś. – Przesunął wzrokiem po twarzy Jema. – Pomóż mi cię zrozumieć.

Jem stał zupełnie nieruchomo. W końcu powiedział:

– Na początku, kiedy zrozumiałem, że kocham Tessę, uznałem, że miłość dobrze mi robi. Od tak dawna nie miałem ataku. A kiedy poprosiłem ją, żeby za mnie wyszła, powiedziałem jej o tym. Że miłość mnie uzdrawia. Więc kiedy pierwszy raz... to się powtórzyło, nie mogłem jej wyznać prawdy, żeby nie pomyślała, że moja miłość do niej słabnie. Wziąłem więcej leku, żeby odpędzić chorobę. Wkrótce brałem więcej narkotyku, żeby po prostu utrzymać się na nogach, niż wtedy, gdy funkcjonowałem po nim przez cały tydzień. Nie chcę, żeby Tessa wiedziała. Proszę, nie mów jej. Nie ze względu na nią, tylko na mnie.

Ku swojemu zdziwieniu Will stwierdził, że rozumie przyjaciela. On zrobiłby wszystko, powiedziałby wszystko, podjął każde ryzyko, żeby Tessa go kochała. Zrobiłby...

Prawie wszystko. Nie zdradziłby Jema. Tej jednej rzeczy nigdy by nie zrobił. A teraz Jem stał przed nim, z ręką w jego dłoni, prosząc oczami o współczucie i zrozumienie. Jak Will mógłby nie zrozumieć? Przypomniał sobie, jak w salonie Magnusa błagał, żeby odesłać go do królestwa demonów, bo nie chciał żyć ani godziny dłużej, ani chwili dłużej, życiem, którego nie mógł znieść.

– Więc umierasz z miłości – stwierdził w końcu zdławionym głosem.

– Z miłości umieram trochę szybciej. Są gorsze rzeczy, za które można umrzeć.

Will puścił jego rękę. Jem popatrzył na niego.

– Will...

– Pojadę do Whitechapel – oznajmił przyjaciel. – Dzisiaj. Kupię ci całe *yin fen*, jakie tam znajdę.

Jem pokręcił głową.

– Nie mogę cię prosić, żebyś zrobił coś, co jest wbrew twojemu sumieniu.

– Mojemu sumieniu – wyszeptał Will. – Ty jesteś moim sumieniem. Zawsze nim byłeś, Jamesie Carstairs. Zrobię to dla ciebie, ale najpierw wymuszę na tobie jedną obietnicę.

– Jaką?

– Lata temu prosiłeś mnie, żebym przestał szukać dla ciebie lekarstwa. Chcę, żebyś zwolnił mnie z tej obietnicy. Pozwól mi szukać.

Jem spojrzał na niego ze zdumieniem.

– Kiedy myślę, że znam cię doskonale, znowu mnie zaskakujesz. Tak, zwolnię cię. Szukaj. Rób, co musisz. Nie mogę krępować ci rąk. To byłoby okrutne. Zresztą ja zrobiłbym dla ciebie to samo. Wiesz o tym, prawda?

– Wiem. – Will zrobił krok do przodu i położył dłonie na ramionach przyjaciela. Pod palcami wyraźnie poczuł kości. – To nie jest jakaś pusta obietnica, Jamesie. Wierz mi, nikt lepiej ode mnie nie zna bólu fałszywej nadziei. Będę szukał. Jeśli remedium istnieje, znajdę je. Ale do tego czasu... możesz żyć po swojemu.

O dziwo, Jem się uśmiechnął.

– Wiem – powiedział. – Ale miło z twojej strony, że mi o tym przypominasz.

– Przecież jestem miły. – Will powiódł wzrokiem po twarzy Jema, znanej mu tak dobrze jak jego własna. – I zdeterminowany. „Nie opuścisz mnie". Póki ja żyję.

Jem nie odpowiedział. Nie było nic więcej do dodania. Will zdjął ręce z ramion *parabatai* i wyszedł z pokoju.

***

Cecily stała z nożem w ręce tam, gdzie wcześniej tego dnia. Wycelowała, odchyliła ramię do tyłu i rzuciła. Ostrze utkwiło w ścianie, tuż poza narysowanym kręgiem.

Rozmowa z Tessą nie ukoiła jej nerwów, a jedynie pogorszyła sprawę. Pannę Grey otaczała aura rezygnacji i smutku, która przyprawiła Cecily o niepokój i dreszcze. Choć była zła na Willa, wyczuła, że Tessa trochę się o niego boi, że ma w sercu lęk, o którym nie chce mówić, a ona zapragnęła odkryć, o co chodzi. Jak mogła chronić brata, skoro nie wiedziała, przed czym?

Odzyskawszy nóż, uniosła go i rzuciła ponownie. Tym razem wbił się jeszcze dalej poza kręgiem. Cecily sapnęła z gniewem.

– *Uffern nef!* – przeklęła po walijsku.

Matka wpadłaby w przerażenie, ale jej tutaj nie było.

– Pięć – dobiegł od drzwi głos przeciągający samogłoski.

Cecily drgnęła i odwróciła się. W progu stał jakiś cień. Kiedy się poruszył, zmienił się w Gabriela Lightwooda: zmierzwione kasztanowe włosy i oczy zielone jak szkło. Chłopak był równie wysoki jak Will i smuklejszy od brata.

– Nie rozumiem, panie Lightwood.

– Pani rzuty – powiedział, wskazując ręką. – Oceniam je na pięć punktów. Pani umiejętności i technika być może wymagają trochę pracy, ale z pewnością ma pani wrodzony talent. Potrzeba tylko ćwiczeń.

– Will mnie trenuje – oznajmiła Cecily, kiedy Gabriel podszedł bliżej.

Kącik jego ust uniósł się lekko.

– Wyraziłem swoją opinię.

– Pan zapewne poradziłby sobie lepiej.

Gabriel podszedł do ściany i wyrwał z niej nóż. Zakręcił nim między palcami.

– Tak. Byłem szkolony przez najlepszych, a sam trenowałem pannę Collins i pannę Gray...

– Słyszałam. Aż się pan znudził. Nie takiego zaangażowania szuka się u nauczyciela. – Cecily siliła się na chłodny ton. Pamiętała dotyk Gabriela, kiedy podniósł ją z ziemi w Lightwood House, ale wiedziała, że Will go nie lubi, a ją raziły samozadowolenie i poczucie wyższości, które było słychać w jego głosie.

Gabriel dotknął czubka noża. Na jego skórze wykwitła czerwona kropelka krwi. Miał stwardniałe palce i piegi na zewnętrznej stronie dłoni.

– Przebrała się pani – zauważył.

– Tamten strój był pokryty krwią i posoką. – Cecily zmierzyła go wzrokiem od stóp do głów. – Widzę, że pan nie zmienił ubrania.

Po jego twarzy przemknął dziwny wyraz. Szybko zniknął, ale Cecily tyle razy widziała, jak jej brat ukrywa emocje, że potrafiła czytać oznaki.

– Nie mam tutaj żadnych rzeczy i nie wiem, gdzie będę mieszkał. Mógłbym wrócić do jednej z rodzinnych rezydencji, ale...

– Rozważa pan zostanie w Instytucie? – ze zdziwieniem spytała Cecily, czytając w jego twarzy. – Co na to Charlotte?

– Pozwoli mi. – W oczach Gabriela na chwilę pojawił się twardy wyraz. – Mój brat tu jest.

– Tak. Mój też.

Gabriel wahał się przez chwilę, jakby nie do końca zrozumiał.

– A, Will – powiedział w końcu. – Jest pani bardzo do niego podobna. To... aż irytujące. – Potrząsnął głową, jakby chciał odzyskać jasność myśli. – Właśnie widziałem pani brata. Pędził w dół po schodach, jakby ścigało go Czterech Jeźdźców. Pewnie pani nie wie, o co chodzi?

Determinacja. Serce Cecily podskoczyło. Wyrwała nóż z ręki Gabriela, nie zważając na jego okrzyk protestu.

– Nie wiem, ale zamierzam się dowiedzieć – oświadczyła.

***

Kiedy londyńskie City zamykało się wraz z końcem dnia pracy, East End ożywało. Will szedł ulicami pełnymi straganów z używanymi ubraniami i butami. Handlarze starzyzną i ostrzyciele noży pchali wózki, zachwalając swoje usługi chrapliwymi głosami. Rzeźnicy stali w otwartych drzwiach, w fartuchach poplamionych krwią, w oknach wisiały połcie mięsa. Kobiety rozwieszające pranie krzyczały do siebie przez ulicę z akcentem charakterystycznym dla wszystkich urodzonych w zasięgu Bow Bells, tak że równie dobrze mogłyby mówić po rosyjsku, bo Will i tak ich nie rozumiał.

Zaczęła padać lekka mżawka. Zmoczyła włosy Willa, kiedy przechodził obok zamkniętego sklepu tytoniowego i skręcał za rogiem w węższą uliczkę. W oddali widział iglicę kościoła Whitechapel. Tutaj zbierały się cienie, gęstniała mgła, pachnąca żelazem i śmieciami. Środkiem zaułka biegł wąski rynsztok pełen cuchnącej wody. Trochę dalej znajdowała się brama. Po jej obu stronach wisiały lampy gazowe. Mijając ją, Will zanurkował w nią nagle i wystawił rękę na zewnątrz.

Rozległ się krzyk, gdy Will przyciągnął do siebie szczupłą, czarno odzianą postać w aksamitnym płaszczu zarzuconym pośpiesznie na strój treningowy. Ciemne włosy wysunęły się spod kaptura, niebieskie oczy odpowiedziały mu gniewnym spojrzeniem.

– Puszczaj!

– Dlaczego mnie śledzisz w londyńskich zaułkach, idiotko? – Will lekko potrząsnął siostrą.

Cecily zmrużyła oczy.

– Rano *cariad*, a teraz idiotka?

– Te ulice są niebezpieczne – powiedział Will. – I nic o nich nie wiesz. Nawet nie używasz znaku maskującego. Mieszkając na wsi, możesz się przechwalać, że niczego się nie boisz, ale to jest Londyn.

– Nie boję się Londynu – oświadczyła Cecily buntowniczo.

Will nachylił się i wysyczał jej do ucha.

– *Fyddai'n wneud unrhyw dda yn ddweud wrthych i fynd adfer?*

Cecily się roześmiała.

– Nie, nic by ci to nie dało, gdybyś kazał mi iść do domu. *Rwyt ti fy prawd ac rwy eisiau mync efo chi.*

Will zamrugał. „Jesteś moim bratem i chcę iść z tobą". Przywykł do takich słów z ust swojego *parabatai*, ale choć Cecily nie przypominała Jema pod żadnym względem, miała z nim jedną wspólną cechę: niezwykły upór. Kiedy mówiła, że czegoś chce, nie był to wyraz płonnego pragnienia, tylko żelaznej determinacji.

– Nie obchodzi cię zupełnie, dokąd idę? – zapytał. – A gdybym szedł do piekła?

– Zawsze chciałam zobaczyć piekło – odparła Cecily spokojnie. – Czy wszyscy tego nie pragną?

– Większość z nas stara się trzymać od niego z daleka. Idę do spelunki iryftów, jeśli musisz wiedzieć, żeby kupić narkotyk od gwałtownych i rozpustnych łotrów. Jak im wpadniesz w oko, mogą zechcieć cię sprzedać.

– Nie powstrzymałbyś ich?

– Pewnie to zależałoby od tego, ile by mi dawali.

Cecily potrząsnęła głową.

– Jem jest twoim *parabatai,* bratem danym ci przez Clave, a ja twoją rodzoną siostrą. Dlaczego dla niego zrobiłbyś wszystko na świecie, a mnie każesz iść do domu?

– Skąd wiesz, że narkotyk jest dla Jema?

– Nie jestem głupia, Will.

– Nie, i wielka szkoda – mruknął Will. – Jem... Jem jest lepszą częścią mnie. Nie spodziewam się, że zrozumiesz, ale jestem mu to winny.

– Więc kim ja jestem dla ciebie? – zapytała Cecily.

Will wypuścił powietrze z płuc, zbyt zirytowany, żeby się pohamować.

– Moją słabością.

– A Tessa twoim sercem – stwierdziła Cecily. Nie była rozgniewana, tylko zamyślona. – Jak już wspomniałam, nie jestem głupia – dodała, widząc zaskoczenie na jego twarzy. – Wiem, że ją kochasz.

Will złapał się za głowę, jakby jej słowa przyprawiły go o dotkliwy ból.

– Powiedziałaś komuś? Nie wolno ci, Cecily. Nikt nie wie, i tak musi pozostać.

– Nikomu bym nie powiedziała.

– Jasne. – Jego głos stwardniał. – Pewnie wstydzisz się za brata, który żywi niestosowne uczucia wobec narzeczonej swojego *parabatai*...

– Nie wstydzę się za ciebie, Will. Cokolwiek czujesz, nie ulegasz impulsom. Poza tym pewnie wszyscy pragniemy rzeczy, których nie możemy mieć.

– Tak? A czego nieosiągalnego ty pragniesz?

– Żebyś pojechał do domu. – Wilgotny kosmyk czarnych włosów przykleił się jej do policzka, tak że wyglądała, jakby płakała, choć Will wiedział, że tak nie jest.

– Instytut jest moim domem. – Will z westchnieniem oparł głowę o kamienny łuk. – Nie mogę tu stać i kłócić się z tobą przez cały wieczór, Cecy. Jeśli jesteś zdecydowana iść ze mną do piekła, nie mogę cię powstrzymać.

– Wreszcie nabrałeś rozumu. Wiedziałam, że tak będzie. Ostatecznie jesteś ze mną spokrewniony.

Will zwalczył odruch, żeby nią potrząsnąć.

– Jesteś gotowa?

Gdy Cecily kiwnęła głową, zapukał do drzwi.

***

Drzwi się otworzyły i na progu sypialni stanął Gideon, mrugając, jakby z ciemnego miejsca wyszedł na światło. Jego spodnie i koszula były pomięte, jedna szelka zsunęła się z ramienia.

– Panie Lightwood? – z wahaniem odezwała się Sophie. W obu rękach trzymała ciężką tacę z rogalikami i herbatą. – Bridget mówiła, że pan dzwonił po podwieczorek...

– Tak. Oczywiście. Wejdź.

Gideon wyprostował się, jakby dopiero teraz całkiem się obudził, i wpuścił ją do pokoju. Na nogach nie miał butów, leżały w kącie. W zwykle schludnym pokoju panował bałagan. Na wysokim oparciu krzesła wisiał strój bojowy – Sophie skrzywiła się w duchu na myśl o tapicerce – na szafce nocnej leżało niedojedzone jabłko, na łóżku głęboko spał Gabriel Lightwood.

Najwyraźniej miał na sobie ubranie brata, bo było na niego za małe. Śpiąc, wyglądał młodziej. Z twarzy zniknęło całe napięcie. Ręką ściskał poduszkę, jakby szukał w niej poczucia bezpieczeństwa.

– Nie mogłem go dobudzić – powiedział Gideon, nieświadomie trzymając się za łokcie. – Powinienem kazać mu wrócić do własnego pokoju, ale... – Westchnął. – Nie umiałem.

***

– Zostaje tutaj? – zapytała Sophie, stawiając tacę na szafce nocnej. – To znaczy, w Instytucie.

– Ja... nie wiem. Chyba tak. Charlotte powiedziała mu, że jest tu mile widziany. Myślę, że go przeraziła. – Usta Gideona wykrzywiły się lekko.

– Pani Branwell? – Sophie zjeżyła się, jak zawsze, kiedy myślała, że ktoś krytykuje jej panią. – Ona jest najłagodniejszą osobą na świecie!

– Tak... i właśnie dlatego go przeraża. Objęła go i powiedziała, że jeśli tu zostanie, incydent z moim ojcem pójdzie w niepamięć. Nie jestem pewien, który incydent miała na myśli – dodał sucho Gideon. – Najprawdopodobniej ten, kiedy Gabriel głosował za odebraniem jej Instytutu.

– Chyba nie miała na myśli ostatniego? – Sophie odgarnęła kosmyk, który wysunął się jej spod czepka. – Z...

– Ogromnym robakiem? Nie. Dziwne, ale nie sądzę. To nie leży w naturze mojego brata, żeby oczekiwać przebaczenia. Za cokolwiek. On rozumie tylko najostrzejszą dyscyplinę. Może sądzić, że Charlotte robi sobie z niego żarty albo że jest szalona. Zaprowadziła go do pokoju, który mógłby należeć do niego, ale myślę, że to wszystko go przeraziło. Przyszedł o tym ze mną porozmawiać i zasnął. – Gideon westchnął, patrząc na brata z mieszaniną czułości, irytacji i smutku.

Na ten widok serce Sophie zabiło mocniej ze współczucia.

– Wasza siostra... – zaczęła.

– Och, Tatiana nawet przez chwilę nie rozważałaby zamieszkania w Instytucie – oświadczył Gideon. – Uciekła do Blackthornów, swoich teściów. I szerokiej drogi. Nie jest głupią dziewczyną, prawdę mówiąc, uważa, że się za ponadprzeciętną inteligencję, ale jest zarozumiała i próżna, a między nią a moim bratem nie ma miłości. Poza tym, Gabriel nie spał od wielu dni. Czuwał w tym wielkim nawiedzonym domu, bębnił do drzwi zamkniętej biblioteki, a ojciec nie odpowiadał...

– Jest pan wobec niego bardzo opiekuńczy – stwierdziła Sophie.

– Oczywiście, że tak. Jest moim młodszym bratem. – Gideon podszedł do łóżka i przesunął dłonią po zmierzwionych włosach Gabriela.

Chłopak poruszył się i coś wymamrotał przez sen, ale się nie obudził.

– Myślałam, że nie wybaczy panu tego, że obrócił się pan przeciwko waszemu ojcu – powiedziała Sophie. – Sam pan się tego obawiał. Że on uzna pańskie działanie za zdradę rodu Lightwoodów.

– Sądzę, że zaczął kwestionować wielkość rodu Lightwoodów, tak jak ja w Madrycie. – Gideon odsunął się od łóżka.

Sophie spuściła głowę.

– Przepraszam – bąknęła. – Przykro mi z powodu pańskiego ojca. Cokolwiek o nim mówili czy cokolwiek zrobił, był pańskim ojcem.

Gideon odwrócił się do niej.

– Sophie...

Nie poprawiła go, kiedy użył jej imienia.

– Wiem, że robił rzeczy godne ubolewania – powiedziała. – Ale i tak powinien pan mieć prawo do żałoby po nim. Nikt nie odbierze panu tego żalu. On należy do pana i tylko do pana.

Gideon lekko dotknął jej policzka.

– Wiedziałaś, że twoje imię oznacza „mądrość"? Jest bardzo odpowiednie dla ciebie.

Sophie przełknęła ślinę.

– Panie Lightwood...

Ale on objął dłonią jej policzek i nachylił się, żeby ją pocałować.

– Sophie – wyszeptał, a potem ich wargi się zetknęły.

Lekko i delikatnie Sophie położyła dłonie – szorstkie, zniszczone od prania, szorowania kominków, odkurzania i polerowania – na jego ramionach.

Przysuwając się do niego bliżej, zawadziła obcasem o dywan. Gideon chwycił ją i razem upadli na podłogę. Twarz Sophie płonęła z zakłopotania. Dobry Boże, on jeszcze pomyśli, że celowo pociągnęła go w dół, bo jest rozpustną kobietą ogarniętą pożądaniem. Czepek spadł jej z głowy, ciemne loki rozsypały się po twarzy. Leżała na miękkim dywanie, a Gideon szeptał z troską jej imię. Odwróciła głowę i jej wzrok padł na podłogę pod łożem z baldachimem.

– Panie Lightwood, czy pod pańskim łóżkiem są rogaliki? – zapytała, unosząc się na łokciach.

Gideon zamarł jak zając osaczony przez psy.

– Co?

– Tam. – Sophie wskazała na suche pieczywo walające się pod łóżkiem. – To cała góra rogalików. O co chodzi, do licha?

Gideon usiadł i przeczesał rękami potargane włosy, a Sophie odsunęła się od niego, szeleszcząc spódnicami.

– Ja...

– Prosił pan o te rogaliki. Prawie codziennie. Prosił pan o nie, panie Lightwood. Dlaczego pan to robił, skoro pan ich nie chciał?

Jego policzki poczerwieniały.

– To był jedyny sposób, jaki zdołałem wymyślić, żeby cię widywać. Nie chciałaś ze mną rozmawiać, nie chciałaś słuchać, kiedy próbowałem...

– Więc pan kłamał? – Sophie chwyciła czepek i zerwała się z podłogi. – Zdaje pan sobie sprawę, ile ja mam pracy, panie Lightwood? Noszenie węgla i gorącej wody, odkurzanie, polerowanie, sprzątanie po panu i innych... nie skarżę się, ale jak pan śmie dodawać mi pracy, kazać mi dźwigać ciężkie tace w tę i z powrotem po schodach, przynosić coś, czego pan nie chce?

Gideon wstał. Ubranie miał jeszcze bardziej wymięte.

– Wybacz mi – rzekł błagalnym tonem. – Nie pomyślałem.

– Rzeczywiście. – Sophie z wściekłością upchnęła włosy pod czepek. – Wy nigdy nie myślicie, prawda?

Po czym wymaszerowała z pokoju, a Gideon patrzył za nią bezradnie.

– Niezła robota, bracie – odezwał się Gabriel, mrugając zaspanymi oczami.

Gideon rzucił w niego rogalikiem.

***

– Henry. – Charlotte szła przez kryptę, w której magiczne pochodnie płonęły tak mocno, że było tu jasno niemal jak w dzień, choć zbliżała się północ. Jej mąż pochylał się nad jednym z wielkich drewnianych stołów stojących pośrodku pomieszczenia. Coś paskudnego bulgotało w zlewce na innym stole, buchając kłębami lawendowego dymu. Przed Henrym leżała rozpostarta wielka płachta papieru, w jaki pakuje się towary, a on pokrywał ją tajemniczymi obliczeniami, mamrocząc coś pod nosem. – Kochanie, nie jesteś zmęczony? Pracujesz od wielu godzin.

Henry drgnął i podniósł wzrok, zsuwając okulary na rude włosy.

– Charlotte! – Wyglądał na zdumionego i zachwyconego.

Tylko Henry, pomyślała kwaśno Charlotte, może być zaskoczony widokiem żony w swoim własnym domu.

– Mój aniele. Co tu robisz? Jest lodowato zimno. To nie może być dobre dla dziecka.

Charlotte się roześmiała, ale nie sprzeciwiła, kiedy Henry pośpieszył do niej i uściskał ją delikatnie. Odkąd się dowiedział, że będą mieli dziecko, traktował ją, jakby była z porcelany. Wycisnął pocałunek na jej włosach i odsunął się, żeby przyjrzeć się twarzy.

– Wyglądasz na trochę zmęczoną. Może zamiast kolacji Sophie powinna ci przynieść wzmacniający rosół? Pójdę i...

– Henry. Postanowiliśmy nie robić wspólnej kolacji. Wszyscy dostali kanapki do pokojów. Jem nadal jest zbyt chory, żeby schodzić na dół, a chłopcy Lightwoodów zbyt wstrząśnięci. I wiesz, jaki jest Will, kiedy Jem nie czuje się dobrze. Tessa oczywiście też. Doprawdy cały dom się nam rozpada.

– Kanapki? – z tęskną miną powtórzył Henry, który uczepił się akurat tego fragmentu z całego wywodu żony.

Charlotte się uśmiechnęła.

– Zostało dla ciebie parę na górze, jeśli potrafisz się oderwać od pracy. Pewnie nie powinnam na ciebie krzyczeć – przeglądałam dzienniki Benedicta i okazały się całkiem fascynujące – ale nad czym pracujesz?

– Nad portalem – odparł Henry z zapałem. – To forma transportu. Coś, co mogłoby w ciągu sekund przenieść Nocnego Łowcę z jednego punktu globu w inny. To pierścienie Mortmaina nasunęły mi ten pomysł.

Oczy Charlotte się rozszerzyły.

– Ale pierścienie Mortmaina to z pewnością czarna magia...

– Ale mój wynalazek nie. Och, jest coś jeszcze. Chodź. To dla Buforda.

Mąż wziął ją za nadgarstek i pociągnął do stołu.

– Mówiłam ci setki razy, Henry, że mój syn nie będzie miał na imię Buford. Na Anioła, czy to kołyska?

Henry się rozpromienił.

– Lepsze niż kołyska! – oświadczył, wskazując szerokim gestem na solidnie wyglądające dziecięce łóżeczko zawieszone na dwóch słupkach. Charlotte musiała przyznać, że mebelek jest całkiem ładny. – To samohuśtająca się kołyska!

– Co takiego? – zapytała Charlotte słabym głosem.

– Patrz.

Henry z dumą wystąpił do przodu i wcisnął jakiś niewidzialny guzik. Kołyska zaczęła się łagodnie bujać.

Charlotte wypuściła powietrze z płuc.

– To urocze, kochanie.

– Nie podoba ci się? – Henry promieniał. – Proszę, teraz kołysze się trochę szybciej.

Rzeczywiście. Do tego lekkimi zrywami, na widok których Charlotte odniosła wrażenie, że nagle znalazła się na wzburzonym morzu.

– Hm – mruknęła. – Henry, chciałabym o czymś z tobą porozmawiać. O czymś ważnym.

– Ważniejszym niż łagodne kołysanie naszego dziecka do snu co noc?

– Clave postanowiło uwolnić Jessamine – oznajmiła Charlotte. – Wraca do Instytutu za dwa dni.

Mąż odwrócił się do niej z wyrazem niedowierzania na twarzy. Za nim kołyska bujała się coraz szybciej. Jak rozpędzony powóz.

– Wraca tutaj?

– Ona nie ma dokąd pójść.

Henry otworzył usta, ale zanim zdążył coś powiedzieć, rozległ się huk, kołyska zerwała się ze słupków, poleciała przez pokój i roztrzaskała się o ścianę. Na podłogę spadły drzazgi.

Charlotte wydała cichy okrzyk i zakryła ręką usta. Henry zmarszczył czoło.

– Może, gdybym ulepszył model...

– Nie, Henry – powiedziała twardo Charlotte.

– Ale...

– W żadnym razie. – Głos Charlotte był ostry jak stal.

Henry westchnął.

– Dobrze, kochanie.

***

Diabelskie maszyny nie znają litości. Diabelskie maszyny nie znają żalu. Diabelskie maszyny są niezliczone. Diabelskie maszyny nigdy nie przestaną przybywać.

Słowa napisane na ścianie gabinetu Benedicta rozbrzmiewały echem w głowie Tessy, kiedy siedziała przy łóżku Jema pogrążonego we śnie. Nie była pewna, która dokładnie jest godzina: blisko świtu, a na pewno dużo po północy. Jem nie spał, kiedy zjawiła się tuż po wyjściu Willa, tylko siedział oparty o poduszki i czuł się dostatecznie dobrze, żeby zjeść tost i napić się herbaty, choć brakowało mu tchu i był jeszcze bledszy niż zwykle.

Sophie zjawiła się później, żeby zabrać pustą tacę, i uśmiechnęła się do Tessy. „Popraw mu poduszki" zaproponowała szeptem i Tessa to zrobiła, choć Jem wyglądał na rozbawionego jej staraniami. Nie miała dużego doświadczenia w pielęgnowaniu chorych. Do tej pory co najwyżej zajmowała się bratem, kiedy wracał do domu pijany. Teraz nie miała nic przeciwko siedzeniu przy Jemie i trzymaniu go za rękę, podczas gdy on oddychał cicho, z na pół przymkniętymi oczami i trzepoczącymi powiekami.

– Niezbyt heroiczne – powiedział nagle, nie otwierając oczu, ale pewnym głosem.

Tessa drgnęła i pochyliła się. Ich splecione dłonie leżały obok niego na kołdrze. Jego palce były chłodne, puls wolny.

– Co masz na myśli?

– Dzisiaj upadłem i zachlapałem krwią cały Lightwood House... – powiedział cicho Jem i zakaszlał.

– To tylko poprawiło wygląd tamtego miejsca – skwitowała Tessa.

– Teraz mówisz jak Will. – Jem uśmiechnął się sennie. – I zmieniasz temat, tak jak on by to zrobił.

– Oczywiście, że tak. Miałabym myśleć o tobie gorzej, bo jesteś chory? Wiesz, że tak nie jest. I byłeś dzisiaj bardzo heroiczny. Choć Will twierdzi, że wszyscy bohaterowie źle kończą, i nie rozumie, dlaczego ktoś chciałby nim być.

– Aha. – Jem ścisnął jej dłoń, a potem ją puścił. – Cóż, Will patrzy na sprawę z punktu widzenia bohatera, prawda? Ale jeśli chodzi o resztę z nas, odpowiedź jest łatwa.

– Tak?

– Oczywiście. Bohaterowie są nimi, bo ich potrzebujemy. Nie ze względu na siebie samych.

– Mówisz tak, jakbyś nie był jednym z nich. – Tessa odgarnęła kosmyk z jego czoła. Narzeczony pochylił się ku jej ręce z zamkniętymi oczami. – Jem... czy ty kiedyś... – Zawahała się. – Czy myślałeś kiedyś o sposobie przedłużenia sobie życia innym niż lek?

Jem otworzył oczy.

– Co masz na myśli?

Tessa pomyślała o Willu krztuszącym się wodą święconą.

– Zostanie wampirem. Żyłbyś wiecznie...

Jem dźwignął się na poduszki.

– Tesso, nie. Nie możesz tak myśleć.

– Czy myśl o staniu się Podziemnym jest dla ciebie aż tak straszna?

– Tesso... – Jem nabrał powietrza. – Jestem Nocnym Łowcą, Nefilim. Tak jak wcześniej moi rodzice. To moje dziedzictwo. Doceniam dar, który mi dali, krew Anioła, zaufanie do mnie, przysięgi, które złożyłem. Zresztą nie sądzę, żebym był dobrym wampirem. Wampiry w większości nas nienawidzą. Czasami zmieniają się w Nefilim, dla żartu, ale wtedy spotyka ich pogarda ze strony swoich. W naszych żyłach płynie ogień aniołów, wszystko, czego oni nienawidzą. Odtrąciliby mnie. Nefilim również. Już nie byłbym *parabatai* Willa, nie byłbym mile widziany w Instytucie. Nie, Tesso. Wolałbym umrzeć i narodzić się na nowo, zobaczyć znowu słońce, niż żyć do końca świata bez dziennego blasku.

– A więc Cichy Brat – podsunęła Tessa. – Kodeks mówi, że runy, które sobie nakładają, są dostatecznie potężne, żeby uchronić ich przed śmiercią.

– Cisi Bracia nie mogą się żenić. – Jem uniósł brodę.

Tessa od dawna wiedziała, że pod jego łagodnością kryje się upór równie silny jak u Willa. Dostrzegła go teraz. Stal pod jedwabiem.

– Wolałabym, żebyś żył i mnie nie poślubił, niż... – Gardło się jej ścisnęło.

Jego oczy nieco złagodniały.

– Ścieżka Cichych Braci jest dla mnie zamknięta. Z *yin fen* zatruwającym moją krew nie przeżyłbym nakładania ich runów.

Musiałbym odstawić narkotyk, żeby całkiem zniknął z mojego organizmu, a to prawdopodobnie by mnie zabiło. – Musiał coś dostrzec w wyrazie jej twarzy, bo jego ton zmiękł: – A zresztą, co to za życie: cienie, mrok, cisza i żadnej muzyki. – Przełknął ślinę. – Poza tym, nie chcę żyć wiecznie.

– Ja może będę żyła wiecznie – przypomniała Tessa. Sama jeszcze nie całkiem potrafiła to zrozumieć. Trudno było pojąć, że życie nigdy się nie skończy, podobnie jak to, że się skończy.

– Wiem – powiedział Jem. – I przykro mi z tego powodu, bo myślę, że jest to ciężar, którego nikt nie powinien musieć dźwigać. Jak wiesz, Tesso, wierzę, że będziemy żyli ponownie. Ja wrócę, jeśli nawet nie w tym samym ciele. Dusze, które się kochają, ciągną do siebie w następnym życiu. Zobaczę Willa, moich rodziców, wujków, Charlotte i Henry'ego...

– Ale nie zobaczysz mnie. – Nie po raz pierwszy o tym myślała, choć zwykle starała się unikać takich rozważań. Jeśli jestem nieśmiertelna, mam tylko to jedno życie. Nie zmienię się tak jak ty, Jamesie. Nie zobaczę cię w niebie ani na brzegu wielkiej rzeki, ani nigdzie indziej.

– Teraz cię widzę. – Jem dotknął jej policzka, patrząc w oczy.

– A ja widzę ciebie – wyszeptała Tessa, a on uśmiechnął się ze znużeniem i zamknął powieki.

Tessa położyła dłoń na jego ręce, przytuliła policzek do chłodnych palców. Siedziała bez słów, aż oddech Jema zwolnił. Narzeczony zasnął. Ze smutnym uśmiechem delikatnie położyła jego rękę na kołdrze.

Gdy skrzypnęły drzwi sypialni, Tessa odwróciła się na krześle i zobaczyła, że na progu stoi Will, w płaszczu i rękawiczkach. Jedno spojrzenie na jego surową, zrozpaczoną twarz wystarczyło, żeby wstała i wyszła na korytarz.

Will już kroczył przed siebie z pośpiechem człowieka ściganego przez diabła. Tessa ostrożnie zamknęła za sobą drzwi sypialni i pobiegła za nim.

– O co chodzi, Will? Co się stało?

– Właśnie wróciłem z East Endu. – Takiego bólu w jego głosie nie słyszała od dnia, kiedy mu oznajmiła, że jest zaręczona z Jemem. – Poszedłem po *yin fen*. Nic nie znalazłem.

Tessa omal się nie potknęła.

– Jak to nic nie znalazłeś? Jem ma zapas, prawda?

Will odwrócił się do niej, idąc w dół po schodach.

– Skończył się – powiedział krótko. – On nie chciał, żebyś wiedziała, ale nie da się tego ukryć. Zapas się skończył, a ja nie mogę znaleźć więcej. To ja zawsze kupowałem narkotyk. Miałem dostawców, ale oni albo zniknęli, albo zostali z pustymi rękami. Poszedłem najpierw w tamto miejsce, gdzie mnie wtedy znaleźliście, ty i Jem. Nie mieli *yin fen*.

– A w innym...

– Byłem wszędzie. – Szli korytarzem na drugim piętrze, gdzie znajdowała się biblioteka i salon Instytutu. Z obu par otwartych drzwi do holu wylewało się żółte światło. – Wszędzie. W ostatnim miejscu, do którego poszedłem, powiedzieli mi, że ktoś systematycznie skupował *yin fen* przez ostatnie tygodnie. Nie zostało nic.

– Ale Jem... – Przerażenie buzowało w niej jak ogień. – Bez *yin fen*...

– Umrze. – Will zatrzymał się na chwilę przed drzwiami biblioteki. Ich oczy się spotkały. – Dzisiaj po południu dał mi pozwolenie na szukanie dla niego remedium. A teraz umrze, bo nie dam rady utrzymać go przy życiu dostatecznie długo, żeby znaleźć lek.

– Nie – oświadczyła Tessa. – On nie umrze. Nie pozwolimy mu.

Will wszedł do biblioteki i obrzucił wzrokiem znajome pomieszczenie: stoły oświetlone lampkami, półki pełne starych woluminów.

– Księgi – powiedział Will, jakby Tessa wcale się nie odezwała. – Czytałem dzieła o rzadkich truciznach. – Podszedł do najbliższego regału i dłońmi w rękawiczkach gorączkowo przesunął po grzbietach książek. – To było lata temu, zanim Jem zabronił mi dalszych poszukiwań. Zapomniałem...

Tessa zbliżyła się do niego, szeleszcząc spódnicami.

– Will, przestań.

– Ale ja muszę sobie przypomnieć. – Przesunął się do następnej półki i do kolejnej. – Muszę znaleźć...

– Will, nie zdążysz przeczytać wszystkich książek z tej biblioteki. Przestań. – Szła za nim na tyle blisko, by zauważyć, że kołnierz jego kurtki jest wilgotny od deszczu. – To nie pomoże Jemowi.

– Więc co pomoże? Co? – Sięgnął po następny wolumin, przekartkował go i rzucił na podłogę.

Tessa podskoczyła.

– Przestań – powtórzyła, złapała go za rękaw i obróciła do siebie. Był zarumieniony, zdyszany, mięśnie ramion miał napięte i twarde jak żelazo. – Kiedy wcześniej szukałeś leku, nie wiedziałeś tego, co wiesz teraz. Nie miałeś sprzymierzeńców, których masz teraz. Pójdziemy do Magnusa Bane'a. On ma oczy i uszy w Podziemnym Świecie, zna się na wszelkich rodzajach magii. Pomógł ci z twoją klątwą, teraz też nam pomoże.

– Nie było żadnej klątwy – przypomniał Will, jakby recytował słowa sztuki. Jego oczy były szkliste.

– Will, posłuchaj mnie. Proszę. Chodźmy do Magnusa. On może nam pomóc.

Will zamknął oczy i wziął głęboki wdech. Tessa go obserwowała. Nie mogła się powstrzymać, żeby na niego nie patrzeć, kiedy miała pewność, że on tego nie widzi: długie rzęsy kładące się na policzkach, niebieskawo zabarwione powieki.

– Tak – odezwał się w końcu. – Tak. Oczywiście, Tesso, dziękuję. Nie pomyślałem.

– Martwiłeś się. – Tessa nagle sobie uświadomiła, że nadal trzyma go za ramię i że stoją tak blisko siebie, że mogłaby pocałować go w policzek albo objąć rękami szyję, żeby go pocieszyć. Odsunęła się i opuściła rękę. Will otworzył oczy. – I myślałeś, że już zawsze będzie ci zabraniał szukać leku. Wiesz, że nigdy mi się to nie podobało. Już wcześniej myślałam o Magnusie.

Zmierzył ją wzrokiem.

– Ale nigdy go o to nie prosiłaś?

Tessa pokręciła głową.

– Jem nie chciał. Ale teraz... Teraz wszystko się zmieniło.

– Tak. – Will cofnął się, nie odrywając oczu od jej twarzy. – Zejdę na dół i każę Cyrilowi przyprowadzić powóz. Spotkamy się na dziedzińcu.

***

Do: Konsula Josiaha Waylanda
Od: członków Rady

Drogi Panie,

jesteśmy zmuszeni wyrazić wielkie zaniepokojenie po przeczytaniu Pańskiego listu. Sądziliśmy, że Charlotte Branwell jest kandydatką, którą Pan gorąco popiera, a ona sama udowodniła, że jest dobrą szefową londyńskiego Instytutu. Inkwizytor Whitelaw wyraża się o niej jak najlepiej i uważa, że sprostała wyzwaniu, które rzucił jej Benedict Lightwood.

W naszej wspólnej opinii George Penhallow nie jest godnym kandydatem na stanowisko Konsula. W przeciwieństwie do pani Branwell nie zdążył jeszcze sprawdzić się jako przywódca. To prawda, że pani Branwell jest młoda i uczuciowa, ale rola Konsula wymaga pasji. Nalegamy, żeby zrezygnował Pan z forsowania kandydatury pana Penhalla, który jest zbyt młody i niedoświadczony na to stanowisko, i jeszcze raz wziął pod uwagę osobę pani Branwell.

W imię Razjela,

Członkowie Rady

Rozdział piąty

Podzielone serce

„Oddźwięku tutaj Bóg się nie dosłucha,
Na Jego dźwięki dusza moja głucha;
Niechaj On wszystkie żyły we mnie wzruszy,
Miłość li znajdzie, której obcą skrucha...".
– Algernon Charles Swinburne, *Peany miłości*
(Przełożył Jan Kasprowicz)

Do: członków Rady
Od: Josiaha Waylanda, Konsula

Z ciężkim sercem biorę do ręki pióro, żeby do Was napisać, Panowie. Wielu z Was zna mnie od wielu lat. Przez dużą część tego czasu pełniłem rolę Konsula i wierzę, że kierowałem Wami dobrze i służyłem Aniołowi najlepiej, jak potrafiłem. Jednakże ludzką rzeczą jest się mylić, a sądzę, że popełniłem błąd, wyznaczając Charlotte Branwell na szefową Londyńskiego Instytutu.

Kiedy wyznaczyłem ją na to stanowisko, sądziłem, że pójdzie w ślady swojego ojca i okaże się godnym zaufania przywódcą, posłusznym zasadom Clave. Wierzyłem również, że mąż utemperuje jej wrodzoną kobiecą skłonność do impulsywności i bezmyślności. Niestety, okazało się inaczej. Henry'emu Branwellowi brakuje siły charakteru, żeby poskromić żonę, a ona, wolna od kobiecych obowiązków, całkiem zapomniała o cnocie posłuszeństwa. Przedwczoraj się dowiedziałem, że Charlotte wydała polecenie, by przyjąć z powrotem do Instytutu szpiega Jessamine Lovelace po jej zwolnieniu z Cichego Miasta, choć wyraziłem życzenie, by odesłano ją do Idrisu. Podejrzewam również, że pani Branwell wysłuchuje tych, którzy nie są przychylni sprawie Nefilim i być może nawet są sprzymierzeni z Mortmainem, na przykład wilkołaka Woolseya Scotta.

Konsul jest symbolem władzy Rady i Clave. Kiedy mój autorytet jest podważany przez nieposłuszeństwo, cierpi na tym autorytet nas wszystkich. Lepszy jest obowiązkowy chłopiec taki jak mój siostrzeniec, którego wartość jeszcze nie została sprawdzona, niż osoba, której wartość poddano próbie, i ta okazała się niedostateczna.

W imię Anioła,

Konsul Wayland

***

Will wspominał.

Innego dnia, miesiące temu, w sypialni Jema. Deszcz bębnił o okna Instytutu, znaczył szyby jasnymi liniami.

– I to wszystko? – zapytał Jem. – To wszystko, prawda?

Siedział przy biurku z nogą podwiniętą na krześle. Wyglądał bardzo młodo. Jego skrzypce stały oparte o bok krzesła. Grał

Bacha, kiedy Will przyszedł i bez wstępów oznajmił, że koniec udawania, że musi coś wyznać i zamierza zrobić to teraz.

Jem z rezygnacją odłożył skrzypce i zaczął słuchać. Przez cały czas z niepokojem obserwował przyjaciela, który chodził po pokoju i mówił, aż zabrakło mu słów.

– To wszystko – zakończył Will. – I nie będę cię winił, jeśli mnie znienawidzisz. Potrafię to zrozumieć.

W pokoju zapadła cisza. Jem nie odrywał od twarzy przyjaciela spojrzenia srebrzystych oczu, iskrzących się w migotliwym blasku ognia.

– Nigdy nie mógłbym cię znienawidzić, Williamie – oświadczył w końcu.

Willowi ścisnęło się serce, kiedy ujrzał przed sobą inną twarz i spokojne wpatrzone w niego niebiesko-szare oczy. „Próbowałam cię znienawidzić, ale mi się nie udało", usłyszał. I teraz boleśnie sobie uświadomił, że nie powiedział wtedy Jemowi całej prawdy. Że coś zataił. Swoją miłość do Tessy. Ale to był jego ciężar, a nie Jema. Musiał sam go dźwigać, żeby Jem pozostał szczęśliwy.

– Zasługuję na twoją nienawiść – rzekł łamiącym się głosem. – Naraziłem cię na niebezpieczeństwo. Wierzyłem, że jestem przeklęty i że wszyscy, którzy mnie kochają, umrą. Ale pozwoliłem sobie na to, żeby cię pokochać, pozwoliłem, żebyś został moim bratem, i w ten sposób naraziłem cię na niebezpieczeństwo...

– Nie było żadnego niebezpieczeństwa.

– Ale ja wierzyłem, że jest. Gdybym przyłożył ci rewolwer do głowy, James, i pociągnął spust, miałoby znaczenie, że nie wiedziałem, że w komorach nie ma kul?

Oczy Jema się rozszerzyły. Potem cicho się roześmiał.

– Myślałeś, że nie wiem o twoim sekrecie? Myślałeś, że zaprzyjaźniłem się z tobą z zamkniętymi oczami? Że nie miałem pojęcia, jaki nosisz ciężar. Miałem. – Wstał. – Wiedziałem, że uważasz się za truciznę dla wszystkich wokół siebie. Wiedziałem, że myślisz, że jest w tobie jakaś destrukcyjna moc. Chciałem ci pokazać, że miłość nie jest taka krucha. Udało mi się?

Will bezradnie wzruszył ramionami. Niemal żałował, że Jem nie jest na niego zły. Tak byłoby łatwiej. Nigdy nie czuł się taki mały jak wtedy, gdy stał przed Jemem i widział jego bezgraniczną dobroć. Pomyślał o szatanie Miltona. „A speszony diabeł stał i czuł bezmiar dobroci".

– Uratowałeś mi życie – powiedział w końcu.

Twarz Jema rozpromienił uśmiech jasny jak słońce wstające nad Tamizą.

– Właśnie tego zawsze pragnąłem.

– Will? – Cichy głos wyrwał go z zamyślenia. Oczy Tessy siedzącej naprzeciwko niego w powozie miały w nikłym świetle kolor deszczu. – O czym myślisz?

Will z trudem oderwał się od wspomnień i na nią popatrzył. Nie miała kapelusza, kaptur brokatowego płaszcza odrzuciła do tyłu. Jej twarz była blada, o wydatnych kościach policzkowych i trochę ostrym podbródku. Will pomyślał, że jeszcze nigdy nie widział u nikogo takiej siły wyrazu. Każdy jej uśmiech, podobnie jak każde smutne spojrzenie, raził jego serce jak błyskawica rozłupująca spróchniałe drzewo. W tej chwili Tessa patrzyła na niego z troską, od której też ścisnęły mu się wnętrzności.

– O Jemie – wyznał z całkowitą szarością. – Myślałem o jego reakcji, kiedy mu powiedziałem o klątwie Marbasa.

– Czuł wtedy tylko smutek ze względu na ciebie – pośpiesznie zapewniła go Tessa. – Wiem, że tak było. Powiedział mi.

– Smutek, ale nie litość. Jem zawsze dawał mi dokładnie to, czego potrzebowałem, nawet kiedy ja sam nie wiedziałem, o co mi chodzi. Wszyscy *parabatai* są oddani. Musimy tacy być, żeby tyle z siebie dawać sobie nawzajem, nawet jeśli dzięki temu zyskujemy siłę. Ale z Jemem jest inaczej. Przez wiele lat potrzebowałem go, żeby przetrwać. On utrzymywał mnie przy życiu. Myślałem, że nie robi tego świadomie, ale może robił.

– Może – zgodziła się Tessa. – Nigdy nie uznałby ani jednej chwili z tego wysiłku za stracony.

– Nigdy nic ci o tym nie mówił?

Tessa pokręciła głową. Jej małe dłonie w białych rękawiczkach były zaciśnięte w pięści na kolanach.

– On mówi o tobie tylko z wielką dumą. Podziwia cię bardziej, niż przypuszczasz. Kiedy dowiedział się o klątwie, był zrozpaczony z twojego powodu, ale jednocześnie prawie...

– Triumfował?

Tessa skinęła głową.

– Zawsze uważał, że jesteś dobry. I to się potwierdziło.

– Och, nie wiem – rzucił Will z goryczą. – Być dobrym i być przeklętym to nie to samo.

Tessa pochyliła się i ujęła jego rękę w obie dłonie. Jej dotyk, nawet przez tkaninę rękawiczek, sprawił, że w Willu zapłonął biały płomień. „Rozpaliłaś mnie na nowo, kupkę popiołów". Zastanawiał się kiedyś, dlaczego miłość zawsze jest wyrażana słowami związanymi z ogniem. Teraz odpowiedzi udzielił mu pożar w jego własnych żyłach.

– Jesteś dobry, Will – zapewniła go Tessa. – Nie ma osoby bardziej ode mnie uprawnionej do tego, żeby oświadczyć z całym przekonaniem, że naprawdę jesteś dobry.

Will nie chciał, żeby zabrała ręce, więc powiedział cicho:

– Kiedy miałem piętnaście lat, Yanluo, demon, który zamordował rodziców Jema, został w końcu zabity. Wuj Jema postanowił przenieść się z Chin do Idrisu i zaprosił Jema, żeby tam z nim zamieszkał. Jem odmówił... dla mnie. Powiedział, że nie opuszcza się swojego *parabatai*. To część przysięgi. „Twój lud będzie moim ludem". Zastanawiam się, czy gdybym miał okazję wrócić do swojej rodziny, zrobiłbym to samo dla niego.

– Przecież to robisz – zauważyła Tessa. – Nie sądź, że nie wiem, że Cecily chce, byś wrócił z nią do domu. I nie myśl, że nie wiem, że zostajesz ze względu na Jema.

– I ciebie – wyrwało mu się niechcący.

Tessa zabrała ręce, a on przeklął się w duchu: jak mogłeś być taki głupi? Jak mogłeś, po dwóch miesiącach? Byłeś taki ostrożny. Twoja miłość do niej jest tylko ciężarem, który ona znosi z uprzejmości. Pamiętaj o tym.

Ale Tessa nic nie powiedziała, tylko rozsunęła zasłonki, kiedy powóz zwolnił i wtoczył się na dziedziniec, nad którym wisiał napis: „Woźnice mają prowadzić konie, kiedy przejeżdżają pod łukiem".

– Jesteśmy na miejscu – stwierdziła Tessa, jak gdyby nigdy nic.

I może rzeczywiście nic się nie stało, pomyślał Will. Może nie wymówił tych słów na głos. Może tylko tracił rozum. Nie byłoby w tym nic dziwnego, zważywszy na okoliczności.

Kiedy drzwi powozu się otworzyły, do środka wpadł chłodny podmuch. Will zaczekał, aż Cyril pomoże Tessie wysiąść, i sam stanął obok niej na bruku. Chelsea pachniało Tamizą. Zanim zbudowano nabrzeże, rzeka płynęła znacznie bliżej rzędu domów, których linie łagodziło światło lamp gazowych. Teraz dzieliła ją od nich większa odległość, ale nadal czuło się w powietrzu zapach wody, soli i ziemi.

Przed georgiańską fasadą domu numer 6 ze zwykłej czerwonej cegły, z wykuszem nad frontowymi drzwiami, znajdował się mały brukowany dziedziniec i ogród za eleganckim, ozdobnym ogrodzeniem z żelazna. Brama już była otwarta. Tessa ruszyła w górę po schodach i zapukała do drzwi. Will szedł krok za nią.

Drzwi otworzył Woolsey Scott w kanarkowym szlafroku z jedwabnego brokatu, narzuconym na spodnie i koszulę. W oku miał monokl. Zmierzył ich oboje wzrokiem z lekką niechęcią.

– A niech to licho! – rzucił zamiast powitania. – Wysłałbym lokaja, żeby was odprawił, ale myślałem, że to ktoś inny.

– Kto? – zainteresowała się Tessa, co Will uznał za nieistotne dla sprawy, ale takie zachowanie było właśnie w jej stylu.

Wiecznie zadawała pytania. Wystarczyło zostawić ją samą w pokoju, a zaczynała wypytywać meble i rośliny.

– Ktoś z absyntem.

– Po wypiciu tego paskudztwa człowiek uważa się za kogoś innego – odezwał się Will. – Szukamy Magnusa Bane'a. Jeśli go tutaj nie ma, proszę nam powiedzieć, to nie będziemy więcej marnować pańskiego czasu.

Scott westchnął z rezygnacją i zawołał:

– Magnusie! Przyszedł twój niebieskooki chłopiec.

W korytarzu za Woolseyem rozbrzmiały kroki i pojawił się Magnus w pełnym stroju wieczorowym, jakby właśnie wrócił z balu: wykrochmalony biały gors i mankiety koszuli, czarny frak i włosy jak postrzępiony czarny jedwab. Czarownik przeniósł wzrok z Willa na Tessę, po czym spytał:

– Czemu zawdzięczam ten zaszczyt o tak późnej porze?

– Przysługa – odparł krótko Will i natychmiast się poprawił, kiedy brwi Bane'a powędrowały w górę. – Pytanie.

Woolsey westchnął i odsunął się od drzwi.

– Dobrze. Idźcie do salonu.

Nikt nie zaproponował, że weźmie od nich kapelusze albo płaszcze. Tessa zdjęła rękawiczki i stanęła przy kominku. Wyciągnęła lekko drżące dłonie do ognia. Jej włosy były wilgotną, splątaną masą loków na karku. Will odwrócił od niej wzrok, zanim zaczął sobie przypominać, jak to jest wsuwać ręce w te pasma i przesiewać je między palcami. W Instytucie, gdzie Jem i inni odwracali jego uwagę, łatwiej mu było pamiętać, że nie może w ten sposób o niej myśleć. Teraz, kiedy miał wrażenie, że stawia czoło światu z nią u boku, że ona jest tutaj dla niego, a nie ze względu na zdrowie swojego narzeczonego, okazało się to prawie niemożliwe.

Scott opadł na kwiecisty fotel, wyjął z oka monokl na długim złotym łańcuszku i zaczął nim huśtać.

– Wręcz nie mogę się doczekać, żeby usłyszeć, o co chodzi.

Magnus podszedł do kominka i oparł się o półkę: młody dżentelmen w wolnym czasie. Pokój był pomalowany na bladoniebiesko, ozdobiony malowidłami przedstawiającymi rozległe pola granitu, niebieskie morza, mężczyzn i kobiety w klasycznych strojach. Willowi się wydawało, że rozpoznaje reprodukcję Alma-Tademy... bo to chyba musiała być reprodukcja?

– Nie gap się na ściany, Will – odezwał się gospodarz. – Byłeś prawie nieobecny przez całe miesiące. Co cię teraz do mnie sprowadza?

– Nie chciałem sprawiać kłopotu – wymamrotał Will. Nie powiedział całej prawdy. Gdy czarownik udowodnił, że klątwa była fałszywa, Will unikał go nie dlatego, że się na niego gniewał albo że już go nie potrzebował, tylko dlatego, że widok Magnusa sprawiał mu ból. Wysłał do niego krótki list, w którym napisał, że jego sekret już nie jest sekretem. I o zaręczynach Jema z Tessą.

Prosił również, żeby Bane mu nie odpowiadał. – Ale teraz jest... kryzysowa sytuacja.

Kocie oczy Magnusa się rozszerzyły.

– Jaka?

– Chodzi o *yin fen* – odparł Will.

– O, nie! – wtrącił Woolsey. – Tylko nie mów, że moje stado znów go zażywa?

– Nie – uspokoił go Will. – Nie ma nic do zażywania.

Dostrzegłszy wyraz zrozumienia na twarzy Magnusa, zaczął wyjaśniać stan rzeczy. Czarownik przez cały czas zachował kamienną minę, podobnie jak Church, kiedy ktoś do niego mówił. Wpatrywał się jedynie w niego zielonozłotymi oczami, póki Will nie skończył.

– A bez *yin fen*? – zapytał wtedy.

– Jem umrze – powiedziała Tessa, odwracając się od kominka. Policzki miała zarumienione, czy to od żaru ognia, czy od troski, Will nie potrafił stwierdzić. – Nie od razu, ale... w ciągu tygodnia. Jego organizm nie wytrzyma bez proszku.

– W jaki sposób on go przyjmuje? – zainteresował się nagle Woolsey.

– Rozpuszczony w wodzie albo wdychany... – wyjaśnił Will. – A co to ma do rzeczy?

– Nic. Tylko się zastanawiałem. Demoniczne narkotyki to ciekawa rzecz.

– Dla tych, którzy go kochają, to nie tylko kwestia ciekawości – oświadczyła Tessa.

Widząc jej uniesioną brodę, Will przypomniał sobie, co jej kiedyś powiedział o podobieństwie do Boadycei. Była odważna, a on ją za to uwielbiał, nawet jeśli występowała w obronie swojej miłości do kogoś innego.

– Dlaczego przyszliście z tym do mnie? – zapytał Magnus.

– Pomogłeś nam wcześniej – odparła Tessa. – Pomyśleliśmy, że pomożesz znowu. Tak jak z de Quinceyem i z Willem, z jego klątwą...

– Nie jestem na każde wasze skinienie. Pomogłem z de Quinceyem, bo Camille mnie o to poprosiła, a Willowi dlatego, że zaoferował mi w zamian przysługę. Jestem czarownikiem. Nie służę Nocnym Łowcom za darmo.

– Ja nie jestem Nocną Łowczynią – zauważyła Tessa.

W pokoju zapadła cisza.

– Hmm – mruknął w końcu Bane i odwrócił się od ognia. – Rozumiem, Tesso, że należy ci pogratulować?

– Ja...

– Zaręczyn z Jamesem Carstairsem.

– Och. – Tessa zarumieniła się i uniosła rękę do naszyjnika matki Jema, podarunku, z którym nigdy się nie rozstawała. – Tak. Dziękuję.

Will raczej poczuł niż zobaczył, że Woolsey Scott przesuwa wzrokiem po ich trojgu, bada, dedukuje, cieszy się. Mięśnie jego ramion się napięły.

– Chętnie coś zaproponuję – powiedział. – Kolejną przysługę albo czego tylko sobie zażyczysz za *yin fen*. Jeśli to ma być zapłata, mógłbym zorganizować... to znaczy, mógłbym spróbować...

– Pomogłem ci wcześniej, ale to... – przerwał mu Magnus i westchnął. – Tylko pomyślcie, wy dwoje. Jeśli ktoś wykupuje cały zapas *yin fen* w kraju, najwyraźniej nie robi tego bez powodu. A kto ma taki powód?

– Mortmain – wyszeptała Tessa, zanim Will zdążył się odezwać.

Przypomniał sobie własne słowa: „Słudzy Mortmaina wykupują zapas *yin fen* w East Endzie. Gdyby tobie go zabrakło, a on byłby jedynym, który ma towar...".

„Znaleźlibyśmy się w jego mocy" – stwierdził wtedy Jem. – „Chyba że chcesz, żebym umarł, co oczywiście byłoby całkiem rozsądnym wyjściem".

Ale mając dość *yin fen* na dwanaście miesięcy, Will uważał, że nie grozi im żadne niebezpieczeństwo. Sądził, że Mortmain znajdzie jakiś inny sposób, żeby ich dręczyć, kiedy zobaczy, że ten plan nie działa. Nie spodziewał się, że roczny zapas narkotyku wyczerpie się w ciągu ośmiu tygodni.

– Nie chcesz nam pomóc – uznał. – Nie chcesz robić sobie wroga z Mortmaina.

– Chyba mu się nie dziwisz? – Woolsey wstał z krzesła, szeleszcząc jedwabiem. – Co mógłbyś mu zaoferować, żeby warto było ryzykować?

– Dam ci wszystko – powiedziała Tessa. Jej cichy głos przeniknął Willa do samych kości. – Wszystko, jeśli pomożesz Jemowi.

Magnus chwycił się za włosy.

– Boże, co ja z wami mam! Dobrze. Mogę popytać o jakieś nieznane szlaki dostaw. Stara Molly...

– Byłem u niej – przerwał mu Will. – Ktoś tak ją zastraszył, że nie chciała nawet wypełznąć z grobu.

Scott prychnął.

– I nie daje ci to do myślenia, mały Nocny Łowco? Czy naprawdę warto przedłużać życie waszego przyjaciela o kilka miesięcy, o kolejny rok? On i tak umrze. A im szybciej umrze, tym wcześniej dostaniesz jego narzeczoną, w której jesteś zakochany. –

Przesunął rozbawiony wzrok na Tessę. – Naprawdę powinieneś gorliwie liczyć dni do jego śmierci.

Will nie wiedział, co się potem stało: wszystko nagle zrobiło się białe, monokl Woolseya pofrunął przez pokój. Will rąbnął w coś czołem, wilkołak znalazł się pod nim, kopiąc i klnąc. Obaj potoczyli się po dywanie, Scott ugryzł go w nadgarstek. Silny ból rozjaśnił mu w głowie. Will uświadomił sobie, że Woolsey przyszpila go do podłogi, oczy ma żółte, zęby obnażone i ostre jak sztylety, gotowe do ukąszenia.

– Przestańcie! Przestańcie! – Tessa chwyciła pogrzebacz.

Will odepchnął przeciwnika, kładąc mu rękę na twarzy. Wilkołak wrzasnął i nagle ciężar zniknął z piersi Willa. Magnus podniósł Woolseya i odepchnął go. Potem chwycił drugiego uczestnika bójki za tył kurtki i wywlókł go z pokoju. Scott patrzył za nimi, trzymając się ręką za twarz, na której miał wypalony ślad po srebrnym pierścieniu Nocnego Łowcy.

– Puść mnie! Puść mnie! – Will szarpał się, ale uścisk Magnusa był żelazny. Czarownik zaciągnął go do słabo oświetlonej biblioteki i dopiero tam uwolnił. Will potknął się bez odrobiny gracji i chwycił za oparcie czerwonej aksamitnej kanapy. – Nie mogę zostawić Tessy samej z Woolseyem...

– Jej cnocie nic nie grozi z jego strony – rzucił sucho Magnus. – Woolsey będzie grzeczny, a to więcej, niż mogę powiedzieć o tobie.

Will obrócił się wolno, wycierając krew z twarzy.

– Łypiesz na mnie jak Church, zanim kogoś zaatakuje – stwierdził.

– Żeby wywoływać bójkę z szefem Praetor Lupus. – Bane pokręcił głową. – Wiesz, co zrobiłoby z tobą stado, gdyby coś mu się stało. Chcesz umrzeć?

– Nie. – Will zaskoczył nawet samego siebie.

– Nie wiem, dlaczego w ogóle ci pomagałem.

– Lubisz zepsute istoty.

Magnus zrobił dwa kroki przez pokój, ujął Willa pod brodę długimi palcami i uniósł jego twarz.

– Nie jesteś Sydneyem Cartonem. Co dobrego przyjdzie ci z tego, że zginiesz za Jamesa Carstairsa, skoro on i tak umiera?

– Bo gdybym go uratował, byłoby warto...

– Boże! – Magnus zmrużył oczy. – Co byłoby tego warte? Co?

– Wszystko, co straciłem! – krzyknął Will. – Tessę!

Magnus puścił twarz Willa, cofnął się o kilka kroków i odetchnął wolno, jakby liczył w myślach do dziesięciu.

– Przepraszam – powiedział w końcu. – O co chodziło Woolseyowi?

– Jeśli Jem umrze, nie będę mógł mieć Tessy, bo wyszłoby na to, że tylko czekałem na jego śmierć i ucieszyłem się z niej. Nie jestem taki. Nie będę czerpał korzyści z jego odejścia. Dlatego on musi żyć. – Will opuścił ramię. Rękaw miał zakrwawiony. – Tylko w ten sposób można temu wszystkiemu nadać sens. Inaczej to tylko...

– Bezsensowne, niepotrzebne cierpienie i ból? Nie sądzę, żeby ci pomogło, jeśli powiem, że takie jest życie. Dobrzy cierpią, źli kwitną, a wszystko co śmiertelne i tak przemija.

– Chcę czegoś więcej – oświadczył Will. – Ty sprawiłeś, że chcę czegoś więcej. Pokazałeś mi, że byłem przeklęty tylko dlatego, że sam w to uwierzyłem. Powiedziałeś, że istnieje sens. A teraz odwracasz się plecami do tego, co stworzyłeś.

Magnus zaśmiał się.

– Jesteś niepoprawny.

– Już to słyszałem. – Will skrzywił się i odsunął od kanapy. – Pomożesz mi?

– Pomogę. – Magnus sięgnął pod gors koszuli i wyjął łańcuszek, na końcu którego lśnił łagodnym czerwonym blaskiem duży kamień. – Weź to. – Włożył klejnot w dłoń Willa.

Will popatrzył na niego zdezorientowany.

– Należał do Camille.

– Dałem go jej w prezencie – wyjaśnił Magnus z gorzkim grymasem. – Oddała mi wszystkie podarunki w zeszłym miesiącu. Możesz śmiało go wziąć. Kamień ostrzega o bliskości demonów. Może reagować na automaty Mortmaina.

– „Prawdziwa miłość nie umiera". – Will przeczytał inskrypcję w słabym świetle wpadającym z korytarza. – Nie mogę go nosić. Jest za ładny dla mężczyzny.

– Ty też jesteś ładny. Idź do domu i doprowadź się do porządku. Wezwę cię, jak tylko będę miał jakieś informacje. – Bane przyjrzał mu się uważnie. – Tymczasem zrób wszystko, żeby zasłużyć na moją pomoc.

***

– Jeśli pan się do mnie zbliży, rozwalę panu głowę – ostrzegła Tessa, trzymając pogrzebacz między sobą a Scottem jak miecz.

– Nie wątpię, że pani by to zrobiła – przyznał Woolsey, patrząc na nią z niechętnym szacunkiem i wycierając brodę chusteczką z monogramem. Will też był umazany krwią, swoją i jego. I teraz roznosił ją po całym domu. Nefilim nigdy zbytnio nie przejmował się porządkiem, a już zwłaszcza w stanie wzburzenia. – Widzę, że stała się pani taka jak oni, Nocni Łowcy, których najwyraźniej pani wielbi. Co panią opętało, żeby zaręczać się z jednym z nich? W dodatku umierającym.

W Tessie rozgorzał gniew. Zastanawiała się, czy nie zdzielić Woolseya pogrzebaczem, nawet jeśli nie będzie jej napastował. Ale poruszał się strasznie szybko, kiedy walczył z Willem, więc wolała nie ryzykować.

– Nie zna pan Jamesa Carstairsa. Niech pan o nim nie mówi.

– Kocha go pani? – W ustach Scotta to pytanie zabrzmiało niemiło. – Ale Willa też pani kocha.

Tessa zamarła. Magnus wiedział o jej miłości do Willa, lecz świadomość, że każdy może odczytać wszystkie uczucia z jej twarzy, była zbyt przerażająca, żeby się nad nią zastanawiać.

– To nieprawda.

– Kłamczucha – skwitował Woolsey. – Doprawdy, co za różnica, że któryś z nich umrze? Zawsze zostanie pani drugi.

Tessa pomyślała o Jemie, o jego delikatnych rysach, tak jej drogich, o oczach zamkniętych w skupieniu, kiedy grał na skrzypcach, o wygięciu ust, kiedy się uśmiechał, o palcach splecionych z jej palcami.

– Gdyby pan miał dwoje dzieci, powiedziałby, że nie szkodzi, jeśli jedno z nich umrze, bo zostanie panu drugie? – rzuciła zaczepnie.

– Można kochać dwoje dzieci, ale serce można oddać tylko jednej osobie – rzekł Woolsey. – Taka jest natura Erosa, prawda? Przynajmniej tak mówią powieści, bo ja sam nie mam w tej kwestii doświadczenia.

– Coś zrozumiałam, jeśli chodzi o powieści – wyznała Tessa.

– Co takiego?

– Że nie są prawdziwe.

Scott uniósł brew.

– Jest pani zabawną istotą – stwierdził. – Powiedziałbym, że wiem, co ci dwaj chłopcy w pani widzą, ale... – Wzruszył ramionami. Jego żółty szlafrok był rozdarty i poplamiony krwią. – Nigdy nie rozumiałem kobiet.

– A co w nich jest takiego tajemniczego?

– Przede wszystkim sens ich istnienia.

– Przecież musiał pan mieć matkę – rzuciła Tessa.

– Ktoś wydał mnie na świat, owszem – potwierdził Woolsey bez zbytniego entuzjazmu. – Słabo ją pamiętam.

– Być może, ale nie istniałby pan bez kobiety, prawda? Choć nie uważa pan nas za przydatne, jesteśmy bystrzejsze, bardziej zdeterminowane i cierpliwe niż mężczyźni. Mężczyźni są silniejsi, ale kobiety wytrzymalsze.

– Właśnie to pani robi? Wytrzymuje? Zaręczona kobieta chyba powinna być szczęśliwsza. – Zmierzył ją wzrokiem. – Serce, rozdwojone samo w sobie, nie ostoi się, jak powiadają. Kocha pani ich obu, i to panią niszczy.

– Dom – powiedziała Tessa.

Woolsey uniósł brew.

– Słucham?

– „Dom, rozdwojony sam w sobie, nie ostoi się". Dom, nie serce. Może nie powinien pan rzucać cytatami, skoro pani ich dokładnie nie pamięta.

– A może pani powinna przestać użalać się nad sobą – odparował Scott. – Większość ludzi może się uważać za szczęściarzy, jeśli znajdą jedną wielką miłość w życiu. Pani znalazła dwie.

– I mówi to mężczyzna, który nie ma żadnej.

– Och! – Woolsey zachwiał się do tyłu, teatralnym gestem łapiąc się za serce. – Gołębica pokazuje pazurki. Dobrze, skoro nie chce pani rozmawiać o osobistych sprawach, może pokonwersujemy o czymś ogólnym. O pani naturze? Magnus, zdaje się, uważa, że jest pani czarownicą, ale ja nie jestem tego taki pewny. Myślę, że może mieć pani w sobie trochę krwi faerie, bo czymże jest zmiennokształtność, jeśli nie iluzją? A kto jest mistrzem magii i iluzji, jak nie faerie?

Tessa pomyślała o niebieskowłosej faerie z przyjęcia Benedicta, która twierdziła, że zna jej matkę. Oddech uwiązł jej w krtani. Lecz zanim zdążyła coś powiedzieć, do pokoju wrócił Magnus z Willem, zakrwawionym i ponurym. Przesunąwszy wzrokiem po Tessie i Woolseyu, Will zaśmiał się krótko.

– Chyba miałeś rację, Magnusie – stwierdził. – Tessie nic nie grozi z jego strony. Ale o nim tego samego nie można powiedzieć.

– Tesso, kochanie, odłóż pogrzebacz – poprosił Magnus, wyciągając rękę. – Woolsey potrafi być straszny, ale są lepsze sposoby na łagodzenie jego nastrojów.

Tessa rzuciła ostatnie spojrzenie na Scotta i oddała pogrzebacz czarownikowi. Ruszyła po rękawiczki, a Will po płaszcz. Usłyszała śmiech Woolseya, ale nie zwróciła na niego uwagi, zaprzątnięta Willem. Kropki krwi na policzkach jeszcze bardziej podkreślały błękit jego oczu, ale wyglądał na bardzo zmartwionego. Z poważnego wyrazu jego twarzy domyśliła się, że sprawa narkotyku dla Jema nie została rozwiązana.

Gdy Magnus odprowadził ich do wyjścia, chłodne powietrze uderzyło Tessę jak fala. Naciągnęła rękawiczki i na pożegnanie skinęła czarownikowi głową, a on zamknął za nimi drzwi.

Za drzewami, drogą i nabrzeżem lśniła Tamiza, gazowe latarnie na Battersea Bridge oświetlały wodę, nokturn w tonach granatu i złota. Przy bramie było widać zarys powozu. W górze księżyc pojawiał się i znikał między przesuwającymi się wałami szarych chmur.

Will stał zupełnie bez ruchu.

– Tesso – odezwał się w końcu dziwnym, zdławionym głosem. Twarz często miał zmienną jak blask księżyca, ale jeszcze nigdy nie widziała jej tak zastygłej.

– Obiecał, że pomoże? – zapytała. – Magnus.

– Spróbuje, ale... tak na mnie patrzył... on mi współczuł, Tesso. To znaczy, że nie ma nadziei, prawda? Skoro nawet Magnus uważa, że przedsięwzięcie jest skazane na niepowodzenie, już nic więcej nie mogę zrobić.

Tessa położyła dłoń na jego ramieniu. Will się nie poruszył. Dziwnie się czuła, stojąc tak blisko niego po tylu miesiącach unikania się nawzajem, kiedy prawie ze sobą nie rozmawiali. Will nawet nie chciał patrzeć jej w oczy. A teraz był tutaj, przy niej, pachniał mydłem, deszczem, krwią i sobą...

– Już tyle zrobiłeś – wyszeptała. – Magnus spróbuje pomóc, a my też nadal będziemy szukać. Nie można tracić nadziei.

– Wiem. Wiem. Ale mimo to czuję w sercu taki lęk, jakby to była ostatnia godzina mojego życia. Już wcześniej zaznałem poczucia beznadziei, ale jeszcze nigdy takiego strachu. A przecież wiedziałem... zawsze wiedziałem...

Że Jem umrze. Tessa nie powiedziała na głos tych słów.

– Kim jestem? – zapytał cicho Will. – Przez całe lata udawałem, że jestem inny niż w rzeczywistości, potem upajałem się tym, że mogę odzyskać swoje prawdziwe ja, a w końcu odkryłem, że nie ma żadnej prawdy, do której mógłbym wrócić. Byłem zwykłym dzieckiem, później niezbyt dobrym mężczyzną, a teraz już nic nie wiem. Nie mam pojęcia, kim jestem, a kiedy Jem odejdzie, nie będzie nikogo, kto by mi to powiedział.

– Ja wiem, kim jesteś – wyszeptała Tessa. – Willem Herondale'em.

Nagle Will ją objął i oparł głowę na jej ramieniu. Tessa w pierwszej chwili zamarła z czystego zdumienia, a potem ostrożnie odwzajemniła uścisk, podczas gdy on drżał. Nie płakał. To było coś innego, rodzaj paroksyzmu, jakby się dławił. Tessa wiedziała, że nie powinna go dotykać, ale nie sądziła, by Jem chciał, żeby odepchnęła Willa w takim momencie. Nie mogła być dla niego *parabatai*, kompasem zawsze wskazującym północ, ale mogła uczynić jego ciężar lżejszym.

***

– Chciałbyś tę dość okropną tabakierę, którą ktoś mi podarował? – zapytał Woolsey. – To srebro, więc nie mogę go dotknąć.

Magnus, który stał w wykuszu i zza uchylonej zasłony patrzył na Tessę i Willa stojących na jego frontowych schodach i tulących się do siebie, jakby ich życie od tego zależało, w odpowiedzi mruknął coś wymijająco.

Woolsey przewrócił oczami.

– Nadal tam są?

– Tak.

– Zawracanie głowy z całym tym romantyzmem – rzucił burkliwie Woolsey. – Dużo lepiej jest tak, jak z nami. Sama fizyczność.

– Istotnie. – Zakochani w końcu oderwali się od siebie, ale ich dłonie nadal pozostały złączone. Tessa najwyraźniej namawiała Willa, żeby zeszli po schodach. – Myślisz, że ożeniłbyś się, gdybyś nie miał bratanków, którzy przedłużą ród?

– Pewnie bym musiał. I grzmij: Bóg, Anglia, Król, święty Jerzy i Praetor Lupus! – Woolsey się roześmiał i nalał sobie czerwonego wina z karafki stojącej na stoliku. Zakręcił nim i zajrzał do kieliszka. – Dałeś Willowi naszyjnik Camille – rzucił niedbałym tonem.

– Skąd wiesz?

Umysł Magnusa był jedynie w połowie skupiony na rozmowie. Druga połowa obserwowała, jak Will i Tessa idą do powozu. Mimo różnicy wzrostu i budowy wydawało się, że to Will opiera się na dziewczynie.

– Miałeś go na szyi, wychodząc z pokoju, a wróciłeś bez niego. Nie sądzę, żebyś mu powiedział, ile jest wart? Że nosi rubin, który kosztuje więcej niż Instytut?

– Nie chciałem go – powiedział Magnus.

– Tragiczna pamiątka po utraconej miłości?

– Nie pasował do mojej cery. – Will i Tessa siedzieli już w powozie, woźnica strzelił z bata. – Myślisz, że jest dla niego szansa?

– Dla kogo?

– Willa Herondale'a. Żeby być szczęśliwym.

Woolsey westchnął głośno i odstawił kieliszek.

– A jest szansa, że ty będziesz szczęśliwy, jeśli on nie będzie?

Magnus nic nie odpowiedział.

– Jesteś w nim zakochany? – spytał Woolsey bez cienia zazdrości.

Magnus przez chwilę zastanawiał się, jak to jest mieć takie serce albo raczej w ogóle go nie mieć.

– Nie – odparł. – Zastanawiałem się nad tym, ale nie. To coś innego. Słyszałem, że kiedy uratuje się komuś życie, jest się za niego odpowiedzialnym. Czuję się odpowiedzialny za tego chłopca. Jeśli on nigdy nie znajdzie szczęścia, będę miał poczucie, że go zawiodłem. Jeśli nie będzie z dziewczyną, którą kocha, będę uważał, że go zawiodłem. Jeśli straci swojego *parabatai*, będę czuł, że go zawiodłem.

– Więc go zawiedziesz – stwierdził Woolsey. – A tymczasem, gdy ty będziesz rozczulał się nad sobą i szukał *yin fen*, ja chyba ruszę w podróż. Pojadę na wieś. Zimą miasto mnie przygnębia.

– Rób, jak chcesz. – Magnus opuścił zasłonę, gdy powóz Willa i Tessy zniknął z widoku.

***

Do: Konsula Josiaha Waylanda
Od: Inkwizytora Victora Whitelawa

Josiahu,

bardzo się zmartwiłem, gdy dowiedziałem się o Twoim liście na temat Charlotte Branwell. Pomyślałem, że jako stary znajomy porozmawiasz ze mną swobodniej niż z Radą. Czy jest w związku z Charlotte jakaś kwestia, która budzi Twój niepokój? Jej ojciec był drogim przyjacielem nas obu, a ja nie słyszałem o żadnych jej niegodnych postępkach.

Twój zatroskany

Victor Whitelaw

Rozdział szósty

Niech ciemność

„Niech Miłość przygarnie Żal, by razem nie utonęły,
Niech ciemność zachowa swój kruczy połysk:
Ach, milej być pijanym stratą,
Tańczyć ze śmiercią, bić głową o ziemię".
– Alfred, lord Tennyson, *In memoriam A.H.H.*

~~*Do: Inkwizytora Victora Whitelawa*~~
~~*Od: Konsula Josiaha Waylanda*~~

~~*Z pewnym niepokojem kreślę do Ciebie ten list, Victorze, mimo że znamy się już od wielu lat. Czuję się trochę jak Kasandra, która zna prawdę, ale nikt jej nie wierzy. Może to mój grzech pychy sprawił, że Charlotte Branwell zajmuje teraz to stanowisko.*~~

~~*Wciąż podważa mój autorytet, co, jak się obawiam, zdestabilizuje sytuację w Clave. To, co powinno być dla niej katastrofą – ujawnienie, że gościła szpiegów pod swoim dachem, udział tej dziewczyny Lovelace w knowaniach Mortmaina – zostało uznane za triumf. Enklawa wychwala mieszkańców*~~

~~Instytutu jako tych, którzy zdemaskowali Mistrza i wypędzili go z Londynu. To, że nie słyszano o nim ani nie widziano go od miesięcy, przypisuje się dobremu osądowi Charlotte, zamiast uznać za taktyczny odwrót i przegrupowanie z jego strony. Choć jestem Konsulem i głową Clave, wydaje się, że te lata zostaną zapamiętane jako okres Charlotte Branwell, a moje dziedzictwo przepadnie...~~

Do: Inkwizytora Victora Whitelawa

Od: Konsula Josiaha Waylanda

Victorze,

doceniam Twoją troskę, ale nie mam w związku z Charlotte Branwell żadnych obaw, których nie poruszyłbym w liście do Rady.

Niech w tych trudnych czasach Twoje serce czerpie siłę z Anioła.

Josiah Wayland

***

Śniadanie z początku przebiegało spokojnie. Lightwoodowie zeszli na dół razem, obaj przygaszeni. Gabriel prawie się nie odzywał, nie licząc prośby, żeby Henry podał mu masło. Cecily usiadła w drugim końcu stołu i w czasie jedzenia czytała książkę. Tessa chciała zobaczyć tytuł, ale Cecily trzymała książkę pod takim kątem, że nie był widoczny. Siedzący naprzeciwko niej Will miał pod oczami cienie z niewyspania, pamiątkę po nocy bogatej w wydarzenia. Tessa bez entuzjazmu i w milczeniu skubała potrawkę z ryżu do chwili, kiedy nagle otworzyły się drzwi i stanął w nich Jem.

Spojrzała na niego z zaskoczeniem i radością. Nie wyglądał na bardzo chorego, tylko był blady i zmęczony. Z gracją usiadł na krześle obok niej.

– Dzień dobry.

– Wyglądasz dużo lepiej, Jemmy – z radością zauważyła Charlotte.

Jemmy? Tessa z rozbawieniem spojrzała na narzeczonego, a on wzruszył ramionami i posłał jej autoironiczny uśmiech.

Tessa spojrzała przez stół i zobaczyła, że Will ich obserwuje. Na krótką chwilę zwarła się z nim pytającym wzrokiem. Czyżby znalazł trochę *yin fen* w czasie między powrotem do domu a porankiem? Ale nie, wyglądał na równie zaskoczonego jak ona.

– Bo tak się czuję – odparł Jem. – Cisi Bracia bardzo mi pomogli.

Nalał sobie herbaty do filiżanki. Na chudym nadgarstku wyraźnie rysowały się kości i ścięgna. Kiedy odstawił imbryk, Tessa sięgnęła po jego rękę pod stołem, a on ją uścisnął kojąco.

Z kuchni płynął głos Bridget.

Zimny wieje dziś wiatr, ukochany,
Zimne są krople deszczu.
Mój pierwszy kochanek
W zielonym lesie został zabity.
Zrobię dla ukochanego wszystko,
Co młoda kobieta zrobić może.
Usiądę i będę płakać nad jego grobem
Przez dwanaście miesięcy i jeden dzień.

– Na Anioła, ona jest taka przygnębiająca – stwierdził Henry i odłożył gazetę na talerz, tak że jej brzeg od razu zabrudził się od żółtka jajka. Charlotte już miała go zbesztać, ale się pohamowała. – Ciągle tylko złamane serca, śmierć i nieodwzajemniona miłość.

– Cóż, właśnie o tym jest większość pieśni – zauważył Will. – Odwzajemniona miłość jest idealna, ale nie pisze się o niej ballad.

Jem podniósł wzrok, ale zanim zdążył coś powiedzieć, przez Instytut przetoczył się donośny grzmot. Tessa na tyle znała teraz swój londyński dom, że rozpoznała dzwonek do drzwi. Wszyscy jednocześnie spojrzeli na Charlotte, jakby ich głowy były zamontowane na sprężynach.

Charlotte, trochę zaskoczona, odłożyła widelec.

– O, Boże! O czymś chciałam was uprzedzić, ale...

– Proszę pani. – Sophie weszła do jadalni z tacą w ręce. Tessa zauważyła, że choć Gideon pożera ją wzrokiem, ona celowo unika jego spojrzenia, lekko zarumieniona. – Konsul Wayland czeka na dole i chce z panią rozmawiać.

Charlotte wzięła z tacy złożoną kartkę, zerknęła na nią i powiedziała z westchnieniem:

– Dobrze. Przyślij go na górę.

Sophie wyszła, szeleszcząc spódnicami.

– Charlotte? – W głosie Henry'ego brzmiało zaciekawienie. – Co się dzieje?

– Właśnie. – Sztućce Willa szczęknęły o talerz. – Konsul? Przeszkadza nam w śniadaniu? Co będzie dalej? Inkwizytor na herbacie? Pikniki z Cichymi Braćmi?

– Pieczone kaczki w parku – rzucił Jem szeptem, po czym on i Will uśmiechnęli się do siebie.

W tym momencie drzwi się otworzyły i do pokoju wszedł Konsul.

Josiah Wayland był dużym mężczyzną, o potężnej piersi i grubych ramionach. Oficjalna szata zawsze trochę niezgrabnie układała się na jego szerokich barkach. Miał jasną brodę jak wiking, a w tym momencie wyraz jego twarzy przypominał chmurę gradową.

– Charlotte – zaczął bez wstępów – przyszedłem, żeby porozmawiać z tobą o Benedikcie Lightwoodzie.

Gabriel zacisnął palce na obrusie, a Gideon położył lekko dłoń na nadgarstku brata, kiedy Konsul na nich spojrzał.

– Gabrielu, myślałem, że pójdziesz do Blackthornów razem ze swoją siostrą.

Młodszy Lightwood tym razem ścisnął łyżeczkę do herbaty.

– Oni są teraz w żałobie po Rupercie – powiedział. – Uznałem, że to nie pora, żeby im się narzucać.

– Ty opłakujesz swojego ojca, prawda? – zauważył Konsul. – Dzieląc z kimś smutek, dzielisz go na pół, jak powiadają.

– Konsulu... – odezwał się Gideon, rzucając zatroskane spojrzenie bratu.

– Choć może byłoby dość niezręcznie, gdyby zamieszkał razem z siostrą, skoro to ona oskarżyła was o morderstwo.

Gabriel syknął, jakby się oparzył wrzątkiem. Gideon rzucił serwetkę i wstał.

– Co zrobiła?

– Słyszałeś – odparł Konsul.

– To nie było morderstwo – zaprotestował Jem.

– Skoro tak twierdzicie – skwitował Konsul. – Mnie poinformowano, że było.

– Czy poinformowano pana również, że Benedict zmienił się w gigantycznego robaka? – zapytał Will, a Gabriel popatrzył na niego z zaskoczeniem, jakby nie spodziewał się, że akurat on stanie w jego obronie.

– Will, proszę – odezwała się Charlotte. – Konsulu, powiadomiłam pana wczoraj, że u Benedicta Lightwooda wykryto ostatnie stadium astrioli...

– Poinformowałaś mnie, że stoczono walkę i że Benedict w niej zginął – oświadczył Konsul. – A teraz słyszę, że był chory na ospę, i właśnie dlatego został zabity, choć nie stawiał oporu.

Will otworzył usta z podejrzanie roziskrzonym wzrokiem. Jem wyciągnął rękę i mu je zamknął.

– Nie rozumiem – zaczął mówić, nie zważając na stłumione protesty przyjaciela – skąd pan mógł wiedzieć, że Benedict Lightwood nie żyje, ale nie jak zginął. Jeśli nie ma ciała, to dlatego, że stał się bardziej demonem niż człowiekiem i zniknął w chwili śmierci, jak to dzieje się z demonami. A zaginieni słudzy, śmierć męża Tatiany...

Konsul zrobił znużoną minę.

– Tatiana Blackthorn twierdzi, że grupa Nocnych Łowców z Instytutu zamordowała jej ojca, a jej mąż Rupert zginął w bójce.

– A wspomniała, że jej ojciec pożarł jej męża? – przemówił Henry, podnosząc wzrok znad gazety. – Właśnie tak. Zjadł go. Znaleźliśmy tylko jego zakrwawiony but w ogrodzie. Były na nim ślady zębów. Chciałbym wiedzieć, jak można to uznać za wypadek.

– Prędzej za stawianie oporu krwiożerczemu teściowi – wtrącił Will. – Choć pewnie w każdej rodzinie są waśnie.

– Chyba nie sugerujesz, że tego demona... że Benedicta należało obezwładnić i związać, prawda, Josiahu? – spytała

Charlotte. – Był w ostatnim stadium ospy! Oszalał i zmienił się w robaka!

– Albo stał się robakiem i potem oszalał – podsunął dyplomatycznie Will. – Nie możemy być pewni.

– Tatiana jest bardzo zdenerwowana – oświadczył Konsul. – Zamierza domagać się odszkodowania...

– Więc jej zapłacimy. – Gabriel odsunął krzesło od stołu i wstał. – Będę oddawał mojej śmiesznej siostrze swoje zarobki do końca życia, jeśli tego zażąda, ale nie przyznam się, że źle postąpiłem. Ja czy ktokolwiek z nas. Tak, wbiłem mu strzałę w oko. I zrobiłbym to znowu. Ta istota to już nie był mój ojciec.

W pokoju zapadła cisza. Nawet Konsulowi najwyraźniej zabrakło słów. Cecily odłożyła książkę i teraz przenosiła wzrok z Gabriela na Waylanda i z powrotem.

– Za pozwoleniem, Konsulu – odezwał się Gabriel. – Tatiana nie zna całej sytuacji, nieważne, co mówi. Tylko ja byłem w domu z ojcem, kiedy zachorował. Spędziłem z nim sam ostatnie dwa tygodnie, kiedy z wolna popadał w obłęd. W końcu przyszedłem tutaj. Błagałem brata o pomoc. Charlotte dała mi swoich Nocnych Łowców. Kiedy dotarliśmy do domu, zobaczyliśmy, że istota, która kiedyś była moim ojcem, rozszarpała męża mojej siostry. Zapewniam pana, Konsulu, że ojca w żaden sposób nie można było uratować. Walczyliśmy o życie.

– Więc dlaczego Tatiana...

– Bo czuje się upokorzona. – To były pierwsze słowa Tessy, odkąd Konsul wszedł do pokoju. – Wiem to od niej. Uważa, że honor rodziny zostanie splamiony, jeśli wszyscy dowiedzą się o ospie. Przypuszczam, że próbuje przedstawić inną wersję wydarzeń, w nadziei że powtórzy ją pan przed Radą. Ale ona nie mówi prawdy.

– Doprawdy, Konsulu, co ma więcej sensu? – zapytał Gideon. – Że wszyscy oszaleli i zabili mojego ojca, a jego synowie to ukrywają, czy że Tatiana kłamie? Ona nigdy nie potrafi najpierw przemyśleć sprawy. Wie pan o tym.

Gabriel położył rękę na oparciu krzesła brata.

– Jeśli pan uważa, że z taką łatwością popełniłem ojcobójstwo, proszę zabrać mnie do Cichego Miasta na przesłuchanie.

– Tak byłoby zapewne najrozsądniej – stwierdził Konsul.

Cecily odstawiła filiżankę z takim impetem, że wszyscy przy stole podskoczyli.

– To niesprawiedliwe! – wybuchnęła. – On mówi prawdę. Wszyscy mówimy prawdę. Na pewno pan to wie.

Konsul posłał jej długie, taksujące spojrzenie, po czym zwrócił się do szefowej Instytutu.

– Oczekujesz mojego zaufania, Charlotte? Ale ukrywasz przede mną swoje działania, a każde działanie ma konsekwencje.

– Josiahu, poinformowałam cię, co się wydarzyło w Lightwood House, kiedy wszyscy wrócili do domu i upewniłam się, że nic im nie jest...

– Powinnaś powiadomić mnie wcześniej – przerwał jej Konsul. – Od razu kiedy zjawił się u was Gabriel. To nie była rutynowa misja. Postawiłaś się w sytuacji, w której muszę cię bronić, choć zlekceważyłaś protokół i wysłałaś ludzi na misję bez zgody Rady.

– Nie było czasu...

– Dość tego – uciął Konsul stanowczym głosem. – Gideonie i Gabrielu, pójdziecie ze mną do Cichego Miasta na przesłuchanie. – Charlotte próbowała protestować, ale Konsul Wayland uciszył ją gestem ręki. – Wskazane jest, żeby Gideon i Gabriel zostali oczyszczeni przez Braci. Unikniemy w ten sposób bałaganu, a ja będę mógł oddalić żądanie Tatiany. Wy dwaj – Wayland zwrócił się do braci Lightwoodów – idźcie na dół do mojego powozu i zaczekajcie tam na mnie. Razem udamy się do Cichego Miasta, gdzie zajmą się wami Bracia. Jeśli niczego nie znajdą, wrócimy tutaj.

– Jeśli niczego nie znajdą – powtórzył Gideon zdegustowanym tonem.

Objął brata i wyprowadził go z pokoju. Kiedy zamykał drzwi, Tessa zauważyła, że coś błyszczy na jego dłoni. Znowu nosił pierścień Lightwoodów.

– Dobrze – powiedział Konsul i zwrócił się do Charlotte. – Dlaczego nie zawiadomiłaś mnie, od razu, gdy tylko twoi Nocni Łowcy wrócili i powiedzieli, że Benedict nie żyje?

Charlotte wbiła wzrok w filiżankę z herbatą. Usta miała zaciśnięte w wąską kreskę.

– Chciałam chronić swoich chłopców – wyznała w końcu. – Chciałam, żeby mieli chwilę spokoju po tym, jak widzieli ojca umierającego na ich oczach. Trochę odpoczynku, nim zaczniesz zadawać pytania, Josiahu!

– To jeszcze nie wszystko – stwierdził Konsul, niewzruszony. – Książki i papiery Benedicta. Tatiana powiedziała nam o nich. Przeszukaliśmy dom, ale jego dzienniki zniknęły, biurko jest puste. To nie twoje śledztwo, Charlotte. Te dokumenty należą do Clave.

– Czego w nich szukacie? – rzucił Henry, zdejmując gazetę z talerza. Mówił obojętnym tonem, jakby nie interesowała go odpowiedź, ale przeczył temu twardy błysk w jego oczach.

– Informacji o jego związkach z Mortmainem. Informacji o innych członkach Clave, którzy mogli być powiązani z Mortmainem. Wskazówek co do miejsca pobytu Mortmaina...

– I jego urządzeń?

Konsul na chwilę zaniemówił.

– Urządzeń?

– Diabelskich maszyn. – Charlotte, pozornie opanowana, odłożyła serwetkę na stół. – Armii automatów, stworzonej w celu zniszczenia Nocnych Łowców. On zamierza wykorzystać ją przeciwko nam. Jeśli wierzyć coraz bardziej niezrozumiałym notatkom Benedicta, ten czas wkrótce nadejdzie.

– Więc zabrałaś jego notatki i dzienniki. Inkwizytor był o tym przekonany. – Konsul przetarł oczy wierzchem dłoni.

– Oczywiście, że je wzięłam. I oczywiście, że je wam oddam. Od początku zamierzałam to zrobić. – Charlotte sięgnęła po mały srebrny dzwonek stojący przy talerzu i nim potrząsnęła. Kiedy zjawiła się Sophie, wydała jej szeptem jakieś polecenia. Pokojówka dygnęła przed Konsulem i wyszła z jadalni.

– Powinnaś zostawić papiery tam, gdzie były, Charlotte – skarcił ją Konsul. – Taka jest procedura.

– Nie było powodu, żebym do nich nie zajrzała...

– Musisz ufać mojemu osądowi i Prawu. Chronienie młodych Lightwoodów nie jest ważniejsze od wyśledzenia miejsca pobytu Mortmaina. Nie ty kierujesz Clave. Jesteś częścią Enklawy i masz składać mi raporty. Czy to jasne?

– Tak, Konsulu – powiedziała Charlotte. W tym momencie wróciła Sophie z plikiem papierów i w milczeniu podała je Waylandowi. – Następnym razem, kiedy jeden z naszych szanownych członków zmieni się w robaka i pożre innego szanownego członka, poinformujemy pana natychmiast.

Konsul zacisnął zęby.

– Twój ojciec był moim przyjacielem. Ufałem mu i dlatego zaufałem tobie. Nie zmuszaj mnie, bym pożałował, że mianowałem cię na to stanowisko albo że poparłem przeciwko Benedictowi Lightwoodowi, kiedy rzucił ci wyzwanie.

– Popierałeś Benedicta! – krzyknęła Charlotte. – Kiedy zaproponował, żeby dać mi dwa tygodnie na wykonanie niemożliwego zadania, zgodziłeś się na to! Nie powiedziałeś ani słowa w mojej obronie! Gdybym nie była kobietą, nie zachowałbyś się w taki sposób.

– Gdybyś nie była kobietą, nie musiałbym – odparował Konsul.

I wyszedł z jadalni, powiewając ciemnymi szatami. Dopiero kiedy drzwi się za nim zamknęły, Will syknął:

– Jak mogłaś dać mu te papiery? Potrzebujemy ich...

Charlotte opadła na krzesło z półprzymkniętymi oczami i powiedziała:

– Nie spałam całą noc, bo kopiowałam ważne fragmenty. Dużo z tego było...

– Bredniami? – podsunął Jem.

– Pornografią? – rzucił jednocześnie Will. – Albo jednym i drugim. Nie słyszeliście wcześniej o pornograficznych bredniach?

Jem uśmiechnął się szeroko, a Charlotte ukryła twarz w dłoniach.

– Raczej to pierwsze niż drugie, jeśli już musicie wiedzieć. Z nieocenioną pomocą Sophie skopiowałam wszystko, co mogłam. Will, musisz pamiętać, że to już nie jest nasze zadanie. Mortmain to problem Clave, przynajmniej oni tak uważają. Kiedyś tylko my byliśmy odpowiedzialni za Mortmaina, ale...

– Jesteśmy odpowiedzialni za chronienie Tessy! – oświadczył Will ostrym tonem i zbladł lekko, kiedy sobie uświadomił, że wszyscy patrzą na niego z zaskoczeniem. Mimo to mówił dalej: – Mortmain chce Tessy. Mało prawdopodobne, że zrezygnował.

Może przyjść z automatami, może wspomóc się magią, ogniem i zdradą, ale przyjdzie.

– Oczywiście, że będziemy ją chronić – zapewniła go Charlotte. – Nie trzeba nam o tym przypominać, Will. Ona jest teraz jedną z nas. A skoro już o tym mowa... – Spojrzała na swój talerz. – Jutro wraca do nas Jessamine.

– Co? – Will potrącił filiżankę. Na obrus wylały się fusy.

Wokół stołu podniósł się gwar, Tessa gwałtownie nabrała tchu, ale milczała. Pamiętała, kiedy ostatni raz widziała Jessamine w Cichym Mieście: bladą, z czerwonymi oczami, szlochającą i przerażoną.

Cecily patrzyła na nich wszystkich ze zdziwieniem.

– Próbowała nas zdradzić, Charlotte. A ty tak po prostu pozwoliłaś jej wrócić?

– Ona nie ma żadnej rodziny i ma zrujnowane zdrowie, a poza tym nie może mieszkać sama. Dwa miesiące przesłuchań w Mieście Kości omal nie doprowadziły jej do obłędu. Nie sądzę, żeby stanowiła dla nas jakiekolwiek zagrożenie.

– Wcześniej też nie uważaliśmy jej za zagrożenie – przypomniał Jem dziwnie twardym głosem. – A jednak przez nią Tessa omal nie wpadła w ręce Mortmaina, a reszta z nas okryła się hańbą.

Charlotte potrząsnęła głową.

– Trzeba tu miłosierdzia i litości. Jessamine nie jest taka jak kiedyś, o czym powinni wiedzieć ci, którzy odwiedzili ją w Cichym Mieście.

– Nie mam ochoty odwiedzać zdrajców – oświadczył zimno Will. – Czy ona nadal bredzi, że Mortmain jest w Idrisie?

– Tak... i dlatego Cisi Bracia w końcu się poddali. Nie mogli wyciągnąć z niej niczego rozsądnego. Ona nie ma żadnych sekretów, nie wie nic godnego uwagi. I sama to rozumie. Czuje się bezwartościowa. Gdybyś mógł postawić się w jej sytuacji...

– Och, nie wątpię, że odstawia przed tobą komedię, Charlotte, szlochając i rwąc na sobie ubranie...

– No cóż, skoro aż rwie na sobie ubranie... – powiedział Jem z cieniem uśmiechu. – Wiesz, jak bardzo Jessamine lubi swoje stroje.

W odpowiedzi Will się uśmiechnął. Charlotte dostrzegła w tym swoją szansę i postanowiła ją wykorzystać.

– Nawet jej nie poznacie, zapewniam was. Poczekajcie tydzień, tylko jeden tydzień, i jeśli choć jedno z was nie będzie mogło znieść jej obecności, przeniosę ją do Idrisu. – Charlotte odsunęła talerz. – A teraz przejrzę kopie papierów Benedicta. Kto mi pomoże?

***

Do: Konsula Josiaha Waylanda
Od: Rady

Drogi Panie,

do chwili otrzymania Pańskiego ostatniego listu sądziliśmy, że różnica naszych poglądów na temat Charlotte Branwell to tylko kwestia oceny. Choć nie wydał Pan wprost pozwolenia na przeniesienie Jessamine Lovelace do Instytutu, zgodę mogli wydać Bracia, którzy są do tego uprawnieni. Uznaliśmy za wyraz wielkoduszności przyjęcie tej dziewczyny, mimo jej złych uczynków, z powrotem do jedynego domu, jaki zna. Jeśli chodzi o Woolseya Scotta, kieruje on Praetor Lupus, organizacją, która od dawna jest naszym sprzymierzeńcem.

Pańska sugestia, że pani Branwell może dawać posłuch tym, którym dobro Clave nie leży na sercu, jest głęboko niepokojąca. Jednakże bez dowodu jesteśmy niechętni podjęciu kroków w tej sprawie.

W imię Razjela

Członkowie Rady Nefilim

***

Powóz Konsula był lśniącym czerwonym landem z czterema literami C jak Clave na boku, zaprzężonym w parę pięknych siwych ogierów. Tego dnia padała lekka mżawka. Woźnica siedział skulony na koźle, w kapeluszu, niemal całkiem ukryty pod brezentowym płaszczem. Konsul, który nie wypowiedział ani słowa od wyjścia z jadalni Instytutu, z surową miną gestem zaprosił Gabriela i Gideona do powozu, po czym sam wsiadł za nimi i zamknął drzwi.

Kiedy pojazd oddalił się od Instytutu, Gabriel wyjrzał przez okno. Pod powiekami i w żołądku czuł słabe pieczenie. Pojawiało się i znikało od poprzedniego dnia, czasami przetaczało się po nim tak silną falą, jakby zaraz miał się rozchorować.

Gigantyczny robak... ostatnie stadium astrioli... demoniczna ospa.

Kiedy Charlotte i pozostali po raz pierwszy wysunęli oskarżenia przeciwko jego ojcu, nie chciał w nie uwierzyć. Ucieczka Gideona wydawała się szaleństwem, zdradą tak potworną, że można ją było wyjaśnić tylko obłędem. Ojciec zapewniał, że Gideon przemyśli jeszcze raz swoje postępowanie i wróci do domu. Znowu stanie się prawdziwym Lightwoodem. Ale nie wrócił i w miarę jak dni stawały się coraz krótsze i ciemniejsze, a Gabriel coraz rzadziej widywał ojca, zaczął się najpierw zastanawiać, a potem bać.

Benedict został wytropiony i zabity.

Wytropiony i zabity. Gabriel obracał te słowa w umyśle, jednakże dla niego nie miały one sensu. Zabił potwora, tak jak go wyszkolono, ale ten potwór nie był jego ojcem. Jego ojciec nadal gdzieś tam żył. Gabriel mógł w każdej chwili wyjrzeć przez okno i zobaczyć go idącego chodnikiem, w długim szarym płaszczu powiewającym na wietrze.

– Gabrielu. – Głos brata wdarł się w mgłę wspomnień i snów na jawie. – Konsul zadał ci pytanie.

Gabriel podniósł wzrok. Wayland patrzył na niego wyczekująco. Powóz toczył się Fleet Street, ulicą śpieszyli w tę i z powrotem żurnaliści, adwokaci i straganiarze.

– Pytałem, jak ci się podoba gościnność Instytutu – powiedział Konsul.

Gabriel zamrugał. Niewiele pamiętał z kilku ostatnich dni. Obejmująca go Charlotte. Gideon zmywający krew z rąk. Gniewna twarz Cecily niczym jasny kwiat.

– W porządku, chyba – odparł zachrypniętym głosem. – To nie jest mój dom.

– Tak, Lightwood House jest wspaniały – stwierdził Konsul. – Oczywiście zbudowany na krwi i łupach.

Gabriel wytrzeszczył oczy. Gideon wyglądał przez okno, wyraźnie zniesmaczony.

– Myślałem, że chce pan rozmawiać o Tatianie – powiedział Gabiel.

– Znam Tatianę – rzekł Konsul. – Ani krzty rozsądku po waszym ojcu i ani krzty dobroci po waszej matce. Prawdziwy pech, niestety. Jej prośba o odszkodowanie oczywiście zostanie odrzucona.

Gideon odwrócił się na siedzeniu i z niedowierzaniem spojrzał na Konsula.

– Skoro tak nisko ceni pan jej relację, to dlaczego tutaj jesteśmy?

– Żebym mógł porozmawiać z wami na osobności – wyjaśnił Konsul. – Kiedy oddałem Instytut Charlotte, sądziłem, że kobiece podejście będzie dla niego dobre. Granville Fairchild był jednym z najsurowszych ludzi, jakich znałem, i choć kierował Instytutem zgodnie z Prawem, było to zimne, nieprzyjazne miejsce. Tutaj, w Londynie, największym mieście na świecie, Nocny Łowca nie mógł się czuć jak w domu. – Wzruszył ramionami. – Pomyślałem, że oddanie zarządzania w ręce Charlotte może dużo zmienić.

– Charlotte i Henry'ego – sprostował Gideon.

– Henry – prychnął Konsul. – Wszyscy wiemy, kto nosi spodnie w tym małżeństwie. Henry miał się nie wtrącać i rzeczywiście tego nie robi. Ale Charlotte miała być łagodna i słuchać moich poleceń. Pod tym względem głęboko mnie rozczarowała.

– Poparł ją pan przeciwko naszemu ojcu – przypomniał Gabriel i natychmiast tego pożałował, kiedy brat uciszył go groźnym spojrzeniem.

Konsul uniósł brwi.

– Bo niby wasz ojciec byłby uległy? Z dwóch złych kandydatur wybrałem lepszą. Nadal miałem nadzieję, że będę mógł ją kontrolować. Ale teraz...

– Sir, dlaczego pan nam to mówi? – przerwał mu Gideon bardzo uprzejmym tonem.

– Jesteśmy na miejscu. – Konsul wyjrzał przez zalane deszczem okno i postukał w szybę. – Richardzie! Zatrzymaj się przy Argent Rooms.

Gabriel pomknął spojrzeniem ku bratu, a ten wzruszył ramionami, zdezorientowany tak samo jak on. Argent Rooms był znanym teatrem rewiowym i klubem dla dżentelmenów na Piccadilly Circus. Odwiedzały go panie o kiepskiej reputacji, krążyły plotki, że właścicielami interesu są Podziemni i że w niektóre wieczory w czasie „pokazów magicznych" uprawia się tam prawdziwą magię.

– Przychodziłem tutaj z waszym ojcem – wyjaśnił Konsul, gdy wszyscy trzej stanęli na chodniku.

Gideon i Gabriel spojrzeli na raczej mało gustowny teatr w stylu włoskim, najwyraźniej dobudowany do skromniejszych budynków, które stały tu wcześniej. Miał trzykondygnacyjną loggię i dość krzykliwą niebieską fasadę.

– Kiedyś policja odmówiła Alhambrze licencji, bo kierownictwo pozwoliło tam tańczyć kankana. Ale z drugiej strony, Alhambrę prowadzą Przyziemni. To miejsce jest dużo ciekawsze. Wchodzimy?

Jego ton nie dopuszczał niezgody. Obaj ruszyli za Konsulem przez łukowate wejście, pieniądze przeszły z rąk do rąk, zostały kupione bilety. Gabriel spojrzał na swój z lekkim zdziwieniem. „Najlepsza rozrywka w Londynie!" – głosiła reklama.

– Pokazy siły – przeczytał Gideonowi, kiedy szli długim korytarzem. – Tresowane zwierzęta, siłaczki, akrobaci, numery cyrkowe i komicy.

Brat wymamrotał coś pod nosem.

– I ludzie-gumy – dodał Gabriel wesoło. – Podobno jest tutaj kobieta, która umie położyć stopę na...

– Na Anioła, to miejsce jest niewiele lepsze od budy jarmarcznej – stwierdził Gideon. – Gabrielu, nie patrz na nic, póki ci nie powiem, że możesz.

Gabriel przewrócił oczami, kiedy brat wziął go za łokieć i wepchnął do salonu: ogromnego pokoju z sufitem pokrytym reprodukcjami wielkich włoskich mistrzów, łącznie z „Narodzinami Wenus" Botticellego, teraz osmalonymi od dymu i zniszczonymi. Gazowe żyrandole wypełniały pomieszczenie żółtawym światłem.

Pod ścianami stały aksamitne ławy. Siedzieli na nich dżentelmeni otoczeni przez damy w zbyt jaskrawych sukniach, śmiejące się zbyt głośno. Z podium znajdującego się w głębi sali dobiegała muzyka. Konsul ruszył w tamtą stronę z szerokim uśmiechem. Ze sceny zeskoczyła kobieta w wysokim kapeluszu i fraku, śpiewając piosenkę „It's Naughty But It's Nice". W blasku lamp gazowych jej oczy jarzyły się zielenią.

Wilkołak, pomyślał Gabriel.

– Zaczekajcie tu na mnie, chłopcy – powiedział Konsul i zniknął w tłumie.

– Uroczo! – mruknął Gideon i przyciągnął do siebie brata, kiedy obok nich rozkołysanym krokiem przeszła kobieta w obcisłej satynowej sukni. Pachniała dżinem i czymś jeszcze, mrocznym i słodkim. Tak jak James Carstairs przypalonym cukrem.

– Kto by pomyślał, że Konsul jest takim bywalcem? – rzucił Gabriel. – Nie mógł najpierw zawieźć nas do Cichego Miasta?

– On nie wiezie nas do Cichego Miasta. – Gideon zacisnął usta.

– Nie?

– Nie bądź niemądry, Gabrielu. Oczywiście, że nie. On czegoś od nas chce. Przywiózł nas tutaj, żeby nas zmiękczyć. Nie zrobiłby tego, gdyby nie był pewien, że z jakiegoś powodu nikomu nie powiemy, gdzie byliśmy.

– Może kiedyś przychodził tutaj z ojcem.

– Może, ale nie dlatego teraz tu jesteśmy – stwierdził Gideon z przekonaniem.

Zacisnął dłoń na ramieniu brata, kiedy Konsul się pojawił z małą butelką czegoś, co wyglądało jak woda sodowa, ale Gabriel domyślał się, że jest w niej alkohol.

– A dla nas nic? – spytał i zobaczył, że brat piorunuje go wzrokiem, a Konsul uśmiecha się kwaśno.

Gabriel uświadomił sobie, że zupełnie nie wie, czy Wayland ma rodzinę, dzieci. Był po prostu Konsulem.

– Macie, chłopcy, pojęcie, jakie grozi wam niebezpieczeństwo? – zagaił.

– Niebezpieczeństwo? Z czyjej strony? Charlotte? – Gideon mówił z niedowierzaniem w głosie.

– Nie Charlotte. – Konsul zmierzył ich wzrokiem. – Wasz ojciec nie tylko złamał Prawo. On je zbezcześcił. Nie tylko zadawał się z demonami, on z nimi sypiał. Jesteście Lightwoodami, jedynymi, jacy zostali z całego rodu. Nie macie żadnych kuzynów, żadnych ciotek ani wujków. Mógłbym kazać wykreślić waszą rodzinę z rejestrów Nefilim i wypędzić was i waszą siostrę na ulicę, żebyście głodowali albo żebrali wśród Przyziemnych. I miałbym do tego prawo, a także poparcie Clave i Rady. Jak myślicie, kto by was ochronił? Kto by wystąpił w waszej obronie?

Gideon zbladł, a kostki palców, którymi ściskał ramię Gabriela, zbielały.

– To niesprawiedliwe – oburzył się. – My nic nie wiedzieliśmy. Mój brat ufał ojcu. Nie można czynić go odpowiedzialnym...

– Ufał mu? – powtórzył Konsul z ironią. – Przecież zadał mu śmiertelny cios, tak? Owszem, wszyscy się przyłożyliście do tej śmierci, ale to jego *coup de grâce* zabił Benedicta, co raczej świadczy o tym, że dobrze wiedział, co się stało z waszym ojcem.

Gabriel czuł, że Gideon patrzy na niego z troską. Powietrze w Argent Rooms było gorące i gęste, tak że oddychał z trudem. Kobieta na scenie śpiewała teraz „All Through Obliging a Lady", krocząc w tę i z powrotem i stukając laską, aż drżały deski.

– Grzechy ojców, moje dzieci. Możecie zostać ukarani za jego zbrodnie, jeśli ja tego będę chciał. Co zrobisz, Gideonie, kiedy twojemu bratu i Tatianie zaczną usuwać runy? Będziesz stał i patrzył?

Ręka Gabriela zadrżała. Był pewien, że gdyby brat nie przytrzymał go za nadgarstek, chwyciłby Konsula za gardło i ścisnął.

– Czego pan od nas oczekuje? – zapytał Gideon opanowanym głosem. – Nie przywiózł nas pan tutaj tylko po to, żeby nam grozić, jeśli nie chce pan czegoś w zamian. A gdyby to było coś, o co mógłby pan poprosić legalnie, zrobiłby pan to w Cichym Mieście.

– Bystry chłopak – stwierdził Konsul. – Chcę, żebyście coś dla mnie zrobili, a ja wtedy zadbam o to, żebyście zachowali honor, dobre imię, swoje ziemie w Idrisie i miejsce wśród Nocnych Łowców, choć Lightwood House pewnie zostanie skonfiskowany.

– Co mamy zrobić?

– Obserwować Charlotte. A konkretnie jej korespondencję. Jakie listy dostaje i wysyła, zwłaszcza do i z Idrisu.

– Czyli mamy ją szpiegować – stwierdził Gideon.

– Nie chcę więcej żadnych niespodzianek takich jak ta z waszym ojcem – odparł Konsul. – Charlotte nie powinna była ukrywać przede mną jego choroby.

– Musiała. To był warunek umowy, którą zawarli...

Konsul zacisnął usta.

– Charlotte Branwell nie miała prawa zawierać tego rodzaju umów bez skonsultowania się ze mną. Jestem jej zwierzchnikiem. Nie powinna robić niczego za moimi plecami. Ona i cała ta grupka w Instytucie zachowują się, jakby mieszkali w osobnym kraju rządzącym się własnymi prawami. Zobaczcie, co się stało z Jessamine Lovelace. Zdradziła nas wszystkich, omal nie doprowadziła do zguby. James Carstairs jest umierającym narkomanem. Ta Gray to zmiennokształtna albo czarownica i nie ma dla niej miejsca w Instytucie, a do tego jeszcze te niedorzeczne zaręczyny. Will Herondale... to kłamca i zepsuty bachor, który kiedyś zostanie przestępcą, jeśli w ogóle zdąży dorosnąć. – Konsul umilkł, oddychając ciężko. – Charlotte kieruje tym miejscem jak swoim lennem, ale to nie jest jej lenno. To Instytut, który podlega Radzie. Wy też.

– Charlotte nie zrobiła nic, żeby zasłużyć na zdradę z mojej strony – oświadczył Gideon.

Konsul wycelował w niego palec.

– Właśnie o tym mówię. Ty masz być lojalny nie wobec niej, tylko wobec mnie. Rozumiesz?

– A jeśli odmówię?

– Stracisz wszystko. Dom, ziemię, nazwisko, rodowód, cel.

– Zrobimy to – oznajmił Gabriel, zanim Gideon zdążył się odezwać. – Będziemy ją obserwować.

– Gabrielu...

– Nie. Za wiele mamy do stracenia. Nie chcesz być kłamcą, rozumiem. Ale przede wszystkim jesteśmy winni lojalność naszej rodzinie. Blackthornowie wyrzucą Tati na ulicę, a ona nie przetrwa tam ani chwili, ona i dziecko...

Gideon zbladł.

– Tatiana będzie miała dziecko?

Mimo powagi sytuacji Gabriel przez krótka chwilę czuł zadowolenie, że wie coś, o czym brat nie ma pojęcia.

– Tak. Wiedziałbyś, gdybyś nadal był częścią naszej rodziny.

Gideon rozejrzał się po sali, jakby szukał znajomej twarzy, a następnie spojrzał bezradnie na brata i Konsula.

– Ja...

Wayland uśmiechnął się zimno do Gabriela, a potem do jego brata.

– Zatem umowa stoi, panowie?

Po długiej chwili Gideon skinął głową.

– Zrobimy to.

Gabriel miał długo nie zapomnieć miny Konsula po tych słowach. Wyrazu satysfakcji i nawet krzty zaskoczenia. Było jasne, że nie spodziewał się po braciach Lightwood niczego dobrego.

***

– Rogaliki? – zdziwiła się Tessa.

Usta pokojówki drgnęły w uśmiechu. Sophie klęczała przed kominkiem ze szmatą i wiadrem wody z mydlinami.

– Omal nie padłam ze zdziwienia – powiedziała. – Dziesiątki rogalików. Pod łóżkiem, wszystkie twarde jak kamienie.

– Mój Boże – mruknęła Tessa, zsuwając się na brzeg łóżka i opierając się z tyłu na rękach.

Gdy Sophie sprzątała w jej pokoju, Tessa zawsze musiała się powstrzymywać, żeby nie pomóc jej w odkurzaniu albo dźwiganiu kosza z opałem. Kilka razy tego spróbowała, ale gdy Sophie odmówiła łagodnie, ale zdecydowanie po raz czwarty, w końcu się poddała.

– Byłaś bardzo zła? – zapytała.

– Oczywiście, że tak! Tyle dodatkowej roboty. Noszenie tac w górę i w dół po schodach, a on potem wyrzuca rogaliki... Wcale nie będę zaskoczona, jeśli pod koniec jesieni zalęgną się tam myszy.

Tessa z powagą pokiwała głową.

– Ale czy ci nie pochlebia, że zadawał sobie tyle trudu, żeby cię widywać?

Sophie się wyprostowała.

– To nie jest pochlebiające. On po prostu nie myśli. Jest Nocnym Łowcą, a ja Przyziemną. Nie mogę nic od niego oczekiwać. W najlepszym z możliwych światów mógłby mi zaproponować, żebym została jego kochanką, podczas gdy on poślubi Nocną Łowczynię.

Tessie ścisnęło się gardło, gdy przypomniała sobie Willa na dachu Instytutu. Właśnie to jej zaproponował, wstyd i hańbę, a ona poczuła się mała i bezwartościowa. Oczywiście wtedy nie mówił poważnie, ale wspomnienie nadal sprawiało jej ból.

– Nie – powiedziała Sophie, patrząc na swoje czerwone, spracowane ręce. – Lepiej nawet nie rozważać takiej myśli. W ten sposób nie będzie rozczarowań.

– Myślę, że Lightwoodowie są lepsi, niż sądzisz – stwierdziła Tessa.

Sophie odgarnęła włosy z twarzy, lekko dotykając blizny przecinającej jej policzek.

– Czasami myślę, że nie ma dobrych mężczyzn.

***

Ani Gabriel, ani Gideon nic nie mówili, kiedy powóz toczył się z powrotem do Instytutu ulicami West Endu. Rozpadało się na dobre, grube krople bębniły o dach tak głośno, że Gabriel wątpił, czyby go usłyszano, nawet gdyby się odezwał.

Gideon przyglądał się swoim butom i nie podniósł wzroku przez całą drogę do Instytutu. Kiedy budowla zamajaczyła w deszczu, Konsul otworzył drzwi.

– Ufam wam, chłopcy – powiedział. – Postarajcie się, by Charlotte też wam zaufała. Nikomu nie wspomnę o naszej rozmowie. Jeśli chodzi o dzisiejsze popołudnie, spędziliście je z Braćmi.

Gideon bez słowa wysiadł z powozu, Gabriel poszedł w jego ślady. Lando z turkotem ruszyło w szare londyńskie popołudnie. Niebo było czarnożółte, krople deszczu ciężkie jak ołowiane kule, mgła tak gęsta, że Gabriel ledwo widział bramę Instytutu. Nie zauważył również rąk brata, kiedy ten chwycił go za kołnierz i zaciągnął pod boczną ścianę budynku.

Omal nie upadł, kiedy Gideon pchnął go na kamienny mur starego kościoła. Znajdowali się niedaleko stajni, ukryci przez jedną z przypór, ale to nie chroniło ich przed deszczem. Zimne krople cięły głowę i szyję Gabriela, wpadały za koszulę.

– Gideonie... – zaprotestował, ślizgając się na ubłoconych kamiennych płytach.

– Cicho bądź. – Oczy Gideona były wielkie i szare w nikłym świetle, lekko zabarwione zielenią.

– Masz rację. – Gabriel ściszył głos. – Powinniśmy uzgodnić naszą historyjkę. Kiedy nas zapytają, co robiliśmy po południu, musimy udzielać takich samych odpowiedzi, bo inaczej nie będziemy wiarygodni...

– Kazałem ci być cicho. – Gideon przycisnął ramiona brata do muru tak mocno, że Gabriel syknął z bólu. – Nie powiemy

Charlotte o naszej rozmowie z Konsulem. Ale nie będziemy również jej szpiegować. Jesteś moim bratem i kocham cię. Zrobiłbym wszystko, żeby cię chronić. Ale nie sprzedam swojej ani twojej duszy.

Gabriel popatrzył na brata. Deszcz zmoczył włosy Gideona i ściekał na kołnierz płaszcza.

– Możemy umrzeć na ulicy, jeśli nie zrobimy tego, co każe Konsul.

– Nie zamierzam okłamywać Charlotte – oświadczył Gideon.

– Gideonie...

– Widziałeś minę Konsula? – przerwał mu brat. – Kiedy zgodziliśmy się dla niego szpiegować, zdradzić naszych wspaniałomyślnych gospodarzy? Nie był ani trochę zaskoczony. Ani przez chwilę w nas nie wątpił. Po Lightwoodach spodziewa się tylko zdrady. – Zacisnął mocniej dłonie na ramionach Gabriela. – W życiu nie chodzi tylko o przetrwanie. Mamy honor, jesteśmy Nefilim. Jeśli on nam to zabierze, wtedy naprawdę nie zostanie nam nic.

– Dlaczego? – zapytał Gabriel. – Dlaczego jesteś taki pewny, że strona Charlotte jest tą właściwą?

– Bo strona naszego ojca nią nie była – odparł Gideon. – Bo znam Charlotte. Bo mieszkam wśród tych ludzi od miesięcy i to są dobrzy ludzie. Bo Charlotte Branwell zawsze była dla mnie wyłącznie dobra. I Sophie ją kocha.

– A ty kochasz Sophie.

Usta Gideona stężały.

– Ona jest Przyziemną i służącą – powiedział Gabriel. – Nie wiem, czego się spodziewasz, Gideonie.

– Niczego – rzucił szorstko Gideon. – Nie spodziewam się niczego. Ale twoje słowa świadczą, że ojciec wychował nas tak, byśmy wierzyli, że powinniśmy robić dobre rzeczy tylko wtedy, gdy możemy oczekiwać nagrody. Nie złamię słowa danego Charlotte. Tak wygląda sytuacja, Gabrielu. Jeśli nie chcesz brać w tym udziału, odeślemy cię, żebyś zamieszkał z Tatianą i Blackthornami. Na pewno cię przyjmą. Ale nie będę okłamywał Charlotte.

– Będziesz – powiedział Gabriel. – Obaj będziemy okłamywać Charlotte. I Konsula również.

Gideon zmrużył oczy. Woda deszczowa skapywała z jego rzęs.

– Co masz na myśli?

– Zróbmy tak, jak mówi Konsul, i czytajmy korespondencję Charlotte. Potem będziemy składać mu meldunki, ale te meldunki będą fałszywe.

– Skoro i tak mamy mu składać fałszywe meldunki, to po co czytać korespondencję?

– Żeby wiedzieć, czego nie mówić – odparł Gabriel. Czuł wodę w ustach. Smakowała tak, jakby skapywała z dachu Instytutu, gorzka i brudna. – Żeby przypadkiem nie powiedzieć mu prawdy.

– Jeśli zostaniemy nakryci, czekają nas surowe konsekwencje.

Gabriel wypluł deszczówkę.

– Więc powiedz, czy dla mieszkańców Instytutu chcesz ryzykować surowe konsekwencje czy nie? Bo ja... ja robię to dla ciebie, dlatego że...

– Dlatego że...?

– Że popełniłem błąd. Myliłem się co do naszego ojca. Wierzyłem w niego, a nie powinienem. – Gabriel odetchnął głęboko. – Myliłem się i staram się to naprawić. Jeśli muszę zapłacić jakąś cenę, zapłacę ją.

Gideon patrzył na niego przez dłuższą chwilę.

– Taki był twój plan przez cały czas? Kiedy zgodziłeś się na żądanie Konsula w Argent Rooms, taki był twój plan?

Gabriel odwrócił wzrok w stronę dziedzińca zalanego deszczem. We wspomnieniach widział ich dwóch, znacznie młodszych, jak stoją w miejscu, gdzie Tamiza przecinała skraj ich posiadłości, a Gideon pokazuje mu bezpieczne ścieżki przez bagnisty teren. Brat zawsze pokazywał mu bezpieczne ścieżki. Był czas, że ufali sobie bez zastrzeżeń. Nie wiedział, jak to się skończy, ale serce go bolało z tego powodu bardziej niż z powodu utraty ojca.

– Uwierzyłbyś mi, gdyby powiedział, że tak? – zapytał z goryczą. – Bo to jest prawda.

Gideon milczał przez dłuższy czas. Nagle Gabriel stwierdził, że stoi z twarzą wciśniętą w mokrą wełnę jego płaszcza, a brat tuli go mocno i szepcze:

– Już dobrze, braciszku. Wszystko będzie dobrze.

***

Do: członków Rady
Od: Konsula Josiaha Waylanda

W porządku, Panowie. Proszę jedynie o cierpliwość i o niedziałanie w pośpiechu. Jeśli chcecie dowodu, dostarczę Wam dowód.

Wkrótce znowu napiszę na ten temat.

W imię Razjela i w obronie jego honoru,

Konsul Josiah Wayland

Rozdział siódmy

Odważyć się pragnąć

„Gdyby miniony rok na nowo mi podarowano
I do wyboru dano dobro i zło,
Wzięłabym rozkosz wraz z bólem
Czy odważyła się pragnąć,
Byśmy nigdy się nie spotkali?”.

– Augusta, lady Gregory,
Gdyby miniony rok na nowo mi podarowano

Do: Konsula Josiaha Waylanda
Od: Gabriela i Gideona Lightwoodów

Drogi Panie,

jesteśmy bardzo wdzięczni, że wyznaczył nam Pan zadanie obserwowania Pani Branwell. Kobiety, jak wiemy, trzeba ściśle nadzorować, żeby nie zbłądziły. Z żalem zawiadamiamy, że mamy szokujące wieści do przekazania.

Prowadzenie domu jest najważniejszym obowiązkiem kobiety, a jedną z najważniejszych kobiecych cnót – oszczędność.

Jednakże pani Branwell najwyraźniej jest uzależniona od zakupów i wulgarnego zbytku.

Może ubiera się skromnie, kiedy Pan składa wizytę, lecz ze smutkiem donosimy, że w wolnym czasie stroi się w najdelikatniejsze jedwabie i najbardziej kosztowną biżuterię. Prosił Pan nas o informacje, więc choć niechętnie naruszamy prywatność damy, zrobiliśmy to. Przekazalibyśmy szczegóły jej listu do modystki, ale obawiamy się, że byłby Pan wstrząśnięty. Wystarczy powiedzieć, że sumy wydane na kapelusze zbliżają się do rocznego dochodu dużej posiadłości albo małego kraju. Nie rozumiemy, dlaczego taka drobna kobieta potrzebuje tylu kapeluszy. Raczej nie ukrywa dodatkowych głów.

Bylibyśmy niezbyt dżentelmeńscy, komentując strój kobiety, gdyby nie fatalne skutki rozrzutności pani Branwell, która skąpi na wszystkim innym. Co wieczór jemy na kolację kleik, podczas gdy ona zasiada do stołu cała w klejnotach i błyskotkach. Jak Pan może sobie wyobrazić, trudno nazwać kleik pożywną strawą dla walecznych Nocnych Łowców. Jesteśmy tacy słabi, że w zeszły czwartek omal nie zostaliśmy pokonani przez demona Behemota, a jak wiadomo, te istoty są złożone głównie z lepkiej substancji. W szczytowej formie i dobrze odżywieni bylibyśmy zdolni, każdy z osobna, zmiażdżyć butami z tuzin Behemotów naraz.

Mamy wielką nadzieję, że będzie Pan w stanie nam pomóc w tej kwestii i że wydatki pani Branwell na kapelusze – i inne kobiece części garderoby, których z delikatności nie chcielibyśmy wymieniać – zostaną ograniczone.

Z poważaniem

Gideon i Gabriel Lightwoodowie

– Jakich błyskotkach? – zapytał Gabriel, łypiąc na epistołę, którą właśnie pomógł ułożyć.

Właściwie większość listu podyktował Gideon. Gabriel jedynie przesuwał piórem po papierze. I zaczynał podejrzewać, że za chmurną twarzą brata skrywa się komiczny geniusz.

Gideon niedbale machnął ręką.

– Nieważne. Zapieczętuj kopertę i daj ją Cyrilowi, żeby poszła z poranną pocztą.

***

Minęło kilka dni od bitwy z wielkim robakiem i Cecily znajdowała się teraz w sali treningowej. Zastanawiała się nawet, czy nie wstawić do tego pomieszczenia swojego łóżka i innych mebli, bo spędzała w nim większość czasu. Sypialnia, którą przydzieliła jej Charlotte, była niemal pozbawiona ozdób i wszystkiego, co mogłoby przypominać jej o domu. Z Walii nie przywiozła niemal nic osobistego, bo nie spodziewała się, że zostanie tu tak długo.

W sali treningowej przynajmniej czuła się bezpiecznie. Może dlatego, że w miejscu, gdzie dorastała, nie było takiego pokoju. Nic w nim nie budziło w niej tęsknoty za domem. Na ścianach wisiały dziesiątki rodzajów broni. Jej pierwsza lekcja z Willem, kiedy jeszcze płonął gniewem, że siostra tu przyjechała, polegała na uczeniu się na pamięć wszystkich nazw. Katany z Japonii, pałasze, cienkie mizerykordie, poranne gwiazdy i maczugi, wygięte tureckie szable, kusze i proce, małe rurki do wydmuchiwania zatrutych strzałek. Pamiętała, jak Will wypluwał z siebie te słowa jak truciznę.

Bądź sobie zły, jeśli chcesz, braciszku, pomyślała wtedy. Mogę udawać, że pragnę zostać Nocną Łowczynią, bo wtedy nie będziesz miał innego wyjścia, jak mnie tutaj zatrzymać. Ale pokażę ci, że ci ludzie to nie jest twoja rodzina. Sprowadzę cię do domu.

Zdjęła miecz ze ściany i wyważyła go w rękach. Will wyjaśnił jej, że dwuręczny miecz należy trzymać tuż pod klatką piersiową, wycelowany prosto przed siebie. Ciężar ciała powinien być równomiernie rozłożony na obie nogi, śmiertelny cios trzeba wyprowadzić z barków, a nie z rąk, żeby miał większą siłę.

Śmiertelny cios. Przez tyle lat była wściekła na brata, że ich zostawił, żeby przyłączyć się do Nocnych Łowców, że poświęcił się życiu, jak twierdziła matka, pełnemu bezmyślnych mordów, broni, krwi i śmierci. Co mu się nie podobało w zielonych wzgórzach Walii? Czego brakowało jego rodzinie? Dlaczego uciekł od najbardziej niebieskiego z mórz? I to dla czegoś tak pustego?

A jednak była tutaj, spędzała samotnie czas w sali treningowej pełnej broni. Ciężar miecza w dłoni dodawał otuchy, niemal jakby stanowił barierę między nią a jej uczuciami.

Kilka nocy temu razem z Willem przewędrowali całe miasto, od jaskiń opium po szulernie i spelunki ifrytów: mieszanina kolorów, zapachów i świateł. Brat nie odnosił się do niej szczególnie przyjaźnie, ale ona wiedziała, że samo pozwolenie, żeby mu towarzyszyła w takiej wyprawie, było nie lada gestem.

Tamtej nocy cieszyła się jego towarzystwem. Było tak, jakby odzyskała brata. Ale w miarę jak mijał wieczór, Will stawał się coraz bardziej milczący, a kiedy wrócili do Instytutu, oddalił się bez słowa. Najwyraźniej chciał być sam, tak że mogła jedynie wrócić do swojego pokoju, leżeć na łóżku i gapić się w sufit aż do świtu.

Kiedy zamierzała przyjechać do Instytutu, sądziła, że więzi, które go tutaj trzymają, na pewno nie są silne. Jego przywiązanie do tych ludzi nie może się równać z przywiązaniem do rodziny. Ale w miarę jak mijała noc, a ona widziała najpierw jego nadzieję, a potem rozczarowanie po wizycie w każdym nowym przybytku, w którym pytali o *yin fen*, zrozumiała – och, mówiono jej o tym wcześniej, ale teraz przekonała się na własne oczy – że poczucie wspólnoty łączące go z tym miejscem jest równie mocne jak więzy krwi.

Teraz była zmęczona i choć ściskała broń tak, jak ją nauczył Will – prawa ręka pod jelcem, lewa na głowicy – miecz wysunął się jej z dłoni i wbił czubkiem w podłogę.

– Niestety – dobiegł głos od drzwi. – Obawiam się, że mogę za to postawić jedynie tróję. Może czwórkę, gdybym był skłonny podwyższyć stopień za ćwiczenia szermiercze w popołudniowej sukni.

Cecily, która rzeczywiście nie zadała sobie trudu, żeby się przebrać w strój treningowy, odwróciła głowę i spiorunowała wzrokiem Gabriela Lightwooda, który stał w progu jak surowy nauczyciel.

– Może nie interesuje mnie pańska opinia.

– Może. – Gabriel zrobił krok do pokoju. – Anioł wie, że pani brata nigdy nie interesowała cudza opinia.

– Pod tym względem jesteśmy podobni – skwitowała Cecily, podnosząc miecz.

– Ale pod niewieloma innymi. – Lightwood zbliżył się i stanął za nią. Oboje odbijali się w jednym z luster treningowych. Gabriel był o głowę wyższy od niej, tak że dokładnie widziała go ponad swoim ramieniem. Miał twarz o ostrych rysach. Przystojną pod pewnymi kątami, osobliwie interesującą pod innymi.

Jego brodę przecinała mała biała blizna, jak po draśnięciu cienkim ostrzem. – Chciałaby pani, żebym pokazał jej, jak właściwie trzymać miecz?

– Jeśli pan musi.

Nie odpowiedział, tylko sięgnął przed nią i poprawił jej uchwyt.

– Nie wolno opuszczać miecza czubkiem do dołu – powiedział. – Proszę dzierżyć go tak, czubkiem na zewnątrz, żeby przeciwnik nadział się na ostrze, jeśli panią zaatakuje.

Cecily poprawiła chwyt zgodnie ze wskazówkami. Miała gonitwę myśli. Kiedyś sądziła, że Nocni Łowcy są potworami, które porwały jej brata, a ona heroiną przybywającą mu na ratunek, nawet jeśli on nie zdawał sobie sprawy, że potrzebuje ratowania. Dopiero z czasem zrozumiała, jacy są ludzcy. Czuła ciepło ciała Gabriela, jego oddech poruszał jej włosy i... och, jakie to dziwne być świadomym tylu rzeczy naraz: dotyku, muśnięcia skóry, zapachu...

– Widziałem, jak pani walczyła w Lightwood House – powiedział cicho Gabriel.

Jego stwardniała dłoń przesunęła się po jej palcach. Cecily przebiegł lekki dreszcz.

– Źle? – rzuciła, siląc się na przekorny ton.

– Z pasją. Są tacy, którzy walczą z obowiązku i tacy, którzy walczą, bo to kochają. Pani to kocha.

– Ja nie... – Cecily umilkła, kiedy drzwi sali treningowej otworzyły się z hukiem.

W progu stanęła wysoka postać o szerokich ramionach.

– Co tutaj robisz? – zapytał Will. Jego niebieskie oczy ciskały pioruny.

I tyle, jeśli chodzi o krótki pokój, który zawarli poprzedniej nocy.

– Ćwiczę – odparła Cecily. – Mówiłeś, że nie poprawię się bez ćwiczeń.

– Nie ty. Gabriel Lightworm. – Will wskazał brodą na chłopaka. – Przepraszam. Lightwood.

Gabriel powoli opuścił ramię, którym otaczał Cecily.

– Ktokolwiek uczył twoją siostrę szermierki, zaszczepił jej wiele złych nawyków. Ja jedynie starałem się pomóc.

– Zgodziłam się. – Cecily nie miała pojęcia, dlaczego broni Gabriela. Podejrzewała jedynie, że to zirytuje Willa.

I rzeczywiście, brat zmrużył oczy.

– A powiedział ci, że od wielu lat szuka sposobu, żeby odpłacić mi za to, co uważa za obrazę swojej siostry? A jaki jest na to lepszy sposób niż poprzez ciebie?

Cecily obejrzała się na Gabriela. Na jego twarzy dostrzegła irytację pomieszaną z wyzwaniem.

– To prawda? – spytała.

Gabriel nie odpowiedział jej, tylko Willowi.

– Jeśli mamy mieszkać w tym samym domu, Herondale, musimy zacząć traktować się życzliwie. Zgadzasz się ze mną?

– Póki mogę złamać ci rękę jednym ruchem, nie zgadzam się na coś takiego. – Will zdjął ze ściany rapier. – A teraz wynoś się stąd i zostaw moją siostrę w spokoju.

Gabriel rzucił mu pogardliwe spojrzenie i wyszedł z sali.

– Czy to było konieczne, Will? – zapytała Cecily, kiedy zostali sami.

– Ja znam Gabriela Lightwooda, ty nie. Proponuję, żebyś ocenę jego charakteru zostawiła bardziej doświadczonym. On chce cię wykorzystać, żeby mnie zranić...

– Naprawdę nie możesz sobie wyobrazić, że on ma inny motyw?

– Znam go – powtórzył Will. – Okazał się kłamcą i zdrajcą...

– Ludzie się zmieniają.

– Nie tak bardzo.

– Ty się zmieniłeś – stwierdziła Cecily, idąc przez salę i z brzękiem rzucając miecz na ławę.

– Ty też.

Cecily odwróciła się do niego zaskoczona.

– Ja się zmieniłam? Jak?

– Kiedy tu przyjechałaś, wciąż marudziłaś, żebym wrócił z tobą do domu. Nie lubiłaś treningów. Udawałaś, że jest inaczej, ale ja to czułem. Potem nagle skończyło się: „Will, musisz jechać do domu", a zaczęło: „Will, napisz list". I polubiłaś treningi. Gabriel Lightwood jest draniem, ale ma rację co do jednego: podobała ci się walka z wielkim robakiem w Lightwood House. Krew Nocnego Łowcy jest jak proch strzelniczy w żyłach, Cecy. Kiedy raz się go podpali, nie tak łatwo go ugasić. Zostań tu trochę dłużej, a z pewnością staniesz się taka jak ja i już nie będziesz chciała wyjechać.

Cecily z ukosa zerknęła na brata. Jego koszula była rozpięta przy kołnierzyku, w zagłębieniu szyi błyskało coś szkarłatnego.

– Nosisz damski naszyjnik, Will?

Brat dotknął szyi ze speszoną miną, ale zanim zdążył odpowiedzieć, otworzyły się drzwi i w progu stanęła Sophie z wyrazem niepokoju na twarzy.

– Paniczu Will, panno Herondale, szukałam was. Charlotte prosi, żeby wszyscy natychmiast przyszli do salonu. To pilna sprawa.

***

Cecily zawsze była samotnym dzieckiem. I nic dziwnego w sytuacji, kiedy starsze rodzeństwo umarło albo wyjechało, a w okolicy nie ma rówieśników, których jej rodzice uznaliby za odpowiednie towarzystwo dla córki. Zaczęła więc bawić się w obserwowanie ludzi, a wnioskami nie dzieliła się z nikim, tylko zachowywała dla siebie, żeby później analizować je w samotności.

Starych nawyków niełatwo się pozbyć, więc choć Cecily od przybycia do Instytutu już nie była sama, poddawała jego mieszkańców wnikliwej obserwacji. Ostatecznie byli Nocnymi Łowcami, na początku wrogami, z czasem po prostu obiektem fascynacji.

Przyjrzała się im teraz, kiedy weszła z Willem do salonu. Najpierw Charlotte siedzącej za biurkiem. Cecily znała ją zaledwie osiem tygodni, ale wiedziała, że szefowa Instytutu należy do kobiet, które zachowują spokój nawet pod presją. Była drobna, lecz silna, trochę jak matka Cecily, choć z mniejszą skłonnością do narzekania po walijsku.

O biurko żony opierał się Henry. Być może to właśnie dzięki niemu Cecily doszła do wniosku, że Nocni Łowcy, choć inni, wcale nie są tacy obcy i groźni. Nie, w tym wysokim chudzielcu nie było nic przerażającego.

Następnie Cecily przesunęła wzrok na Gideona Lightwooda, niższego i bardziej krępego od brata. Spojrzenie jego szarozielonych oczu zawsze podążało za Sophie, jak u wiernego szczeniaka. Ciekawe, czy inni w Instytucie zauważyli jego przywiązanie do pokojówki i co sama Sophie o nim sądziła.

A wreszcie Gabriel. Jeśli chodziło o niego, w myślach Cecily panował zamęt. Młodszy Lightwood oczy miał jasne, ciało napięte jak zwinięta sprężyna, kiedy opierał się o tył fotela brata.

Naprzeciwko nich na ciemnej aksamitnej kanapie siedział Jem z Tessą u boku. Gdy drzwi się otworzyły, podniósł wzrok i jak zwykle rozpromienił się na widok Willa. Cecily zastanawiała się, czy tak jest ze wszystkimi *parabatai*, czy oni są wyjątkowym przypadkiem. W każdym razie tak silna więź z drugą osobą, zwłaszcza równie kruchą jak Jem, wydawała się jej przerażająca.

Zobaczyła, że Tessa kładzie rękę na dłoni narzeczonego i mówi coś do niego cicho, a on się uśmiecha. Tessa zerknęła na Willa, ale on przeciął pokój i jak zawsze oparł się o półkę nad kominkiem. Cecily nigdy nie potrafiła stwierdzić, czy brat robi to dlatego, że jest mu zimno, czy po prostu uważa, że wygląda oszałamiająco, kiedy tak stoi na tle skaczących płomieni.

„Pewnie wstydzisz się brata za to, że żywi zakazane uczucia wobec narzeczonej swojego *parabatai*", usłyszała od Willa. Gdyby chodziło o kogoś innego, powiedziałaby, że sekrety są bez sensu. Prawda i tak w końcu wychodzi na jaw. Ale w wypadku Willa traciła tę pewność. Miał za sobą całe lata ukrywania się i udawania. Okazał się świetnym aktorem. Gdyby nie była jego siostrą, gdyby nie widziała jego twarzy w chwilach, kiedy Jem nie patrzył, chyba też niczego by się nie domyśliła.

Najgorsze jednak, że nie musiał swojej tajemnicy ukrywać wiecznie, a jedynie tak długo, jak żył Jem. Gdyby James Carstairs nie był tak niezmiennie dobry i szlachetny, mogłaby go znienawidzić ze względu na brata. Nie tylko żenił się z dziewczyną, którą Will kochał, ale w dodatku obawiała się, że kiedy umrze, jej brat nigdy się nie podniesie. Lecz nie można obwiniać kogoś za to, że umiera. Prędzej za celowe porzucenie, na przykład jej i rodziców przez Willa, ale nie za umieranie, nad którym nie ma władzy żaden śmiertelnik. Z zamyślenia wyrwał ją głos Charlotte.

– Cieszę się, że wszyscy jesteście. – Przed nią na tacce leżał otwarty list i mały pakunek zawinięty w woskowany papier. – Dostałam niepokojącą korespondencję. Od Mistrza.

– Od Mortmaina? – Tessa pochyliła się, a mechaniczny aniołek, który zawsze nosiła na szyi, zalśnił w blasku kominka. – Napisał do ciebie?

– Nie pyta o zdrowie, jak przypuszczam – rzucił Will. – Czego chce?

Charlotte wzięła głęboki wdech.

– Przeczytam wam list.

Droga Pani Branwell,

proszę mi wybaczyć, że niepokoję Panią w tak trudnych dla Was chwilach. Ze smutkiem usłyszałem, choć przyznam, że nie byłem zaskoczony, o poważnej niedyspozycji pana Carstairsa.

Zapewne Pani wie, że jestem szczęśliwym posiadaczem – dodam, że wyłącznym – dużego zapasu leku, którego potrzebuje pan Carstairs, żeby zachować zdrowie. W ten sposób znaleźliśmy się w bardzo interesującej sytuacji, którą chętnie zmienię ku zadowoleniu nas wszystkich. Bardzo ucieszyłbym się z wymiany. Jeśli z własnej woli oddacie mi pannę Grey, ja w zamian przekażę w Wasze ręce sporą porcję yin fen.

Wysyłam go trochę na znak mojej dobrej woli. Proszę listownie powiadomić mnie o swojej decyzji. Jeśli poda Pani mojemu automatowi właściwą sekwencję liczb, które są zapisane poniżej, na pewno otrzyma Pani specyfik.

Z poważaniem,

Axel Mortmain

– To wszystko – powiedziała Charlotte, składając list na pół i odkładając go na tackę. – Są tu jeszcze instrukcje, jak wezwać automat, któremu mamy przekazać naszą odpowiedź, i liczby, o których wspomniał Mortmain, ale nie dają one żadnej wskazówki co do miejsca jego pobytu.

W pokoju zapadła cisza pełna konsternacji. Cecily, która siedziała w małym kwiecistym fotelu, zerknęła na Willa i zobaczyła, że brat szybko odwraca wzrok, jakby chciał ukryć wyraz oczu. Twarz Jema przybrała kolor popiołu, a Tessa... siedziała zupełnie bez ruchu, oświetlona blaskiem kominka.

– Mortmain chce mnie – odezwała się w końcu, przerywając ciszę. – W zamian za *yin fen* dla Jema.

– To niedorzeczne – powiedział twardo Jem. – Wykluczone. List należy przekazać Clave. Może oni coś więcej z niego wywnioskują, jeśli chodzi o miejsce pobytu Mortmaina.

– Nie będą w stanie niczego wywnioskować – stwierdził cicho Will. – Mistrz wiele razy okazał się dla nas za sprytny.

– To nie jest spryt – rzekł Jem. – To najgorsza forma szantażu...

– Nie zgadzam się – przerwał mu Will. – Uznajmy tę paczuszkę za błogosławieństwo, trochę *yin fen*, które ci pomoże. Resztę zignorujmy.

– Mortmain napisał list z mojego powodu – oświadczyła Tessa. – Decyzja powinna należeć do mnie. – Odwróciła się do Charlotte. – Pójdę.

W pokoju znowu zrobiło się cicho. Twarz Charlotte miała popielatą barwę. Cecily poczuła, że jej ręce robią się śliskie od potu. Bracia Lightwoodowie najwyraźniej też czuli się bardzo nieswojo. Gabriel wyglądał, jakby chciał się znaleźć w zupełnie innym miejscu. Cecily wcale im się nie dziwiła. Napięcie między

Willem, Jemem i Tessą było jak beczka prochu, na którą wystarczy rzucić zapałkę, żeby wysadzić w powietrze królestwo.

– Nie – powiedział w końcu Jem, wstając z kanapy. – Tesso, nie możesz.

Ona też wstała.

– Mogę. Jesteś moim narzeczonym. Nie pozwolę, żebyś umarł, skoro mogę ci pomóc. Mortmain nie chce skrzywdzić mnie fizycznie...

– Nie wiemy, czego on chce! – wybuchnął Will. – Nie można mu ufać! – Nagle opuścił głowę i ścisnął półkę tak mocno, że zbielały mu palce. Cecily widziała, że brat zmusza się do milczenia.

– Gdyby to ciebie zażądał Mortmain, poszedłbyś – stwierdziła Tessa, patrząc na Willa twardym wzrokiem, który nie dopuszczał sprzeciwu.

Will drgnął.

– Nie – powiedział Jem. – Jemu też bym zabronił.

Tessa odwróciła się do niego z gniewną miną, jakiej Cecily jeszcze nigdy u niej nie widziała.

– Nie możesz niczego mi zabraniać, tak samo jak Willowi...

– Mogę – rzekł Jem. – Z bardzo prostego powodu. Ten narkotyk to nie lekarstwo. On jedynie przedłuża mi życie. Nie pozwolę, żebyś ryzykowała swoje dla resztki mojego. Jeśli pójdziesz do Mortmaina, zrobisz to na próżno. I tak nie wezmę narkotyku.

Will uniósł głowę.

– James...

Tessa i Jem nie zwrócili na niego uwagi, tylko mierzyli się wzrokiem.

– Nie obraziłbyś mnie, odrzucając w taki sposób moje poświęcenie – wyszeptała Tessa.

Jem przeszedł przez pokój, sięgnął po paczuszkę i po list.

– Wolałbym raczej cię obrazić niż stracić – oświadczył i zanim ktokolwiek zdążył zareagować, wrzucił obie rzeczy do ognia.

W pokoju wybuchły okrzyki. Henry rzucił się do przodu, a Will opadł na kolana przed kominkiem i wsadził obie ręce w płomienie.

Cecily zerwała się z fotela.

– Will! – krzyknęła i przyskoczyła do brata. Chwyciła go za ramiona i odciągnęła od ognia.

Will zatoczył się do tyłu, płonąca paczuszka wypadła mu z rąk. Gideon znalazł się przy niej chwilę później i zdusił płomień butami, tak że na dywanie została kupka zwęglonego papieru i srebrzystego proszku.

Cecily spojrzała na kominek. List z instrukcjami, jak wezwać automat Mortmaina, zmienił się w popiół.

– Will.

Wstrząśnięty Jem opadł na kolana obok Cecily, która nadal trzymała brata za ramiona, i wyjął stelę z kieszeni. Ręce Willa były jednocześnie szkarłatne, białe w miejscach, gdzie już tworzyły się pęcherze, i czarne od sadzy. Oddychał chrapliwie, jak wtedy, gdy w wieku dziewięciu lat spadł z dachu ich domu i strzaskał sobie kości lewej ręki.

– *Byddwch yn iawn,* Will – powiedziała Cecily, kiedy Jem przyłożył stelę do przedramienia jej brata. – Wszystko będzie dobrze.

– Will, tak mi przykro – wyszeptał Jem. – Tak mi przykro...

Zdławiony oddech Willa stawał się coraz wolniejszy, w miarę jak *iratze* zaczynał działać, a jego skóra odzyskiwała normalny kolor. Cecily zauważyła, że wszyscy inni stoją wokół jak skamieniali.

– Da się uratować trochę *yin fen* – stwierdził Will, opierając się o Cecily. Czuła, jak dudni jego serce. Pachniał dymem i żelazem. – Lepiej go zebrać, zanim coś jeszcze...

– Proszę. – Tessa uklękła obok nich. W ręce trzymała chusteczkę, w której było jakieś pół garści *yin fen*, wszystko, co Will uratował z ognia. – Weź to.

Włożyła narkotyk w dłoń Jema, tę, w której nie trzymał steli. Narzeczony spojrzał na nią tak, jakby zamierzał coś powiedzieć, ale ona już się podniosła. Jem, kompletnie zdruzgotany, odprowadzał ją wzrokiem, kiedy wychodziła z pokoju.

***

– Och, Will. Co my z tobą zrobimy?

Will siedział w kwiecistym fotelu w salonie, a Charlotte przed nim na małym stołku i smarowała mu dłonie maścią. Ręce już go nie bolały po zastosowaniu trzech *iratze* i odzyskały normalny kolor, ale ona i tak się uparła, żeby je opatrzyć.

Wszyscy już sobie poszli, z wyjątkiem Cecily, która siedziała obok brata, z dłonią opartą o jego fotel, i Jema, który klęczał na osmalonym dywanie ze stelą w ręce i nie dotykał Willa, ale trzymał się blisko niego. Oboje uparli się, żeby zostać, nawet kiedy inni się wycofali, a Charlotte odesłała Henry'ego z powrotem do piwnicy. I tak nic więcej nie można było zrobić. Instrukcje, jak skontaktować się z Mortmainem, przepadły spalone na popiół, nie zostało nic więcej do omówienia.

Charlotte postanowiła nasmarować maścią dłonie oparzonego, a Cecily i Jem nie chcieli go opuszczać. Will musiał przyznać, że podoba mu się cała sytuacja. To, że siostra siedzi na poręczy jego fotela i śle groźne spojrzenia każdemu, kto się do niego zbliża, nawet Charlotte, nieszkodliwej i po macierzyńsku zatroskanej. I Jem, klęczący u jego stóp, oparty o fotel, jak wiele razy, kiedy Will był cały zabandażowany po walkach albo leczony *iratze* z powodu odniesionych ran.

– Pamiętasz, jak Meliorn próbował wybić ci zęby za to, że nazwałeś go obibokiem o spiczastych uszach? – spytał Jem. Zażył trochę *yin fen* przysłanego przez Mortmaina i na jego policzki wróciły kolory.

Will się uśmiechnął mimo woli. W ciągu ostatnich kilku lat to jedno sprawiało, że czuł się szczęściarzem. Miał w życiu kogoś, kto dobrze go znał, wiedział, o czym myśli, zanim on sam zdążył powiedzieć o tym na głos.

– Wybiłbym mu zęby, ale kiedy poszedłem go szukać, okazało się, że wyemigrował do Ameryki. Żeby uniknąć mojego gniewu, bez wątpienia.

– Hm – mruknęła Charlotte. – O ile wiem, miał wielu wrogów w Londynie.

– *Dydw I ddim yn gwybod pwy yw unrhyw un o'r bobl yr ydych yn siarad amdano* – powiedziała Cecily płaczliwym tonem.

– Ty nie wiesz, o kim rozmawiamy, ale ciebie nikt nie rozumie – stwierdził Will, jednakże w jego głosie nie było prawdziwej nagany. Sam słyszał w nim wyczerpanie. Brak snu poprzedniej nocy zbierał swoje żniwo. – Mów po angielsku, Cecy.

Charlotte wstała ze stołka, wróciła do biurka i odstawiła słoiczek z maścią. Cecily pociągnęła brata za włosy.

– Pokaż mi ręce.

Will uniósł je posłusznie. Przypomniał sobie ogień, rozżarzoną do białości agonię, a przede wszystkim przerażoną twarz

Tessy. Wiedział, że ona zrozumie, dlaczego to zrobił bez namysłu, ale wyraz jej oczu... jakby pękało jej serce.

Żałował, że jej tu nie ma. Towarzystwo Jema, Cecily i Charlotte i ich troskliwość były miłe, ale bez niej zawsze czegoś mu brakowało, jakby wraz z jej zniknięciem tracił kawałek duszy.

Cecily dotknęła jego palców. Wyglądały teraz normalnie, nie licząc sadzy pod paznokciami.

– Zadziwiające. – Lekko poklepała jego dłonie, starając się nie zetrzeć maści, i dodała z czułością w głosie: – Will zawsze miał skłonności do robienia sobie krzywdy. Nie zliczę, ile razy w dzieciństwie miał połamane ręce i nogi. A ile zadrapań i blizn.

Jem spojrzał w ogień.

– Lepiej, żeby to były moje ręce – powiedział cicho.

Will potrząsnął głową. Zmęczenie zacierało wszystkie kontury, wzory na tapecie zlewały się w jeden ciemny kolor.

– Tylko nie twoje. Potrzebujesz ich do grania na skrzypcach. A moje do czego są potrzebne?

– Powinienem był przewidzieć, co zrobisz – stwierdził Jem. – Zawsze wiem, co zamierzasz. Powinienem był przewidzieć, że wsadzisz ręce w ogień.

– A ja powinienem był przewidzieć, że wyrzucisz paczuszkę – rzekł Will bez urazy. – Wariackie, ale szlachetne zachowanie. Rozumiem, dlaczego to zrobiłeś.

– Myślałem o Tessie. – Jem podciągnął kolana w górę, oparł na nich brodę i zaśmiał się cicho. – Wariackie, ale szlachetne. Czy nie tak zawsze postępujesz? I oto ja nagle robię niedorzeczne rzeczy, a ty każesz mi przestać?

– Boże, kiedy zamieniliśmy się miejscami? – zdziwił się Will.

Płomienie zatańczyły na twarzy i włosach Jema, kiedy potrząsnął głową.

– To bardzo dziwna rzecz być zakochanym – stwierdził. – Zmienia człowieka.

Will spojrzał na niego i poczuł coś więcej niż zazdrość, niż cokolwiek innego: tęskne pragnienie, żeby od serca porozmawiać z najlepszym przyjacielem, wyznać mu uczucia, które żywił w głębi duszy. Bo czyż to nie były te same uczucia? Czyż nie kochali równie mocno tej samej dziewczyny?

– Wolałbym, żebyś nie ryzykował życia – powiedział tylko.

Jem wstał.

– O to samo ja zawsze cię prosiłem.

Will uniósł wzrok. Oczy miał zamglone z niewyspania i zmęczenia, które przychodziło wraz z runami uzdrawiającymi, tak że widział przyjaciela tylko jako sylwetkę otoczoną halo z płomieni.

– Idziesz?

– Tak. Idę spać. – Jem dotknął lekko jego gojących się rąk. – Odpocznij, Will.

Oczy Willa już się kleiły, kiedy Jem szedł do wyjścia. Nie słyszał, jak drzwi zamykają się za przyjacielem. Z głębi korytarza ponad trzaskiem płomieni niósł się głos Bridget. Tym razem jej śpiew, zwykle tak irytujący, był jak kołysanka, którą kiedyś przed zaśnięciem nuciła mu matka.

Och, co jest jaśniejsze od światła?
Co ciemniejsze od nocy?
Co ostrzejsze od siekiery?
Co bardziej miękkie od stopionego wosku?

Prawda jest jaśniejsza od światła.
Fałsz ciemniejszy od nocy.

Zemsta ostrzejsza od siekiery,
Miłość bardziej miękka od stopionego wosku.

– Piosenka zagadka – skomentowała Cecily sennym głosem. – Zawsze je lubiłam. Pamiętasz, jak mama nam je śpiewała?

– Trochę – mruknął Will.

Gdyby nie był taki zmęczony, mógłby w ogóle się do tego nie przyznać. Matka często śpiewała, w wiejskiej rezydencji, nad brzegami Mawddach albo wśród żonkili w ogrodzie. *LLawn yw'r coed o ddail a blade, llawn o goriad merch wyf inne.*

– Pamiętasz morze? – zapytał, nieco bełkotliwie z powodu wyczerpania. – Jezioro Tal-y-Llyn? Tutaj, w Londynie, nie ma niczego równie niebieskiego.

Usłyszał, że Cecily gwałtownie nabiera powietrza.

– Oczywiście, że pamiętam. Myślałam, że ty zapomniałeś.

Pod powiekami Willa ukazały się obrazy ze snów, porwały go jak prąd, odciągając od oświetlonego brzegu.

– Chyba nie dam rady wstać z tego fotela, Cecy – wymamrotał. – Dzisiaj tutaj będę spał.

Siostra lekko ujęła jego dłoń.

– Więc zostanę z tobą – powiedziała, a jej głos stał się częścią marzeń sennych, które w końcu go pochłonęły.

***

Do: Gabriela i Gideona Lightwoodów
Od: Konsula Josiaha Waylanda

Byłem bardzo zaskoczony Waszym listem. Nie mam pojęcia, jak mógłbym wyrazić się jeszcze jaśniej. Chcę, żebyście mi przekazywali szczegóły korespondencji pani Branwell z jej krewnymi i sympatykami z Idrisu. Nie prosiłem o relację na temat jej garderoby. Nie obchodzi mnie również Wasze codzienne menu.

Napiszcie do mnie list zawierający informacje, o które mi chodzi. Mam nadzieję, że tym razem będzie bardziej godny Nocnych Łowców niż wariatów.

W imię Razjela,

Konsul Wayland

Rozdział ósmy

Ogień na ogniami

„Nazywasz go nadzieją – ten ogień nad ogniami!
Lecz to udręka pożądania".

– Edgar Allan Poe, *Tamerlan*

Tessa siedziała przy toaletce i szczotkowała włosy. Powietrze na zewnątrz było chłodne i wilgotne, jakby wchłonęło wodę Tamizy, przesycone zapachem żelaza i miejskiego brudu. Przy takiej pogodzie jej normalnie gęste, falujące włosy robiły się niesforne i splątane. Nie przejmowała się zbytnio nimi. Po prostu wykonywała powtarzające się ruchy, które trochę ją uspokajały.

W jej umyśle wciąż się pojawiał obraz twarzy Jema, kiedy Charlotte przeczytała list Mortmaina, spalonych dłoni Willa, odrobiny *yin fen*, którą udało się zebrać z podłogi. Widziała ręce Cecily obejmujące Willa i udrękę Jema, kiedy przepraszał swojego *parabatai*: „Tak mi przykro, tak mi przykro".

Nie mogła tego znieść. Obaj przeżywali katusze, a ona ich obu kochała. A wszystko przez nią: to jej chciał Mortmain. To ona była przyczyną zgryzoty Willa i tego, że Jemowi zabrakło *yin fen*. Wybiegła z pokoju, bo już nie potrafiła znieść napięcia.

Jak troje ludzi, którym tak bardzo na sobie zależało, mogło przysparzać sobie nawzajem tyle cierpienia?

Odłożyła szczotkę i spojrzała na siebie w lustrze. Wyglądała na zmęczoną, miała podkrążone oczy, tak jak Will przez cały dzień, kiedy siedział razem z nią w bibliotece i pomagał Charlotte, tłumacząc fragmenty notatek Benedicta napisane greką, po łacinie albo purgatycku. Jego pióro śmigało po papierze, ciemna głowa pochylała się nad biurkiem. Dziwnie jej się patrzyło na niego w dziennym świetle, po tym jak na schodach domu Woolseya Scotta obejmował ją, jakby była tratwą ratunkową w czasie burzy. Za dnia twarz Willa też nie była spokojna ani otwarta. Nie zachowywał się nieprzyjaźnie czy chłodno, ale również nie podnosił na nią wzroku, nie uśmiechał się do niej przez stół biblioteczny ani w żaden sposób nie odnosił się do wydarzeń poprzedniej nocy.

Chciała odciągnąć go na bok i zapytać, czy miał wieści od Magnusa, powiedzieć mu: „Nikt oprócz mnie nie rozumie, co czujesz, i nikt oprócz ciebie nie rozumie, co ja czuję, więc czy nie możemy przechodzić przez to razem?". Ale gdyby Magnus się z nim skontaktował, Will by jej powiedział. Był uczciwy. Wszyscy oni byli uczciwi. W przeciwnym razie, pomyślała, patrząc na swoje ręce, może łatwiej znosiłabym całą sytuację.

Głupio zrobiła, proponując, że pójdzie do Mortmaina, ale zadziałała pod wpływem impulsu. Nie mogła nic nie zrobić, będąc przyczyną tych wszystkich nieszczęść. Wiedziała, że jeśli odda się w ręce Mortmaina, Jem pożyje dłużej, *parabatai* jeszcze trochę nacieszą się swoją przyjaźnią i będzie tak, jakby ona nigdy nie przyjechała do Instytutu.

Ale teraz, w zimnych godzinach wieczornych, pojęła, że żadne jej działanie nie cofnie zegara ani nie wygasi emocji, które między nimi wszystkimi istnieją. Czuła się pusta w środku, jakby czegoś w niej brakowało, a jednocześnie sparaliżowana. Część jej chciała pobiec do Willa, zobaczyć, czy jego ręce się wygoiły, i powiedzieć mu, że rozumie. Reszta chciała przebiec przez korytarz do pokoju Jema i błagać go, żeby jej wybaczył. Nigdy wcześniej się na siebie nie gniewali, więc nie wiedziała, jak postępować z wściekłym Jemem. Postanowiłby zerwać zaręczyny? Byłby nią rozczarowany? Nie potrafiła znieść myśli, że Jem mógłby być nią rozczarowany.

Tessa podniosła wzrok i rozejrzała się po pokoju. Usłyszała jakiś cichy odgłos. A może tylko się jej wydawało? Była zmęczona. Może wezwać Sophie, żeby pomogła jej z suknią, i pójść do łóżka z książką? Doczytała już do połowy „Zamek Otranto" i uważała go za świetną lekturę.

Wstała z krzesła i poszła po dzwonek. Dźwięk się powtórzył, teraz wyraźniejszy. Drap, drap o drzwi sypialni. Z lekkim drżeniem podeszła i je otworzyła.

Po drugiej stronie siedział Church. Jego niebieskoszare futerko było zjeżone, wyraz pyszczka był wściekły. Na szyi miał wstążkę ze srebrnej koronki, a do niej przywiązany kawałek zrolowanego papieru, niczym mały zwój. Tessa uklękła i rozwiązała wstążkę. Kot natychmiast czmychnął korytarzem.

Tessa uwolniła papier z koronki i go rozwinęła. Zobaczyła znajome pismo.

Spotkajmy się w pokoju muzycznym.

–J.

***

– Nic tu nie ma – stwierdził Gabriel.

On i Gideon znajdowali się w salonie. Gdyby nie ich magiczne kamienie, w pokoju ze szczelnie zaciągniętymi zasłonami byłoby ciemno jak w grobie. Gabriel po raz drugi pośpiesznie przeszukiwał korespondencję Charlotte leżącą na biurku.

– Co to znaczy nic? – zirytował się Gideon, stojący przy drzwiach. – Widzę cały stos listów. Z pewnością któryś z nich musi być...

– Nic skandalicznego – uściślił Gabriel, zamykając szufladę biurka. – Ani nawet interesującego. Trochę korespondencji z wujem z Idrisu. Zdaje się, że on ma podagrę.

– Fascynujące – mruknął Gideon.

– Ciekawe, w co właściwie, zdaniem Konsula, jest zamieszana Charlotte. Zdradę? – Gabriel wziął do ręki plik listów i się skrzywił. – Moglibyśmy upewnić go co do jej niewinności, gdybyśmy wiedzieli, o co ją podejrzewa.

– Musiałbym najpierw uwierzyć, że jemu chodzi o dowód jej niewinności – rzucił Gideon. – Wydaje mi się bardziej prawdopodobne, że Konsul ma nadzieję na czymś ją przyłapać. – Wyciągnął rękę. – Daj mi ten list.

– Ten do wuja? – spytał powątpiewającym tonem Gabriel.

Uniósł magiczny kamień i poświecił na biurko, kiedy brat przy nim usiadł i jednym z piór Charlotte zaczął pisać list do Konsula.

Na koniec podmuchał na atrament, żeby go wysuszyć, kiedy nagle drzwi się otworzyły. Gideon gwałtownie zerwał się z krzesła. Do pokoju wpadło żółte światło, dużo jaśniejsze niż przyćmione magiczne. Gabriel zasłonił ręką oczy, mrugając. Pożałował, że nie nałożył sobie znaku nocnego widzenia, ale takie runy długo blakły, więc bał się niepotrzebnych pytań. Zanim jego wzrok przyzwyczaił się do blasku, usłyszał przestraszony głos brata:

– Sophie?

– Mówiłam, żeby pan tak mnie nie nazywał, panie Lightwood. – Jej ton był zimny. Pokojówka stała w progu z lampą w ręce i mrużyła oczy. Zmrużyła je jeszcze bardziej, kiedy spojrzała na Gabriela i zobaczyła listy w jego ręce. – Czy pan... Czy to korespondencja pani Branwell?

Gabriel pośpiesznie rzucił koperty na biurko.

– Ja... My...

– Czytaliście jej listy? – Sophie wyglądała jak anioł zemsty.

Gabriel zerknął na brata, ale Gideon najwyraźniej zaniemówił. W całym swoim życiu Gabriel nie widział, żeby jego brat zaszczycił jakąkolwiek, choćby najładniejszą Nocną Łowczynię drugim spojrzeniem. Ale na tę oszpeconą Przyziemną patrzył jak na wschodzące słońce. To było wyraźnie widoczne, ale niewytłumaczalne. Dostrzegł przerażenie na twarzy brata, że jego dobra opinia właśnie sypie się w gruzy.

– Tak – przyznał Gabriel. – Rzeczywiście przeglądaliśmy jej korespondencję.

Sophie zrobiła krok do tyłu.

– Natychmiast sprowadzę panią Branwell...

– Nie... – Gabriel wyciągnął rękę. – Nie jest tak, jak myślisz. Zaczekaj. – I szybko opowiedział o groźbach Konsula, o jego prośbie, żeby szpiegowali Charlotte, i ich rozwiązaniu problemu. – Nigdy nie zamierzaliśmy ujawnić ani słowa z tego, co napisała Charlotte. Naszym zamiarem było ją chronić.

Podejrzliwa mina nie zniknęła z twarzy Sophie.

– A dlaczego miałabym wierzyć choć w jedno pańskie słowo, panie Lightwood?

– Panno Collins, proszę – odezwał się w końcu Gideon. – Wiem, że od tamtej niefortunnej sprawy z... rogalikami nie poważa mnie pani, ale proszę wierzyć, że nigdy nie zdradziłbym zaufania Charlotte ani nie odpłacił za jej dobroć zdradą.

Sophie wahała się przez chwilę, po czym opuściła wzrok.

– Przykro mi, panie Lightwood. Chciałabym panu wierzyć, ale muszę być przede wszystkim lojalna wobec pani Branwell.

Gabriel wziął z biurka list, który właśnie napisał jego brat.

– Panno Collins, proszę to przeczytać. Właśnie zamierzaliśmy wysłać ten list Konsulowi. Jeśli, po jego przeczytaniu, nadal będzie pani zdecydowana poszukać pani Branwell, nie będziemy pani zatrzymywać.

Sophie przeniosła wzrok z niego na Gideona. Następnie szybko skinęła głową, weszła do pokoju i postawiła lampę na biurku. Wzięła kartkę od Gideona, rozłożyła ją i przeczytała na głos.

***

Do: Konsula Josiaha Waylanda
Od: Gideona i Gabriela Lightwoodów

Drogi Panie,

jak zwykle wykazał się Pan wielką mądrością, prosząc nas, żebyśmy przeczytali listy pani Branwell adresowane do Idrisu. Zyskaliśmy osobisty wgląd w rzeczoną korespondencję i stwierdziliśmy, że komunikuje się ona prawie codziennie ze swoim wujem Roderickiem Fairchildem.

Zawartość tych listów, Sir, wstrząśnie Panem i go rozczaruje. Nas pozbawiła wiary w słabszą płeć.

Pani Branwell wykazuje bardzo bezduszną, nieludzką i niekobiecą postawę wobec jego wielu poważnych chorób. Radzi mu jedynie używać mniej alkoholu do leczenia podagry, zdradza oznaki rozbawienia przykrą dolegliwością, jaką jest puchlina wodna, i całkowicie ignoruje wzmianki o podejrzanej substancji zbierającej się w jego uszach i innych otworach ciała.

Od kobiety, wobec męskiego krewniaka, można by raczej oczekiwać czułej niewieściej troski, nie mówiąc o szacunku dla starszych. Nic z tego! Obawiamy się, że pani Branwell oszalała z nadmiaru władzy. Trzeba ją powstrzymać, zanim będzie za późno i wielu dzielnych Nocnych Łowców zejdzie na manowce z braku kobiecej opieki.

Z poważaniem

Gideon i Gabriel Lightwoodowie

W pokoju zapadła cisza. Sophie stała i gapiła się na list. W końcu spytała:

– Który z was to napisał?

Gideon odchrząknął.

– Ja.

Sophie zmierzyła go wzrokiem. Zaciskała usta, ale wargi jej drżały. Przez jedną straszną chwilę Gabriel myślał, że dziewczyna zaraz się rozpłacze.

– O, mój Boże – wykrztusiła w końcu. – To pierwszy?

– Nie, był jeszcze jeden – wydukał Gabriel. – O kapeluszach Charlotte.

– Kapeluszach? – Z ust Sophie wyrwał się śmiech.

Gideon popatrzył na nią, jakby jeszcze nigdy w życiu nie widział czegoś równie cudownego.

Gabriel musiał przyznać, że dziewczyna, mimo blizny, jest ładna, kiedy się śmieje.

– Konsul był wściekły?

– Jak diabli – odparł Gideon.

– Zamierzasz powiedzieć pani Branwell? – spytał Gabriel, który już dłużej nie mógł znieść napięcia.

Sophie spoważniała.

– Nie, bo nie chcę, żebyście narazili się Konsulowi, a poza tym myślę, że wiadomość zraniłaby panią Branwell, co również nie byłoby dobre. Żeby szpiegować ją w taki sposób! Co za okropny człowiek! – Jej oczy rzucały iskry. – Jeśli chcecie pomocy w pokrzyżowaniu planów Konsula, chętnie wam jej udzielę. Dajcie mi ten list, a ja dopilnuję, żeby jutro został wysłany.

***

Pokój muzyczny nie był taki zakurzony, jakim Tessa go pamiętała. Wyglądał, jakby ostatnio porządnie go wysprzątano. Drewniane parapety i podłogi lśniły, fortepian stojący w kącie również. W kominku płonął ogień. Jego blask otaczał sylwetkę Jema, kiedy ten się odwrócił i na jej widok uśmiechnął nerwowo.

Wszystko w pokoju wydawało się miękkie i lekko rozmyte jak na akwareli: instrumenty w białych pokrowcach niczym duchy, ciemny połysk fortepianu, złoty odblask płomieni na parapetach. Tessa widziała również siebie i Jema, stojących naprzeciwko siebie: dziewczyna w granatowej sukni wieczorowej i chudy chłopak z szopą srebrzystych włosów, w czarnym surducie, zbyt obszernym na wątłą postać.

Jego twarz ukryta w cieniu była samą wrażliwością, niepokój wykrzywiał usta.

– Nie byłem pewien, czy przyjdziesz.

Tessa zrobiła krok do przodu. Chciała zarzucić mu ręce na szyję, ale się powstrzymała. Uznała, że najpierw powinni porozmawiać.

– Oczywiście, że przyszłam. Jem, tak mi przykro. Tak bardzo przykro. Nie potrafię wyjaśnić... to było coś w rodzaju szaleństwa. Nie mogłam znieść myśli, że z mojego powodu stałaby ci się krzywda, bo w pewnym sensie jestem związana z Mortmainem, a on ze mną.

– To nie twoja wina. To nigdy nie był twój wybór...

– Zachowałam się nierozsądnie. Will miał rację. Mortmainowi nie można ufać. Nawet gdybym do niego poszła, nie ma gwarancji, że dotrzymałby umowy. Dałabym broń do ręki waszemu wrogowi. Nie wiem, czego on ode mnie chce, ale Nocnym Łowcom nic dobrego z tego nie przyjdzie. To pewne. W rezultacie ja mogłabym zaszkodzić wam wszystkim. – Oczy zapiekły ją od łez, ale je pohamowała. – Wybacz mi, Jem. Nie powinniśmy tracić naszego wspólnego czasu na gniew. Rozumiem, dlaczego zrobiłeś to, co zrobiłeś... Ja postąpiłabym tak samo dla ciebie.

Jego oczy złagodniały.

– *Zhe shi jie shang, wo shi zui ai ne de* – wyszeptał.

Tessa zrozumiała. „Na całym świecie ty jesteś tą, którą kocham najbardziej".

– Jem...

– Wiesz o tym. Musisz wiedzieć. Nigdy nie pozwoliłbym ci odejść, narazić się na niebezpieczeństwo, póki oddycham. – Uniósł rękę, zanim zrobiła krok w jego stronę. – Zaczekaj. – Schylił się po futerał na skrzypce. – Ja... Chcę ci coś dać. Jako prezent ślubny. Ale chciałbym dać ci go teraz, jeśli pozwolisz.

– Prezent? – zdziwiła się Tessa. – Przecież się pokłóciliśmy!

Twarz Jema rozjaśnił tak uroczy uśmiech, że można było zapomnieć o tym, jak jest szczupła.

– Słyszałem, że kłótnie to integralna część życia małżeńskiego. Trzeba kiedyś poćwiczyć.

– Ale...

– Tesso, sądziłaś, że jakakolwiek kłótnia, duża czy mała, jest w stanie sprawić, że przestanę cię kochać?

Mówił zdziwionym tonem, a ona nagle pomyślała o Willu, o latach, kiedy testował lojalność przyjaciela, doprowadzał go do szału kłamstwami, unikami i aktami autodestrukcji, i przez cały ten czas miłość Jema do *parabatai* nie osłabła ani na chwilę, a tym bardziej nie wygasła.

– Bałam się – wyznała cicho. – Ja... nie mam dla ciebie prezentu.

– Masz – powiedział zdecydowanie Jem. – Usiądź, proszę, Tesso. Pamiętasz, jak się poznaliśmy?

Tessa usiadła w niskim fotelu ze złoconymi poręczami. Spódnice rozłożyły się wokół niej jak wachlarz.

– Wpadłam do twojego pokoju w środku nocy jak wariatka.

Jem uśmiechnął się szeroko.

– Wśliznęłaś się z wdziękiem do mojej sypialni i zobaczyłaś, że gram na skrzypcach. – Z miłością wyjął instrument z futerału. – Miałabyś coś przeciwko temu, żebym teraz dla ciebie zagrał?

– Wiesz, że uwielbiam słuchać, jak grasz. – To była prawda. Tessa lubiła nawet, kiedy mówił o skrzypcach, choć niewiele z tego rozumiała. Mogła godzinami słuchać, jak z pasją rozprawia o strunach, smyczkach, kołkach, kalafonii, układzie palców i skłonności struny A do pękania. I wcale się nie nudziła.

– *Wo wei ni xie de* – powiedział Jem, przyłożył skrzypce do lewego barku i przytrzymał je brodą. Kiedyś wspomniał, że wielu muzyków używa podpórki, ale on z niej nie korzysta. Na boku szyi, w miejscu, gdzie opierały się skrzypce, miał na stałe lekki ślad podobny do siniaka.

– Coś... dla mnie zrobiłeś? – przetłumaczyła z wahaniem.

– Coś dla ciebie napisałem – poprawił ją z uśmiechem Jem i zaczął grać.

Tessa patrzyła na niego z podziwem. Lekko trzymając smyczek, wydobywał z instrumentu cichy, harmonijny dźwięk. Melodia zagarnęła ją chłodna i słodka jak woda, pełna nadziei i piękna jak wschód słońca. Tessa z fascynacją patrzyła na poruszające się palce Jema, słuchała doskonałego dźwięku skrzypiec, który stawał się coraz głębszy, w miarę jak smyczek poruszał się szybciej. Ramię Jema śmigało w tę i z powrotem, palce przebiegały po strunach. Nagle muzyka sposępniała, chmury burzowe zebrały się na jasnym horyzoncie, rzeka zmieniła się w rwący potok, a ten dotarł do Tessy, otoczył ją, wezbrał. Całe ciało Jema poruszało się wraz z melodią, którą wydobywał z instrumentu, choć Tessa widziała, że jego stopy stoją twardo na podłodze.

Jej serce galopowało. Jem miał oczy zamknięte, kąciki ust wykrzywione do dołu, jak z bólu. Z jednej strony Tessa chciała zerwać się z fotela i otoczyć go ramionami, z drugiej nie robić nic, żeby nie zatrzymać muzyki, jej cudownego brzmienia. Było tak, jakby Jem używał smyczka jak pędzla i tworzył płótno, wyraźnie ukazujące jego duszę. Kiedy ostatnie tony poszybowały wysoko pod niebo, Tessa uświadomiła sobie, że ma mokrą twarz, ale dopiero kiedy przebrzmiała ostatnia nuta, a Jem opuścił skrzypce, zrozumiała, że płacze.

Jem powoli odłożył instrument do futerału, wyprostował się i odwrócił do niej. Na jego twarzy malował się nieśmiały wyraz, biała koszula była przesiąknięta potem, żyła na szyi pulsowała.

Tessa siedziała zupełnie bez ruchu.

– Podobało ci się? – zapytał. – Mógłbym dać ci... biżuterię, ale chciałem, żeby to było coś wyjątkowego, tylko dla ciebie. Czego nikt inny nie usłyszy ani nie będzie miał na własność. Nie jestem dobry w słowach, więc napisałem nutami to, co czuję do ciebie. – Umilkł na chwilę. – Podobało ci się? – Jego mina świadczyła, że spodziewa się odpowiedzi przeczącej.

Tessa uniosła głowę, żeby zobaczył na jej twarzy łzy.

– Jem.

Ze skruchą opadł przed nią na kolana.

– *Ni jue de tong man, qin ai de*?

– Nie, nie – zapewniła go Tessa na pół ze śmiechem, na pół z płaczem. – Nie czuję się zraniona. Ani nieszczęśliwa. Wcale nie.

Twarz i oczy Jema rozświetlił radosny uśmiech.

– A więc ci się podobało.

– Jakbym zobaczyła twoją duszę w tych dźwiękach. I to było piękne. – Tessa pochyliła się i lekko dotknęła gładkiej skóry na jego twardych kościach policzkowych, delikatnych włosków na karku. – Widziałam rzeki, łodzie jak kwiaty, wszystkie kolory nocnego nieba.

Jem wypuścił powietrze z płuc i osunął się na podłogę przy jej fotelu, jakby uszły z niego wszystkie siły.

– To wyjątkowa magia – powiedział. Oparł głowę na jej kolanach, a ona nadal głaskała go po włosach. – Oboje moi rodzice kochali muzykę. Ojciec grał na skrzypcach, mama na qinie. Ja wybrałem skrzypce, choć mogłem uczyć się jednego i drugiego instrumentu. Czasami żałowałem, bo są w Chinach melodie, których nie da się zagrać na skrzypcach, a matka chciała, żebym je znał. Opowiadała mi historię o Yu Boya, który był wielkim wirtuozem qin. Miał najlepszego przyjaciela, drwala Zhong Ziqi, i grał dla niego. Podobno, kiedy Yu Boya grał pieśń o wodzie, Ziqi od razu widział rwące rzeki, a kiedy o górach, widział ich szczyty. Yu Boya mawiał: „To dlatego, że rozumiesz moją muzykę". – Jem spojrzał na swoją rękę spoczywającą na kolanie. – Ludzie nadal używają słów „*zhi yin*" na określenie „bliskich przyjaciół" albo „pokrewnych dusz", ale w rzeczywistości oznaczają one „rozumienie muzyki". – Ujął jej dłoń. – Kiedy grałem, widziałaś to, co ja widziałem. Rozumiałaś moją muzykę.

– Nie znam się na muzyce, Jem. Nie potrafię odróżnić sonaty od partity...

– Nie. – Jem podniósł się na kolana i chwycił za poręcze fotela. Byli teraz tak blisko siebie, że Tessa widziała wilgotne od potu włosy na jego na skroniach i karku, czuła zapach kalafonii i spalonego cukru. – Nie. Chodziło mi o to, że... – Z frustracją pokręcił głową, chwycił jej dłoń i przyłożył ją sobie do piersi. – Każde serce ma swoją melodię. Ty znasz moją.

– Co się z nimi stało? – zapytała Tessa. – Z drwalem i muzykiem?

– Zhong Ziqi umarł, a Yu Boya zagrał swoją ostatnią pieśń na grobie przyjaciela. Potem połamał qin i już nigdy więcej nie wziął go do ręki.

Tessa zamrugała, żeby odpędzić łzy.

– Jaka smutna historia.

– Naprawdę? – Serce Jema zatrzepotało pod jej palcami. – Póki żyli i się przyjaźnili, Yu Boya pisał najwspanialszą muzykę, jaką znamy. Czy potrafiłby taką tworzyć, gdyby był sam? Każdy potrzebuje lustra, żeby zobaczyć w nim swoje lepsze ja. Takim lustrem są oczy tych, którzy nas kochają. A czasami najpiękniejsze jest to, co krótkotrwałe. – Na chwilę opuścił wzrok. – Dałbym ci z siebie wszystko. W ciągu dwóch tygodni dałbym więcej, niż inni mężczyźni w ciągu całego życia.

– Niczego mi nie brakuje...

– A mnie tak – przerwał jej Jem. – Chcę się z tobą ożenić. Czekałbym na ciebie wiecznie, ale...

Ale nie mamy wieczności.

– Nie mam rodziny – powiedziała Tessa, patrząc mu w oczy. – Żadnego opiekuna. Nikogo, kto mógłby... poczuć się obrażony tak pośpiesznym ślubem.

Oczy Jema rozszerzyły się lekko.

– Ja... Mówisz poważnie? Chciałbym, żebyś miała na przygotowania tyle czasu, ile potrzebujesz.

– Jakie niby przygotowania? – zdziwiła się Tessa.

Nagle jej myśli pomknęły do Willa i chwili, kiedy wkładał ręce do ognia, żeby ratować lek Jema, i do tamtego dnia w salonie, kiedy powiedział, że ją kocha, a po jego wyjściu ona zacisnęła dłonie na rozżarzonym pogrzebaczu, żeby piekący ból choć na moment ukoił ból w jej sercu.

Will. Okłamała go wtedy, jeśli nie wprost, to na pewno wprowadziła go w błąd. Pozwoliła mu myśleć, że go nie kocha. Ta myśl nadal sprawiała jej ból, ale Tessa nie żałowała. Nie było innego wyjścia. Znała Willa dostatecznie dobrze, by wiedzieć, że nawet gdyby zerwała z Jemem, nie mogliby być razem. On nie zgodziłby się na miłość okupioną szczęściem swojego *parabatai*. A jeśli jakaś część jej serca należała do Willa i tylko do Willa, wyznanie prawdy nikomu by nie pomogło. Jema też kochała... teraz jeszcze bardziej niż wtedy, gdy zgodziła się za niego wyjść.

Czasami trzeba wybrać, czy chce się być dobrym, czy honorowym, powiedział jej kiedyś Will. Czasami nie można mieć obu tych rzeczy naraz.

Może to zależy od książki, pomyślała. Ale w tej, w księdze jej życia, dyshonorem była tylko nieuczciwość. Nawet jeśli zraniła Willa wtedy w salonie, z czasem jego uczucia do niej osłabły i pewnego dnia on nawet jej podziękuje, że dała mu wolność. Wierzyła w to. Nie mógł kochać jej wiecznie.

Już dawno wybrała tę drogę. I jeśli zamierzała przejść ją w następnym miesiącu, równie dobrze mogła to zrobić następnego dnia. Wiedziała, że kocha Jema, i choć jakaś część jej nadal kochała Willa, zachowanie tego w tajemnicy było jej najlepszym darem dla nich obu.

– Nie wiem. – Jem patrzył na nią z mieszaniną nadziei i niedowierzania na twarzy. – Rada jeszcze nie zgodziła się na naszą prośbę... ty nie masz sukni...

– Nie obchodzi mnie Rada. Nie obchodzi mnie, w co się ubiorę, jeśli dla ciebie to nie ma znaczenia. Jeśli mówisz poważnie, Jem, wyjdę za ciebie, kiedy chcesz.

– Tesso – szepnął i wyciągnął do niej ręce, jakby tonął, a ona pochyliła głowę i musnęła wargami jego wargi. Jem uniósł się na kolana i przycisnął mocniej usta do jej ust, aż je rozchyliła i poczuła słodycz palonego cukru. – Jesteś za daleko. – Objął ją i ściągnął z fotela, tak że teraz oboje klęczeli na podłodze.

Przytulił ją do siebie, a ona zaczęła wodzić dłońmi po jego twarzy, po wydatnych kościach policzkowych. Były ostre, zbyt ostre, puls krwi za blisko powierzchni skóry, obojczyki twarde jak metalowy naszyjnik.

Jem przesunął dłonie z jej talii na ramiona, pocałował zagłębienie w szyi, a ona podciągnęła jego koszulę i dotknęła nagiej skóry. Był taki chudy, pod dłońmi wyraźnie czuła jego kręgosłup. Widziała go na tle płomieni skaczących w kominku, blask ognia barwił jego białe włosy na złoto.

„Kocham cię", powiedział. „Na całym świecie ty jesteś tym, co kocham najbardziej".

Gorące wargi przywarły do jej szyi, potem niżej. Pocałunki zatrzymały się tam, gdzie zaczynała się suknia. Serce Tessy dudniło, jakby starało się go dosięgnąć, jakby biło dla niego. Poczuła nieśmiałą dłoń sunącą po jej ciele do sznurowania...

Drzwi uchyliły się ze skrzypnięciem, a oni odskoczyli od siebie, zdyszani jak po biegu.

Tessa słyszała, jak krew tętni jej w uszach.

Jem się roześmiał.

– Co... – zaczęła.

– Church – powiedział Jem.

Tessa opuściła wzrok i zobaczyła kota kroczącego dumnie przez salon.

– Jeszcze nigdy nie widziałam tak zadowolonego z siebie kocura – stwierdziła, kiedy Church, ignorując ją, podszedł do Jema i trącił go łebkiem.

– Kiedy wspomniałem, że możemy potrzebować przyzwoitki, nie to miałem na myśli. – Jem pogłaskał kota i uśmiechnął się do Tessy kącikiem ust. – Mówiłaś poważnie? Że wyszłabyś za mnie nawet jutro?

Tessa uniosła głowę i spojrzała mu prosto w oczy. Nie mogła znieść myśli o czekaniu i traceniu kolejnych chwil życia. Nagle i gwałtownie zapragnęła się z nim związać – w chorobie i zdrowiu, na dobre i na złe – złożyć przysięgę, dać mu swoje słowo i miłość bez dalszego zwlekania.

– Tak – odpowiedziała.

***

Jeszcze nie wszyscy zeszli do jadalni na śniadanie, kiedy Jem złożył oświadczenie.

– Tessa i ja zamierzamy się pobrać – oznajmił spokojnie, kładąc serwetkę na kolanach.

– To miała być niespodzianka? – zapytał Gabriel, ubrany w strój bojowy, jako że zamierzał potrenować po śniadaniu. Wziął z tacy cały bekon i teraz Henry patrzył na niego zawiedzionym wzrokiem. – Nie jesteście już przypadkiem zaręczeni?

– Data ślubu była wyznaczona na grudzień. – Jem sięgnął pod stołem po dłoń Tessy. – Ale zmieniliśmy zdanie. Zamierzamy pobrać się jutro.

Efekt jego słów był piorunujący. Henry zakrztusił się herbatą, tak że Charlotte musiała uderzyć go w plecy. Ona sama zaniemówiła. Gideon z brzękiem odstawił filiżankę na spodeczek, nawet Gabriel zamarł z widelcem uniesionym do ust. Sophie, która właśnie przyniosła z kuchni tosty, głośno zaczerpnęła tchu.

– Nie! Suknia panny Tessy została zniszczona, a nowa nie jest jeszcze zaczęta!

– Tessa może włożyć dowolną – stwierdził Jem. – Nie musi wystąpić w złotej, bo nie jest Nocną Łowczynią. Ma kilka ładnych sukien. Może wybrać swoją ulubioną. – Nieśmiało spojrzał na narzeczoną. – To znaczy, jeśli się zgodzisz.

Tessa nie odpowiedziała, bo w tym momencie do pokoju weszli młodzi Herondale'owie.

– Mam skurcz w szyi – mówiła ze śmiechem Cecily. – Nie mogę uwierzyć, że udało mi się zasnąć w takiej pozycji...

Urwała, kiedy oboje wyczuli atmosferę panującą w jadalni i rozejrzeli się wokół stołu. Will wyglądał na bardziej wypoczętego niż poprzedniego dnia i zadowolonego, że ma siostrę przy sobie, ale kiedy zobaczył miny obecnych, jego nastrój zaczął się zmieniać.

– Co tu się dzieje? – zapytał. – Coś się stało?

– Tessa i ja postanowiliśmy przenieść naszą ceremonię ślubną – wyjaśnił Jem. – Odbędzie się za kilka dni.

Will nic nie powiedział i zachował kamienną twarz, ale bardzo zbladł. Nawet nie zerknął na Tessę.

– A Clave? – odezwała się w końcu Charlotte, wstając żwawo z krzesła. – Jeszcze nie zgodzili się na wasze małżeństwo. Nie możecie postąpić wbrew Radzie...

– Nie możemy również czekać na jej decyzję – stwierdził Jem. – Mogą minąć miesiące albo rok... Wiecie, że oni wolą zwlekać niż dać odpowiedź, która może się nie spodobać.

– A nasze małżeństwo raczej nie jest dla nich w tej chwili najważniejszą rzeczą – dodała Tessa. – Szukanie Mortmaina, papiery Benedicta Lightwooda, mają pierwszeństwo. A to jest sprawa osobista.

– Dla Clave nie ma osobistych spraw. – Głos Willa był głuchy i dziwny, jakby dochodził z bardzo daleka. Tessa dostrzegła puls na jego szyi i pomyślała o coraz lepszym porozumieniu między nimi w ciągu kilku ostatnich dni. Zastanawiała się, czy ta wiadomość je zniszczy, roztrzaska na kawałki jak kruchą porcelanę. – Moja matka i ojciec ...

– Istnieją prawa dotyczące małżeństw z Przyziemnymi – przerwał mu Jem. – Nie ma żadnych reguł dotyczących małżeństw Nefilim z takimi osobami jak Tessa. Jeśli będę musiał, tak jak twój ojciec zrezygnuję z bycia Nocnym Łowcą.

– Jamesie...

– Sądziłbym, że ze wszystkich ludzi akurat ty mnie zrozumiesz – rzucił Jem, patrząc na Willa ze zdziwieniem i urazą.

– Nie twierdzę, że nie rozumiem. Ja tylko zachęcam cię do przemyślenia...

– Przemyślałem wszystko. Mam zgodę na małżeństwo z Przyziemną, ze wszystkimi podpisami. Możemy wejść do każdego kościoła i pobrać się nawet dzisiaj. Wolałbym, żebyście wszyscy byli obecni na ślubie, ale jeśli nie będziecie mogli, i tak go weźmiemy.

– Ożenić się dziewczyną, żeby zaraz uczynić ją wdową – skomentował Gabriel Lightwood. – Wiele osób powiedziałoby, że to nie jest fair.

Jem zesztywniał i zacisnął rękę na dłoni narzeczonej. Will ruszył do przodu, ale Tessa już wstała, przeszywając Gabriela palącym wzrokiem.

– Nie waż się mówić tak, jakby wszystko zależało od Jema, a nic ode mnie. Zaręczyny nie zostały na mnie wymuszone, nie mam również żadnych złudzeń co do zdrowia Jema. Mimo wszystko postanowiłam z nim być przez tyle dni czy minut, ile nam będzie dane. I zamierzam się cieszyć każdą chwilą.

Oczy Gabriela były zimne jak morze przy wybrzeżu Nowej Funlandii.

– Ja tylko martwię się o was oboje, panno Gray.

– Lepiej niech pan się martwi o siebie – odparowała Tessa.

Zielone oczy się zmrużyły.

– To znaczy?

– Panna Grey ma na myśli, jak sądzę, że ona nie zabiła swojego ojca – odezwał się Will. – A może tak szybko doszedłeś do siebie, że już nie musimy się martwić o twoje uczucia, Gabrielu?

Cecily krzyknęła cicho. Gabriel wstał, a Tessa ujrzała w nim chłopca, który, kiedy pierwszy raz go zobaczyła, rzucił wyzwanie Willowi – sama arogancja, sztywność nienawiść.

– Jeśli kiedykolwiek się ośmielisz... – zaczął.

– Przestańcie! – krzyknęła Charlotte i umilkła raptownie, kiedy zza okna dobiegło skrzypienie zardzewiałej bramy Instytutu, a potem rozległ się stukot końskich kopyt na dziedzińcu. – Och, na Anioła, Jessamine! – Wstała i rzuciła serwetkę na talerz. – Chodźcie... Musimy ją przywitać.

Choć to było przybycie nie w porę, doskonale odwróciło uwagę wszystkich. Gabriel i Cecily wydawali się trochę zdezorientowani, bo nie wiedzieli, kim jest Jessamine ani jaką rolę odegrała w życiu Instytutu.

Szli korytarzem w bezładnym szyku. Tessa została z tyłu. Brakowało jej tchu, jakby miała za ciasno zasznurowany gorset. Pomyślała o poprzedniej nocy, o tym, jak całowali się z Jemem w pokoju muzycznym i szeptali o ślubie, o małżeństwie, które by po nim nastąpiło... gdyby mieli cały czas świata. Jakby ożenek mógł zagwarantować mu nieśmiertelność, a przecież tak nie było.

Idąc z roztargnieniem po schodach, potknęła się, ale przed upadkiem uratowała ją jakaś ręka. Tessa obejrzała się i zobaczyła Willa.

Stali przez chwilę nieruchomo jak posągi. Inni już dotarli na dół, ich głosy niosły się w górę jak dym. Will trzymał delikatnie dłoń na ramieniu Tessy, ale jego twarz była prawie bez wyrazu, jak wyciosana z granitu.

– Nie zgadzasz się z nimi, prawda? – spytała Tessa ostrzejszym tonem, niż zamierzała. – Że nie powinnam dzisiaj wychodzić za Jema. Pytałeś mnie, czy kocham go dostatecznie, żeby go poślubić i uczynić szczęśliwym, a ja odpowiedziałam, że tak. Nie wiem, czy potrafię go uszczęśliwić, ale mogę spróbować.

– Jeśli ktokolwiek potrafi go uszczęśliwić, to właśnie ty – powiedział Will, patrząc jej w oczy.

– Inni myślą, że mam złudzenia co do jego zdrowia.

– Nadzieja to nie złudzenie.

Słowa dodawały otuchy, ale w jego głosie było coś, co ją przeraziło.

– Will. – Chwyciła go za nadgarstek. – Nie opuścisz mnie teraz, nie zostawisz, żebym sama szukała leku? Nie dam rady bez ciebie.

Will zaczerpnął głęboko tchu i przymknął niebieskie oczy.

– Oczywiście, że nie. Nie zrezygnowałbym z niego, z ciebie. Pomogę. To tylko...

Urwał i odwrócił twarz. Światło wpadające przez okno oświetlało jego policzek i zarys szczęki.

– Tylko co?

– Pamiętasz, co jeszcze powiedziałem ci tamtego dnia w salonie. Chcę, żebyś była szczęśliwa i żeby on był szczęśliwy. Ale, idąc nawą, żeby połączyć się z nim na zawsze, będziesz szła niewidzialną ścieżką z odłamków mojego serca. Oddałbym życie za każde z was. Oddałbym życie za wasze szczęście. Kiedy mi powiedziałaś, że mnie nie kochasz, myślałem, że moje uczucie zaniknie, ale tak się nie stało. Jest silniejsze z dnia na dzień. Kocham cię teraz jeszcze bardziej rozpaczliwie niż wtedy, a za godzinę będę kochał jeszcze bardziej. To nie fair tak mówić, wiem, skoro nie możesz nic z tym zrobić. – Wziął drżący oddech. – Jakże musisz mną gardzić.

Tessa poczuła, jakby ziemia usunęła się jej spod nóg. Pamiętała, co powiedziała sobie tamtej nocy: że uczucia Willa do niej z pewnością osłabną. Że po latach jego ból będzie mniejszy niż jej. Wierzyła w to. Ale teraz...

– Nie gardzę tobą, Will. Zawsze byłeś uczciwy... bardziej uczciwy, niż mogłabym oczekiwać...

– Nie – przerwał jej z goryczą. – Myślę, że niczego ode mnie nie oczekiwałaś.

– Oczekiwałam od ciebie wszystkiego – wyszeptała. – Więcej, niż ty od samego siebie. Jednak dałeś jeszcze więcej. – Jej głos zadrżał. – Mówią, że nie można podzielić swojego serca, ale...

– Will! Tessa! – Z holu dobiegł głos Charlotte. – Przestańcie się guzdrać! Może któreś z was pójdzie po Cyrila? Będzie potrzebny przy powozie, jeśli Cisi Bracia zechcą zostać.

Tessa spojrzała bezradnie na Willa, ale chwila minęła. Rozpacz, która napędzała go chwilę wcześniej, zniknęła z jego twarzy. Teraz był niedostępny, jakby między nimi wyrosło tysiąc drzwi.

– Ty idź, ja zaraz przyjdę. – Powiedział to bez żadnego nacisku, odwrócił się i popędził w górę po schodach.

Tessa, odrętwiała, ruszyła w dół, trzymając rękę na ścianie. Czego omal nie powiedziała Willowi?

„Ale cię kocham".

Na Boga, co dobrego by z tego wynikło, jaką korzyść komukolwiek przyniosłoby wymówienie tych słów? Byłby to tylko potworny ciężar dla niego, bo wiedziałby, co ona czuje, ale nie mógłby nic zrobić. I to wyznanie tylko by go z nią związało, a nie uwolniło, żeby mógł poszukać sobie innej. Dziewczyny niezaręczonej z jego najlepszym przyjacielem.

Kogoś innego do kochania. Gdy wyszła na frontowe schody Instytutu, wiatr szarpnął jej suknią. Pozostali już tam czekali. Najwyraźniej czuli się trochę nieswojo, zwłaszcza Gabriel i Cecily, którzy chyba się zastanawiali, o co tu, do licha, chodzi. Tessa nie zwracała na nich uwagi. Czuła ściskanie w sercu i wiedziała, że to nie z zimna. Udrękę sprawiała jej myśl, że Will pokocha inną.

Ale to był czysty egoizm. Gdyby Will kogoś sobie znalazł, ona by to przecierpiała, w milczeniu zagryzając wargi, tak jak on zniósł jej zaręczyny z Jemem. Tyle jest mu winna, pomyślała, kiedy przez bramę wtoczył się ciemny powóz powożony przez człowieka w pergaminowej szacie Cichych Braci. Była winna Willowi zachowanie równie honorowe jak jego.

Powóz zatrzymał się u stóp schodów. Stojąca za nią Charlotte poruszyła się niespokojnie.

– Jeszcze jeden?

Tessa podążyła za jej wzrokiem i zobaczyła, że istotnie za pierwszym nadjeżdża drugi pojazd, cały czarny, bez herbu na drzwiach.

– Eskorta – stwierdził Gabriel. – Może Cisi Bracia martwili się, że ona ucieknie.

– Nie – powiedziała Charlotte ze zdziwieniem w głosie. – Ona by nie...

Cichy Brat powożący pierwszym powozem zsiadł na ziemię i ruszył do drzwi. W tym momencie zatrzymał się za nim drugi pojazd, a on się odwrócił. Tessa nie widziała twarzy ukrytej pod kapturem, ale jego postawa świadczyła o zaskoczeniu. Zmrużyła oczy. Było coś dziwnego w koniach zaprzężonych do drugiej karety. Ich ciała lśniły nie jak sierść zwierząt, ale jak metal, a ruchy wydawały się nienaturalnie szybkie.

Drugi woźnica zeskoczył z kozła i wylądował na ziemi ze zgrzytliwym chrzęstem. Tessa zobaczyła błysk metalu, kiedy uniósł rękę do kaptura szaty... i zrzucił ją jednym ruchem.

Pod nią znajdowało się lśniące metalowe ciało z owalną głową bez oczu, z miedzianymi nitami w stawach łokciowych, na kolanach i ramionach. Prawa ręka, jeśli można tak było ją nazwać, kończyła się prymitywną kuszą z brązu. Stwór uniósł ramię i je wyprostował. Stalowa strzała z czarnym grotem przecięła powietrze i wbiła się w pierś pierwszego z Cichych Braci. Mnich przeleciał kilka stóp przez dziedziniec i upadł na ziemię. Krew splamiła szatę koloru pergaminu.

Rozdział dziewiąty

Odkute w metalu

„Ów płynną rudę w już przygotowane
Formy napuszczał, z których swe narzędzia
Najpierw wykonał, a później to wszystko,
Co można odlać lub odkuć w metalu".

– John Milton, *Raj utracony*
(Przełożył Maciej Słomczyński)

Tessa zobaczyła z przerażeniem, że Cisi Bracia mają krew czerwoną jak każdy śmiertelnik.

Usłyszała, jak Charlotte wykrzykuje rozkazy, potem Henry zbiegł po schodach i dopadł pierwszego powozu. Gdy szarpnięciem otworzył drzwi, w jego ramiona wytoczyła się Jessamine, bezwładna, z półprzymkniętymi oczami. Miała na sobie podartą białą suknię, w której Tessa widziała ją podczas odwiedzin w Cichym Mieście. Jej ładne blond włosy były ostrzyżone tuż przy skórze jak u pacjenta chorego na tyfus.

– Henry. – Zaszlochała, chwytając go za klapy. – Pomóż mi, Henry. Zabierz mnie do Instytutu...

Branwell odwrócił się z Jessamine na rękach, w chwili kiedy drzwi drugiego powozu otworzyły się gwałtownie i wypadły z niego automaty, dołączając do pierwszego. Od razu po wyjściu z pojazdu rozkładały się jak dziecięce zabawki z papieru. Jeden, drugi, trzeci. W końcu Tessa straciła rachubę. Nocni Łowcy chwycili za broń. Błysnął metal na końcu laski Jema, rozległy się szepty po łacinie, serafickie miecze rozjarzyły się wokół niej niczym krąg świętego ognia.

Automaty zaatakowały. Jeden ruszył na Henry'ego i Jessamine, pozostałe pobiegły w górę po schodach. Jem wykrzyknął imię Tessy, a ona uświadomiła sobie, że nie ma broni. Nie zamierzała dzisiaj trenować. Rozejrzała się wokół gorączkowo, szukając czegokolwiek, kamienia, nawet kija. Na ścianach przy wejściu wisiała broń jako ozdoba, ale Tessa nie wahała się ani chwili. Skoczyła do holu, zdjęła miecz z kołka i wypadła z nim na zewnątrz.

Jej oczom ukazała się scena chaosu. Jessamine kucała przy kole powozu, zakrywając twarz ramieniem. Henry stał obok niej i wymachiwał serafickim mieczem, odpędzając automat, który próbował go ominąć i sięgnąć kolczastymi rękami po Jessamine. Reszta mechanicznych istot rozproszyła się po schodach i toczyła indywidualne pojedynki z Nocnymi Łowcami.

Tessa uniosła miecz i powiodła wzrokiem po dziedzińcu. Te automaty różniły się od tamtych, które widziała wcześniej. Poruszały się szybciej, bardziej płynnie, miedziane stawy gładko składały się i rozkładały.

Na najniższym stopniu bracia Lightwoodowie walczyli zaciekle z trzymetrowym monstrum, które atakowało ich rękami jak maczugi najeżone gwoździami. Gabriel już miał szerokie, krwawiące rozcięcie na ramieniu, ale razem z Gideonem nacierali na przeciwnika, jeden z przodu, drugi z tyłu. Jem z rozmachem wbił laskę w głowę innego automatu. Ten próbował się cofnąć, ale miecz tkwił w jego metalowej czaszce. Jem wyrwał broń, a kiedy napastnik znowu ku niemu ruszył, ciął go po nogach. Golem zatoczył się w bok i runął na bruk.

Bliżej Tessy bicz Charlotte przeciął powietrze jak błyskawica i uciął ramię z kuszą pierwszemu automatowi, ale to go nie powstrzymało. Kiedy sięgnął do niej drugą ręką zakończoną pazurami, Tessa skoczyła przed niego i zamachnęła się mieczem tak, jak ją uczył Gideon: z rozpędu i wyprowadzając cios z góry, żeby do impetu dodać siłę grawitacji.

Ostrze odcięło drugą rękę automatu. Tym razem z rany trysnął czarny płyn. Robot dalej szedł przed siebie, pochylając głowę, z której sterczało krótkie ostrze, żeby zaatakować nim Charlotte. Kiedy trafił ją w ramię, krzyknęła i ponownie smagnęła batem. Srebrnozłote elektrum owinęło się wokół szyi automatu i zacisnęło się na niej mocno. Charlotte szarpnęła nadgarstkiem, głowa stwora opadła na bok. W końcu automat zwalił się na ziemię. Ciemny płyn sączył się leniwie z ran w metalowej obudowie.

Tessa potrząsnęła głową. Pot przykleił jej włosy do czoła i skroni, ale potrzebowała obu rąk do trzymania ciężkiego miecza, więc nie mogła odgarnąć nimi włosów. Piekącymi oczami zobaczyła, że Gabriel i Gideon siekają automat leżący na ziemi. Za nimi Henry uchylił się w samą porę przed ciosem napastnika, który przyparł go do powozu. Ręką jak maczuga wybił okno, szkło posypało się na Jessamine, a ona wrzasnęła i zakryła głowę rękami. Henry wbił broń w tors przeciwnika. Tessa widziała już wcześniej, jak serafickie miecze palą demony, tak że nie zostaje z nich nic, ale automat tylko zachwiał się do tyłu, po czym znowu ruszył do ataku, z ostrzem płonącym w jego piersi jak pochodnia.

Charlotte zbiegła z krzykiem po schodach i popędziła w stronę męża. Tessa rozejrzała się, ale nigdzie nie dostrzegła Jema. Jej serce podskoczyło. Zrobiła krok do przodu...

Przed nią wyrosła ciemna postać w czarnej szacie, czarnych rękawiczkach i czarnych butach. Tessa nie widziała nic oprócz śnieżnobiałej twarzy okolonej czarnym kapturem, znajomej i strasznej jak w powracającym koszmarze.

– Witam, panno Gray – powiedziała pani Black.

***

Choć Will zaglądał do każdego pokoju, nigdzie nie mógł znaleźć Cyrila. Był z tego powodu zirytowany, a nastroju nie poprawiło mu spotkanie z Tessą na schodach. Po dwóch miesiącach, kiedy zachowywał przy niej taką ostrożność, jakby chodził po ostrzu noża, uczucia wylały się z niego niczym krew z otwartej rany i tylko wołanie Charlotte uchroniło go przed katastrofą.

Mimo to słowa Tessy dręczyły go, kiedy szedł korytarzem obok kuchni.

„Mówią, że nie można podzielić swojego serca, ale...".

Ale? Co zamierzała powiedzieć?

Z jadalni, gdzie obie z Sophie sprzątały, niósł się głos Bridget.

O, matko, matko, pościel mi łóżko,
Niech będzie miękkie i wąskie.
Mój William umarł z miłości do mnie,
A ja umrę ze smutku.

Pochowali ją na starym cmentarzu.
Obok grobu słodkiego Williama,
I z jego grobu wyrosła czerwona, czerwona róża,
A z jej grobu głóg.

Rosły i rosły wokół iglicy starego kościoła,
Aż już nie mogły rosnąć wyżej,
I tam się splotły w węźle prawdziwej miłości,
Czerwona, czerwona róża i głóg.

Will rozmyślał właśnie, jak Sophie powstrzymuje się przed zdzieleniem Bridget talerzem w głowę, kiedy nagle poczuł wstrząs, jakby ktoś uderzył go w pierś. Ze zdławionym okrzykiem zatoczył się na ścianę i podniósł ręce do szyi. Poczuł, że coś tam bije, jakby drugie serce. Wisiorek, który dał mu Magnus, był chłodny w dotyku. Will wyciągnął go pośpiesznie spod koszuli i zobaczył, że kamień jest ciemnoczerwony i pulsuje szkarłatnym blaskiem jak środek płomienia.

W tym momencie uświadomił sobie, że Bridget przestała śpiewać. Zobaczył, że obie służące stoją w drzwiach jadalni i patrzą na niego z osłupieniem. Puścił łańcuszek.

– O co chodzi, paniczu Willu? – zapytała Sophie. Przestała zwracać się do niego „panie Herondale", odkąd wyszła na jaw prawda o jego klątwie, ale on nadal czasami się zastanawiał, czy dziewczyna go lubi. – Dobrze się pan czuje?

– Nie chodzi o mnie – powiedział. – Musimy iść na dół, szybko. Stało się coś strasznego.

***

– Ale pani nie żyje – wykrztusiła Tessa. – Widziałam, jak pani umiera...

Krzyknęła, kiedy długie metalowe ramiona oplotły ją od tyłu i podniosły z ziemi. Jej miecz z brzękiem upadł na kamień, kiedy uścisk automatu stał się mocniejszy. Pani Black uśmiechnęła się strasznym, zimnym uśmiechem.

– No, no, panno Gray. Nie cieszysz się ani trochę, że mnie widzisz? Przecież to ja powitałam cię w Anglii. Choć widzę, że od tamtej pory całkiem dobrze się urządziłaś.

– Puść mnie! – Tessa kopnęła mocno, ale automat tylko uderzył ją głową, tak że przygryzła sobie wargę. Zakrztusiła się i splunęła krwią zmieszaną ze śliną w białą twarz pani Black. – Prędzej umrę, niż pójdę z tobą...

Mroczna Siostra wytarła z grymasem obrzydzenia ślinę rękawiczką.

– Niestety, nie da się tego zorganizować... Mortmain chce cię żywą. – Pstryknęła palcami. – Zabierz ją do powozu.

Automat zrobił krok z Tessą w ramionach... i runął do przodu. Tessa ledwo zdążyła wyciągnąć ręce, żeby złagodzić upadek. Mechaniczna istota ją przygniotła. Prawy nadgarstek Tessy przeszył silny ból, ale i tak się nim odepchnęła. Z krzykiem przetoczyła się na bok i zsunęła na dół z kilku stopni. W jej uszach rozbrzmiał wrzask frustracji pani Black.

Tessa rozejrzała się oszołomiona. Pani Black zniknęła. Automat leżał na schodach, z odciętą częścią metalowego ciała, tak że w środku było widać przekładnie, mechanizmy, rurki pompujące czarny płyn. Nad nim stał Jem, oddychając ciężko, zbryzgany oleistą krwią. Twarz miał białą i ściągniętą. Spojrzał szybko na Tessę, ocenił, że wszystko z nią w porządku, po czym skoczył ze schodów, zamachnął się laską i uciął nogę automatowi. Ten drgnął jak zdychający wąż, a jego jedyna ręka wystrzeliła i chwyciła Nocnego Łowcę za kostkę. Szarpnęła mocno.

Jem runął na ziemię, stoczył się w dół po stopniach, zwarty w śmiertelnym uścisku ze stalowym monstrum. Hałas metalu wleczonego po kamieniu był przeraźliwy. Kiedy razem upadli na bruk, rozdzieliła ich siła uderzenia. Tessa patrzyła z przerażeniem, jak Jem chwiejnie wstaje na nogi, a jego czerwona krew miesza się z czarną i plami mu ubranie. Laska miecz zniknęła. Leżała na jednym z kamiennych stopni.

– Jem – wyszeptała Tessa i dźwignęła się na kolana. Próbowała popełznąć, ale nadgarstek ugiął się pod nią i opadła na łokcie. Sięgnęła po laskę...

W tym momencie otoczyły ją czyjeś ramiona i szarpnęły do góry, a w uszach rozbrzmiał syczący głos pani Black.

– Nie walcz, panno Gray, bo źle się to dla ciebie skończy, bardzo źle.

Tessa próbowała się uwolnić, ale coś miękkiego zakryło jej usta i nos. Poczuła mdlący, słodki odór, a potem ogarnęła ją ciemność.

***

Will wypadł z Instytutu z serafickim mieczem w ręce i zobaczył chaos.

W pierwszym odruchu rozejrzał się za Tessą, ale nigdzie jej nie zobaczył. Dzięki Bogu. Pewnie miała dość rozsądku, żeby się ukryć. U stóp schodów stał czarny powóz. O jedno z kół, pośród odłamków szkła, opierała się Jessamine. Po obu jej stronach stali Branwellowie. Charlotte z batem, Henry z mieczem, walczyli z trzema długonogimi automatami o ostro zakończonych rękach i gładkich głowach bez twarzy. Laska Jema leżała na stopniach, śliskich od oleistego czarnego płynu. Niedaleko drzwi walczyli z dwoma kolejnymi automatami bracia Lightwoodowie, z wprawą dwóch wojowników, którzy trenowali razem od lat. Cecily klęczała przy ciele Cichego Brata w szacie szkarłatnej od krwi.

Brama była szeroko otwarta. Z wielką szybkością wytoczył się przez nią drugi czarny powóz i zaczął się oddalać od Instytutu co koń wyskoczy. Jednakże Will nie zwrócił na niego uwagi, bo u stóp schodów jego przyjaciel, blady jak papier, ale wyprostowany, cofał się przez idącym ku niemu automatem. Ten zataczał się jak pijany, przechylony na bok, bez jednej ręki. Jem nie był uzbrojony.

Will powiódł chłodnym wzrokiem po całym polu bitwy i nagle wszystko wokół niego zwolniło. Zarejestrował, że Sophie i Bridget, obie uzbrojone, minęły go z obu stron, że ta pierwsza podbiegła do Cecily, a druga, z rozwianymi rudymi włosami, wymachując bronią, zaczęła siekać ogromny automat na strzępy z zaciekłością, która w innej sytuacji może by go zdumiała. Ale w tym momencie jego świat się zawęził do Jema, który podniósł wzrok, zobaczył go i wyciągnął rękę.

Will zeskoczył cztery stopnie w dół, chwycił laskę i rzucił ją przyjacielowi. Jem ją złapał w powietrzu, w chwili kiedy automat się na niego rzucił. Nocny Łowca przeciął go czysto na pół. Górna połowa upadła na ziemię, ale nogi z resztą torsu, teraz tryskające paskudnymi zielonkawymi i czarnymi płynami, dalej kroczyły w jego stronę. Jem zadał następny cios i tym razem przeciwnik w końcu zwalił się na ziemię, ale jego części nadal drgały.

Nocny Łowca spojrzał na swojego *parabatai*. Ich oczy spotkały się na chwilę i Will posłał mu uśmiech, ale Jem go nie odwzajemnił. Był biały jak płótno i od stóp do głów umazany olejem, tak że Will nawet nie potrafił stwierdzić, czy przyjaciel jest ranny. Ogarnięty niepokojem ruszył w dół po schodach w jego stronę, ale Jem odwrócił się i pobiegł do bramy. Na oczach zdumionego Willa zniknął na ulicach Londynu.

Will puścił się za nim biegiem... i zatrzymał się w pół kroku u stóp schodów, kiedy na jego drodze wyrósł automat, poruszający się szybko i płynnie. Ręce maszyny kończyły się długimi nożycami. I celowały prosto w jego twarz. Will uchylił się przed nimi i wbił serafickie ostrze w pierś wroga.

Zasyczał stopiony metal, ale stwór tylko zachwiał się do tyłu i ponowił atak. Will zanurkował pod jego ramionami, jednocześnie wyciągając sztylet zza pasa. Odwrócił się błyskawicznie, zamierzył nożem... i zobaczył, że automat nagle pada na dziedziniec, pocięty na pasy, jakby ktoś obrał pomarańczę ze skórki.

Will wytrzeszczył oczy, gdy zobaczył Bridget stojącą nad pokonanym wrogiem. Czerwone włosy sterczały jej wokół głowy, biały fartuch był pokryty czarną krwią, ale twarz zachowała kamienny wyraz.

– Powinien być pan bardziej ostrożny – stwierdziła kucharka. – Nie sądzi pan?

Willowi zabrakło słów. Na szczęście, Bridget nie czekała na odpowiedź, tylko potrząsnęła włosami i ruszyła w stronę pana Branwella, który walczył ze szczególnie przerażającym, co najmniej czterometrowym stworem. Henry pozbawił go jednej ręki, ale druga – długa, o wielu stawach, zakończona ostrzem podobnym do kindżału – próbowała go dosięgnąć. Bridget spokojnie podeszła od tyłu do automatu i wbiła miecz w spojenie w jego torsie. Posypały się iskry, istota chwiejnie ruszyła przed siebie. Jessamine, nadal kucająca przy kole powozu, wrzasnęła i zaczęła pełznąć na czworakach w stronę Willa.

Will przez chwilę patrzył na nią z osłupieniem, a ona pełzła dalej, choć ręce i kolana miała zakrwawione od odłamków szkła z okna powozu. Potem, jakby spoliczkowany, ruszył się z miejsca, ominął Bridget i doskoczył do Jessie. Wsunął pod nią ręce i podniósł ją z ziemi. Ona krzyknęła coś cicho, chyba jego imię, i zacisnęła dłonie na jego koszuli.

Zaniósł ją z dala od zniszczonego powozu, nie spuszczając wzroku z tego, co się działo na dziedzińcu. Charlotte rozprawiła się właśnie ze swoim automatem, Bridget i Henry byli zajęci siekaniem drugiego na kawałki. Między Sophie, Gideonem, Gabrielem i Cecily leżały na ziemi dwa monstra, a oni kroili je jak świąteczną pieczeń. Jem nie wrócił.

– Will – wyszeptała Jessie słabym głosem. – Postaw mnie, proszę.

– Muszę wnieść cię do środka.

– Nie. – Jessamine zakaszlała, a Will ku swojemu przerażeniu zobaczył, że z kącików jej ust wypływa krew. – Nie pożyję tak długo. Jeśli w ogóle cię obchodzę, choć troszeczkę, postaw mnie.

Will osunął się u stóp schodów z Jessie na rękach, przytrzymując jej głowę na swoim ramieniu. Krew plamiła jej szyję i przód białej sukni, materiał kleił się do ciała. Jessamine była przeraźliwie chuda, jej obojczyki sterczały jak skrzydła ptaka, policzki miała zapadnięte. Bardziej przypominała pacjentkę Bedlam niż ładną dziewczynę, która opuściła ich zaledwie osiem tygodni wcześniej.

– Jess – powiedział cicho. – Jessie, gdzie jesteś ranna?

Dziewczyna uśmiechnęła się upiornie. Zęby miała czerwone.

– Pazury jednego z tych stworów przebiły mi plecy – wyszeptała. Rzeczywiście Will zobaczył, że tył jej sukni jest przesiąknięty krwią, a on sam ma poplamione nią ręce, spodnie i koszulę. – Przebiły serce. Czuję to.

– *Iratze*... – Will sięgnął za pasek po stelę.

– *Iratze* mi teraz nie pomoże. – W głosie Jessamine była pewność.

– Więc Cisi Bracia...

– Nawet ich moc nie może mnie uratować. Poza tym nie zniosłabym, żeby mnie znowu dotykali. Wolałabym raczej umrzeć. Umieram i cieszę się z tego.

Will spojrzał na nią oszołomiony. Pamiętał, jak przybyła do Instytutu, czternastoletnia i gniewna jak wściekły kot z wysuniętymi pazurami. Nigdy nie był dla niej dobry – inaczej traktował tylko Jema – ani ona dla niego, i właśnie dzięki jej postawie jakoś nigdy tego nie żałował. Mimo wszystko podziwiał ją w pewnym sensie, doceniał potęgę jej nienawiści i siłę woli.

– Jessie. – Niezdarnie dotknął jej policzka, rozmazał po nim krew.

– Nie musisz... – zakaszlała znowu – być dla mnie miły. Wiem, że mnie nienawidzisz.

– Nie nienawidzę cię.

– Nigdy nie odwiedziłeś mnie w Cichym Mieście. Inni przyszli. Tessa, Jem, Henry i Charlotte. Ale ty nie. Ty nie jesteś wielkoduszny, Will.

– Nie – przyznał, bo to była prawda, a nie lubił Jessamine między innymi z tego powodu, że przypominała mu jego samego. – Jem jest wielkoduszny.

– Jednak to ciebie zawsze lubiłam bardziej. – Powiodła wzrokiem po jego twarzy. – Och, nie, nie w taki sposób. A twoja nienawiść... Rozumiałam ją. Jem wciąż chciał dać mi drugą szansę, podobnie jak Charlotte. Ale ja nie chcę darów szczodrego serca. Chcę być sobą. I ponieważ ty się nade mną nie litujesz, wiem, że jeśli cię o coś poproszę, zrobisz to.

Odetchnęła chrapliwie. Na ustach miała czerwoną pianę. Will wiedział, co to oznacza. Jej płuca były przebite, a ona tonęła we własnej krwi.

– O co chodzi? – spytał ją naglącym tonem. – Co ja mam zrobić?

– Zajmij się nimi – wyszeptała. – Małą Jessie i innymi.

Minęła chwila, zanim Will zrozumiał, że dziewczyna ma na myśli swoje lalki. Dobry Boże!

– Nie pozwolę zniszczyć żadnej z twoich rzeczy, Jessamine – obiecał.

Uśmiechnęła się blado.

– Pomyślałam, że może... nie będą chcieli tutaj niczego, co by im mnie przypominało.

– Nie jesteś znienawidzona, Jessamine. Nie idź do tego drugiego świata, myśląc w ten sposób.

– Nie? – Jej oczy się zamknęły. – Choć pewnie lubilibyście mnie trochę bardziej, gdybym wam powiedziała, gdzie jest Mortmain. Może wtedy nie straciłabym waszej miłości.

– Powiedz mi teraz, jeśli możesz, i odzyskaj tę miłość...

– W Idrisie – wyszeptała.

– Jessamine, wiemy, że to nie jest prawda...

Dziewczyna otworzyła oczy. Jej białka były zabarwione na czerwono.

– Akurat ty ze wszystkich ludzi powinieneś zrozumieć. – Nagle jej palce zacisnęły się spazmatycznie na koszuli Willa. – Jesteś okropnym Walijczykiem. – Jej pierś uniosła się i już nie opadła. Jessamine nie żyła.

Miała otwarte oczy, spojrzenie utkwione w jego twarzy. Will delikatnie zamknął powieki dziewczyny, zostawiając na nich krwawe odciski kciuka i palca wskazującego.

– *Ave atque vale, Jessamine Lovelace.*

– Nie! – To była Charlotte.

Will uniósł wzrok i zobaczył, że wszyscy zebrali się wokół niego: Charlotte wsparta na ramieniu Henry'ego, Cecily z szeroko otwartymi oczami, Bridget z dwoma usmarowanymi olejem mieczami w rękach i twarzą bez wyrazu. Gideon siedział na stopniach Instytutu z bratem i Sophie po bokach. Był bez kurtki, odchylony do tyłu, bardzo blady. Jedną nogę miał obwiązaną oddartym kawałkiem tkaniny, a Gabriel rysował na jego ramieniu znak uzdrawiający.

Henry wtulił twarz w szyję żony i szeptał coś kojącym głosem, podczas gdy po jej twarzy płynęły łzy. Will przeniósł wzrok na siostrę i zapytał.

– Jem?

– Pobiegł za Tessą – wyjaśniła Cecily. Patrzyła na martwą Jessamine z mieszaniną litości i przerażenia na twarzy.

Przed oczami Willa wybuchło białe światło.

– Pobiegł za Tessą? Co to znaczy?!

– Jeden... z automatów złapał ją i wrzucił do powozu. – Cecily się zawahała, zaskoczona jego gwałtownym tonem. – Nikt z nas nie mógł ruszyć w pościg. Blokowały nas te stwory. A potem Jem wybiegł za bramę. Uznałam...

Will nieświadomie zacisnął dłonie na ramionach Jessamine. Zostawił blade ślady na jej skórze.

– Niech ktoś ją... ode mnie... weźmie – powiedział urywanym głosem. – Muszę iść.

– Will, nie... – zaczęła Charlotte.

– Muszę iść – powtórzył Will ze ściśniętym gardłem.

Nagle rozległ się zgrzyt metalu. To zamknęła się brama Instytutu. Will gwałtownie uniósł głowę i zobaczył Jema.

Szedł w ich stronę, bardzo wolno, jak pijany albo ranny, a kiedy się zbliżył, Will zobaczył, że jego dłonie, koszula, twarz i włosy są umazane krwią. Czarną krwią automatów, ale i czerwoną. Podszedł do nich i zatrzymał się. Wyglądał jak Thomas, kiedy Will znalazł go na schodach Instytutu, zakrwawionego i prawie martwego.

– James?

W tym jednym słowie było zawarte mnóstwo pytań.

– Odjechała – powiedział Jem bezdźwięcznym głosem. – Pobiegłem za powozem, ale kiedy nabrał szybkości, nie dałem rady. Zgubiłem ich przy Temple Bar. – Pomknął wzrokiem ku Jessamine, ale wydawało się, że nie widzi jej martwego ciała ani tego, że Will ją trzyma, ani w ogóle niczego. – Gdybym mógł biec szybciej.

W tym momencie zgiął się wpół w ataku kaszlu, osunął się na kolana i podparł łokciami, krew trysnęła na bruk. Zaczął drapać palcami kamień, potem przetoczył się na bok i znieruchomiał.

Rozdział dziesiąty

Jak woda na piasku

„Dziwiłem się, że inni śmiertelni ludzie żyją jeszcze, skoro umarł ten, którego tak kochałem, jakby nigdy nie miał umrzeć. A zwłaszcza dziwiłem się, że po jego śmierci żyję ja, który byłem połową jego duszy. Trafnie to ktoś powiedział o przyjacielu: „Połowa duszy mej". Odczuwałem to tak, że jego i moja dusza były jedną duszą w dwóch ciałach. Dlatego też przerażało mnie życie, bo nie chciałem przez nie kroczyć, będąc tylko połową siebie. Może też właśnie dlatego tak bardzo bałem się umrzeć, aby ze mną nie umarł już cały ten, którego tak kochałem".

– Święty Augustyn, *Wyznania*, Księga IV

Cecily ostrożnie pchnęła drzwi sypialni Jema i zajrzała do środka.

W pokoju było cicho, ale nie pusto. Dwaj Cisi Bracia stali przy łóżku, a między nimi Charlotte z twarzą poważną i mokrą od łez. Will klęczał, nadal w zakrwawionym ubraniu. Głowę opierał o skrzyżowane ramiona i wyglądał, jakby się modlił. Wydawał się bardzo młody, podatny na zranienie i zrozpaczony.

Mimo sprzecznych uczuć, które nią miotały, Cecily miała ochotę tam wejść i go pocieszyć.

Na łóżku leżała nieruchoma, biała postać. Cecily przebywała w Instytucie od niedawna, czuła się więc jak intruz wśród jego mieszkańców, pogrążonych teraz w smutku.

Ale musiała porozmawiać z Willem. Musiała. Zrobiła krok do przodu...

I poczuła dłoń na ramieniu. Gdy, odciągnięta od drzwi, dotknęła plecami ściany korytarza, Gabriel Lightwood natychmiast ją puścił.

Cecily spojrzała na niego zaskoczona. Wyglądał na wyczerpanego, zielone oczy miał podkrążone, na włosach i mankietach koszuli widniały plamy krwi, kołnierzyk był mokry. Najwyraźniej przyszedł prosto z pokoju brata. Gideon został poważnie zraniony w nogę ostrzem automatu i choć *iratze* pomógł, nie wszystko potrafił wyleczyć. Sophie i Gabriel odprowadzili go do sypialni, choć protestował przez całą drogę, mówiąc, że wszyscy powinni skupić się na Jemie.

– Niech pani tam nie wchodzi – powiedział cicho Gabriel. – Próbują ratować Jema. Pani brat musi być przy nim.

– Być przy nim? Co może zrobić? Will nie jest lekarzem.

– Nawet nieprzytomny, Jem czerpie siłę od swojego *parabatai*.

– Muszę tylko chwilę porozmawiać z Willem.

Gabriel przeczesał rękami szopę zmierzwionych włosów.

– Jest pani z Nocnymi Łowcami od niedawna – stwierdził. – Chyba pani nie rozumie. Stracić swojego *parabatai*... to nie jest drobiazg, tylko sprawa równie poważna jak utrata męża albo żony, brata albo siostry. To tak, jakby pani leżała w tamtym łóżku.

– Will nie przejmowałby się tak bardzo, gdybym to ja tam leżała.

Gabriel prychnął.

– Brat nie zadawałby sobie tyle trudu, żeby panią przede mną chronić, gdyby mu na pani nie zależało, panno Herondale.

– On niezbyt pana lubi. Dlaczego? I dlaczego pan udziela mi rad na jego temat? Pan też go nie lubi.

– Nie – przyznał Gabriel. – Od lat nie lubimy się z Willem Herondale'em. Kiedyś złamał mi rękę.

– Naprawdę? – Brwi Cecily powędrowały w górę.

– Mimo to zaczynam rozumieć, że wiele rzeczy, które kiedyś uważałem za pewne, wcale nie jest pewne. I Will do nich należy. Byłem przekonany, że jest draniem, ale Gideon opowiedział mi o nim więcej, a ja zacząłem rozumieć, że on po prostu ma bardzo szczególne poczucie honoru.

– I pan to szanuje.

– Chciałbym szanować. Chciałbym zrozumieć. A James Carstairs jest jednym z najlepszych z nas. Nawet jeśli kiedyś nienawidziłem Willa, teraz życzę mu dobrze ze względu na Jema.

– To, co muszę powiedzieć bratu... Jem by tego chciał. To ważne. I zajmie tylko chwilę.

Gabriel pomasował skronie. Był wysoki i smukły. Górował nad Cecily. Miał twarz o ostrych rysach, niezbyt ładną, ale szlachetną, dolną wargę w kształcie łuku.

– Dobrze – postanowił w końcu. – Wejdę tam i go przyślę.

– Dlaczego pan, a nie ja?

– Jeśli jest pełen żalu i gniewu, lepiej, żebym ja się tym zajął. Żeby był wściekły na mnie, a nie na panią – odparł rzeczowo Gabriel. – Ufam pani, panno Herondale, że to ważne. Mam nadzieję, że mnie pani nie rozczaruje.

Cecily nic nie odpowiedziała, tylko patrzyła, jak Gabriel wchodzi do sypialni chorego. Z dudniącym sercem oparła się o ścianę, kiedy ze środka dobiegł szmer głosów. Usłyszała, jak Charlotte mówi coś o runach wymiany krwi, chyba niebezpiecznych... a potem drzwi się otworzyły i stanął w nich Gabriel.

Cecily się wyprostowała.

– Czy Will...

Lightwood tylko na nią spojrzał, a chwilę później z sypialni wyszedł Will i zamknął za sobą drzwi. Gabriel skinieniem głowy wskazał na Cecily i ruszył korytarzem, zostawiając ją sam na sam z bratem.

Cecily często się zastanawiała nad tym określeniem. Skoro jest się z kimś, z definicji nie jest się samym. Ale teraz czuła się bardzo samotnie, bo Will najwyraźniej był duchem w zupełnie innym miejscu. Nawet nie wydawał się zagniewany. Oparł się o ścianę obok niej, ale ona miała wrażenie, że brat jest nieobecny.

– Will.

Chyba jej nie usłyszał. Trzęsły mu się ręce.

– *Gwilym Owain* – powiedziała cicho Cecily.

Odwrócił głowę i wreszcie na nią spojrzał, choć jego oczy były zimne jak wody Llyn Mwyngil w górskiej dolinie.

– Przyjechałem tutaj, kiedy miałem dwanaście lat.

– Wiem. – Cecily była zaskoczona. Czyżby sądził, że ona mogła zapomnieć? Jak w ciągu paru dni straciła Ellę, a potem ukochanego starszego brata? Ale Will najwyraźniej jej nie słuchał.

– Dokładnie dziesiątego listopada. I później co roku, w rocznicę tamtego dnia, zresztą w moje urodziny, wpadałem w czarną rozpacz. Wtedy nachodziły mnie najsilniejsze wspomnienia rodziców i ciebie. Wiedziałem, że żyjecie i chcecie, żebym wrócił, ale ja nie mogłem przyjechać ani nawet wysłać wam listu. Napisałem ich oczywiście dziesiątki, a potem je paliłem. Musieliście mnie nienawidzić i obwiniać za śmierć Elli.

– Nigdy cię nie winiliśmy...

– Po pierwszym roku, choć nadal bałem się tego dnia, odkryłem, że akurat dziesiątego listopada Jem zawsze ma coś do zrobienia. Musi potrenować albo wybrać się na jakieś poszukiwania na drugi koniec miasta w najpaskudniejszą pogodę. I oczywiście złościłem się na niego z tego powodu. Czasami przez tę wilgoć i zimno zaczynał chorować albo zapominał o lekach, kaszlał krwią i musiał leżeć w łóżku, a to też odwracało uwagę. I dopiero kiedy coś takiego powtórzyło się trzeci raz – bo jestem bardzo głupi, Cecy i myślę tylko o sobie – zrozumiałem, że on robił to dla mnie. Zapamiętał datę i na wszelkie sposoby starał się wyrwać mnie z melancholii.

Cecily stała nieruchomo i gapiła się na Willa. Mimo że miała tyle do powiedzenia, nie mogła wydobyć z siebie głosu. Wydawało się, jakby po latach opadła zasłona i ona w końcu zobaczyła brata takiego jak w dzieciństwie, kiedy pocieszał ją niezdarnie, gdy zrobiła sobie krzywdę, zasypiał na dywanie przed kominkiem z otwartą książką na piersi, wybiegał z jeziora, śmiejąc się i strzepując wodę z czarnych włosów. Brata bez muru dzielącego go od świata zewnętrznego.

Will objął się, jakby było mu zimno.

– Nie wiem, kim będę bez niego. Tessa zniknęła, a dla mnie każda chwila jej nieobecności jest jak rana od noża. Zniknęła i nie mogą jej wytropić. Ja nie mam pojęcia, dokąd pójść i co zrobić, a jedyny człowiek, z którym mógłbym porozmawiać o mojej udręce, jest niczego nieświadomy. I umiera.

– Will. – Cecily położyła dłoń na jego ramieniu. – Proszę, wysłuchaj mnie, Will. Chodzi o Tessę. Wiem, gdzie jest Mortmain.

Jego oczy się rozszerzyły.

– Skąd możesz wiedzieć?

– Byłam blisko ciebie i słyszałam, co przed śmiercią mówiła Jessamine. – Cecily czuła, że jego krew pulsuje pod skórą, a serce dudni. – Powiedziała, że jesteś okropnym Walijczykiem.

– Jessamine? – Był zaskoczony, ale Cecily zobaczyła, że lekko mruży oczy. Może nieświadomie zaczynał podążać tą samą ścieżką rozumowania co ona.

– Wciąż powtarzała, że Mortmain jest w Idrisie – pośpiesznie kontynuowała Cecily. – Ale Clave uważa inaczej. Nie znałeś Mortmaina, kiedy mieszkał w Walii, ale ja tak. I on dobrze ją zna. Podobnie jak ty. Dorastaliśmy w cieniu góry. Pomyśl.

Will wytrzeszczył oczy.

– Chyba nie sądzisz... Cadair Idris?

– On zna tamte góry, Will. I uważałby to wszystko za świetny żart zrobiony tobie i reszcie Nefilim. Zabrał ją tam, skąd ty uciekłeś. Zabrał ją do naszego domu.

***

– Posset? – zdziwił się Gideon, biorąc parujący kubek od Sophie. – Czuję się znowu jak dziecko.

– Są w nim korzenie i wino. Dobrze panu zrobi. Odbuduje krew.

Sophie nie patrzyła mu w oczy, kiedy stawiała tacę na stoliku nocnym obok łóżka, na którym siedział Gideon. Nogawkę spodni miał uciętą na wysokości kolana, nogę owiniętą bandażami.

Jego włosy były nadal potargane po walce i chociaż dostał czyste rzeczy do przebrania, wciąż jeszcze lekko pachniał krwią i potem.

– Najlepiej odbuduje ją to – powiedział, wyciągając rękę, na której miał narysowane atramentem dwa *sangliery*, runy wymiany krwi.

– Czy to znaczy, że possetów też pan nie lubi? – zapytała Sophie, opierając ręce na biodrach.

Nadal pamiętała, jaka była na niego zła z powodu rogalików, ale wybaczyła mu poprzedniego wieczoru, gdy czytała jego list do Konsula (jeszcze nie miała okazji go wysłać; trzymała go w kieszeni fartucha poplamionego krwią). A dzisiaj, kiedy automat zranił Gideona w nogę na schodach Instytutu, krew trysnęła z otwartej rany, on upadł, jej serce ścisnęło przerażenie, które ją samą zaskoczyło.

– Nikt nie lubi possetów – odparł Gideon ze słabym, ale czarującym uśmiechem.

– Muszę zostać i upewnić się, że pan go wypił, a nie ukrył pod łóżkiem? Bo zalęgną się myszy.

Gideon miał tyle przyzwoitości, żeby zrobić potulną minę. Sophie żałowała, że nie było jej, kiedy Bridget wparowała do jego pokoju i oświadczyła, że przyszła posprzątać rogaliki spod łóżka.

– Sophie – zaczął, a kiedy spojrzała na niego surowo, pociągnął duży łyk napoju. – Panno Collins, jeszcze nie miałem okazji pani przeprosić, więc pozwoli pani, że zrobię to teraz. Proszę mi wybaczyć ten podstęp z rogalikami. Nie zamierzałem okazać braku szacunku. Chyba nie sądzi pani, że lekceważę panią z powodu jej pozycji w domu? Jest pani jedną z najpiękniejszych i najdzielniejszych dam, jakie miałem przyjemność poznać.

Sophie zdjęła dłonie z bioder.

– No cóż. – Niewielu dżentelmenów kajało się przed służącymi. – To bardzo ładne przeprosiny.

– Jestem pewien, że rogaliki są bardzo dobre – dodał Gideon pośpiesznie. – Po prostu ich nie lubię. Nigdy nie lubiłem rogalików. Nie chodzi o pani rogaliki.

– Proszę przestać wymawiać słowo „rogaliki", panie Lightwood.

– Dobrze.

– I to nie są moje rogaliki. Bridget je upiekła.

– W porządku.

– I nie pije pan possetu.

Gideon już zaczął otwierać usta, ale zamknął je pośpiesznie i uniósł do nich kubek. Kiedy spojrzał na nią ponad jego krawędzią, Sophie się uśmiechnęła, a jemu od razu rozjarzyły się oczy.

– Dobrze – powiedziała. – Nie lubi pan rogalików. A co pan powie na biszkopt?

***

Było popołudnie, anemiczne słońce świeciło wysoko na niebie. Kilkunastu Nocnych Łowców i kilku Cichych Braci rozproszyło się po terenie Instytutu. Wcześniej zabrali ciało Jessamine i Cichego Brata, którego imienia Cecily nie znała. Słyszała głosy niosące się z dziedzińca i szczęk metalu, kiedy Enklawa badała szczątki automatów.

W salonie najgłośniej rozbrzmiewało tykanie starego zegara stojącego w kącie. Zasłony były rozsunięte, w bladym słonecznym świetle stał Konsul z ponurą miną i z rękoma skrzyżowanymi na piersi.

– To szaleństwo, Charlotte – oświadczył. – Kompletne szaleństwo, w dodatku oparte na fantazjach dziecka.

– Nie jestem dzieckiem – burknęła Cecily. Siedziała przy kominku, w tym samym fotelu, w którym poprzedniej nocy zasnął Will... Minęło dopiero tyle czasu? Brat stał obok niej z pochmurną miną. Nie zmienił ubrania. Henry razem z Cichymi Braćmi znajdował się w pokoju Jema, który jeszcze nie odzyskał przytomności i tylko przybycie Konsula odciągnęło Charlotte i Willa od jego łóżka. – Moi rodzice znali Mortmaina, jak pan dobrze wie. On zaprzyjaźnił się z moim ojcem i dał nam Ravenscar Manor, kiedy straciliśmy nasz dom w pobliżu Dolgellau.

– To prawda – odezwała się Charlotte, stojąca za biurkiem. Na blacie leżały rozłożone papiery. – Mówiłam ci o tamtym lecie i o raportach Ragnora Fella na temat Herondale'ów.

Will wyjął zaciśnięte pięści z kieszeni spodni i gniewnym tonem zwrócił się do Konsula:

– To był żart Mortmaina. Oddanie tamtego domu mojej rodzinie! Bawił się z nami. Dlaczego nie miałby znowu sobie zażartować?

– Spójrz, Josiahu – powiedziała Charlotte, wskazując na mapę Walii rozpostartą przed nią na biurku. – To jest jezioro Lyn w Idrisie, a tutaj jezioro Tal-y-LLyn u stóp Cadair Idris...

– Llyn oznacza jezioro – wyjaśniła Cecily zirytowanym tonem. – My nazywamy je Llyn Mwyngil, a niektórzy Tal-y-Llyn...

– Są też zapewne inne miejsca na świecie noszące nazwę Idris – warknął Konsul, a kiedy się zorientował, że polemizuje z piętnastoletnią dziewczyną, umilkł.

– I to jest szczególne – stwierdził Will. – Podobno jeziora wokół tej góry są bezdenne, ona sama jest pusta, a w środku śpią Cŵn Annwn, Ogary Podziemnego Świata.

– Dzikie Polowanie – wtrąciła Charlotte.

– Tak. – Will odgarnął włosy do tyłu. – Jesteśmy Nefilim. Wierzymy w legendy, w mity. Wszystkie historie są prawdziwe. Gdzie Mortmain mógłby lepiej się ukryć ze swoimi wynalazkami, jak nie w pustej górze kojarzonej z czarną magią i zwiastunami śmierci? Nikt nie uznałby za dziwne hałasów dochodzących z wnętrza góry, miejscowi nie badaliby sprawy. Po co innego miałby przebywać w tamtej okolicy? Nieraz się zastanawiałem, dlaczego zainteresował się akurat Herondale'ami. Może po prostu chodziło o okazję, żeby omotać rodzinę Nefilim. Nie byłby w stanie się oprzeć.

Konsul zbliżył się do biurka i wbił wzrok w mapę.

– To nie wystarczy.

– Nie wystarczy do czego? – zapytała Charlotte.

– Żeby przekonać Clave. – Konsul się wyprostował. – Charlotte, zrozum. Żeby wysłać nasze siły przeciwko Mortmainowi, opierając się na przypuszczeniu, że jest w Walii, będziemy musieli zwołać posiedzenie Rady. Nie możemy wziąć małego oddziału i ryzykować, że wróg będzie miał nad nami przewagę liczebną, zwłaszcza te istoty. Ile ich było dziś rano, kiedy was zaatakowały?

– Sześć albo siedem, nie licząc automatu, który porwał Tessę – odparła Charlotte. – Chyba mogą się składać i dlatego zmieściły się w małym powozie.

– A według mnie Mortmain nie wiedział, że Gabriel i Gideon Lightwoodowie są z wami, i dlatego źle ocenił liczbę potrzebnych automatów. Podejrzewam, że inaczej wszyscy bylibyście martwi.

– Pal sześć Lightwoodów! – mruknął Will. – Uważam, że nie docenił Bridget. Ona posiekała te maszyny jak świąteczne indyki.

Konsul uniósł ręce.

– Przeczytaliśmy papiery Benedicta Lightwooda. Wynika z nich, że twierdza Mortmaina znajduje się tuż pod Londynem i że zamierza on wysłać swoją armię przeciwko londyńskiej Enklawie...

– Benedict Lightwood popadał w obłęd, kiedy to pisał – przerwała mu Charlotte. – Czy wydaje się prawdopodobne, żeby Mortmain dzielił się z nim swoimi prawdziwymi planami?

– I co jeszcze? – Głos Konsula był opryskliwy i jednocześnie lodowato zimny. – Benedict nie miał powodu kłamać we własnych dziennikach, których ty nie powinnaś czytać, Charlotte. Gdybyś nie była taka przekonana, że wiesz więcej od Rady, przekazałabyś je od razu. Ten przejaw nieposłuszeństwa nie skłania mnie do tego, żeby ci ufać. Jeśli musisz, porusz kwestię Walii na zebraniu Rady za dwa tygodnie...

– Za dwa tygodnie? – Will podniósł głos. Na jego bladych policzkach wykwitły czerwone plamy. – Tessę porwano dzisiaj. Ona nie ma tyle czasu.

– Mistrzowi zależało na tym, żeby dostać ją całą i zdrową – przypomniała mu cicho Charlotte.

– On zamierza ją poślubić! Myślisz, że ona chce zostać jego zabawką? Już jutro może wyjść za mąż...

– I pal diabli, jeśli tak się stanie! – rzucił Konsul. – Jedna dziewczyna, która w dodatku nie jest Nefilim, nie może być naszym priorytetem!

– Jest moim priorytetem! – krzyknął Will.

W pokoju zapadła cisza. Cecily słyszała trzaskanie wilgotnego drewna w kominku. Za oknami snuła się ciemnożółta mgła.

– Myślałem, że to narzeczona twojego *parabatai* – odezwał się wreszcie Konsul. Jego twarz miała szarawy ocień. – Nie twoja.

Will uniósł brodę.

– Jeśli jest narzeczoną mojego *parabatai*, mam obowiązek strzec jej, jakby była moją. To właśnie oznacza braterstwo Nocnych Łowców.

– O, tak. – Głos Konsula ociekał sarkazmem. – Taka lojalność jest godna podziwu. – Wayland pokręcił głową. – Herondale'owie. Uparci jak muły. Pamiętam, jak twój ojciec chciał poślubić twoją matkę. Nic nie mogło odwieść go od tego pomysłu, choć ona nie była kandydatką do Wstąpienia. Liczyłem na więcej ustępliwości w jego dzieciach.

– Wybaczy pan mojej siostrze i mnie, że się nie zgodzimy – powiedział Will. – Zwłaszcza że, gdyby mój ojciec był bardziej ustępliwy, nie byłoby nas na świecie.

Konsul potrząsnął głową.

– To jest wojna, nie wyprawa ratunkowa.

– A Tessa nie jest tylko dziewczyną, lecz bronią w rękach naszego wroga – wtrąciła Charlotte. – Mówię ci, że Mortmain zamierza wykorzystać ją przeciwko nam.

– Dość tego. – Konsul wziął płaszcz z oparcia krzesła. – To bezproduktywna rozmowa. Charlotte, zajmij się swoimi Nocnymi Łowcami. – Przesunął wzrokiem po Willu i Cecily. – Wydają się... zbyt podekscytowani.

– Widzę, że nie jesteśmy w stanie zmusić cię do współpracy, Konsulu. – Twarz Charlotte była jak chmura gradowa. – Ale pamiętaj, zgłoszę oficjalnie, że ostrzegaliśmy cię o całej sytuacji. Jeśli się okaże, że mieliśmy rację, i z tej zwłoki wyniknie tylko nieszczęście, ty poniesiesz konsekwencje.

Cecily spodziewała się, że Wayland wpadnie w gniew, ale on tylko nasunął kaptur na głowę, ukrywając twarz.

– To właśnie oznacza bycie Konsulem, Charlotte.

***

Krew. Na kamiennych płytach dziedzińca. Na schodach domu. Na liściach w ogrodzie. Szczątki szwagra w gęstej kałuży zasychającej krwi. Gorące czerwone strugi tryskające na jego ubranie, kiedy strzała wbiła się w oko ojca...

– Żałujesz swojej decyzji, żeby zamieszkać w Instytucie, Gabrielu? – Chłodny, znajomy głos wdarł się w jego gorączkowe myśli.

Chłopak drgnął i podniósł wzrok.

Nad nim stał Konsul w grubej pelerynie i rękawiczkach. Miał taki wyraz twarzy, jakby coś go rozbawiło.

– Ja... – Gabriel odetchnął głęboko i zmusił się do zachowania spokoju. – Nie. Oczywiście, że nie.

Konsul uniósł brew.

– Pewnie dlatego siedzisz tu w kącie w zakrwawionym ubraniu i wyglądasz, jakbyś się bał, że ktoś może cię znaleźć.

Gabriel wstał, wdzięczny za twardą kamienną ścianę za plecami. Spiorunował wzrokiem Konsula.

– Sugeruje pan, że nie walczyłem? Że uciekłem?

– Niczego takiego nie sugeruję – powiedział Konsul łagodnie. – Wiem, że zostałeś na polu bitwy. Wiem, że twój brat został ranny...

Gabriel zaczerpnął gwałtownie tchu, a Konsul zmrużył oczy.

– Aha. Więc o to chodzi? Widziałeś, jak umiera twój ojciec, i bałeś się, że zobaczysz również, jak umiera twój brat?

Gabriel miał ochotę wdrapać się na mur, który miał za plecami. Uderzyć Konsula w obłudną, fałszywie współczującą twarz. Pobiec na górę, rzucić się na podłogę przy łóżku brata i odmówić wyjścia, tak jak Will nie odstępował Jema, póki Gabriel go do tego nie zmusił. Will był dla Jema lepszym bratem, niż on jest dla Gideona, choć nie łączyły ich więzy krwi, pomyślał z goryczą. Między innymi ta refleksja wypędziła go z Instytutu do tej kryjówki za stajniami. Uznał, że z pewnością nikt nie będzie go tutaj szukał.

Mylił się. Zresztą nie pierwszy i nie ostatni raz.

– Widziałeś, jak twój brat krwawi – stwierdził Konsul, nadal tym samym łagodnym głosem. – I przypomniałeś sobie...

– Zabiłem ojca – wybuchnął Gabriel. – Posłałem mu strzałę w oko. Przelałem jego krew. Myśli pan, że nie wiem, co to znaczy? Jego krew będzie mnie wołać z ziemi, tak jak krew Abla wołała Kaina. Wszyscy mówią, że to już nie był mój ojciec, ale jednak coś w nim zostało z mojego ojca. Kiedyś był Lightwoodem. A Gideon mógł dzisiaj zginąć. Stracić go również...

– Rozumiesz, co miałem na myśli, kiedy mówiłem o Charlotte i jej nieposłuszeństwie wobec Prawa – rzekł Konsul. – Ona naraża wasze życie. Twój brat mógł je stracić przez jej arogancję i dumę.

– Ona wcale nie wydaje się dumna.

– Dlatego to napisałeś? – Konsul wyjął z kieszeni płaszcza ich pierwszy list i z pogardą cisnął go na ziemię. – Ten niedorzeczny liścik, który miał mnie zirytować?

– Udało się?

Przez chwilę Gabriel myślał, że Konsul go uderzy. Ale gniew szybko zniknął z jego twarzy. Kiedy Wayland znowu się odezwał, głos miał już spokojny.

– Nie powinienem był oczekiwać, że Lightwood dobrze zareaguje na szantaż. Myślałem, że jesteście ze słabszego materiału niż wasz ojciec.

– Jeśli zamierza pan spróbować innego sposobu, żeby mnie przekonać, proszę się nie trudzić – uprzedził Gabriel. – To nie ma sensu.

– Naprawdę? Jesteś taki lojalny wobec Charlotte Branwell po tym wszystkim, co jej rodzina zrobiła twojej? Po Gideonie mogłem się tego spodziewać, bo jest podobny do waszej matki. Zbyt ufny z natury. Ale nie ty, Gabrielu. Po tobie oczekiwałem więcej dumy.

Gabriel oparł głowę o mur.

– Nie było tam nic – powiedział. – Rozumie pan? W korespondencji Charlotte nie było nic, co by zainteresowało pana czy kogokolwiek. Mówił pan, że zniszczy nas, jeśli nie doniesiemy o jej poczynaniach, ale nie ma o czym donosić. Nie dał pan nam wyboru.

– Mogliście powiedzieć mi prawdę.

– Nie chciał pan jej usłyszeć – odparł Gabriel. – Nie jestem głupi, mój brat też nie. Chce pan odsunąć Charlotte od kierowania Instytutem, ale tak, żeby nie stało się jasne, że pan do tego przyłożył rękę. Wolał pan, żeby odkryto jej zaangażowanie w jakieś nielegalne działania. Lecz prawda jest taka, że nie ma czego odkrywać.

– Prawda jest plastyczna. Można ją oczywiście odkryć, ale również stworzyć.

Gabriel pomknął wzrokiem ku twarzy Konsula.

– Wolałby pan, żebym pana okłamał?

– O, nie. Nie mnie. – Wayland położył dłoń na ramieniu Gabriela. – Lightwoodowie zawsze mieli honor. Twój ojciec popełniał błędy, ale ty nie powinieneś za nie płacić. Pozwól, że zwrócę ci to, co straciłeś. Oddam ci Lightwood House, dobre imię waszej rodziny. Mógłbyś mieszkać w domu z bratem i siostrą. Nie musiałbyś dłużej polegać na jałmużnie Enklawy.

Jałmużna. Słowo zabrzmiało gorzko.

Gabriel pomyślał o krwi brata na kamiennych płytach Instytutu. Gdyby Charlotte nie była taka głupia i zdeterminowana, żeby przygarnąć zmiennokształtną wbrew obiekcjom Clave i Konsula, Mistrz nie wysłałby swoich sił przeciwko Instytutowi. Krew Gideona nie zostałaby rozlana.

Po prawdzie, szeptał cichy głosik w tyle jego głowy, gdyby nie Charlotte, sekret mojego ojca pozostałby sekretem. Benedict nie byłby zmuszony zdradzić Mistrza. Nie straciłby źródła narkotyku, które powstrzymywało astriolę. Mogłoby nie dojść do transformacji. Jego synowie nigdy nie dowiedzieliby się o jego grzechach. Trwaliby w błogiej ignorancji.

– Gabrielu – odezwał się Konsul. – Ta propozycja jest przeznaczona tylko dla ciebie. Musisz zachować ją w tajemnicy przed bratem. On jest jak twoja matka, zbyt lojalny. Lojalny wobec Charlotte. Taka wierność może być godna podziwu, ale nam nie pomoże. Powiedz mu, że mam już dosyć waszych wybryków. Powiedz, że nie chcę już od was żadnych działań. Jesteś dobrym kłamcą... – Wayland uśmiechnął się kwaśno – więc jestem pewien, że zdołasz go przekonać. Co ty na to?

Gabriel zacisnął zęby.

– Co mam zrobić?

***

Will poprawił się na fotelu stojącym przy łóżku Jema. Siedział w nim od wielu godzin, plecy mu zesztywniały, ale nie chciał się stąd ruszać. Zawsze istniała szansa, że Jem się obudzi.

Przynajmniej nie marzł. Bridget napaliła w kominku. Wilgotne drewno trzaskało, od czasu do czasu buchając iskrami. Noc za oknami była ciemna, bez śladu chmur, sama czerń, jak namalowana na szkle.

Skrzypce Jema stały oparte o brzeg łóżka, a obok nich leżała laska, nadal śliska od krwi po walce na dziedzińcu. Jem spał, oparty o poduszki. Na jego bladej twarzy nie było żadnych kolorów. Will miał wrażenie, jakby widział go po raz pierwszy po tak długiej nieobecności, że czas zdążył wyryć ślady na jego twarzy. Jem wydawał się taki chudy – jak Will mógł tego nie zauważyć? – z policzków i czoła zniknął cały nadmiar ciała, zostały same wgłębienia i kąty. Zamknięte powieki i usta miały lekko niebieskawe zabarwienie. Obojczyki sterczały jak dziób statku.

Skarcił się w duchu. Jak mógł nie zdawać sobie sprawy, że przez te wszystkie miesiące Jem umierał... Tak szybko, już? Jak mógł nie dostrzec kosy i cienia?

– Will. – Od drzwi dobiegł szept. – Ktoś chce się z tobą zobaczyć.

Charlotte usunęła się na bok, a do pokoju wszedł Magnus Bane. Przez chwilę Will nie wiedział, co powiedzieć.

– Mówi, że go wezwałeś – rzekła Charlotte z powątpiewaniem w głosie.

Ubrany w ciemnoszary garnitur czarownik zachował obojętną minę. Powoli zdjął rękawiczki z ciemnoszarej jelonkowej skóry.

– Wezwałem – potwierdził Will. Czuł się tak, jakby się budził. – Dziękuję, Charlotte.

Posłała mu współczujące spojrzenie, które mówiło: „To twoja sprawa, Willu Herondale". Następnie wyszła z pokoju i ostentacyjnie zamknęła za sobą drzwi.

– Przyszedłeś.

Will uświadomił sobie, jak głupio to zabrzmiało. Nigdy nie lubił, kiedy ludzie stwierdzali oczywiste rzeczy, a właśnie teraz to robił. Nie mógł otrząsnąć się z osłupienia. Widok Magnusa tutaj, w sypialni Jema, był jak widok rycerza faerie wśród sędziów Old Bailey w białych perukach.

Magnus rzucił rękawiczki na stół i podszedł do łóżka. Oparł się o jeden ze słupków i spojrzał na Jema, nieruchomego i białego jak figura wyrzeźbiona na nagrobku.

– James Carstairs – mruknął pod nosem, jakby wymawiał zaklęcie.

– On umiera – powiedział Will.

– To jest oczywiste. – Te słowa mogły zabrzmieć chłodno, ale w głosie Magnusa był ocean smutku. – Uważałeś, zdaje się, że on ma przed sobą kilka dni, może tydzień.

– Chodzi nie tylko o brak narkotyku. – Głos Willa brzmiał jak zardzewiały. – Rzeczywiście mamy go niewiele i musimy mu wydzielać. Ale dziś po południu odbyła się walka, Jem stracił dużo krwi i jest osłabiony. Obawiamy się, że nie zdoła wyzdrowieć.

Magnus z wielką delikatnością uniósł rękę Jema. Na bladych palcach były siniaki, niebieskie żyły biegnące tuż pod skórą nadgarstka wyglądały jak rzeki na mapie.

– Czy on cierpi?

– Nie wiem.

– Może byłoby lepiej, gdybyście pozwolili mu umrzeć. – Magnus spojrzał na Willa. Jego oczy były zielonożółte. – Każde życie się kończy. A ty wiedziałeś, że on umrze przed tobą, kiedy go wybierałeś.

Will popatrzył przed siebie. Miał wrażenie, że rzuca się w ciemną przepaść bez dna i bez boków, które spowolniłyby upadek.

– Skoro uważasz, że tak byłoby dla niego najlepiej.

– Will. – Ton Magnusa był łagodny, ale naglący. – Sprowadziłeś mnie tutaj, bo miałeś nadzieję, że mu pomogę?

Will spojrzał na niego niewidzącym wzrokiem.

– Nie wiem, dlaczego cię wezwałem. Chyba nie dlatego, że liczyłem na twoją pomoc. Raczej sądziłem, że tylko ty potrafisz zrozumieć.

Magnus wyglądał na zaskoczonego.

– Tylko ja potrafię zrozumieć?

– Żyjesz tak długo – powiedział Will. – Musiałeś wiele razy widzieć, jak umierają ci, których kochałeś. A jednak jakoś to przetrwałeś.

Bane nadal patrzył na niego zdziwiony.

– Wezwałeś do Instytutu mnie, czarownika, tuż po bitwie, w której omal wszyscy nie zginęliście, bo chciałeś porozmawiać?

– Bo z tobą łatwo się rozmawia – potwierdził Will. – Nie wiem dlaczego.

Magnus pokręcił głową.

– Jesteś taki młody – stwierdził. – Z drugiej strony, jeszcze żaden Nocny Łowca nie wezwał mnie, żebym razem z nim czuwał przy łożu chorego.

– Nie wiem co robić – wyznał Will. – Mortmain zabrał Tessę, a chyba wiem, gdzie ona może być. Jakaś część mnie pragnie pojechać za nią. Ale nie mogę zostawić Jema. Złożyłem przysięgę.

Co, jeśli on obudzi się w nocy, a mnie tu nie będzie? – Wyglądał na zagubionego jak dziecko. – Pomyśli, że go zostawiłem, nie dbając o to, że on umiera. Nie będzie wiedział. Jednak, gdyby mógł mówić, czy nie kazałby mi szukać Tessy? Czy nie tego właśnie by chciał? – Will ukrył twarz w dłoniach. – Nie wiem, i to mnie dobija.

Magnus patrzył na niego w milczeniu przez dłuższą chwilę.

– Czy on wie, że jesteś zakochany w Tessie?

– Nie. – Will uniósł głowę, wstrząśnięty. – Nie. Nigdy przy nim nie wymówiłem tego słowa. To nie jego ciężar.

Bane wziął głęboki wdech i przemówił łagodnie:

– Will, zaprosiłeś mnie jako doświadczonego człowieka, który wiele przeżył i pochował wiele kochanych osób. Mogę ci powiedzieć, że w życiu liczy się miłość, że cokolwiek przysięgałeś, sama obecność nie jest taka ważna, kiedy ktoś umiera, tak jak teraz Jem. Ważne, że byłeś przy nim we wszystkich innych chwilach. Odkąd go poznałeś, nigdy go nie opuszczałeś i nigdy nie przestałeś kochać. I właśnie to się liczy.

– Mówisz szczerze – stwierdził Will ze zdumieniem. – Dlaczego jesteś dla mnie teraz taki miły? Nadal jestem ci winien przysługę, prawda? Pamiętam o niej, choć ty nigdy się jej nie domagałeś.

– Tak? – Magnus się uśmiechnął. – Traktujesz mnie jak ludzką istotę, równą tobie. Rzadko trafia się Nocny Łowca, który w ten sposób traktuje czarownika. Nie jestem aż taki pozbawiony serca, żeby domagać się odwzajemnienia przysługi od zrozpaczonego chłopca. Który, tak przy okazji, będzie kiedyś bardzo dobrym człowiekiem. Zatem powiem ci coś. Zostanę tu i będę czuwał nad Jemem, a jeśli się obudzi, powiem mu, dokąd pojechałeś, i zapewnię, że zrobiłeś to dla niego. I zrobię, co mogę, żeby zachować go przy życiu. Nie mam *yin fen*, ale znam się na magii i może znajdę w starej księdze czarów coś, co mu pomoże.

– Uznałbym to za wielką przysługę – powiedział Will.

Magnus przeniósł wzrok na Jema. Na jego twarzy, zwykle wesołej, sardonicznej albo obojętnej, był wyryty smutek, który zaskoczył Willa.

– „Bo czyż nie dlatego właśnie tamten ból zdołał mnie tak łatwo dosięgnąć i tak głęboko przeniknąć, że rozlałem duszę moją jak wodę na piasku, kochając istotę śmiertelną, jakby nigdy nie miała umrzeć?".

Will na niego popatrzył.

– Co to było?

– „Wyznania" świętego Augustyna – odparł Magnus. – Pytałeś mnie, jak, będąc nieśmiertelnym, przeżyłem tyle śmierci. Nie ma w tym wielkiego sekretu. Po prostu wytrzymujesz to, co jest nie do zniesienia. I tyle. – Odsunął się od łóżka. – Dam ci chwilę z nim sam na sam, żebyś się pożegnał, jeśli chcesz. Znajdziesz mnie w bibliotece.

Magnus wziął rękawiczki i wyszedł z pokoju.

Willowi kręciło się w głowie. Spojrzał na nieruchomego Jema. Muszę się pogodzić z tym, że to koniec. Nawet jego myśli były puste i dalekie. Muszę się pogodzić z tym, że Jem nigdy już na mnie nie spojrzy, nigdy się do mnie nie odezwie. „Wytrzymujesz to, co jest nie do zniesienia. I tyle".

A jednak miał wrażenie, że to wszystko jest nierealne, jakby śnił. Wstał i pochylił się nad Jemem. Dotknął lekko jego policzka. Był zimny.

– *Atque in perpetuum, frater, ave atque vale* – wyszeptał. Słowa poematu nigdy jeszcze nie wydawały się takie stosowne. „Na zawsze, bracie, witaj i żegnaj".

Will wyprostował się i zaczął odwracać od łóżka, kiedy poczuł, że coś chwyta go za nadgarstek. Spojrzał w dół i zobaczył, że to dłoń Jema. Przez chwilę był zbyt wstrząśnięty, żeby jakoś zareagować. Mógł się tylko gapić.

– Jeszcze nie jestem martwy, Will – powiedział Jem głosem cichym, ale silnym. – Co miał na myśli Magnus, kiedy cię pytał, czy ja wiem, że kochasz Tessę?

Rozdział jedenasty

Strach przed nocą

„Choć moja dusza może spoczywać w mrokach, odrodzę się w boskim świetle. Bo kochając gwiazdy całym sercem, przestałem drżeć przed nocą."

– Sarah Williams, *Stary astronom*

– Will?

Po tak długiej ciszy, w której było słychać jedynie urywany oddech Jema, Will sądził przez chwilę, że ma urojenia. Kiedy przyjaciel puścił jego nadgarstek, Will opadł na fotel stojący przy łóżku. Jego serce dudniło z ulgi i jednocześnie ze strachu.

Jem odwrócił głowę na poduszce w jego stronę. Jego oczy były ciemne, ich srebro pochłonęła czerń. Przez chwilę obaj tylko patrzyli na siebie. Spokój jak w czasie bitwy, pomyślał Will, ale myśl zaraz umknęła i dotarło do niego to co nieuniknione.

– Will – powtórzył Jem, przyciskając dłoń do ust. Kiedy ją odsunął, na palcach miał krew. – Czy ja... śniłem?

Will usiadł prosto. Jem mówił tak wyraźnie, tak pewnie. „Co miał na myśli Magnus, kiedy cię pytał, czy ja wiem, że kochasz

Tessę?". Ale chyba siły nagle go opuściły, bo teraz wydawał się senny i zdezorientowany.

Naprawdę słyszał, że to mówił Magnus? A jeśli tak, czy można to zbyć jako sen albo gorączkową halucynację? Ta myśl napełniła Willa mieszaniną ulgi i rozczarowania.

– Co ci się śniło?

Jem spojrzał na swoją zakrwawioną rękę i powoli zacisnął ją w pięść.

– Walka na dziedzińcu, śmierć. Jessamine. I porwali ją, prawda? Tessę?

– Tak – wyszeptał Will i powtórzył słowa Charlotte, które jemu nie przyniosły pociechy, ale Jemowi mogły pomóc: – Tak, ale nie sądzę, żeby zrobili jej krzywdę. Pamiętaj, że Mortmain chce ją żywą i całą.

– Musimy ją znaleźć. Wiesz o tym, Will. Musimy... – Jem próbował usiąść, ale od razu zaczął kaszleć. Krew trysnęła na białą kołdrę.

Will przytrzymał jego kruche i drżące ramiona, aż kaszel przestał wstrząsać chudym ciałem. Potem wziął wilgotną szmatkę z nocnego stolika i zaczął wycierać nią ręce Jema. Kiedy sięgnął do twarzy, przyjaciel delikatnie wyjął ściereczkę z jego ręki i spojrzał na niego z powagą.

– Nie jestem dzieckiem.

– Wiem. – Will cofnął ręce. Nie umył ich od walki na dziedzińcu, tak że zaschnięta krew Jessamine wymieszała się ze świeżą *parabatai*.

Chory odetchnął głęboko. Obaj czekali, czy spowoduje to nowy atak kaszlu, a kiedy nic się nie stało, Jem powiedział:

– Magnus mówił, że kochasz Tessę. Czy to prawda?

– Tak – odparł Will, czując się tak, jakby spadał z urwiska. – Tak, to prawda.

Oczy Jema były wielkie i świetliste w ciemności.

– Czy ona cię kocha?

– Nie. – Głos Willa się załamał. – Powiedziałem jej, że ją kocham, a ona nawet się nie zawahała. Kocha tylko ciebie.

Jem przestał kurczowo ściskać szmatkę.

– Powiedziałeś jej. Że ją kochasz.

– Jem...

– Kiedy to było i jaka desperacja tobą kierowała?

– To było, zanim się dowiedziałem, że jesteście zaręczeni. To było tamtego dnia, kiedy odkryłem, że nie ciąży na mnie żadna klątwa. – Will mówił niepewnie. – Poszedłem do Tessy i wyznałem, że ją kocham. A ona wtedy jak najdelikatniej oznajmiła mi, że kocha ciebie i że jesteście zaręczeni. – Will opuścił wzrok. – Nie wiem, czy to dla ciebie jakaś różnica, James, ale naprawdę nie miałem wtedy pojęcia, że ci na niej zależy. Byłem całkowicie pochłonięty własnymi emocjami.

Jem przygryzł dolną wargę, przywracając odrobinę koloru bladej skórze.

– I... wybacz, że o to pytam... to nie jest przelotna fascynacja, chwilowe zauroczenie...? – Urwał i spojrzał w twarz Willowi. – Nie. Widzę, że nie.

– Kocham ją tak, że kiedy mnie zapewniła, że będzie z tobą szczęśliwa, przysiągłem sobie, że nigdy więcej nie wspomnę o swojej miłości, nigdy nie okażę jej słowem ani gestem, żadnym uczynkiem czy mową nie zakłócę szczęścia Tessy. Moje uczucia się nie zmieniły, ale tak bardzo zależy mi na niej i na tobie, że nawet nie wspomnę o tym, co właśnie odkryłeś. – Słowa wylewały się z jego ust. Nie było powodu, żeby je powstrzymywać. Jeśli przyjaciel miał go znienawidzić, niech znienawidzi go za prawdę, a nie za kłamstwo.

Jem wyglądał na poruszonego.

– Tak mi przykro, Will. Bardzo, bardzo przykro. Gdybym wiedział...

Will osunął się w fotelu.

– Co byś zrobił?

– Zerwałbym zaręczyny...

– I złamał wam obojgu serce? Jaką korzyść miałoby to mi przynieść? Jesteś mi drogi jak druga połowa mojej duszy, Jem. Nie mógłbym być szczęśliwy, gdybyś ty był nieszczęśliwy. A Tessa... ona cię kocha. Byłbym potworem, gdybym przyprawił o cierpienie dwoje ludzi, których kocham najbardziej na świecie, tylko dla satysfakcji, że skoro Tessa nie może być moja, nie będzie należeć do nikogo.

– Ale ty jesteś moim *parabatai*. Jeśli cierpisz, chciałbym ci ulżyć...

– W tej jednej sprawie nie możesz mi ulżyć – przerwał mu Will.

Jem pokręcił głową.

– Ale jak mogłem nie zauważyć? Widziałem, że mury wokół twojego serca zaczynają się kruszyć. Myślałem... myślałem, że wiem dlaczego. Zawsze czułem, że dźwigasz jakieś brzemię, i wiedziałem, że poszedłeś zobaczyć się z Magnusem. Pomyślałem, że może skorzystałeś z jego magii, żeby uwolnić się od jakiejś wymyślonej winy. Gdybym się domyślił, że to z powodu Tessy, nigdy nie wyznałbym jej moich uczuć, musisz o tym wiedzieć, Will.

– Jak miałbyś się domyślić? – Choć był nieszczęśliwy, jednocześnie czuł się wolny, jakby zdjęto z niego połowę ciężaru. –

Robiłem wszystko, żeby to ukryć i temu zaprzeczyć. Ty... nigdy nie ukrywasz swoich uczuć. Gdy się spojrzy wstecz, wszystko było oczywiste, a jednak nigdy tego nie dostrzegłem. Osłupiałem, kiedy Tessa mi oznajmiła, że jesteście zaręczeni. Zawsze byłeś źródłem dobrych rzeczy w moim życiu, James. Nie sądziłem, że staniesz się źródłem bólu, więc nigdy nie myślałem o twoich uczuciach. Dlatego byłem taki ślepy.

Jem zamknął oczy. Powieki miał niebieskawe i cienkie jak pergamin.

– Ale cieszę się, że ją kochasz.

– Cieszysz się?

– Tak jest łatwiej – odparł Jem. – Poprosić cię o coś. Chcę, żebyś mnie zostawił i pojechał za Tessą.

– Teraz? Tak po prostu?

O dziwo, Jem się uśmiechnął.

– Czy nie to zamierzałeś zrobić, kiedy chwyciłem cię za rękę?

– Ale... wtedy nie wierzyłem, że odzyskasz przytomność. To różnica. Nie mogę cię teraz zostawić, żebyś był sam z tym, co...

Jem uniósł rękę i przez chwilę Will myślał, że sięgnie po jego dłoń, ale on chwycił go za rękaw.

– Jesteś moim *parabatai*. Powiedziałeś, że mogę cię prosić o wszystko.

– Ale przysięgałem, że zostanę z tobą. „Gdzie ty umrzesz, tam i ja umrę...".

– Śmierć nas rozłączy.

– Wiesz, jak brzmi cała przysięga – przypomniał Will. – „Nie nalegaj na mnie, abym cię opuścił i odszedł od ciebie; albowiem dokąd ty pójdziesz i ja pójdę...".

– Nie możesz pójść tam, dokąd ja idę! – krzyknął Jem resztką sił, jakie mu zostały. – I nie chciałbym tego!

– Ja też nie mogę odejść i zostawić cię, żebyś umarł!

Tak. Will wymówił to słowo, uznał taką możliwość. „Umarł".

– Nikomu innemu nie można powierzyć tego zadania. – Oczy Jema były jasne, rozgorączkowane, niemal dzikie. – Jeśli ty nie zaczniesz jej szukać, nikt tego nie zrobi. Myśl, że ja nie mogę pójść z tobą, dobija mnie. – Nachylił się do Willa. Jego skóra była biała jak matowe szkło abażuru i podobnie jak w lampie, przeświecało przez nią światło z jakiegoś wewnętrznego źródła. – Weź mnie za ręce, Will.

Will w odrętwieniu ujął jego dłonie. Wydawało mu się, że czuje ukłucie bólu w znaku *parabatai* na piersi, jakby znak wiedział to, czego on nie wiedział, i ostrzegał przed nadchodzącym cierpieniem, tak wielkim, że trudno je znieść i przeżyć. „Jem jest moim wielkim grzechem", powiedział Magnusowi, i teraz ponosił za niego karę. Sądził, że jego pokutą jest utrata Tessy, a nie zastanowił się, jak to będzie, kiedy straci ich oboje.

– Przez te wszystkie lata próbowałem dać ci to, czego sam nie mogłeś sobie dać.

Will uścisnął jego ręce, chude jak patyki.

– Co takiego?

– Wiarę – odparł Jem. – Że jesteś lepszy, niż sądzisz. Wybaczenie, żebyś nie musiał wiecznie się karać. Zawsze cię kochałem, Will, cokolwiek zrobiłeś. A teraz chcę, żebyś zrobił dla mnie to, czego ja nie mogę zrobić. Być moimi oczami, kiedy już nie będę ich miał. Moimi rękami, kiedy nie będę mógł użyć swoich. Sercem, kiedy moje przestanie bić.

– Nie! – zaprotestował Will. – Nie, nie, nie. Nie będę tym wszystkim. Twoje oczy będą widzieć, twoje ręce czuć, serce bić.

– Ale jeśli nie...

– Gdybym mógł się rozdwoić, zrobiłbym to, żeby połowa mnie została z tobą, a druga poszła z Tessą...

– Połowa ciebie nie byłaby niczym dobrym dla żadnego z nas – stwierdził Jem. – Nie mam nikogo innego, komu mógłbym zaufać, nikogo, kto tak jak ja oddałby życie, żeby ją ratować. Poprosiłbym cię, żebyś podjął się tej misji, nawet gdybym nie znał twoich uczuć, ale kiedy jestem pewny, że kochasz ją tak jak ja... Will, ufam ci ponad wszystko, wierzę w ciebie ponad wszystko, bo wiem, że czujemy to samo. *Wo men shi jie bai xiong di.* Jesteśmy więcej niż braćmi, Will. Wybierając się w tę podróż, zrobisz to za nas obu.

– Nie mogę cię zostawić, żebyś sam stanął w obliczu śmierci – wyszeptał Will, ale już wiedział, że został pokonany. Jego wola się wyczerpała.

Jem dotknął znaku *parabatai* przez cienką tkaninę koszuli nocnej.

– Nie jestem sam – powiedział. – Gdziekolwiek się znajdujemy, stanowimy jedność.

Will wstał powoli. Nie mógł uwierzyć, że to robi.

– Jeśli istnieje życie po życiu, spotkamy się w nim, Jamesie Carstairs.

– Będą inne życia. – Jem wyciągnął rękę i krótko uścisnęli sobie dłonie, jak w czasie rytuału *parabatai*, kiedy sięgali przez dwa pierścienie ognia, żeby spleść palce. – Świat to koło. Kiedy upadamy albo się podnosimy, robimy to razem.

Will uścisnął jego dłoń.

– Zatem, skoro mówisz, że będzie inne życie – powiedział zdławionym głosem – módlmy się obaj, żebym nie narobił w nim takiego potwornego bałaganu jak w tym.

Jem posłał mu uśmiech, który zawsze, nawet w najczarniejszych godzinach, koił umysł Willa.

– Myślę, że jest jeszcze dla ciebie nadzieja. Willu Herondale.

– Spróbuję się jej nauczyć, gdy już ciebie zabraknie.

– Będzie Tessa. Ona zna rozpacz i nadzieję. Możecie uczyć się nawzajem. Odnajdź ją, Will, i powiedz jej, że zawsze ją kochałem. Daję wam swoje błogosławieństwo, cokolwiek ono jest warte.

Patrzyli na siebie. Will nie potrafił wymówić słowa „żegnaj", w ogóle nie był w stanie wydobyć z siebie głosu, więc tylko po raz ostatni uścisnął rękę przyjaciela, po czym odwrócił się i wyszedł z pokoju.

***

Konie trzymano w stajni za Instytutem, w ciągu dnia terytorium Cyrila, na które reszta z nich rzadko się zapuszczała. Dawny dom parafialny miał podłogę z nierównych kamieni, staranie zamiecionych. Wzdłuż ścian ciągnęły się boksy, teraz tylko dwa zajęte: jeden przez Baliosa, drugi przez Xanthosa. Oba konie spały, lekko poruszając ogonami. Ich żłoby były pełne świeżego siana, na kołkach wisiała uprząż, wypolerowana do połysku. Will postanowił, że jeśli wróci z misji żywy, pochwali Cyrila przed Charlotte za świetną robotę.

Obudził szeptem Baliosa i wyprowadził go z boksu. Już w dzieciństwie, zanim przybył do Instytutu, nauczył się siodłać i kiełznać konie, więc pozwolił myślom błądzić, kiedy teraz sprawdzał siodło, ściągał popręg i ustawiał strzemiona.

Nie zostawił w Instytucie żadnej wiadomości, żadnego listu do nikogo. Stwierdził, że teraz, kiedy najbardziej potrzebuje słów, nic nie przychodzi mu do głowy. Nie docierało do niego, że być może żegna się na dobre, więc tylko powtarzał sobie w myślach, co zapakował do juków: strój bojowy, czystą koszulę i kołnierzyk (nie wiadomo, kiedy będzie musiał wyglądać jak dżentelmen), dwie stele, broń, chleb, ser, suszone owoce i pieniądze.

Kiedy dopinał popręg, Balios uniósł łeb i zarżał. Will się obejrzał. W progu stała drobna kobieca postać. Gdy uniosła prawą rękę, rozbłysło w niej magiczne światło i oświetliło jej twarz.

To była Cecily, w granatowym aksamitnym płaszczu, z rozpuszczonymi włosami. Spod płaszcza wystawały bose stopy.

– Cecy, co tu robisz? – zdziwił się Will.

Siostra zrobiła krok do przodu i zatrzymała się, patrząc na swoje stopy.

– O to samo mogłabym zapytać ciebie.

– Lubię rozmawiać po nocy z końmi. Są dobrym towarzystwem. A ty nie powinnaś chodzić w koszuli nocnej. Grasują tu Lightwoodowie.

– Bardzo zabawne. Dokąd się wybierasz, Will? Jeśli na poszukiwania *yin fen*, weź mnie ze sobą.

– Nie zamierzam szukać *yin fen*.

W niebieskich oczach dziewczyny pojawiło się zrozumienie.

– Jedziesz szukać Tessy. Jedziesz do Cadair Idris.

Will kiwnął głową.

– Zabierz mnie – poprosiła siostra. – Zabierz mnie ze sobą, Will.

Will nie potrafił na nią spojrzeć. Poszedł po uzdę i wędzidło. Trzęsły mu się ręce, kiedy wracał z nimi do Baliosa.

– Nie mogę cię zabrać ze sobą. Nie możesz jechać na Xanthosie. Nie masz wyszkolenia, a zwykły koń tylko by nas spowalniał.

– Tamte konie od czarnego powozu to automaty. Nie możesz się łudzić, że je dogonisz...

– Wcale się nie łudzę. Balios może być najszybszym koniem w Anglii, ale musi odpoczywać i spać. Pogodziłem się z tym, że nie dogonię Tessy. Mogę tylko mieć nadzieję, że dotrę do Cadair Idris, nim będzie za późno.

– Więc pozwól mi jechać za tobą. I nie martw się, że mnie wyprzedzisz...

– Bądź rozsądna, Cecy!

– Rozsądna? Widzę, że mój brat znowu ode mnie ucieka! Minęły lata, Will! Lata! Przyjechałam do Londynu, żeby cię odszukać, i teraz, kiedy znowu jesteśmy razem, ty wyjeżdżasz!

Balios poruszył się niespokojnie, kiedy Will wsadzał mu wędzidło do pyska i nasuwał uzdę na łeb. Nie lubił krzyków. Will uspokoił go, klepiąc po karku.

– Spójrz na mnie, bo inaczej pójdę obudzić wszystkich, żeby cię powstrzymali. – Cecily mówiła groźnym tonem. – Przysięgam, że to zrobię.

Will oparł głowę o końską szyję i zamknął oczy. Czuł zapach siana, zwierząt, potu. I na swoim ubraniu słodką woń dymu z kominka w pokoju Jema.

– Cecily, muszę mieć pewność, że jesteś bezpieczna, bo inaczej nie będę mógł wyjechać. Nie mogę bać się o Tessę i jednocześnie o ciebie, bo strach mnie załamie. Mam zbyt wiele do stracenia.

Zapadła długa cisza. Will słyszał bicie serca Baliosa tuż przy uchu, ale nic poza tym. Zastanawiał się, czy Cecily wyszła, żeby naprawdę wszystkich obudzić. Uniósł głowę.

Siostra nadal stała w drzwiach z magicznym światłem w dłoni.

– Tessa powiedziała, że raz mnie wołałeś. Kiedy byłeś chory. Dlaczego mnie, Will?

– Cecily. – Słowo zabrzmiało jak wydech. – Przez lata byłaś moim... moim talizmanem. Myślałem, że zabiłem Elle. Opuściłem Walię, żebyś była bezpieczna. Póki wyobrażałem sobie, że jesteś szczęśliwa, czułem, że warto cierpieć z powodu utraty ciebie, mamy i taty.

– Nigdy nie rozumiałam, dlaczego wyjechałeś – poskarżyła się Cecily. – Sadziłam, że Nocni Łowcy są potworami. Nie mogłam zrozumieć, dlaczego do nich pojechałeś. I zawsze myślałam, że kiedy będę dostatecznie duża, przyjadę i będę udawała, że chcę zostać Nocną Łowczynią, aż w końcu cię przekonam, żebyś wrócił do domu. Kiedy dowiedziałam się o klątwie, zrobił mi się mętlik w głowie. Zrozumiałam, dlaczego tu przyjechałeś, ale nie dlaczego zostałeś.

– Jem...

– Nawet jeśli on umrze – kiedy wymówiła te słowa, Will drgnął – nie przyjedziesz do domu, prawda? W przeciwieństwie do ojca, jesteś w każdym calu Nocnym Łowcą. To dlatego byłeś taki uparty, jeśli chodzi o napisanie listu. Nie wiesz, jak poprosić o wybaczenie i jednocześnie oznajmić, że nie wrócisz do domu.

– Nie mogę pojechać do domu, Cecily. To już nie jest mój dom. Jestem Nocnym Łowcą. Mam to we krwi.

– A ja jestem twoją siostrą i też mam to we krwi.

– Mówisz, że udawałaś. – Will przez chwilę mierzył ją wzrokiem. – Ale już nie udajesz, tak? Widziałem, jak trenujesz, jak walczysz. Podobnie jak ja, masz wrażenie, że podłoga Instytutu jest pierwszym naprawdę solidnym gruntem pod twoimi nogami. Jakbyś znalazła swoje miejsce. Jesteś Nocną Łowczynią.

Cecily nie odpowiedziała.

Usta Willa wykrzywił uśmiech.

– Cieszę się, że w Instytucie będzie Herondale, nawet jeśli...

– Nawet jeśli nie wrócisz? Will, pozwól mi jechać z tobą, pozwól mi sobie pomóc...

– Nie, Cecily. Nie wystarczy, że zaakceptowałem twój wybór? Że przed tobą życie pełne walki i niebezpieczeństw, choć zawsze pragnąłem dla ciebie bezpieczeństwa? Nie, nie mogę zabrać cię ze sobą, nawet jeśli mnie za to znienawidzisz.

Cecily westchnęła.

– Nie bądź taki dramatyczny. Musisz zawsze się upierać, że ludzie cię nienawidzą, choć oczywiście tak nie jest?

– Jestem dramatyczny – przyznał Will. – Gdybym nie był Nocnym Łowcą, czekałaby mnie przyszłość na scenie. Nie wątpię, że nagradzano by mnie aplauzem.

Siostra nie uznała tego za zabawne. Will jej się nie dziwił.

– Nie interesuje mnie twoja interpretacja Hamleta – oświadczyła Cecily. – Skoro nie pozwalasz mi jechać ze sobą, obiecaj, że wrócisz.

– Tego nie mogę obiecać. Ale jeśli będę mógł wrócić, na pewno wrócę. I wtedy napiszę do mamy i taty. Przyrzekam.

– Nie – powiedziała Cecily. – Żadnych listów. Obiecaj mi, że jeśli wrócisz, pojedziesz ze mną do rodziców i wytłumaczysz im, dlaczego wyjechałeś, a potem zapewnisz, że o nic ich nie winisz i nadal ich kochasz. Nie proszę cię, żebyś został w domu na stałe, tylko żebyś ich pocieszył. To chyba niewygórowane oczekiwanie? I nie mów mi, że to wbrew zasadom, bo wiem aż za dobrze, że lubisz je łamać.

– Widzisz? Jednak trochę znasz swojego brata. Daję ci słowo, że jeśli wszystkie warunki zostaną spełnione, zrobię to, o co prosisz.

Cecily wyraźnie się odprężyła. Kiedy gniew ją opuścił, wydawała się taka mała i bezbronna, ale Will wiedział, że to pozory.

– Zanim odjadę, chcę ci coś dać, Cecy.

Sięgnął pod koszulę i zdjął przez głowę naszyjnik, który podarował mu Magnus. Ciemnoczerwony rubin zalśnił w półmroku stajni.

– Twój damski wisiorek? – rzuciła Cecily. – Cóż, przyznam, że do ciebie nie pasuje.

Will zrobił krok w stronę siostry i przełożył łańcuszek przez jej ciemną głowę. Rubin ułożył się w zagłębieniu szyi, jakby był dla niej stworzony. Cecily spojrzała na brata z powagą w oczach.

– Noś go zawsze – poprosił Will. – Mnie zapewni spokój, bo będzie cię strzegł, a tobie pomoże zostać wojownikiem.

Cecily dotknęła jego policzka.

– *Da bo ti, Gwilym. Byddaf yn dy golli di.*

– I ja ciebie.

Nie patrząc na nią, Will odwrócił się i wskoczył na siodło na grzbiecie Baliosa. Cecily cofnęła się, kiedy ruszył w stronę drzwi stajni, schylił głowę dla ochrony przed wiatrem i pogalopował w noc.

***

Tessa obudziła się z cichym okrzykiem, przerywając sen o krwi i metalowych potworach.

Leżała skulona jak dziecko na siedzeniu dużego powozu o oknach szczelnie zasłoniętych aksamitnymi kotarami. Sprężyny twardego i niewygodnego siedzenia dźgały ją przez materiał podartej i poplamionej sukni. Włosy zwisały smętnie wokół jej twarzy. Naprzeciwko niej, wtulona w przeciwległy kąt powozu, siedziała nieruchoma postać, całkowicie zakryta czarnym futrzanym płaszczem podróżnym z nisko nasuniętym kapturem. Poza tym w powozie nie było nikogo więcej.

Tessa usiadła, walcząc z atakiem mdłości i zawrotów głowy. Przyłożyła ręce do brzucha i próbowała oddychać głęboko, ale stęchłe powietrze niewiele jej pomogło. Czuła, że pod gorsetem sukni spływa pot.

– Chyba nie będziesz wymiotować? – usłyszała zardzewiały głos. – Chloroform ma czasami skutki uboczne.

Zakapturzona postać przesunęła się w jej stronę i Tessa zobaczyła oblicze pani Black. Na schodach Instytutu była zbyt wstrząśnięta, żeby dobrze się przyjrzeć obliczu swojej porywaczki, ale kiedy teraz zobaczyła ją z bliska, zadrżała. Jej skóra miała zielonkawe zabarwienie, oczy były czarne, usta zapadnięte, język szary.

– Dokąd mnie zabierasz? – spytała Tessa.

Tak brzmiało pierwsze pytanie porwanych bohaterek powieści gotyckich, co zawsze ją irytowało, ale teraz sobie uświadomiła, że ma ono sens. W takiej sytuacji człowiek przede wszystkim chce wiedzieć, dokąd go wiozą.

– Do Mortmaina – odparła pani Black. – I to wszystko, co ze mnie wyciągniesz, dziewczyno. Dostałam ścisłe instrukcje.

Tessa się tego spodziewała, ale i tak poczuła ściskanie w gardle. Pod wpływem impulsu odsunęła się od pani Black i uchyliła zasłonę w swoim oknie.

Na zewnątrz było ciemno, księżyc w połowie zakrywały chmury. Okolica wyglądała na pagórkowatą i niegościnną, bez światełek wskazujących na zamieszkane obszary. Tu i ówdzie leżały czarne sterty kamieni. Tessa ostrożnie sięgnęła do klamki u drzwi, ale stwierdziła, że są zamknięte.

– Nie trudź się – powiedziała Mroczna Siostra. – Nie otworzysz ich, a nawet jeśli uciekniesz, złapię cię. Jestem teraz dużo szybsza niż kiedyś.

– W ten sposób zniknęłaś na schodach w Instytucie? – zapytała Tessa.

Pani Black posłała jej uśmiech pełen wyższości.

– Zniknęłam dla twoich oczu. Ja tylko oddaliłam się szybko i wróciłam. Mam ten dar od Mortmaina.

– I dlatego to robisz? – wyrzuciła z siebie Tessa. – Z wdzięczności dla Mortmaina? On o tobie nie myślał dobrze. Wysłał Jema i Willa, żeby cię zabili, kiedy uznał, że będziesz mu przeszkadzać.

Wymówiwszy te imiona, Tessa zbladła. Została porwana, kiedy Nocni Łowcy walczyli rozpaczliwie o życie na dziedzińcu Instytutu. Poradzili sobie z automatami? Czy któryś został ranny albo, broń Boże, zabity? Ale z pewnością by to wiedziała, wyczułaby, gdyby coś stało się Jemowi albo Willowi. Byli ze sobą tak mocno związani.

– Nie – rzekła pani Black. – Widzę pytanie w twoich oczach. Nie wiedziałabyś, gdyby któryś z nich zginął. Jeden z tych ładnych chłopców, których tak lubisz. Ludzie tak sądzą, ale jeśli nie łączy ich magiczna więź jak *parabatai*, są to tylko złudzenia. Kiedy odjeżdżałam, walczyli o życie. – Uśmiechnęła się szeroko i jej zęby zalśniły metaliczne w ciemności. – Gdybym nie miała rozkazów od Mortmaina, żeby dostarczyć cię całą i zdrową, zostawiłabym cię tam, żebyś została posiekana na strzępy.

– Dlaczego on chce, żebyś dostarczyła mnie całą i zdrową?

– Ty i te twoje pytania. Niemal zapomniałam, jakie to było irytujące. Są jakieś informacje, które tylko ty możesz mu dostarczyć. Poza tym on nadal pragnie cię poślubić. Im bardziej go zwodzisz. Jeśli o mnie chodzi, możesz go zwodzić przez całe życie. Dostanę od niego to, czego chcę, i znikam.

– Nie wiem nic, co mogłoby zainteresować Mortmaina!

Pani Black prychnęła.

– Młoda i głupia. Nie jesteś człowiekiem, panno Gray, i nie masz pojęcia, co potrafisz. Mogliśmy nauczyć cię więcej, ale byłaś krnąbrna. Przekonasz się, że Mortmain jest dużo mniej pobłażliwym nauczycielem.

– Pobłażliwym? – warknęła Tessa. – Biłaś mnie do krwi.

– Są gorsze rzeczy niż fizyczny ból, panno Gray. Mortmain nie zna litości.

– Właśnie. – Gdy Tessa się pochyliła, mechaniczny aniołek drgnął pod gorsetem sukni. – Dlaczego robisz to, o co on cię prosi? Wiesz, że nie można mu ufać, że on z radością by cię zniszczył...

– Potrzebuję tego, co Mortmain może mi dać – odparła pani Black. – I zrobię, co muszę, żeby to zdobyć.

– Co to jest? – zapytała Tessa.

Pani Black się zaśmiała, po czym odrzuciła kaptur i rozpięła kołnierz płaszcza.

Tessa czytała w książkach historycznych o głowach nabitych na piki na London Bridge, ale nie wyobrażała sobie, jak potwornie to musiało wyglądać. Zmiany, które zaszły w pani Black po tym, jak ucięto jej głowę, najwyraźniej się nie cofnęły, bo poszarpana szara skóra wisiała wokół metalowego pręta, który przeszywał jej czaszkę. Nie miała ciała, tylko gładką metalową kolumnę, z której sterczały dwa ramiona jak patyki. Szare jelonkowe rękawiczki na końcu tych rąk potęgowały makabryczne wrażenie.

Tessa krzyknęła.

Rozdział dwunasty

Duchy na drodze

„Powiedz ty, której piękność ze słodyczą złączona,
Czy jest w Niebie występkiem miłość niezwalczona?
Czyliż zbrodnią zbyt tkliwe uczucie kochanki
Lub nadto stałe serce szlachetnej rzymianki?
Czy tam żadnej nagrody nie ma dla tych wcale,
Którzy myśleć umieją i umrzeć wspaniale?”.

– Alexander Pope,
Elegia na śmierć nieszczęśliwej niewiasty
(Przełożył Ludwik Kamiński)

Will stał na szczycie niskiego wzgórza, z rękami w kieszeniach, i rozglądał się niecierpliwie po spokojnej krainie Bedfordshire.

Z całą prędkością, jaką mógł z siebie wykrzesać Balios, pędził z Londynu w stronę Great North Road. Tuż przed świtem ulice były prawie puste, kiedy jechał przez Islington, Holloway i Highgate. Minął zaledwie kilka wózków straganiarzy i paru pieszych, poza tym nic go nie zatrzymywało, a że Balios nie męczył się tak szybko jak zwykły koń, Will wkrótce znalazł się za Barnet i mógł przegalopować przez South Mimms i London Colney.

Uwielbiał galopować, leżąc płasko na grzbiecie konia, z wiatrem we włosach, podczas gdy kopyta Baliosa pożerały drogę pod nim. Gdy opuścił Londyn, ogarnęły go rozdzierający ból i jednocześnie dziwne poczucie wolności, na które nic nie mógł poradzić. W pobliżu Colney znajdowały się stawy. Will zatrzymał się przy nich, żeby napoić wierzchowca przed dalszą drogą.

Teraz, prawie trzydzieści mil na północ od Londynu, przypomniał sobie, jak przed laty zmierzał tą drogą do Instytutu. Na jednym z koni ojca przemierzył część Walii, ale sprzedał go w Staffordshire, kiedy stwierdził, że nie ma pieniędzy na opłaty drogowe. Zgodził się wtedy na bardzo złą cenę, w dodatku trudno mu było pożegnać się z Hengroenem, na którym uczył się jeździć, a jeszcze więcej trudu kosztowało go pokonanie reszty odległości do Londynu na piechotę. Zanim dotarł do Instytutu, jego stopy krwawiły. I ręce też, po tym, jak podrapał je przy upadku.

Gdy spojrzał teraz na swoje dłonie, nałożył się na nie obraz tamtych. Chude, o długich palcach – takie jak u wszystkich Herondale'ów. Jem zawsze wyrażał żal, że przyjaciel nie ma talentu muzycznego, bo jego dłonie są stworzone do pianina. Myśl o Jemie była jak ukłucie igłą. Will odepchnął wspomnienia i ruszył do Baliosa. Zatrzymał się tutaj nie tylko po to, żeby napoić zwierzę, ale też żeby je nakarmić garścią owsa – dobrego na szybkość i wytrzymałość – i pozwolić mu odpocząć. Często słyszał o kawalerii zajeżdżającej konie na śmierć, ale, choć był zdesperowany, nie mógł sobie wyobrazić, że robi coś tak okrutnego.

Na trakcie panował duży ruch: dwukółki, fury z piwem zaprzężone w konie pociągowe, wózki mleczarzy, nawet dziwny konny omnibus. Czy naprawdę wszyscy ci ludzie musieli w środku tygodnia tłoczyć się na drogach? Przynajmniej nie było rozbójników; koleje, opłaty drogowe i policja już dekady temu położyły kres rabunkom na szlakach. Will nie chciałby tracić czasu na niepotrzebne walki i zabijanie.

Ominął Saint Albans, nie zatrzymując się na lunch, żeby jak najszybciej dotrzeć do Watling Street, starego rzymskiego traktu, który rozdzielał się we Wroxeter. Jedna odnoga prowadziła do Szkocji, a druga przecinała Anglię i wiodła do portu Holyhead w Walii. Była nawiedzona przez duchy. Will wychwycił na wietrze szepty w starym anglosaskim języku, nazywające drogę Woecelinga Stroet, mówiące o ostatnim boju wojsk Boadycei, która przed laty została tutaj pokonana przez Rzymian.

Will z rękami w kieszeniach patrzył na okolicę. Dochodziła trzecia po południu, niebo zaczynało ciemnieć, co oznaczało, że wkrótce będzie musiał pomyśleć o znalezieniu jakiejś gospody, żeby dać odpocząć koniowi i samemu się przespać. Przypomniał sobie, jak opowiadał Tessie o Boadycei, która udowodniła, że kobiety też mogą być wojownikami. Nie przyznał się wtedy, że przeczytał jej listy i już pokochał w niej duszę wojownika, ukrytą za spokojnymi szarymi oczami.

Przypomniał sobie sen: niebieskie niebo i Tessa siedząca obok niego na zielonym wzgórzu. „Zawsze będziesz pierwsza w moim sercu". W jego sercu rozgorzał gwałtowny gniew. Jak Mortmain śmiał ją tknąć. Ona była jedną z nich. Nie należała do Willa – zbyt niezależna, żeby do kogokolwiek należeć, nawet do Jema – ale była jedną z nich. W duchu przeklął Konsula, że tego nie dostrzegał.

Znajdzie ją. Znajdzie i przywiezie z powrotem do domu. Nawet jeśli ona nigdy go nie kochała, i tak zrobi to dla niej, dla siebie. Podszedł do Baliosa i wskoczył na siodło.

– Jedźmy, staruszku – powiedział. – Słońce zachodzi, a musimy dotrzeć przed nocą do Hockliffe, bo zanosi się na deszcz.

Wbił pięty w boki konia, a Balios, jakby zrozumiał jego słowa, puścił się przed siebie jak strzała.

***

– Pojechał do Walii sam? – spytała Charlotte. – Jak mogłeś pozwolić mu zrobić coś tak... głupiego?

Magnus wzruszył ramionami.

– Nie jest moim obowiązkiem, i nigdy nie będzie, zajmowanie się krnąbrnymi Nocnymi Łowcami. Właściwie nie wiem, dlaczego mnie obwiniasz. Spędziłem całą noc w bibliotece, czekając, aż Will przyjdzie i porozmawia ze mną, ale się nie zjawił. W końcu zasnąłem w dziale wścieklizny i likantropii. Woolsey czasami gryzie, więc mnie to interesuje.

Nikt się nie odezwał, ale Charlotte wyglądała na jeszcze bardziej zdenerwowaną. Na śniadaniu brakowało przy stole paru osób. Nieobecność Willa nikogo nie zdziwiła. Wszyscy sądzili, że siedzi przy łóżku swojego *parabatai*. Tak więc dopiero kiedy do jadalni wpadł zdyszany i przejęty Cyril z wieścią, że Balios zniknął ze stajni, podniesiono alarm.

W trakcie przeszukiwania Instytutu natrafiono na Magnusa Bane'a śpiącego w kącie biblioteki. Charlotte obudziła go, potrząsając za ramię. Na pytanie, gdzie może być Will, czarownik odpowiedział całkiem szczerze, że zapewne wyjechał do Walii, by odnaleźć Tessę i przywieźć ją z powrotem do Instytutu. Ku jego zaskoczeniu, po tych słowach Charlotte wpadła w panikę i zwołała zebranie w bibliotece, na którym mieli się stawić wszyscy Nocni Łowcy z Instytutu z wyjątkiem Jema. Przybył nawet Gideon, kulejąc i opierając się ciężko na lasce.

– Czy ktoś wie, kiedy Will wyruszył? – zapytała Charlotte, stojąc u szczytu długiego stołu, wokół którego siedzieli pozostali.

Cecily, z rękami skromnie złożonymi przed sobą, nagle zainteresowała się wzorem na dywanie.

– Nosisz bardzo kosztowny klejnot, Cecily – zauważyła Charlotte, przyglądając się rubinowi na szyi dziewczyny. – Nie pamiętam, żebyś wczoraj go miała. O ile sobie przypominam, widziałam go u Willa. Kiedy ci go dał?

Cecily skrzyżowała ręce na piersi.

– Nic nie powiem. Will sam podejmuje decyzje, a my już próbowaliśmy wyjaśnić Konsulowi, co należy zrobić. Ponieważ Clave nie zamierza nam pomóc, Will wziął sprawy w swoje ręce. Nie wiem, czego innego się spodziewaliście.

– Nie sądziłam, że zostawi Jema – powiedziała Charlotte, wyraźnie zaskoczona. – Nie mam pojęcia, jak mu to powiedzieć, kiedy się obudzi.

– Jem wie... – zaczęła z oburzeniem Cecily, ale, o dziwo, przerwał jej Gabriel.

– Oczywiście, że wie. Will jedynie wypełnia swój obowiązek. Robi to, co zrobiłby Jem, gdyby mógł. Pojechał zamiast Jema. Tak właśnie powinien się zachować *parabatai*.

– Bronisz Willa? – zdziwił się Gideon. – Po tym, jak zawsze go traktowałeś? Po tym, jak wiele razy mówiłeś Jemowi, że ma fatalny gust, jeśli chodzi o wybór *parabatai*?

– Will może i jest złym człowiekiem, ale przynajmniej dowiódł, że nie jest złym Nocnym Łowcą – odparł Gabriel, po czym spojrzał na Cecily i dodał: – Może jednak nie jest taki zły. Ogólnie rzecz biorąc.

– Bardzo wspaniałomyślna opinia, Gideonie – rzekł Magnus.

– Jestem Gabriel.

Bane machnął ręką.

– Wszyscy Lightwoodowie wyglądają dla mnie tak samo...

– Hm – mruknął Gideon, zanim Gabriel zdążył czymś rzucić w czarownika. – Niezależnie od osobistych cech Willa, jego wad albo też niezdolności innych osób do odróżnienia jednego Lightwooda od drugiego, pozostaje pytanie: czy mamy za nim jechać?

– Gdyby Will chciał pomocy, nie wyjechałby w środku nocy, nic nikomu nie mówiąc – zauważyła Cecily.

– Tak – przyznał Gideon. – Bo Will jest znany z roztropności i przemyślanych decyzji.

– Ukradł naszego najszybszego konia – odezwał się Henry. – To świadczy o zdolności przewidywania, w pewnym sensie.

– Nie możemy pozwolić, żeby Will sam walczył z Mortmainem – oświadczył Gideon. – Może zginąć. Jeśli rzeczywiście wyjechał w środku nocy, moglibyśmy jeszcze dogonić go po drodze...

– Najszybszy koń – przypomniał Henry, a Magnus prychnął pod nosem.

– Właściwie nie musi dojść do nieuchronnej rzezi – stwierdził Gabriel. – Moglibyśmy wszyscy wyruszyć za Willem, ale faktem jest, że taka siła wysłana przeciwko Mistrzowi bardziej rzucałaby się w oczy niż samotny chłopak na koniu. Will musi liczyć na to, że pozostanie niezauważony. Ostatecznie nie wybiera się na wojnę. Zamierza uratować Tessę. Dyskrecja i ostrożność to najlepsze rzeczy podczas takiej misji...

Charlotte uderzyła ręką w stół z taką siłą, że w pokoju aż zadudniło.

– Wszyscy bądźcie cicho! – rzuciła rozkazującym tonem, tak że nawet Magnus drgnął. – Gabrielu i Gideonie, obaj macie rację. Lepiej dla Willa, żebyśmy za nim nie jechali, lecz nie możemy pozwolić, żeby jeden z nas zginął. Jest również prawdą, że Mistrz znajduje się poza naszym zasięgiem. Decyzję w tej sprawie podejmie Rada. Na razie nic nie możemy zrobić. Dlatego musimy wykorzystać całą naszą energię na ratowanie Jema. On umiera, ale jeszcze nie jest martwy. I w końcu dał nam pozwolenie na szukanie dla niego leku, dlatego musimy to zrobić.

– Ale... – zaczął Gabriel.

– Milcz! Ja jestem głową Instytutu. Ty masz pamiętać, kto cię uratował przed ojcem, i okazywać mi szacunek.

– Pokazałaś Gideonowi jego miejsce – stwierdził Magnus z zadowoleniem.

Charlotte skierowała na niego płonący wzrok.

– I ty też, czarowniku. Może wezwał cię tu Will, ale teraz jesteś zdany na moją łaskę. Podobno obiecałeś Willowi, że podczas jego nieobecności zrobisz wszystko, żeby znaleźć lek dla Jema. Powiesz Gabrielowi i Cecily, w którym sklepie mogą kupić potrzebne ci składniki. Gideonie, ponieważ jesteś ranny, zostaniesz w bibliotece i będziesz szukał książek, których zażyczy sobie Magnus. W razie czego poproś o pomoc mnie albo Sophie. Henry, czy Magnus może skorzystać z twojej krypty jako laboratorium, chyba że nie pozwalają na to badania, które akurat prowadzisz? – Spojrzała na męża z uniesionymi brwiami.

– Właściwie tak – powiedział Henry z lekkim wahaniem – ale da się zmienić je na takie, które mogą pomóc naszemu Jemowi, a współpraca pana Bane'a będzie mile widziana. W zamian on może korzystać z mojej naukowej aparatury.

Magnus spojrzał na niego z zaciekawieniem.

– A nad czym konkretnie pan pracuje?

– Cóż, wie pan, że nie praktykujemy magii, panie Bane – odparł Henry, najwyraźniej zachwycony, że ktoś interesuje się jego eksperymentami. – Ale jestem w trakcie prac nad urządzeniem będącym czymś w rodzaju naukowej wersji czaru teleportacji. Otwiera ono drzwi przenoszące człowieka w dowolne miejsce...

– Łącznie z magazynem pełnym *yin fen* w Chinach? – zapytał Magnus z roziskrzonym wzrokiem. – To brzmi bardzo interesująco, naprawdę bardzo interesująco.

– Nie, wcale nie – mruknął Gabriel.

Charlotte przeszyła go spojrzeniem oczu jak sztylety.

– Panie Lightwood, dość tego. Wszyscy macie przydzielone zadania. Idźcie więc i bierzcie się do pracy. Nie chcę więcej o was słyszeć, póki nie zjawicie się z raportami o postępach. Ja będę u Jema. – I wyszła z biblioteki.

***

– Jaka satysfakcjonująca reakcja – skomentowała pani Black.

Tessa spiorunowała ją wzrokiem. Kuliła się w kącie powozu, jak najdalej od potwornej istoty, która kiedyś była panią Black. W pierwszej chwili krzyknęła na jej widok i pośpiesznie zakryła ręką usta. Było jednak za późno. Porywaczkę najwyraźniej uradował jej przestrach.

– Ucięto ci głowę – wykrztusiła Tessa. – Jak to możliwe, że żyjesz? Tak po prostu?

– Magia – odparła pani Black. – To twój brat podsunął Mortmainowi myśl, że w mojej obecnej postaci mogę być dla niego użyteczna. To twój brat przelał krew, która umożliwiła mi dalszą egzystencję. Życie za życie.

Uśmiechnęła się upiornie, a Tessa pomyślała o bracie umierającym w jej ramionach. „Nie wiesz o wszystkim, co zrobiłem, Tessie". Przełknęła ślinę. Po śmierci Nathaniela próbowała się w niego zmienić, żeby z jego wspomnień wydobyć informacje o Mortmainie, ale trafiła jedynie na szary wir gniewu, goryczy i ambicji. Nie znalazła w nich niczego konkretnego. Teraz wezbrała w niej świeża fala nienawiści do Mortmaina, który odkrył słabości jej brata i je wykorzystał. Mortmaina, który wykupił cały *yin fen*, żeby Nocni Łowcy zatańczyli do jego melodii. Nawet pani Black była w pewnym sensie ofiarą jego manipulacji.

– Robisz to, co ci każe Mortmain, bo myślisz, że odda ci ciało – stwierdziła. – Nie to... to coś, co masz teraz, tylko prawdziwe, ludzkie ciało.

– Ludzkie – prychnęła pani Black. – Spodziewam się lepszego niż ludzkie. Ale na razie wystarczy takie, które pozwoli mi chodzić wśród Przyziemnych i znowu praktykować mój zawód. Wiem, że dzięki tobie Mistrz będzie mógł to zrobić. Wkrótce stanie się wszechpotężny, a ty mu w tym pomożesz.

– Jesteś głupia, jeśli wierzysz, że cię wynagrodzi.

Szare usta pani Black zadrżały w grymasie zadowolenia.

– Ależ wynagrodzi. Dostarczam mu jego idealną narzeczoną, wyszkoloną przeze mnie! Na Azazela, pamiętam, jak zeszłaś ze statku, który przypłynął z Ameryki. Wydawałaś się zwykłą śmiertelniczką, całkowicie bezużyteczną. Straciłam nadzieję, że uda mi się tak ciebie wytrenować, żeby był z ciebie jakikolwiek pożytek. Ale przy dostatecznej brutalności wszystko można osiągnąć. Teraz będziesz bardzo ładnie służyć.

– Nie wszystko, co śmiertelne, jest bezużyteczne.

Prychnięcie.

– Mówisz tak ze względu na swoje związki z Nefilim. Za długo byłaś z nimi zamiast ze swoim gatunkiem.

– Jakim gatunkiem? Ja nie mam żadnego gatunku. Jessamine mówiła, że moja matka była Nocną Łowczynią...

– Była Nocną Łowczynią – potwierdziła pani Black. – Ale twój ojciec nie.

Serce Tessy przyśpieszyło.

– Był demonem?

– Na pewno nie aniołem. – Pani Black uśmiechnęła się z wyższością. – Mistrz wszystko ci wyjaśni w swoim czasie: kim jesteś, dlaczego żyjesz i do czego zostałaś stworzona. – Odsunęła się do tyłu ze zgrzytaniem metalowych spojeń. – Muszę przyznać, że niemal zrobiłaś na mnie wrażenie, kiedy uciekłaś z tym chłopakiem, Nocnym Łowcą. Pokazałaś, że masz odwagę. W rezultacie na korzyść Mistrza obróciło się, że spędziłaś za dużo czasu z Nefilim. Znasz teraz Podziemny Świat i okazałaś się mu równa. Zostałaś zmuszona do użycia swojego daru w trudnych okolicznościach. Próby, którym cię poddawałam, nie stanowiły aż takiego wyzwania i nie dałyby ci porównywalnej wiedzy i doświadczenia. Widzę w tobie różnicę. Będziesz świetną panną młodą dla Mistrza.

Tessa z niedowierzaniem pokręciła głową.

– Dlaczego jestem zmuszana do poślubienia go? Co za różnica, czy mam charakter albo wiedzę? Dlaczego miałoby mu na tym zależeć?

– O, masz być kimś więcej niż panną młodą, Tesso Gray. Masz zniszczyć Nefilim. Do tego zostałaś stworzona. Im więcej o nich wiesz, im większą sympatię do nich żywisz, tym skuteczniejszą będziesz bronią, żeby ich całkiem wyplenić.

Tessa poczuła się, jakby uszło z niej całe powietrze.

– Nie obchodzi mnie, co robi Mortmain. Nie będę brać udziału w niszczeniu Nocnych Łowców. Prędzej umrę.

– Nie chodzi o to, czego ty chcesz. Zobaczysz, że jego woli nie dasz rady się przeciwstawić. Poza tym, żeby zniszczyć Nefilim, wystarczy, że będziesz sobą. Ale poślubioną Mistrzowi, co nie wymaga żadnego działania z twojej strony.

– Jestem zaręczona z kimś innym – wyrzuciła z siebie Tessa. – Z Jamesem Carstairsem.

– Niestety, obawiam się, że Mistrz ma do ciebie większe prawo. Zresztą, James Carstairs umrze przed wtorkiem. Mortmain wykupił cały *yin fen* w Anglii i zablokował nowe dostawy. Może powinnaś była o tym pomyśleć, nim zakochałaś się w narkomanie. Choć nie przypuszczałam, że to będzie ten niebieskooki. – Pani Black się zadumała. – Czy dziewczyny zwykle nie zakochują się w swoich wybawcach?

Tessę dopadło wrażenie nierzeczywistości. Nie mogła uwierzyć, że siedzi uwięziona w powozie z panią Black, a ta z zadowoleniem rozprawia o romantycznych zawirowaniach w życiu porwanej. Odwróciła się do okna. Księżyc świecił na niebie, więc widziała, że jadą wąską drogą, która z jednej strony kończy się ciemnym, skalistym jarem.

– Są różne sposoby na to, żeby zostać uratowanym – zauważyła.

– Cóż – powiedziała pani Black, błyskając zębami w uśmiechu. – Mogę cię zapewnić, że teraz nikt nie przybędzie ci na ratunek.

„Masz zniszczyć Nefilim".

– Więc będę musiała uratować się sama – skwitowała Tessa.

Brwi pani Black ściągnęły się ze zdziwienia, kiedy ze zgrzytaniem i szczękiem metalu odwróciła do niej głowę. Ale Tessa już zebrała w sobie całą energię, tak jak ją nauczono, więc kiedy rzuciła się przez powóz do drzwi, zrobiła to z wielką siłą.

Usłyszała, że zamek pęka, a pani Black wydaje z siebie ryk wściekłości. Metalowa ręka rozorała plecy Tessy, chwyciła ją za kołnierz sukni i oderwała go, a ona upadła na skały na poboczu drogi, natomiast powóz popędził dalej, z czarownicą wrzeszczącą na woźnicę, żeby się zatrzymał. Wiatr szumiał w uszach Tessy, kiedy staczała się po zboczu, dziko wymachując rękami. Nadzieja, że jar jest płytki albo że upadek będzie łagodny, szybko się rozwiała. Spadając, Tessa dostrzegła wąski strumień lśniący daleko w dole, wśród ostrych skał. I zrozumiała, że roztrzaska się o ziemię jak krucha porcelana.

Zamknęła oczy i pomyślała życzenie, żeby koniec był szybki.

***

Will stał na szczycie wysokiego zielonego wzgórza i patrzył w dal. Niebo i morze, o takim samym intensywnie niebieskim kolorze, zlewały się ze sobą, a na horyzoncie nie widział żadnego stałego punktu. Nad nim krążyły z wrzaskiem mewy i rybitwy, słony wiatr rozwiewał mu włosy. Było ciepło jak w lecie, kurtka leżała w trawie. Został w samej koszuli i szelkach, ręce miał brązowe od słońca.

– Will!

Słysząc znajomy głos, odwrócił się i zobaczył Tessę idącą w jego stronę. Zboczem wzgórza porośniętego nieznanymi mu białymi kwiatami biegła wąska ścieżka. Tessa sama wyglądała jak kwiat, w białej sukni jak ta, którą miała na balu u Benedicta Lightwooda, gdzie pocałował ją na balkonie. Jej długie kasztanowe włosy były rozwiane na wietrze. Zdjęła czepek i machała nim do niego roześmiana, jakby ucieszył ją jego widok. Bardziej niż ucieszył. Jakby nie posiadała się z radości.

Jego serce podskoczyło w piersi.

– Tess! – zawołał i wyciągnął do niej rękę, ale znajdowała się za daleko, choć wydawało się, że jest tak blisko. Widział każdy szczegół jej ładnej twarzy, lecz nie mógł jej dotknąć, więc stał i czekał, a jego serce trzepotało jak skrzydła ptaka.

W końcu tak się zbliżyła, że widział, jak trawa i kwiaty gną się pod jej butami. Znowu wyciągnął do niej ręce, ona podała mu swoje, ciepłe. Ich dłonie się splotły i stali tak przez chwilę, uśmiechając się do siebie.

– Czekałem na ciebie – powiedział Will.

Spojrzała na niego z uśmiechem, ale ten szybko zniknął z jej twarzy, kiedy się poślizgnęła i przechyliła przez brzeg urwiska. Jej ręce wyśliznęły się z jego rąk i nagle Will łapał powietrze, podczas gdy ona oddalała się od niego, spadając w milczeniu – biała plama na tle niebieskiego horyzontu.

Will usiadł gwałtownie na łóżku, z sercem tłukącym się o żebra. Jego pokój w White Horse był oświetlony blaskiem księżyca w trzeciej kwadrze, który podkreślał nieznajome kształty mebli: stojaka z miednicą, szafki nocnej z nieprzeczytanym egzemplarzem „Modlitw dla młodych kobiet" Fordyce'a, fotela przy kominku, w którym ogień już przygasł i został tylko żar. Pościel była zimna, ale Will się pocił. Wstał z łóżka i podszedł do okna.

Na parapecie stał wazon ze sztywnym bukietem suszonych kwiatów. Will odsunął go na bok i otworzył okno. Bolało go wszystko. Jeszcze nigdy w życiu nie jechał konno tak długo i tak daleko. Był zmęczony, skórę miał otartą od siodła. Pomyślał, że rano przed wyruszeniem w dalszą drogę musi narysować sobie *iratze*.

Okno otworzyło się na zewnątrz, rześkie powietrze owiało jego twarz, mile ją chłodząc. W środku, pod żebrami, czuł ból, który nie miał nic wspólnego z jazdą. Nie potrafił stwierdzić, czy to oddalenie od Jema, czy niepokój o Tessę. Wciąż widział, jak ich dłonie się rozłączają, a ona spada w przepaść. Nigdy nie wierzył w prorocze znaczenie snów, ale nie mógł pozbyć się twardego, zimnego supła w żołądku ani uspokoić chrapliwego oddechu.

W ciemnej szybie widział odbicie własnej twarzy. Lekko dotknął szyby. Jego palce zostawiły ślady na szkle. Zastanawiał się, co powie Tessie, kiedy ją znajdzie, jak jej wyjaśni, dlaczego to on po nią wyruszył, a nie Jem. Jeśli na świecie istnieje miłosierdzie, przynajmniej będą mogli razem odbywać żałobę. Jeśli Tessa nigdy nie wierzyła, że on naprawdę ją kocha, jeśli nie odwzajemniała jego uczuć, to chociaż dzieliliby smutek. Na myśl, jak bardzo potrzebuje jej spokoju i siły, Will zamknął oczy i oparł czoło o chłodną szybę.

***

Kiedy szli krętymi uliczkami East Endu od Limehouse Station do Gill Street, Gabriel przez cały czas wyraźnie czuł obecność Cecily u swojego boku. Na szczęście, otaczał ich czar, bo inaczej ich widok w tej biedniejszej części Londynu z pewnością wywołałby poruszenie. Może zaczęto by ich nagabywać i ciągnąć do sklepów, żeby obejrzeli oferowane towary. I tak Cecily była bardzo ciekawa, często zatrzymywała się i oglądała wystawy, nie tylko modystek i krawcowych, ale również sklepików sprzedających wszystko, od pasty do butów po książki, zabawki i ołowiane żołnierzyki. Gabriel musiał przypominać sobie, że Cecily przyjechała z prowincji i prawdopodobnie nigdy wcześniej nie widziała kwitnącego handlowego miasta, zwłaszcza takiego jak Londyn. Żałował, że nie może jej zabrać w miejsce bardziej stosowne dla damy o jej statusie: do eleganckich magazynów przy Burlington Avenue czy Piccadilly, a nie do nor w tych ciemnych, wąskich zaułkach.

Sam nie wiedział, czego się spodziewał po siostrze Willa Herondale'a. Że będzie równie niemiła jak brat? Że będzie tak zaskakująco do niego podobna, a zarazem niezwykle ładna? Rzadko mu się zdarzało, żeby, patrząc na twarz Willa, nie miał ochoty zdzielić jej pięścią, ale twarz Cecily była wręcz fascynująca. Stwierdził, że ma ochotę napisać wiersz o jej niebieskich oczach, roziskrzonych jak gwiazdy, i włosach ciemnych jak noc, ale czuł, że poemat nie wyszedłby mu najlepiej, szczególnie że Tatiana raczej zniechęciła go do poezji. Poza tym są rzeczy, których nie da się wyrazić w poetycki sposób, na przykład to, jak dziewczyna wykrzywia usta w taki sposób, że chciałoby się pochylić i...

– Panie Lightwood – powiedziała Cecily zniecierpliwionym tonem, który świadczył, że nie pierwszy raz próbowała ściągnąć na siebie jego uwagę. – Chyba już mijaliśmy ten sklep.

Gabriel zaklął pod nosem i obejrzał się przez ramię. Rzeczywiście minęli numer, który podał im Magnus. Cofnęli się więc do ciemnego, niezbyt zachęcającego sklepu z brudnymi oknami. Przez usmarowane szyby dostrzegł półki, na których stały różne dziwne rzeczy: słoje z martwymi wężami o białych, otwartych oczach, lalki z małymi złotymi klatkami dla ptaków zamiast głów, bransolety z ludzkich zębów.

– O, rany – mruknęła Cecily. – Zdecydowanie nieprzyjemny.

– Nie chce pani wejść? – zapytał Gabriel. – Mogę sam...

– I zostawi mnie pan samą na zimnym chodniku? Jakie to niedżentelmeńskie. Absolutnie nie. – Sięgnęła do gałki i otworzyła drzwi, uruchamiając mały dzwonek gdzieś we wnętrzu. – Proszę za mną, panie Lightwood.

Gabriel wszedł za nią do mrocznego sklepu. Wnętrze było równie odstręczające jak wystawa. W stronę lady biegły długie rzędy zakurzonych półek. Szyby zabrudzone jakąś ciemną mazią odcinały większość światła słonecznego. Na regałach panował jeden wielki bałagan: miedziane dzwonki z rączkami w kształcie kości, tłuste świece z wosku nafaszerowanego insektami, ładna złota korona o tak dziwnym kształcie i wymiarach, że za żadne skarby nie pasowałaby na ludzką głowę, mnóstwo najróżniejszych noży, miedzianych i kamiennych mis z podejrzanymi brązowymi plamami na dnie. Były stojaki z rękawiczkami wszelkich rozmiarów, niektórymi na więcej niż pięć palców. Na cienkim sznurze wisiał cały ludzki szkielet, obracając się w powietrzu, choć nie czuło się przeciągu.

Gabriel zerknął z ukosa na Cecily, ale zobaczył, że dziewczyna wcale się nie boi. Jeśli już, to wyglądała na zirytowaną.

– Ktoś naprawdę powinien tutaj odkurzyć – stwierdziła i ruszyła w głąb sklepu. Małe kwiaty na jej kapeluszu podskakiwały.

Gabriel pokręcił głową. Dogonił Cecily, kiedy sięgnęła po miedziany dzwonek stojący na ladzie i potrząsnęła nim niecierpliwie.

– Halo?! – zawołała. – Jest tu kto?!

– Przed panienką – dobiegł z dołu rozdrażniony głos.

Cecily i Gabriel pochylili się nad kontuarem. Tuż pod jego krawędzią zobaczyli czubek głowy małego człowieczka. No, niezupełnie człowieczka, pomyślał Gabriel, kiedy czar przestał działać. Satyr, ubrany w samą kamizelkę i spodnie, bez koszuli, miał kopytka, ładne kręcone rogi kozła, przystrzyżoną brodę, spiczastą szczękę i żółte kozie oczy o prostokątnych źrenicach, częściowo ukryte za okularami.

– Boże! – mruknęła Cecily. – Zapewne pan Sallows.

– Nefilim – rzucił posępnie właściciel sklepu. – Nie cierpię Nefilim.

– Hm, jakie to miłe.

Gabriel uznał, że czas interweniować.

– Skąd pan wie, że jesteśmy Nefilim?- zapytał.

Sallows uniósł brwi.

– Na pańskich rękach i szyi, sir, są wyraźnie widoczne znaki – wyjaśnił, jakby rozmawiał z dzieckiem. – A jeśli chodzi o dziewczynę, wygląda zupełnie jak jej brat.

– Skąd pan zna mojego brata? – Cecily podniosła głos.

– Nie ma tutaj wielu z waszego rodzaju – odparł Sallows. – Łatwo was zauważyć. Pani brat Will często tu bywał jakieś dwa miesiące temu, kiedy biegał na posyłki tego czarownika Magnusa Bane'a. Niepokoił również Starego Mola w Cross Bones. Will Herondale jest dobrze znany w Podziemnym Świecie, choć przeważnie stara się nie pakować w kłopoty.

– To dopiero nowina – skomentował Gabriel.

Cecily posłała mu mroczne spojrzenie.

– Jesteśmy tutaj na polecenie Charlotte Branwell – oznajmiła. – Szefowej Instytutu Londyńskiego.

Satyr machnął ręką.

– Nie obchodzą mnie hierarchie Nocnych Łowców. Ani faerie. Powiedzcie mi, czego chcecie, a ja dam wam to za dobrą cenę.

Gabriel rozwinął papier, który dostali od Magnusa.

– Ocet złodziei, korzeń orzecha wodnego, belladonna, arcydzięgiel, liść damiany, sproszkowane łuski syreny i sześć gwoździ z trumny dziewicy.

– Dobrze – powiedział Sallows. – Nie ma tutaj dużego popytu na takie rzeczy. Będę musiał poszukać na zapleczu.

– Skoro na takie rzeczy nie ma dużego popytu, to na jakie jest? – Gabriel stracił cierpliwość. – To miejsce raczej nie wygląda na kwiaciarnię.

– Panie Lightwood – skarciła go cicho Cecily, ale nie dość cicho, żeby Sallows jej nie usłyszał.

Okulary podskoczyły na jego nosie.

– Pan Lightwood? Syn Benedicta Lightwooda?

Gabriel poczuł, że krew napływa mu do policzków. Prawie z nikim nie rozmawiał o ojcu od jego śmierci... jeśli można uznać istotę, która zginęła we włoskim ogrodzie, za jego ojca. Kiedyś on i jego rodzina byli przeciwko całemu światu, Lightwoodowie ponad wszystko, ale teraz... teraz hańba i wstyd zamiast dumy z nazwiska Lightwoodów.

– Tak – odparł w końcu Gabriel. – Jestem synem Benedicta Lightwooda.

***

– To cudownie. Mam tutaj parę zamówień pańskiego ojca. Już się zastanawiałem, czy on kiedyś po nie przyjdzie.

Satyr pobiegł na zaplecze, a Gabriel zajął się oglądaniem ścian. Wisiały na nich pejzaże i mapy, ale kiedy przyjrzał się bliżej, stwierdził, że nie zna tych miejsc. Był oczywiście Idris z lasem Brocelind i Alicante na wzgórzu, ale inne mapy przedstawiały kontynenty, których nigdy wcześniej nie widział. Co to za Srebrne Morze? A Góry Thorn? W jakim kraju jest fioletowe niebo?

– Gabrielu – powiedziała cicho Cecily, stając obok niego.

Po raz pierwszy użyła jego imienia. Zaczął się do niej odwracać i w tym samym momencie z zaplecza wyszedł Sallows z pakunkiem w ręce. Podał go Gabrielowi. Paczka była spora, najwyraźniej zawierała buteleczki z ingrediencjami Magnusa. W drugiej ręce satyr trzymał plik papierów. Położył je na ladzie.

– Zamówienie pańskiego ojca – oznajmił z dziwnym uśmieszkiem.

Gabriel spojrzał na papiery... i szczęka opadła mu z wrażenia.

– No, nie! – zdziwiła się Cecily. – To chyba niemożliwe?

Sallows wyciągnął szyję, żeby zobaczyć, na co ona patrzy.

– Z jedną osobą nie, ale z demonem Vetisem i kozą bardzo prawdopodobne. – Zwrócił się do Gabriela: – Ma pan na to pieniądze czy nie? Pański ojciec zalega z zapłatą, a nie można wiecznie kupować na kredyt. To jak będzie, panie Lightwood?

***

– Czy Charlotte kiedykolwiek panią pytała, czy chce pani zostać Nocną Łowczynią?

Sophie zamarła w połowie drabinki, z książką w ręce. Gideon siedział przy jednym z długich bibliotecznych stołów, pod oknem w wykuszu wychodzącym na dziedziniec. Przed nim leżały księgi i rozłożone papiery. Oboje spędzili kilka miłych godzin, szukając w nich historii czarów, szczegółów na temat *yin fen, i* odkrywając tajniki zielarstwa. Choć noga Gideona szybko się goiła, trzymał ją przed sobą, opartą na dwóch krzesłach, a Sophie wesoło zaproponowała, że będzie chodzić po drabinach, żeby dosięgnąć tomów ustawionych na najwyższych półkach. Teraz trzymała jeden zatytułowany „Pseudomonarchia Daemonum" z nieco spleśniałą okładką. Chciała jak najszybciej odłożyć go na stół, ale pytanie Gideona sprawiło, że zatrzymała się w pół kroku.

– Co pan ma na myśli? – Ruszyła w dół po drabince. – Dlaczego Charlotte miałaby mnie pytać o coś takiego?

Gideon był blady albo po prostu tak wyglądał w blasku magicznego światła.

– Panno Collins, jest pani jednym z najlepszych wojowników, jakich kiedykolwiek szkoliłem, łącznie z Nefilim. Dlatego pytam. Szkoda marnować taki talent. A może pani tego nie chce?

Sophie położyła książkę na stole i usiadła naprzeciwko Gideona. Wiedziała, że powinna się wahać, zastanawiać nad pytaniem, ale odpowiedź sama wypłynęła z jej ust, zanim zdołała ją powstrzymać.

– Tego zawsze najbardziej pragnęłam. Być Nocną Łowczynią.

Gideon się pochylił. Magiczne światło odbiło się w jego oczach, pozbawiając je koloru.

– Nie boi się pani? Im się jest starszym przy Wstąpieniu, tym bardziej ryzykowny jest ten proces. Słyszałem, że mówi się o obniżeniu wieku na czternaście albo nawet na dwanaście lat.

Sophie potrząsnęła głową.

– Nigdy nie bałam się ryzyka. Chętnie bym je podjęła. Obawiam się tylko... że pani Branwell pomyśli, że jestem niewdzięczna, choć tyle dla mnie zrobiła. Uratowała mi życie i wychowała mnie. Zapewniła bezpieczeństwo i dom. Nie odpłacę jej za to wszystko, rzucając służbę.

– Nie. – Gideon pokręcił głową. – Sophie... panno Collins, jest pani wolną służącą w domu Nocnych Łowców. Ma pani Wzrok. Wie pani wszystko co trzeba o Podziemnym Świecie i Nefilim. Jest pani doskonałą kandydatką do Wstąpienia. – Położył dłoń na podręczniku demonologii. – Mam głos w Radzie. Mógłbym się za panią wstawić.

– Nie mogę – powiedziała Sophie łagodnym tonem. Czy on nie rozumie, że jego propozycja jest bardzo kusząca? – A już z pewnością nie teraz.

– Oczywiście nie teraz, kiedy James jest taki chory – zgodził się pośpiesznie Gideon. – Ale w przyszłości? Może?

Przyjrzał się jej uważnie, a ona poczuła, że od jej szyi na twarz wypełza rumieniec. Najbardziej oczywistym sposobem na uzyskanie statusu Nocnego Łowcy przez Przyziemnego było małżeństwo z Nocnym Łowcą. Ciekawe, dlaczego Gideon o tym nie wspomniał.

– Ale kiedy panią zapytałem, odpowiedziała pani zdecydowanie, że zawsze chciała zostać Nocną Łowczynią. Dlaczego? Takie życie potrafi być brutalne.

– Każde życie potrafi być brutalne – stwierdziła Sophie. – Moje, zanim przybyłam do Instytutu, wcale nie było słodkie. Chyba pragnę zostać Nocną Łowczynią między innymi po to, żebym, kiedy jakiś mężczyzna przyjdzie do mnie z nożem w ręce, tak jak mój poprzedni pracodawca, mogła go zabić na miejscu. – Mówiąc to, odruchowo dotknęła policzka i wyczuła nierówną tkankę pod palcami.

Na widok miny Gideona – szoku zmieszanego z dyskomfortem – opuściła rękę.

– Nie wiedziałem, że stąd wzięła się ta blizna.

Sophie uciekła wzrokiem.

– Teraz pan powie, że wcale nie jest taka brzydka, albo że wcale jej pan nie widzi, albo coś w tym rodzaju.

– Widzę ją – powiedział Gideon cicho. – Nie jestem ślepy, ale my wszyscy mamy wiele blizn. Widzę ją, ale nie jest brzydka. To tylko mała cząstka najpiękniejszej dziewczyny, jaką w życiu widziałem.

Teraz Sophie się zaczerwieniła – czuła, jak płoną jej policzki – a kiedy Gideon pochylił się nad stołem, z błyszczącymi zielonymi oczami, zaczerpnęła głęboko tchu. On nie był taki jak jej ostatni pracodawca. Tym razem go nie odepchnie.

Drzwi biblioteki otworzyły się raptownie i w progu stanęła Charlotte, bardzo wyczerpana. Na sukni miała wilgotne plamy, oczy podkrążone. Sophie zerwała się na równe nogi.

– Pani Branwell?

– Och, Sophie. – Charlotte westchnęła. – Chciałabym, żebyś trochę posiedziała z Jemem. Jeszcze się nie obudził, a Bridget musi zrobić kolację. Poza tym myślę, że jej okropne śpiewy przyprawiają go o senne koszmary.

– Oczywiście. – Sophie pośpieszyła do wyjścia, nie oglądając się na Gideona.

I choć zamknęła za sobą drzwi, była prawie pewna, że usłyszała, jak Gideon Lightwood cicho i z wielkim rozczarowaniem klnie po hiszpańsku.

***

– Naprawdę nie musiał pan wyrzucać tego człowieka przez okno – powiedziała Cecily.

– To nie był człowiek – odparł Gabriel, łypiąc na górę zakupów, które niósł.

Wziął paczkę z ingrediencjami dla Magnusa, którą przygotował dla nich Sallows, i jeszcze parę bezużytecznych przedmiotów z półek. Ostentacyjnie zostawił na ladzie wszystkie pisemka zamówione przez ojca, ale wcześniej wyrzucił satyra przez brudne okno. Widok roztrzaskanej szyby sprawił mu dużą satysfakcję. Przy okazji impet wstrząsnął wiszącym szkieletem, tak że ten rozpadł się na stos kości.

– To faerie z Ciemnego Dworu. Jeden z tych wrednych.

– I dlatego gonił go pan po ulicy?

– Nie powinien pokazywać takich obrazków damie – wymamrotał Gabriel, choć trzeba przyznać, że rycerska reakcja towarzysza raczej zdenerwowała rzeczoną damę niż zrobiła na niej wrażenie.

– I myślę, że przesadą było wrzucenie go do kanału.

– Podryfuje do brzegu.

Kąciki ust Cecily drgnęły.

– To było bardzo niewłaściwe.

– Śmieje się pani – stwierdził Gabriel z zaskoczeniem.

– Nie.

Cecily uniosła podbródek i odwróciła głowę, ale Gabriel zdążył zobaczyć uśmiech rozlewający się po jej twarzy. Czuł się zdezorientowany. Po tym, jak okazywała mu pogardę i wciąż się z nim sprzeczała, był pewien, że zaraz po powrocie do Instytutu opowie Charlotte o jego ostatnim wybryku, ale zamiast tego wyglądała na rozbawioną. Pokręcił głową, skręcając w Garnet Street. Nigdy nie zrozumie Herondale'ów.

***

– Może pan podać fiolkę z tamtej półki, panie Bane? – poprosił Henry.

Magnus stał na środku laboratorium Branwella i przyglądał się lśniącym przedmiotom leżącym na stołach wokół niego.

– Co to za wynalazki, jeśli mogę spytać?

Henry, w dwóch parach gogli naraz – jednych na głowie, drugich na oczach – wyglądał na zadowolonego i jednocześnie zdenerwowanego pytaniem. (Magnus przypuszczał, że dwie pary gogli to rezultat roztargnienia, ale na wypadek gdyby to był ostatni krzyk mody, postanowił nie pytać). Wynalazca wziął do ręki kwadratowy mosiężny przedmiot z licznymi guzikami.

– To, na przykład, jest Sensor. Wyczuwa, kiedy zbliża się demon. – Gdy ruszył w stronę gościa, urządzenie wydało niski zawodzący dźwięk.

– Imponujące! – wykrzyknął Magnus i wskazał na konstrukcję z materiału z siedzącym na niej dużym martwym ptakiem. – A to co jest?

– Śmiertelny Czepek – odparł Henry.

– Aha – mruknął Magnus. – W razie potrzeby dama może wyciągnąć z niego broń, żeby zabić wroga.

– Nie. Choć wydaje się, że to lepszy pomysł. Szkoda, że wcześniej tu pana nie było. Niestety, ten czepek zaciska się na głowie wroga i go dusi, oczywiście jeśli ten wróg akurat go włoży.

– Wyobrażam sobie, że nie będzie łatwo przekonać Mortmaina, żeby włożył czepek – zauważył Magnus. – Choć kolor by mu pasował.

Henry wybuchnął śmiechem.

– Bardzo zabawne, panie Bane.

– Proszę mi mówić Magnus.

– Dobrze. – Henry cisnął czepek przez ramię i sięgnął po okrągły słój z iskrzącą się substancją w środku. – To jest proszek, który, rozpylony w powietrzu, sprawia, że duchy stają się widzialne.

Magnus z podziwem przysunął słoik lśniących ziarenek do lampy, a kiedy Henry uśmiechnął się zachęcająco, wyjął korek.

– Wydaje się bardzo drobny – stwierdził, wysypawszy go sobie na rękę. Proszek pokrył jego brązową skórę połyskliwą warstwą. – I oprócz praktycznego zastosowania najwyraźniej służy również do celów kosmetycznych. Dzięki niemu moja skóra iskrzyłaby się całą wieczność.

Henry zmarszczył brwi.

– Nie wieczność – powiedział i zaraz się rozpromienił. – Ale mogę zrobić panu następną porcję, jeśli tylko pan będzie chciał!

– Mógłbym się świecić do woli! – Magnus wyszczerzył się do Henry'ego. – To są fascynujące rzeczy, panie Branwell. Myśli pan o świecie inaczej niż pozostali Nefilim, których poznałem. Do tej pory uważałem, przyznam się, że trochę brakuje wam wyobraźni, choć nie upodobania do dramatyzmu, ale pan sprawia, że całkiem zmieniłem opinię. Bez wątpienia społeczność Nocnych Łowców musi pana szanować i podziwiać jako dżentelmena, któremu zawdzięcza postęp swojej rasy.

– Nie – rzekł Henry ze smutkiem. – W większości chcą, żebym przestał proponować nowe wynalazki i podpalać różne rzeczy.

– Ale ze wszystkimi wynalazkami wiąże się ryzyko! – obruszył się Magnus. – Widziałem, jaką transformację przeszedł świat dzięki wynalezieniu silnika parowego i rozpowszechnieniu się słowa drukowanego. Fabryki i młyny zmieniły oblicze Anglii. Przyziemni wzięli sprawy w swoje ręce i uczynili z naszej ziemi wspaniałą rzecz. Czarownicy przez wieki wymyślali i doskonalili różne czary, żeby polepszyć sobie życie. Czy Nocni Łowcy będą jedynymi, którzy pozostaną w stagnacji, skazani na zagładę? Jak mogą kręcić nosem na takiego geniusza jak pan? Jak mogą odwracać się od światła ku mrokom?

Henry zaczerwienił się mocno. Było jasne, że nikt wcześniej nie chwalił jego wynalazków, może z wyjątkiem Charlotte.

– Wprawia mnie pan w zakłopotanie, panie Bane.

– Magnus – przypomniał mu czarownik. – Mogę zobaczyć pańskie prace nad tym portalem, o którym pan mówił? Wynalazkiem, dzięki któremu można się przenieść z jednego miejsca w inne?

– Oczywiście.

Henry pchnął w stronę gościa gruby plik papierów leżących na zagraconym stole. Czarownik wziął je i zaczął przeglądać z zainteresowaniem. Wszystkie strony były gęsto pokryte pajęczym pismem i dziesiątkami równań. Matematyka i runy splatały się ze sobą w zadziwiającej harmonii. Magnus poczuł, że jego serce bije coraz szybciej, w miarę jak przerzucał kartki. Miał do czynienia z geniuszem, prawdziwym geniuszem. Był tylko jeden problem.

– Rozumiem, co próbuje pan osiągnąć – powiedział. – I jest to prawie doskonałe, ale...

– Tak, prawie. – Henry przeczesał palcami rude włosy, tak że omal nie spadły mu gogle. – Można otworzyć Bramę, ale nie da się nią sterować. Nie wiadomo, czy wyjdzie się w zaplanowanym miejscu przeznaczenia w tym świecie, w zupełnie innym, czy nawet w piekle. To zbyt ryzykowne, a więc bezużyteczne.

– Z tymi runami to niemożliwe – stwierdził Magnus. – Potrzebne są panu inne.

Henry pokręcił głową.

– Możemy używać tylko runów z Szarej Księgi. Wszystko inne to magia, a Nefilim nie wolno z niej korzystać.

Magnus przez dłuższą chwilę patrzył na niego w zamyśleniu.

– Ale mnie wolno – oświadczył i przyciągnął do siebie plik papierów.

***

Faerie z Ciemnego Dworu nie lubiły zbyt jasnego światła. Pierwszym, co zrobił Sallows – choć w rzeczywistości wcale się tak nie nazywał – po powrocie do sklepu, było zaklejenie woskowanym papierem okna, które chłopak Nefilim tak beztrosko stłukł. Okulary też przepadły. Utopiły się w wodach Limehouse Cut. I nikt najwyraźniej nie zamierzał zapłacić mu za drogie pisemka, które zamówił Benedict Ligthwood. Wszystko razem biorąc, był to paskudny dzień.

Sallows z irytacją podniósł wzrok, kiedy zabrzęczał dzwonek. Potem zmarszczył brwi. Wydawało mu się, że zamknął drzwi.

– Wróciłeś, Nefilim? – warknął. – Postanowiłeś wrzucić mnie do rzeki drugi raz? Muszę cię ostrzec, że mam potężnych przyjaciół...

– Nie wątpię w to, oszuście. – Wysoka, zakapturzona postać zamknęła za sobą drzwi. – I bardzo chciałbym dowiedzieć się o nich czegoś więcej. – W mroku błysnęło zimne, żelazne ostrze, a oczy satyra rozszerzyły się ze strachu. – Mam do ciebie parę pytań. I na twoim miejscu nie próbowałbym uciekać. Jeśli chcesz zachować wszystkie palce...

Rozdział trzynasty

Myśl w sobie góry ma

„O, myśl, myśl w sobie góry ma: jeśli na szczycie
Staniesz, pod tobą urwisk stromość niezgłębiona.
Jak straszna – wie ten tylko, kto z nich zwisał. Czy się
Długo da w dłoniach otchłań utrzymać? Osłona
Czeka, nieszczęsny, schroń się przed wichurą: życie
Wszelkie kończy się w śmierci, każdy dzień w śnie kona".

– Gerard Manley Hopkins, *Nie ma dna udręk*
(Przełożył Stanisław Barańczak)

Tessa nie mogła sobie później przypomnieć, czy krzyczała, spadając. Pamiętała tylko długi, cichy lot, rzekę i skały pędzące w jej stronę, niebo pod stopami. Wiatr smagał jej twarz i włosy, kiedy obracała się w powietrzu. Nagle poczuła ostre szarpnięcie za szyję.

Naszyjnik unosił się nad jej głową, jakby jakaś ogromna ręka sięgnęła z nieba i próbowała go zdjąć. Para wielkich metalowych skrzydeł rozpostarła się i otoczyła ją, powstrzymując upadek. Tessa wytrzeszczyła oczy... to było niemożliwe, niewyobrażalne. Jej mechaniczny aniołek urósł do rozmiarów normalnej ludzkiej istoty i wisiał nad nią, machając ogromnymi skrzydłami. Pusta, piękna twarz, oblicze posągu z metalu, jak zwykle było pozbawione wyrazu, ale ręce, równie sprawne jak jej, trzymały ją mocno, podczas gdy skrzydła biły, biły i biły, tak że Tessa opadała teraz wolno i łagodnie jak puszek dmuchawca niesiony wiatrem.

Może umieram, pomyślała. Przecież to niemożliwe. Jednakże anioł nie wypuszczał jej z rąk i razem dryfowali w dół ku coraz wyraźniejszemu strumieniowi. Tessa widziała teraz poszczególne kamienie na brzegu, wiry i prądy, odbicie słońca na wodzie. Cień skrzydeł stawał się coraz większy, aż w końcu wpadła w ten cień i razem z aniołem wylądowała na miękkiej ziemi przy rzeczce.

Gwałtownie zaczerpnęła tchu, bardziej z szoku niż od siły uderzenia, i wyciągnęła ręce w górę, jakby chciała własnym ciałem złagodzić upadek anioła, ale on już się kurczył, stawał coraz mniejszy i mniejszy, skrzydła się składały, tak że w momencie lądowania znowu był wielkości zabawki. Tessa sięgnęła po niego drżącą ręką. Leżała na kamieniach, do połowy zanurzona w chłodnej wodzie. Suknię miała przemoczoną. Ścisnęła wisiorek w dłoni i resztkami sił wypełzła na brzeg strumienia. Osunęła się na suchą ziemię z aniołkiem przyciśniętym do piersi, tykającym w znajomym rytmie na jej sercu.

***

Sophie siedziała w fotelu przy łóżku, na stałym miejscu Willa, i patrzyła na śpiącego Jema.

Kiedyś byłaby wdzięczna za taką okazję. Za szansę, żeby przebywać blisko niego, przykładać chłodne szmatki do jego czoła, kiedy poruszał się niespokojnie i mamrotał coś, płonąc od gorączki. I choć nie kochała go już jak dawniej – teraz zrozumiała, że podobnym uczuciem, z podziwem i dystansem, można darzyć kogoś, kogo wcale się nie zna – jej serce ściskało się na jego widok.

Przypomniała sobie teraz, co ludzie mówili o zmarłej dziewczynie z jej miasteczka. Podobno choroba uczyniła ją piękniejszą, zanim ją zabiła – wysmukliła bladą twarz i przydała jej gorączkowego, różowego blasku. Jem miał taki sam rumieniec na policzkach, kiedy rzucał głową na poduszce. Jego srebrnobiałe włosy były jak szron, niespokojne palce ściskały koc. Od czasu do czasu coś mówił, ale po mandaryńsku, tak że Sophie go nie rozumiała. Wołał Tessę. *Wo ai ni*, Tessa. *Bu lu run, he qing kuang fa sheng, wo men dou hui zai yi qi*. I przyzywał też Willa, *sheng si zhi jiao*, w taki sposób, że Sophie chciała wziąć go za rękę i ją potrzymać, ale kiedy go dotknęła, z krzykiem wyrwał dłoń, cały rozpalony.

Sophie skuliła się w fotelu, zastanawiając się, czy nie wezwać Charlotte. Pani Branwell chciałaby o tym wiedzieć, gdyby stan Jema się pogorszył. Już miała wstać, kiedy chory gwałtownie zaczerpnął tchu i otworzył oczy. Jego tęczówki były tak srebrne, że niemal białe. Sophie opadła na fotel, kompletnie osłupiała. Bała się ruszyć.

– Will. Will, to ty?

– Nie. Sophie.

Jem odetchnął cicho i odwrócił ku niej głowę. Z trudem skupił wzrok na jej twarzy... a potem... nie do wiary, uśmiechnął się z wdziękiem, który kiedyś podbił jej serce.

– Oczywiście. Sophie. Will nie... odprawiłem Willa.

– Pojechał za Tessą.

– To dobrze. – Jem ścisnął koc... i zaraz rozluźnił palce. – Cieszę się.

– Tęskni pan za nim – stwierdziła Sophie.

Jem wolno pokiwał głową.

– Czuję jego oddalenie, jakby bardzo mocno napinała się we mnie lina. Nie spodziewałem się czegoś takiego. Nie rozdzielaliśmy się, odkąd zostaliśmy *parabatai*.

– Cecily mówiła, że pan sam go wysłał.

– Tak. Z trudem go przekonałem. Myślę, że gdyby nie był zakochany w Tessie, nie udałoby mi się namówić go do wyjazdu.

Sophie rozdziawiła usta.

– Wiedział pan?

– Od niedawna. Inaczej nie byłbym taki okrutny. Gdybym wiedział wcześniej, nigdy bym się nie oświadczył. Wycofałbym się. Ale teraz, kiedy wszystko jawi mi się w jasnym świetle, chyba sam bym się domyślił, nawet gdyby on mi nie powiedział. Tak czy inaczej poznałbym prawdę. – Uśmiechnął się lekko na widok zszokowanej Sophie. – Cieszę się, że nie musiałem czekać do końca.

– Nie jest pan zły?

– Cieszę się – odparł Jem. – Będą mogli zatroszczyć się o siebie nawzajem, kiedy ja odejdę. Przynajmniej taką mam nadzieję. Will twierdzi, że Tessa go nie kocha, ale... oczywiście z czasem go pokocha. Willa łatwo kochać, a on oddał jej całe serce. Widzę to. Mam nadzieję, że ona mu go nie złamie.

Sophie nie przychodziły do głowy żadne słowa. Nie przypuszczała, że ktoś może w ten sposób mówić o miłości – z taką wyrozumiałością i nadzieją. Gdy zobaczyła, jak Will Herondale usunął się w cień i pozwolił Jemowi na szczęście, nieraz w ciągu ostatnich miesięcy żałowała, że kiedyś źle o nim myślała. Poza tym wiedziała, ile cierpienia przysporzyła Tessie świadomość, że krzywdzi Willa. Słyszała, jak czasami Tessa woła go we śnie.

Domyślała się też, że blizna na jej dłoni nie jest skutkiem przygody z pogrzebaczem, tylko świadomie zadaną sobie raną, żeby fizyczny ból przyćmił emocjonalny. Sama tuliła Tessę, kiedy ta płakała, żeby potem maskować pudrem ślady łez i bezsennych nocy.

Powiedzieć mu całą prawdę? „Tak, Tessa też go kocha. Starała się zabić w sobie tę miłość, ale na próżno". Czy jakiś mężczyzna naprawdę chciałby usłyszeć coś takiego o dziewczynie, którą zamierza poślubić?

– Myślę, że panna Gray darzy pana Herondale'a wielkim szacunkiem i na pewno nie złamałaby niczyjego serca – oświadczyła w końcu. – Ale wolałabym, żeby nie mówił pan tak, jakby pańska śmierć była nieunikniona, panie Carstairs. Nawet w tej chwili pani Branwell i pozostali szukają leku. Myślę, że dożyje pan starości razem z panną Gray i oboje będziecie bardzo szczęśliwi.

Jem się uśmiechnął, jakby wiedział coś, o czym ona nie miała pojęcia.

– Miło, że tak mówisz, Sophie. Wiem, że Nocni Łowcy tak łatwo nie rezygnują z życia. My walczymy do ostatniej chwili. Pochodzimy z królestwa aniołów, ale i tak się go boimy. Myślę jednak, że można opanować ten strach. Śmierć nigdy nie będzie miała nade mną władzy.

Sophie spojrzała na niego z zatroskaniem. Mówił jak w delirium.

– Panie Carstairs? Mam sprowadzić Charlotte?

– Za chwilę, ale... widzę po twojej twarzy, że... – Pochylił się. – To prawda?

– Co? – zapytała cichutko, ale wiedziała, o co mu chodzi, i nie potrafiła go okłamać.

***

Will był w podłym nastroju. Dzień wstał mglisty, mokry i paskudny. On obudził się z mdlącym uczuciem w żołądku. Ledwo zdołał przełknąć gumowatą jajecznicę i zimny bekon, które żona gospodarza podała mu w dusznym saloniku. Jakaś przemożna siła pchała go z powrotem na szlak, nakazywała kontynuowanie podróży.

Przemoknięty na wskroś podczas gwałtownego deszczu, trząsł się mimo runów rozgrzewających, a Baliosowi nie podobało się błoto wsysające jego kopyta. Will zastanawiał się, jak to możliwe, że mgła skrapla się pod ubraniem. Przynajmniej udało mu się dotrzeć do Northamptonshire, i to było już coś, ale pokonał tylko dwadzieścia mil, więc twardo odmówił sobie postoju, choć Balios patrzył na niego błagalnie, kiedy jechali przez Towcester, jakby prosił o ciepły boks w stajni i trochę owsa. I Will był prawie skłonny mu to dać. Poczucie beznadziei przenikało go do kości, równie zimne i nieustępliwe jak deszcz. Co on właściwie wyprawiał? Naprawdę myślał, że w ten sposób znajdzie Tessę? Czyżby był głupcem?

Jechali teraz przez niegościnną okolicę, błoto sprawiało, że kamienisty szlak był zdradliwy. Po jednej stronie wyrastała wielka skalna ściana, przesłaniająca niebo. Z drugiej trakt opadał raptownie w głęboki jar pełen ostrych kamieni. Daleko na dnie wąwozu połyskiwał błotnisty strumień. Will ściągał wodze tak, żeby Balios nie patrzył w przepaść, ale koń mimo to zachowywał się płochliwie. On sam trzymał głowę wciśniętą w kołnierz dla ochrony przed zimnym deszczem. Tylko przypadek sprawił, że kiedy zerknął na chwilę w bok, dostrzegł wśród kamieni na poboczu drogi coś zielonozłotego.

Natychmiast zatrzymał Baliosa i zeskoczył z niego tak szybko, że omal nie poślizgnął się na błocie. Deszcz był coraz gęściejszy. Will ukląkł i przyjrzał się złotemu łańcuszkowi zahaczonemu o skalny występ. Ostrożnie wziął go do ręki. Był to jadeitowy wisiorek, okrągły, z wyrytym od spodu napisem. Will dobrze znał te słowa.

„Kiedy dwoje ludzi jest jednością w głębi swoich serc, razem pokonają nawet moc żelaza i brązu".

Prezent zaręczynowy Jema dla Tessy. Will zamknął go w dłoni i dźwignął się z kolan. Przypomniał sobie, jak stał przed Tessą na schodach, na jej szyi lśnił podarunek od narzeczonego, a ona powiedziała: „Mówią, że nie można podzielić serca, ale...".

– Tessa! – krzyknął. Jego głos odbił się echem od skał. – Tessa!

Stał przez chwilę roztrzęsiony na poboczu drogi. Nie wiedział, czego właściwie się spodziewa. Odpowiedzi? Było mało prawdopodobne, żeby Tessa ukrywała się tutaj, wśród tych rzadkich skał. Ciszę mącił jedynie szum wody i deszczu. Mimo to Will wiedział bez cienia wątpliwości, że to jest naszyjnik Tessy. Może zerwała go z szyi i wyrzuciła przez okno powozu, żeby wskazać mu drogę, tak jak Jaś i Małgosia rzucali okruszki chleba. Podobnie zachowałaby się bohaterka powieści, a więc jego Tessa również. Może dalej trafi na inne ślady. Po raz pierwszy od dłuższego czasu obudziła się w nim nadzieja.

Ze świeżo odzyskaną determinacją pomaszerował do Baliosa i wskoczył na siodło. Tym razem żadnych postojów. Przed wieczorem dotrą do Staffordshire. Kiedy skierował konia z powrotem na drogę, wsunął naszyjnik do kieszeni. Wydawało mu się, że wygrawerowane na nim słowa miłości płoną jak pochodnia.

***

Charlotte jeszcze nigdy nie czuła się taka wyczerpana. Nie spała całą noc, biegała przez cały dzień. Na sukni miała plamy z krypty Henry'ego, kostki bolały ją od chodzenia po schodach i drabinkach w bibliotece. Mimo to, kiedy otworzyła drzwi sypialni Jema i zobaczyła, że on nie tylko już nie śpi, ale siedzi i rozmawia z Sophie, całkiem zapomniała o zmęczeniu i uśmiechnęła się z ulgą.

– James! – wykrzyknęła. – Zastanawiałam się... to znaczy, cieszę się, że się obudziłeś.

Sophie, dziwnie zarumieniona, wstała z fotela.

– Mam już iść, pani Branwell?

– Tak, Sophie. Bridget jest w jednym z tych swoich nastrojów. Mówi, że nie może znaleźć Bang Mary, a ja nie mam najmniejszego pojęcia, o co jej chodzi.

Sophie uśmiechnęłaby się, gdyby nie przyprawiająca ją o łomot serca obawa, że być może zrobiła coś strasznego.

– Bain-marie – powiedziała. – Znajdę go.

Idąc do drzwi, obejrzała się przez ramię na Jema. Opierał się o poduszki i był bardzo blady, ale spokojny. Zanim pani Branwell zdążyła się odezwać, Sophie wyszła, a Jem uśmiechnął się ze znużeniem.

– Charlotte, czy mogłabyś... podać mi skrzypce?

– Oczywiście. – Charlotte podeszła do stołu stojącego przy oknie. Leżały na nim futerał z palisandru, smyczek i małe pudełko kalafonii. Przyniosła instrument do łóżka, wręczyła go Jemowi i z ulgą opadła na fotel. – Och... – westchnęła chwilę później. – Przepraszam, ale zapomniałam o smyczku. Chciałeś zagrać?

– Wszystko w porządku. – Jem lekko trącił struny palcami. Rozległ się cichy, wibrujący dźwięk. – To pizzicato, pierwsza rzecz, której nauczył mnie ojciec. Przypomina mi czasy, kiedy byłem dzieckiem.

Nadal jesteś dzieckiem, chciała powiedzieć Charlotte, ale tego nie zrobiła. Pozostało mu zaledwie kilka krótkich tygodni do osiemnastych urodzin, kiedy wszyscy Nocni Łowcy stają się dorosłymi, a jeśli ona nadal, patrząc na niego, widziała ciemnowłosego chłopca o wielkich oczach w bladej twarzy, który przyjechał z Szanghaju, ściskając skrzypce, nie oznaczało to wcale, że nie dorósł.

Sięgnęła po pudełeczko *yin fen* leżące na stoliku nocnym. Została w nim tylko odrobina proszku na dnie, nawet nie łyżeczka do herbaty. Charlotte przełknęła ślinę, wsypała proszek do szklanki i zalała wodą z karafki. Narkotyk rozpuścił się jak cukier. Kiedy podała go Jemowi, odłożył skrzypce i wziął od niej naczynie. Jego jasne oczy były zamyślone.

– To już wszystko? – zapytał.

– Magnus pracuje nad lekiem – powiedziała Charlotte. – My również. Gabriel i Cecily poszli kupić ingrediencje do lekarstwa, które cię wzmocni, a Sophie, Gideon i ja szukamy materiałów w bibliotece. Robimy co się da.

Jem wyglądał na lekko zaskoczonego.

– Nie wiedziałem.

– Jesteśmy twoją rodziną. Zrobilibyśmy dla ciebie wszystko. Proszę, nie trać nadziei, Jem. Musisz zachować siły.

– Siła, którą mam, należy do was – odparł Jem tajemniczo. Wypił roztwór *yin fen* i oddał jej pustą szklankę. – Charlotte?

– Tak?

– Wygrałaś walkę o imię dziecka?

Charlotte roześmiała się zaskoczona. Dziwnie było rozmawiać teraz o dziecku, ale z drugiej strony, dlaczego by nie? „Umierając, jeszcze żyjemy". Lepiej myśleć o dziecku niż o chorobie, zniknięciu Tessy czy niebezpiecznej misji Willa.

– Jeszcze nie – odparła. – Henry wciąż upiera się przy Bufordzie.

– Ty wygrasz – uspokoił ją Jem. – Zawsze wygrywasz. Będziesz świetnym Konsulem.

Charlotte zmarszczyła nos.

– Kobieta Konsul? Po tych wszystkich kłopotach związanych ze zwykłym kierowaniem Instytutem?

– Zawsze musi być pierwszy raz – stwierdził Jem. – Niełatwo być przywódcą i nie zawsze daje to satysfakcję, ale jest ważne. – Schylił głowę. – Jednego żałuję.

Charlotte popatrzyła na niego zdziwiona.

– Chciałbym zobaczyć twoje dziecko.

Było to bardzo proste i smutne stwierdzenie, ale zraniło jej serce jak odłamek szkła. Zaczęła płakać. Łzy cicho popłynęły jej po twarzy.

– Zawsze się o mnie troszczyłaś – stwierdził Jem, jakby ją pocieszał. – Świetnie zajmiesz się dzieckiem. Będziesz cudowną matką.

– Nie możesz się poddać, Jem – wykrztusiła Charlotte. – Kiedy cię do mnie przywieźli, mówili, że przeżyjesz rok albo dwa. Żyjesz prawie sześć. Proszę, przeżyj jeszcze choć kilka dni. Jeszcze kilka dni dla mnie.

Jem zmierzył ją spokojnym wzrokiem.

– Żyłem dla ciebie. I żyłem dla Willa, a potem dla Tessy... i dla siebie, bo chciałem być z nią. Nikt nie powie, że śmierć znalazła we mnie chętnego towarzysza albo że odszedłem łatwo.

Jeśli mówisz, że mnie potrzebujesz, zostanę dla ciebie, póki będę mógł. Będę żył dla was, walczył ze śmiercią, aż pokona mnie zmęczenie. Ale to nie będzie mój wybór.

– Więc... – Charlotte spojrzała na niego z wahaniem – jaki byłby twój wybór?

Jem przełknął ślinę. Jego ręka opadła i dotknęła skrzypiec leżących na kocu.

– Podjąłem decyzję, kiedy kazałem Willowi jechać. – Opuścił głowę, po czym popatrzył na nią uważnie, jakby chciał, żeby dobrze zrozumiała. – Sophie mówi, że wszyscy nadal szukają leku dla mnie. Wiem, że dałem Willowi pozwolenie, ale chcę, żeby teraz przestali szukać. To już koniec, Charlotte.

***

Ściemniało się, kiedy Cecily i Gabriel wrócili do Instytutu. Spędzanie czasu w mieście z kimś innym niż Charlotte czy brat było dla niej wyjątkowym doświadczeniem. I dziwiła się, jakim dobrym kompanem okazał się Gabriel Lightwood. Rozśmieszał ją, choć bardzo starała się ukrywać wesołość, chętnie niósł pakunki, podczas gdy należałoby się spodziewać, że raczej będzie protestował przeciwko roli lokaja.

Prawda, że nie powinien był wybijać satyrem okna sklepu... a potem wrzucać go do kanału Limehouse. Ale wcale mu się nie dziwiła. Wiedziała doskonale, że nie wpadł w gniew dlatego, że faerie pokazał jej nieprzyzwoite rysunki, tylko z powodu wzmianki o ojcu.

Dziwne, pomyślała, kiedy wchodzili po stopniach Instytutu, że jest taki niepodobny do brata. Lubiła Gideona, odkąd przyjechała do Londynu. Był cichy i opanowany, nie mówił wiele i choć czasami pomagał Willowi w jej szkoleniu, wydawał się daleki i zamyślony przy wszystkich oprócz Sophie. Przy niej zdarzało mu się nawet przejawiać poczucie humoru. Kiedy chciał, potrafił być całkiem zabawny na swój kostyczny sposób i oprócz spokojnego usposobienia miał naturę mrukliwego obserwatora.

Ze strzępów informacji uzyskanych od Tessy, Willa i Charlotte Cecily odtworzyła sobie historię Lightwoodów i zaczęła rozumieć, dlaczego Gideon jest taki milczący. Podobnie jak Will i ona sama, on też w pewnym sensie odwrócił się od rodziny i nosił teraz blizny po jej utracie. Gabriel dokonał innego wyboru. Został przy ojcu i widział powolną degradację jego ciała i umysłu. Co wtedy myślał? W którym momencie uświadomił sobie, że powziął złą decyzję?

Gabriel otworzył drzwi Instytutu i Cecily weszła do holu. Powitał ją głos Bridget niosący się z kuchni.

O, czy nie widzisz tamtej wąskiej drogi,
Pełnej cierni i dzikich róż?
To droga prawości,
Lecz niewielu o nią pyta.

A nie widzisz tamtej szerokiej, szerokiej drogi
Która leży za wrzosową doliną?
To ścieżka zła
Choć niektórzy zwą ją drogą do nieba.

– Ona śpiewa – zauważyła Cecily, idąc w stronę schodów. – Znowu.

Gabriel, zręcznie balansując pakunkami, rzucił:

– Umieram z głodu. Ciekawe, czy znajdzie dla mnie kawałek zimnego kurczaka i chleba, jeśli powiem, że nie mam nic przeciwko jej pieśniom?

– Wszyscy mają coś przeciwko jej pieśniom. – Cecily zerknęła na niego z ukosa. Miał bardzo ładny profil. Gideon był też przystojny, ale ostre, trochę kanciaste rysy Gabriela ona uważała za dużo bardziej szlachetne. – To nie pana wina.

– Słucham?

Skręcili właśnie w korytarz na drugim piętrze, trochę mroczny, ponieważ magiczne lampy były przygaszone. Z dołu nadal dobiegał śpiew Bridget.

Była ciemna, ciemna noc, bez światła gwiazd,
Przez czerwoną krew brnęli po kolana;
Bo cała krew przelana na ziemi,
Płynie strumieniami tego kraju.

– Pana ojciec.

Twarz Gabriela stężała. Cecily już myślała, że usłyszy jakąś gniewną odpowiedź, lecz on rzekł tylko:

– Może to moja wina, może nie, ale postanowiłem być ślepy na jego zbrodnie. Wierzyłem w niego do końca, a on okrył hańbą nazwisko Lightwoodów.

Cecily milczała przez chwilę.

– Przyjechałam tutaj, bo uważałam, że Nocni Łowcy to potwory, które zabrały mi brata. Wierzyłam w to, bo rodzice wierzyli. Nie jesteśmy naszymi rodzicami, Gabrielu. Nie musimy nosić brzemienia ich grzechów czy wyborów. Może pan znowu przywrócić blask nazwisku Lightwoodów.

– Na tym właśnie polega różnica między panią a mną – stwierdził Gabriel z goryczą. – Pani sama postanowiła tutaj przyjechać, ja zostałem wypędzony z domu... przez potwora, który kiedyś był moim ojcem.

– Ale nie przegonił pana aż tutaj – rzuciła Cecily. – Myślałam, że tylko do Chiswick.

– Co...

Cecily się uśmiechnęła.

– Jestem siostrą Willa Herondale'a. Nie można oczekiwać, że przez cały czas będę poważna.

Wyraz jego twarzy był tak komiczny, że Cecily zachichotała. Wciąż jeszcze się śmiała, kiedy otworzyli drzwi biblioteki i weszli... po czym oboje stanęli jak wryci.

Wokół jednego z długich stołów siedzieli Branwellowie i Gideon. Magnus stał przy oknie z rękami splecionymi za sobą. Plecy miał sztywno wyprostowane. Henry sprawiał wrażenie wycieńczonego. Charlotte była zalana łzami. Twarz Gideona wyglądała jak maska.

Śmiech zamarł na ustach Cecily.

– O co chodzi? Były jakieś wieści? Od Willa...

– Nie chodzi o Willa, tylko o Jema – odparła Charlotte.

Cecily przygryzła wargę, żeby nie okazać ulgi zabarwionej poczuciem winy. W pierwszej chwili pomyślała o bracie, ale oczywiście bardziej bezpośrednie niebezpieczeństwo zagrażało jego przyjacielowi.

– Jem? – wyszeptała.

– Jeszcze żyje – odpowiedział Henry na jej niezadane pytanie.

– Mamy wszystko, co zamówił Magnus – oznajmił Gabriel, kładąc pakunki na stole. – Damianę, korzeń orzecha wodnego...

– Dziękuję – rzucił Bane, nie odwracając się od okna.

– Tak, dziękujemy – powiedziała Charlotte. – Zrobiliście wszystko, o co prosiłam, i jestem wam wdzięczna. Ale obawiam się, że wasza wyprawa była daremna. – Spojrzała na pakunki, a następnie podniosła wzrok. Było widać, że mówienie przychodzi jej z wielkim trudem. – Jem podjął decyzję. Chce, żebyśmy przestali szukać leku. Zażył resztę *yin fen*. Nie ma już więcej, zatem teraz to już kwestia godzin. Wezwałam Cichych Braci. Czas się pożegnać.

***

W sali treningowej było ciemno. Długie cienie kładły się na podłogę, księżycowy blask wpadał przez wysokie łukowate okna. Cecily siedziała na jednej z wysłużonych ławek i patrzyła na wzory rysowane przez księżyc na zniszczonej drewnianej podłodze.

Prawą ręką od niechcenia bawiła się czerwonym wisiorkiem i myślała o bracie. Ciałem była tutaj, w Instytucie, ale duchem towarzyszyła Willowi, który, pochylony nad końskim grzbietem dla ochrony przed wiatrem, pędził po drogach dzielących Londyn od Dolgellau. Zastanawiała się, czy jest przerażony. Zastanawiała się, czy jeszcze go zobaczy.

Była tak głęboko zamyślona, że drgnęła, kiedy zaskrzypiały drzwi. Na podłogę padł długi cień. Cecily podniosła wzrok i zobaczyła, że Gabriel Lightwood patrzy na nią ze zdziwieniem.

– Ukrywa się pani tutaj? – spytał. – To... niedobrze.

– Dlaczego?

– Bo ja sam zamierzałem się tutaj ukryć.

Cecily milczała przez chwilę. Gabriel rzeczywiście miał nietęgą minę, co raczej do niego nie pasowało. Zwykle był pewny siebie, choć nie w tak dojrzały sposób jak jego brat. W półmroku nie widziała koloru jego oczu ani włosów, więc po raz pierwszy dostrzegła podobieństwo między nim a Gideonem. Mieli takie same podbródki, takie same szeroko rozstawione oczy i swobodną postawę.

– Może pan ukrywać się tu ze mną – zaproponowała. – Jeśli pan chce.

Gabriel kiwnął głową i wszedł do sali, ale nie usiadł na ławie, tylko zbliżył się do okna i wyjrzał na zewnątrz.

– Jest już powóz Cichych Braci – oznajmił.

– Tak. – Cecily wiedziała z Kodeksu, że Cisi Bracia są zarówno lekarzami, jak i kapłanami w świecie Nocnych Łowców. Można było ich zobaczyć zarówno przy łożu śmierci, jak i przy kołysce dziecka. – Wiem, że powinnam zobaczyć się z Jemem. Dla Willa. Ale nie potrafiłam się zmusić. – I po chwili dodała: – Jestem tchórzem. – Nigdy wcześniej nie myślała o sobie w ten sposób.

– Więc ja też nim jestem – stwierdził Gabriel. Światło księżyca padało na jedną stronę jego twarzy, tak że wyglądał, jakby nosił półmaskę. – Szczerze mówiąc, przyszedłem tutaj, żeby pobyć samemu, z dala od Cichych Braci, bo oni przyprawiają mnie o dreszcze. Chciałem sobie postawić pasjansa. Ale możemy, jeśli pani chce, zagrać w wojnę.

– Jak Pip i Estella w „Wielkich nadziejach" – rzuciła Cecily z przebłyskiem humoru. – Ale niestety, nie umiem grać w karty. Matka starała się nie trzymać ich w domu, bo ojciec... miał do nich słabość. – Spojrzała na Gabriela. – Wie pan, pod pewnymi względami jesteśmy podobni. Nasi bracia wyjechali, my zostaliśmy sami z ojcem, który się staczał. Mój prawie oszalał, kiedy Ella umarła, a Will wyjechał. Całe lata zabrało mu dojście do siebie, a tymczasem straciliśmy dom. Tak jak wy straciliście Chiswick.

– Chiswick nam odebrano – powiedział Gabriel z goryczą w głosie. – I, szczerze mówiąc, jest mi przykro z tego powodu i zarazem nie jest. Moje wspomnienia z tamtego miejsca... – Zadrżał. – Ojciec siedział zamknięty w swoim gabinecie przez dwa tygodnie, zanim przyszedłem tutaj po pomoc. Powinienem zrobić to wcześniej, ale byłem zbyt dumny. Nie chciałem przyznać, że się myliłem co do ojca. Przez te dwa tygodnie prawie nie spałem. Bębniłem do drzwi gabinetu i błagałem ojca, żeby wyszedł, żeby ze mną porozmawiał, ale ze środka dobiegały tylko nieludzkie odgłosy. W nocy zamykałem na klucz drzwi mojej sypialni, a rano znajdowałem na schodach krew. Tłumaczyłem sobie, że służący uciekli. Ale wiedziałem. Zatem nie, nie jesteśmy tacy sami, Cecily, bo pani wyjechała. Pani była odważna. Ja zostałem do chwili, kiedy już musiałem uciekać. Zostałem, choć wiedziałem, że to błąd.

– Jest pan Lightwoodem – powiedziała Cecily. – Został pan z lojalności wobec rodziny. To nie jest tchórzostwo.

– Naprawdę? Czy lojalność to postawa godna podziwu, gdy jest źle ulokowana?

Cecily otworzyła usta, ale zaraz je zamknęła. Gabriel patrzył na nią oczami lśniącymi w blasku księżyca. Wydawało się, że naprawdę chce usłyszeć jej odpowiedź. Zastanawiała się, czy on w ogóle ma z kim porozmawiać. Teraz rozumiała, jakie to trudne zwracać się ze swoimi rozterkami do Gideona; sprawiał wrażenie takiego pewnego siebie, jakby nigdy nie kwestionował swoich wyborów i nie rozumiał tych, którzy to robią.

– Myślę – zaczęła, starannie dobierając słowa – że każda dobra rzecz może się zmienić w coś złego. Proszę spojrzeć na

Mistrza. On robi to, co robi, bo nienawidzi Nocnych Łowców. Z lojalności wobec swoich rodziców, którzy go kochali i zostali zabici. To da się zrozumieć, ale go nie usprawiedliwia. Sądzę, że kiedy dokonujemy wyborów, musimy analizować nie tylko swoje motywy, ale przewidywać ich skutki, żeby naszymi decyzjami nie skrzywdzić dobrych ludzi.

W sali zapadła cisza.

– Jest pani bardzo mądra, Cecily Herondale – stwierdził w końcu Gabriel.

– Niech pan za bardzo nie żałuje wyborów dokonanych w przeszłości, Gabrielu – powiedziała Cecily, mimo woli zwracając się do niego po imieniu. – Proszę raczej myśleć o przyszłości. Jesteśmy zawsze zdolni do zmiany, zawsze możemy stać się lepsi.

– Ojciec nie chciałby, żebym był taki jak teraz – wyznał Gabriel. – I na przekór wszystkiemu nie potrafię uwolnić się od nadziei na jego aprobatę.

Cecily westchnęła.

– Możemy się starać, Gabrielu. Ja próbowałam być dzieckiem, jakiego pragnęli moi rodzice, prawdziwą damą. Wyjechałam, żeby sprowadzić Willa do domu, bo myślałam, że postępuję właściwie. Wiedziałam, że się smucą, że wybrał inną drogę... ale ona jest dla niego odpowiednia. To jego własna droga. Niech pan nie wybiera ścieżki, którą wybrałby pański ojciec albo brat. Proszę być takim Nocnym Łowcą, jakim pan chce być.

– Skąd pani wie, że dokonam dobrego wyboru? – Wydawał się dużo młodszy, kiedy to mówił.

Zza okna dobiegł stukot końskich kopyt na kamiennych płytach dziedzińca. Cisi Bracia odjeżdżali. Jem, pomyślała Cecily z bólem w sercu. Jej brat zawsze traktował go jako coś w rodzaju

Gwiazdy Polarnej – kompasu, który zawsze kierował go we właściwą stronę. Nigdy wcześniej nie myślała o swoim bracie jako o szczęściarzu i nie spodziewała się, że zrobi to dzisiaj, a jednak w pewnym sensie nim był. Zawsze miał kogoś, kto mu wskazywał drogę, i nie musiał się martwić, że patrzy na niewłaściwe gwiazdy.

– Może w pana wierzę, Gabrielu Lightwood – powiedziała głosem silnym i pewnym, zarówno ze względu na siebie, jak i na chłopca stojącego przy oknie.

Rozdział czternasty

Parabatai

„Spokojnie, spokojnie! on nie umarł, on nie śpi,
Obudził się ze snu życia;
To my, zagubieni w burzliwych wizjach, toczymy
Z fantomami bezowocną walkę,
I w szalonym transie razimy nożami ducha
Niezniszczalne nicości. Gnijemy
Jak trupy w kostnicy; strach i żal
Targają nami i trawią nas dzień po dniu,
A zimne nadzieje roją się jak robaki w naszej żywej glinie".
– Percy B. Shelley, *Adonai: elegia na śmierć Johna Keatsa*

Dziedziniec gospody Green Man był masą zrytego błota, kiedy Will zatrzymał spienionego konia i zsunął się na ziemię z jego szerokiego grzbietu. Zmęczony, sztywny i obolały od siodła, ostatni etap podróży, ze względu na zły stan dróg oraz wyczerpanie swoje i Baliosa, pokonał w bardzo kiepskim czasie. Już całkiem się ściemniło, więc z ulgą zobaczył, że stajenny w wysokich, zabłoconych butach śpieszy w jego stronę z lampą rozsiewającą ciepły żółty blask.

– Ale mokry wieczór, sir – rzucił wyrostek wesoło, kiedy się do niego zbliżył.

Wyglądał jak zwyczajny chłopak, ale było w nim coś psotnego i trochę chochlikowatego. Czasami krew faerie przekazywana z pokolenia na pokolenie mogła ujawniać się w ludziach albo nawet w Nocnych Łowcach pod postacią skośnych oczu czy też jasnych, błyszczących źrenic. Oczywiście stajenny miał Wzrok. Zajazd Green Man był dobrze znany w Podziemnym Świecie. Will chciał do niego dotrzeć przed nocą. Miał dość udawania przed Przyziemnymi, nakładania czaru, ukrywania się.

– Naprawdę mokry? – mruknął Will. Z jego włosów i z rzęs skapywała woda.

Spojrzał na drzwi gospody, przez które wylewał się ciepły, żółty blask. Z kolei z nieba zniknęło już prawie całe światło. Zasnuwały je groźne czarne chmury nabrzmiałe od deszczu.

Chłopak wziął wodze Baliosa.

– Ma pan jednego z tych magicznych koni! – wykrzyknął.

– Tak. – Will poklepał wierzchowca po spienionym boku. – Potrzebuje szczotkowania i specjalnej troski.

Stajenny pokiwał głową.

– Jest pan Nocnym Łowcą? Nie ma ich wielu w tych stronach. Był jeden jakiś czas temu, ale stary i niemiły...

– Posłuchaj, są wolne pokoje? – przerwał mu Will.

– Tak, ale nie wiem, czy prywatne, sir.

– Chcę dostać prywatny, więc lepiej, żeby znalazł się jakiś wolny. Do tego kąpiel, posiłek i miejsce w stajni na jedną noc. Odprowadź konia, a ja zobaczę, co powie właściciel.

Gospodarz okazał się wyjątkowo uprzejmy i w przeciwieństwie do stajennego nie robił uwag na temat runów na rękach i szyi gościa. Zadał tylko kilka zwykłych pytań. „Życzy pan sobie kolację we wspólnej izbie, sir? Chciałby pan wziąć kąpiel przed kolacją czy potem?".

Will, cały oblepiony błotem, wyraził życzenie, żeby wykąpać się przed kolacją, ale zgodził się zjeść ją we wspólnej izbie. Miał przy sobie sporo pieniędzy, ale prywatna jadalnia byłaby zbędnym wydatkiem, zwłaszcza kiedy nie dbało się o to, co się je, a chodziło jedynie o nabranie sił przed dalszą podróżą.

Choć właściciel najwyraźniej nie przywiązywał wagi do tego, że nowy gość jest Nefilim, we wspólnej izbie znaleźli się tacy, którzy to zauważyli. Kiedy Will oparł się o kontuar, grupa młodych wilkołaków siedzących przy dużym kominku i przez większą część dnia zajętych piciem taniego piwa zaczęła coś szeptać między sobą. Zamawiając gorącą wodę dla siebie i obrok dla konia, Will starał się nie zwracać na nich uwagi i zachowywać jak zwyczajny młody dżentelmen, ale oni mierzyli go czujnym wzrokiem, chłonąc każdy szczegół, od ociekających wodą włosów i ubłoconych butów po ciężki płaszcz, pod którym trudno było dojrzeć tradycyjny pas z bronią.

– Spokojnie, chłopcy – powiedział najwyższy z grupy. Siedział daleko od kominka, tak że twarz miał ukrytą w cieniu, ale blask ognia padł na jego długie palce, kiedy mężczyzna sięgnął po pudełko na cygara z delikatnej majoliki i w zamyśleniu postukał w wieczko. – Znam go.

– Znasz go? – spytał z niedowierzaniem jeden z młodszych wilkołaków. – Tego Nefilim? To twój przyjaciel, Scott?

– Niezupełnie przyjaciel. – Woolsey Scott zapalił cygaro i ponad małym płomykiem zapałki zmierzył Willa wzrokiem, z uśmiechem błąkającym się na wargach. – Ale to bardzo interesujące, że on tu jest. Naprawdę bardzo interesujące.

***

– Tessa! – W jej uszach rozbrzmiał stłumiony krzyk. Usiadła gwałtownie, drżąc na całym ciele.

– Will?

Dźwignęła się na nogi i rozejrzała. Księżyc właśnie schował się za chmurę. Niebo wyglądało jak ciemnoszary marmur z czarnymi żyłkami. Przed nią płynęła rzeka, ciemnoszara w mroku. Wokół siebie Tessa dostrzegła karłowate drzewa, strome urwisko, z którego spadła, i rozległą wiejską okolicę ciągnącą się we wszystkie strony: pola i kamienne ogrodzenia, gdzieniegdzie farma czy samotne domostwo. Nie widziała żadnego miasteczka, żadnego skupiska świateł wskazującego choćby na maleńką osadę.

– Will – wyszeptała i objęła się rękoma, kuląc z zimna.

Była pewna, że to on wykrzyczał jej imię. Nie mogła się pomylić. Ale przecież to niedorzeczne. Skąd by się tutaj wziął? Może na pół śniła, tak jak Jane Eyre, kiedy słyszała głos Rochestera wołający ją na wrzosowiskach.

Przynajmniej ten sen pomógł jej oprzytomnieć. Wiatr niczym zimny nóż przecinał jej ubranie – miała na sobie tylko cienką domową suknię, żadnego płaszcza ani kapelusza – i kaleczył skórę. Spódnice były nadal mokre od wody w strumieniu, pończochy podarte i ubrudzone krwią. Anioł uratował jej życie, ale nie uchronił przed obrażeniami.

Dotknęła go teraz, licząc na jakieś wskazówki, ale był nieruchomy i cichy jak zawsze. Kiedy zabrała rękę z szyi, usłyszała w głowie głos Willa: „Czasami, kiedy mam do zrobienia coś, czego nie chcę robić, udaję, że jestem postacią z książki. I zastanawiam się, jak ona by postąpiła".

Rozsądna postać z książki, pomyślała Tessa, poszłaby z biegiem strumienia. Bohaterka książki wiedziałaby, że ludzkie osady i miasteczka często są budowane przy wodzie, więc tam szukałaby pomocy, zamiast błąkać się po lesie.

Zdecydowanym krokiem ruszyła w dół rzeki.

***

Kiedy Will – wykąpany, ogolony i przebrany w świeżą koszulę – wrócił do wspólnej izby, pomieszczenie było pełne ludzi.

Cóż, niezupełnie ludzi. Kiedy prowadzono go do stołu, minął po drodze zgarbione nad kuflami piwa trolle, które wyglądałyby jak zwykli staruszkowie, gdyby nie kły wystające z dolnych szczęk. Chudy czarownik z szopą brązowych włosów i z trzecim okiem na środku czoła kroił kotlet cielęcy. W grupie skupionej obok kominka Will rozpoznał wilkołaki po ich stadnym zachowaniu. Pokój pachniał wilgocią, rozżarzonymi polanami, jedzeniem. Willowi zaburczało w żołądku. Nawet nie zdawał sobie sprawy, jaki jest głodny.

Pijąc wino (kwaśne jak ocet), przestudiował mapę Walii, a potem zjadł przyniesioną potrawę (twardą sarninę z ziemniakami), starając się ignorować spojrzenia innych gości. Stajenny najwyraźniej miał rację. Nie bywało tutaj wielu Nefilim. Miał wrażenie, że jego naki jarzą się jak pochodnie. Kiedy talerze zostały zabrane, wyjął papier, żeby napisać list.

Charlotte,

przepraszam, że opuściłem Instytut bez Twojego pozwolenia. Proszę Cię o wybaczenie. Uznałem, że nie mam innego wyjścia.

Nie dlatego jednak piszę do Ciebie ten list. Na poboczu drogi znalazłem dowód, że jechała nią Tessa. Udało się jej wyrzucić jadeitowy naszyjnik przez okno powozu. Sądzę, że możemy ją dzięki niemu wytropić. Mam go teraz przy sobie. To niezaprzeczalny dowód, że mieliśmy rację w naszych podejrzeniach co do miejsca pobytu Mortmaina. On musi być w Cadair Idris. Napisz, proszę, do Konsula i zażądaj, żeby wysłał w góry wszystkie siły.

Will Herondale

Zapieczętowawszy kopertę, Will przywołał właściciela gospody i upewnił się, że za pół korony stajenny zaniesie list na miejsce odjazdu nocnego powozu. Po zapłaceniu odchylił się na oparcie krzesła, rozważając, czy nie wypić jeszcze jednego kieliszka wina na sen, kiedy nagle jego pierś przeszył ostry ból. Will poczuł się tak, jakby trafiła go strzała. Zerwał się i oparł ręce na stole. Niejasno zdawał sobie sprawę ze spojrzeń innych gości, słyszał zaniepokojony głos gospodarza, ale ból był zbyt silny, żeby mógł myśleć, za silny, żeby oddychać.

Koniec liny łączącej go z Jemem napiął się tak bardzo, że dławił jego serce. Will odszedł chwiejnie od stołu, przepchnął się przez grupę klientów stłoczonych przy barze i ruszył do wyjścia. Mógł myśleć jedynie o powietrzu, o zaczerpnięciu tchu, o oddychaniu pełną piersią.

Pchnął drzwi i niemal wytoczył się w noc. Ból w piersi na chwilę zelżał, Will oparł się plecami o ścianę gospody. Ulewny deszcz przemoczył od razu jego ubranie i włosy. Will gwałtownie zaczerpnął powietrza, jego serce łomotało z przerażenia i rozpaczy. Czyżby tak działało na niego oddalenie od Jema? Nigdy czegoś podobnego nie czuł, nawet kiedy Jem był w najgorszym stanie, nawet kiedy był ranny, a on wtedy odczuwał ból razem z nim.

Lina pękła.

Na chwilę wszystko zrobiło się białe. Will osunął się na kolana i zwymiotował kolację w błoto. Kiedy spazmy minęły, dźwignął się chwiejnie i na oślep oddalił od gospody, jakby chciał uciec przed bólem. Dotarł do ściany stajni, obok poidła dla koni. Opadł na kolana i zanurzył ręce w lodowatej wodzie. Zobaczył w niej własne odbicie. Jego twarz była biała jak śmierć, z przodu na koszuli powiększała się czerwona plama.

Mokrymi rękami Will chwycił za poły koszuli i rozchylił ją szarpnięciem. W nikłym świetle sączącym się z gospody zobaczył, że znak *parabatai* tuż nad jego sercem krwawi.

Dłonie miał umazane krwią zmieszaną z deszczem. Ten sam deszcz zmywał czerwień z jego piersi, odsłaniając znak, który już zaczął blednąć, z czarnego robił się srebrny, zmieniając wszystko, co miało sens w życiu Willa, w bezsens.

Jem nie żył.

***

Tessa szła od wielu godzin, jej lekkie buty były zniszczone z powodu ostrych kamieni leżących wzdłuż brzegu rzeki. Zaczęła niemal od biegu, ale wyczerpanie i zimno ją pokonały, tak że teraz kulała, idąc wolno, choć z determinacją, kierując się w dół strumienia. Przemoczony materiał sukni ciążył jak ołów. Miała wrażenie, że to kotwica ciągnie ją na dno jakiegoś strasznego morza.

Od wielu mil nie widziała śladu ludzkich osiedli i już zaczynała wątpić w swój plan, kiedy jej oczom ukazała się polana.

Zaczęło lekko padać, ale nawet przez mżawkę Tessa dostrzegła zarys niskiego kamiennego budynku. Kiedy się zbliżyła, zobaczyła mały dom kryty strzechą. Do jego drzwi wiodła zarośnięta ścieżka.

Tessa przyśpieszyła kroku, myśląc o miłym farmerze i jego żonie, którzy w książce przyjęliby młodą dziewczynę i pomogli jej skontaktować się z rodziną, tak jak Riversowie z „Jane Eyre". Kiedy jednak podeszła bliżej, zauważyła brudne, powybijane okna i trawę rosnącą na dachu. W jednej chwili straciła nadzieję. Dom był opuszczony.

Drzwi napęczniały i wypaczyły się od deszczu. Pustka tego domostwa przerażała, ale dziewczyna rozpaczliwie potrzebowała ochrony przed deszczem i pościgiem. Łudziła się, że pani Black pomyśli, że Tessa zginęła w czasie upadku, ale wątpiła, czy Mortmain tak łatwo zrezygnuje z jej tropienia. Jeśli ktoś wiedział, co potrafi mechaniczny aniołek, to właśnie on.

W środku, spomiędzy kamiennych płyt posadzki wyrastała trawa, kominek był brudny, bielone ściany szare od sadzy i brudu, nad paleniskiem wisiał osmalony kociołek. W pobliżu drzwi leżał stos zniszczonych narzędzi gospodarskich. Jedno przypominało metalowy uchwyt z wygiętym, nadal ostrym zębem na końcu. Tessa podniosła je, żeby mieć coś do obrony, i z przedsionka weszła do jedynej izby w domu, małej sypialni z jednym łóżkiem. Ucieszyła się na widok zbutwiałego koca.

Spojrzała na swoją mokrą suknię. Bez pomocy Sophie musiałaby ją zdejmować całe wieki, a poza tym bardzo potrzebowała choć odrobiny ciepła. Owinęła się kocem i skuliła na kłującym materacu wypchanym słomą. Pachniał pleśnią i pewnie mieszkały w nim myszy, ale w tym momencie wydawał się najbardziej luksusowym łożem, na jakim Tessa w życiu leżała.

Wiedziała, że mądrzej byłoby czuwać, ale już nie miała siły dłużej opierać się żądaniom poobijanego i wyczerpanego ciała. Zasnęła, tuląc prowizoryczną broń do piersi.

***

– Więc to on? Nefilim?

Will nie wiedział, jak długo siedział oparty o ścianę stajni, coraz bardziej moknąc na deszczu, kiedy z ciemności dobiegł głos. Uniósł głowę, ale już nie zdążył zareagować. Jakaś ręka chwyciła go za kołnierz i pociągnęła na nogi.

Zamglonym wzrokiem spojrzał na grupę wilkołaków otaczających go półkręgiem. Było ich pięć, łącznie z tym, który przycisnął go do ściany stajni, ściskając w garści jego zakrwawioną koszulę. Wszyscy byli ubrani podobnie: w czarne stroje tak mokre od deszczu, że lśniły jak cerata. Nie mieli kapeluszy, włosy – długie jak to u wilkołaków – kleiły im się do głów.

– Puść mnie! – zażądał Will. – Porozumienia zabraniają dotykania Nefilim, jeśli nie zostało się sprowokowanym...

– Nie zostało się sprowokowanym? – Wilkołak szarpnięciem przyciągnął go do siebie i znowu cisnął na ścianę. W normalnych okolicznościach pewnie by to zabolało, ale okoliczności nie były normalne. Fizyczny ból ustąpił, ale całe ciało Willa wydawało się puste w środku. – Powiedziałbym, że zostaliśmy sprowokowani. Gdyby nie wy, Nefilim, Mistrz nigdy by nas nie zarzucił swoimi brudnymi narkotykami i brudnymi kłamstwami...

Will spojrzał na wilkołaki niemal z rozbawieniem. Czy oni naprawdę myślą, że mogą go zranić, po tym co właśnie stracił? Przez pięć lat zawsze byli Jem i Will. Prawda absolutna.

Will Herondale żyje, więc Jem Carstairs też żyje. *Quod erat demonstrandum.* Utrata ręki albo nogi nie byłaby dla niego aż tak straszna.

– Brudne narkotyki i brudne kłamstwa – powtórzył Will, przeciągając głoski. – To brzmi niehigienicznie. Powiedz mi, czy to prawda, że zamiast się kąpać, wilkołaki po prostu wylizują się raz do roku? A może liżecie siebie nawzajem? Bo tak właśnie słyszałem.

Ręka mocniej zacisnęła się na jego koszuli.

– Radzę ci okazać trochę więcej szacunku, Nocny Łowco.

– Nie – powiedział Will twardo.

– Słyszeliśmy o tobie, Willu Herondale – odezwał się inny wilkołak. – Zawsze czołgasz się do Podziemnych po pomoc. Chcielibyśmy teraz to zobaczyć.

– Więc musicie rzucić mnie na kolana.

– To da się zrobić – ucieszył się trzymający go wilkołak.

Will uderzył go głową w twarz. Obaj usłyszeli i poczuli nieprzyjemny chrzęst łamanego nosa. Trysnęła gorąca krew, nieszczęśnik zatoczył się do tyłu i runął na kamienie dziedzińca. Przyciskając ręce do twarzy, próbował zatamować krwotok.

Jakaś dłoń chwyciła Willa za ramię, pazury przebiły tkaninę jego koszuli. Will okręcił się i w blasku księżyca zobaczył srebrny błysk w drugiej ręce napastnika. Zielonozłote oczy wilkołaka błyszczały groźnie.

Nie przyszli, żeby się ze mną drażnić ani żeby mnie zranić, uświadomił sobie Will. Przyszli, żeby zabić.

Przez jedną chwilę korciło go, żeby im na to pozwolić. Sama myśl sprawiła mu ogromną ulgę – zniknie cały ból, cała odpowiedzialność, a on po prostu pogrąży się w niebycie i zapomnieniu. Stał bez ruchu, kiedy nóż śmignął w jego stronę. Wydawało się, że wszystko dzieje się bardzo wolno: broń sunąca w jego stronę, szydercza twarz napastnika zamazana w deszczu.

Przed jego oczami stanął obraz ze snu, który przyśnił mu się poprzedniej nocy: Tessa biegnąca ku niemu zieloną ścieżką. Automatycznie chwycił nadgarstek wilkołaka i zrobił unik, nurkując pod jego ramieniem. Z całej siły szarpnął rękę przeciwnika w dół, łamiąc kość. Likantrop wrzasnął, sztylet upadł na kamienne płyty. Will kopniakiem powalił napastnika na ziemię, po czym wbił łokieć w jego skroń. Wilk skulił się i znieruchomiał.

Will chwycił nóż i odwrócił się do pozostałych wilkołaków. Zostało ich tylko trzech. Wyglądali teraz zdecydowanie na mniej pewnych siebie niż przed chwilą. Nocny Łowca posłał im zimny, straszny uśmiech, poczuł metaliczny smak deszczu i krwi w ustach.

– Chodźcie i mnie zabijcie – rzucił prowokująco. – No, dalej, spróbujcie. – Kopnął nieprzytomnego wilkołaka w stopę. – Ale będziecie musieli postarać się lepiej niż wasi przyjaciele.

Rzucili się na niego z wyciągniętymi rękami, a Will upadł na bruk, uderzając głową o kamień. Pazury rozorały mu ramię. Odtoczył się na bok pod lawiną ciosów i machnął w górę sztyletem. Rozległ się przenikliwy okrzyk bólu zakończony skomleniem i napastnik, który przyduszał go do ziemi, znieruchomiał. Will zerwał się na równe nogi, jednocześnie robiąc obrót.

Wilk dźgnięty nożem leżał z otwartymi, martwymi oczami w powiększającej się czerwonej kałuży. Dwa pozostałe likantropy gramoliły się z ziemi, mokre i pokryte błotem. Will krwawił z długich bruzd na ramieniu, pozostawionych przez pazury. Zaśmiał się, rozkoszując bólem, podczas gdy deszcz spłukiwał krew ze sztyletu.

– No, jeszcze raz! – rzucił i ledwo rozpoznał własny głos, chrapliwy i śmiertelnie groźny. – Dalej!

Jeden z wilkołaków obrócił się na pięcie i uciekł. Will znowu parsknął śmiechem i ruszył ku ostatniemu napastnikowi, który stał bez ruchu, z wyciągniętymi rękami – z przerażenia albo brawury, Will nie był pewien i wcale go to nie obchodziło. Sztylet wydawał się częścią jego ramienia, przedłużeniem dłoni. Jeden celny cios i szarpnięcie do góry, a przebije kość i chrząstkę, zmierzając do serca...

– Stop! – Głos był twardy, rozkazujący, znajomy.

Will pomknął wzrokiem w bok. Przez podwórzec kroczył z wściekłą miną Woolsey Scott.

– Rozkazuję wam obu, przestańcie natychmiast!

Wilkołak natychmiast opuścił ręce po bokach, schował pazury. Pochylił głowę w klasycznym geście uległości.

– Panie...

Wrząca fala wściekłości zalała Willa, odbierając rozum, rozsądek. Gwałtownie przyciągnął do siebie wilkołaka, otoczył ramieniem jego szyję, przytknął nóż do gardła. Woolsey, znajdujący się dwa metry dalej, zatrzymał się w pół kroku. Jego zielone oczy miotały sztylety.

– Zbliż się, a poderżnę gardło twojemu małemu wilczkowi – ostrzegł Will.

– Mówiłem, żebyście przestali – powiedział Woolsey spokojnym tonem. Miał na sobie jak zawsze świetnie skrojony garnitur i brokatową pelerynę podróżną, wszystko teraz kompletnie przemoczone. Jego jasne włosy przykleiły się do twarzy i szyi. – Obaj.

– Ja nie muszę cię słuchać! – krzyknął Will. – Wygrywałem! Wygrywałem! – Powiódł wzrokiem po dziedzińcu, po ciałach trzech wilkołaków, dwóch nieprzytomnych, jednym martwym. – Twoja stado zaatakowało mnie niesprowokowane. Naruszyli Porozumienia. Broniłem się. Oni złamali Prawo! – Podniósł głos, ochrypły, nie do rozpoznania. – Są mi winni krew i ja sobie ją wezmę!

– Tak, tak, wiadra krwi – zadrwił Woolsey. – I co byś z nią zrobił? Ne obchodzi cię ten wilkołak. Puść go.

– Nie.

– Przynajmniej go uwolnij, żeby mógł z tobą walczyć – próbował go przekonać Woolsey.

Will zawahał się, ale puścił wilkołaka. Ten odwrócił się do przywódcy stada, przerażony. Scott pstryknął palcami w jego kierunku.

– Biegnij, Conradzie. Już!

Wilkołakowi nie trzeba było powtarzać dwa razy. Obrócił się na pięcie i popędził w stronę stajni. Will spojrzał na Woolseya z szyderczym uśmieszkiem.

– Twoje stado to sami tchórze – stwierdził. – Pięciu na jednego Nocnego Łowcę? Tak?

– Nie kazałem im tutaj przyjść za tobą. Oni są młodzi, głupi i popędliwi. Połowa ich stada została zabita przez Mortmaina. Obwiniają was. – Scott podszedł bliżej, zimnym jak lód spojrzeniem zmierzył Willa od stóp do głów i dodał z szokującą obojętnością: – Sądzę, że twój *parabatai* umarł.

Will nie był gotowy na te słowa. Wiedział, że nigdy nie będzie gotowy. Bitwa na chwilę uwolniła jego głowę od bólu, ale ten mógł w każdej chwili wrócić, wszechogarniający, straszny. Will gwałtownie zaczerpnął tchu, jakby Woolsey zdzielił go pięścią. Odruchowo cofnął się o krok.

– Próbujesz dać się zabić, Nefilim? O to chodzi?

Will odgarnął mokre włosy z twarzy i z nienawiścią spojrzał na Woolseya.

– Może tak.

– W ten sposób czcisz jego pamięć?

– A jakie to ma znaczenie? On nie żyje. Nigdy się nie dowie, co robię, a czego nie robię.

– Mój brat nie żyje – powiedział Scott. – Nadal staram się spełnić jego życzenia, kierować Praetor Lupus dla uczczenia jego pamięci, żyć tak, jak on by tego chciał. Myślisz, że siedziałbym w takim miejscu, jadł pomyje, pił ocet i po kolana w błocie patrzył, jak jakiś nieznośny Nocny Łowca wykańcza moje coraz mniej liczne stado, gdyby nie to, że służę wyższemu celowi niż moje własne pragnienia i smutki? Ty również, Nocny Łowco. Ty również.

– O, Boże. – Sztylet wypadł z ręki Willa i wylądował w rozmiękłej ziemi u jego stóp. – Co mam teraz zrobić? – wyszeptał.

Nie miał pojęcia, dlaczego pyta Woolseya, ale po prostu nie było nikogo innego na świecie, komu mógłby zadać to pytanie. Nawet kiedy myślał, że jest przeklęty, nigdy nie czuł się taki samotny.

Scott popatrzył na niego chłodno.

– Rób to, czego chciałby twój brat – doradził, po czym odwrócił się i pomaszerował w stronę gospody.

Rozdział piętnasty

Zgaśnijcie, gwiazdy

„Zgaśnijcie, gwiazdy! Niech nic nie rozświetla
Mroku, gdzie drzemie moja żądza wściekła".

– William Shakespeare, *Makbet*
(Przełożył Antoni Libera)

Konsulu Wayland,

piszę do Pana w kwestii najwyższej wagi. Jeden z Nocnych Łowców z mojego Instytutu, William Herondale, jest w drodze do Cadair Idris. Na szlaku znalazł niezbity dowód, że jechała tamtędy panna Gray. Załączam jego list do przeczytania, ale z pewnością zgodzi się Pan, że miejsce pobytu Mortmaina jest ustalone i że musimy z całym pośpiechem zebrać wszystkie siły, jakie mamy, by natychmiast wyruszyć do Cadair Idris. Mortmain w przeszłości nieraz udowodnił, że potrafi się wymknąć z zarzuconej przez nas sieci. Musimy wykorzystać moment i uderzyć jak najszybciej. Czekam na rychłą odpowiedź.

Charlotte Branwell

***

W pokoju było zimno. Ogień dawno zgasł w kominku, wiatr zawodził wokół Instytutu, grzechotał szybami w oknach. Lampa na stoliku nocnym rzucała słaby blask. Mimo szala na ramionach Tessa zadrżała w fotelu stojącym przy łóżku.

Jem spał z głową opartą na ręce. Oddychał lekko, ale jego twarz była blada jak płótno.

Tessa wstała, szal zsunął się z jej ramion. Była w koszuli nocnej, tak jak wtedy gdy poznała Jema. Wpadła do jego sypialni, kiedy grał na skrzypcach. „Will? Will, to ty?" – zapytał, nie odwracając się od okna.

Poruszył się i wymamrotał coś, kiedy położyła się do łóżka i naciągnęła na nich oboje koc. Ujęła jego dłonie, splotła stopy z jego stopami i pocałowała chłodny policzek, ogrzewając go swoim oddechem. Poczuła, że Jem się budzi, jakby jej obecność przywracała go do życia.

Otworzył oczy i popatrzył na nią. Były niebieskie, bardzo niebieskie, błękitne jak niebo, które styka się z morzem.

„Tessa?". Usłyszała inny głos i uświadomiła sobie, że w jej ramionach jest Will, który umiera, wydaje z siebie ostatnie tchnienie. Na jego koszuli tuż nad sercem była krew, powiększająca się czerwona plama...

Tessa usiadła gwałtownie, oddychając szybko. Przez chwilę rozglądała się zdezorientowana. Mały, ciemny pokój, zbutwiały koc, wilgotne ubranie i posiniaczone ciało wydawały się jej obce. Potem wróciła pamięć, a wraz z nią fala mdłości.

Raptem boleśnie zatęskniła za Instytutem, tak jak nigdy nie tęskniła za swoim domem w Nowym Jorku. Brakowało jej władczego, ale troskliwego głosu Charlotte, kojącego dotyku Sophie, szalonych pomysłów Henry'ego i oczywiście – nic nie mogła na to poradzić – Jema i Willa. Zamartwiała się Jemem, jego zdrowiem, ale bała się również o Willa. Bitwa na dziedzińcu była krwawa, gwałtowna. Każdy z nich mógł zostać ranny albo zabity. Co oznaczał jej sen, że Jem zamienił się w Willa? Stan Jema się pogorszył? Życiu Willa groziło niebezpieczeństwo? „Oby żadna z tych rzeczy", modliła się cicho. „Proszę, pozwól mi umrzeć, zanim któremuś z nich stanie się krzywda".

Jakiś dźwięk wyrwał ją z rozmyślań, dziwne drapanie, od którego przeszły ją ciarki. Zamarła. Z pewnością to tylko gałąź ocierała się o szybę. Ale nie, znowu się powtórzyło. Szurający odgłos, jakby ktoś coś wlókł.

Tessa zerwała się z łóżka, nadal otulona kocem. Jej przerażenie było jak żywa istota. W jej umyśle walczyły ze sobą o miejsce wszystkie opowieści o potworach w ciemnych lasach. Zamknęła oczy, wzięła głęboki wdech i zobaczyła tyczkowate automaty na schodach Instytutu. Ich długie, groteskowe cienie, niczym rozciągniętych ludzkich istot.

Szczelniej otuliła się kocem. Automaty przyszły po nią. Ale nie były zbyt inteligentne – umiały jedynie wypełniać proste polecenia, rozpoznawać poszczególne ludzkie istoty. Nie potrafiły jednak myśleć samodzielnie. Były maszynami, a maszyny można oszukać.

Spojrzała na zbutwiały koc, który kurczowo ściskała. Taki mogłaby uszyć kobieta, która mieszkała w tym domu. Tessa sięgnęła umysłem w głąb tkaniny, tropiąc ślad właścicielki, sygnaturę ducha, który stworzył patchwork i go używał. To było jak zanurzenie ręki w ciemnej wodzie i szukanie na oślep zgubionego przedmiotu. Minęła wieczność, nim na niego natrafiła. Błysk w ciemności, solidność duszy.

Skupiła się na niej, owinęła wokół jak koc, który do siebie przyciskała. Transformacja była teraz łatwiejsza, mniej bolesna.

Tessa zobaczyła, że jej palce wykrzywiają się i zmieniają w artretyczne dłonie starej kobiety. Na skórze pojawiły się starcze plamy, plecy się zgarbiły, suknia obwisła na wysuszonym ciele. Kiedy włosy opadły jej na oczy, były siwe.

Szuranie się powtórzyło. W umyśle Tessy rozbrzmiał gderliwy głos staruszki, pytającej, kto przyszedł. Jej oddech stał się krótszy, serce trzepotało w piersi. Tessa podreptała do drzwi i weszła do głównej izby.

Przez chwilę nic nie widziała. Oczy miała zasnute bielmem. Kształty były niewyraźne i zamazane. Nagle coś wyrosło obok kominka. Tessa stłumiła okrzyk.

Automat wyglądał prawie jak człowiek. Miał gruby korpus, odziany w ciemnoszary garnitur, chude jak patyki ręce, zakończone dłońmi jak łopaty, a głowę gładką jak jajo. Prócz okrągłych oczu maszyna nie miała innych rysów.

– Kim jesteś? – zapytała Tessa głosem starej kobiety, trzymając przed sobą metalowe narzędzie. – Co robisz w moim domu, istoto?

Stwór wydał z siebie warczący dźwięk, najwyraźniej zdezorientowany. Chwilę później otworzyły się frontowe drzwi i do izby weszła pani Black. Była w swoim ciemnym płaszczu, białą twarz ukryła pod kapturem.

– Co się tutaj dzieje? – zagrzmiała. – Znalazłeś... – Na widok staruszki wytrzeszczyła oczy.

– O co chodzi? – spytała Tessa wysokim starczym głosem. – Dlaczego... wdzieracie się do domu przyzwoitych ludzi... – Zmrużyła oczy, by pokazać, że nie widzi zbyt dobrze. – Wynoście się stąd... – Machnęła przedmiotem, który trzymała w ręce (to kopystka do czyszczenia końskich kopyt, głupia dziewczyno, odezwał się w jej głowie głos staruszki). – Nie znajdziecie tu nic, co warto zabrać.

Przez chwilę myślała, że się udało. Pani Black zrobiła krok do przodu. Jej twarz pozostała bez wyrazu.

– Nie widziała pani w tych stronach młodej dziewczyny? – spytała. – Ładnie ubrana, kasztanowe włosy, szare oczy. Zgubiła się. Rodzina jej szuka i oferuje hojną nagrodę.

– Też mi bajeczka – prychnęła Tessa. – Szukanie jakiejś zaginionej dziewczyny. – Mówiła opryskliwym tonem. Nie sprawiało jej to trudności. Odnosiła wrażenie, że staruszka, której postać przybrała, była z natury gderliwa. – Wynoście się, powiedziałam!

Automat zawarkotał. Pani Black nagle zacisnęła usta, jakby powstrzymywała śmiech.

– Rozumiem – powiedziała. – Mogę zapytać, skąd ma pani ten piękny naszyjnik, stara kobieto?

Tessa uniosła rękę do szyi, ale było już za późno. Mechaniczny aniołek, wyraźnie widoczny, tykał cicho.

– Bierz ją – rozkazała pani Black znudzonym głosem.

Automat ruszył w stronę uciekinierki, wyciągając ramiona. Tessa puściła koc i cofnęła się, wymachując kopystką. Udało się jej zrobić długą rysę na korpusie robota, ale ten szybko odtrącił jej rękę na bok. Narzędzie upadło z brzękiem na podłogę, Tessa krzyknęła z bólu.

W tym momencie frontowe drzwi otworzyły się gwałtownie i do pokoju wpadły kolejne automaty, doskoczyły do niej, zacisnęły mechaniczne dłonie na jej ciele. Gdy zrozumiała, że mają nad nią przewagę liczebną i opór na nic się nie zda, pozwoliła sobie na wrzask.

***

Ciepło słońca na twarzy obudziło Willa. Zamrugał i powoli otworzył oczy.

Błękitne niebo.

Cały zesztywniały, odwrócił się na plecy, przeciągnął i usiadł. Znajdował się na szczycie zielonego wzgórza, niedaleko drogi Shrewsbury-Welshpool. Wokół siebie nie widział nic oprócz farm rozsianych tu i ówdzie w oddali. W czasie szalonej nocnej jazdy z Green Man minął tylko kilka małych osad. Jechał, póki dosłownie nie zsunął się wyczerpany z grzbietu Baliosa i rąbnął o ziemię, aż zagrzechotały mu kości. Na pół idąc, na pół dając się prowadzić zmęczonemu koniowi, dowlókł się do niewielkiego zagłębienia terenu. Tam zwinął się w kłębek i zasnął, nie zważając na zimną mżawkę.

Gdy wstało słońce, osuszyło mu ubranie i włosy, ale nadal był brudny, koszulę miał oblepioną błotem i krwią. Dźwignął się z ziemi cały obolały. Poprzedniej nocy nie zawracał sobie głowy żadnymi runami uzdrawiającymi. Wpadł do gospody, zostawiając za sobą mokre ślady, zabrał swoje rzeczy i wrócił do stajni. Tam odwiązał Baliosa i popędził w noc. Rany odniesione w walce ze stadem Woolseya nadal mu dokuczały, podobnie jak siniaki po upadku z konia. Pokuśtykał sztywno do Baliosa, który skubał trawę w cieniu rozłożystego dębu. Przeszukawszy juki, znalazł stelę i garść suszonych owoców. Narysował sobie runy uśmierzające ból i uzdrawiające, zjadł owoce.

Wydarzenia ubiegłej nocy wydawały się odległe o całe lata. Pamiętał, że walczył z wilkołakami, pamiętał trzask kości i smak własnej krwi, błoto i deszcz. Pamiętał ból oddzielenia od Jema, choć już teraz go nie czuł. Tylko pustkę. Jakby wielka ręka sięgnęła do jego wnętrzności i wyciągnęła wszystko, zostawiając samą skorupę.

Po śniadaniu schował stelę do juku, zdjął zniszczoną koszulę i przebrał się w świeżą. Przy okazji nie zdołał się powstrzymać od zerknięcia na znak *parabatai* na swojej piersi.

Nie był czarny, tylko srebrnobiały jak wyblakła blizna. Usłyszał w głowie głos Jema, spokojny, poważny, znajomy: „»*Dusza Jonathana przylgnęła do duszy Dawida, i umiłował go Jonathan jak siebie samego... Zawarli tedy Jonathan z Dawidem związek przyjaźni, ponieważ umiłował go jak samego siebie*«. Byli dwoma wojownikami i ich dusze zostały połączone przez niebiosa. Stąd wziął Jonathan Nocny Łowca ideę *parabatai* i zapisał tę ceremonię w Prawie".

Przez lata znak i obecność Jema były wszystkim, co miał w życiu Will i co upewniało go, że jest przez kogoś kochany. Że naprawdę istnieje. Przesunął palcami po wyblakłym znaku *parabatai*. Sądził, że znienawidzi jego widok w blasku słońca, ale ku swojemu zaskoczeniu stwierdził, że tak się nie stało. Był zadowolony, że znak nie zniknął z jego skóry. Teraz zmienił się w pamiątkę przypominającą o stracie.

Z juku wyjął nóż, który dał mu Jem: długi i wąski, z misterną srebrną rękojeścią. W cieniu dębu naciął wnętrze dłoni i patrzył, jak krew spływa na ziemię, wsiąka w glebę. Ukląkł i zawahał się, z dłonią na rękojeści.

– Jamesie Carstairs – powiedział i przełknął ślinę. Zawsze tak było; kiedy najbardziej potrzebował słów, nie potrafił ich znaleźć.

W jego głowie pojawiły się słowa biblijnej przysięgi *parabatai*: „Nie nalegaj na mnie, abym cię opuścił i odszedł od ciebie;

albowiem dokąd ty pójdziesz i ja pójdę; gdzie ty zamieszkasz i ja zamieszkam; lud twój – lud mój, a Bóg twój – Bóg mój. Gdzie ty umrzesz, tam i ja umrę i tam pochowany będę. Niech mi uczyni Pan, cokolwiek zechce, a jednak tylko śmierć odłączy mnie od ciebie."

Ale nie. Tak się mówi przy połączeniu, a nie przy rozstaniu. Davida i Jonathana też rozłączyła śmierć. Rozłączyła, ale nie rozdzieliła.

– Już ci mówiłem, Jem, że mnie nie zostawisz – powiedział Will z zakrwawioną dłonią na rękojeści sztyletu. – I nadal jesteś ze mną. Oddychając, będę myślał o tobie, bo bez ciebie byłbym martwy już dawno temu. Budząc się i zasypiając, unosząc ręce, żeby się bronić, albo kiedy się położę, żeby umrzeć, zawsze będziesz ze mną. Mówisz, że się odradzamy. Ja mówię, że istnieje rzeka, która oddziela martwych od żywych. Wiem, że jeśli narodzimy się na nowo, spotkamy się w drugim życiu, a jeśli istnieje ta rzeka, będziesz czekał na mnie na brzegu, żebyśmy mogli razem ją przekroczyć. – Odetchnął głęboko i wypuścił nóż z ręki. Nacięcie na jego dłoni już się goiło, dzięki kilku *iratze* narysowanym na skórze. – Słyszysz mnie, Jamesie Carstairs? Jesteśmy związani, ty i ja. Mimo śmierci. Na zawsze.

Wstał z ziemi i spojrzał na nóż. Sztylet należał do Jema, krew była jego. To miejsce miało należeć do nich, nieważne, czy kiedykolwiek jeszcze je odnajdzie, czy przeżyje, żeby spróbować je odszukać.

Wrócił do Baliosa i ruszył w stronę Walii i Tessy. Nie obejrzał się ani razu.

***

Do: Charlotte Branwell
Od: Konsula Josiaha Waylanda
Przez posłańca

Droga Pani Branwell,

nie jestem pewien, czy dobrze zrozumiałem Pani list. Nie do wiary, że kobieta rozsądna jak Pani pokłada ufność w czczych słowach chłopca tak notorycznie lekkomyślnego i niegodnego zaufania jak William Herondale, czego sam nieraz dowiódł. Ja z pewnością nie będę równie łatwowierny. Pan Herondale, o czym świadczy jego własny list, wyruszył szukać wiatru w polu bez Pani wiedzy. Jest jak najbardziej zdolny do fantazjowania, żeby poprzeć swoją sprawę. Nie wyślę Nocnych Łowców z powodu kaprysu jakiegoś chłopaka ani w oparciu o jego słowa.

Proszę zaprzestać forsowania wyprawy do Cadair Idris i pamiętać, że to ja jestem Konsulem. Ja dowodzę armią Nefilim, a nie Pani. Proszę zamiast tego skupić się na sprawowaniu lepszej kontroli nad własnymi Nocnymi Łowcami.

Z poważaniem

Josiah Wayland, Konsul

– Pewien człowiek chce się z panią zobaczyć, pani Branwell!

Charlotte ze znużeniem podniosła wzrok i zobaczyła Sophie stojącą w progu. Pokojówka wyglądała na zmęczoną, tak jak oni wszyscy. Pod oczami miała sińce od płaczu. Charlotte znała te oznaki. Widziała je rano w swoim lustrze.

Siedziała za biurkiem w salonie i patrzyła na list, który trzymała w ręce. Nie oczekiwała, że Konsul Wayland będzie zadowolony z wieści, ale nie spodziewała się również pogardy i kategorycznej odmowy. „Ja dowodzę armią Nefilim, a nie Pani. Proszę zamiast tego skupić się na sprawowaniu lepszej kontroli nad własnymi Nocnym i Łowcami".

„Lepszej kontroli". Charlotte gotowała się ze złości. Jakby oni wszyscy byli dziećmi, a ona ich guwernantką albo niańką i pokazywała ich Konsulowi, kiedy byli umyci i wystrojeni, a przez resztę czasu ukrywała w pokoju dziecinnym, żeby mu nie przeszkadzali. Skoro Wayland uważa Willa za niegodnego zaufania, jest głupcem. Wiedział o klątwie, sama mu o niej powiedziała. Szaleństwo Willa zawsze było, jak u Hamleta, na pół grą, na pół przebiegłością i służyło określonemu celowi.

Ogień trzaskał w kominku, na zewnątrz padał ulewny deszcz, malując szyby w srebrne pasy. Tego ranka, kiedy mijała sypialnię Jema, jej drzwi były otwarte, z łóżka zdjęto pościel, rzeczy zabrano. Pokój mógł należeć do kogokolwiek. Wszystkie ślady spędzonych tutaj lat zniknęły w jednej chwili. Charlotte oparła się o ścianę korytarza. Na jej czoło wystąpił pot, oczy zapiekły. Razjelu, zrobiłam właściwą rzecz?

Przesunęła dłonią po powiekach.

– Akurat teraz? Czy to Konsul Wayland?

– Nie, proszę pani. – Sophie pokręciła głową. – To Aloysius Starkweather. Mówi, że to bardzo pilna sprawa.

– Aloysius Starkweather? – Charlotte westchnęła. W niektóre dni przykre rzeczy chodziły całymi tabunami. – Dobrze, wpuść go.

Złożyła list, który w odpowiedzi napisała do Konsula i właśnie go pieczętowała, kiedy Sophie przyprowadziła gościa, po czym się oddaliła. Charlotte nie wstała zza biurka. Starkweather wyglądał mniej więcej tak samo jak ostatnio, kiedy go widziała: dużo zmarszczek na twarzy, siwa broda i siwe włosy. Choć nie stawał się młodszy, również się nie starzał, zupełnie jakby czas się dla niego zatrzymał. Ubranie miał suche. Sophie pewnie odebrała od niego płaszcz na dole. Jego garnitur wyszedł z mody co najmniej dziesięć lat temu i wydzielał lekki zapach naftaliny.

– Proszę usiąść, panie Starkweather – powiedziała Charlotte, siląc się na uprzejmość wobec człowieka, który jej nie lubił i nienawidził jej ojca.

Gość nie usiadł. Ręce trzymał splecione za plecami, a kiedy się odwrócił i rozejrzał po pokoju, Charlotte dostrzegła z przerażeniem, że jeden z mankietów jego marynarki jest poplamiony krwią.

– Panie Starkweather. – Tym razem wstała od biurka. – Jest pan ranny? Mam wezwać Cichych Braci?

– Ranny? – warknął gość. – Dlaczego miałbym być ranny?

Przeniósł ręce przed siebie, spojrzał na nie, po czym wybuchnął gromkim śmiechem.

– To nie moja krew. Walczyłem. Tamten drugi miał obiekcje...

– Jakie obiekcje?

– Co do obcięcia mu wszystkich palców i poderżnięcia gardła – odparł Starkweather, patrząc na nią. Jego oczy były szaroczarne, koloru kamienia.

– Aloysiusie! – Charlotte zapomniała o uprzejmości. – Porozumienia zabraniają atakowania Podziemnych.

– Bez prowokacji z ich strony – przypomniał gość. – Ja twierdzę, że zostałem sprowokowany. Jego ludzie zamordowali moją wnuczkę. Moja córka omal nie umarła ze zgryzoty. Ród Starkweatherów został zniszczony...

– Aloysiusie! – Charlotte była teraz poważnie zaniepokojona. – Twój ród nie został zniszczony. W Idrisie nadal mieszkają

Starkweatherowie. Nie mówię tego, żeby umniejszać twój smutek, bo niektóre straty nie przestają nigdy boleć. – Jem, pomyślała i przeszył ją taki ból, że opadła z powrotem na krzesło. Wsparła łokcie na stole, ukryła twarz w dłoniach. – Nie wiem, dlaczego pan teraz przyszedł, żeby mi to mówić. Nie widział pan runów na drzwiach Instytutu? To dla nas czas wielkiej żałoby...

– Przyszedłem, bo to ważne! – rozgniewał się Starkweather. – Dotyczy Mortmaina i Tessy Gray.

Charlotte opuściła ręce.

– Co pan wie o Tessie Gray?

Aloysius odwrócił się do kominka. Jego długi cień padał na perski dywan.

– Nie mam dobrego mniemania o Porozumieniach. Wie pani o tym. Była pani ze mną w Radzie. Wychowano mnie w przekonaniu, że wszystko dotknięte przez demony jest brudne i skażone. Że obowiązkiem i prawem Nocnych Łowców jest zabijanie tych istot i zabieranie wszystkiego, co do nich należy, jako łupów wojennych. Magazyn z trofeami w Instytucie w Yorku powierzono mojej pieczy i sprawowałem ją aż do dnia, kiedy ustanowiono nowe Prawo. – Starkweather spochmurniał.

– Niech zgadnę – powiedziała Charlotte. – Nadal robił pan swoje.

– Oczywiście, że tak – odparł starzec. – Czymże są ludzkie prawa wobec praw Anioła? Wiem, co jest słuszne. Nie afiszowałem się z tym, ale nie przestałem gromadzić łupów ani niszczyć Podziemnych, którzy stanęli na mojej drodze. Jednym z nich był John Shade.

– Ojciec Mortmaina.

– Czarownicy nie mogą mieć dzieci – przypomniał burkliwie Starkweather. – Znaleźli sobie jakiegoś ludzkiego chłopca i go wyszkolili. Shade nauczył go swoich niecnych sztuczek. Zdobył jego zaufanie.

– To nieprawdopodobne, żeby Shade'owie wykradli Mortmaina jego rodzicom – stwierdziła Charlotte. – Pewnie wzięli chłopca, który inaczej umarłby w jakimś przytułku.

– To było nienaturalne. Czarownicy nie powinni wychowywać ludzkich dzieci. – Aloysius zapatrzył się w rozżarzone polana. – Właśnie dlatego najechaliśmy dom Shade'a. Zabiliśmy jego i żonę. Chłopak uciekł. „Mechaniczny książę" Shade'a. – Starkweather prychnął. – Zabraliśmy ze sobą kilka jego rzeczy do Instytutu, ale nikt nie potrafił ich rozgryźć. To był zwyczajny, rutynowy wypad. Wszystko zgodnie z planem. Dopóki nie urodziła się moja wnuczka Adele.

– Wiem, że umarła w czasie ceremonii pierwszego znaku – powiedziała Charlotte, odruchowo kładąc rękę na brzuchu. – Przykro mi. To wielka tragedia mieć chore dziecko...

– Ona nie urodziła się chora! – warknął Aloysius. – Była zdrowym niemowlęciem. Pięknym, z oczami mojego syna. Wszyscy się nią zachwycali, aż pewnego ranka moja synowa obudziła nas krzykiem. Twierdziła, że dziecko w kołysce to nie jej córka, choć wyglądała zupełnie tak samo. Synowa przysięgała, że zna swoją córeczkę, a to nie jest jej dziecko. Myśleliśmy, że oszalała. Nawet kiedy oczy małej zmieniły się z szarych na niebieskie... cóż, tak się często dzieje u niemowląt. Dopiero kiedy próbowaliśmy nałożyć jej pierwsze znaki, zrozumiałem, że moja synowa miała rację. Adele... ból był dla niej potworny. Krzyczała, wiła się, krzyczała. Jej skóra płonęła w miejscach dotkniętych przez stelę. Cisi Bracia robili, co mogli, ale następnego ranka Adele umarła. – Aloysius umilkł na dłuższą chwilę, jak zahipnotyzowany wpatrując się w ogień. – Moja synowa postradała zmysły.

Nie mogła już dłużej mieszkać w Instytucie. Ja zostałem. Wiedziałem, że miała rację. Adele nie była moją wnuczką. Słyszałem plotki o faerie i innych Podziemnych, którzy podobno się przechwalali, że zemścili się na Starkweatherach, wykradając jedno z ich dzieci i zastępując je chorym ludzkim. Moje śledztwa nie przynosiły niczego konkretnego, ale musiałem się dowiedzieć, gdzie przepadła moja wnuczka. – Oparł się o półkę nad kominkiem. – Prawie zrezygnowałem, ale wtedy przyjechała do mojego Instytutu Tessa Gray w towarzystwie dwóch tutejszych Nocnych Łowców. Myślałem, że widzę ducha mojej synowej, taka była do niej podobna. Ale wyglądało na to, że panna Gray nie ma w sobie ani odrobiny krwi Nocnych Łowców. Postanowiłem rozwiązać tę zagadkę. Faerie, którego dzisiaj przepytywałem, dostarczył mi ostatnie fragmenty łamigłówki. W niemowlęctwie moja wnuczka została podmieniona na ludzkie dziecko, biedne stworzenie, które umarło, kiedy nałożono mu znaki, bo nie było Nefilim. – Jego głos załamał się lekko. – Moja prawdziwą wnuczkę zostawiono u rodziny Przyziemnych, żeby ją wychowała, a ich chora Elizabeth, wybrana ze względu na zewnętrzne podobieństwo do Adele, zastąpiła naszą zdrową dziewczynkę. To była zemsta Dworu na mnie. Uznali, że skoro ja zabijałem ich ludzi, oni zabiją mnie. – Jego zimne spojrzenie spoczęło na Charlotte. – Adele... Elizabeth... dorastała w tamtej Przyziemnej rodzinie, nie wiedząc, kim jest. A potem wyszła za mąż. Za Przyziemnego. Miał na imię Richard. Richard Gray.

– Pańska wnuczka jest matką Tessy Gray? – powiedziała wolno Charlotte. – Elizabeth Gray? Matka Tessy była Nocną Łowczynią?

– Tak.

– Zbrodnie się zdarzają, Aloysiusie. Powinien pan iść z tym do Rady...

– Ich nie obchodzi Tessa Gray – odparł szorstko Starkweather. – Ale panią tak. Dlatego wysłucha pani mojej historii i mi pomoże.

– Jeśli uznam, że należy to zrobić. Ale nie rozumiem, jaką rolę w tej historii odgrywa Mortmain.

Aloysius poruszył się niespokojnie.

– Mortmain dowiedział się prawdy i postanowił, że wykorzysta Elizabeth Gray, Nocną Łowczynię, która nie wiedziała, że jest Nocną Łowczynią. Sądzę, że Mortmain zatrudnił Richarda Graya, żeby mieć dostęp do Elizabeth. Myślę, że wykorzystał demona Eidolona, pod postacią męża mojej wnuczki, żeby ten spłodził dziecko. Celem jego działań była Tessa. Córka Nocnej Łowczyni i demona.

– Ale potomstwo demonów i Nocnych Łowców zawsze rodzi się martwe – automatycznie przypomniała Charlotte.

– Nawet jeśli Nocny Łowca nie wie, że jest Nocnym Łowcą? Nawet jeśli nie nosi runów?

– Ja... – Charlotte nie miała pojęcia, jak brzmi odpowiedź. O ile się orientowała, taka sytuacja nigdy się nie zdarzyła. Wszyscy Nocni Łowcy dostawali runy już jako dzieci.

Ale Elizabeth Gray nie.

– Wiem, że ta dziewczyna jest zmiennokształtną – ciągnął Starkweather. – Ale nie sądzę, żeby akurat dlatego Mortmainowi na niej zależało. On chce od niej czegoś innego. Czegoś, co tylko ona może mu dać. Ona jest kluczem.

– Kluczem do czego?

– Tak brzmiały ostatnie słowa, które dziś po południu wypowiedział tamten faerie. – Starkweather zerknął na krew na swoim rękawie. – „Ona ma być naszą zemstą za śmierć, którą szafujecie. Sprowadzi koniec na Nefilim, Londyn spłonie, a kiedy Mistrz obejmie władzę, będziecie dla niego jedynie bydłem w zagrodzie". Nawet jeśli Rada nie chce szukać Tessy ze względu na nią samą, powinna ją ratować, żeby zapobiec katastrofie.

– Jeśli uwierzą – wtrąciła Charlotte.

– Pani muszą uwierzyć – stwierdził krótko Aloysius. – Gdyby te ostrzeżenia pochodziły ode mnie, wyśmialiby mnie jako starego szaleńca, tak jak robili to przez całe lata.

– Och, Aloysiusie, przecenia pan zaufanie, jakie ma do mnie Konsul. Wayland oświadczy, że jestem głupią, łatwowierną kobietą. Powie, że faerie pana okłamał... no tak, oni nie potrafią kłamać, ale że coś pokręcił albo przedstawił prawdę tak, jak ją widział.

Starzec odwrócił wzrok.

– Tessa Gray jest kluczem do planu Mortmaina – powtórzył. – Nie wiem dlaczego, ale nim jest. Przyszedłem do pani, bo nie ufam Radzie, jeśli chodzi o Tessę. Ona jest w połowie demonem. Pamiętam, co sam w przeszłości robiłem z takimi stworzeniami.

– Tessa nie jest żadnym takim stworzeniem – obruszyła się Charlotte. – Tylko dziewczyną, która została porwana. Zapewne jest przerażona. Nie sądzi pan, że gdybym potrafiła znaleźć sposób, jak ją uratować, już dawno bym to zrobiła?

– Źle postępowałem – wyznał Aloysius. – Chcę to naprawić. W żyłach tej dziewczyny płynie moja krew, nawet jeśli płynie w nich również krew demona. Ona jest moją prawnuczką. – Uniósł głowę. Jego wodniste, jasne oczy były zaczerwienione. – Proszę panią tylko o jedno, Charlotte. Kiedy znajdzie pani Tessę Gray, a znajdzie ją pani, proszę jej powiedzieć, że będzie mile widziana w rodzie Starkweatherów.

***

„Obym nie pożałował, że ci zaufałem, Gabrielu Lightwood".

Gabriel siedział przy biurku w swoim pokoju z piórem w ręce. Przed nim leżała kartka papieru. Lampy w pokoju nie były zapalone, w kątach zbierały się cienie, kładły na podłodze.

Do: Konsula Josiaha Waylanda
Od: Gabriela Lightwooda

Wielce Szanowny Panie Konsulu,
piszę do pana, żeby przekazać wieści, o które mnie Pan prosił. Spodziewałem się, że nadejdą one z Idrisu, ale tak się złożyło, że ich źródło jest dużo bliższe. Dzisiaj pani Branwell złożył wizytę pan Aloysius Starkweather, szef Instytutu w Yorku.

Gabriel odłożył pióro i odetchnął głęboko. Wcześniej usłyszał dzwonek do drzwi Instytutu i obserwował ze schodów, jak Sophie wpuszcza Starkweathera do domu, a następnie prowadzi go do salonu. Później sam zakradł się pod drzwi i podsłuchał całą rozmowę.

Charlotte nie spodziewała się, że jest szpiegowana.

To starzec oszalały z żalu, dlatego stworzył sobie misterny ciąg zmyśleń, którymi tłumaczy swoją wielką stratę. Z pewnością należy mu współczuć, jednak nie można traktować go poważnie, a polityka Rady nie powinna opierać się na słowach człowieka niegodnego zaufania i obłąkanego.

Zatrzeszczała deska podłogowa. Gabriel gwałtownie uniósł głowę. Serce mu dudniło. Jeśli to Gideon... byłby wstrząśnięty, gdyby zobaczył, co robi jego brat. Wszyscy byliby wstrząśnięci. Pomyślał o wyrazie twarzy Charlotte, gdyby się dowiedziała o zdradzie. Pomyślał o zdumieniu i gniewie Henry'ego. A przede wszystkim wyobraził sobie twarz w kształcie serca i niebieskie oczy patrzące na niego z rozczarowaniem. „Może ja w pana wierzę, Gabrielu Lightwood".

Kiedy przyłożył pióro do papieru, zrobił to tak gwałtownie, że omal nie rozdarł kartki.

Z żalem donoszę, że oboje mówili o Radzie i o Konsulu z wielkim brakiem szacunku. Jest jasne, że pani Branwell nie podoba się ingerencja w jej plany. Całkiem poważnie potraktowała szalone oskarżenia Starkweathera, jakoby Mortmain krzyżował ze sobą demony i Nocnych Łowców, co jest oczywistą niemożliwością. Najwyraźniej miał Pan rację, że pani Branwell jest zbyt uparta i podatna na wpływy, żeby właściwie kierować Instytutem.

Gabriel przygryzł wargę i zmusił się do tego, żeby wyrzucić z głowy Cecily. Zamiast tego pomyślał o Lightwood House, o swoim dziedzictwie, o przywróceniu Lightwoodom dobrego imienia, o bezpieczeństwie brata i siostry. Tak naprawdę nie krzywdził Charlotte. Groziła jej najwyżej utrata stanowiska, a nie życia. Konsul nie miał żadnych niecnych planów wobec niej. Z pewnością byłaby szczęśliwsza w Idrisie albo w jakimś wiejskim domu, gdzie patrzyłaby, jak jej dzieci biegają po zielonych trawnikach i nie martwiła się bezustannie o los wszystkich Nocnych Łowców.

Choć pani Branwell nakłania Pana do wysłania Nocnych Łowców do Cadair Idris, każdemu, kto opiera swoją politykę na opiniach szaleńców i histeryków, brakuje obiektywizmu i nie można mu ufać.

Jeśli okaże się to konieczne, przysięgnę na Miecz Anioła, że wszystko, co napisałem, jest prawdą.

Z poważaniem

W imię Razjela

Gabriel Lightwood

Rozdział szesnasty

Mechaniczna księżniczka

„O Miłości, tak płaczesz!
Czemu szczęścia swego strzec nie umiesz?
Co najkruchsze – wybierasz
Na kołyskę, na dom swój, na trumnę".

– Percy Bysshe Shelley, *Strofy*
(Przełożył Zygmunt Kubiak)

Do: Konsula Josiaha Waylanda
Od: Charlotte Branwell

Drogi Konsulu,

właśnie przed chwilą otrzymałam wieści najwyższej wagi i śpieszę podzielić się nimi z Panem. Informator, którego nazwiska nie mogę w tej chwili wyjawić, ale którego uważam za godnego zaufania, przekazał mi szczegóły świadczące o tym, że panna Gray nie jest przelotnym kaprysem Mortmaina, tylko kluczem do jego głównego celu: całkowitego zniszczenia wszystkich Nefilim.

Mortmain zamierza skonstruować urządzenia o mocy, jakiej jeszcze nigdy nie widzieliśmy. Obawiam się, niestety, że wyjątkowe zdolności panny Gray pomogą mu w tym przedsięwzięciu. Tessa nigdy świadomie nie zrobiłaby nam krzywdy, ale nie wiemy, jakie groźby albo przymus zastosuje wobec niej Mortmain. Koniecznie musimy natychmiast ją odnaleźć, żeby ratować ją i siebie samych.

W tej sytuacji jeszcze raz błagam, żeby zebrał Pan wszystkie dostępne siły i ruszył do Cadair Idris.

Z poważaniem i szczerze zatroskana
Charlotte Branwell

***

Tessa budziła się powoli, jakby świadomość znajdowała się na końcu długiego, ciemnego korytarza, a ona szła ku niej w żółwim tempie, z wyciągniętą ręką. W końcu dotarła do drzwi, otworzyła je i zobaczyła...

Oślepiający blask. Złote światło, nie blade jak magicznego kamienia. Tessa usiadła i powiodła wokół siebie wzrokiem.

Leżała na prostym mosiężnym łóżku z materacem i grubą puchową kołdrą. Pokój wyglądał jak wydrążony w jaskini. Znajdowała się w nim również wysoka komoda, umywalka z niebieskim dzbankiem i szafa z uchylonymi drzwiami, tak że Tessa mogła zobaczyć wiszące w niej ubrania. W pokoju nie było okien, za to w kominku płonął wesoły ogień. Po obu stronach kominka wisiały portrety.

Tessa wstała z łóżka i skrzywiła się, dotknąwszy bosymi stopami zimnego kamienia. Spojrzała w dół i przeżyła wstrząs: po pierwsze, nie miała na sobie nic oprócz za dużego jedwabnego szlafroka; po drugie, wszystkie siniaki i otarcia prawie zniknęły. Nadal czuła się lekko obolała, ale jej skóra, choć blada na tle czarnego jedwabiu, była nieskazitelna. Tessa dotknęła rozpuszczonych włosów i poczuła, że są czyste, już nieposklejane błotem i krwią.

Nasuwało się zatem pytanie, kto ją umył, wyleczył i położył do tego łóżka. Nie pamiętała nic poza tym, że walczyła z automatem na opuszczonej farmie, a pani Black się śmiała. W końcu jedno z nich silnym ciosem pozbawiło ją przytomności i sprowadziło błogosławioną ciemność. Jednakże sama myśl, że pani Black ją rozbierała i kąpała, była koszmarna, choć nie tak, jak możliwość, że zrobił to Mortmain.

Większość mebli stała po jednej stronie pomieszczenia. Druga strona była prawie pusta, choć Tessa widziała czarny prostokąt drzwi wyciosanych w ścianie jaskini. Rozejrzała się jeszcze raz i ruszyła w ich stronę...

W połowie drogi tak mocno uderzyła głową w jakąś niewidzialną przeszkodę, że aż zatoczyła się do tyłu. Rozmasowała bolące czoło i ostrożnie wyciągnęła rękę przed siebie.

Poczuła coś litego i twardego, jakby między nią a drugą częścią pokoju znajdowała się ściana z przezroczystego szkła. Płasko położyła na niej dłonie. Może mur był niewidoczny, ale za to twardy jak adamant. Tessa przesunęła ręce w górę, zastanawiając się, jak wysoko sięga przeszkoda...

– Nie trudziłbym się na pani miejscu – dobiegł od drzwi zimny, znajomy głos. – Ta struktura ciągnie się przez całą jaskinię, od ściany do ściany, od podłogi po sklepienie. Jest pani za nią uwięziona.

Po tych słowach Tessa opuściła ręce i cofnęła się o krok.

Mortmain.

Wyglądał dokładnie tak, jak go zapamiętała. Żylasty mężczyzna, niewysoki, o ogorzałej twarzy, ze starannie przyciętą brodą. Całkiem zwyczajny, z wyjątkiem oczu, lodowatych i szarych jak zimowa burza. Ubrany w gołębi garnitur, niezbyt oficjalny, z rodzaju tych, które dżentelmeni wkładają po południu, idąc do klubu. Buty miał wypolerowane na wysoki połysk.

Tessa nic nie powiedziała, tylko szczelniej otuliła się szlafrokiem. Było obszerny i ukrywał całe jej ciało, ale bez halki, gorsetu i pończoch czuła się prawie obnażona.

– Proszę nie wpadać w panikę – ciągnął Mortmain. – Nie dosięgnie mnie pani przez ścianę, ale ja również nie mogę dosięgnąć pani bez czaru przenikania, a to wymagałoby czasu. – Zrobił pauzę. – Chciałem, żeby czuła się pani bezpieczniej.

– Jeśli zależało panu na moim bezpieczeństwie, trzeba było zostawić mnie w Instytucie – odparowała Tessa lodowatym tonem.

Mortmain nic nie odpowiedział, tylko przekrzywił głowę i popatrzył na nią, mrużąc oczy, jak marynarz wypatrujący horyzontu.

– Moje kondolencje z powodu śmierci brata. Nie chciałem, żeby do tego doszło.

Tessa skrzywiła usta. Minęły dwa miesiące od chwili, kiedy Nate umarł w jej ramionach, ale ona nie zapomniała ani nie wybaczyła.

– Nie chcę pańskiego współczucia. Ani życzeń. Zrobił pan z niego swoje narzędzie. Umarł z pańskiej winy, zupełnie jakby zastrzelił go pan na ulicy.

– Zapewne niewiele pomoże przypomnienie, że to on mnie odszukał.

– On był tylko chłopcem. – Tessa miała ochotę paść na kolana i tłuc pięściami w niewidzialną barierę, ale się opanowała. – Nie miał nawet dwudziestu lat.

Mortmain wsunął ręce w kieszenie.

– Wie pani, jak ja żyłem, kiedy byłem chłopcem? – zapytał lekkim tonem, jakby siedział z nią przy kolacji i starał się podtrzymać rozmowę.

Tessa pomyślała o obrazach, które widziała w umyśle Aloysiusa Starkweathera.

„Mężczyzna był wysoki, o szerokich ramionach i skórze zielonej jak u jaszczurki. Włosy miał czarne. Dziecko, które trzymał za rękę, wydawało się zupełnie normalne: małe, o pulchnych rączkach i różowej skórze.

Tessa znała nazwisko tego mężczyzny, bo znał je Starkweather. John Shade.

Shade posadził sobie dziecko na ramionach, a z domu wypadła gromadka dziwnych istot podobnych do lalek, ale wielkości człowieka, o skórze z lśniącego metalu. Stworzenia nie miały rysów twarzy. O dziwo jednak, nosiły ubrania: drelichowe robocze kombinezony farmerów z Yorkshire albo proste muślinowe suknie. Automaty złączyły ręce i zaczęły się kołysać, jakby tańczyły wiejski taniec. Dziecko się roześmiało i zaklaskało w ręce.

– Przyjrzyj się, dobrze, mój synu – powiedział zielonoskóry mężczyzna. – Bo pewnego dnia zostaniesz księciem i będziesz rządził królestwem takich mechanicznych istot".

– Wiem, że pana przybrani rodzice byli czarownikami – powiedziała. – Wiem, że pana kochali. Wiem, że pański ojciec skonstruował mechaniczne istoty, w których jest pan taki zakochany.

– I wie pani, co się z nimi stało.

„...zdewastowany pokój, wszędzie rozrzucone tryby, przekładnie, krzywki, kawałki metalu, płyn czarny jak krew, zielonoskóry mężczyzna i niebieskowłosa kobieta martwi pośród tego całego zniszczenia...".

Tessa odwróciła wzrok.

– Pozwoli pani, że opowiem o moim dzieciństwie – rzekł Mortmain. – Moi przybrani rodzice byli dla mnie jak prawdziwi. Wychowali mnie z troską i miłością, tak jak pani rodzice panią. – Wskazał na kominek, a Tessa uświadomiła sobie zaskoczona, że wiszące po jego obu stronach obrazy to portrety jej jasnowłosej matki i zamyślonego ojca o ciemnych oczach, w przekrzywionym krawacie. – Zostali zabici przez Nocnych Łowców. Mój ojciec chciał tworzyć te piękne automaty, mechaniczne istoty, jak je pani nazywa. Byłyby najwspanialszymi maszynami kiedykolwiek wymyślonymi i chroniłyby Podziemnych przed Nocnymi Łowcami, którzy wciąż ich mordowali i okradali. Widziała pani łupy w Instytucie Starkweathera. – Niemal wypluł ostatnie słowa. – Widziała pani szczątki moich rodziców. On trzyma krew mojej matki w słoiku.

I szczątki czarowników. Zmumifikowane ręce z pazurami, jak u pani Black. Nagie czaszki, całkowicie pozbawione ciała, prawie ludzkie gdyby nie kły zamiast zębów. Fiolki ze zmętniałą czerwoną cieczą.

Tessa przełknęła ślinę. „Krew mojej matki w słoiku". Musiała przyznać, że rozumie jego gniew. I wtedy pomyślała o Jemie, o jego rodzicach umierających na oczach syna, o jego zniszczonym życiu. A jednak on nigdy nie szukał zemsty.

– Tak, to było straszne, ale nie usprawiedliwia tego, co pan zrobił.

Błysk wściekłości w jego oczach, szybko stłumionej.

– Powiem pani, co zrobiłem. Stworzyłem armię, która stanie się niezwyciężona, kiedy ostatni fragment układanki trafi na swoje miejsce.

– A ostatnim fragmentem układanki...

– Jest pani – dokończył Mortmain.

– Wciąż pan to powtarza, ale nic nie wyjaśnia – stwierdziła Tessa. – Domaga się pan mojej współpracy, ale nic mi nie mówi. Uwięził mnie pan tutaj, ale nie może pan wymusić na mnie zgody...

– Jest pani w połowie Nocną Łowczyną, w połowie demonem. To pierwsze, co powinna pani wiedzieć.

Tessa zamarła.

– To niemożliwe. Potomstwo Nocnych Łowców i demonów rodzi się martwe.

– Tak – przyznał Mormtain. – Krew Nocnego Łowcy i runy na jego ciele powodują śmierć dziecka czarownika już w łonie. Ale pani matka nie miała runów.

– Moja matka nie była Nocną Łowczynią! – Tessa spojrzała dzikim wzrokiem na portret Elizabeth Gray wiszący nad kominkiem. – A może twierdzi pan, że okłamała mojego ojca, okłamała wszystkich w swoim życiu...?

– Nie wiedziała – przerwał jej Mortmain. – Nocni Łowcy nie wiedzieli. Nie było nikogo, kto mógłby powiedzieć jej prawdę. Mój ojciec zbudował pani mechanicznego aniołka w prezencie dla mojej matki. Jest w nim zamknięty kawałek duszy anioła, wielka rzadkość, którą ojciec nosił przy sobie od czasu Krucjat. Sam mechanizm miał być tak dostrojony, żeby anioł interweniował i chronił moją matkę, gdyby jej życiu coś groziło. Jednak mój ojciec nie zdążył go skończyć. Został zamordowany. – Mortmain zaczął chodzić po jaskini. – Moi rodzice nie zostali skazani na śmierć. Po prostu Starkweather i jego ludzie lubili zabijać Podziemnych – stali się bogaci dzięki łupom – i szukali najmniejszego pretekstu, żeby przeciwko nim wyruszyć. Dlatego był znienawidzony przez społeczność Podziemnych. To faerie pomogły mi uciec, kiedy moi rodzice zginęli, i ukrywały mnie, aż Nocni Łowcy zaprzestali poszukiwań. – Wziął drżący oddech. – Lata później, kiedy faerie postanowiły się zemścić, ja im pomogłem. Instytuty są chronione przed Podziemnymi, ale nie przed Przyziemnymi, i oczywiście nie przed automatami. – Uśmiechnął się nieprzyjemnie. – To ja dzięki jednemu z wynalazków mojego ojca zakradłem się do Instytutu w Yorku i zamieniłem niemowlę w kołysce na jedno z dzieci Przyziemnych. Wnuczkę Starkweathera Adele.

– Adele – wyszeptała Tessa. – Widziałam jej portret.

Chorowita dziewczynka z długimi, jasnymi włosami, ubrana w staroświecką sukienkę, z wielką kokardą na małej główce. Blada, drobna twarzyczka, ale oczy promienne.

– Umarła, kiedy nałożono jej pierwsze runy – powiedział Mortmain z wyraźną satysfakcją. – Umarła, krzycząc, tak jak wcześniej wielu Podziemnych, kiedy ginęli z rąk Nocnych Łowców. A teraz Nocni Łowcy sami zabili kogoś, kogo pokochali. Stosowna odpłata.

Tessa patrzyła na niego z przerażeniem. Jak ktoś mógł uważać, że śmierć niewinnego dziecka w męczarniach jest stosowną odpłatą? Znowu pomyślała o Jemie, o jego palcach na strunach skrzypiec.

– Elizabeth, pani matka, dorastała, nie wiedząc, że jest Nocną Łowczynią. Nie dostała żadnych znaków. Oczywiście śledziłem jej życie, a kiedy wyszła za Richarda Graya, zatrudniłem go. Sądziłem, że dzięki brakowi runów pani matka może urodzić dziecko, które będzie pół demonem, pół Nocnym Łowcą i żeby sprawdzić tę teorię, wysłałem do niej demona pod postacią pani ojca. Nie zauważyła różnicy.

Tylko pustka w żołądku uchroniła Tesssę przed mdłościami.

– Co... pan zrobił mojej matce! Demon? Jestem półdemonem?

– On był Wielkim Demonem, jeśli to panią pocieszy. Większość z nich to dawni aniołowie. Całkiem nieźle wyglądał w swojej własnej postaci. – Mortmain uśmiechnął się z zadowoleniem. – Zanim pani matka zaszła w ciążę, przez lata pracowałem nad dokończeniem mechanicznego aniołka. Udało mi się tego dokonać i kiedy została pani poczęta, dostroiłem go do pani. To mój największy wynalazek.

– Ale dlaczego moja matka zgodziła się go nosić?

– Żeby panią ratować – odparł Mortmain. – Zrozumiała, że coś jest nie tak, kiedy zaszła w ciążę. Noszenie w łonie dziecka czarownika nie jest tym samym co noszenie ludzkiego płodu. Przyszedłem do niej i dałem jej mechanicznego aniołka. Powiedziałem, że on uratuje życie dziecka. Uwierzyła mi. Nie kłamałem. Jest pani nieśmiertelna, ale nie niezniszczalna. Może pani zginąć. Anioł jest dostrojony do pani życia. Możliwe, że ocalił panią setki razy, zanim w ogóle się pani urodziła, i później też ratował. Proszę pomyśleć, ile razy była pani bliska śmierci. Proszę pomyśleć o jego interwencjach.

Tessa przypomniała sobie, jak anioł obronił ją przed automatem, który ją dusił, jak odparował ciosy miecza istoty, która zaatakowała ją w pobliżu Ravenscar Manor, jak uratował ją przed roztrzaskaniem się na skałach wąwozu.

– Ale nie uchronił mnie przed torturami i ranami.

– Nie. Bo one są nieodłączną częścią ludzkiej kondycji.

– Podobnie jak śmierć – zauważyła Tessa. – Nie jestem człowiekiem, a pan pozwolił, żeby Mroczne Siostry mnie torturowały. Nigdy panu tego nie wybaczę. Nawet gdyby przekonał mnie pan, że mój brat zginął z własnej winy, że śmierć Thomasa też była usprawiedliwiona, że pańska nienawiść jest zrozumiała, tamtego nigdy panu nie wybaczę.

Mortmain podniósł pudełko leżące u jego stóp i przechylił je. Z grzechotem wypadły z niego na podłogę trybiki, przekładnie, śrubki i kawałki metalu umazane czarnym płynem. Na koniec na stosie żelastwa wylądowała gumowa czerwona piłka.

Głowa pani Black.

– Zniszczyłem ją – oznajmił Mortmain. – Dla pani. Chciałem udowodnić, że jestem szczery, panno Gray.

– Szczery? Dlaczego pan to wszystko zrobił? Dlaczego pan mnie stworzył?

Usta Mortmaina drgnęły lekko. To nie był uśmiech. Niezupełnie.

– Po pierwsze, żeby mogła pani urodzić dzieci.

– Ale czarownicy nie mogą...

– Nie. Ale nie jest pani zwykłą czarownicą. W pani żyłach krew demonów i krew aniołów stoczyła własną wojnę i anioły zwyciężyły. Nie jest pani Nocną Łowczynią, ale też nie jest pani czarownicą. Jest pani kimś zupełnie innym, całkiem nową istotą. – Mortmain prychnął. – Nocni Łowcy. Wszystkie hybrydy Nocnych Łowców i demonów umierają, a Nefilim są dumni i zadowoleni z tego, że ich krew nigdy nie zostanie zbrukana, a dziedzictwo skażone magią. Pani jednak może uprawiać magię. I mieć dzieci jak inne kobiety. Jeszcze nie teraz, ale za kilka lat, kiedy osiągnie pani pełną dojrzałość. Zapewnili mnie o tym najwięksi żyjący czarownicy. Razem zapoczątkujemy nową rasę, piękną jak Nocni Łowcy i bez żadnych cech czarowników. Ta rasa utemperuje arogancję Nocnych Łowców i zastąpi ich na Ziemi.

Pod Tessą ugięły się nogi. Opadła na podłogę, poły szlafroka rozlały się wokół niej niczym czarna fala.

– Pan... pan chce mnie wykorzystać, żebym urodziła pańskie dzieci?

Teraz Mortmain uśmiechnął się szeroko.

– Nie jestem człowiekiem bez honoru. Proponuję pani małżeństwo. Zawsze to planowałem. – Wskazał na stos poskręcanego metalu, który kiedyś był panią Black. –Wolałbym jednak pani chętny współudział. I mogę obiecać, że w ten sposób rozprawię się ze wszystkimi pani wrogami.

Moimi wrogami. Tessa pomyślała o zakrwawionym Nacie leżącym na jej kolanach, o jego rękach ściskających jej dłonie w chwili śmierci. Pomyślała o Jemie, o tym, że nigdy nie narzekał na swój los, tylko dzielnie stawiał mu czoło. Pomyślała o Charlotte, która opłakiwała śmierć Jessamine, choć ta ją zdradziła. Pomyślała o Willu, który usunął się na bok, bo kochał ją i Jema bardziej niż siebie.

Oto ludzka dobroć wymieszana z pragnieniami i marzeniami, żalami i goryczą, urazami i siłą. Ona istniała, choć Mortmain jej nie dostrzegał.

– Nigdy pan nie zrozumie – stwierdziła. – Mówi pan, że tworzy, buduje, robi wynalazki, ale ja znam pewnego wynalazcę, Henry'ego Branwella, i pan wcale nie jest taki jak on. On ożywia rzeczy, pan po prostu je niszczy. Teraz przynosi mi pan martwego demona, jakby to był bukiet kwiatów, a nie jeszcze więcej śmierci. Nie ma pan żadnych uczuć, panie Mortmain, żadnego współczucia dla nikogo. Gdybym nie wiedziała tego wcześniej, stałoby się to dla mnie zupełnie jasne, kiedy spróbował pan wykorzystać chorobę Jamesa Carstairsa, żeby zmusić mnie do przyjazdu tutaj. Choć on umiera przez pana, nie pozwoliłby mi tu przyjechać, nie wziąłby pańskiego *yin fen*. Tak się zachowują dobrzy ludzie.

Na jego twarzy zobaczyła rozczarowanie, natychmiast zastąpione przez chytry wyraz.

– Nie pozwoliłby pani przyjechać? Więc nie pomyliłem się w ocenie. Zrobiłaby to pani. Przyjechałaby pani tutaj z miłości.

– Nie z miłości do pana.

– Nie – przyznał Mortmain w zamyśleniu. – Nie do mnie.

Gdy wyjął z kieszeni jakiś przedmiot, Tessa od razu go rozpoznała. Zegarek na złotym łańcuszku. Nienakręcony. Wskazówki dawno temu przestały się obracać, czas zatrzymał się o północy. Na jego spodzie były wygrawerowane eleganckim pismem inicjały JTS.

– Wspomniałem, że stworzyłem panią z dwóch powodów. To jest drugi. Są na świecie zmiennokształtni, demony i magicy, którzy mogą przybierać wygląd innych osób. Ale tylko pani potrafi naprawdę stać się kimś innym. Ten zegarek należał do mojego ojca Johna Taddeusa Shade'a. Proszę, żeby pani go wzięła i zmieniła się w mojego ojca, żebym mógł z nim porozmawiać jeszcze jeden raz. Jeśli pani to zrobi, wyślę cały *yin fen*, jaki mam w posiadaniu – a jest go dużo – Jamesowi Carstairsowi.

– On go nie przyjmie – odpowiedziała Tessa.

– Dlaczego? – zapytał Mortmain rozsądnym tonem. – Pani już nie jest warunkiem otrzymania narkotyku. To dobrowolny dar. Byłoby głupotą go odrzucić i nic nie zyskać. Natomiast, oddając mi tę drobną przysługę, może pani uratować mu życie. Co pani na to, Tesso Gray?

***

Will, Will, obudź się.

To był głos Tessy. Will gwałtownie wyprostował się w siodle. Chwycił się końskiej grzywy, żeby odzyskać równowagę, i rozejrzał się znużonym wzrokiem.

Zieleń, szarość, błękit. Krajobraz Walii. Will minął Welshpool i granicę angielsko-walijską przed świtem. Niewiele pamiętał oprócz nieprzerwanej, męczącej jazdy przez Norton, Atcham, Emstrey, Weeping Cross. Ominął Shrewsbury, pokonał granicę i zobaczył w oddali walijskie wzgórza. W porannym świetle wyglądały dość niesamowicie, całe zasnute mgłą, którą z wolna wypalało słońce.

Will domyślał się, że jest gdzieś w pobliżu Llangadfan. Ładna droga, dawny rzymski szlak, biegła przez prawie wyludnioną okolicę, nie licząc pojedynczych farm. I wydawała się nieskończenie długa, bezkresna jak szare niebo rozpościerające się nad głową. Will zmusił się do zatrzymania w hotelu Cann Office, żeby coś zjeść, ale po krótkim postoju ruszył w dalszą podróż, bo dla niego liczył się tylko jej cel.

Teraz znajdował się w Walii i uświadomił sobie silną więź łączącą go z miejscem, gdzie się urodził. Wbrew słowom Cecily nie czuł jej aż do tej chwili. Wdychał walijskie powietrze, oglądał walijskie kolory: zieleń wzgórz, szarość skał i nieba, pobielone kamienne domy, kremowe owce na pastwiskach. W oddali sosny i dęby były ciemnoszmaragdowe, ale bliżej drogi roślinność miała barwy szarozielone i ochrowe.

W miarę jak wjeżdżał w głąb kraju, łagodne zielone wzgórza stawały się coraz surowsze, droga coraz bardziej stroma, słońce zaczynało się chylić ku pasmu odległych gór. Will zorientował się, gdzie jest, kiedy wjechał do Dyfi Valley, a góry przed nim urosły, groźne i poszarpane. Po lewej stronie wznosił się szczyt Car Afron o zboczach pokrytych skalnym rumoszem. Jadąc stromą i długą drogą, Will zgarbił się w siodle i zasnął mimo woli. Śnił o Cecily i Elli, które śmigały po podobnych wzgórzach i wołały go: „Chodź pobiegać z nami, Will!". Śnił o Tessie i jej wyciągniętych rękach. Wiedział, że nie może się zatrzymać, póki do niej nie dotrze. Nawet gdyby już nigdy miała tak na niego nie spojrzeć, nawet gdyby łagodność w jej oczach była przeznaczona dla kogoś innego. Czasami odruchowo wsuwał rękę do kieszeni i zamykał ją wokół jadeitowego naszyjnika.

Nagle poczuł mocne uderzenie w bok. Kiedy runął z impetem na pobocze drogi porośnięte trawą pełną kamieni, wypuścił naszyjnik z ręki. Silny ból przeszył jego ramię. Will przetoczył się na bok w samą porę, żeby uniknąć przygniecenia przez Baliosa. Minęła chwila, zanim zrozumiał, że nie zostali zaatakowani. Jego koń, zbyt wyczerpany, żeby zrobić następny krok, po prostu upadł na ziemię.

Will dźwignął się na kolana i podpełzł do Baliosa. Spieniony wierzchowiec żałośnie zatoczył oczami, kiedy pan objął go za szyję i z ulgą stwierdził, że puls konia jest równomierny i silny.

– Baliosie, Baliosie – wyszeptał Will, głaszcząc go po grzywie. – Przepraszam. Nie powinienem był tak cię zajeździć.

Pamiętał, jak Henry kupił magiczne wierzchowce i zastanawiał się, jak je nazwać. To Will zaproponował imiona Balios i Xantos, po nieśmiertelnych koniach Achillesa. „Obaj możemy pędzić szybko jak Zefir, którego uważają za najszybszy z wiatrów".

Jednakże w przeciwieństwie do swojego słynnego imiennika, Balios, choć silniejszy i szybszy niż zwykłe konie, nie był nieśmiertelny. Will wyciągnął się na ziemi i spojrzał w niebo:

mocno naciągnięte szare prześcieradło, tu i ówdzie poznaczone smugami czarnych chmur.

Kiedyś, w krótkim okresie między zniesieniem klątwy a nowiną, że Jem i Tessa są zaręczeni, myślał, żeby przywieźć Tessę do Walii i pokazać jej miejsca, gdzie mieszkał w dzieciństwie. Chciał zabrać ją do Pembrokeshire, obejść Saint Davids' Head, obejrzeć górskie kwiaty porastające zbocza, zobaczyć błękitne morze z Tenby, poszukać muszli na linii przypływu. Wszystko to teraz wydawało się odległymi fantazjami dziecka. Istniała tylko droga naprzód, jeszcze więcej jazdy i więcej zmęczenia, a na końcu prawdopodobnie śmierć.

Poklepawszy konia po szyi, Will dźwignął się na kolana i wstał z ziemi. Walcząc z zawrotami głowy, pokuśtykał na grań i spojrzał w dół.

Zobaczył niedużą dolinę, a w niej maleńką kamienną wioskę, niewiele większą od osady. Wyjął stelę zza paska i ze znużeniem narysował znak Wzroku na lewym nadgarstku. Dzięki niemu wypatrzył plac i mały kościółek. Doszedł do wniosku, że prawie na pewno jest tam jakaś gospoda, w której będzie mógł odpocząć przez noc.

Wszystko w jego sercu krzyczało, żeby jechać dalej – musiał znajdować się nie więcej jak dwadzieścia mil od celu – lecz dalsza podróż oznaczałaby śmierć konia, a on sam dotarłby do Cadair Idris niezdolny do walki. Wrócił do Baliosa i łagodnymi namowami oraz garściami owsa w końcu postawił go na nogi. Zerknąwszy na zachodzące słońce, poprowadził zwierzę w dół wzgórza, do wioski.

***

Krzesło, na którym siedziała Tessa, miało wysokie rzeźbione oparcie, nabijane masywnymi ćwiekami; ich płaskie główki wbijały się jej w plecy. Przed nią stało duże biurko, z jednej strony obłożone książkami. Na blacie dostrzegła czysty blok papieru, kałamarz z atramentem i gęsie pióro, a obok zegarek Johna Shade'a.

Po jej obu bokach stały dwa masywne automaty. Ich twórca niezbyt się starał, żeby upodobnić je do ludzi. Każdy miał prawie trójkątny kształt i grube ręce zakończone ostrzami jak brzytwy. Robiły dość przerażające wrażenie, ale Tessa czuła, że gdyby Will tu był, stwierdziłby, że wyglądają jak rzepy, i może ułożyłby o nich piosenkę.

– Proszę wziąć zegarek – polecił Mortmain. – I zmienić się.

Siedział naprzeciwko niej na krześle z takim samym wygiętym oparciem. Znajdowali się w innym pomieszczeniu, do którego zaprowadziły ją automaty. Jedyne oświetlenie pochodziło od ogromnego kominka, dostatecznie dużego, żeby upiec w nim całego wołu. Mortmain miał twarz ukrytą w cieniu, palce trzymał złączone pod brodą.

Tessa wzięła zegarek. Był ciężki i chłodny w dotyku. Zamknęła oczy.

Miała tylko słowo Mortmaina, że wysłał *yin fen*, ale mu uwierzyła. Co mu za różnica, że James Carstairs pożyje trochę dłużej? Narkotyk był tylko kartą przetargową, żeby dostać ją w swoje ręce, i cel został osiągnięty.

Usłyszała, jak Mortmain z sykiem wypuszcza powietrze przez zęby, i mocniej zacisnęła palce na zegarku. Wydawało się, że nagle zaczął pulsować, tak jak czasami mechaniczny aniołek. Jakby tliło się w nim życie. Tessa poczuła, że jej dłoń drży, a potem nagle nastąpiła Zmiana, jak zwykle bez udziału jej woli.

Gwałtownie zaczerpnęła tchu, kiedy zaczął nią miotać porywisty wiatr. John Shade nagle otoczył ją ze wszystkich strony. W górę ręki powędrował ból, tak że wypuściła zegarek, ale Zmiany już nie dało się powstrzymać. Jej barki poszerzyły się pod szlafrokiem, palce zzieleniały, ten sam kolor zaczął się rozprzestrzeniać po całym ciele, jak śniedź po miedzi.

Uniosła głowę. Poczuła się ciężka, jakby przyciskało ją ogromne brzemię. Spojrzała w dół i zobaczyła, że ma potężne męskie ramiona, skórę ciemnozieloną, dłonie duże. Obudził się w niej strach, ale był tylko maleńką iskrą w ogromnej zatoce ciemności. Jeszcze nigdy tak się nie zatraciła w przemianie.

Mortmain usiadł prosto, wpatrując się w nią intensywnie. Usta miał zaciśnięte, oczy jarzyły się twardym blaskiem.

– Ojcze – przemówił.

Tessa nie odpowiedziała. Nie mogła. Głos, który wydobył się z jej krtani, nie należał do niej, tylko do Shade'a.

– Mój mechaniczny książę.

Mortmain pochylił się i niecierpliwym gestem przesunął w stronę Tessy papiery leżące na biurku. Światło w jego oczach stało się jaśniejsze.

– Ojcze, potrzebuję twojej pomocy, szybko. Mam Pyxis i środki, żeby je otworzyć. Mam ciała automatów. Potrzebuję tylko czaru, który stworzyłeś, czaru wiążącego. Zapisz go, a dostanę ostatni kawałek łamigłówki.

Maleńki płomyk paniki w Tessie rósł z każdą chwilą. Nie było wzruszającego spotkania ojca z synem, tylko interes. Mortmain po prostu czegoś potrzebował od czarownika Johna Shade'a. Zaczęła walczyć, próbowała się uwolnić, ale Zmiana trzymała ją w żelaznym uścisku. Nie zdarzyło się jej to, odkąd Mroczne

Siostry ją wyszkoliły, ale choć John Shade był martwy, nadal czuła jego stalową wolę, która więziła jej ciało i zmuszała je do działania. Z przerażeniem zobaczyła, że sięga po pióro, zanurza je w atramencie i zaczyna pisać.

Pióro ze skrzypieniem przesuwało się po papierze. Mortmain pochylił się jeszcze bardziej. Oddychał ciężko jak po biegu. Za nim w kominku trzaskał ogień, wysoki i pomarańczowy.

– Właśnie tak. – Mortmain oblizał dolną wagę. – Rozumiem teraz, jak to powinno działać. Nareszcie. Dokładnie tak.

Tessa wytrzeszczyła oczy: jej ręka zostawiała na papierze ciąg bezsensownych liczb, znaków i symboli. Znowu podjęła próbę walki, ale jedyne, co udało się jej osiągnąć, to zrobić parę kleksów. Pióro ze skrzypieniem sunęło po kartce, jej dłoń się trzęsła, ale nadal spływały spod niej niezrozumiałe równania. Tessa przygryzła wargę i poczuła krew w ustach. Jedna kropla spadła na papier, a pióro rozmazało ją po stronicy.

– Właśnie tak – powtórzył Mortmain. – Ojcze...

Pióro pękło z trzaskiem tak głośnym, że odbił się echem od ścian jaskini. Wypadło z ręki Tessy, a ona zgarbiła się na krześle, wyczerpana. Zieleń stopniowo zniknęła z jej skóry, ciało się skurczyło, włosy opadły luźno na ramiona. Nadal czuła w ustach smak krwi.

– Nie – wykrztusiła i sięgnęła po zapisaną kartkę. – Nie...

Ale ruchy miała spowolnione przez ból Zmiany, tak że Mortmain okazał się szybszy. Ze śmiechem wyrwał papier spod jej ręki i wstał.

– Doskonale. Dziękuję, moja mała czarownico. Dałaś mi wszystko, czego potrzebowałem. Automaty, odprowadźcie pannę Gray z powrotem do jej pokoju.

Metalowa ręka chwyciła za tył szlafroka i podniosła Tessę z krzesła, a jej zawirował w oczach świat. Mortmain wziął zegarek z biurka i uśmiechnął się drapieżnym, złym uśmiechem.

– Będziesz ze mnie dumny, ojcze – powiedział. – Wkrótce się przekonasz.

Tessa zamknęła oczy. Co ja zrobiłam? – pomyślała, kiedy automat wyprowadzał ją z pokoju. Mój Boże, co ja zrobiłam?

Rozdział siedemnasty

Jakkolwiek jest, wydaje mi się,

„Że dobrym być to szlachetna rzecz.
Dobre serca to więcej niż diademy,
A prosta wiara niż normandzka krew”.
– Alfred, lord Tennyson, *Lady Clara Vere de Vere*

Ciemna głowa Charlotte pochylała się nad listem, kiedy Gabriel wszedł do saloniku. W pokoju było zimno, ogień wygasł w kominku. Dlaczego Sophie nie rozpaliła go na nowo? Za dużo czasu spędzała na treningach. Jego ojciec nie miałby do tego cierpliwości. Lubił służących wyszkolonych do walki, ale wolał, żeby zdobywali umiejętności, zanim przyszli do niego na służbę.

Charlotte uniosła wzrok.

– Gabriel.

– Chciała mnie pani widzieć? – Starał się mówić spokojnym głosem. Miał wrażenie, że spojrzenie ciemnych oczu pani Branwell prześwietla go na wskroś, jakby był ze szkła. Pomknął wzrokiem ku kartce leżącej na biurku. – Co to jest?

Charlotte się zawahała.

– List od Konsula. – Zacisnęła usta, spuściła wzrok i westchnęła. – Chciałam jedynie prowadzić Instytut jak mój ojciec. Nie przypuszczałam, że będzie tak ciężko. Napiszę do niego znowu, ale... – Uśmiechnęła się z przymusem. – Nie zaprosiłam cię tutaj, żeby mówić o sobie. Gabrielu, wyglądałeś na zmęczonego i nerwowego przez kilka ostatnich dni. Wszyscy jesteśmy przygnębieni i obawiam się, że przez to napięcie mogliśmy zapomnieć o... twojej sytuacji.

– Mojej sytuacji?

– Twój ojciec – wyjaśniła Charlotte, wstając z krzesła i zbliżając się do niego. – Na pewno go opłakujesz.

– A co z Gideonem? – zapytał Gabriel. – To był również jego ojciec.

– Gideon opłakiwał go jakiś czas temu. Dla ciebie ostatnie przeżycia są nowe i bolesne. Nie chciałam, żebyś myślał, że zapomniałam.

– Po tym wszystkim, co się wydarzyło... – Gardło mu się ścisnęło, ale wolał za bardzo nie analizować swoich uczuć. – Po Jemie, Willu, Jessamine i Tessie, po tym, jak ten dom omal się nie rozpadł, martwi się pani o mnie?

Charlotte położyła dłoń na jego ramieniu.

– Te straty nie umniejszają twojej...

– Niemożliwe, żeby pani chciała mnie pocieszyć – stwierdził Gabriel. – Prosiła mnie pani, żebym się zastanowił, czy nadal jestem lojalny wobec ojca czy wobec Instytutu...

– Gabrielu, nie. Nic podobnego.

– Nie mogę pani udzielić odpowiedzi. Nie potrafię zapomnieć, że on ze mną został. Moja matka umarła, Gideon wyjechał, Tatiana to bezużyteczna kretynka, więc nie miałem nikogo oprócz niego. Tylko my dwaj. On mnie wychował. A teraz pani i Gideon oczekujecie, że zacznę nim pogardzać, ale ja nie mogę. Był moim ojcem i ja... – Głos mu się załamał.

– Kochałeś go – dokończyła łagodnie Charlotte. – Wiesz, pamiętam cię, jak byłeś małym chłopcem, i pamiętam twoją matkę. Twojego brata również. Zawsze stał obok ciebie. A ojciec trzymał dłoń na twoim ramieniu. Jeśli to ma znaczenie, wierzę, że on też cię kochał.

– To bez znaczenia, bo go zabiłem. – Głos Gabriela drżał. – Przeszyłem mu strzałą oko... przelałem jego krew. Ojcobójstwo...

– To nie ojcobójstwo. To już nie był twój ojciec.

– Jeśli to nie był mój ojciec, jeśli nie położyłem kresu jego życiu, to gdzie on jest? – wyszeptał Gabriel.

Charlotte wyciągnęła ręce i objęła go jak matka. Tuliła go, podczas gdy on szlochał na jej ramieniu, bez łez, które dławiły go w gardle.

– Gdzie jest mój ojciec? – powtórzył, a kiedy przytuliła go mocniej, zdziwił go jej żelazny uścisk. Jak mógł kiedykolwiek uważać tę drobną kobietę za słabą.

***

Do: Charlotte Branwell
Od: Konsula Josiaha Waylanda

Droga Pani Branwell,

informator, którego nazwiska nie może Pani ujawnić? Zaryzykowałbym domysł, że nie ma żadnego informatora i że to wszystko Pani wymysł. Intryga, żeby przekonać mnie o słuszności Pani żądań.

Proszę przestać powtarzać bezmyślnie jak papuga: „Wyruszajmy natychmiast do Cadair Idris", a zamiast tego udowodnić mi, że Pani naprawdę kieruje Instytutem Londyńskim. W przeciwnym razie, obawiam się, będę musiał uznać, że jest Pani niezdolna do wypełniania swoich obowiązków, i natychmiast Panią z nich zwolnić.

Zmuszony jestem prosić, żeby na dowód podporządkowania się, w ogóle przestała Pani mówić o tej sprawie i nakłaniać członków Enklawy, żeby przyłączyli się do Pani bezowocnych poszukiwań. Jeśli usłyszę, że poruszyła Pani tę kwestię przy innych Nefilim, uznam to za szczyt nieposłuszeństwa i podejmę stosowne kroki.

Josiah Wayland,

Konsul Clave

Sophie przyniosła ten list rano do jadalni. Charlotte otworzyła go nożem do masła, złamała pieczęć (podkowę z literą K od Konsul pod spodem) i niemal rozerwała papier, tak się paliła, żeby go przeczytać.

Reszta obecnych przy śniadaniu obserwowała ją uważnie. Henry z coraz większą troską na twarzy, w miarę jak na policzkach jego żony powoli wykwitały dwie ciemnoczerwone plamy. Pozostali siedzieli nieruchomo nad talerzami. Cecily pomyślała o tym, jakie to dziwne, że grupa mężczyzn w napięciu śledzi reakcję kobiety.

Choć była to grupa mniejsza, niż powinna. Nieobecność Jema i Willa wydawała się jak świeża rana, czyste białe cięcie jeszcze niewypełnione krwią i niesprawiające silnego bólu.

– O co chodzi? – zapytał z niepokojem Henry. – Charlotte, kochanie...

Charlotte czytała z mechaniczną obojętnością. Na koniec odłożyła list, nadal nie odrywając od niego wzroku.

– Po prostu nie mogę... Nie rozumiem.

Henry poczerwieniał pod piegami.

– Jak on śmie tak do ciebie pisać – rzucił z nieoczekiwaną gwałtownością. – Jak śmie zwracać się do ciebie w ten sposób, lekceważyć twoje obawy...

– Może ma rację – powiedziała Charlotte. – Może jest szalony. Może wszyscy jesteśmy.

– Nie! – wykrzyknęła Cecily i zobaczyła, że Gabriel patrzy na nią z ukosa. Nie potrafiła odczytać wyrazu jego twarzy. Był blady, odkąd wszedł do jadalni, prawie się nie odzywał i nie jadł, tylko wpatrywał się w obrus, jakby tam znajdowały się odpowiedzi na wszystkie pytania świata. – Mistrz jest w Cadair Idris. Jestem tego pewna.

Gideon zmarszczył brwi.

– Wierzę ci. Wszyscy wierzymy, ale bez Konsula nie można przedstawić sprawy Radzie. Bez niego nie dostaniemy żadnej pomocy.

– Portal jest prawie gotowy do użycia – oznajmił Henry. – Kiedy zacznie działać, będziemy mogli przetransportować dowolną liczbę Nocnych Łowców do Cadairs Idris w ciągu paru chwil.

– Tyle że nie będzie żadnych Nocnych Łowców do przeniesienia – ostudziła go Charlotte. – Konsul zabrania mi rozmawiać o tej sprawie z Enklawą. Jego władza przewyższa moją. Zlekceważyć jego polecenie... moglibyśmy stracić Instytut.

– I co z tego? – spytała z żarem Cecily. – Bardziej pani dba o swoje stanowisko niż o Willa i Tessę?

– Panno Herondale – zaczął Henry, ale Charlotte uciszyła go gestem ręki.

Wyglądała na bardzo zmęczoną.

– Nie, Cecily, ale Instytut zapewnia nam ochronę. Bez niego nasze możliwości, żeby pomóc Willowi i Tessie, będą bardzo ograniczone. Jako szefowa Instytutu mogę wiele więcej niż pojedynczy Nocny Łowca...

– Nie – wtrącił się Gabriel, gestykulując chudymi, białymi palcami. – Pani nie może...

– Gabrielu? – odezwał się Gideon pytającym tonem.

– Nie będę milczał – oświadczył młodszy Lightwood i wstał, jakby zamierzał wygłosić mowę albo uciec od stołu. Skierował wzrok na Charlotte. – Tamtego dnia, kiedy przyszedł tutaj Konsul, a potem zabrał mnie i brata na przesłuchanie, groził nam, aż w końcu obiecaliśmy, że będziemy dla niego szpiegować.

Charlotte zbladła. Henry zaczął podnosić się z krzesła. Gideon wyciągnął rękę w błagalnym geście.

– Nigdy tego nie zrobiliśmy – ciągnął Gabriel. – Nie powiedzieliśmy mu ani słowa. W każdym razie prawdziwego. – Powiódł wzrokiem wokół stołu, a wszyscy obecni tylko się w niego wpatrywali. – Tylko parę kłamstw. Mylnych tropów. Przestał nas nagabywać po zaledwie dwóch listach. Zrozumiał, że nic z tego nie będzie.

– To prawda, proszę pani – dobiegł cichy głos z kąta pokoju.

– Sophie! – Henry był wstrząśnięty. – Wiedziałaś o tym?

– Tak, ale... – Pokojówka była blada. Jej głos drżał. – On strasznie groził Gideonowi i Gabrielowi, panie Branwell. Mówił, że każe wykreślić Lightwoodów z archiwów Nocnych Łowców, że wypędzi Tatianę na ulicę. Ale oni i tak nic mu nie powiedzieli. W końcu chyba zrozumiał, że niczego się nie dowie, i zrezygnował. Tak mi przykro. Ja tylko...

– Nie zrobiła nic złego – odezwał się Gideon zdesperowanym tonem. – Proszę o nic nie winić Sophie, pani Branwell.

– Nie winię – uspokoiła go Charlotte. Jej spojrzenie szybko przesuwało się z Gabriela na Gideona, Sophie i z powrotem. – Przypuszczam jednak, że jest w tej historii coś więcej, mam rację?

– To już wszystko, naprawdę... – zaczął Gideon.

– Nie – przerwał mu Gabriel. – Nie wszystko. Kiedy do ciebie przyszedłem, Gideonie, i powiedziałem, że Konsul już nie chce, żebyśmy mu donosili o Charlotte, kłamałem.

– Co?! – Gideon był wstrząśnięty.

– Odciągnął mnie na bok w dniu ataku na Instytut. Powiedział, że jeśli pomogę mu zdemaskować Charlotte, odda nam posiadłość Lightwoodów, przywróci honor naszemu nazwisku, zatuszuje postępki naszego ojca... – Zaczerpnął tchu. – A ja mu obiecałem, że to zrobię...

– Gabrielu! – jęknął Gideon i ukrył twarz w dłoniach.

Młodszy brat wyglądał, jakby zrobiło mu się słabo. Niemal chwiał się na nogach. Cecily była rozdarta między współczuciem a przerażeniem. Przypomniał się jej wieczór w sali treningowej, kiedy mu powiedziała, że w niego wierzy i że on na pewno dokona właściwego wyboru.

– Dlatego wyglądałeś na takiego przestraszonego, kiedy wezwałam cię dzisiaj do siebie – domyśliła się Charlotte, patrząc na niego spokojnie. – Sądziłeś, że cię nakryłam.

Henry znowu zaczął wstawać od stołu. Jego miła, otwarta twarz po raz pierwszy pociemniała z gniewu.

– Gabrielu Lightwood – powiedział. – Moja żona okazała ci wyłącznie dobroć, a ty tak jej odpłacasz?

Charlotte położyła dłoń na ramieniu męża.

– Henry, zaczekaj. Gabrielu, co zrobiłeś?

– Podsłuchałem pani rozmowę z Aloysiusem Starkweatherem – odparł Gabriel bezbarwnym głosem. – Potem napisałem list do Konsula, że swoje prośby o wyruszenie do Walii opiera pani na słowach szaleńca, że jest pani łatwowierna i zbyt uparta...

Wzrok Charlotte przeszywał go jak gwoździe. Cecily pomyślała, że nie chciałaby nigdy poczuć takiego spojrzenia na sobie.

– Napisałeś to. A wysłałeś?

Gabriel wziął głęboki wdech.

– Nie. – Sięgnął do rękawa, wyjął z niego złożoną kartkę i rzucił ją na stół. Była poplamiona i wymięta na brzegach, jakby składano ją i rozkładano wiele razy. – Nie mogłem tego zrobić. Nie mogłem.

Cecily wypuściła powietrze z płuc. Nawet nie zdawała sobie sprawy, że wstrzymuje oddech.

Sophie wydała cichy dźwięk i ruszyła ku Gideonowi, który wyglądał, jakby dostał silny cios w brzuch. Charlotte zachowała spokój. Nie straciła go zresztą ani na chwilę. Sięgnęła po list, przebiegła go wzrokiem i odłożyła z powrotem na stół.

– Dlaczego go nie wysłałeś? – spytała.

Gabriel spojrzał nią dziwnym wzrokiem i odparł:

– Miałem swoje powody, żeby się rozmyślić.

– Dlaczego nie przyszedłeś do mnie? – odezwał się Gideon z wyrzutem. – Jesteś moim bratem...

– Nie możesz zawsze decydować za mnie, Gideonie. Ja sam muszę dokonywać wyborów. Jako Nocni Łowcy powinniśmy być bezinteresowni. Mamy umierać za Przyziemnych, za Anioła, a przede wszystkim za siebie nawzajem. Takie są nasze zasady.

Charlotte postępuje zgodnie z nimi. Ojciec nigdy. Uświadomiłem sobie, że się myliłem, przekładając lojalność wobec własnej krwi nad zasady, nad wszystko. I zrozumiałem, że Konsul się myli co do Charlotte. – Gabriel umilkł nagle i zacisnął usta w wąską kreskę. Potem spojrzał na panią Branwell. – Bardzo się mylił. Nie mogę cofnąć tego, co zrobiłem w przeszłości, ani tego, nad czym się zastanawiałem. Nie wiem, jak wynagrodzić pani swoje wątpliwości i swoją niewdzięczność. Mogę jedynie powiedzieć, co wiem. Niech pani nie czeka na aprobatę Waylanda, bo nigdy jej pani nie dostanie. On nigdy nie wyruszy do Cadair Idris. Nie zgodzi się na żaden plan, pod którym się pani podpisuje. Chce się pozbyć pani z Instytutu. Zastąpić panią kimś innym.

– Ale to on wyznaczył mnie na to stanowisko – przypomniała Charlotte. – Popierał mnie...

– Bo myślał, że okaże się pani słaba. Bo uważa, że kobiety są słabe i łatwo nimi manipulować, ale pani udowodniła, że tak nie jest, i pokrzyżowała mu plany. On już nie tylko chce, ale musi panią zdyskredytować. Powiedział mi wprost, że nawet jeśli nie odkryję żadnych pani błędów ani nagannego postępowania, mogę wymyślić kłamstwo, które panią pogrąży. Byle było przekonujące.

Charlotte zacisnęła wargi.

– Więc nigdy we mnie nie wierzył – wyszeptała. – Nigdy.

Henry ścisnął ramię żony i oświadczył z przekonaniem:

– A powinien. Nie docenił cię, ale to jeszcze nie jest tragedia. Okazałaś się lepsza, bystrzejsza i silniejsza, niż ktokolwiek mógł się spodziewać, i to jest twój prawdziwy triumf.

Charlotte przełknęła ślinę, a Cecily zastanawiała się przez chwilę, co to za uczucie, kiedy ktoś patrzy na ciebie w taki sposób, jak pan Branwell na żonę... jakby była ostatnim cudem świata.

– Co mam zrobić?

– To, co uważasz za najlepsze, kochanie – odparł Henry.

– Pani jest przywódczynią Enklawy i szefową Instytutu – powiedział Gabriel. – Wierzymy w panią, nawet jeśli Konsul nie wierzy. – Pochylił głowę. – Od tej chwili będę wobec pani lojalny. Cokolwiek jest to dla pani warte.

– Bardzo warte – zapewniła go Charlotte.

W jej głosie można było wyczuć autorytet, który sprawił, że Cecily chciała wstać i wygłosić podobne oświadczenie, żeby tylko zyskać aprobatę pani Branwell. Nie potrafiła sobie wyobrazić, żeby to samo mogła czuć wobec Waylanda. I dlatego Konsul jej nienawidzi, pomyślała. Bo jest kobietą, ale w przeciwieństwie do niego potrafi sobie zyskiwać lojalność.

– Będziemy działać tak, jakby Konsul nie istniał. Jeśli jest zdecydowany usunąć mnie ze stanowiska, nie mam czego bronić. Po prostu róbmy to, co musimy, zanim zdąży nas powstrzymać. Henry, kiedy będzie gotowy twój wynalazek?

– Jutro – odparł pośpiesznie mąż. – Będę pracował przez całą noc...

– Zostanie wykorzystany po raz pierwszy – zauważył Gideon. – Czy to nie nazbyt ryzykowne?

– Nie mamy innego sposobu, żeby szybko dotrzeć do Walii – stwierdziła Charlotte. – Kiedy wyślę wiadomość, będziemy mieli niewiele czasu do chwili, gdy zjawi się Konsul, żeby mnie zwolnić.

– Jaką wiadomość? – ze zdziwieniem spytała Cecily.

– Zamierzam rozesłać wieść do wszystkich członków Clave – odparła Charlotte. – Natychmiast. Nie do Enklawy. Do Clave.

– Ale tylko Konsul może... – zaczął Henry, ale szybko zamknął usta. – Aha.

– Przedstawię im sytuację i poproszę o pomoc. Nie jestem pewna, na jaką reakcję możemy liczyć, ale z pewnością ktoś nas poprze.

– Ja tak – bez wahania oświadczyła Cecily.

– I ja oczywiście – dołączył się Gabriel. Wyraz twarzy miał zrezygnowany i niespokojny, ale zdeterminowany.

Cecily jeszcze nigdy nie podobał się bardziej.

– Ja też, ale... – Gideon spojrzał na brata z troską w oczach – ...przeciwko całej sile Mortmaina jest nas tylko sześcioro, z czego jedno po zaledwie krótkim szkoleniu.

Cecily poczuła irytację po tych ostatnich słowach i jednocześnie zadowolenie, że uznał ją za jedną z nich.

– To może być samobójcza misja – dodał Gideon.

– Nocnych Łowców jest tylko sześcioro, ale wojowników co najmniej dziewięcioro – odezwała się Sophie cichym głosem. – Ja też jestem wyszkolona i chcę walczyć razem z wami. Podobnie Bridget i Cyril.

Charlotte wyglądała jednocześnie na uradowaną i zarazem zaniepokojoną.

– Dopiero zaczęłaś szkolenie, Sophie...

– Trenuję dłużej niż panna Herondale – zauważyła pokojówka.

– Cecily jest Nocną Łowczynią...

– Panna Collins ma wrodzony talent – odezwał się Gideon. Jego twarz wyraźnie zdradzała mieszane uczucia. Nie chciał, żeby Sophie walczyła i narażała się na niebezpieczeństwo, ale jednocześnie nie zamierzał kłamać co do jej umiejętności. – Powinna odbyć Wstąpienie i zostać Nocną Łowczynią.

– Gideonie... – zaczęła Sophie, kompletnie zaskoczona, ale Charlotte już mierzyła ją przenikliwym wzrokiem.

– Chcesz tego, kochanie? Wstąpienia?

– Ja... to znaczy, zawsze o tym marzyłam, pani Branwell, ale musiałabym odejść ze służby, a pani zawsze była dla mnie taka dobra. Nie chciałabym się odpłacić, opuszczając panią...

– Nonsens – przerwała jej Charlotte. – Zawsze mogę sobie znaleźć inną pokojówkę. Drugiej Sophie nie znajdę. Jeśli pragniesz zostać Nocną Łowczynią, szkoda, że wcześniej tego nie powiedziałaś. Mogłam pójść do Konsula, zanim popadłam w konflikt z nim. Ale kiedy wrócimy...

Gdy pani Branwell nagle umilkła, Cecily usłyszała niewypowiedziane słowa: „Jeśli wrócimy".

– Kiedy wrócimy, wysunę twoją kandydaturę do Wstąpienia – dokończyła Charlotte.

– Ja też ją poprę – zapowiedział Gideon. – Ostatecznie mam w Radzie miejsce po ojcu. Jego przyjaciele mnie posłuchają. Nadal są winni lojalność naszej rodzinie. A poza tym, jak inaczej moglibyśmy się pobrać?

– Co? – Gabriel z wrażenia strącił talerz na podłogę, a ten roztrzaskał się na kawałki.

– Pobrać? – powtórzył Henry. – Żenisz się z którąś ze znajomych ojca z Rady? Z którą?

Twarz Gideona przybrała kolejno różne odcienie zieleni. Najwyraźniej te słowa wymknęły mu się niechcący i teraz nie wiedział, co zrobić. Popatrzył z przerażeniem na Sophie, ale stwierdził, że raczej nie może od niej oczekiwać pomocy. Wyglądała jak ryba niespodziewanie wyciągnięta z wody na piasek.

Cecily wstała i rzuciła serwetkę na talerz.

– No, dobrze, wszyscy z pokoju! – powiedziała, siląc się na rozkazujący ton, który przybierała jej matka, kiedy chciała, żeby coś zrobiono w domu.

Gdy Charlotte, Henry i Gideon zaczęli wstawać od stołu, Cecily uniosła ręce.

– Ty nie, Gideonie Lightwood! A ty – wskazała na Gabriela – przestań się gapić. I chodź tutaj.

Chwyciła go za tył marynarki i niemal wywlekła z jadalni. Henry i Charlotte z trudem za nimi nadążali.

***

Kiedy tylko opuścili pokój, Charlotte pomaszerowała do salonu, żeby napisać list do Clave. Henry poszedł razem z nią. (Pani Branwell zatrzymała się na zakręcie korytarza i obejrzała na Gabriela z lekkim grymasem rozbawienia na ustach, ale Cecily podejrzewała, że on tego nie zauważył). Szybko jednak przestała o tym myśleć, bo była zbyt zajęta przyciskaniem ucha do drzwi jadalni. Próbowała usłyszeć, co się dzieje w środku.

Po chwili wahania Gabriel oparł się o ścianę obok niej. Był blady, ale miał rumieńce na policzkach i rozszerzone źrenice.

– Bardzo nieładnie jest podsłuchiwać, panno Herondale.

– To pana brat – szepnęła Cecily z uchem przy drzwiach. Słyszała szmer głosów, ale nie odróżniała słów. – Nie chce pan wiedzieć?

Gabriel przeczesał rękami włosy i odetchnął głęboko jak po długim biegu. Następnie wyjął stelę z kieszeni kamizelki, szybko narysował znak na swoim nadgarstku i położył dłoń płasko na drzwiach.

– Chcę.

Cecily przeniosła wzrok z jego ręki na zamyśloną twarz.

– Słyszy ich pan? – spytała. – Och, to niesprawiedliwe!

– Jest bardzo romantycznie – stwierdził Gabriel i zmarszczył brwi. – Albo raczej byłoby, gdyby mój brat potrafił wydobyć z siebie normalny głos, a nie jak u skrzeczącej żaby. Obawiam się, że nie przejdzie do historii jako jeden z największych uwodzicieli.

Cecily skrzyżowała ręce na piersi, poirytowana.

– Nie rozumiem pańskiego nastawienia. Może panu przeszkadza, że brat chce się ożenić ze służącą?

Na twarzy Gabriela odmalował się gniew, a Cecily nagle pożałowała, że droczy się z nim po tym wszystkim, co przeszedł.

– Nic, co on zrobi, nie może być gorsze od tego, co zrobił mój ojciec. Przynajmniej ma upodobanie do ludzkich kobiet.

A jednak było trudno się z nim nie droczyć. Był taki irytujący.

– To ma być wielka aprobata dla takiej kobiety jak Sophie?

Gabriel wyglądał, jakby szykował się do ciętej riposty, ale w ostatniej chwili z niej zrezygnował.

– Nie chciałem, żeby to tak zabrzmiało. Ona jest świetną dziewczyną i będzie doskonałą Nocną Łowczynią po Wstąpieniu. Przyniesie zaszczyt naszej rodzinie, a Anioł wie, że tego potrzebujemy.

– Wierzę, że pan również przyniesie zaszczyt swojej rodzinie – powiedziała Cecily. – To, co właśnie pan zrobił... Przyznanie się Charlotte wymagało odwagi.

Gabriel milczał przez chwilę. Potem wyciągnął do niej rękę.

– Proszę wziąć moją dłoń – zaproponował. – Usłyszy pani, co się dzieje w jadalni.

Po chwili wahania Cecily ujęła ciepłą i szorstką rękę. Poczuła pulsowanie krwi pod jego skórą, dziwnie kojące... i rzeczywiście nagle zaczęła słyszeć wyraźnie, jakby przyciskała ucho do drzwi, cichy szmer głosów: cichy, wahający się Gideona i delikatny Sophie. Zamknęła oczy i wytężyła słuch.

***

– Och – wyszeptała Sophie i usiadła na krześle. – O, Boże.

Musiała usiąść. Nogi się pod nią uginały. Natomiast Gideon stał przy kredensie i wyglądał na przerażonego. Jego jasnobrązowe włosy były zmierzwione, jakby przeczesywał je rękami.

– Droga panno Collins... – zaczął.

– To jest... – zaczęła się jąkać Sophie. – Ja nie... To całkiem nieoczekiwane.

– Tak? – Gideon odszedł od kredensu i oparł się o stół. Rękawy koszuli miał podwinięte. Sophie przyłapała się na tym, że patrzy na jego nadgarstki porośnięte jasnymi włoskami i naznaczone białymi śladami po znakach. – Na pewno musiała pani zauważyć mój szacunek i podziw dla pani.

– Podziw. – W ustach Sophie to słowo zabrzmiało bardzo blado.

Gideon się zarumienił.

– Droga panno Collins – spróbował jeszcze raz. – To prawda, że moje uczucia do pani znacznie wykraczają poza podziw. Określiłbym je raczej jako bardzo żarliwy afekt. Pani dobroć, uroda i szczodre serce... robią na mnie takie wrażenie, że tracę głowę. Nie wiem, co dziś rano we mnie wstąpiło, żeby na głos wyrazić moje największe pragnienie. Proszę nie czuć się zobowiązaną do przyjęcia moich oświadczyn tylko dlatego, że odbyły się publicznie. To ja powinienem być zakłopotany z tego powodu.

Sophie podniosła na niego wzrok. Twarz Gideona bladła i rumieniła się na przemian, zdradzając wielkie poruszenie.

– Ale pan wcale się nie oświadczył.

Gideon drgnął zaskoczony.

– Ja... Jak to?

– Nie oświadczył się pan – powtórzyła Sophie spokojnie. – Oznajmił pan przy śniadaniu, że zamierza się pan ze mną ożenić, ale to nie były oświadczyny, tylko deklaracja. Oświadczyny są wtedy, kiedy się kogoś pyta.

***

– No, to pokazała mojemu bratu jego miejsce – skomentował Gabriel z zadowoloną miną, jaką widuje się u młodszego rodzeństwa, kiedy ktoś uciera nosa starszym braciom albo siostrom.

– Ciii! – syknęła Cecily, ściskając jego rękę. – Chcę usłyszeć, co mówi pan Lightwood!

***

– Dobrze – powiedział Gideon zdecydowanym (choć nieco przerażonym) tonem, niczym święty Jerzy ruszający do walki ze smokiem. – Niech będą oświadczyny.

Sophie śledziła go wzrokiem, kiedy podchodził i klękał u jej stóp. Życie to niepewna sprawa, dlatego chce się zapamiętać z niego pewne chwile, wyryć je w umyśle, żeby później wyjąć wspomnienie jak zasuszony kwiat włożony między kartki książki i ponownie się nim rozkoszować.

Sophie wiedziała, że nie będzie chciała zapomnieć tego, jak Gideon ujął jej dłoń drżącą ręką i przygryzł wargę, zanim przemówił:

– Droga panno Collins, proszę mi wybaczyć mój niestosowny wybuch. Po prostu żywię dla pani tak wielki... podziw... nie, nie podziw... uwielbienie, że chyba ono aż ze mnie promieniuje. Odkąd przybyłem do tego domu, z dnia na dzień coraz większe wrażenie robiła na mnie pani uroda, odwaga, szlachetność. Na ten zaszczyt nigdy sobie nie zasłużę, ale szczerze pragnę, żeby pani należała tylko do mnie... to znaczy, gdyby zgodziła się pani zostać moją żoną.

– Na Anioła! – wykrztusiła Sophie, kompletnie zaskoczona. – Ćwiczył pan tę przemowę?

Gideon zamrugał.

– Zapewniam panią, że była całkowicie spontaniczna.

– Ładna. – Sophie uścisnęła jego ręce. – I tak. Tak, kocham pana i zostanę pańską żoną, Gideonie.

Na twarzy Lightwooda rozlał się promienny uśmiech. Potem Gideon zaskoczył ich oboje, obejmując Sophie i całując ją w usta, a ona ujęła w dłonie jego twarz. Jego usta smakowały lekko herbatą, były miękkie, a pocałunek słodki. Sophie zapomniała o całym świecie. Czuła się bezpieczna.

Do chwili kiedy jej szczęście zakłócił smętny głos Bridget płynący z kuchni.

We wtorek wzięli ślub,
W piątek już nie żyli.
Pochowali ich obok siebie na cmentarzu,
O, mój ukochany,
Pochowali ich obok siebie na cmentarzu.

Z niechęcią oderwawszy się od Gideona, Sophie wstała z krzesła i otrzepała suknię.

– Proszę mi wybaczyć, drogi panie Lightwood, to znaczy Gideonie, ale muszę iść zamordować kucharkę. Zaraz wracam.

***

– Och! – wyszeptała Cecily. – To było takie romantyczne!

Gabriel zabrał rękę z drzwi i uśmiechnął się do niej. W takich chwilach jego twarz całkiem się zmieniała: ostre rysy łagodniały, chłodna zieleń oczu zmieniała barwę na cieplejszą zieleń liści w wiosennym słońcu.

– Płacze pani, panno Herondale?

Cecily zamrugała szybko i nagle uświadomiła sobie, że nadal trzyma jego dłoń, że czuje puls na nadgarstku. Gabriel nachylił się ku niej, a ona poczuła zapach porannej herbaty i mydła do golenia...

Odsunęła się pośpiesznie i zabrała rękę.

– Dziękuję, że pozwolił mi pan posłuchać. Muszę... muszę iść do biblioteki. Mam coś do zrobienia na jutro.

Gabriel zmarszczył brwi.

– Cecily...

Ale ona już śpieszyła korytarzem, nie oglądając się za siebie.

***

Do: Edmunda i Linette Herondale'ów
Ravenscar Manor
West Riding, Yorkshire

Drodzy Mamo i Tato,

zaczynałam ten list wiele razy i nigdy go nie wysłałam. Z początku chodziło o poczucie winy. Wiem, że okazałam się samowolną, nieposłuszną dziewczyną, która Was opuściła. Nie potrafiłam patrzeć na dowody swojego postępku spisane czarno na białym.

Potem doszła tęsknota za domem. Tak bardzo za Wami tęskniłam. Za zielonymi wzgórzami otaczającymi posiadłość, za fioletowymi wrzosami. Za mamą śpiewającą w ogrodzie. Tutaj było zimno, wszystko czarne, brązowe i szare, gęste mgły i duszące powietrze. Myślałam, że umrę z samotności, ale jak mogłam Wam to powiedzieć? Przecież sama wybrałam.

Później był smutek. Postanowiłam tu przyjechać, żeby uświadomić Willowi jego zobowiązania i przywieźć go z powrotem do nas. Ale on ma swoje pojęcie o obowiązku, honorze i obietnicach, które złożył. I zrozumiałam, że nie zdołam ściągnąć do domu kogoś, kto już ma dom. Nie wiedziałam jednak, jak Wam to powiedzieć.

Potem było szczęście. Może się Wam wydać to dziwne, że nie mogę wrócić, bo znalazłam zadowolenie. Kiedy szkoliłam się na Nocną Łowczynię, czułam takie samo poruszenie, o jakim mama mówiła za każdym razem, kiedy, jadąc z Welshpool, widzieliśmy Dyfi Valley. Z serafickim mieczem w ręce jestem kimś więcej niż tylko Cecily Herondale, najmłodszą z trójki rodzeństwa, córką dobrych rodziców, która kiedyś korzystnie wyjdzie za mąż i da światu dzieci. Jestem Cecily Herondale, Nocną Łowczynią, dumną ze swojego chwalebnego statusu.

Chwała. Takie dziwne słowo, coś, czego kobiety nie powinny pragnąć, ale czyż nasza królowa nie triumfuje? Czy królowa Bess nie została nazwana Glorianą?

Ale jak mogłam Wam powiedzieć, że wybrałam chwałę zamiast spokoju? Ciężko okupionego spokoju, który mi zapewniliście, opuszczając Clave? Jak mogłam wyznać, że jestem szczęśliwa jako Nocna Łowczyni, nie unieszczęśliwiając Was w ten sposób? Od takiego życia uciekliście, a potem przed jego niebezpieczeństwami staraliście się chronić Willa, Ellę i mnie. Jak mogłam Wam to wytłumaczyć, nie łamiąc serca?

Teraz... teraz jest zrozumienie. Uświadomiłam sobie, co to znaczy kochać kogoś bardziej niż siebie. Teraz Was rozumiem. Wcale nie chcieliście, żebym była taka jak Wy, tylko żebym była szczęśliwa. I daliście mi – daliście nam – wybór. Widzę ludzi z Clave, którzy nigdy nie mieli innego wyboru, i jestem Wam wdzięczna. Co innego urodzić się do takiego życia, a co innego samemu je wybrać. Nauczył mnie tego przykład Jessamine Lovelace.

Jeśli chodzi o Willa i sprowadzenie go do domu, obawiałaś się, Mamo, że Nocni Łowcy zabiorą całą miłość Waszemu łagodnemu chłopcu. Ale on jest kochany i wrażliwy. Nie zmienił się. I kocha Was tak samo jak ja. Pamiętajcie o mnie, bo ja zawsze będę pamiętać o Was.

Wasza kochająca córka.

Cecily

***

Do: członków Clave Nefilim
Od: Charlotte Branwell

Drodzy Bracia i Siostry,

moim smutnym obowiązkiem jest donieść Wam, że mimo przekazania przeze mnie Konsulowi Waylandowi niezbitego dowodu, dostarczonego przez jednego z moich Nocnych Łowców, że Mortmain, obecnie największe zagrożenie dla Nefilim, przebywa w Cadair Idris w Walii, nasz szanowny Konsul z niejasnych powodów postanowił zlekceważyć tę informację. Ja sama uważam, że wiedza o miejscu pobytu naszego wroga i okazja do pokrzyżowania mu planów jest sprawą najwyższej wagi.

Dzięki mojemu mężowi, znanemu wynalazcy Henry'emu Branwellowi, Nocni Łowcy z Instytutu Londyńskiego udadzą się do Cadair Idris, żeby powstrzymać Mortmaina i w razie konieczności oddać życie w walce. Bardzo mnie martwi pozostawienie Instytutu bez ochrony, ale jeśli Konsula Waylanda w ogóle da się skłonić do jakiegokolwiek działania, byłoby mile widziane, gdyby przysłał straż do obrony opuszczonego budynku. Jest nas tylko dziewięcioro, z czego troje nie jest nawet Nocnymi Łowcami, tylko dzielnymi Przyziemnymi wyszkolonymi przez nas w Instytucie, którzy zgłosili się na ochotnika, żeby walczyć u naszego boku. Nie mogę powiedzieć, żeby nasze szanse były duże, ale uważam, że trzeba podjąć tę próbę.

Oczywiście nie mogę Was do niczego zmusić. Jak przypomniał mi Konsul Wayland, nie ja dowodzę siłami Nocnych Łowców, ale będę bardzo zobowiązana, jeśli ktokolwiek z Was zgodzi się ze mną, że z Mortmainem należy walczyć, i stawi się jutro w południe w Instytucie Londyńskim, żeby nas wesprzeć.

Szczerze oddana

Charlotte Branwell,
szefowa Instytutu Londyńskiego

Rozdział osiemnasty

Tylko z tego powodu

„Z tego tylko powodu na Śmierć wylewam
Gniew, który wzbiera w mym sercu:
Tak bardzo nas od siebie oddaliła
Że nie słyszymy jedno drugiego".
– Alfred, lord Tennyson, *In memoriam A.H.H*

Tessa stała na skraju urwiska w okolicy, której nie znała. Wokół niej zielone wzgórza opadały ku klifom wznoszącym się nad błękitnym morzem. Nad nią krążyły i krzyczały mewy. Szara perć wiła się jak wąż wzdłuż brzegu przepaści. Przed nią na ścieżce stał Will.

Miał na sobie czarny strój bojowy, a na nim długi płaszcz podróżny, zbryzgany błotem, jakby przeszedł w nim wiele mil. Był bez kapelusza i rękawiczek, jego ciemne włosy potargał wiatr wiejący od morza. Bryza zmierzwiła również włosy Tessy, przynosząc ze sobą zapach słonej wody i wodorostów, przypominający jej rejs *Mainem*.

– Will! – zawołała.

Wyglądał na bardzo osamotnionego. Był jak Tristan wypatrujący na Morzu Irlandzkim statku, który miał mu przywieźć z powrotem Izoldę. Nie odwrócił się na dźwięk jej głosu, tylko uniósł ręce, tak że poły płaszcza wydęły się na wietrze i otoczyły go jak skrzydła.

Serce Tessy ścisnął strach. Izolda przybyła, ale za późno. Tristan umarł z żalu.

– Will! – krzyknęła ponownie.

On zrobił krok w stronę krawędzi urwiska i zniknął. Tessa podbiegła do przepaści i spojrzała w dół, ale nie zobaczyła nic oprócz szaroniebieskiej wody i białej piany. Wydawało się, że każda fala rozbijająca się o brzeg niesie jego głos.

– Obudź się, Tesso, obudź się.

***

– Proszę się obudzić, panno Gray. Panno Gray!

Tessa usiadła gwałtownie. Zasnęła na krześle przy kominku w swoim małym więzieniu. Miała na sobie szorstki niebieski koc, choć nie pamiętała, żeby się nim przykrywała. Pomieszczenie oświetlał blask pochodni, ogień w kominku przygasł. Trudno było określić porę dnia albo nocy.

Przed nią stał Mortmain, a obok niego automat, jeden z najbardziej humanoidalnych, jakie Tessa widziała. Miał nawet ubranie: wojskową bluzę i spodnie. Ten strój sprawiał, że głowa ponad sztywnym kołnierzykiem, z łysym metalicznym czerepem i zbyt gładkimi rysami, wyglądała jeszcze bardziej niesamowicie. A oczy ze szkła i kryształu, o źrenicach czerwonych w blasku płomieni, wpatrywały się w nią w taki sposób...

– Zmarzła pani – stwierdził Mortmain.

Tessa wypuściła powietrze z płuc. Oddech utworzył przed nią mały biały obłoczek.

– Ciepło pańskiej gościnności pozostawia nieco do życzenia.

Mortmain uśmiechnął się.

– Bardzo zabawne. – Miał na sobie ciężki karakułowy płaszcz narzucony na szary garnitur i wyglądał jak biznesmen w każdym calu. – Trudno panią dobudzić, panno Gray. Przyszedłem, bo chciałem pani pokazać, co osiągnąłem dzięki pani pomocy. – Z dumą wskazał na maszynę stojącą u jego boku.

– Kolejny automat? – rzuciła Tessa bez zainteresowania.

– Jakie to niegrzeczne z mojej strony. – Mortmain spojrzał na golema. – Przedstaw się.

Istota otworzyła usta, a Tessa dostrzegła błysk mosiądzu.

– Jestem Armaros. Przez miliard lat jeździłem na wiatrach w wielkiej otchłani między światami. Walczyłem z Jonathanem Nocnym Łowcą na równinach Brocelind. Przez kolejnych tysiąc lat tkwiłem uwięziony w Pyxis. Teraz mój pan mnie uwolnił, a ja mu służę.

Tessa wstała, koc zsunął się z jej kolan na podłogę. Obserwujące ją oczy mechanicznej istoty były pełne mrocznej inteligencji, świadomości, której do tej pory nie widziała u żadnego z automatów.

– Co to jest? – spytała szeptem.

– Ciało maszyny ożywione duchem demona. Podziemni mają swoje sposoby wykorzystywania energii demonów. Ja zasilałem nią automaty, które pani wcześniej widziała. Ale Armaros i jego bracia są inni. To demony w metalowych korpusach. Potrafią myśleć i rozumować. Nie jest łatwo je przechytrzyć. I bardzo trudno zabić.

Armaros sięgnął do swojego boku. Tessa zauważyła, że jego ruchy są płynne i gładkie, a nie sztywne jak u starszych modeli. Ten poruszał się jak człowiek. Dobył miecza wiszącego u pasa i podał go Mortmainowi. Ostrze było pokryte runami dobrze znanymi Tessie z kling broni Nocnych Łowców. Runami zabójczymi dla demonów. Armaros nie powinien móc nawet patrzeć na ten miecz, nie mówiąc o trzymaniu go.

Tessie ścisnął się żołądek. Demon podał miecz swojemu panu, a Mortmain ujął go z wprawą dawnego oficera marynarki. Zrobił zamach i wbił ostrze w pierś automatu.

Rozległ się zgrzyt rozdzieranego metalu. Tessa nieraz widziała, jak po takim ataku automaty padają na ziemię, tryskając czarnym płynem, albo się zataczają. Natomiast ten stał dalej bez mrugnięcia okiem i bez ruchu jak jaszczurka wygrzewająca się na słońcu. Mortmain wyszarpnął z niego broń.

Ostrze rozsypało się w proch jak wypalone polano w kominku.

– Widzi pani – powiedział. – Oto armia przeznaczona do zniszczenia Nocnych Łowców.

Armaros był też jedynym automatem, który się uśmiechał. Tessa nawet nie wiedziała, że ich twarze są w stanie przybrać taki wyraz.

– Zniszczyli wielu z mojego rodzaju – odezwał się demon. – To będzie przyjemność zabić ich wszystkich.

Tessa przełknęła ślinę, ale starała się nie okazać strachu. Mortmain przesuwał wzrok z niej na demona i z powrotem, a ona nie potrafiła stwierdzić, czyj widok sprawia mu większą przyjemność: jej czy Armarosa. Miała ochotę krzyknąć, rzucić się na niego i podrapać mu twarz. Jednakże między nimi wznosiła się niewidzialna ściana, migocząc lekko. Tessa wiedziała, że nie da rady jej sforsować.

„O, będziesz kimś więcej niż jego żoną, panno Gray" – powiedziała pani Black. „Masz zniszczyć Nefilim. Do tego zostałaś stworzona".

– Nocni Łowcy nie dadzą się tak łatwo zniszczyć – oświadczyła. – Widziałam, jak siekają pańskie automaty na strzępy. Może tych nie można zabić bronią z runami, ale każde ostrze potrafi przeciąć metal i drut.

Mortmain wzruszył ramionami.

– Nocni Łowcy nie są przyzwyczajeni do walki z istotami, przeciwko którym broń z runami jest bezużyteczna. To ich spowolni. Poza tym, jest ogromna liczba tych automatów. To tak, jakby próbować walczyć z falą. – Przekrzywił głowę. – Docenia pani teraz genialność mojego pomysłu? Ale muszę pani podziękować, panno Gray, za ostatni element łamigłówki. Myślałem nawet, że może pani będzie... podziwiać to, co razem stworzyliśmy.

Podziwiać? Tessa spojrzała w jego zimne oczy, szukając w nich drwiny, ale dostrzegła tylko szczerą ciekawość. Pomyślała o tym, ile czasu musiało minąć od chwili, kiedy usłyszał pochwałę od innej ludzkiej istoty.

– Najwyraźniej jest pan wielkim wynalazcą – powiedziała.

Mortmain uśmiechnął się zadowolony.

Tessa czuła na sobie wzrok mechanicznego demona, jego napięcie i gotowość, ale jeszcze bardziej świadoma była obecności Mortmaina. Jej serce biło szybko. Wydawało się jej, że tak jak we śnie, balansuje nad brzegiem przepaści. Mówienie do Mistrza w taki sposób było ryzykowne. Mogła spaść albo pofrunąć, ale musiała zaryzykować.

– Rozumiem, dlaczego pan mnie tutaj sprowadził. Nie tylko z powodu sekretów pańskiego ojca.

W jego oczach pojawił się gniew, ale również pewna dezorientacja. Tessa nie zachowywała się tak, jak się spodziewał.

– Co ma pani na myśli?

– Jest pan samotny – stwierdziła Tessa. – Otoczył się pan istotami, które nie żyją naprawdę. Przeglądamy się w oczach innych. Ile czasu minęło od chwili, kiedy pan widział swoją duszę?

Mortmain zmrużył oczy.

– Miałem duszę. Utraciłem ją, poświęcając życie dążeniu do sprawiedliwości i zemsty.

– Nie można szukać zemsty i nazywać ją sprawiedliwością.

Demon zaśmiał się cicho, z pogardą, jakby obserwował wybryki kociaka.

– Pozwoli jej pan tak do siebie mówić, Mistrzu? Mogę uciąć jej język, uciszyć na zawsze.

– Okaleczenie jej niczemu by nie służyło – rzekł Mortmain, nie odrywając oczu od Tessy. – Ona ma moc, o której nic nie wiesz. Istnieje pewne stare chińskie powiedzenie, o którym może pani słyszała od ukochanego: „Człowiek nie może żyć pod jednym niebem z zabójcą swojego ojca". Zetrę Nocnych Łowców z powierzchni Ziemi. Proszę nie próbować apelować do lepszej strony mojej natury, Tesso, bo ja jej nie mam.

Tessa pomyślała o „Opowieści o dwóch miastach" i apelowaniu Lucie Manette do lepszej natury Sydneya Cartona. Zawsze myślała o Willu jako o Sydneyu pogrążającym się w grzechu i rozpaczy na przekór rozsądkowi, nawet wbrew własnym pragnieniom. Ale Will był dobrym człowiekiem, dużo lepszym niż Carton. Natomiast Mortmain ledwo mógł uchodzić za człowieka. Nie zwracała się do jego lepszej natury, tylko do próżności. Wszyscy mężczyźni myśleli o sobie dobrze, to pewne. Żaden nie uważał się za łajdaka.

– Niemożliwe. Z pewnością mógłby pan znowu być wartościowy i dobry. Zrobił pan to, co sobie zamierzył. Dał pan życie i inteligencję tym... diabelskim maszynom. Stworzył pan coś, co może zniszczyć Nocnych Łowców. Przez całe życie szukał pan sprawiedliwości, bo uważał pan, że Nocni Łowcy są zepsuci i źli. Gdyby teraz powstrzymał się pan od dalszego działania, odniósłby pan największe zwycięstwo. Pokazałby pan, że jest lepszy niż oni.

Badawczo przyjrzała się twarzy Mortmaina. Dostrzegła na niej lekkie wahanie. Jego wargi lekko drżały, napięcie ramion wskazywało na wątpliwości?

Mortmain wykrzywił usta w uśmiechu.

– Myśli pani, że mogę być lepszym człowiekiem? I gdybym zrobił tak, jak pani radzi, czyli powstrzymał się od dalszego działania, miałbym uwierzyć, że zostanie pani ze mną z podziwu i nie wróci do Nocnych Łowców?

– Tak, panie Mortmain. Przysięgam. – Tessa przełknęła gorzką ślinę. Gdyby musiała zostać z Mortmainem, żeby uratować Willa i Jema, uratować Charlotte, Henry'ego i Sophie, zrobiłaby to. – Wierzę, że może pan odnaleźć swoje lepsze ja. Wierzę, że wszyscy możemy.

Kąciki jego wąskich ust uniosły się.

– Już jest popołudnie, panno Gray. Nie chciałem pani budzić wcześniej. Proszę teraz wyjść ze mną na zewnątrz, bo chciałbym coś pani pokazać.

Po plecach Tessy przebiegł lodowaty dreszcz.

– Co takiego?

Po twarzy Mortmaina rozlał się uśmiech.

– Coś, na co czekałem.

***

Do: Konsula Josiaha Waylanda
Od: Inkwizytora Victora Whitelawa

Josiahu, wybacz mi tę poufałość, bo piszę w pośpiechu. Jestem pewien, że to nie będzie jedyny list, który otrzymasz w tej kwestii, ani nawet pierwszy. Sam już kilka dostałem. W każdym pojawia się to samo pytanie: czy informacja Charlotte Branwell jest prawdziwa? Bo jeśli tak, to moim zdaniem jest bardziej niż prawdopodobne, że Mortmain rzeczywiście przebywa w Walii. Wiem, że wątpisz w wiarygodność Williama Herondale'a, ale obaj znaliśmy jego ojca. Raptus zbytnio folgujący własnym namiętnościom, ale uczciwszego człowieka trudno znaleźć. Nie sądzę, by młodszy Herondale był kłamcą.

Tak czy inaczej, w rezultacie listu Charlotte w Clave zapanował chaos. Nalegam, żebyśmy bezzwłocznie zwołali nadzwyczajne posiedzenie Rady. Jeśli tego nie zrobimy, zaufanie Nocnych Łowców do Konsula i Inkwizytora ucierpi nieodwracalnie. Organizację posiedzenia przekazuję w Twoje ręce, i nie jest to prośba. Wyślij wezwania na Radę, bo inaczej zrezygnuję ze stanowiska i publicznie ogłoszę przyczynę swojej decyzji.

Victor Whitelaw

***

Willa obudziły krzyki.

Natychmiast dały o sobie znać lata treningu. Jeszcze zanim na dobre się obudził, już znajdował się na podłodze w półprzysiadzie. Rozejrzawszy się szybko, stwierdził, że mały pokój w gospodzie jest pusty, a meble – wąskie łóżko i prosty stół, ledwo widoczne w półmroku – stoją na swoim miejscu.

Krzyki się powtórzyły, tym razem głośniejsze. Dochodziły z zewnątrz. Will wstał, bezszelestnie podszedł do okna i uchylił zasłonę.

Ledwo pamiętał, jak dotarł do miasta, prowadząc Baliosa, który człapał powoli z wyczerpania. Małe walijskie miasteczko, jakich wiele, nie wyróżniało się w żaden szczególny sposób. Will bez trudu znalazł gospodę i oddał Baliosa pod opiekę stajennemu. Fakt, że mówił po walijsku, najwyraźniej uspokoił właściciela, tak że szybko zaprowadzono go do prywatnego pokoju. Tam padł w ubraniu na łóżko i natychmiast zasnął kamiennym snem.

Księżyc świecił jasno, jego pozycja wskazywała, że jeszcze nie jest późna noc. Nad miasteczkiem wisiała szara mgła. W każdym razie tak sądził Will, póki nie wciągnął powietrza nosem i nie uświadomił sobie, że to dym. Spomiędzy domów wyskakiwały w górę jęzory ognia. W ciemności biegały w tę i z powrotem jakieś postacie. Kolejne krzyki... błysk ostrzy...

Will w jednej chwili znalazł się za drzwiami w nie do końca zasznurowanych butach, z serafickim mieczem w dłoni. Z dudnieniem zbiegł po schodach i wpadł do głównej izby gospody, ciemnej i zimnej. Ogień zgasł, przez wybite okna wlatywało do środka chłodne nocne powietrze. Szkło zaściełało podłogę niczym kawałki lodu. Drzwi były otwarte, a właściwie wisiały na dolnych zawiasach, jakby ktoś je wyważył...

Will obszedł gospodę i ruszył do stajni. Nagle potknął się o jakąś postać leżącą na ziemi. Opadł na kolana. Zobaczył, że to stajenny chłopak z poderżniętym gardłem. Ziemia pod nim była przesiąknięta krwią. Oczy miał otwarte, niewidzące, skórę już zimną. Will przełknął ślinę i wstał.

Mechanicznie ruszył w stronę stajni, rozważając możliwości. Atak demonów? A może nic nadprzyrodzonego, tylko po prostu trafił w sam środek jakiegoś konfliktu między mieszkańcami miasteczka albo Bóg wie czego? Nikt nie szukał akurat jego, tyle było jasne.

Gdy wszedł do stajni, usłyszał niespokojne rżenie Baliosa. Budynek wydawał się nienaruszony, od otynkowanego sufitu po kamienną podłogę pociętą rowkami odwadniającymi. Na szczęście, tej nocy nie było tu innych koni, bo kiedy Will otworzył drzwi boksu, Balios rzucił się przed siebie, omal nie zwalając go z nóg. Will zdołał uskoczyć mu z drogi, a koń przegalopował obok niego i wypadł na zewnątrz.

– Balios! – Will zaklął i ruszył za swoim wierzchowcem.

Okrążywszy gospodę, wybiegł na główną ulicą miasteczka. I zatrzymał się jak wryty.

Na ulicy panował chaos. Po jej obu stronach leżały ciała, jak wyrzucone śmieci. Drzwi budynków były otwarte, okna wybite. Ludzie bezładnie biegali tam i w powrotem, krzyczeli, nawoływali się nawzajem. Kilka domów płonęło. Z jednego w pewnym momencie wytoczyła się, kaszląc i krztusząc, cała rodzina: ojciec w koszuli nocnej, a za nim kobieta trzymająca za rękę małą dziewczynkę.

Jednocześnie z mroku wyłoniły się jakieś kształty. Blask księżyca odbił się od metalu.

Automaty.

Poruszały się szybko i płynnie. Nosiły różnego rodzaju mundury, niektóre znane Willowi, inne nie. Ale twarze miały gładkie, metalowe, podobnie jak ręce, które ściskały miecze o długich ostrzach. Jeden, w podartej czerwonej bluzie wojskowej, ruszył przed siebie, śmiejąc się – śmiejąc się? – podczas gdy ojciec rodziny próbował schować żonę i córkę za siebie, potykając się na bruku czerwonym od krwi.

Wszystko skończyło się w parę chwil, zbyt szybko, żeby Will zdążył zareagować. Błysnęły ostrza i trzy kolejne ciała dołączyły do stosów leżących na ulicach.

– Właśnie tak – powiedział automat w obszarpanej bluzie. – Podpalcie domy i wykurzcie ich jak szczury. Zabijajcie, kiedy wybiegną... – Uniósł głowę i chyba zobaczył Nocnego Łowcę. Mimo dzielącej ich odległości Will poczuł na sobie siłę jego wzroku. Uniósł seraficki miecz i wymówił imię:

– *Nakir.*

Klinga się rozjarzyła, oświetlając swoim blaskiem ulicę, promień białego światła pośród czerwonych płomieni. Will zobaczył, że automat w czerwonej bluzie rusza w jego stronę z długim mieczem w lewej ręce, metalowej, ze stawami, obejmującej rękojeść broni niczym ludzka dłoń.

– Nefilim – rzekł golem, zatrzymując się pół metra przed Willem. – Nie spodziewaliśmy się tutaj nikogo z twojego rodzaju.

– Najwyraźniej. – Will zrobił krok do przodu i wbił seraficki miecz w metalową pierś.

Rozległo się słabe syczenie, jakby bekon zaskwierczał na patelni. Mechaniczna istota spojrzała ze zdziwieniem w dół, a *Nakir* rozsypał się w proch. Została z niego tylko rękojeść w dłoni Willa.

Automat zaśmiał się, podnosząc wzrok na przeciwnika. Jego oczy iskrzyły się życiem i inteligencją. Will uświadomił sobie z przestrachem, że patrzy na maszynę, która nie tylko potrafi zmienić seraficki miecz w popiół, ale ma własną wolę oraz dość rozumu i zdolności przewidywania, żeby podpalić miasteczko, a następnie wymordować uciekających mieszkańców.

– Teraz widzisz, Nefilim – rzekł demon, bo właśnie tym był automat. – Przez setki lat przepędzaliście nas z tego świata swoimi runicznymi mieczami. Teraz mamy ciała, na które wasza broń nie działa, i ten świat wkrótce będzie należał do nas.

Will zaczerpnął tchu i zrobił krok do tyłu, kiedy demon uniósł miecz. Broń zaczęła opadać w dół i nagle na drodze pojawiło się coś czarnego i wielkiego. Zwierzę stanęło dęba, wierzgnęło kopytami i kopnęło automat.

Balios.

Will na oślep sięgnął do grzywy wierzchowca. Demon zerwał się z błota i zaatakował, błyskając mieczem, ale Balios już wyrwał się do przodu. Will wskoczył mu na grzbiet i pogalopował brukowaną ulicą, nisko pochylony. Wiatr tarmosił mu włosy, suszył mokrą twarz, a on nie wiedział, czy to krew, czy łzy.

***

Tessa siedziała na podłodze w twierdzy Mortmaina i bezmyślnie wpatrywała się w ogień.

Płomienie tańczyły na jej dłoniach i niebieskiej sukni, poplamionych krwią. Nie wiedziała, jak do tego doszło. Skórę na nadgarstkach miała poszarpaną i pamiętała, że automat złapał ją za ręce i skaleczył jej skórę ostrymi, metalowymi palcami, kiedy próbowała uciec.

Nie mogła pozbyć się z umysłu obrazów zniszczenia i pożogi. Automaty zaniosły ją w opasce na oczach do występu skalnego, z którego roztaczał się widok na miasteczko, i bezceremonialnie rzuciły ją na ziemię.

– Proszę spojrzeć – rozkazał Mortmain chełpliwym tonem. – Niech pani obserwuje, panno Gray, a później porozmawia ze mną o odkupieniu.

Tessa stała unieruchomiona przez automat, który od tyłu trzymał rękę na jej ustach. Mortmain rzucał ciche groźby, co z nią zrobi, jeśli odważy się odwrócić wzrok. Tessa patrzyła bezradnie, jak automaty wkraczają do miasteczka, jak zabijają niewinnych mężczyzn i kobiety na ulicach. Księżyc wzeszedł zabarwiony na czerwono, podczas gdy mechaniczna armia metodycznie podpalała dom po domu i wyrzynała całe rodziny, uciekające z nich w panice.

A Mortmain się śmiał.

– Teraz pani widzi – powiedział. – Te istoty są zdolne do myślenia, rozumowania i planowania. Zupełnie jak ludzie. Tyle że są niezniszczalne. Proszę spojrzeć na tamtego głupca ze strzelbą.

Tessa nie miała wyboru. Musiała patrzeć, z suchymi oczami i posępną miną, jak postać unosi strzelbę, żeby się bronić. Kule odrzuciły automaty do tyłu, ale nie wyrządziły im żadnej krzywdy. Golemy nadal szły na nieszczęśnika, wyrwały mu broń z ręki i pogoniły go ulicą.

A potem rozerwały na strzępy.

– Demony – mruknął Mortmain. – Są dzikie i uwielbiają niszczyć.

– Proszę – wykrztusiła Tessa. – Proszę, już dość. Wystarczy. Zrobię wszystko, czego pan chce, ale proszę oszczędzić wioskę.

Mortmain zaśmiał się.

– Mechaniczne stworzenia nie mają serc, panno Gray – powiedział. – Nie znają litości, podobnie jak woda czy ogień. Równie dobrze można błagać powódź albo pożar lasu, żeby zaprzestały niszczenia.

– Nie błagam ich. – Kątem oka Tessa zobaczyła czarnego konia pędzącego ulicami z jeźdźcem na grzbiecie. Ktoś umknął z rzezi, pomyślała. – Błagam pana.

Mortmain skierował na nią zimne oczy, puste jak niebo.

– Moje serce też nie zna litości. Z irytującym uporem apelowała pani do mojego lepszego ja, więc przyprowadziłem panią tutaj, żeby pokazać daremność tych prób. Nie mam lepszego ja, do którego można by apelować. Spłonęło lata temu.

– Ale ja przecież zrobiłam to, o co pan prosił – przypomniała Tessa z rozpaczą. – Nie ma potrzeby do niczego mnie zmuszać...

– Nie chodzi o panią – uciął Mortmain, odwracając od niej wzrok. – Należało sprawdzić automaty, zanim zostaną wysłane do walki. To zwykłe ćwiczenia. Teraz mają inteligencję. Umiejętność strategicznego myślenia. Nikt im się nie przeciwstawi.

– Więc obrócą się przeciwko panu.

– Nie. Ich życie jest związane z moim. Jeśli ja umrę, one też ulegną zniszczeniu. Muszą mnie chronić, żeby przetrwać. – Jego spojrzenie było zimne. – Ale dość tego. Przyprowadziłem panią tutaj, by pokazać, że jestem, jaki jestem, a pani się z tym pogodzi. Mechaniczny aniołek chroni panią, ale życie innych niewinnych jest w moich rękach... w pani rękach. Proszę nie poddawać mnie próbie, to nie będzie drugiej takiej wioski. Nie chcę więcej wysłuchiwać nużących protestów.

„Mechaniczny aniołek chroni panią". Tessa dotknęła go teraz i poczuła znajome tykanie pod palcami. Zamknęła oczy, ale straszne obrazy były jak żywe pod jej powiekami. Zobaczyła Nefilim pędzonych przez automaty, Jema rozszarpywanego przez mechaniczne monstra, Willa dźganego metalowymi ostrzami, Henry' ego i Charlotte płonących...

Zacisnęła dłoń wokół aniołka i zerwała go z szyi, rzuciła na nierówną kamienną posadzkę. W kominku osunęło się polano i w górę buchnęła kolumna czerwonych iskier. W ich blasku

Tessa zobaczyła swoją lewą dłoń, słabą bliznę po oparzeniu, które sama sobie zrobiła w dniu, kiedy powiedziała Willowi, że zaręczyła się z Jemem.

I tak jak wtedy, jej ręka powędrowała teraz do pogrzebacza. Uniosła go, zważyła w dłoni. Ogień skoczył wyżej. Tessa zobaczyła świat przez złotą mgłę, kiedy z całej siły opuściła narzędzie na mechanicznego aniołka.

Choć był z żelaza, pogrzebacz rozsypał się w proch. Chmura lśniącego pyłu zasłała podłogę i mechanicznego aniołka, który leżał cały i nietknięty tuż przy jej kolanach.

A potem zaczął się zmieniać. Jego skrzydła zadrżały, zamknięte powieki się otworzyły, ukazując kawałki białawych kwarców. Wystrzeliły z nich cienkie, jasne promienie. I jak na malowidłach przedstawiających gwiazdę betlejemską światło zaczęło rosnąć i z wolna przybierać kształt... anioła.

Migocząca plama jaśniała tak mocno, że trudno było spojrzeć na nią wprost. Tessa widziała słaby zarys ludzkiej sylwetki i oczy bez źrenic czy tęczówek, tylko same jarzące się okruchy kryształu. Skrzydła anioła były duże, rozpostarte, każde pióro zakończone lśniącym metalem, dłonie splecione na rękojeści miecza.

Puste spojrzenie świecących oczu spoczęło na Tessie.

Dlaczego próbujesz mnie zniszczyć? Głos był słodki, rozbrzmiewał w jej głowie jak muzyka. *Ja cię chronię.*

Tessa nagle pomyślała o bladym Jemie, opartym o poduszki. „W życiu chodzi o coś więcej niż samo życie".

– Nie próbuję zniszczyć ciebie, tylko siebie.

Dlaczego miałabyś coś takiego robić? Życie to dar.

– Staram się postąpić słusznie – odpowiedziała. – A ty, ratując mnie, pozwalasz, żeby istniało wielkie zło.

Zło. Melodyjny głos wyrażał zadumę. *Tak długo byłem zamknięty w swoim mechanicznym więzieniu, że prawie zapomniałem o istnieniu dobra i zła.*

– Mechanicznym więzieniu? – wyszeptała Tessa. – Jak anioł może być uwięziony?

To John Thaddeus Shade spętał mnie czarem. Schwytał moją duszę i zamknął ją w tym mechanicznym ciele.

– To jak Pyxis, tylko że więżące anioła zamiast demona – stwierdziła Tessa.

Jestem boskim aniołem. Bratem Sijila, Kurabiego, Zuraha, Fravashisa i Dakinisa.

– I... to jest twoja prawdziwa postać? Tak wyglądasz?

Widzisz tylko część mnie. W swojej prawdziwej postaci jestem porażająco wspaniały. Miałem całą wolność nieba, zanim zostałem pojmany i związany z tobą.

– Przykro mi – wyszeptała Tessa.

To nie ciebie należy winić. Nie ty mnie uwięziłaś. Nasz dusze są związane, to prawda, ale nawet kiedy chroniłem cię w łonie matki, wiedziałem, że jesteś bez winy.

– Mój anioł stróż.

Niewielu ma anioła, który ich strzeże. Ale ty możesz się tym pochwalić.

– Nie chcę się tym chwalić – oświadczyła Tessa. – Chcę umrzeć na moich własnych warunkach, a nie być zmuszona do życia na warunkach Mortmaina.

Nie mogę pozwolić ci umrzeć. W głosie anioła brzmiał żal. Tessie przypomniał się Jem grający na skrzypcach muzykę swojego serca. *To jest moje zadanie.*

Tessa uniosła głowę. Blask ognia przeświecał przez anioła, jak słoneczne światło przez kryształ, malując na ścianach jaskini kolorowe plamy. To nie był niecny wynalazek, tylko dobroć, skażona i nagięta do woli Mortmaina, ale z natury boska.

– Jak miałeś na imię, kiedy byłeś aniołem? – zapytała Tessa.

Moje imię brzmiało Ithuriel.

– Ithuriel – powtórzyła szeptem Tessa i wyciągnęła rękę, jakby mogła go dotknąć, jakoś pocieszyć.

Ale jej palce trafiły na pustkę. Anioł zamigotał i zbladł, zostawiając po sobie tylko poświatę po wewnętrznej stronie jej powiek.

Tessie nagle zrobiło się zimno. Raptownie otworzyła oczy. Na pół leżała na zimnej kamiennej podłodze przed prawie wygasłym kominkiem. W pokoju było ciemno, oświetlał go jedynie czerwonawy żar paleniska. Pogrzebacz znajdował się tam gdzie wcześniej. Tessa uniosła ręce do szyi... i namacała mechanicznego aniołka.

Sen.

Poczuła zawód. To wszystko jej się tylko przyśniło. Nie było żadnego anioła skąpanego w jasnym blasku. Był tylko ten zimny pokój, ciemność i mechaniczny aniołek równomiernie odmierzający minuty do końca świata.

***

Will stał na szczycie Cadair Idris, z wodzami Baliosa w ręce.

Kiedy jechał w stronę Dolgellau i zobaczył potężną ścianę Cadairs Idris wznoszącą się nad ujściem Mawddach, zaparło mu dech. Dotarł do celu. Wspinał się na tę górę jako dziecko, z ojcem, i te wspomnienia towarzyszyły mu, gdy opuszczał Dinas Mawddwy i pędził na grzbiecie Baliosa, który chyba nadal uciekał przed płomieniami trawiącymi miasteczko. Przejechali przez zarośnięte polodowcowe oczko – z jednej strony było widać morze, z drugiej szczyt Snowdon – do doliny Nant Cadair. Wioska Dolgallau leżąca w dole przyciągała wzrok błyskającymi tu i ówdzie światełkami, ale Will nie podziwiał widoków. Znak Nocnego Widzenia pozwalał mu tropić ślady mechanicznych istot. Było ich tyle, że stratowały ziemię, po której przeszły, tak że z dudniącym sercem podążał ścieżką zniszczenia ku górskiemu szczytowi.

Trop prowadził obok skupiska masywnych głazów – Will pamiętał, że nazywają to moreną – które tworzyły coś w rodzaju muru chroniącego Cwm Caum, małą dolinę z czystym polodowcowym Llyn Cau pośrodku. Ślady mechanicznej armii biegły prosto do brzegu jeziora...

I znikały.

Will spojrzał w dół na zimne, czyste wody. W świetle dnia ten widok był wspaniały: czysty błękit Llyn Cau otoczony zieloną trawą, słońce dotykające ostrych jak brzytwy krawędzi Mynydd Pencoed, urwisk wokół jeziora. Will miał wrażenie, że znajduje się milion mil od Londynu.

Woda pluskała cicho o brzeg, ale nie zdołała zatrzeć śladów. Było wyraźnie widać, skąd wyszły automaty. Will westchnął i poklepał Baliosa po szyi.

– Zaczekaj na mnie tutaj – powiedział. – Jeśli nie wrócę, pędź do Instytutu. Ucieszą się, kiedy cię zobaczą, staruszku.

Koń zarżał cicho i skubnął jego rękaw, ale Will tylko odetchnął głęboko i wszedł do Llyn Cau. Zimna woda wlała mu się do butów, zamoczyła spodnie, zmroziła skórę. Willowi zaparło dech.

– Znowu mokry – stwierdził posępnym tonem i ruszył dalej w lodowatą toń. Wydawało się, że jezioro pochłania go jak ruchome piaski. Ledwo zdążył zaczerpnąć powietrza, kiedy woda wciągnęła go w ciemność.

***

Do: Charlotte Branwell
Od: Konsula Waylanda

Pani Branwell,

zostaje Pani zwolniona ze stanowiska szefowej Instytutu. Mógłbym mówić o swoim rozczarowaniu Pani osobą albo zniszczeniu zaufania, które między nami istniało. Ale w obliczu tak wielkiej zdrady wszelkie słowa są daremne. Oczekuję, że gdy jutro przybędę do Londynu, Pani i Pani mąż już zabiorą swoje rzeczy i opuszczą Instytut. Niespełnienie tej prośby spotka się z najsurowszą karą przewidzianą przez Prawo.

Josiah Wayland,
Konsul Clave

Rozdział dziewiętnasty

Położyć się i spłonąć

„Teraz ogniem cię odzyskam, ogniem cię spalę,
Choć będę przeklęty, jeśli my dwoje położymy się
I spłoniemy".
– Charlotte Mew, *Na cmentarzu Nunhead*

Było ciemno tylko przez chwilę. Will zaczął opadać na dno, gdy wessała go lodowata toń. Skulił się, kiedy ziemia uderzyła w niego z taką siłą, że zaparło mu dech.

Zakrztusił się, przetoczył na brzuch i ukląkł. Jego włosy i ubranie ociekały wodą. Zaczął sięgać po magiczny kamień, ale się rozmyślił. Nie chciał ściągać na siebie uwagi. Znak Nocnego Widzenia powinien wystarczyć.

I rzeczywiście wystarczył. Will zobaczył, że znajduje się w skalnej jaskini. Gdyby spojrzał w górę, dostrzegłby wody jeziora wirujące tak, jakby powstrzymywała je szklana przegroda, i zamazane odbicie księżyca. W głąb pieczary odchodziły tunele, ale nic nie wskazywało na to, dokąd prowadzą. Will wstał i na chybił trafił wybrał lewą odnogę. Ostrożnie ruszył nią w ciemność.

Tunel był szeroki, z gładką podłogą, bez żadnych śladów świadczących o tym, że przechodziły tędy mechaniczne istoty, i ścianami z szorstkiej wulkanicznej skały. Will pamiętał, jak przed laty wspinał się z ojcem na Cadair Idris. Istniało wiele legend związanych z tą górą: że to fotel giganta, który siadał na nim i patrzył na gwiazdy; że spali pod nią król Artur i jego rycerze, czekając, aż Brytania znowu będzie ich potrzebować; że ktoś, kto spędzi noc na górskim zboczu, obudzi się jako poeta albo szaleniec. Gdyby ktoś wiedział, jaka dziwna jest prawda, pomyślał Will, kiedy za zakrętem ujrzał większą komorę.

W jej drugim końcu jaśniało nikłe światło. Tu i ówdzie Will widział srebrne błyski. Z początku sądził, że to strużki wody spływające po czarnych ścianach, ale przyjrzawszy się bliżej, stwierdził, że patrzy na żyły krystalicznego kwarcu.

Ruszył w stronę bladego światła. Jego serce biło szybko. Próbował je uspokoić, oddychając równomiernie. Wiedział, skąd ten przyśpieszony puls. Tessa. Jeśli Mortmain ją miał, musiała być blisko. Mógł ją znaleźć gdzieś w tym labiryncie.

Usłyszał w głowie głos Jema, jakby *parabatai* stał tuż obok i mu doradzał. Zawsze mówił, że Will się śpieszy, żeby dokończyć misję, zamiast postępować rozważnie. Powtarzał, że trzeba patrzeć pod nogi, a nie na odległą górę, bo inaczej nigdy nie dotrze się do celu podróży. Will na chwilę zamknął oczy. Wiedział, że przyjaciel ma rację, ale stosowanie się do jego rad przychodziło mu z trudem, kiedy tym celem była dziewczyna, którą kochał.

Otworzył oczy i ruszył w stronę blasku. Dno tunelu było gładkie, bez skał czy kamieni, pożyłkowane jak marmur. Światło przed nim rozbłysło i... Will zatrzymał się raptownie. Tylko lata szkolenia uratowały go przed śmiertelnym upadkiem.

Bo skalne podłoże nagle się kończyło. Will stał na występie i patrzył w dół na okrągły amfiteatr. Pełen automatów, które milczały i nie ruszały się, jak wyłączone mechaniczne zabawki. Były ubrane jak tamte w wiosce, w niedopasowane części wojskowych mundurów. Stały jeden obok drugiego i wyglądały zupełnie jak ołowiane żołnierzyki wielkości człowieka.

Na środku pomieszczenia znajdowało się kamienne podwyższenie, na którym leżał automat niczym zwłoki na stole sekcyjnym. Głowę miał z czystego metalu, ale na resztę ciała była naciągnięta blada ludzka skóra... Widniały na niej runy narysowane atramentem.

Will rozpoznał je kolejno: Pamięć, Zręczność, Szybkość, Nocne Widzenie. Oczywiście nie miały prawa działać na urządzeniu z metalu i ludzkiej skóry. Mogłyby zwieść Nefilim z pewnej odległości, ale...

A jeśli użył skóry Nocnego Łowcy? – szepnął głos w głowie Willa. Co wtedy byłby w stanie stworzyć? Jak bardzo jest szalony i kiedy się zatrzyma? Ta myśl i widok niebiańskich runów na metalowym monstrum sprawiły, że Will gwałtownie odsunął się od krawędzi półki, zatoczył do tyłu i chwycił zimną skalną ścianę rękami wilgotnymi od potu.

Znowu ujrzał wioskę, martwe ciała na ulicach, usłyszał syk mechanicznego demona:

„Przez setki lat przepędzaliście nas z tego świata swoimi runicznymi mieczami. Teraz mamy ciała, na które wasza broń nie działa, i ten świat wkrótce będzie należał do nas".

Wściekłość wypełniła jego żyły jak ogień. Oderwał się od ściany i popędził przed siebie wąskim tunelem na złamanie karku, byle dalej od tamtej jaskini. Kiedy biegł, wydawało mu się, że słyszy za sobą jakiś dźwięk – warkot, jakby ruszył mechanizm wielkiego zegara – ale kiedy się obejrzał, zobaczył tylko gładkie ściany i nieruchome cienie.

Tunel się zwężał, tak że w końcu Will musiał się przeciskać bokiem między skalnymi występami bogatymi w kwarc. Kiedy przejście zrobiło się jeszcze węższe, zrozumiał, że będzie musiał zawrócić. Na samą myśl ruszył przed siebie z nowym wigorem i omal nie upadł, kiedy znalazł się w szerszym korytarzu.

Ten był prawie tak duży jak hol w Instytucie, tyle że z gładkiego kamienia, z pochodniami osadzonymi w pewnych odstępach w metalowych uchwytach. Obok każdej pochodni znajdowały się łukowate drzwi, również z kamienia. Pierwsze dwie pary prowadziły do pustych ciemnych pokoi.

Za trzecimi znalazł Tessę.

Nie zobaczył jej od razu po wejściu. Kamienne drzwi zamknęły się za nim, ale nie otoczyła go całkowita ciemność. Rozjaśniało ją migotliwe światło płomieni dogasających w kamiennym kominku. Ku zdumieniu Willa, pomieszczenie było umeblowane jak pokój w gospodzie: łóżko, umywalka, dywaniki, nawet zasłony, choć te wisiały na gołym kamieniu, a nie na oknach.

Przed kominkiem kucała smukła postać. Ręka Willa odruchowo powędrowała do rękojeści sztyletu, ale wtedy cień się poruszył, włosy zsunęły z ramienia i... Will zobaczył Tessę.

Jego dłoń opadła, serce boleśnie podskoczyło w piersi. Na ukochanej twarzy odmalowały się kolejno ciekawość, zdumienie i niedowierzanie. Tessa wstała i wyciągnęła rękę.

– Will?

Jej głos podziałał jak klucz przekręcony w zamku. Will otrząsnął się z osłupienia i ruszył do przodu. Odległość między Londynem a Cadair Idris wydawała się niczym w porównaniu z dzielącym ich teraz dystansem. Idąc przez pokój, Will nagle poczuł lekki wstrząs i jakiś dziwny opór. Zobaczył, że Tessa wyciąga rękę, jej usta układają się w słowa... a potem znalazła się w jego ramionach i obojgu zaparło dech, kiedy wpadli na siebie z impetem.

Tessa stanęła na palcach i zarzuciła mu ręce na szyję, szepcząc: „Will, Will, Will...". On wtulił twarz w jej szyję i gęste włosy. Pachniała dymem i fiołkami. Przytulił ją mocniej i smutek, który od śmierci Jema ściskał go jak żelazna pięść, na chwilę zelżał, tak że wreszcie mógł odetchnąć.

Pomyślał o piekle, przez które przeszedł, odkąd opuścił Londyn: o dniach jazdy bez odpoczynku, o bezsennych nocach. O krwi, stracie, bólu i walce. A wszystko doprowadziło go tutaj. Do Tessy.

– Will – powtórzyła, a on spojrzał na jej zapłakaną twarz. Na policzku miała siniak. Ktoś ją uderzył. Jego serce zawrzało gniewem na ten widok. Dowie się, kto to zrobił, i go zabije. Jeśli to Mortmain, zabije go zaraz po tym, jak spali jego koszmarne laboratorium, żeby ten szaleniec zobaczył najpierw ruinę swoich planów. – Will... – Głos Tessy wdarł się w jego myśli. – Will, ty idioto.

Jego romantyczne marzenia zatrzymały się ze zgrzytem jak dorożka na Fleet Street.

– Och, Will. – Wargi Tessy drżały, jakby nie wiedziała, czy się śmiać, czy płakać. – Pamiętasz, jak mi mówiłeś, że przystojny młody dżentelmen, który przybywa na ratunek, nigdy się nie myli, nawet jeśli mówi, że niebo jest fioletowe i zrobione z jeży?

– Kiedy pierwszy raz cię zobaczyłem. Tak, pamiętam.

– Och, mój Willu. – Tessa wyśliznęła się delikatnie z jego objęć i odgarnęła splątany lok za ucho. – Nie mam pojęcia, jak mnie znalazłeś i jakie to musiało być trudne. Ale... naprawdę myślisz, że Mortmain zostawiłby mnie niestrzeżoną w pokoju z otwartymi drzwiami? – Odwróciła się i zrobiła kilka kroków do przodu, po czym zatrzymała się nagle. – Spójrz. – Uniosła rękę, szeroko rozpościerając palce. – Powietrze jest tutaj twarde jak ściana. To więzienie, Will, a ty jesteś teraz w nim razem ze mną.

Will podszedł do niej. Już wiedział, co znajdzie. Przypomniał sobie opór, który poczuł, kiedy szedł przez pokój. Powietrze zafalowało lekko, kiedy dotknął go palcem, ale było twardsze niż zamarznięte jezioro.

– Znam tę konfigurację. Clave czasami korzysta z jakiejś jej wersji. – Zacisnął dłoń w pięść i rąbnął nią w powietrzną barierę wystarczająco mocno, żeby posiniaczyć sobie rękę. – *Uffern gwaedkyd* – zaklął po walijsku. – Przeklęta jazda przez cały kraj, żeby cię ratować, i nawet tego nie potrafię zrobić dobrze. Kiedy cię zobaczyłem, mogłem myśleć tylko o tym, żeby do ciebie pobiec. Na Anioła, Tesso...

– Will! – Chwyciła go za ramię. – Nie waż się przepraszać. Rozumiesz, ile dla mnie znaczy, że tu jesteś? To chyba cud albo ingerencja niebios, bo modliłam się, żeby zobaczyć twarze tych, na których mi zależy, zanim umrę. – To była jedna z rzeczy, które zawsze kochał w Tessie, że niczego nie ukrywała, tylko mówiła, co myśli, bez upiększeń. – Kiedy byłam w Mrocznym Domu, nikogo nie obchodziłam na tyle, żeby mnie szukał. Ty znalazłeś mnie przez przypadek. Ale teraz...

– Teraz skazałem nas oboje na ten sam los – dokończył Will cicho.

Wyjął sztylet zza pasa i wbił go w niewidzialną ścianę. Srebrne ostrze pokryte runami pękło. Will cisnął odłamaną rękojeść w bok i znowu zaklął pod nosem.

Tessa położyła dłoń na jego ramieniu.

– Nie jesteśmy skazani – powiedziała. – Na pewno nie przyjechałeś tu sam. Henry albo Jem nas znajdą. Można nas uwolnić z drugiej strony ściany. Widziałam, jak robi to Mortmain i...

Wyraz jego twarzy musiał się zmienić na dźwięk imienia Jema, bo Will zobaczył, że Tessa blednie i zaciska dłoń na jego ramieniu.

– Tesso, jestem sam – wyznał. Przy słowie „sam" załamał mu się głos.

– Jem? – To było coś więcej niż pytanie.

Will nie odpowiedział. Wydawało się, że stracił głos. Myślał, że ją stąd zabierze, zanim powie jej o Jemie, wyobrażał sobie, że zrobi to w bezpiecznym miejscu, gdzie będą warunki i czas, żeby ją pocieszyć. Teraz zrozumiał, że był głupcem, sądząc, że nie zdradzi go ból straty wypisany na twarzy. Resztka koloru zniknęła z policzków Tessy, jakby płomień zamigotał i zgasł.

– Nie.

– Tesso...

Zrobiła krok do tyłu, kręcąc głową.

– Nie, to niemożliwe. Wiedziałabym... to niemożliwe.

Will wyciągnął do niej rękę.

– Tess...

Zaczęła drżeć gwałtownie.

– Nie – powtórzyła. – Nic nie mów. Jeśli nie powiesz, to nie będzie prawda. To nie może być prawda. To niesprawiedliwe.

– Przepraszam – wyszeptał Will.

Tessa pękła jak tama pod zbyt dużym naporem wody, opadła na kolana, zgięła się w pół. Obejmowała się mocno, żeby nie rozpaść się na kawałki. Willa ogarnęła fala beznadziei, takiej jak na dziedzińcu gospody Green Man. Co on zrobił? Przybył tutaj, żeby ją uratować, a zamiast tego spowodował jej cierpienie. Zupełnie jakby naprawdę był przeklęty, zdolny jedynie do sprowadzania nieszczęścia na tych, których kochał.

– Przepraszam – powtórzył, wkładając w to słowo całe serce. – Tak mi przykro. Umarłbym za niego, gdybym mógł.

W tym momencie Tessa podniosła na niego wzrok. Był przygotowany na oskarżenie w jej oczach, ale ona tylko w milczeniu wyciągnęła do niego rękę. Will ujął ją ze zdumieniem i pozwolił, żeby pociągnęła go w dół, tak że ukląkł naprzeciwko niej.

Jej twarz była zalana łzami, okolona plątaniną włosów, obwiedziona złotym blaskiem ognia.

– Och, Will. To wszystko moja wina. Gdyby oszczędniej zażywał narkotyk, gdyby pozwolił sobie na odpoczynek i chorowanie, zamiast udawać dobre zdrowie ze względu na mnie...

– Nie! – Will wziął ją za ramiona. – To nie twoja wina. Nikt nie mógł przypuszczać, że...

Tessa pokręciła głową.

– Jak możesz znosić moją obecność? – spytała z rozpaczą. – Zabrałam ci *parabatai*. A teraz oboje tutaj umrzemy. Przeze mnie.

– Tesso – wyszeptał Will. Nie pamiętał, kiedy ostatni raz był w takiej sytuacji, że musiał pocieszać kogoś, kto miał złamane serce, i szczerze chciał to zrobić, zamiast odwrócić się i uciec. Czuł się niezdarny jak wtedy, gdy jako dziecko rzucał nożami. Zanim Jem nauczył go, jak ich używać. Odchrząknął. – Tesso, chodź tutaj.

Usiadł i przyciągnął ją do siebie, a ona oparła głowę na jego ramieniu. Jej ciałem wstrząsnął dreszcz, ale nie odsunęła się, tylko przywarła do niego mocniej, jakby naprawdę czerpała pociechę z jego bliskości.

I jeśli Willowi przyszło do głowy, że jest taka ciepła i muska oddechem jego skórę, ta myśl zaraz się ulotniła, więc mógł udawać, że w ogóle jej nie było.

***

Żal Tessy, niczym burza, słabł powoli, w miarę jak mijały godziny. Płakała, Will tulił ją w objęciach. Wstał tylko raz, żeby dorzucić do ognia. Wrócił szybko i usiadł obok niej, plecami oparty o niewidzialną ścianę. Tessa dotknęła rękawa jego koszuli, mokrego od jej łez.

– Przepraszam – powiedziała.

Nie potrafiła zliczyć, ile razy w ciągu ostatnich godzin go przepraszała, kiedy dzielili się opowieściami o tym, co się wydarzyło od czasu, gdy rozdzielono ich w Instytucie. Will mówił jej o pożegnaniu z Jemem i Cecily, o podróży przez kraj, o chwili, w której zrozumiał, że Jem umarł. Ona powiedziała mu, czego zażądał od niej Mortmain. I o tym, jak zmieniła się w jego ojca i dała mu ostatni fragment układanki, żeby mógł uczynić ze swojej armii automatów niepokonaną siłę.

– Nie masz za co przepraszać, Tesso – zapewnił ją Will, patrząc w ogień. Płomienie malowały jego twarz na różne odcienie złota i czerni. Cienie pod oczami były fioletowe, kości policzkowe wyraźnie zarysowane. – Cierpiałaś tak samo jak ja. Widok tej zniszczonej wioski...

– Byliśmy tam oboje w tym samym czasie – ze zdziwieniem stwierdziła Tessa. – Gdybym wiedziała, że jesteś tak blisko...

– Gdybym wiedział, że jesteś blisko, skierowałbym Baliosa prosto na wzgórze, do ciebie.

– I dał się zabić maszynom Mortmaina. Lepiej, że nie wiedziałeś. – Podążyła za jego wzrokiem w stronę kominka. – W końcu mnie znalazłeś. Tylko to się liczy.

– Oczywiście, że cię znalazłem. Obiecałem Jemowi, że cię znajdę. Niektórych obietnic nie można łamać.

Zaczerpnął tchu. Jego ręce drżały lekko, prawie niezauważalnie. Tessa niejasno zdawała sobie sprawę, że nie powinna pozwolić tak się tulić chłopcu, który nie był jej bratem ani narzeczonym... ale zarówno brat, jak i narzeczony nie żyli, a następnego dnia Mortmain znajdzie ich oboje i ukarze. Nie mogła się zmusić, żeby w takiej sytuacji zważać na przyzwoitość.

– Jaki był sens tego całego cierpienia? – zapytała. – Tak bardzo go kochałam, a nie było mnie przy nim, kiedy umierał.

Will pogłaskał ją po plecach, lekko i szybko, jakby się bał, że ona się cofnie.

– Mnie również – powiedział. – Stałem na dziedzińcu gospody, w połowie drogi do Walii, kiedy się dowiedziałem. A raczej poczułem. Więź między nami została zerwana. Czułem się tak, jakby wielkie nożyce przecięły moje serce na pół.

– Will... – Jego ból mieszał się z jej bólem i razem składały się na wielki smutek, lżejszy dzięki temu, że dzielony, choć trudno było stwierdzić, kto kogo teraz pociesza. – On też miał ciebie w swoim sercu.

– To ja poprosiłem go, żeby został moim *parabatai*. On był niechętny. Chciał, żebym zrozumiał, że wiążę się na całe życie z kimś, kto ma niewiele życia przed sobą. Ale ja tego pragnąłem, bez względu na wszystko, na dowód, że nie jestem sam, i jako sposób na pokazanie, ile mu zawdzięczam. W końcu ustąpił z wdziękiem. Zawsze tak robił.

– Jem nie był męczennikiem – powiedziała Tessa. – Tego, że został twoim *parabatai,* nie uważał za karę. Byłeś dla niego jak brat, bo ty go wybrałeś. O tobie zawsze mówił z miłością i lojalnością, bez cienia wątpliwości.

– Zaatakowałem go – wyznał Will. – Kiedy odkryłem, że brał więcej *yin fen*, niż powinien. Byłem strasznie zły. Oskarżyłem go, że odrzuca życie. A on odpowiedział: „Jeśli chcę, mogę postanowić płonąć dla niej jaśniej".

Tessa wydała zdławiony dźwięk.

– To był jego wybór. Niczego na nim nie wymusiłaś. Nigdy nie czuł się taki szczęśliwy, jak przy tobie. – Will nie patrzył na nią, tylko w ogień. – I cokolwiek ci mówiłem, cieszę się, że spędził ten czas z tobą. Ty też powinnaś się cieszyć.

– Nie sprawiasz wrażenia, że się cieszysz.

Will nadal wpatrywał się w płomienie. Jego włosy były wilgotne, kiedy wchodził do pokoju, ale teraz wyschły na skroniach i czole.

– Zawiodłem go – stwierdził. – Powierzył mi jedno jedyne zadanie: żebym cię odnalazł i bezpiecznie sprowadził do domu. A ja na ostatniej przeszkodzie zawiodłem. – W końcu odwrócił głowę i spojrzał na nią niewidzącym wzrokiem. – Nie powinienem był go opuszczać. Zostałbym z nim aż do śmierci, gdyby mnie poprosił. Dotrzymałbym przysięgi. Ale on mnie poprosił, żebym pojechał za tobą...

– Więc jedynie spełniłeś jego prośbę. Nie rozczarowałeś go.

– Ale ja sam chciałem to zrobić – powiedział Will. – Już nie potrafię oddzielić egoizmu od altruizmu. Kiedy marzyłem o ratowaniu ciebie, o tym, jak na mnie spojrzysz... – Jego głos się załamał. – W każdym razie zostałem srogo ukarany za tę pychę.

– A ja nagrodzona. – Tessa wsunęła rękę w jego szorstką dłoń. Zobaczyła, że Will z zaskoczenia wstrzymuje oddech. – Bo nie jestem sama. Mam ciebie. I nie powinniśmy tracić nadziei. Może jeszcze mamy szansę pokonać Mortmaina albo wymknąć się stąd. Jeśli ktoś potrafi wymyślić jakiś sposób, to właśnie ty.

Will skierował na nią spojrzenie.

– Jesteś cudem, Tesso Gray. Mieć taką wiarę we mnie, choć nie zrobiłem nic, żeby na nią zasłużyć.

– Nic? – Podniosła głos. – Nie zasłużyłeś? Will, uratowałeś mnie przed Mrocznymi Siostrami, odtrąciłeś mnie, żeby uratować. Wciąż mnie ratowałeś. Jesteś dobrym człowiekiem. Jednym z najlepszych, jakich znam.

Will wyglądał na tak oszołomionego, jakby go spoliczkowała. Oblizał suche wargi.

– Wolałbym, żebyś tego nie mówiła – wyszeptał.

Tessa nachyliła się do niego. Chciała dotknąć jego twarzy, musnąć usta, łuki rzęs na policzkach. Ogień odbijał się w jego oczach i wyglądał jak szpileczki światła.

– Will, kiedy pierwszy raz cię zobaczyłam, pomyślałam, że wyglądasz jak bohater książki. Żartowałeś, że jesteś sir Galahadem, pamiętasz? I długo starałam się rozumieć ciebie, wyobrażając sobie, że jesteś panem Darcy, Lancelotem albo biednym, żałosnym Sydneyem Cartonem, i to była katastrofa. Dużo czasu mi to zajęło, ale w końcu zrozumiałam. Nie jesteś bohaterem z książki.

Will zaśmiał się krótko, z niedowierzaniem.

– To prawda – przyznał. – Nie jestem bohaterem.

– Nie. Jesteś człowiekiem, jak ja. – Przesunęła wzrokiem po jego twarzy, mocniej ścisnęła rękę, splotła palce z jego palcami. – Nie rozumiesz, Will? Jesteś taki sam jak ja. Mówisz rzeczy, o których myślę, ale nigdy nie wypowiadam ich na głos. Czytasz książki, które ja czytam. Kochasz poezję, którą ja kocham. Rozśmieszasz mnie swoimi zabawnymi piosenkami i zadziwiasz zdolnością obserwacji. Mam wrażenie, jakbyś potrafił zajrzeć we mnie i dostrzec dziwne albo niezwykłe rzeczy, bo ty też jesteś dziwny i niezwykły. – Drugą ręką dotknęła lekko jego policzka. – Jesteśmy tacy sami.

Will zamknął oczy. Tessa poczuła, że jego rzęsy łaskoczą czubki jej palców. Kiedy się odezwał, głos lekko mu drżał, ale był opanowany.

– Nie mów takich rzeczy, Tesso. Nie mów.

– Dlaczego?

– Powiedziałaś, że jestem dobrym człowiekiem. Ale to nieprawda. Jestem... tragicznie w tobie zakochany.

– Will...

– Kocham cię tak bardzo, tak niewiarygodnie mocno, że kiedy jesteś blisko mnie, zapominam, że należysz do Jema. I chyba jestem najgorszym człowiekiem na świecie, skoro myślę o tym właśnie teraz.

– Kochałam Jema – powiedziała Tessa. – Kocham go nadal, a on kochał mnie, ale nie należę do nikogo, Will. Nikt nie ma władzy nad moim sercem. Ja również.

Will nadal nie otwierał oczu. Jego pierś unosiła się i opadała szybko. Tessa słyszała mocne bicie jego serca. Jego ciało było ciepłe i żywe. Pomyślała o zimnych rękach automatów i jeszcze zimniejszych oczach Mortmaina. Pomyślała, co by się stało, gdyby przeżyła, gdyby Mortmainowi udało się dopiąć swego, a ona byłaby z nim związana do końca życia. Z mężczyzną, którego nie kochała i którym pogardzała.

Pomyślała o jego lodowatych rękach i o tym, że byłyby to jedyne dłonie, które by jej dotykały.

– Jak sądzisz, co się stanie jutro, Will? – wyszeptała. – Kiedy Mortmain nas znajdzie. Powiedz mi szczerze.

Jego ręka przesunęła się ostrożnie, niemal wbrew woli, po jej włosach i zatrzymała u nasady szyi. Tessa zastanawiała się, czy Will czuje jej przyśpieszony puls.

– Myślę, że Mortmain mnie zabije. Albo raczej każe automatom mnie zabić. Jestem całkiem niezłym Nocnym Łowcą, ale te maszyny... ich nie da się powstrzymać. Runiczne miecze są nie lepsze przeciwko nim niż zwykła broń, a serafickie w ogóle bezużyteczne.

– Ale ty się nie boisz.

– Jest tyle rzeczy gorszych od śmierci. Nie zaznać miłości albo być do niej niezdolnym. Ale zginąć w walce jak przystało Nocnemu Łowcy to nie dyshonor. Godna śmierć... zawsze tego chciałem.

Tessę przeszedł dreszcz.

– Ja pragnę dwóch rzeczy. – Zaskoczył ją spokój własnego głosu. – Skoro uważasz, że Mortmain jutro spróbuje cię zabić, chciałabym dostać broń. Pozbędę się mojego mechanicznego aniołka i będę walczyć u twojego boku, aż zginiemy razem. Bo ja też pragnę honorowej śmierci, jak Boadycea.

– Tess...

– Wolę umrzeć niż zostać narzędziem Mistrza. Daj mi broń, Will.

Poczuła, że on też drży.

– Mogę to zrobić dla ciebie – ustąpił w końcu. – A jakie jest to drugie życzenie?

Tessa przełknęła ślinę.

– Chcę cię jeszcze raz pocałować, zanim umrę.

Will wytrzeszczył oczy. Były niebieskie jak morze i niebo w jej śnie, kiedy spadał z urwiska. Niebieskie jak kwiaty, które Sophie wplatała jej we włosy.

– Nie...

– Nie mów czegoś, jeśli tak nie myślisz – dokończyła za niego. – Wiem. Ale ja naprawdę tego chcę. Wiem, że naruszam w ten sposób granice przyzwoitości. Wiem, że pewnie wydaję się trochę szalona. – Opuściła wzrok, ale po chwili zebrała się na odwagę i spojrzała mu w oczy. – Jeśli powiesz, że możesz jutro umrzeć bez pocałunku i nie będziesz żałował, że nasze wargi się nie spotkały, przestanę nalegać, bo nie mam prawa...

Uciszył ją, przyciągając do siebie i miażdżąc jej wargi swoimi. Przez ułamek sekundy pocałunek był prawie bolesny, pełen desperacji i ledwo kontrolowanego głodu, a po chwili, kiedy uścisk Willa zelżał, stał się przyjemnością.

Na balkonie domu Lightwoodów Will był ostrożny i delikatny, teraz nie. Przesuwał dłońmi po jej plecach, wplatał je we włosy, ściskał materiał jej sukni. Uniósł ją lekko i przywarł do niej całym ciałem, jednocześnie twardym i kruchym. Rozchylił jej wargi, tak że już nie tyle się całowali, ile pożerali siebie nawzajem. Tessa mocno chwyciła go za włosy, co musiało zaboleć, ugryzła w dolną wargę. Will jęknął i przytulił ją mocniej, aż zabrakło jej tchu.

– Will – wyszeptała.

Wstał w podłogi, trzymając ją na rękach i nadal całując. Ona obejmowała go kurczowo za szyję, kiedy niósł ją do łóżka. Tessa już była bosa, on zrzucił swoje buty i położył się obok niej. Podczas szkolenia uczyła się szybko wkładać i zdejmować rynsztunek bojowy, teraz więc jej ręce zwinnie rozpięły klamry jego stroju i rozchyliły go jak skorupę. Will niecierpliwie zrzucił z siebie ubranie i ukląkł, żeby rozpiąć pas z bronią.

Tessa obserwowała go, przełykając ślinę. Jeśli zamierzała mu powiedzieć, żeby przestał, teraz był właściwy moment. Jego ręce pokryte bliznami zręcznie odpięły pas, a kiedy się odwrócił i cisnął go obok łóżka, wilgotna koszula podjechała do góry, odsłaniając płaski brzuch i kości bioder. Tessa zawsze uważała, że Will ma piękne oczy, usta, twarz, ale nigdy w ten sposób nie myślała o jego ciele. Teraz stwierdziła, że ono też jest ładne, jak rzeźba Dawida Michała Anioła. Wyciągnęła rękę i delikatnie musnęła gładką skórę jego twardego torsu.

Jego reakcja była natychmiastowa i zaskakująca. Gwałtownie wciągnął powietrze, zamknął oczy, znieruchomiał. Tessa z dudniącym sercem, nie bardzo wiedząc, co robi, przesunęła palcami wzdłuż paska jego spodni. Kierował nią instynkt, którego nie potrafiła wyjaśnić. Objęła biodra Willa i pociągnęła go w dół.

Osunął się na nią powoli, opierając łokcie po obu stronach jej ramion. Ich spojrzenia się spotkały. Patrzyli na siebie, ale żadne się nie odzywało. Tessa miała ściśnięte gardło.

– Pocałuj mnie – poprosiła.

Will obniżył się powoli, aż ich wargi się zetknęły. Tessa uniosła się, żeby mocniej przycisnąć usta do jego ust, ale on się cofnął i musnął nosem jej policzek. Jego wargi dotykały teraz kącika jej ust... A potem zaczęły sunąć po szczęce i szyi, budząc w niej rozkoszne dreszcze. Zawsze traktowała ramiona, dłonie, szyję, twarz jako osobne części ciała, a nie jako całość obleczoną tą samą powłoką, wrażliwą skórą, tak że pocałunek złożony na obojczyku można odczuć w stopach.

– Will.

Szarpnęła jego koszulę, aż posypały się guziki, a Will zrzucił ją z siebie pośpiesznie, cały rozczochrany – Heathcliff na wrzosowiskach. On trochę mniej pewnie radził sobie z jej suknią, ale ta też w końcu została zdjęta, tak że Tessa została w samym gorsecie i halce. I zamarła ze wstydu. Do tej pory tylko Sophie widziała ją roznegliżowaną. Will obrzucił dzikim spojrzeniem jej gorset i tylko w części wyrażało ono pożądanie.

– Jak... Jak to się zdejmuje?

Tessa nie mogła się powstrzymać. Zachichotała mimo woli.

– Sznurowanie z tyłu – podpowiedziała szeptem.

I naprowadziła jego palce na haftki. Zadrżała, ale nie z zimna, tylko z powodu intymności tego gestu. Will przyciągnął ją do siebie, teraz łagodnie, znowu pocałował w szyję i nagie ramiona. Jego przyśpieszony oddech wręcz parzył jej skórę, aż w końcu ona też zaczęła oddychać równie ciężko i wodzić dłońmi po jego barkach i bokach. Całowała białe blizny po znakach, oplatając się wokół niego jak wąż.

– Tess – wyszeptał. – Tess, jeśli chcesz się zatrzymać...

W milczeniu pokręciła głową. Ogień w kominku prawie wygasł. Czuła twarde ciało Willa i jego miękką skórę przy swojej skórze. Nie.

– Chcesz tego? – zapytał ochrypłym głosem.

– Tak. A ty?

Przesunął palcami po jej ustach.

– Będę przeklęty na wieki, ale za to oddałbym wszystko.

Tessa poczuła piekące łzy pod powiekami. Zamrugała mokrymi rzęsami.

– Will...

– *Dw i'n dy garu di am byth* – powiedział. – Kocham cię. Na zawsze.

I nakrył jej ciało swoim.

***

Późno w nocy albo wcześnie rano Tessa się obudziła. Ogień całkiem zgasł, ale pokój oświetlała dziwna pochodnia, która zapalała się i gasła bez określonego rytmu czy powodu.

Tessa uniosła się i oparła na łokciu. Will spał obok niej, pogrążony w głębokim śnie kompletnie wyczerpanego człowieka. Wyglądał spokojniej niż kiedykolwiek. Oddychał równomiernie, jego powieki trzepotały lekko od marzeń sennych.

Gdy Tessa zasnęła z głową na jego ramieniu, mechaniczny aniołek spoczął na obojczyku Willa. Kiedy teraz się odsunęła, zobaczyła ku swojemu zdumieniu, że zostawił na jego skórze biały ślad w kształcie gwiazdy, nie większy od szylinga.

Rozdział dwudziesty

Diabelskie maszyny

„Niby automatyczne kukły
Sylwetki, jak szkielety smukłe,
W kadrylu się kołyszą.
Splecione dłońmi w jeden łańcuch
Dostojną sarabandę tańczą:
Czasami śmiech zabrzmi w ciszy".

– Oscar Wilde, *Dom rozpusty*
(Przełożył Andrzej Nowicki)

– Jest piękny – zachwycał się Henry.

Nocni Łowcy z Instytutu Londyńskiego i Magnus Bane stali w luźnym kręgu i patrzyli na jedną z nagich kamiennych ścian krypty albo, ściślej mówiąc, na coś, co pojawiło się na jednej z nagich kamiennych ścian.

Był to jaśniejący łukowaty otwór o wysokości około trzech metrów i szeroki na jakieś półtora metra, ale nie wyciosany w kamieniu, tylko stworzony ze świecących runów, oplecionych wokół siebie jak winorośl na kracie. Runy nie pochodziły z Szarej Księgi, bo inaczej Gabriel by je rozpoznał, a takich nigdy nie widział. Wyglądały raczej jak znaki obcego języka, ale każdy był piękny i nucił pieśń o podróży, o wirującym ciemnym kosmosie i odległościach między światami.

Świeciły w półmroku na zielono, jasne i wyraźne. W wytyczonym przez nie prostokącie nie było widać ściany, tylko ciemność, nieprzeniknioną, jak w wielkiej czarnej jamie.

– To naprawdę zdumiewające – powiedział Magnus.

Wszyscy oprócz niego mieli na sobie stroje bojowe i mnóstwo broni. Gabriel przewiesił przez plecy ulubiony obosieczny długi miecz i aż się palił, żeby położyć dłonie na jego rękojeści. Choć lubił też łuk i strzały, fechtunku uczył go mistrz, który z kolei był uczniem samego Lichtenauera, dlatego Gabriel uważał tę broń za swoją specjalność. Poza tym, łuk był mniej użyteczny przeciwko automatom niż ostrze, którym można posiekać je na kawałki.

– Wszystko dzięki tobie, Magnusie – powiedział Henry, rozpromieniony.

Albo, pomyślał Gabriel, mogło to być odbicie świecących runów na jego twarzy.

– Wcale nie – zaprotestował Bane. – Gdyby nie twój geniusz, Brama nigdy by nie powstała.

– Cieszy mnie ta wymiana uprzejmości, ale nasuwa się kilka ważnych pytań w związku z tym wynalazkiem – odezwał się Gabriel, widząc, że pan Branwell już otwiera usta.

Henry spojrzał niego pustym wzrokiem.

– Na przykład?

– Sądzę, że Gabriel pyta, czy te... drzwi... – zaczęła Charlotte.

– Nazwaliśmy je Bramą – przerwał jej Henry. Wyraźnie było słychać w jego głosie, że wymawia to słowo z wielkiej litery.

– Czy one działają – dokończyła Charlotte. – Wypróbowałeś je?

Henry wyraźnie się zmieszał.

– Nie. Nie było czasu. Ale zapewniam cię, że nasze obliczenia są bezbłędne.

Wszyscy oprócz Branwella i Bane'a z niepokojem spojrzeli na Bramę.

– Henry...

– Cóż, sądzę, że Henry i Magnus powinni iść pierwsi – rzucił Gabriel. – To oni wymyślili tę przeklętą rzecz.

Wszyscy na niego spojrzeli.

– Zdaje się, że mój brat zastąpił Willa – stwierdził Gideon. – Obaj tak samo się zachowują.

– Nie jestem taki jak Will! – zaprotestował Gabriel.

– Mam nadzieję – mruknęła Cecily tak cicho, że nie wiadomo było, czy ktoś jeszcze ją usłyszał.

Wyglądała tego dnia szczególnie ładnie, choć Gabriel nie miał pojęcia dlaczego. Była ubrana w taki sam czarny kobiecy strój bojowy jak Charlotte, włosy miała praktycznie upięte z tyłu i tylko na jej szyi lśnił rubinowy naszyjnik... Surowo skarcił się w duchu, że zastanawianie się nad urodą Cecily nie powinno zaprzątać mu głowy, skoro grozi im śmiertelne niebezpieczeństwo. Natychmiast kazał sobie przestać.

– Wcale nie jestem taki jak Will Herondale – powtórzył.

– Chętnie pójdę pierwszy – oświadczył Magnus z miną udręczonego nauczyciela w klasie pełnej niegrzecznych uczniów. – Potrzebuję kilku rzeczy, skoro mamy nadzieję, że Tessa tam będzie. I może Will również. Przydałby mi się dodatkowy ekwipunek. I broń. Oczywiście zamierzam na was poczekać po drugiej stronie, ale gdyby wyniknęły jakieś nieoczekiwane okoliczności, zawsze lepiej być przygotowanym.

Charlotte pokiwała głową.

– Tak, oczywiście. – Na chwilę spuściła wzrok. – Nie mogę uwierzyć, że nikt nie przyszedł nam z pomocą. Myślałam, że po moim liście przynajmniej paru... – Przełknęła ślinę i uniosła podbródek. – Pójdę po Sophie i każę jej przynieść rzeczy, których potrzebujesz, Magnusie. Ona, Bridget i Cyril wkrótce do nas dołączą.

Ruszyła w górę po schodach, a Henry odprowadził ją wzrokiem pełnym niepokoju i czułości.

Gabriel wcale mu się nie dziwił. Najwyraźniej dla Charlotte silnym ciosem okazało się to, że nikt nie zareagował na jej prośbę o pomoc, choć on mógłby ją uprzedzić, że tak będzie. Ludzie są z natury egoistami, a poza tym wielu Nocnym Łowcom nie podobało się, że kobieta kieruje Instytutem. Nie chcieli dla niej ryzykować. Zaledwie kilka tygodni wcześniej on sam taki był. Teraz, ku własnemu zaskoczeniu, uświadomił sobie, że ryzykowanie życia dla Charlotte Branwell jest dla niego zaszczytem, tak jak dla większości Anglików umieranie za królową.

– Co trzeba zrobić, żeby Brama zaczęła działać? – spytała Cecily, patrząc na jaśniejący łuk jak na obraz w galerii, z przekrzywioną głową.

– Brama w jednej chwili przenosi cię z jednego miejsca w drugie – odparł Henry. – Ale sztuczka polega na tym... cóż, ta część to magia. – Ostatnie słowo wymówił z trochę niepewną miną.

– Trzeba wyobrazić sobie miejsce, do którego chce się przenieść – pomógł mu Magnus. – Nie zadziała, jeśli ktoś nie był w danym miejscu i nie potrafi odtworzyć go sobie w pamięci. W tym wypadku będziemy potrzebowali panny Herondale. Cecily, jak blisko Cadair Idris możesz nas doprowadzić?

– Na sam szczyt – odparła Cecily. – Na górę prowadzi kilka ścieżek, ja przeszłam z ojcem dwie z nich. Pamiętam wierzchołek.

– Doskonale – ucieszył się Henry. – Staniesz przed Bramą i wyobrazisz sobie nasz cel...

– Ale panna Herondale nie idzie pierwsza, prawda? – wyrwało się Gabrielowi, ale już było za późno, żeby cofnąć te słowa. Cóż, jak się powiedziało A, trzeba powiedzieć B. – Chodziło mi o to, że ona jest najsłabiej z nas wyszkolona. To nie byłoby bezpieczne.

– Mogę iść pierwsza – oświadczyła Cecily, z taką miną, jakby wcale nie była wdzięczna Gabrielowi za jego troskę. – Nie widzę powodu, dla którego...

– Henry!

To Charlotte wróciła ze służącymi w strojach bojowych. Bridget miała taki wyraz twarzy, jakby wybierała się na poranny spacer. Cyril był poważny i zdeterminowany. Sophie niosła dużą skórzaną torbę.

Towarzyszyli im trzej wysocy mężczyźni w pergaminowych szatach, poruszający się dziwnym, posuwistym krokiem.

Cisi Bracia.

W przeciwieństwie do innych Cichych Braci, których Gabriel widział do tej pory, ci byli uzbrojeni. Mieli pasy z długimi, zakrzywionymi mieczami o rękojeściach z lśniącego adamasu, tego samego materiału, z którego wyrabiano stele i serafickie miecze.

Henry spojrzał na nich zdziwiony i ze skruszoną miną zerknął na Bramę. Jego piegowata twarz pobladła.

– Bracie Enochu, ja...

Spokojnie. Głos Cichego Brata rozbrzmiał w umysłach ich wszystkich. *Nie przybyliśmy tutaj, żeby was ostrzec przed możliwym naruszeniem Prawa, panie Branwell. Przyszliśmy, żeby walczyć razem z wami.*

– Walczyć z nami? – zdumiał się Gideon. – Ale Cisi Bracia nie... to znaczy, oni nie są wojownikami...

To błąd. Byliśmy Nocnymi Łowcami i pozostaliśmy nimi nawet po przemianie w Braci. Nasze bractwo zostało założone przez samego Jonathana Nocnego Łowcę i choć żyjemy według Księgi, możemy zginąć od miecza, jeśli tak postanowimy.

– Dowiedzieli się o moim liście i przybyli – wyjaśniła Charlotte, cała rozpromieniona. – Brat Enoch, brat Micheasz i brat Zachariasz.

Dwaj mnisi stojący za Enochem skłonili głowy. Gabriela przeszedł dreszcz. Cisi Bracia zawsze budzili w nim dziwny niepokój, choć wiedział, że stanowią integralną część życia Nocnych Łowców.

– Brat Enoch powiedział mi również, że nikt więcej nie przyjdzie – mówiła dalej Charlotte. Uśmiech zniknął z jej twarzy. – Konsul Wayland zwołał dziś rano posiedzenie Rady. Nas o tym nie uprzedził, choć uczestnictwo wszystkich Nocnych Łowców jest zgodnie z Prawem obowiązkowe.

Henry z sykiem wypuścił powietrze z płuc.

– To zły człowiek – stwierdził. – Czego dotyczyło posiedzenie Rady?

– Odebrania nam władzy nad Instytutem – odparła Charlotte. – Konsul nadal uważa, że Mortmain zaatakuje w Londynie i dlatego potrzebny jest tutaj silny przywódca, żeby stawić czoło jego mechanicznej armii.

– Pani Branwell! – Sophie omal nie upuściła torby, którą właśnie podawała Magnusowi. – Oni nie mogą tego zrobić!

– Oczywiście, że mogą. – Charlotte rozejrzała się po obecnych i uniosła podbródek. W tym momencie, mimo drobnej postury wydawała się wyższa niż w rzeczywistości. – Wszyscy wiedzieliśmy, że to nastąpi. Ale nieważne. Jesteśmy Nocnymi Łowcami i znamy swoje obowiązki. Wierzymy Willowi i wierzymy w Willa. Dotarliśmy aż tak daleko i pójdziemy tą drogą do końca. Zwyciężymy, bo Anioł nad nami czuwa.

Wszyscy milczeli. Gabriel powiódł wzrokiem po otaczających go stanowczych twarzach. Nawet Magnus był, jeśli nie poruszony albo przekonany, to bez wątpienia pełen szacunku i podziwu.

– Pani Branwell, skoro Konsul Wayland nie uważa pani za przywódczynię, jest głupcem – oświadczył w końcu czarownik.

– Dziękuję – powiedziała Charlotte. – Ale nie traćmy już więcej czasu. Musimy ruszać jak najszybciej.

Henry przez dłuższą chwilę patrzył na żonę, a następnie spojrzał na Cecily.

– Jesteś gotowa?

Dziewczyna kiwnęła głową i stanęła przed Bramą. Blask nieznanych runów padł na jej drobną, zdeterminowaną twarz.

– Wyobraź sobie z całych sił, że patrzysz na szczyt Cadair Idris – polecił Magnus.

Cecily zacisnęła dłonie po bokach. W miarę jak wpatrywała się w Bramę, ta zaczęła się poruszać, a runy falować i zmieniać kształt. Ciemność w jej wnętrzu pojaśniała. Zamiast mroku Gabriel nagle ujrzał krajobraz, który mógłby być namalowany na ścianie wewnątrz Bramy: zielony grzbiet góry, jezioro niebieskie jak niebo.

Cecily gwałtownie zaczerpnęła tchu, po czym bez ponaglania zrobiła krok do przodu i zniknęła w jaśniejącym łukowatym otworze. Było tak, jakby ktoś wymazał rysunek. Najpierw zdematerializowały się jej dłonie, następnie wyciągnięte ręce, a potem całe ciało.

Cecily rozpłynęła się w powietrzu.

– Henry! – krzyknęła Charlotte.

Uszy Gabriela wypełnił szum. Słyszał, jak Henry zapewnia żonę, że właśnie w ten sposób działa portal, że nie stało się nic strasznego, ale brzmiało to jak pieśń dochodząca z innego pokoju, sam rytm i szmer niezrozumiałych słów. Gabriel wiedział jedynie, że Cecily, najdzielniejsza z nich wszystkich, weszła w nieznane drzwi i zniknęła. Nie mógł zostawić jej samej. Ruszył do przodu. Gideon zawołał jego imię, ale on go zlekceważył. Przecisnął się obok brata i śmiało wkroczył w Bramę.

Przez chwilę otaczała go sama ciemność. Potem wychynęła z niej jakaś wielka ręka, chwyciła go i wciągnęła w atramentowy wir.

***

Wielka sala Rady była pełna pokrzykujących ludzi.

Na podwyższeniu znajdującym się pośrodku stał Konsul Wayland i patrzył na rozwrzeszczany tłum z wyrazem wściekłości i zniecierpliwienia na twarzy. Jego ciemne oczy obserwowały zgromadzonych. George Penhallow wdał się w głośną kłótnię z Sorą Kaidou z Instytutu Tokijskiego, Vijay Malhotra dźgał chudym palcem w pierś Japheta Pangborna, który rzadko opuszczał swoją wiejską posiadłość w Idrisie, a teraz z oburzenia zrobił się czerwony jak pomidor. Dwaj Blackwellowie przyparli do muru Amalię Morgenstern, która warczała do nich po niemiecku. Aloysius Starkweahter, kościsty i ubrany cały na czarno, łypał na podium przenikliwym spojrzeniem starych oczu.

Inkwizytor stojący obok Konsula Waylanda uderzył drewnianą laską w podłogę dostatecznie mocno, żeby roztrzaskać deski.

– Dość tego! – ryknął. – Wszyscy się uciszcie, i to natychmiast. Siadajcie!

Przez pokój przebiegł szmer zaskoczenia i, ku zdziwieniu, Konsula wszyscy karnie usiedli. Oczywiście ci, którzy znaleźli miejsce, bo sala pękała w szwach. Tylu Nocnych Łowców rzadko zjawiało się na posiedzeniach Rady. Obecni byli przedstawiciele wszystkich Instytutów: z Nowego Jorku, Bangkoku, Genewy, Bombaju, Kioto, Buenos Aires. Brakowało jedynie Nocnych Łowców z Londynu: Charlotte Branwell i jej kohorty.

Tylko Aloysius Starkweather nie usiadł; zniszczony czarny płaszcz przy każdym ruchu powiewał wokół niego jak skrzydła kruka.

– Gdzie jest Charlotte Branwell? – zapytał. – Z nadesłanej przez pana wiadomości wynikało, że powinna tu być, żeby wyjaśnić treść swojego listu do Rady.

– Ja wyjaśnię treść jej listu – wycedził Konsul przez zaciśnięte zęby.

– Wolałbym usłyszeć to od niej – odezwał się Malhotra, przenosząc spojrzenie bystrych, ciemnych oczu z Konsula na Inkwizytora i z powrotem.

Whitelaw wyglądał na zmęczonego, jak po kilku bezsennych nocach. Usta miał zaciśnięte.

– Charlotte Branwell przesadza – stwierdził Konsul. – Biorę na siebie pełną odpowiedzialność za to, że postawiłem ją na czele Instytutu Londyńskiego. Nie powinienem był tego robić. Właśnie została zwolniona ze stanowiska.

– Miałem okazję poznać panią Branwell i z nią porozmawiać – przemówił Starkweather z silnym walijskim akcentem. – Nie odebrałem jej jako osoby skłonnej do przesady.

– Jest w odmiennym stanie i sądzę, że zrobiła się... nadpobudliwa – odparł Konsul z taką miną, jakby dobrze pamiętał, dlaczego był taki zadowolony, kiedy stary Aloysius przestał brać udział w posiedzeniach Rady.

Salę wypełnił gwar głosów. Inkwizytor posłał Waylandowi zdegustowane spojrzenie. Ten w odpowiedzi spiorunował go wzrokiem. Było jasne, że między tymi dwoma mężczyznami jest konflikt. Konsul był czerwony z gniewu, jego oczy wyrażały urazę z powodu zdrady. Whitelaw najwyraźniej nie zgadzał się z jego słowami.

Z jednej z zatłoczonych ław wstała kobieta o siwych włosach upiętych wysoko na czubku głowy i królewskich manierach. Konsul sprawiał wrażenie, jakby na jej widok jęknął w duchu. Callida Fairchild, ciotka Charlotte Branwell.

– Jeśli pan sugeruje, że moja siostrzenica podejmuje histeryczne i nierozsądne decyzje, bo spodziewa się dziecka, następnego pokolenia Nocnych Łowców, proponuję, żeby jeszcze raz przemyślał pan swoje wnioski.

Konsul zgrzytnął zębami.

– Nic nie potwierdza przekonania Charlotte Branwell, że Mortmain jest w Walii – powiedział. – Opiera je ona na słowach Willa Herondale'a, który jest tylko chłopcem, w dodatku wyjątkowo nieodpowiedzialnym. Wszystkie dowody, łącznie z dziennikami Benedicta Lightwooda, wskazują na atak na Londyn, więc tam musimy skierować nasze siły.

Przez pokój przebiegł głośny szmer. Wszędzie powtarzano słowa „atak na Londyn". Amalia Morgenstern wachlowała się koronkową chusteczką, Lilian Highsmith z wyrazem zachwytu na twarzy głaskała rękojeść sztyletu wsuniętego w rękawiczkę.

– Dowody – warknęła Callida. – Słowo mojej siostrzenicy jest dowodem...

W tym momencie wstała druga kobieta. Była młoda, w jasnozielonej sukni, z buntowniczym wyrazem twarzy. Ostatnim razem, kiedy Wayland ją widział, szlochała w sali Rady, domagając się sprawiedliwości. Tatiana Blackthorn z domu Lightwood.

– Konsul ma rację co do Charlotte Branwell! – wykrzyknęła. – Charlotte Branwell i William Herondale są odpowiedzialni za śmierć mojego ojca!

– Tak? – Głos Inkwizytora Whitelawa ociekał sarkazmem. – A kto zabił pani męża? Will?

Przez salę przebiegł pomruk zdziwienia. Tatiana zrobiła oburzoną minę.

– To nie była wina mojego ojca...

– Przeciwnie – przerwał jej Inkwizytor. – Chcieliśmy dochować tajemnicy, pani Blackthorn, ale zmusza mnie pani do jej wyjawienia. Otworzyliśmy śledztwo w sprawie pani męża i ustaliliśmy, że winien jest pani ojciec. Gdyby nie starania pani braci, a także Williama Herondale'a, Charlotte Branwell i innych osób z Instytutu Londyńskiego, nazwisko Lightwoodów zostałoby wykreślone z rejestrów Nocnych Łowców, a pani do końca życia byłaby zwykłą Przyziemną.

Tatiana poczerwieniała jak burak i zacisnęła pięści.

– William Herondale... obrzucił mnie zniewagami, których nie godzi się wypowiadać przy damie...

– Nie rozumiem, co to ma wspólnego z omawianą sprawą – przerwał jej znowu Inkwizytor. – Można być grubiańskim w życiu prywatnym, ale postępować właściwie w większych sprawach.

– Zabraliście nam dom! – wrzasnęła Tatiana. – Jestem teraz zdana na wspaniałomyślność rodziny mojego męża jak jakaś żebraczka...

Oczy Inkwizytora rozjarzyły się takim blaskiem jak kamienie w jego pierścieniach.

– Pani dom został skonfiskowany, pani Blackthorn, a nie ukradziony. – Podniósł głos. – Dom rodziny Lightwoodów przeszukano. I znaleziono w nim wiele dowodów na kontakty starszego pana Lightwooda z Mortmainem, dzienników ze szczegółami niecnych, brudnych uczynków nie do opisania. Na te właśnie dzienniki powołuje się Konsul, kiedy mówi o ataku na Londyn, ale zanim Benedict Lightwood zmarł, postradał zmysły w wyniku demonicznej ospy. Jest mało prawdopodobne, żeby Mortmain zwierzył mu się ze swoich prawdziwych planów, nawet gdyby Lightwood był zdrowy na umyśle.

– Sprawa Benedicta Lightwooda jest zamknięta – przerwał mu Wayland, niemal zdesperowany. – Zamknięta i bez związku z kwestią Mortmaina i Instytutu, którą mamy omawiać! Po pierwsze, Charlotte Branwell została usunięta ze stanowiska, a ponadto w obecnej sytuacji Londyn jest najbardziej zagrożony, więc potrzebujemy nowego przywódcy Londyńskiej Enklawy. Zamierzam ogłosić otwarte wybory. Czy ktoś chce zostać jej następcą?

W sali rozległy się szelesty i szepty. George Penhallow zaczął się podnosić z ławy, ale wtedy Inkwizytor rzucił z wściekłością:

– To śmieszne, Josiahu. Nie ma dowodu, że Mortmain nie przebywa w Cadair Idris. Jeszcze nawet nie zaczęliśmy omawiać sprawy wysłania posiłków w ślad za Charlotte...

– W ślad za Charlotte? Co to znaczy?

Inkwizytor wskazał ręką na zebranych.

– Nie ma jej tutaj. Jak myślisz, gdzie są mieszkańcy Instytutu? Pojechali do Cadair Idris szukać Mistrza. A my, zamiast dyskutować, czy udzielimy im pomocy, zwołujemy Radę, żeby wybrać kogoś, kto zastąpi Charlotte na stanowisku?

Konsul też stracił panowanie nad sobą.

– Nie będzie żadnej pomocy! – ryknął. – Nigdy nie udzielimy żadnej pomocy tym, którzy...

Wayland nie zdążył wyjawić, komu nie zamierza pomóc, bo w tym momencie świsnęło za nim stalowe ostrze i zgrabnie odcięło mu głowę od ciała.

Kiedy trysnęła krew, Inkwizytor uskoczył w bok, sięgając po laskę. Ciało Konsula upadło na podłogę w dwóch częściach: korpus runął na zakrwawione podium, głowa potoczyła się dalej jak piłka tenisowa. I wtedy oczom zebranych ukazał się automat z mieczem, chudy jak ludzki szkielet, ubrany w obszarpaną czerwoną bluzę wojskową. Wyszczerzył się upiornie i powiódł wzrokiem po tłumie oniemiałych Nocnych Łowców.

Jedynym dźwiękiem w pomieszczeniu był cichy śmiech Aloysiusa Starkweathera.

– Mówiła wam – wysapał. – Ostrzegała, co się stanie...

Chwilę później automat ruszył w jego stronę i ręką zakończoną pazurami chwycił go za gardło. Z szyi starca buchnęła krew, kiedy monstrum uniosło go z podłogi, nie przestając się uśmiechać. Nocni Łowcy zaczęli krzyczeć... a potem drzwi otworzyły się gwałtownie i do sali wpadły mechaniczne istoty.

***

– No, no – rozległ się rozbawiony głos. – A to dopiero niespodzianka.

Tessa usiadła raptownie i naciągnęła na siebie grubą kołdrę. Leżący obok niej Will poruszył się i wolno otworzył oczy.

– Co...

Pochodnie jarzyły się pełnym blaskiem, tak że w pomieszczeniu było jasno jak w dzień. Tessa wyraźnie widziała bałagan, który sami zrobili: ubrania rozrzucone po podłodze i łóżku, dywan przed kominkiem zwinięty, pościel skotłowana. Po drugiej stronie niewidzialnej ściany stała w niedbałej pozie znajoma postać w eleganckim szarym garniturze, z kciukiem zatkniętym za pasek spodni. Kocie oczy iskrzyły się wesołością.

Magnus Bane.

– Radzę wam wstać. Wszyscy będą tu za chwilę, żeby was ratować, więc pewnie wolelibyście mieć na sobie ubrania, kiedy się zjawią. – Wzruszył ramionami. – Ja w każdym razie bym wolał, ale z drugiej strony, jestem znany z nieśmiałości.

Will zaklął po walijsku. Siedział teraz i przykryty do pasa kołdrą, starał się zasłonić Tessę przed wzrokiem Magnusa. Ponieważ był bez koszuli, w jasnym świetle Tessa zobaczyła, że opalenizna na jego twarzy i rękach kontrastuje z bladością skóry na piersi i barkach. Na ramieniu wyraźnie odznaczała się biała gwiazdka. Magnus popatrzył na nią i zmrużył oczy.

– Interesujące – mruknął.

– Interesujące? – obruszył się Will. – Na Anioła, Magnusie...

Bane posłał mu kpiarskie spojrzenie, a Tessie przyszło do głowy, że czarownik wie coś, o czym oni nie wiedzą.

– Gdybym był inną osobą, miałbym ci teraz dużo do powiedzenia – rzekł Bane.

– Doceniam twoją powściągliwość – odparował Will.

– Już niedługo. – Magnus uniósł rękę i postukał w dzielącą ich niewidzialną barierę.

Było tak, jakby zanurzył rękę w wodzie. Od miejsca, którego dotknęły jego palce, rozeszły się drobne falki i nagle ściana zniknęła w chmurze niebieskich iskier.

– Proszę. – Czarownik rzucił skórzany worek na podłogę obok łóżka. – Przyniosłem ekwipunek. Pomyślałem, że możecie go potrzebować, ale nie zdawałem sobie sprawy, jak bardzo.

Tessa spiorunowała go wzrokiem zza pleców Willa.

– Jak nas tu znalazłeś? Skąd wiedziałeś? Kto jeszcze jest z tobą? Wszystko z nimi w porządku?

– Tak. Jest ich kilkoro, przeszukują to miejsce. A teraz się ubierajcie.

Odwrócił się dyskretnie, a zażenowana Tessa sięgnęła po worek i wygrzebała z niego swój strój bojowy. Następnie wstała z łóżka otulona prześcieradłem i pobiegła za chiński parawan stojący w rogu pokoju.

Nawet nie spojrzała na Willa. Nie potrafiła się do tego zmusić. Jak mogłaby na niego patrzeć, nie myśląc o tym, co zrobili? I to, kiedy Jem...

Szybko włożyła strój. Na szczęście to nie była suknia, więc mogła się ubrać bez niczyjej pomocy. Przez parawan słyszała, jak Magnus wyjaśnia Willowi, że dzięki połączeniu magii i nowego wynalazku udało się jemu i Henry'emu stworzyć Bramę, która przeniosła ich z Londynu do Cadair Idris. Widziała tylko ich sylwetki, ale zobaczyła, że Will z ulgą kiwa głową, podczas gdy Magnus wymieniał imiona tych, którzy zjawili się tutaj razem z nim: Henry, Charlotte, bracia Lightwoodowie. Cyril, Sophie, Cecily, Bridget i grupka Cichych Braci.

Usłyszawszy imię siostry, Will zaczął się ubierać z jeszcze większym pośpiechem, tak że kiedy Tessa wyszła zza parawanu, miał już na sobie strój bojowy, zasznurowane buty i właśnie zapinał pas z bronią. Kiedy ją zobaczył, na jego twarzy pojawił się ostrożny uśmiech.

– Wszyscy rozeszli się po tunelach, żeby was szukać – powiedział Magnus. – Mieliśmy poświęcić na to pół godziny, a potem zebrać się w głównej komorze. Dam wam jeszcze chwilę, żebyście... się pozbierali. – Uśmiechnął się złośliwie i wskazał na drzwi. – Będę na korytarzu.

Od razu po jego wyjściu Tessa rzuciła się Willowi w ramiona.

– Och, na Anioła, to było straszne!

Will wsunął dłonie w jej włosy i pocałował ją w powieki, policzki i usta, szybko, ale z żarem i skupieniem, jakby nie istniało nic ważniejszego.

– Wiesz, że wykrzyknęłaś „na Anioła"? Jak prawdziwa Nocna Łowczyni. – Musnął wargami kącik jej ust. – Kocham cię. Boże, tak cię kocham. Tak długo czekałem, żeby to powiedzieć.

Tessa objęła go w pasie i ścisnęła szorstki materiał stroju bojowego.

– Will... – zaczęła z wahaniem. – Nie żałujesz?

– Czy ja żałuję? – Popatrzył na nią z niedowierzaniem. – *Nage ddim*... jesteś szalona, jeśli myślisz, że żałuję, Tess. – Musnął kciukiem jej policzek. – Chcę ci powiedzieć dużo, dużo więcej...

– No, nie, Will Herondale, który ma dużo do powiedzenia?

Will zignorował żart.

– Teraz nie jest właściwa pora, kiedy Mortmain depcze nam po piętach, a Magnus stoi pod drzwiami. Musimy kończyć. Ale kiedy już będzie po wszystkim, Tess, powiem ci wszystko, co zawsze chciałem powiedzieć. Teraz... – Pocałował ją w skroń i wypuścił z objęć. Przyjrzał się jej twarzy. – Muszę tylko wiedzieć, czy mi wierzysz, kiedy mówię, że cię kocham.

– Wierzę we wszystko, co mówisz – zapewniła go Tessa, wędrując rękami wzdłuż jego boków. Zacisnęła dłoń na rękojeści sztyletu i wyjęła mu go zza pasa z bronią. Uśmiechnęła się, kiedy Will popatrzył na nią zaskoczony. – Przecież nie kłamałeś w sprawie tego wytatuowanego smoka Walii, prawda?

***

Pomieszczenie przypominało Cecily wnętrze katedry św. Piotra, którą widziała, kiedy w przypływie łaskawości Will zabrał ją tam po jej przyjeździe do Londynu. Jeszcze nigdy nie była w tak ogromnym budynku. Oboje wypróbowali echo swoich głosów w Galerii Szeptów i przeczytali epitafium Christophera Wrena. *Si monumentum requiris, circumspice.* „Jeśli szukasz jego pomnika, rozejrzyj się dokoła".

Will wyjaśnił jej, że Wren wolał być zapamiętany przez wzgląd na swoje budowle, a nie nagrobki. Podobnie jak cała katedra stanowiła świadectwo jego kunsztu, tak labirynt pod Cadair Idris – a szczególnie to miejsce – mógł uchodzić za pomnik Mortmaina.

Tutaj też był sklepiony sufit, ale zamiast okien na ścianach widniały tylko długie wyżłobienia w kamieniu. Wokół górnej części kopuły biegła galeria, z której miało się widok na podłogę z gładkiego kamienia.

Tutaj też na ścianie widniał napis. Cztery zdania wyryte w skale lśniącej od kwarcu.

DIABELSKIE MASZYNY NIE ZNAJĄ LITOŚCI.
DIABELSKIE MASZYNY NIE ZNAJĄ ŻALU.
DIABELSKIE MASZYNY SĄ NIEZLICZONE.

DIABELSKIE MASZYNY NIGDY
NIE PRZESTANĄ PRZYBYWAĆ.

Na kamiennej posadzce stały rzędami setki automatów. Ubrane w najróżniejszego rodzaju mundury, nie ruszały się i miały zamknięte oczy. Ołowiane żołnierzyki naturalnej wielkości, pomyślała Cecily. Diabelskie maszyny, wielkie dzieło Mortmaina, niepokonana armia stworzona do zabijania Nocnych Łowców.

Sophie pierwsza odkryła tę salę. Krzyknęła, a pozostali przybiegli, żeby zobaczyć, co się stało. Znaleźli ją roztrzęsioną wśród nieruchomej masy mechanicznych istot. Jedna z nich leżała u jej stóp. Sophie zadała jej cios mieczem w nogi, a ta runęła jak marionetka, której odcięto sznurki. Inne automaty nie poruszyły się ani nie obudziły mimo losu swojego towarzysza, co ośmieliło Nocnych Łowców do wejścia między ich szeregi.

Henry klęczał teraz obok jednej z nadal uśpionych maszyn. Rozciął jej mundur, otworzył metalową klatkę piersiową i teraz badał, co jest w środku. Wokół niego stali Cisi Bracia, Charlotte, Sophie i Bridget. Gideon i Gabriel też już wrócili po bezowocnych poszukiwaniach. Tylko Magnus i Cyril jeszcze się nie pojawili. W Cecily rósł niepokój, ale nie z powodu automatów, tylko nieobecności brata. Jeszcze nie został odnaleziony. Czy to możliwe, że go tutaj nie było? Milczała jednak, bo obiecała sobie, że jako Nocna Łowczyni nie będzie robić zamieszania ani krzyczeć, cokolwiek się wydarzy.

– Spójrzcie na to – powiedział cicho Henry. W piersi mechanicznej istoty znajdowała się masa drutów i coś, co wyglądało jak metalowe pudełko na tytoń, z wyrytym na boku wężem połykającym własny ogon. – *Ourobouros.* Symbol pojemnika na demoniczną energię.

– Jak na Pyxis – zauważyła Charlotte.

– Które Mortmain nam ukradł – potwierdził Henry. – Właśnie tego się obawiałem.

– Czego? – spytał Gabriel. Był zarumieniony, jego zielone oczy płonęły.

Błogosławić Gabriela, pomyślała Cecily, że zawsze mówi to, co mu chodzi po głowie.

– Ożywiania automatów – odparł Henry z roztargnieniem, sięgając do pudełka. – Wyposażania ich w świadomość, a nawet wolę...

Urwał, kiedy pod dotykiem jego palców pudełko nagle się rozjarzyło i przez *ourobouros* wylał się blask taki jak światło kamienia magicznego. Henry cofnął się z okrzykiem, ale już było za późno. Automat usiadł i złapał go szybkim ruchem. Charlotte krzyknęła i rzuciła się na ratunek mężowi, jednak nie dość szybko. Mechaniczna istota, z nadal groteskowo otwartą piersią, ujęła Henry'ego pod ramiona i ścisnęła mocno.

Rozległ się koszmarny trzask i Henry znieruchomiał. Automat cisnął go na bok, odwrócił się i zdzielił Charlotte pięścią w twarz, a ona upadła obok męża. Golem zrobił krok do przodu i chwycił brata Micheasza. Cichy Brat uderzył go w rękę laską, ale monstrum nawet tego nie zauważyło, tylko z warkotem maszynerii, który zabrzmiał jak śmiech, rozpruło nieszczęśnikowi gardło.

Trysnęła krew, a Cecily zrobiła dokładnie to, czego obiecała sobie nie robić. Wrzasnęła.

Rozdział dwudziesty pierwszy

Żar złota

„O, łuk mi dajcie z żaru złota,
A z pragnień moich groty strzał!
Dajcie mi włócznię! Pękaj chmuro,
Abym ognisty rydwan miał"!

– William Blake, *Jeruzalem*

W czasie szkolenia w Instytucie nikt nie uprzedził Tessy, jak trudno jest biec z bronią przypasaną do boku. Przy każdym kroku sztylet obijał się o jej nogę, ostry czubek skrobał skórę. Wiedziała, że powinien być schowany w pochwie... i w dodatku zatknięty za pas Willa, ale nie było teraz sensu tego rozpamiętywać. Will i Magnus pędzili przez skalny labirynt pod Cadair Idris, a ona starała się dotrzymać im kroku.

Magnus prowadził, bo najwyraźniej miał pojęcie, dokąd zmierzają. Tessa przemierzyła te kręte tunele tylko z opaską na oczach, a Will przyznał się, że niewiele pamięta ze swojej samotnej nocnej wędrówki.

Korytarze zwężały się i poszerzały bez żadnego wzorca, rytmu czy powodu.

Kiedy wreszcie znaleźli się w jakiejś większej odnodze, usłyszeli daleki krzyk przerażenia.

Magnus napiął wszystkie mięśnie, Will gwałtownie uniósł głowę.

– Cecily – powiedział i popędził przed siebie jeszcze szybciej niż do tej pory.

Magnus i Tessa ruszyli za nim. Mijali różne pomieszczenia. Drzwi jednego były zbryzgane krwią, inne Tessa rozpoznała: to w nim Mortmain zmusił ją do Zmiany. Inne chroniła wielka sieć ze stali i miedzi, wyglądająca tak, jakby ją poskręcał wiatr. W miarę jak biegli przed siebie, krzyki i odgłosy bitwy stawały się coraz głośniejsze, aż w końcu wpadli do ogromnej kolistej komory.

Była pełna automatów, takich samych jak te, które napadły na wioskę, podczas gdy Tessa patrzyła na to bezradnie. Stały rzędami, w większości nieruchomo, ale grupa na środku pomieszczenia najwyraźniej ożyła... i toczyła zażartą walkę. Tessa odniosła wrażenie, że znowu ogląda bitwę na schodach Instytutu, w dniu kiedy ją porwano. Bracia Lightwoodowie walczyli ramię w ramię, Cecily wymachiwała jaśniejącym serafickim mieczem, obok nich leżało ciało Cichego Brata. Dwaj inni Cisi Bracia walczyli u boku Nocnych Łowców, anonimowi w swoich pergaminowych szatach, ale jej uwagę przyciągnął ktoś inny. Henry leżał bez ruchu na podłodze, a Charlotte klęczała nad nim i obejmowała go ramionami, jakby mogła ochronić męża przed szalejącą bitwą. Jednakże po bladości jej twarzy i bezwładności jego ciała, Tessa domyśliła się, że już jest za późno, żeby bronić Henry'ego przed czymkolwiek.

Will rzucił się do przodu i krzyknął:

– Żadnych serafickich mieczy! Walczcie inną bronią! Anielskie ostrza są bezużyteczne!

Cecily usłyszała go i odskoczyła do tyłu, kiedy jej seraficki miecz zetknął się z korpusem przeciwnika, z którym walczyła... i rozsypał się w proch, a jego ogień zgasł. Na szczęście, dziewczyna miała dość przytomności umysłu, żeby uchylić się przed sięgającymi po nią metalowymi ramionami, podczas gdy Cyril i Bridget rzucili się w jej stronę. Automat runął pod ciosem mocnego kija, którym zdzielił go Cyril, a kucharka, rudowłosa furia z mieczami, utorowała sobie drogę do Charlotte i odcięła ręce dwóm automatom, a następnie odwróciła się do niej plecami, jakby zamierzała jej bronić za cenę własnego życia.

Nagle Tessa poczuła na ramieniu dłoń Willa i zobaczyła jego bladą, zaciętą twarz, kiedy pchnął ją w stronę Magnusa i rzucił do niego:

– Zostań z nią!

Tessa zaczęła protestować, ale Bane chwycił ją za ręce i odciągnął, a Will rzucił się w bitewny zamęt, żeby utorować sobie drogę do siostry.

Cecily broniła się przed masywnym automatem o beczkowatej piersi, z oboma ramionami po prawej stronie. Straciwszy serafickie ostrze, miała tylko krótki miecz do obrony. Włosy wysunęły się jej spod szpilek, kiedy skoczyła do przodu i dźgnęła przeciwnika w rękę. Ten zaryczał jak byk, a Tessa zadrżała. Boże, te monstra wydawały takie straszne dźwięki. Zanim Mortmain je zmienił, milczały. Wtedy były rzeczami, teraz – istotami. Złymi, morderczymi istotami. Tessa ruszyła do przodu, kiedy automat walczący z Cecily wyszarpnął jej broń z ręki i pociągnął do siebie. Usłyszała, że Will wykrzykuje imię siostry...

Jeden z Cichych Braci chwycił Cecily i odepchnął ją na bok, po czym błyskawicznie okręcił się w stronę monstrum, trzymając przed sobą laskę. Kiedy przeciwnik zaatakował, Brat machnął laską z taką szybkością i siłą, że automat poleciał do tyłu, a jego pierś zapadła się do środka. Próbował znowu ruszyć do ataku, ale był za bardzo pokiereszowany. Wydał z siebie gniewny warkot, a Cecily, gramoląc się z ziemi, krzyknęła ostrzegawczo.

Obok pierwszego wyrósł kolejny automat. Cichy Brat zaczął się odwracać, ale drugi napastnik wytrącił mu laskę z ręki, otoczył go od tyłu metalowymi ramionami w parodii objęć i podniósł z ziemi. Pergaminowy kaptur spadł z głowy Brata, w mrocznym pomieszczeniu srebrne włosy zajaśniały jak światło gwiazd.

Powietrze uciekło z płuc Tessy. Cichym Bratem był Jem.

***

Jem.

Było tak, jakby świat się zatrzymał. Wszystkie postacie znieruchomiały, nawet automaty, jak zamrożone w czasie. Tessa spojrzała przez pokój na Jema, a on odwzajemnił spojrzenie. Jem w szacie Cichego Brata. Srebrne włosy okalające jego twarz mieszały się z czarnymi. Na kościach policzkowych widniały dwa czerwone nacięcia, po jednym na każdej.

Jem nie był martwy.

Tessa otrząsnęła się z osłupienia, usłyszała, że Magnus coś do niej mówi, ale go zignorowała. Gdyby zdołała dotrzeć do Jema, nim zostanie ciężko ranny... ale kiedy rzuciła się biegiem w jego stronę, w jej polu widzenia pojawił się jakiś cień. Tessa zatrzymała się raptownie i ujrzała wyszczerzoną szyderczo twarz automatu sięgającego po nią pazurami.

***

Siła upadku i ciężar automatu na plecach wypchnęły powietrze z płuc Jema, kiedy z impetem runął na ziemię. Przez chwilę gwiazdy wirowały mu przed oczami i spazmatycznie walczył o oddech.

Zanim został Cichym Bratem, zanim przyłożyli rytualny nóż do jego skóry i zrobili na twarzy nacięcia, które miały rozpocząć proces transformacji, taki upadek i obrażenia mogłyby go zabić. Teraz, kiedy wreszcie złapał oddech, wykręcił się i sięgnął po laskę w chwili, gdy dłoń monstrum zacisnęła się na jego ramieniu...

Przez mechaniczne cielsko przebiegło drżenie, metal zadźwięczał o metal. Jem chwycił laskę i dźgnął nią w górę. Głowa automatu poleciała w bok, górna część korpusu zsunęła się z Jema, a on wymierzył kopniak w ciężar nadal przyszpilający jego nogi i uwolnił się również od niego. Obok klęczał Will z twarzą szarą jak popiół.

– Jem.

Otoczyła ich dziwna cisza, jakby nastąpiła przerwa w bitwie, chwilowe zawieszenie w czasie. Głos Willa wyrażał tysiąc rzeczy: niedowierzanie, zdumienie, ulgę i poczucie zdrady. Jem zaczął się dźwigać na łokciach, miecz Willa, wyszczerbiony i umazany czarnym olejem, z brzękiem upadł na ziemię.

– Ty nie żyjesz – powiedział Will. – Czułem, jak umierasz. – Położył dłoń na zakrwawionej koszuli w miejscu, gdzie znajdował się znak *parabatai*. – Tutaj.

Jem chwycił jego dłoń i przycisnął ją do wewnętrznej strony swojego nadgarstka, mówiąc bezgłośnie: *Wyczuj mój puls, ruch krwi pod skórą. Cisi Bracia mają serca i one biją.*

Oczy Willa się rozszerzyły.

– Nie umarłem. Zmieniłem się. Powiedziałbym ci... gdyby istniał sposób...

Will patrzył na niego, oddychając szybko. Automat rozorał pazurami bok jego twarzy. Kilka głębokich zadrapań krwawiło, ale on nie zwracał na to uwagi. Zabrał dłoń z nadgarstka Jema i wziął głęboki oddech.

– *Roeddwn i'n meddwl dy fod mynd am byth* – bez zastanowienia powiedział po walijsku, ale Jem zrozumiał dzięki runom Cichych Braci.

„Myślałem, że odszedłeś na zawsze".

– Nadal tu jestem – rzekł Jem.

Kątem oka dostrzegł jakiś ruch i błyskawicznie przetoczył się w bok. Stal zadźwięczała na kamiennej podłodze, kiedy siekiera ze świstem przecięła powietrze i trafiła w miejsce, gdzie przed chwilą leżał. Z metalicznym pobrzękiwaniem otoczyły ich automaty.

Will zerwał się z mieczem w ręce, stanął plecami do przyjaciela i powiedział:

– Nie ma przeciwko nim skutecznego runu. Trzeba po prostu siec je z całej siły...

– Już się zorientowałem. – Jem zamachnął się laską i posłał jednego z przeciwników na najbliższą ścianę. Z metalowego korpusu posypały się iskry.

Will ciął mieczem kolana dwóch mechanicznych istot.

– Podoba mi się ten twój kijek – rzucił przez ramię.

– To laska. – Jem rozprawił się z drugim automatem. – Robią je Żelazne Siostry specjalnie dla Cichych Braci.

Will zrobił wypad do przodu i zadał kolejny cios. Czysto odcięta głowa automatu stoczyła się na ziemię w mieszaninie oleju i pary buchającej z rozprutego gardła.

– Każdy potrafi naostrzyć kij.

– To laska – powtórzył Jem i kątem oka dostrzegł uśmiech Willa. Chciał go odwzajemnić... kiedyś zrobiłby to naturalnie, ale teraz miał wrażenie, że od takich prostych gestów śmiertelników dzielą go lata.

Pokój był jednym wielkim kłębowiskiem ciał i śmigającej broni. Jem nie widział wyraźnie innych Nocnych Łowców. Czuł przy sobie obecność Willa, wymierzającego cios za ciosem. Metal dzwonił o metal, jakaś część Jema, którą utracił, nawet o tym nie wiedząc, czerpała przyjemność z ostatniej walki u boku przyjaciela.

– Skoro tak twierdzisz, James – powiedział Wil. – Skoro tak twierdzisz.

***

Tessa odwróciła się i wbiła sztylet w metalowy korpus automatu. Ostrze przeszyło stal z nieprzyjemnym chrobotem, a tuż po nim rozległ się zgrzytliwy śmiech. Tessie zamarło serce. Uniosła wzrok i zobaczyła gładką twarz Armarosa.

– Panno Gray, powinna być pani mądrzejsza. Takim scyzorykiem nie zrobi mi pani krzywdy, zresztą nie ma pani na to dość siły.

Tessa otworzyła usta do krzyku, ale ręce zakończone pazurami chwyciły ją i podniosły z ziemi, dłoń zakryła usta. W ogólnym zamieszaniu zobaczyła, że Will rozcina na pół automat, który upadł na Jema. W tym momencie Armaros warknął jej do ucha:

– Może jestem zrobiony z metalu, ale mam serce demona, a ono tęskni do tego, żeby pożywić się twoim ciałem.

Armaros ruszył przez pokój, niosąc ją, choć go kopała. Przechylił jej głowę, ostrymi palcami rozorał skórę na policzku.

– Nie możesz mnie zabić – wykrztusiła Tessa. – Anioł, którego noszę, broni mojego życia...

– To prawda, że nie mogę cię zabić, ale mogę zranić. I to w bardzo wymyślny sposób. Nie mam ciała, które by odczuwało przyjemność, więc jedyna dostępna dla mnie rozkosz to sprawianie bólu. Anioł cię chroni, podobnie jak rozkazy Mistrza, dlatego muszę się hamować, ale jeśli moc anioła zawiedzie, rozszarpię cię swoimi metalowymi szczękami.

Gdy znaleźli się poza kręgiem walczących, demon ruszył ku niszy częściowo zasłoniętej przez skalną kolumnę.

– Zrób to. Wolę umrzeć z twoich rąk, niż wyjść za Mortmaina.

– Nie martw się – powiedział automat, a jego słowa poczuła jak szept na skórze. Zadrżała z przerażenia. Zimne metalowe palce objęły jej ramiona jak kajdany i wciągnęły ją w mrok. – Zadbam o jedno i drugie.

***

Cecily zobaczyła, że jej brat tnie napastnika atakującego brata Zachariasza. Kiedy automat upadł, poraził ją zgrzyt metalu. Ruszyła w stronę Willa, wyciągając sztylet zza pasa... i poleciała do przodu, kiedy jakieś imadło zacisnęło się na jej kostce i szarpnęło ją na ziemię.

Uderzyła o ziemię kolanami i łokciami, odwróciła się i zobaczyła, że złapała ją ucięta w nadgarstku ręka automatu. Z drutów sterczących z poszarpanego metalu tryskał czarny płyn, palce wpijały się w jej strój bojowy. Cecily zaczęła je dźgać nożem, aż dłoń ją puściła i ze szczękiem upadła na ziemię, wijąc się jak krab.

Cecily jęknęła z obrzydzenia i wstała chwiejnie, ale stwierdziła, że już nie widzi Willa ani brata Zachariasza. W pokoju panował chaos. Zobaczyła, że Gabriel stoi zwrócony plecami do swojego brata, a przed sobą ma stos martwych automatów. Jego strój był podarty na ramieniu, a on sam krwawił. Cyril leżał bezwładnie na ziemi. Sophie przysunęła się bliżej niego i cięła wkoło mieczem. Blizna wyraźnie odznaczała się na jej bladej twarzy. Cecily nie mogła nigdzie dojrzeć Magnusa, ale widziała snop niebieskich iskier wskazujący na jego obecność. I wreszcie Bridget, widoczna od czasu do czasu między poruszającymi się mechanicznymi istotami. Jej broń była jak zamazana plama, rude włosy niczym płonąca chorągiew, a u jej stóp...

Cecily zaczęła przedzierać się przez tłum w ich stronę. W połowie drogi rzuciła sztylet i podniosła siekierę o długim trzonku, którą upuścił jeden z automatów. Nowa broń okazała się zaskakująco lekka w jej dłoni i wydała bardzo miły dźwięk, kiedy Cecily wbiła ją w pierś mechanicznego demona, który próbował ją złapać. Napastnik zatoczył się do tyłu.

Cecily przeskoczyła przez stos automatów, w większości posiekanych na kawałki; bez wątpienia to stąd wzięła się ręka, która chwyciła ją za kostkę. Po drugiej stronie tej góry złomu Bridget wymachiwała wokół siebie mieczem, odpierając falę mechanicznych monstrów, które sunęły na Branwellów. Rzuciła Cecily tylko jedno spojrzenie, kiedy ta przemknęła obok niej i padła na kolana obok szefowej Instytutu.

– Charlotte – wyszeptała.

Pani Branwell podniosła na nią wzrok. Jej twarz była biała z szoku, źrenice tak rozszerzone, że pochłonęły cały brąz tęczówek. Głowa męża bezwładnie opierała się na jej kruchym ramieniu.

– Charlotte – powtórzyła Cecily. – Nie możemy wygrać tej walki. Musimy się wycofać.

– Nie mogę ruszyć Henry'ego!

– Jemu już nie potrafimy pomóc.

– Nieprawda! – zaprotestowała pani Branwell. – Nadal czuję jego puls.

Cecily wyciągnęła rękę.

– Charlotte...

– Nie jestem szalona! On żyje! On żyje, a ja go nie zostawię!

– Dziecko – powiedziała Cecily. – Henry chciałby, żeby pani ratowała siebie i dziecko.

W oczach Charlotte pokazał się błysk. Mocniej przytuliła męża.

– Bez Henry'ego nie możemy się stąd wydostać. Bez niego nie potrafimy stworzyć Bramy. Jesteśmy uwięzieni w tej górze.

Cecily gwałtownie wypuściła powietrze z płuc. O tym nie pomyślała. Serce zabiło jej szybciej, gdy dotarło do niej: Umrzemy. Wszyscy tutaj umrzemy. Boże, co ona zrobiła? Dlaczego? Uniosła głowę, kątem oka dostrzegła snop niebieskich iskier ponad dymem...

– Bridget, sprowadź Magnusa – rzuciła.

Kucharka potrząsnęła głową.

– Jeśli was zostawię, zginiecie w ciągu pięciu minut. – Jakby na potwierdzenie swoich słów opuściła miecz na szarżujący automat.

Monstrum rozpadło się na dwie równe części.

– Nie rozumiesz, potrzebujemy Magnusa... – nalegała Cecily.

– Jestem. – I rzeczywiście, czarownik pojawił się nad nią tak nagle i bezszelestnie, że omal nie krzyknęła z zaskoczenia. Nad kołnierzykiem miał długie draśnięcie, płytkie, ale krwawiące. Na widok Henry'ego po jego twarzy przemknął wyraz bezmiernego smutku. Jak u człowieka, który widział tysiące zmarłych, który wciąż kogoś tracił i teraz stanął wobec kolejnej straty. – Boże. Był dobrym człowiekiem.

– Nie – zaprotestowała Charlotte. – Mówię wam, że wyczułam puls. Nie mów o nim tak, jakby już umarł...

Magnus opadł na kolana i dotknął powiek Henry'ego, jakby zamierzał wypowiedzieć pożegnanie Nocnych Łowców: *ave atque vale*, ale w końcu cofnął rękę i zmrużył oczy, a po chwili przytknął palce do szyi Branwella. Wymamrotał coś w języku, którego Cecily nie zrozumiała, po czym objął dłonią żuchwę Henry'ego.

– Bardzo powoli, ale jego serce bije – mruknął.

Charlotte wzięła drżący oddech.

– Mówiłam.

Magnus przeniósł na nią spojrzenie.

– Tak. Przepraszam, że nie słuchałem. – Opuścił wzrok z powrotem na Henry'ego. – Teraz bądźcie cicho, wszyscy. – Uniósł drugą rękę i pstryknął palcami.

W jednej chwili powietrze wokół nich jakby zgęstniało i odkształciło się niczym stare szkło. Nad nimi pojawiła się kopuła, zamykając całą czwórkę w migotliwej, przezroczystej bańce. Cecily nadal widziała przez nią kamienną salę, walczące automaty, Bridget siejącą zniszczenie na prawo i lewo mieczem umazanym czarnym olejem. W środku panowała cisza.

Cecily spojrzała na czarownika.

– Stworzył pan ścianę ochronną.

– Tak. – Uwaga Magnusa była skupiona na Henrym. – Bardzo dobrze.

– Nie mógłby pan stworzyć takiej wokół wszystkich i w ten sposób nas ochronić?

Bane potrząsnął głową.

– Magia wymaga energii, mała. Mógłbym utrzymać taką ochronę tylko przez krótki czas, a potem by nas zaatakowali.

Pochylił się, mamrocząc coś pod nosem. Z czubków jego palców przeskoczyła na Henry'ego niebieska iskra. Wyglądało to tak, jakby przebiła się do środka i rozniecila płomień w żyłach Branwella – ogniste ślady powędrowały w górę jego ramion, szyi i twarzy, jakby Magnus przytknął zapałkę do lontu. Charlotte, tuląca męża, krzyknęła cicho, kiedy jego ciało drgnęło, a głowa zsunęła się z jej ramienia.

Henry otworzył oczy. Były zabarwione takim samym niebieskim ogniem, jaki płonął w jego żyłach.

– Ja... – Jego głos był ochrypły. – Co się stało?

Charlotte zalała się łzami.

– Henry! Och, mój kochany Henry! – Pocałowała go żarliwie, a on wsunął palce w jej włosy i przytulił ją do siebie.

Cecily i Magnus odwrócili głowy.

Kiedy w końcu Charlotte puściła męża, nadal głaszcząc go po włosach i szepcząc, on spróbował usiąść, ale opadł z powrotem na podłogę. Spojrzał w oczy Magnusowi. Czarownik uciekł wzrokiem. Serce Cecily ścisnęły złe przeczucia.

– Henry, bardzo cię boli? – zapytała Charlotte z lekkim przestrachem w głosie. – Możesz wstać?

– Nie boli – odparł Branwell. – Ale nie mogę wstać. W ogóle nie czuję nóg.

Magnus nadal wpatrywał się w podłogę.

– Przykro mi – rzekł w końcu. – Są obrażenia, z którymi nawet magia nie potrafi sobie poradzić.

Twarz Charlotte wykrzywił straszny grymas.

– Henry...

– Nadal mogę stworzyć Bramę – przerwał jej mąż. W kąciku jego ust pojawiła się krew. Wytarł ją rękawem. – Możemy stąd uciec. Musimy się wycofać. – Rozejrzał się i zbladł. – Co się dzieje?

– Mają nad nami przewagę liczebną – powiedziała Cecily. – Wszyscy walczą o życie...

– O życie, ale nie o zwycięstwo? – zapytał Henry.

Magnus pokręcił głową.

– Nie możemy wygrać. Nie ma nadziei. Jest ich zbyt wiele.

– A Tessa?

– Will ją znalazł – odparła Cecily. – Oboje są tutaj.

Henry zamknął oczy, z trudem zaczerpnął tchu, po czym uchylił powieki. Niebieski kolor już zaczynał blaknąć.

– Musimy stworzyć Bramę. Ale najpierw powinniśmy wszystkich uprzedzić i oddzielić od automatów, żeby nie przywlec ich ze sobą do Instytutu. Ostatnia rzecz, jakiej nam trzeba, to diabelskie maszyny w Londynie. – Spojrzał na Magnusa. – Sięgnij do kieszeni mojego płaszcza.

Kiedy Bane spełnił prośbę, Cecily zauważyła, że jego ręka lekko drży. Najwyraźniej utrzymanie bańki ochronnej wymagało od niego ogromnego wysiłku.

Gdy wyjął dłoń z kieszeni płaszcza Henry'ego, trzymał w niej małe złote pudełko bez żadnych zawiasów czy wieczka.

– Cecily... – Henry mówił z trudem – weź to, proszę. Weź i rzuć. Najmocniej i najdalej, jak potrafisz.

Magnus drżącą ręką podał Cecily pudełeczko. Było ciepłe. Może nagrzało się, leżąc w kieszeni?

Spojrzała na Magnusa. Czarownik miał ściągniętą twarz.

– Teraz opuszczę ścianę – powiedział. – Rzucaj, Cecily.

Uniósł ręce, posypały się iskry, ściana zamigotała i zniknęła. Cecily zamachnęła się i cisnęła pudełko.

Przez chwilę nic się nie działo. Potem rozległ się głuchy huk implozji, jakby wszystko w pomieszczeniu zostało wessane do ogromnej rury. Cecily osunęła się na ziemię, zasłaniając uszy rękami. Magnus też klęczał. Ich mała grupka skuliła się razem, kiedy przez jaskinię przeleciał potężny wicher.

Do ryku wiatru dołączył zgrzyt metalu, gdy automaty zaczęły się chwiać i zataczać. Cecily zobaczyła, że Gabriel uskakuje w bok, kiedy tuż przed nim jakiś automat runął na ziemię i wpadł w drgawki. Jego żelazne ręce i nogi podskakiwały jak w ataku padaczki. Cecily pomknęła wzrokiem do Willa i Cichego Brata, którzy walczyli ramię w ramię. I mimo grozy sytuacji przeżyła wstrząs, widząc, że brat Zachariasz, teraz z odrzuconym kapturem, to James Carstairs. Wiedziała, że Jem udał się do Cichego Miasta, żeby zostać Cichym Bratem, ale nie przypuszczała, że wydobrzeje na tyle, żeby być tu razem z nimi i walczyć u boku Willa jak kiedyś, że odzyska siły...

Rozległ się łoskot, kiedy mechaniczne monstrum zwaliło się na ziemię między Willem a Jemem, zmuszając ich do odskoczenia od siebie. Powietrze pachniało jak tuż przed burzą.

– Henry... – wyszeptała Charlotte.

Twarz jej męża wykrzywiał grymas bólu.

– To... coś w rodzaju Pyxis. Oddziela dusze demonów od ich ciał. Nie miałem czasu go udoskonalić, ale zdaje się, że warto było je wypróbować.

Magnus wstał chwiejnie. Jego głos przebił się przez szczęk metalu i wrzaski demonów.

– Chodźcie tutaj! Nocni Łowcy, zbiórka!

Bridget nadal walczyła z dwoma automatami, których ruchy stały się szarpane i niepewne, ale pozostali ruszyli biegiem w ich stronę: Will, Jem, Gabriel... A gdzie Tessa? Cecily zobaczyła, że brat też zauważył jej nieobecność. Trzymając dłoń na ramieniu

Jema, przeszukał wzrokiem pokój. Jego wargi ułożyły się w imię „Tessa", choć Cecily słyszała jedynie wycie wiatru i zgrzyt metalu...

– Stop!

Z góry kopuły strzelił w dół promień srebrzystego światła podobny do rozdwojonej błyskawicy i eksplodował, buchając iskrami jak koło ogniste. Wiatr ucichł, w pomieszczeniu zapadła dzwoniąca cisza.

Cecily podniosła wzrok. Na galerii w połowie kopuły stał mężczyzna w dobrze skrojonym szarym garniturze. Natychmiast go rozpoznała.

Mortmain!

***

– Stop!

Tessę przeszedł dreszcz. Dobrze znała ten głos i sposób mówienia. To był Mortmain, choć nie widziała nic oprócz kamiennej kolumny zasłaniającej wnękę, do której zaciągnął ją Armaros. Demon trzymał ją mocno, nawet kiedy głucha eksplozja zakołysała jaskinią, a obok niszy przeleciał silny podmuch, nie robiąc im jednak krzywdy.

Potem zapadła cisza, a Tessa desperacko pragnęła wyrwać się z metalowych ramion, pobiec do skalnej komory i zobaczyć, czy któryś z jej przyjaciół nie został ranny albo zabity. Choć wiedziała, że jej wysiłki są daremne, zawzięcie wierzgała i kopała automat.

– Gdzie jest panna Gray? – ponownie rozbrzmiał głos Mortmaina. – Przyprowadźcie ją do mnie.

Trzymając Tessę na rękach, Armaros hałaśliwie wyszedł z niszy do głównego pomieszczenia.

A tam ujrzeli pobojowisko. Automaty stały jak zamrożone i patrzyły na swojego pana. Wiele, posiekanych na części, walało się po podłodze śliskiej od krwi i oleju.

Na środku stali w kręgu Nocni Łowcy i ich pomocnicy. Cyril klęczał z nogą przewiązaną zakrwawionym kawałkiem płótna. Obok niego w ramionach Charlotte na pół siedział, na pół leżał Henry. Był blady, bardzo blady... Gdy Will uniósł głowę i zobaczył Tessę, po jego twarzy przemknął wyraz przerażenia. Ruszył do przodu, ale Jem chwycił go za rękaw. On też patrzył na Tessę oczami dużymi, ciemnymi i pełnymi zgrozy.

Tessa odwróciła od nich wzrok i spojrzała w górę na Mortmaina, który stał przy poręczy galerii jak kaznodzieja za pulpitem i uśmiechał się z zadowoleniem.

– Postaw ją – rozkazał Armarosowi. – Ale trzymaj ręce na jej ramionach.

Demon spełnił polecenie z cichym chichotem. Gdy tylko Tessa stanęła na ziemi, wyprostowała się, uniosła brodę i spiorunowała Mortmaina wzrokiem.

– To pech zobaczyć pannę młodą przed ślubem – powiedziała.

– Istotnie. Ale pech dla kogo?

Tessa wolała się nie rozglądać. Widok mechanicznej armii i garstki Nocnych Łowców byłby zbyt bolesny.

– Nefilim wdarli się do pańskiej fortecy – zauważyła. – Za nimi przyjdą inni. Zniszczą automaty. Niech pan podda się teraz, a może uratuje pan życie.

Mortmain odrzucił głowę do tyłu i wybuchnął śmiechem.

– Brawo, madam! Stoi pani w obliczu klęski i żąda, żebym się poddał.

– Nie jesteśmy pokonani... – zaczął Will.

Mortmain wydał z siebie donośny syk. Wszystkie automaty jednocześnie, z przerażającą synchronizacją, odwróciły głowy w stronę Nocnego Łowcy.

– Ani słowa więcej, Nefilim – warknął Mortmain. – Kiedy następnym razem ktoś z was się odezwie, będzie to ostatni głos, jaki z siebie wyda.

– Niech pan ich wypuści – zażądała Tessa. – Oni nie mają z tym nic wspólnego. Proszę mnie zatrzymać, a ich uwolnić.

– Targuje się pani, nie mając żadnej karty atutowej w ręce – stwierdził Mortmain. – Myli się pani, sądząc, że inni Nocni Łowcy przybędą wam z pomocą. W tej chwili duża część mojej armii wyrzyna waszą Radę w pień. – Tessa usłyszała stłumiony okrzyk Charlotte. – Sprytne ze strony Nefilim, że tak dogodnie zebrali się w jednym miejscu, żebym mógł ich zetrzeć w proch za jednym razem.

– Proszę zostawić ich w spokoju – nie ustępowała Tessa. – Pański żal do Nefilim jest uzasadniony. Ale jeśli wszyscy będą martwi, kto dostanie nauczkę? Kto odpokutuje? Kto przekaże dalej tę lekcję? Niech pan pozwoli im żyć. Niech ostrzegą następne pokolenia. Mogą być pańskim dziedzictwem.

Mortmain w zamyśleniu pokiwał głową, jakby ważył jej słowa.

– Oszczędzę ich, ale zatrzymam tutaj jako więźniów. Sprawię pani przyjemność i w ten sposób zapewnię sobie pani posłuszeństwo. – Jego głos stwardniał. – Bo pani ich kocha i jeśli kiedykolwiek spróbuje pani uciec, zabiję ich wszystkich. – Zrobił pauzę. – Co pani na to, panno Gray? Jestem wspaniałomyślny, a teraz oczekuję podziękowań.

Jedynym dźwiękiem w pokoju było pobrzękiwanie metalu i dudnienie krwi w uszach Tessy, która teraz sobie uświadomiła, co miała na myśli pani Black. „Im więcej o nich wiesz, tym bardziej im współczujesz i tym skuteczniejszą będziesz bronią, żeby zetrzeć ich w pył". Tessa stała się jednym z Nocnych Łowców, nawet jeśli nie do końca takim jak oni. Kochała ich, a Mortmain mógł wykorzystać to uczucie, żeby zmusić ją do wszystkiego. Ratując tę garstkę najbliższą jej sercu, przyczyniłaby się do zagłady całej reszty. Ale skazanie Willa, Jema, Charlotte, Henry'go, Cecily i innych na śmierć było nie do pomyślenia.

– Tak. – Usłyszała, jak Jem albo Will wydają z siebie zduszony dźwięk. – Tak, zgadzam się na taką umowę. Niech pan powie demonowi, żeby mnie puścił, to przyjdę do pana.

Mortmain zmrużył oczy.

– Nie. Armaros, przyprowadź ją do mnie.

Demon zacisnął dłonie na jej ramionach. Tessa przygryzła wargę z bólu. Aniołek na jej szyi drgnął, jakby ze współczucia.

„Niewielu może się pochwalić własnym aniołem stróżem. Ale ty możesz".

Uniosła rękę do szyi. Mechaniczny aniołek pulsował pod jej dotykiem, jakby oddychał, jakby próbował coś jej przekazać. Zacisnęła na nim dłoń, czubki skrzydeł wbiły się w jej skórę. Pomyślała o swoim śnie.

„Tak właśnie wyglądasz?".

„Widzisz tylko część mnie. W swojej prawdziwej postaci jestem porażająco wspaniały".

„Jest w nim zamknięty kawałek duszy anioła", powiedział kiedyś Mortmain. Tessa przypomniała sobie ślad w kształcie białej gwiazdy, który wisiorek zostawił na ramieniu Willa. Przypomniała sobie gładką, piękną, nieruchomą twarz anioła i chłodne dłonie, które ją trzymały, kiedy wypadła z powozu pani Black i leciała w stronę skłębionej wody.

Demon zaczął ją podnosić.

Tessa znowu pomyślała o swoim śnie.

Wzięła głęboki wdech. Nie wiedziała, czy to, co zamierza zrobić, w ogóle jest możliwe, czy to zwykłe szaleństwo. Kiedy Armaros niósł ją na rękach, zamknęła oczy i sięgnęła umysłem do mechanicznego aniołka. Przez chwilę wirowała w ciemnej przestrzeni, a potem w szarej otchłani, szukając światła, iskry ducha, życia...

I nagle ujrzała rozbłysk, jaśniejszy od wszystkich, jakie kiedykolwiek widziała. Wyciągnęła rękę, otoczyła się jęzorami białego ognia. Poczuła, że płomień ją pali, osmala skórę. Krzyknęła...

I Zmieniła się.

Ogień popłynął jej żyłami. Wystrzeliła w górę, strój bojowy rozdarł się na niej i opadł na ziemię. Otoczył ją blask. Ona była blaskiem. Spadającą gwiazdą. Armaros puścił ją i zniknął, stopiony przez niebiański żar płonący w Tessie.

A ona leciała w górę. Nie. Wznosiła się, rosła. Jej kości się wydłużały, szkielet rozrastał we wszystkie strony. Skóra przybrała złotą barwę i naciągnęła się do granic, kiedy Tessa wystrzeliła pod sufit jak ziarnko fasoli ze starej bajki. Z pęknięć wyciekła złota posoka. Na głowie pojawiły się loki jak z metalu rozżarzonego do białości, okoliły jej twarz. Z pleców wyrosły skrzydła, większe niż u największego ptaka.

Powinna być przerażona. Spojrzawszy w dół, zobaczyła, że Nocni Łowcy gapią się na nią z otwartymi ustami. Całą jaskinię wypełniało oślepiające światło pochodzące od niej. Stała się Ithurielem. Płonął w niej boski ogień aniołów, trawił jej kości, parzył oczy. Ale ona czuła całkowity spokój.

Miała teraz sześć metrów wzrostu. Stała oko w oko z Mortmainem, który ściskał poręcz galerii, zmartwiały z przerażenia. Zapewne nigdy nie przypuszczał, że podarowany przez niego jej matce mechaniczny aniołek zostanie kiedyś wykorzystany w taki sposób.

– To niemożliwe – wychrypiał. – Niemożliwe...

Uwięziłeś anioła niebios, przemówiła Tessa głosem Ithuriela, rozbrzmiewającym w jej ciele jak dźwięk gongu.

Przez chwilę zastanawiała się, czy jej serce bije... Czy anioły mają serca? Czy ona umrze? Jeśli tak, to było warto.

Próbowałeś stworzyć życie. Życie to sprawa nieba, a niebo nie toleruje uzurpatorów.

Mistrz odwrócił się do ucieczki, ale był zbyt wolny, jak wszyscy ludzie. Tessa wyciągnęła rękę Ithuriela i zamknęła ją wokół Mortmaina. Ten wrzasnął, kiedy sparzyła go anielska dłoń. Wił się, już płonąc, kiedy Tessa zacisnęła pięść i zmiażdżyła jego ciało na galaretę z czerwonej krwi i białych kości.

Otworzyła dłoń. Ciało Mortmaina runęło spod kopuły i roztrzaskało się wśród jego własnych automatów. Salę wypełnił potężny zgrzyt metalu, jakby walił się budynek, i automaty jeden po drugim zaczęły padać na ziemię bez życia, gdy zabrakło Mistrza. Ogród pełen umierających metalowych kwiatów, a w jego środku Nocni Łowcy, którzy patrzyli po sobie w osłupieniu.

I wtedy Tessa uświadomiła sobie, że nadal ma serce, bo podskoczyło z radości, gdy zobaczyła, że są cali i bezpieczni. Ale kiedy sięgnęła do nich złotymi rękami – jedną poplamioną teraz szkarłatem krwi Mortmaina, zmieszanym ze złotą posoką Ithuriela – cofnęli się przed oślepiającym światłem. „Nie, nie", chciała powiedzieć, „nigdy bym was nie skrzywdziła", ale słowa nie wydostały się z jej ust. Nie mogła mówić; piekący ból był zbyt silny. Próbowała znaleźć drogę z powrotem do siebie, zmienić się w Tessę, ale zagubiła się w blasku ognia, jakby trafiła w sam środek słońca. Eksplodowały w niej płomienie, a ona poczuła, że zaczyna spadać. Mechaniczny aniołek był jak rozżarzony do białości łańcuch na jej szyi. *Proszę*, pomyślała, ale wszystko było żarem, agonią i jasnością.

Rozdział dwudziesty drugi

Granie trąby

„Po granie
Trąby, choć ciało z duszą się rozstanie,
My nierozdzielni!”.

– Algernon Charles Swinburne, *Peany miłości*
(Przełożył Jan Kasprowicz)

Mechaniczne istoty sięgały po Tessę z czarnej mgły. W jej żyłach płynął ogień, a kiedy spojrzała w dół, zobaczyła, że jej skóra pęka i pokrywa się pęcherzami, a po ramionach strumieniami płynie złota posoka. Zobaczyła bezkresne niebiańskie pola, ujrzała niebo w płomieniach o takim blasku, że oślepiłyby każdego człowieka. Zobaczyła srebrne chmury o brzegach jak brzytwy i poczuła lodowatą pustkę, która wypełniała w sercach aniołów.

– Tesso. – To był Will. – Tesso, obudź się, obudź. Tesso, proszę.

Usłyszała ból w jego głosie i chciała wyciągnąć do niego rękę, ale kiedy uniosła ramiona, płomienie skoczyły i osmaliły jej palce. Dłonie Tessy zmieniły się w popiół, a ten został rozwiany przez gorący wiatr.

***

Tessa rzucała się na łóżku, dręczona gorączką i koszmarami. Skotłowana pościel była przesiąknięta potem, włosy miała przyklejone do skroni. Jej skóra, zawsze blada, teraz zmieniła się w niemal przezroczystą, tak że odznaczała się pod nią wyraźnie mapa żył i zarys kości. Od czasu do czasu sięgała do mechanicznego aniołka wiszącego na szyi i krzyczała, jakby ten dotyk ją zabolał.

– Bardzo cierpi. – Charlotte zamoczyła szmatkę w chłodnej wodzie i przytknęła ją do rozpalonego czoła Tessy.

Dziewczyna wydała cichy odgłos protestu, ale nie odepchnęła jej ręki. Charlotte chciałaby myśleć, że zimne okłady pomagają, ale najprawdopodobniej Tessa była zbyt wyczerpana na jakikolwiek wysiłek.

– Możemy zrobić coś więcej?

Anielski ogień opuszcza jej ciało. Brat Enoch przemówił niesamowitym szeptem skierowanym do wszystkich. *To zajmie trochę czasu. Potem uwolni się od bólu.*

– Ale będzie żyła?

Do tej pory przeżyła. Głos Cichego Brata brzmiał ponuro. *Ogień powinien był ją zabić. Powinien zabić każdego normalnego człowieka. Ale ona jest w części Nocną Łowczynią, a w części demonem, i była chroniona przez anioła, którego żar w siebie wchłonęła. On ją chronił nawet w tych ostatnich chwilach, kiedy rozgorzał i spłonął w swojej cielesnej postaci.*

Charlotte przypomniała sobie kolistą salę pod Cadair Idris i Tessę, która zmieniła się w płomień, w gorejący słup ognia, ze snopami iskier zamiast włosów, oślepiający blaskiem i przerażający. Klęcząc nad ciałem Henry'ego, zastanawiała się, jak anioły mogą tak płonąć i przeżyć.

Kiedy anioł opuścił Tessę, dziewczyna osunęła się na ziemię. Ubranie wisiało na niej w strzępach, skórę pokrywały ślady jak po oparzeniach. Kilku Nocnych Łowców podbiegło do niej między leżącymi automatami, ale dla Charlotte wszystko było zamazane i mało realne z powodu strachu o Henry'ego. Widziała, jak Will bierze Tessę na ręce, potem twierdza Mistrza zaczyna się walić, a oni biegną tunelami, podczas gdy drogę oświetla im niebieski płomień Magnusa. Później druga Brama i Cisi Bracia czekający na nich w Instytucie. Wyprosili nawet Charlotte, kiedy zamknęli się z Henrym i Tessą. Will z przerażoną miną wyciągnął rękę do swojego *parabatai.*

– James, możesz się dowiedzieć, co z nią robią... czy ona przeżyje...

Jednakże pomiędzy nich wkroczył brat Enoch.

On nie nazywa się James Carstairs, tylko Zachariasz.

Kiedy Will cofnął rękę, jego wzrok wiele mówił.

– Niech sam mówi za siebie.

Jem tylko się odwrócił i wyszedł z Instytutu. Will patrzył za nim z niedowierzaniem, a Charlotte przypomniała sobie pierwsze spotkanie chłopców. „Naprawdę umierasz? Przykro mi".

To Will, nadal oszołomiony i niedowierzający, opowiedział im, zacinając się, historię Tessy: działanie mechanicznego aniołka, nieszczęście Starkweatherów, niezwykły sposób jej poczęcia. Aloysious miał rację, pomyślała Charlotte. Tessa była jego prawnuczką, której on nigdy nie pozna, bo zginął w masakrze podczas Rady.

Wyobraźnia podsuwała jej niechciane obrazy – jak drzwi sali otwierają się nagle i do środka wpadają automaty. Nie zabraniano przynoszenia broni na posiedzenia Rady, ale nikt z obecnych nie był przygotowany do walki. Poza tym, większość Nocnych

Łowców nigdy wcześniej nie zetknęła się z mechanicznymi istotami. Sama myśl o rzezi mroziła Charlotte krew w żyłach. Przerażał ją ogrom strat, choć te byłyby dużo większe, gdyby nie poświęcenie Tessy. Wszystkie maszyny padły wraz ze śmiercią Mortmaina, nawet te w sali Rady, a większość Nocnych Łowców przeżyła, ale i tak zginęło ich wielu, łącznie z Konsulem.

– Po części demon, po części Nocna Łowczyni – wyszeptała teraz Charlotte, patrząc na Tessę. – Kim ona właściwie jest?

Nowym rodzajem Nocnego Łowcy. Krew Nefilim jest w niej dominująca. Nowy to nie zawsze zły, Charlotte.

Właśnie z powodu tej krwi zdecydowali się wypróbować runy uzdrawiające, ale one po prostu wtopiły się w ciało Tessy i zniknęły jak słowa napisane na wodzie. Charlotte dotknęła teraz jej obojczyka, gdzie wcześniej wytatuowano atramentem znak. Jej skóra była gorąca w dotyku.

– Mechaniczny aniołek przestał tykać – zauważyła.

Ithuriel go opuścił. Jest wolny, a Tessa została bez ochrony, choć po śmierci Mistrza raczej będzie bezpieczna, jako że sama jest Nefilim. Dopóki nie spróbuje zmienić się w anioła drugi raz. To z pewnością by ją zabiło.

– Istnieją inne niebezpieczeństwa.

Wszyscy musimy stawiać czoło niebezpieczeństwom, rzekł brat Enoch tym samym chłodnym, niewzruszonym głosem, którym poinformował ją, że Henry przeżyje, ale nigdy nie będzie chodził.

Tessa poruszyła się i wydała chrapliwy okrzyk. Od bitwy wołała przez sen różne osoby. Przyzywała Nate'a, ciotkę i Charlotte.

– Jem – wyszeptała teraz, ściskając kurczowo kołdrę.

Charlotte odwróciła się od Enocha, sięgnęła po szmatkę i położyła ją na czole Tessy. Wiedziała, że nie powinna pytać, ale...

– Co z nim? Z naszym Jemem? Czy on... przyzwyczaja się do Bractwa?

W postawie Enocha wyczuła naganę.

Wiesz, że nie możesz tak go nazywać. On już nie jest waszym Jemem, tylko bratem Zachariaszem. Musicie o nim zapomnieć.

– Zapomnieć? Nie mogę go zapomnieć. On nie jest taki jak inni bracia, Enochu. Wiesz o tym.

Rytuały inicjacyjne są naszą najgłębszą tajemnicą.

– Nie pytam o wasze rytuały – powiedziała Charlotte. – Ale wiem, że większość Cichych Braci rozluźnia więzi z życiem śmiertelników jeszcze przed wstąpieniem do Bractwa. James nie mógłby tego zrobić. Jego nadal dużo łączy z tym światem. – Spojrzała na Tessę. Powieki dziewczyny zatrzepotały, oddech stał się chrapliwy. – Obawiam się, że jeśli ta więź nie zostanie przerwana właściwie, może im obojgu wyrządzić krzywdę.

***

Ona nadchodzi, moja jedyna, ukochana;
Choćby jej krok był lekki,
Me serce go usłyszy i załomocze,
Tam, gdzie spoczywa w swoim ziemnym łożu.
Moje prochy ją usłyszą,
Nawet gdybym od stulecia leżał martwy;
Poruszę się i zadrżę pod jej stopami,
Zakwitnę fioletem i czerwienią.

– Och, na litość boską – rzucił Henry z irytacją, podwijając rękawy szlafroka poplamione atramentem. – Możesz przeczytać coś mniej przygnębiającego? O jakiejś porządnej bitwie.

– To Tennyson – powiedział Will, zdejmując nogi z otomany.

Znajdowali się w saloniku. Henry siedział w fotelu przysuniętym do kominka, z otwartym szkicownikiem na kolanach. Od czasu bitwy pod Cadair Idris był blady, ale powoli zaczynał odzyskiwać kolory.

– Dobrze ci zrobi na myślenie.

Zanim Henry zdążył odpowiedzieć, drzwi się otworzyły i do pokoju weszła Charlotte, zmęczona, z koronkowymi rękawami luźnej sukni zmoczonymi wodą.

Will natychmiast odłożył książkę, Henry też pytająco spojrzał na żonę znad szkicownika.

Charlotte przeniosła wzrok z Willa na męża, zauważyła tomik leżący na stole obok serwisu do herbaty.

– Czytałeś Henry'emu, Will?

– Tak, jakieś okropne rzeczy, sama poezja. – Henry trzymał w ręce pióro, na pledzie miał rozłożone papiery.

Ze zwykłym hartem ducha przyjął wiadomość, że mimo leczenia zastosowanego przez Cichych Braci nigdy nie będzie chodził. I natychmiast stwierdził, że musi sobie skonstruować fotel, coś w rodzaju wózka inwalidzkiego, tylko że lepszego, z samonapędzającymi się kołami i wszelkimi innymi udogodnieniami. Postanowił, że wózek będzie poruszał się w górę i w dół po schodach, żeby mógł sam dotrzeć do swojej krypty. Rysował projekty przez całą godzinę, kiedy Will czytał mu „Maud", ale z drugiej strony, poezja nigdy zbytnio nie interesowała Henry'ego.

– Uwalniam cię od obowiązków, Will, a ciebie Henry od słuchania poezji – oznajmiła Charlotte. – Jeśli chcesz, kochanie, mogę ci pomóc zebrać notatki...

Stanęła za fotelem i ułożyła kartki w zgrabny plik. Mąż wziął ją za nadgarstek i spojrzał na nią wzrokiem tak pełnym ufności i adoracji, że Will poczuł ukłucie w sercu.

Nie zazdrościł Branwellom szczęścia, ale nie mógł przestać myśleć o Tessie. O nadziejach, które kiedyś żywił, a później zdławił je w sobie. Zastanawiał się, czy ona kiedykolwiek tak na niego patrzyła. Nie przypuszczał. Zbyt ciężko pracował nad tym, żeby zniszczyć jej zaufanie, i choć teraz marzył o prawdziwej szansie, żeby je odzyskać, nie mógł pozbyć się obaw...

Odepchnął od siebie czarne myśli i wstał. Chciał powiedzieć, że idzie do Tessy, ale zanim zdążył otworzyć usta, rozległo się pukanie do drzwi i do pokoju weszła Sophie, wyraźnie zdenerwowana. Chwilę później za nią pojawił się Inkwizytor.

Will, przyzwyczajony do widywania go w ceremonialnych szatach w czasie posiedzeń Rady, prawie nie poznał surowego mężczyzny w szarej porannej marynarce i ciemnych spodniach. Na jego policzku widniała świeża blizna, której wcześniej tam nie było.

– Inkwizytor Whitelaw. – Charlotte wyprostowała się i nagle spoważniała. – Czemu zawdzięczamy pańską wizytę?

– Charlotte – rzekł Inkwizytor, podając jej list z pieczęcią Rady. – Przyniosłem pani wiadomość.

Pani Branwell spojrzała na niego oszołomiona.

– Nie mógł pan po prostu wysłać go pocztą?

– Ten list jest niezwykle ważny. Koniecznie musi pani przeczytać go teraz.

Charlotte powoli sięgnęła po list i wzięła go do ręki. Ze zmarszczonymi brwiami przeszła przez pokój po otwieracz leżący na biurku. Will skorzystał z okazji, żeby ukradkiem przyjrzeć się Inkwizytorowi. Whitelaw patrzył na Charlotte z zasępioną miną, zupełnie nie zwracając na niego uwagi. Willa ciekawiło, czy blizna na jego twarzy jest pamiątką po bitwie z automatami Mortmaina.

Był wtedy pewien, że wszyscy zginą pod tamtą górą, ale Tessa przybrała postać anioła w całej jego glorii i poraziła Mortmaina jak błyskawica powalająca drzewo. Równie niesamowitej rzeczy nie widział jeszcze nigdy w życiu; niestety, jego zachwyt ustąpił miejsca przerażeniu, kiedy Tessa osunęła się na ziemię, zakrwawiona i nieprzytomna. Próbowali ją ocucić. Magnus resztką sił, z pomocą Henry'ego, stworzył Bramę do Instytutu, a resztę Will zapamiętał jako jedną zamazaną plamę. Wezwano więcej Cichych Braci do rannych, od Rady przyszła wieść o masakrze dokonanej przez automaty, zanim te przestały działać po śmierci Mortmaina. Tessę, nadal nieprzytomną, Cisi Bracia zanieśli do jej pokoju, ale Willowi nie pozwolili tam wejść. Nie był ani jej bratem, ani mężem, więc mógł tylko stać i patrzeć na drzwi, zaciskając zakrwawione ręce w pięści. Nigdy nie czuł się bardziej bezradny.

A kiedy ruszył na poszukiwanie Jema, żeby podzielić się swoim strachem z jedyną osobą na świecie, która kochała Tessę równie mocno jak on, okazało się, że jego *parabatai* wrócił do Cichego Miasta na rozkaz Braci. Zniknął bez słowa pożegnania.

Choć Cecily próbowała go uspokoić, Will był zły. Zły na Jema, na Radę, na Braci za to, że pozwolili Jemowi zostać Cichym Bratem, choć dobrze wiedział, że to był wybór jego przyjaciela i jedyny sposób na pozostanie przy życiu. Ale od powrotu do Instytutu odnosił wrażenie, że jest statkiem, który przez całe lata stał na kotwicy, aż nagle został puszczony na fale i nie miał pojęcia, dokąd płynąć. A Tessa...

W jego myśli wdarł się dźwięk rozrywanego papieru. Charlotte otworzyła list i przebiegła go wzrokiem. Kolor zniknął z jej twarzy. Spojrzała na Inkwizytora.

– To jakiś żart?

Mars na czole Whitelawa się pogłębił.

– To nie jest żart, zapewniam panią. Jak brzmi pani odpowiedź?

– Lottie – odezwał się Henry, patrząc na żonę. Nawet kosmyki jego rudych włosów zdradzały niepokój i czułość. – Lottie, o co chodzi?

Charlotte spojrzała na męża, a następnie z powrotem na Inkwizytora.

– Jeszcze nie wiem.

– Rada nie chce... – zaczął Whitelaw i wtedy po raz pierwszy zauważył Willa. – Gdybym mógł porozmawiać z panią na osobności...

Charlotte wyprostowała plecy.

– Nie odprawię stąd ani Willa, ani Henry'ego – oświadczyła.

Oboje zmierzyli się wzrokiem. Will czuł na sobie zaniepokojone spojrzenie Henry'ego. Zważywszy na nieporozumienia pani Branwell z Konsulem, po jego śmierci wszyscy czekali w napięciu na decyzję Rady. Sądząc po drżeniu rąk Charlotte i jej zaciśniętych ustach, Will domyślał się, że kwestia dalszego kierowania Instytutem jest niepewna.

Nagle pożałował, że nie ma tutaj Jema ani Tessy, kogoś, z kim mógłby porozmawiać, naradzić się, co zrobić dla Charlotte, której tyle zawdzięczał.

– Dobrze – powiedział, wstając. Chciał zobaczyć Tessę, nawet jeśli ona nie otworzy oczu ani go nie pozna. – I tak zamierzałem wyjść.

– Will... – zaprotestowała Charlotte.

– Wszystko w porządku – zapewnił ją i ruszył do drzwi.

Na korytarzu oparł się na chwilę o ścianę, żeby nad sobą zapanować. Przypomniały mu się jego własne słowa... Boże, wydawało się, że od tamtej chwili upłynęło milion lat, i teraz już ani trochę nie były zabawne. „Konsul? Wpadł pan na śniadanie? Co będzie następne? Inkwizytor na herbacie?".

Jeśli zabiorą Charlotte Instytut...

Jeśli wszyscy stracą dom...

Jeśli Tessa...

Nie był w stanie dokończyć tej myśli. Tessa będzie żyła. Musi żyć. I kiedy ruszył korytarzem, zaczął wspominać niebieskości, zielenie i szarości Walii. Mógłby tam wrócić z Cecily. Jakoś ułożyć sobie życie w rodzinnych stronach. Nie byłoby to życie Nocnego Łowcy, ale bez Charlotte, bez Henry'ego, bez Jema, Tessy i Sophie, albo nawet tych przeklętych Lightwoodów, nie chciał być Nocnym Łowcą. Kochał ich rodzinę... Oto jeszcze jedna rzecz, którą sobie uświadomił nagle, ale za późno.

******

– Tesso. Obudź się. Proszę, obudź się.

Głos Sophie wdarł się w ciemność. Tessa z wielkim trudem na ułamek sekundy otworzyła oczy. Zobaczyła swoją sypialnię w Instytucie, znajome meble, rozsunięte zasłony, słaby blask słońca rysujący kwadraty na podłodze. Próbowała się na nich skupić. Właśnie tak wciąż było: krótkie okresy świadomości między koszmarami i gorączką, nigdy dość czasu, żeby się odezwać. „Sophie", usiłowała wyszeptać, ale słowa nie chciały się wydostać ze spierzchniętych warg. W jej polu widzenia pojawiła się błyskawica. Tessa krzyknęła bezgłośnie, kiedy Instytut się rozpadł i zniknął w ciemności.

***

To Cyril w końcu mu powiedział, że Cecily jest w stajni, po tym jak Gabriel przez dużą część dnia szukał jej po całym Instytucie bez powodzenia, choć miał nadzieję, że dyskretnie.

Nadszedł zmierzch, stajnię wypełniało ciepłe żółte światło latarni i zapach koni. Cecily stała przy boksie Baliosa, opierając głowę o jego szyję. Włosy, prawie takiego samego atramentowego koloru jak sierść konia, opadały jej luźno na ramiona. Kiedy się odwróciła i na niego spojrzała, Gabriel zauważył błysk rubinu na jej szyi.

Przez jej twarzy przemknął wyraz niepokoju.

– Coś się stało Willowi?

– Willowi? – zdziwił się Gabriel.

– Ja tylko pomyślałam... pańska mina... – Cecily westchnęła. – Przez kilka ostatnich dni był taki zrozpaczony. Nie dość, że Tessa jest ranna i chora, to jeszcze Jem... – Pokręciła głową. – Próbowałam z nim porozmawiać, ale nie chciał.

– Myślę, że teraz rozmawia z Jemem. Przyznam, że nie znam stanu jego umysłu. Jeśli pani chce, mogę...

– Nie. – Głos Cecily był cichy, spojrzenie jej niebieskich oczu utkwione w oddali. – Dajmy mu spokój.

Gabriel zrobił krok do przodu. Żółte światło lampy stojącej u stóp Cecily złociło jej skórę. Nie miała rękawiczek, jej dłonie były bardzo białe na tle końskiej grzywy.

– Ja... – zaczął. – Chyba bardzo pani lubi tego konia.

Zaklął w duchu. Pamiętał słowa ojca, że kobiety, delikatniejszą płeć, trzeba uwodzić miłymi słówkami i trafnymi zagajeniami. Nie był pewien, co to właściwie są te „trafne zagajenia", ale na pewno nie: „Chyba bardzo pani lubi tego konia".

Ale Cecily go nie wyśmiała, tylko z nieobecną miną poklepała konia i odwróciła się do Gabriela.

– Balios uratował życie mojemu bratu.

– Wyjedzie pani? – zapytał nagle Gabriel.

Jej oczy się rozszerzyły.

– Co to miało znaczyć, panie Lightwood?

– Nie, proszę nie nazywać mnie panem Lightwoodem. – Uniósł ręce. – Jesteśmy Nocnymi Łowcami. Dla pani jestem Gabriel.

Jej policzki się zaróżowiły.

– A więc Gabrielu, dlaczego pan mnie pyta, czy wyjeżdżam?

– Przyjechała pani tutaj, żeby sprowadzić brata do domu, ale on nie wróci do Walii, prawda? Jest zakochany w Tessie. Zostanie tam, gdzie ona.

– Może ona tutaj nie zostanie – zauważyła Cecily. Jej wzrok był nieodgadniony.

– Myślę, że tak – sprzeciwił się Gabriel. – Ale nawet jeśli nie, on pojedzie za nią. A Jem... Jem jest teraz Cichym Bratem. Jeśli Will ma nadzieję jeszcze go zobaczyć, a myślę, że tak, nie wyjedzie. Te lata go zmieniły. Jego rodzina jest teraz tutaj, Cecily.

– Myśli pan, że sama tego nie zauważyłam? Serce Willa jest tutaj, nie w Yorkshire, w domu, w którym nigdy nie mieszkał, z rodzicami, których nie widział od lat.

– Więc skoro on nie może wrócić do domu... pomyślałem, że pani wyjedzie.

– Żeby moi rodzice nie byli sami. Tak. Rozumiem, dlaczego mógł pan tak pomyśleć. – Zawahała się. – Oczywiście, za parę lat i tak ich opuszczę, kiedy wyjdę za mąż, bo tego właśnie się ode mnie oczekuje.

– Ale nie tak, żeby nigdy więcej z nimi nie rozmawiać. Oni są wygnańcami, Cecily. Jeśli pani tu zostanie, będzie od nich odcięta.

– Mówi pan tak, jakby chciał mnie przekonać do powrotu do domu.

– Mówię tak, bo obawiam się, że pani to zrobi. – Słowa same wypłynęły z jego ust, zanim zdołał je powstrzymać. Teraz mógł tylko na nią patrzeć, podczas gdy rumieniec zakłopotania oblewał mu twarz.

Cecily zrobiła krok w jego stronę. Jej niebieskie oczy były szeroko otwarte. Gabriel zastanawiał się, kiedy przestaną mu przypominać oczy Willa. Ten odcień błękitu kojarzył mu się tylko z nią.

– Kiedy tu przyjechałam, sądziłam, że Nocni Łowcy to potwory. Uważałam, że muszę ratować brata. Myślałam, że razem wrócimy do domu, a rodzice będą dumni z nas obojga. Że znowu będziemy rodziną. Potem zrozumiałam... pan pomógł mi zrozumieć...

– Pomogłem pani? Jak?

– Pański ojciec nie dał panu dużego wyboru. Żądał, żeby pan robił to, czego on chce. A to doprowadziło do rozpadu pańskiej rodziny. Mój ojciec postanowił opuścić Nefilim i ożenić się z moją matką. To był jego wybór, tak jak wyborem Willa jest pozostanie z Nocnymi Łowcami. Wojna albo miłość. Obie decyzje odważne, każda na swój sposób. I nie sądzę, żeby moi rodzice mieli do niego żal. Dla nich liczy się przede wszystkim jego szczęście.

– A co z panią? – spytał Gabriel. Stali teraz bardzo blisko siebie, prawie się dotykali. – Teraz pani musi zadecydować, czy wraca, czy zostaje.

– Zostanę – powiedziała Cecily. – Wybieram wojnę.

Gabriel wypuścił powietrze z płuc. Nie zdawał sobie nawet sprawy, że wstrzymuje oddech.

– Zrezygnuje pani ze swojego domu?

– Pełnego przeciągów starego domu w Yorkshire? Tu jest Londyn.

– I z tego, co znajome?

– Znajome jest nudne.

– I z widywania rodziców? To byłoby wbrew Prawu...

Cecily uśmiechnęła się przelotnie.

– Wszyscy łamią Prawo.

– Cecy. – Jednym ruchem pokonał dzielącą ich niewielką odległość i ją pocałował. Z początku jego dłonie niezdarne spoczywały na jej ramionach, potem przesunęły się po sztywnej tafcie sukni, aż wreszcie objęły głowę. Palce wplątały się w miękkie, ciepłe włosy.

Cecily najpierw zesztywniała z zaskoczenia, a po chwili wtuliła się w niego i rozchyliła usta. Kiedy w końcu się cofnęła, Gabrielowi lekko kręciło się w głowie.

– Cecy? – powtórzył ochrypłym głosem.

– Pięć – powiedziała. Jej usta i policzki były zaróżowione, ale wzrok spokojny.

– Pięć? – powtórzył Gabriel ze zdziwieniem.

– Moja ocena. – Cecily posłała mu uśmiech. – Pańskie umiejętności i technika może wymagają pracy, ale z pewnością ma pan wrodzony talent. Potrzeba panu jedynie praktyki.

– A pani chętnie zostanie moja nauczycielką?

– Byłabym obrażona, gdyby pan wybrał kogoś innego – odparła Cecily i przysunęła się do niego po następny pocałunek.

***

Gdy Will wszedł do pokoju Tessy, Sophie siedziała przy jej łóżku i coś szeptała. Odwróciła się, kiedy zamknął za sobą drzwi. Wyglądała na zmęczoną i zatroskaną.

– Co z nią? – zapytał Will, wsuwając ręce w kieszenie spodni.

Widok nieprzytomnej ukochanej bolał, jakby pod żebrami utkwił odłamek lodu i dźgał go w serce. Sophie zaplotła jej długie włosy w warkocze, żeby się nie potargały, kiedy w gorączce rzucała głową po poduszce. Chora oddychała szybko, jej gałki oczne poruszały się pod bladymi powiekami. Will zastanawiał się, o czym Tessa śni.

– Bez zmian – odparła Sophie, wstając z fotela i oddając mu miejsce przy łóżku. – Znowu wołała.

– Kogoś konkretnego? – zaciekawił się Will i natychmiast tego pożałował. Z pewnością jego motywy były żałośnie oczywiste.

Sophie uciekła wzrokiem.

– Brata – odparła. – Gdyby pan chciał zostać kilka chwil sam na sam z panną Tessą...

– Tak, proszę, Sophie.

Pokojówka zatrzymała się przy drzwiach.

– Panie Williamie...

Will spojrzał na nią z fotela, w którym właśnie się usadowił.

– Przepraszam za to, co myślałam i mówiłam o panu przez te wszystkie lata – powiedziała Sophie. – Teraz rozumiem, że pan jedynie robił co w pańskiej mocy. Jak my wszyscy.

Will wyciągnął rękę i położył ją na lewej dłoni Tessy, kurczowo ściskającej kołdrę.

– Dziękuję – rzucił, nie patrząc na Sophie. Chwilę później usłyszał, jak drzwi zamykają się za nią cicho.

Spojrzał na Tessę. Teraz akurat była spokojna, jej rzęsy drżały przy oddechu. Cienie pod oczami były granatowe, żyły na skroniach i nadgarstkach wyglądały jak delikatny filigran. Kiedy Will przypominał ją sobie płonącą w oślepiającej aureoli, trudno mu było uwierzyć, że jest taka krucha. Wnętrze jej dłoni aż parzyło.

– Tess – wyszeptał. – Piekło jest zimne. Pamiętasz, jak kiedyś mi to powiedziałaś? W piwnicach Mrocznego Domu. Wszyscy inni wpadliby w panikę, a ty zachowałaś spokój jak guwernantka i mówiłaś, że piekło jest skute lodem. Cóż to byłaby za okrutna ironia, gdyby zabrał mi ciebie żar nieba.

Tessa odetchnęła gwałtownie, a jego serce podskoczyło. Usłyszała go? Ale oczy nadal miała zamknięte.

Uścisnął jej dłoń.

– Wróć – poprosił. – Wróć do mnie, Tesso. Henry twierdzi, że skoro dotknęłaś duszy anioła, może teraz śnisz o niebie, o polach pełnych aniołów i ognistych kwiatów. Może jesteś szczęśliwa w tych snach. Ale proszę cię z czystego egoizmu, wróć do mnie. Bo nie zniosę utraty całego swojego serca.

Jej głowa wolno odwróciła się ku niemu, usta się rozchyliły, jakby zamierzała coś powiedzieć. Will nachylił się do niej z bijącym sercem.

– Jem?

Will zamarł, nadal trzymając ją za rękę. Jej oczy się otworzyły... szare jak niebo przed deszczem, szare jak łupkowe góry Walii. Jak łzy.

– Jem – powtórzyła Tessa. – Jem, tak mi przykro. To wszystko moja wina.

Will przysunął się jeszcze bliżej, choć nie powinien. Tessa mówiła zrozumiale po raz pierwszy od wielu dni. Nawet jeśli nie do niego.

– To nie twoja wina – powiedział.

Tessa odwzajemniła uścisk dłoni. Jej skóra nadal była rozpalona.

– Właśnie że tak. To przeze mnie Mortmain pozbawił cię *yin fen*. Przeze mnie znalazłeś się w niebezpieczeństwie. Miałam cię kochać, a tylko skróciłam ci życie.

Will ostrożnie zaczerpnął tchu. Odłamek lodu znowu kłuł go w serce przy każdym oddechu. Ale to nie była zazdrość, tylko smutek głębszy i silniejszy niż wszystkie, których zaznał do tej pory. Wspomniał słowa Sydneya Cartona. „Proszę pomyśleć niekiedy, że na tym podłym świecie jest człowiek, który z radością odda swoje życie, żeby zachować koło pani inne życie, o wiele droższe jej niż własne". Tak, zrobiłby to dla Tessy, umarłby, żeby u jej boku zatrzymać tych, których kochała. To samo zrobiłby Jem dla niego albo dla Tessy. A ona dla nich obu. Tworzyli we trójkę niezrozumiały węzeł, ale jedno było pewne: łączyła ich miłość.

Mam na to dość siły, pomyślał, delikatnie ujmując jej rękę.

– Życie to nie tylko przetrwanie – powiedział. – Jest również szczęście. Znasz swojego Jamesa, Tesso. Wiesz, że wybrałby miłość zamiast kolejnych lat życia.

Ona tylko niespokojnie poruszyła głową na poduszce.

– Gdzie jesteś, James? Szukałam cię w ciemności i nie mogłam znaleźć. Jesteś mi przeznaczony. Łączą nas więzy, których nie można zerwać. Ale kiedy umierałeś, nie było mnie przy tobie. Nie pożegnaliśmy się.

– W jakiej ciemności? Tesso, gdzie jesteś? – Will wziął ją za rękę. – Pozwól mi cię znaleźć.

Tessa nagle wygięła plecy w łuk, ścisnęła jego dłoń.

– Przepraszam! – wykrzyknęła. – Jem... tak mi przykro... skrzywdziłam cię... tak strasznie cię skrzywdziłam.

– Tesso! – Will zerwał się z fotela, ale ona już opadła bezwładnie na materac, oddychając ciężko.

Will nie zdołał się pohamować. Zawołał Charlotte jak dziecko obudzone z koszmaru, na co nigdy sobie nie pozwalał, kiedy jako mały chłopiec budził się w nieznajomym Instytucie i tęsknił za pocieszeniem, ale wiedział, że nie wolno mu o nie prosić. Charlotte przybiegła natychmiast, jak przybiegłaby kiedyś, gdyby ją zawołał. Zjawiła się zdyszana i przerażona. Rzuciła jedno spojrzenie na Willa trzymającego Tessę za rękę i strach malujący się na jej twarzy ustąpił miejsca niewypowiedzianemu smutkowi.

– Will...

Delikatnie puścił rękę Tessy i odwrócił się do drzwi.

– Charlotte. Nigdy cię nie prosiłem, żebyś wykorzystała stanowisko szefowej Instytutu i mi pomogła...

– Moje stanowisko nie uleczy Tessy.

– Uleczy. Musisz sprowadzić Jema.

– Nie mogę o to poprosić – broniła się Charlotte. – Jem dopiero rozpoczął służbę w Cichym Mieście. Nowicjusze w ogóle nie mogą go opuszczać przez pierwszy rok...

– Stawił się na wezwanie do walki.

Charlotte odgarnęła kosmyk z twarzy. Czasami wyglądała bardzo młodo, jak teraz, ale wcześniej w salonie, w obliczu Inkwizytora, o wiele dojrzalej.

– To była decyzja brata Enocha.

Will rozprostował plecy. Nigdy nie wątpił w to, co czuje jego serce. Teraz również.

– Tessa potrzebuje Jema – oświadczył. – Znam Prawo. Wiem, że on nie może wrócić do domu, ale kandydaci muszą zerwać wszystkie więzy, które łączą ich ze światem śmiertelników, zanim wstąpią do Bractwa. Tak nakazuje Prawo. Więź między Tessą a Jemem nie została zerwana. Jak Tessa ma wrócić do świata śmiertelników, skoro nie może po raz ostatni zobaczyć Jema?

Charlotte milczała przez dłuższy czas. Po jej twarzy przemknął cień, którego Will nie potrafił rozszyfrować. Na pewno chciała jak najlepiej dla Jema, dla Tessy, dla nich obojga.

– Dobrze – ustąpiła w końcu. – Zobaczę, co da się zrobić.

***

Zsiedli z koni, żeby się napić
Ze strumienia czystego jak kryształ.
I tam zobaczyła, że z prądem płynie
Krew ukochanego.
„Powstrzymaj się, lordzie Williamie", rzekła,
„Boję się, że cię zabito";
„To tylko farba z mojej szkarłatnej szaty
Lśni w wodach strumienia".

– Och, na litość boską – mruknęła Sophie, mijając kuchnię. Czy Bridget naprawdę musiała śpiewać wyłącznie ponure pieśni i w dodatku wykorzystywać imię Will? Jakby biedny chłopak nie dość wycierpiał...

W ciemności zmaterializował się jakiś cień.

– Sophie?

Stłumiła okrzyk i omal nie upuściła szczotki do dywanów. Gdy w mrocznym korytarzu rozbłysło magiczne światło, zobaczyła znajome szarozielone oczy.

– Gideon? Wielkie nieba, wystraszyłeś mnie prawie na śmierć!

Winowajca zrobił skruszoną minę.

– Przepraszam. Chciałem tylko życzyć ci dobranoc, a ty się uśmiechałaś, więc uznałem...

– Myślałam o paniczu Willu – przerwała mu Sophie i uśmiechnęła się na widok jego skonsternowanej miny. – Jeszcze rok temu, gdybym się dowiedziała, że on cierpi, byłabym zadowolona, ale teraz stwierdzam, że mu współczuję. To wszystko.

Gideon spochmurniał.

– Ja też mu współczuję. Z każdym dniem, kiedy Tessa się nie budzi, widać, jak uchodzi z niego życie.

– Gdyby tylko pan Jem był tutaj... – Sophie westchnęła. – Ale go nie ma.

– Musimy nauczyć się żyć bez wielu rzeczy – stwierdził Gideon i pogłaskał ją po policzku.

Nie były to gładkie dłonie dżentelmena, tylko ręce szorstkie i zgrubiałe. Sophie uśmiechnęła się do niego.

– Nie patrzyłaś na mnie przy kolacji – poskarżył się ściszonym głosem.

To była prawda. Szybka kolacja składała się z pieczonego kurczaka na zimno i ziemniaków. Nikt nie miał zbytniego apetytu, z wyjątkiem Gabriela i Cecily, którzy jedli, jakby cały dzień spędzili na treningu. Może tak było.

– Martwiłam się o panią Branwell – wyznała Sophie. – Tak się boi o pana Branwella i o pannę Tessę, że chudnie, a dziecko... – Przygryzła wargę. – Martwię się.

Nic więcej nie dodała. Po tylu latach służby nie umiała wyzbyć się powściągliwości, nawet jeśli teraz była zaręczona z Nocnym Łowcą.

– Masz łagodne serce – stwierdził Gideon, muskając palcami jej usta jak w najlżejszym z pocałunków. – Chwilę temu widziałem, jak Charlotte idzie do salonu. Może powinnaś zamienić z nią słowo o swoich obawach?

– Nie mogłabym...

– Sophie. Już nie jesteś pokojówką Charlotte, tylko jej przyjaciółką. Jeśli z kimkolwiek porozmawia, to z tobą.

***

W salonie było ciemno i zimno. W kominku nie palił się ogień, żadne lampy nie były zapalone, cały pokój zagarnęły dla siebie noc i cienie. Minęła chwila, zanim Sophie się zorientowała, że jednym z tych cieni jest Charlotte, drobna, cicha postać siedząca za biurkiem.

– Pani Branwell... – zaczęła i nagle poczuła się bardzo niezręcznie mimo zachęcających słów Gideona. Dwa dni wcześniej obie walczyły ramię w ramię w Cadair Idris. Teraz ona znowu była służącą, która przyszła tutaj posprzątać i wyczyścić kominek. Z wiaderkiem węgla w ręce, a pudełkiem na hubkę i krzesiwo w kieszeni fartucha. – Przepraszam... nie zamierzałam przeszkadzać.

– Nie przeszkadzasz, Sophie. W niczym ważnym. – Głos Charlotte był... dziwnie cichy i przygnębiony.

Sophie postawiła węgiel obok kominka i z wahaniem zbliżyła się do swojej pani. Charlotte siedziała z łokciami opartymi na biurku i twarzą ukrytą w dłoniach. Na blacie leżał list z przełamaną pieczęcią Rady. Serce Sophie zaczęło bić szybciej, gdy sobie przypomniała, jak przed bitwą w Cadair Idris Konsul kazał im wszystkim wynieść się z Instytutu. Ale przecież się okazało, że mieli rację? Z pewnością pokonanie Mortmaina unieważniło decyzję Konsula, zwłaszcza teraz, kiedy nie żył?

– Wszystko w porządku, proszę pani?

Charlotte wskazała na list, z rezygnacją machnąwszy ręką. Sophie sięgnęła po niego z duszą na ramieniu.

Pani Branwell,

zważywszy na charakter korespondencji, którą prowadziła Pani z moim nieżyjącym kolegą Josiahem Waylandem, może Pani być zaskoczona tym listem. Jednakże Clave potrzebuje nowego Konsula, a kiedy poddano tę kwestię pod głosowanie, zdecydowanie wygrała je Pani.

Potrafię zrozumieć, że zadowala Panią kierowanie Instytutem i że może Pani nie chcieć brać na siebie odpowiedzialności związanej z nowym stanowiskiem, zwłaszcza gdy weźmie się pod uwagę obrażenia Pani męża odniesione podczas waszej bohaterskiej walki z Mistrzem. Czuję się jednak w obowiązku złożyć Pani tę propozycję nie tylko dlatego, że większość Nocnych Łowców widzi Panią na stanowisku Konsula. Z moich obserwacji wynika bowiem, że byłaby Pani jednym z najlepszych Konsulów, u boku których miałem zaszczyt służyć.

Z najwyższym poważaniem

Inkwizytor Wayland

– Konsul! – List wypadł z ręki Sophie. – Chcą zrobić panią Konsulem?

– Na to wygląda. – Głos Charlotte był bez życia.

– Ja... – Perspektywa, że Instytut Londyński nie będzie prowadzony przez Charlotte, wydawała się Sophie straszna. Z kolei stanowisko Konsula było najwyższym zaszczytem w Clave, a pani Branwell zawsze tak go pragnęła... – Nikt bardziej od pani na to nie zasługuje.

– Och, Sophie, nie. To ja postanowiłam wysłać was wszystkich do Cadair Idris. To moja wina, że Henry już nigdy nie będzie chodził. Ja to zrobiłam.

– Pan Branwell nie może pani winić. On pani nie wini.

– Nie, ale ja winię siebie. Jak mogę być Konsulem i posyłać Nocnych Łowców na śmierć? Nie chcę takiej odpowiedzialności.

Sophie ujęła jej dłoń.

– Charlotte, nie chodzi tylko o wysyłanie Nocnych Łowców do bitwy. Czasami trzeba ich powstrzymać. Ma pani współczujące serce i rozważny umysł. Przez lata kierowała pani Enklawą. Oczywiście, pani serce jest złamane z powodu pana Branwella, ale bycie Konsulem to nie tylko odbieranie życia, ale również jego ratowanie. Gdyby nie pani, gdyby wszystko zależało tylko od Konsula Waylanda, ilu Nocnych Łowców zginęłoby z rąk automatów Mortmaina?

Charlotte spojrzała na czerwoną, spracowaną rękę dziewczyny.

– Kiedy stałaś się taka mądra, Sophie?

Pokojówka się zarumieniła.

– Nauczyłam się mądrości od pani.

– Och, nie. Chwilę wcześniej powiedziałaś do mnie Charlotte. Jako przyszła Nocna Łowczyni masz się od tej chwili zwracać do mnie po imieniu. Znajdziemy inną pokojówkę na twoje miejsce, żebyś mogła przygotować się do Wstąpienia.

– Dziękuję – wyszeptała Sophie. – Więc przyjmie pani propozycję? Zostanie pani Konsulem?

Charlotte delikatnie zabrała rękę z dłoni Sophie i sięgnęła po pióro.

– Tak – powiedziała. – Pod trzema warunkami.

– Jakimi?

– Po pierwsze, co najmniej przez kilka pierwszych lat będę mogła kierować Clave z Instytutu, zamiast przenosić się z rodziną do Idrisu. Nie chcę zostawiać was wszystkich, a poza tym muszę tu zostać, żeby szkolić Willa do przejęcia Instytutu po mnie.

– Willa? – zdumiała się Sophie. – Do przejęcia Instytutu?

Charlotte się uśmiechnęła.

– Oczywiście. To jest drugi warunek.

– A trzeci?

Uśmiech zniknął z twarzy Charlotte, zastąpiony przez wyraz determinacji.

– O tym dowiesz się jutro, jeśli zostanie przyjęty – odparła i pochyliła się nad czystą kartką.

Rozdział dwudziesty trzeci

Niż wszelkie zło

„Chodź; ruszajmy: twoja twarz jest blada;
Lecz pół życia za sobą zostawiam:
Mój przyjaciel należycie pochowany;
Lecz ja odejdę; me dzieło przeminie...
Słyszę teraz i wciąż, i wciąż,
Zmarłych wieczne pozdrowienia;
I «Ave, Ave, Ave«, powiedział,
«Adieu, adieu«, na zawsze".
– Alfred, lord Tennyson, *In memoriam A.H.H.*

Wokół niej w ciemności płynęła zimna woda. Tessa zadrżała na myśl, że leży na dnie rzeki zapomnienia, która dzieli świat na dwie części, albo że nadal jest w strumieniu, do którego wpadła po ucieczce z powozu Mrocznej Siostry, a wszystko, co wydarzyło się potem, było snem. Cadair Idris, Mortmain, mechaniczna armia, objęcia Willa...

Poczucie winy i smutek przeszyły ją jak włócznia. Wygięła się w łuk, szukając w ciemności uchwytu dla rąk. Przez jej żyły popłynął ogień, tysiąc rozgałęziających się strumieni agonii.

Gwałtownie zaczerpnęła tchu i nagle poczuła coś zimnego na zębach, a jej usta wypełniła lodowata gorycz. Przełknęła ją, zakrztusiła się...

I poczuła, że płomienie w żyłach gasną. Zadrżała z zimna. Otworzyła oczy, świat zawirował, a potem znieruchomiał. Pierwszą rzeczą, którą zobaczyła, były blade, smukłe dłonie trzymające fiolkę – zimno w ustach, gorycz na języku – a potem jej własna sypialnia w Instytucie.

– Tesso – usłyszała znajomy głos. – Będziesz przytomna przez jakiś czas, ale nie możesz z powrotem zapaść się w ciemność i sny.

Zamarła. Nie śmiała patrzeć.

– Jem? – wyszeptała.

Odgłos fiolki odkładanej na stolik przy łóżku. Westchnienie.

– Tak. Tesso, spojrzysz na mnie?

Spojrzała. I gwałtownie wciągnęła powietrze.

To był Jem i nie Jem.

Miał na sobie pergaminową szatę Cichego Brata, rozpiętą pod szyją, tak że było pod nią widać zwykłą koszulę; kaptur był odrzucony. Tessa dostrzegła zmiany, na które nie zwróciła uwagi w chaosie bitwy w Cadair Idris. Delikatne kości policzkowe przecinały runy, dwie długie blizny, które nie wyglądały jak zwykłe runy Nocnych Łowców. We włosach, ciemnobrązowych i z całą pewnością naturalnych, zachowały się jedynie pasma srebra. Rzęsy też poczerniały. Na tle bladej skóry, choć już nie tak bladej jak kiedyś, wyglądały jak delikatne firanki z jedwabiu.

– Jak to możliwe? – wyszeptała Tessa. – Że tutaj jesteś?

– Zostałem wezwany z Cichego Miasta przez Radę. – Jego głos też się zmienił. Miał w sobie jakąś chłodną nutę, której wcześniej w nim nie było. – Wpływy Charlotte, tak dano mi do zrozumienia. Dostałem godzinę z tobą, nie więcej.

– Godzinę – powtórzyła Tessa oszołomiona. Odgarnęła włosy z twarzy. Ależ strasznie musiała wyglądać w pogniecionej koszuli nocnej, z niedbałymi warkoczami i spierzchniętymi wargami. Odruchowo sięgnęła do szyi, szukając pociechy, ale mechanicznego aniołka tam nie było. – Jem, myślałam, że nie żyjesz.

– Tak. – W jego głosie nadal brzmiał dystans, chłód, który przypomniał jej góry lodowe widziane z pokładu *Maina*, dryfujące na zimnych wodach. – Przepraszam. Przykro mi, że nie mogłem... że nie mogłem ci powiedzieć.

– Myślałam, że nie żyjesz – powtórzyła Tessa. – Nie mogę uwierzyć, że jesteś prawdziwy. Wciąż mi się śniłeś. Oddalałaś się ode mnie ciemnym korytarzem. Chociaż wołałam, ty się nie odwracałeś. Może teraz to tylko kolejny sen.

– To nie jest sen. – Jem stał przed nią z rękami splecionymi przed sobą, a jej przypomniały się jego oświadczyny. Wtedy też patrzyła na niego z niedowierzaniem.

Jem powoli rozplótł ręce i Tessa zobaczyła na wnętrzach jego dłoni wielkie czarne wypalone runy, takie jak na kościach policzkowych. Nie zgłębiła dostatecznie Kodeksu, żeby je rozpoznać, ale wiedziała, że to nie są takie znaki jak u Nocnego Łowcy. Za nimi kryła się moc.

– Powiedziałeś, że to niemożliwe – wyszeptała. – Że nie mógłbyś zostać Cichym Bratem.

Gdy się od niej odwrócił, jego ruchy miały w sobie posuwistą miękkość, jak u wszystkich Cichych Braci. Było to jednocześnie urocze i niepokojące. Nie potrafił na nią spojrzeć?

– Mówiłem to, w co wierzyłem. – Spojrzał w stronę okna. Jego twarz straciła nieco ze swojej chorobliwej chudości, zagłębienia na skroniach już nie były takie duże. – I to była prawda. *Yin fen* w mojej krwi nie pozwalał na nałożenie mi runów

Bractwa. – Jego pierś unosiła się i opadała pod pergaminową szatą, co Tessę lekko przestraszyło. Ta potrzeba nabierania oddechu wydawała się taka ludzka. – Podjęto wszelkie wysiłki, żeby powoli odzwyczaić mój organizm od *yin fen*, który omal mnie nie zabił. Kiedy przestałem go brać, bo zapas się skończył, czułem się tak, jakby moje ciało zaczynało rozpadać się od środka. I pomyślałem, że nie mam już nic do stracenia. – Czyżby w jego głosie pojawił się cieplejszy ton, pęknięcie w zbroi? – Ubłagałem Charlotte, żeby wezwała Cichych Braci, i w ostatniej chwili, kiedy życie już opuszczało moje ciało, poprosiłem ich, żeby nałożyli na mnie runy Bractwa. Wiedziałem, że mogę przez nie umrzeć, ale to było jedyne wyjście.

– Mówiłeś, że nie chcesz zostać Cichym Bratem. Że nie chcesz żyć wiecznie...

Jem podszedł do toaletki. Z tacki z biżuterią wziął coś metalicznego i lśniącego. Tessa stwierdziła zaskoczona, że to jej mechaniczny aniołek.

– Już nie tyka – powiedział Jem.

Tessa nie potrafiła odszyfrować tonu jego głosu. Był daleki, gładki i zimny jak kamień.

– Jego serce zniknęło – powiedziała. – Kiedy zmieniłam się w anioła, uwolniłam je z mechanicznego więzienia. Ono już tam nie mieszka. Już mnie nie chroni.

Jem zacisnął dłoń na aniołku, tak że skrzydła wbiły się mocno w ciało.

– Muszę ci coś powiedzieć. Kiedy przekazano mi prośbę Charlotte, nie chciałem tu przyjść.

– Nie chciałeś mnie zobaczyć?

– Nie chciałem, żebyś patrzyła na mnie tak, jak teraz patrzysz.

– Jem... – Tessa przełknęła ślinę i poczuła gorycz ziółek, które niedawno wypiła. Wir wspomnień, ciemność pod Cadair Idris, miasteczko w ogniu, objęcia Willa... Will. Ale wtedy myślała, że Jem nie żyje. – Kiedy zobaczyłam cię żywego, myślałam, że to sen albo złudzenie. Sądziłam, że nie żyjesz. Była to najmroczniejsza chwila w moim życiu. Uwierz mi, proszę, uwierz, że moja dusza cieszy się z naszego ponownego spotkania, bo już myślałam, że nigdy cię nie zobaczę. Tylko że...

Jem otworzył dłoń, a Tessa dostrzegła ślady krwi w miejscach, gdzie metalowe skrzydełka przecięły skórę.

– Jestem dla ciebie dziwny. Nieludzki.

– Zawsze będziesz dla mnie człowiekiem – zapewniła go Tessa. – Ale nie potrafię w tobie teraz dostrzec swojego ukochanego.

Jem zamknął oczy. Tessa zobaczyła, że cienie na jego powiekach też zniknęły.

– Nie miałem wyjścia. Ciebie nie było, a na moje naleganie Will pojechał za tobą. Nie bałem się śmierci, ale nie chciałem was opuszczać. Wtedy to było dla mnie jedyne wyjście. Przeżyć i walczyć.

W jego głosie znowu pojawiła się nuta pasji, ukrytej pod chłodem i obojętnością Cichych Braci.

– Ale wiedziałem, co stracę. Kiedyś rozumiałaś moją muzykę. Teraz patrzysz na mnie, jakbyś wcale mnie nie znała. Jakbyś nigdy mnie nie kochała.

Tessa wysunęła się spod kołdry i wstała z łóżka. To był błąd. Zakręciło się jej w głowie, kolana się pod nią ugięły. Wyciągnęła rękę, żeby się złapać jednego z słupków łoża, ale zamiast tego chwyciła szatę Jema, który dobiegł do niej cicho jak snujący się dym, i ją objął.

Tessa znieruchomiała w jego ramionach. Stał blisko, tak blisko, że powinna czuć ciepło bijące od jego ciała, ale nie czuła nic. Zniknął też zwykły zapach dymu i palonego cukru. Była tylko słaba woń czegoś suchego i zimnego, jakby starego kamienia albo papieru. Tessa słyszała przytłumione bicie jego serca, widziała puls na szyi. Spojrzała na niego uważnie, żeby wyryć w pamięci linie i kąty jego twarzy, blizny na kościach policzkowych, jedwab rzęs, wygięcie ust.

– Tesso. – Słowo zabrzmiało jak jęk. Na policzkach pojawił się cień koloru, krew pod śniegiem. – O, Boże. – Ukrył twarz w zagłębieniu jej szyi, gdzie zaczynał się obojczyk, wtulił policzek w jej włosy. Położył dłonie płasko na jej plecach, przygarnął ją mocniej do siebie.

Lekko drżał. Przez chwilę pod wpływem jego bliskości i dotyku Tessa czuła obezwładniającą ulgę. Może trudno w coś uwierzyć, póki się tego nie dotknie. A on tu był, Jem, którego uważała za zmarłego, tulił ją, oddychał i żył.

– W dotyku jesteś taki sam – stwierdziła. – Ale wyglądasz inaczej. Jesteś inny.

Odsunął się od niej z takim wysiłkiem, że aż przygryzł wargę i napiął mięśnie. Trzymając ją delikatnie za ramiona, posadził z powrotem na brzegu łóżka. Kiedy ją puścił, zacisnął dłonie w pięści. Zrobił krok do tyłu. Tessa widziała puls na jego szyi.

– Jestem inny – powiedział cicho. – Zmieniłem się w nieodwracalny sposób.

– Ale jeszcze nie jesteś całkiem jednym z nich – zauważyła Tessa. – Możesz mówić... i widzisz...

Jem odetchnął powoli. Wpatrywał się w słupek łóżka, jakby spodziewał się w nim znaleźć sekrety kosmosu.

– To cały proces. Seria rytuałów i procedur. Nie, jeszcze nie jestem całkiem Cichym Bratem. Ale wkrótce nim będę.

– Więc *yin fen* temu nie przeszkodziło.

– Prawie. Ból przejścia był tak wielki, że omal mnie nie zabił. Cisi Bracia zrobili, co mogli, ale już nigdy nie będę taki jak oni. – Spojrzał w dół. – Będę miał mniejszą moc, bo nie wszystkie runy mogę przyjąć.

– Nie mogliby poczekać, aż *yin fen* całkiem zniknie z twojego organizmu?

– Nie. Moje ciało zatrzymało się w stanie, w jakim było, kiedy nałożyli mi pierwsze runy. – Wskazał blizny na twarzy. – Dlatego niektórych umiejętności nigdy nie zdobędę. Opanowanie ich sposobu widzenia i mowy umysłu zajmie mi dużo więcej czasu.

– Czy to znaczy, że nie zabiorą ci oczu, nie zaszyją ust?

– Nie wiem. – Jego głos był teraz łagodny, prawie taki jak głos Jema, którego znała. Na jego policzkach wykwitł rumieniec, a Tessa pomyślała o jasnej kolumnie z marmuru, pustej w środku, powoli wypełniającej się krwią. – Będą mnie mieli przez długi czas. Prawdopodobnie przez wieczność. Nie potrafię przewidzieć, co się stanie. Oddałem swój los w ich ręce.

– Gdybyśmy mogli uwolnić cię od nich...

– Wtedy *yin fen*, który nadal jest we mnie, znowu rozgorzeje, a ja stanę się umierającym narkomanem. To mój wybór, Tesso, bo inaczej czeka mnie śmierć. Wiesz, że tak jest. Nie chcę cię opuszczać. Nawet kiedy wiedziałem, że stając się Cichym Bratem, zapewnię sobie przetrwanie, broniłem się przed tym jak przed wyrokiem więzienia. Cisi Bracia nie mogą się żenić. Nie mogą mieć *parabatai*. Mogą mieszkać tylko w Cichym Mieście. Nie śmieją się. Nie wolno im grać na instrumentach.

– Och, Jem. Może Cisi Bracia nie grają na instrumentach, ale martwi również. Jeśli to jedyny sposób, żebyś żył, cieszę się ze względu na ciebie, choć moje serce jest smutne.

– Znam cię dobrze i wiem, że nie mogłabyś czuć się inaczej.

– A ja ciebie znam na tyle dobrze, by wiedzieć, że dręczy cię poczucie winy. Dlaczego? Nie zrobiłeś nic złego.

Jem oparł czoło o słupek łóżka. Zamknął oczy.

– Właśnie dlatego nie chciałem tu przyjść.

– Ale ja nie jestem na ciebie zła...

– Nie obawiałem się, że będziesz zła! – wybuchnął Jem i zaczął mówić, jakby pękła tama: – Byliśmy zaręczeni, Tesso. Oświadczyny, propozycja małżeństwa to obietnica. Obietnica, że zawsze będzie się kogoś kochać i o niego troszczyć. Nie zamierzałem łamać swojej. Ale mogłem jej dotrzymać albo umrzeć. Chciałem poczekać, ożenić się z tobą i spędzić razem życie, lecz to okazało się niemożliwe. Za szybko umierałem. Oddałbym wszystko, wszystko, żeby być twoim mężem choć przez jeden dzień. Dzień, który mógł nigdy nie nadejść. Jesteś przypomnieniem... wszystkiego, co tracę. Życia, którego nie będę miał.

– Zrezygnować z życia za jeden dzień małżeństwa... nie byłoby warto – stwierdziła Tessa. Jej serce dudniło, przekazywało wieść o objęciach Willa w jaskini pod Cadair Idris, o jego ustach na jej ustach. Nie zasłużyła na wyznania Jema, na jego skruchę czy tęsknotę. – Jem, muszę ci coś powiedzieć.

Gdy na nią spojrzał, zobaczyła w jego srebrnych oczach ślady czerni, piękne i dziwne.

– Chodzi o Willa. O Willa i o mnie.

– On cię kocha – powiedział Jem. – Wiem, że cię kocha. Rozmawialiśmy o tym, zanim stąd wyjechał. – Jego głos nagle zabrzmiał wręcz nienaturalnie spokojnie, choć nie wrócił do niego chłód.

– Nie wiedziałam, że o tym rozmawialiście. – Tessa była wstrząśnięta. – Will nic mi o tym nie wspomniał.

– Ty też nigdy nie powiedziałaś mi o jego uczuciach, choć wiedziałaś o nich od miesięcy. Wszyscy mamy swoje sekrety, bo nie chcemy ranić tych, którzy nas kochają. – W jego głosie była nuta ostrzeżenia, a może tylko jej się wydawało?

– Nie chcę już dłużej mieć przed tobą sekretów – oświadczyła. – Myślałam, że nie żyjesz. Will też. W Cadair Idris...

– Kochałaś mnie? – Pytanie wydawało się dziwne, ale on zadał je bez podtekstów czy wrogości i cierpliwie czekał na odpowiedź.

Tessie przypomniały się słowa Woolseya, niczym szept modlitwy. „Większość ludzi może się uważać za szczęściarzy, jeśli znajdą jedną wielką miłość w życiu. Pani znalazła dwie". Na chwilę odłożyła na bok wyznania.

– Tak, kochałam cię. Nadal cię kocham. I Willa też. Nie potrafię tego wyjaśnić. Nie wiedziałam tego, kiedy zgodziłam się za ciebie wyjść. Nigdy nie kochałam cię mniej dlatego, że darzyłam uczuciem również jego. To wygląda na szaleństwo, ale jeśli ktokolwiek może zrozumieć...

– Ja rozumiem – powiedział Jem. – Nie musisz mówić mi więcej o Willu i sobie. Nie przestałbym was kochać z żadnego powodu. Will to ja, moja dusza, a ja nie jestem strażnikiem twojego serca, choć byłby to dla mnie zaszczyt. Kiedy odejdę, musisz pomóc Willowi. To będzie... dla niego trudne.

Krew odpłynęła z jego policzków. Był znowu blady, ale opanowany. Zęby miał zaciśnięte. To wystarczyło, żeby Tessa zrozumiała przekaz: „Nie mów nic więcej. Nie chcę wiedzieć".

Jedne sekrety lepiej jest wyjawić, inne lepiej dźwigać samemu, żeby nikomu nie sprawić bólu, pomyślała. Właśnie dlatego nie wyznała Willowi, że go kocha, kiedy żadne z nich nie mogło z tym nic zrobić. Powstrzymała wyznanie cisnące się jej na usta i zamiast tego powiedziała:

– Nie wiem, jak sobie poradzę bez ciebie.

– Sam sobie zadaję to pytanie. Nie chcę cię opuszczać. Nie mogę cię opuścić. Ale jeśli zostanę, umrę.

– Nie. Nie wolno ci zostać. Nie zostaniesz, Jem. Obiecaj mi, że odejdziesz. Idź, bądź Cichym Bratem i żyj. Powiedziałabym, że cię nienawidzę, gdybym sądziła, że mi uwierzysz i że to skłoni cię do odejścia. Chcę, żebyś żył. Nawet jeśli to oznacza, że nigdy więcej cię nie zobaczę.

– Zobaczysz mnie – rzekł cicho, unosząc głowę. – Jest szansa... tylko szansa, ale...

– Co?

Zawahał się, a potem najwyraźniej powziął decyzję.

– Nic. Głupstwo.

– Jem.

– Zobaczysz mnie jeszcze, choć nieprędko. Dopiero rozpocząłem podróż, a Bractwem rządzi wiele praw. Będę oddalał się od swojego poprzedniego życia. Nie wiem, czego się nauczę, co osiągnę. Nie umiem powiedzieć, w jaki sposób się zmienię. Obawiam się, że stracę swoje ja i swoją muzykę. Obawiam się, że stanę się kimś innym niż człowiekiem. Wiem, że nie będę twoim Jemem.

Tessa mogła tylko potrząsnąć głową.

– Ale Cisi Bracia... odwiedzają... mogą się spotykać z Nocnymi Łowcami ... Czy ty nie możesz...

– Nie w czasie szkolenia. A nawet później rzadko. Widzicie nas, kiedy ktoś jest chory albo umierający, kiedy rodzi się dziecko, przy ceremoniach pierwszych runów albo *parabatai*... ale nie odwiedzamy domów Nocnych Łowców bez wezwania.

– Więc Charlotte cię wezwie.

– Wezwała mnie tym razem, ale nie może robić tego często. Nocny Łowca nie może przywoływać Cichego Brata bez powodu.

– Ale ja nie jestem Nocną Łowczynią – przypomniała Tessa. – Nie naprawdę.

Zapadła długa cisza, podczas której tylko na siebie patrzyli. Oboje uparci, oboje bez ruchu. W końcu Jem przerwał milczenie:

– Pamiętasz, jak staliśmy razem na moście Blackfriars? – zapytał cicho, a jego oczy były takie jak tamtej nocy, czarno-srebrne.

– Oczywiście, że pamiętam.

– Wtedy zrozumiałem, że cię kocham – wyznał Jem. – Złożę ci obietnicę. Co roku w ten sam dzień będziemy się spotykać na moście Blackfriars. Przyjdę z Cichego Miasta i spędzimy razem choćby tylko godzinę. Ale nie wolno ci nikomu o tym powiedzieć.

– Godzinę raz w roku – wyszeptała Tessa. – To niewiele. – Potem się opanowała i wzięła głęboki wdech. – Ale będziesz żył. Będziesz żył. Tylko to jest ważne. Przynajmniej nie będę odwiedzać twojego grobu.

– Nie. Przez długi, bardzo długi czas. – Do głosu Jema wrócił chłód.

– Więc to jest cud – stwierdziła Tessa. – A nie kwestionuje się cudów ani nie skarży, że nie są zgodne z czyimś życzeniem. – Dotknęła jadeitowego naszyjnika. – Mam ci go zwrócić?

– Nie. Nie ożenię się z inną. I nie zabiorę prezentu ślubnego mojej matki do Cichego Miasta. – Dotknął jej twarzy. – Kiedy będę w ciemności, chcę myśleć, że on jest w świetle, z tobą.

Wyprostował się i odwrócił do drzwi. Tessa patrzyła za nim bez ruchu, jak sparaliżowana, a każde uderzenie serca oznaczało słowa, których nie potrafiła wymówić na głos: „Żegnaj. Żegnaj. Żegnaj".

Jem zatrzymał się przy drzwiach.

– Zobaczymy się na moście Blackfriars, Tesso.

I wyszedł.

***

Gdyby Will zamknął oczy, mógłby usłyszeć odgłosy Instytutu budzącego się rankiem do życia: Sophie szykuje stół do śniadania, Charlotte i Cyril sadzają Henry'ego w fotelu, bracia Lightwoodowie, jeszcze trochę zaspani, tarmoszą się dla zabawy na korytarzu, Cecily szuka go w pokoju, kolejny dzień z rzędu, i na próżno stara się ukryć troskę.

A Tessa rozmawia w swojej sypialni z Jemem.

Wiedział, że przyjaciel tu jest, bo na dziedzińcu stał powóz Cichych Braci. Zobaczył go z okien sali treningowej. Ale nie mógł o tym myśleć. Sam ubłagał Charlotte, żeby sprowadziła Jema, teraz jednak stwierdził, że woli zbytnio nie zastanawiać się nad jego wizytą. Poszedł zatem do sali, do której chodził zawsze, kiedy coś go trapiło. Rzucał nożami w ścianę, póki nie wzeszło słońce, a on miał koszulę mokrą od potu i klejącą się do pleców.

Łup. Łup. Łup. Noże uderzały w ścianę, każdy w środek tarczy. Pamiętał, jak miał dwanaście lat i każde trafienie choćby w pobliżu celu wydawało się marzeniem niemożliwym do spełnienia. Pomógł mu wtedy Jem, pokazując, jak trzymać broń, jak celować i rzucać. Ze wszystkich miejsc w Instytucie sala treningowa najbardziej kojarzyła mu się z Jemem... oprócz sypialni przyjaciela, a z niej już wyniesiono wszystkie jego rzeczy. Teraz był to kolejny pusty pokój w Instytucie, czekający na innego Nocnego Łowcę. Nawet Church nie przejawiał chęci, żeby do niego wejść. Czasami stawał w progu i czatował jak to koty, ale już nie spał w łóżku, jak wtedy, gdy mieszkał tam Jem.

Will zadrżał. O szarym poranku w sali treningowej było zimno. Ogień w kominku jeszcze na dobre się nie rozpalił, polana trzaskały, sypiąc iskrami. Will oczami wyobraźni zobaczył dwóch chłopców siedzących na podłodze przed kominkiem w tym samym pokoju. Czarnowłosy uczył srebrnowłosego grać w karty, które wykradł z salonu.

W pewnym momencie, niezadowolony z przegranej wrzucił talię w ogień i z satysfakcją patrzył, jak płomienie wypalają dziury w lśniącym białym papierze. Jem się roześmiał.

– W ten sposób nie wygrasz.

– Czasami to jedyny sposób, żeby wygrać – odparł Will. – Spalić wszystko.

Z ponurą miną poszedł, by wyciągnąć noże ze ściany. „Spalić wszystko". Nadal bolało go całe ciało. Mimo *iratze* miał na ramionach zielonkawoniebieskie siniaki po bitwie w Cadair Idris i blizny, które zostaną tam na zawsze. Pomyślał o walce u boku Jema. Może wtedy nie docenił tamtej chwili. „Ostatni, ostatni raz".

W tym momencie w drzwiach pojawił się jakiś cień niczym echo jego myśli. Will podniósł wzrok... i omal nie upuścił noża.

– Jem? To ty, James?

– A kto inny?

Kiedy Jem wkroczył w krąg światła, Will zobaczył, że kaptur szaty jest odrzucony. Twarz, oczy, głos, wszystko było znajome.

Ale kiedyś Will zawsze potrafił wyczuć, że przyjaciel się zbliża. Teraz dał się zaskoczyć, co dobitnie przypomniało mu o zmianie, która zaszła w jego *parabatai*.

„To już nie jest twój *parabatai*", odezwał się cichy głos w jego głowie.

Jem wszedł do pokoju bezgłośnym krokiem Cichych Braci i zamknął drzwi za sobą. Will nie ruszył się z miejsca. Zresztą, chyba nie dałby rady. Na widok przyjaciela w Cadair Idris doznał szoku i jednocześnie nieopisanej radości. Jem żył. Żył, ale się zmienił i był dla niego stracony.

– Przyszedłeś, żeby zobaczyć się z Tessą – powiedział.

Jem patrzył na niego spokojnie. Jego oczy było szaroczarne, jak łupek z żyłkami obsydianu.

– A nie pomyślałeś, że wykorzystam każdą okazję, żeby z tobą też się zobaczyć?

– Nie. Po bitwie odszedłeś bez pożegnania.

Jem zrobił kilka kroków w głąb sali. Było coś dziwnego w jego w sposobie poruszania się – nie gracja Nocnego Łowcy, którą sam starał się od lat naśladować tylko coś nowego i obcego. Will poczuł, że mięśnie jego pleców się napinają.

Jem musiał zauważyć wyraz jego twarzy, bo się zatrzymał.

– Jak miałbym się z tobą pożegnać?

Will wypuścił nóż z dłoni. Ostrze wbiło się w drewnianą podłogę.

– Tak jak Nocni Łowcy? *Ave atque vale*. Witaj i żegnaj, bracie, na zawsze.

– Ale to są słowa śmierci. Katullus wypowiedział je nad grobem brata, prawda? „*Multas per gentes et multa per aequora vectus advenio has miseras, frater, ad inferias...*".

Will wytrzeszczył oczy. „Przebywszy wiele ludów i mórz...".

– Nauczyłeś się na pamięć poematu po łacinie? Przecież ty zawsze zapamiętywałeś nuty, nie słowa... – Parsknął krótkim śmiechem. – Mniejsza o to. Rytuały Bractwa wszystko zmieniają. – Przeszedł kilka kroków, po czym raptownie odwrócił się do Jema. – Twoje skrzypce są w pokoju muzycznym. Pomyślałem, że mógłbyś je zabrać... Zawsze tak je lubiłeś.

– Nie możemy zabierać niczego do Cichego Miasta, oprócz własnych ciał i umysłów – odparł Jem. – Zostawiłem skrzypce, bo jakiś przyszły Nocny Łowca może zechce na nich grać.

– A więc nie dla mnie.

– Byłbym zaszczycony, gdybyś je wziął i o nie dbał. Ale dla ciebie zostawiłem coś innego. W twoim pokoju jest moje pudełeczko na *yin fen*. Pomyślałem, że chciałbyś je mieć.

– To dość okrutny prezent – stwierdził Will. – Żebym pamiętał... – Co mi ciebie odebrało. Przez co cierpiałeś. Czego szukałem i nie mogłem znaleźć. Jak cię zawiodłem.

– Will, nie – powiedział Jem, który jak zawsze rozumiał bez słów. – To nie zawsze była szkatułka, w której trzymałem narkotyk. Kiedyś należała do mojej matki. Z przodu jest wizerunek Kwan Yin. Podobno, gdy bogini umarła i dotarła do bram raju, usłyszała krzyki cierpienia dobiegające z dołu ze świata ludzi i stwierdziła, że nie może go opuścić. Wróciła, żeby pomagać śmiertelnikom, którzy nie potrafili sami sobie pomóc. Ona jest ukojeniem dla wszystkich cierpiących serc.

– Pudełko mnie nie pocieszy – odburknął Will.

– Zmiana to nie strata. Nie zawsze.

Will przeczesał rękami wilgotne włosy.

– O, tak – rzucił z goryczą. – Może w jakimś innym życiu, kiedy przekroczymy rzekę albo obrócimy się na Kole czy w jakiś inny sposób opuścimy ten świat, odnajdę swojego *parabatai*.

Ale teraz cię straciłem... teraz, kiedy potrzebuję cię bardziej niż kiedykolwiek!

Jem przeszedł przez salę – jak cień, z gracją Cichego Brata – i stanął przy kominku. Blask ognia padł na jego twarz i wtedy Will dostrzegł w nim jasność, której wcześniej nie widział. Jem zawsze promieniował radością życia i wielką dobrocią, ale to było coś innego. Teraz płonął w nim żar, daleki i samotny niczym światło gwiazdy.

– Nie potrzebujesz mnie, Will.

Will spojrzał na siebie, na nóż leżący na podłodze i przypomniał sobie sztylet, który wbił w pień drzewa na drodze Shrewsbury-Welshpool, poplamiony krwią jego i Jema.

– Przez całe moje życie, odkąd przybyłem do Instytutu, byłeś lustrem mojej duszy. Widziałem w tobie odbicie swoich dobrych stron. Tylko w twoich oczach znajdowałem łaskę. Kiedy odejdziesz, kto na mnie tak spojrzy?

Zapadła cisza. Jem stał nieruchomo jak posąg. Will poszukał wzrokiem znaku *parabatai* na ramieniu przyjaciela. Podobnie jak jego własny, ten też zblakł i stał się prawie biały.

W końcu Jem się odezwał. Chłód i dystans zniknęły z jego głosu, a Will zaczął rozpamiętywać, że dobroć, którą zawsze w nim słyszał, kształtowała lata jego dorastania, była jak latarnia morska w ciemności.

– Miej wiarę w siebie. Możesz być swoim własnym lustrem.

– A jeśli nie potrafię? – wyszeptał Will. – Nawet nie wiem, jak to jest być Nocnym Łowcą bez ciebie. Zawsze walczyłem z tobą u boku.

Jem zrobił krok do przodu, a Will nie wykonał żadnego ruchu, żeby go zniechęcić. Przez głowę przemknęła mu myśl, że jeszcze nigdy nie stał tak blisko Cichego Brata, że jego szata jest uszyta z dziwnego, sztywnego, jasnego materiału podobnego do kory drzewa i że od przyjaciela emanuje chłód, jak od kamienia w gorący dzień.

Jem wsunął palec pod brodę Willa i zmusił go, żeby spojrzał mu w oczy. Jego ręka była zimna.

Jako Jem mógł go dotknąć po raz ostatni. Na tę myśl wspomnienia przeszyły Willa jak nóż: lekkie klepnięcia w ramię, pomocna dłoń, kiedy upadł, albo kojąca, kiedy ogarniała go wściekłość, jego własne ręce na chudych ramionach Jema kaszlącego krwią.

– Posłuchaj mnie, Will. Odchodzę, ale żyję. Nie zniknę na zawsze. Podczas walki będę przy tobie. Kiedy pójdziesz w świat, będę dla ciebie światłem, pewnym gruntem pod twoimi stopami, siłą, która napędza miecz w twojej dłoni. Jesteśmy związani na zawsze. Znaki tego nie zmieniły. Przysięga nie zmieniła. Ona jedynie przypieczętowała to, co już istniało.

– A co z tobą? – zapytał Will. – Powiedz, co mogę dla ciebie zrobić, bo jesteś moim *parabatai*, a ja nie chcę, żebyś sam szedł w mrok Cichego Miasta.

– Nie mam wyboru. Mogę jedynie poprosić cię o to, żebyś był szczęśliwy. Żebyś miał rodzinę i zestarzał się wśród tych, którzy cię kochają. A jeśli chcesz ożenić się z Tessą, nie pozwól, żeby rozdzieliło was wspomnienie o mnie.

– Ona może mnie nie zechcieć – powiedział Will.

Jem uśmiechnął się.

– Myślę, że to zależy od ciebie.

Will odwzajemnił uśmiech i przez chwilę znowu byli przyjaciółmi. Patrząc teraz na Jema, widział, jak biegali po ciemnych ulicach Londynu, skakali po dachach z jaśniejącymi serafickimi mieczami w dłoniach. Spędzali całe godziny w sali treningowej, wpychali się nawzajem do kałuż, rzucali śnieżkami w Jessamine, kryjąc się za lodowym fortem zbudowanym na dziedzińcu, spali jak szczenięta na dywanie przed kominkiem.

Ave atque vale, pomyślał Will. Witaj i żegnaj. Wcześniej nie poświęcał zbytniej uwagi tym słowom, nigdy się nie zastanawiał, dlaczego są nie tylko pożegnaniem, ale również powitaniem. Każde spotkanie prowadzi do rozstania i tak się to wszystko toczy, póki życie jest śmiertelne. W każdym spotkaniu jest trochę smutku rozstania, ale w każdym rozstaniu jest również trochę radości z następnego spotkania.

Nie zapomni o radości.

– Mówiliśmy o pożegnaniach – odezwał się Jem. – Kiedy Jonathan żegnał się z Dawidem, powiedział: „Idź w pokoju! Cośmy sobie obaj poprzysięgli w imię Pana, tego świadkiem będzie Pan między mną i między tobą na wieki". Już nigdy więcej się nie zobaczyli, ale nie zapomnieli. Tak samo będzie z nami. Nawet kiedy jako brat Zachariasz przestanę oglądać świat ludzkimi oczami, nadal pozostanę tym samym Jemem, którego znałeś, i będę cię widział oczami serca.

– *Wo men shi sheng si ji jiao* – wydukał Will i zobaczył, że oczy Jema się rozszerzają i błyska w nich iskierka rozbawienia. – Idź w pokoju, Jamesie Carstairs.

Patrzyli na siebie przez długą chwilę, a potem Jem naciągnął kaptur na głowę i ruszył do drzwi.

Will zamknął oczy. Nie słyszał kroków Jema i nie chciał wiedzieć, w którym momencie przyjaciel wyszedł, a on został sam i zaczął się jego pierwszy dzień jako Nocnego Łowcy bez *parabatai*. I gdy miejsce nad sercem, gdzie był wyryty znak, rozgorzało nagle piekącym bólem, kiedy drzwi zamknęły się za Jemem, wmówił sobie, że to tylko zabłąkana iskra z kominka.

Oparł się o ścianę i osunął po niej wolno, aż usiadł na podłodze, obok noża. Nie wiedział, jak długo tak siedział, ale słyszał parskanie koni na dziedzińcu, turkot kół na podjeździe, skrzypienie bramy. „Jesteśmy pyłem i cieniami".

– Will?

Nie zauważył drobnej postaci stojącej w progu sali treningowej, póki się nie odezwała. Charlotte zrobiła krok do przodu i posłała mu uśmiech, a jego naszły wspomnienia. Nie próbował się przed nimi bronić. Pani Branwell w drzwiach tego samego pomieszczenia. „Nie pamiętasz, jak wczoraj ci mówiłam, że dzisiaj do Instytutu przybywa ktoś nowy? James Carstairs...".

– Will, miałeś rację.

Uniósł głowę. Ręce miał zwieszone między kolanami.

– Z czym?

– Z Jemem i Tessą – odparła Charlotte. – Ich zaręczyny zostały anulowane. A Tessa się obudziła. I pyta o ciebie.

***

„Kiedy będę w ciemności, chcę myśleć, że on jest w świetle, z tobą".

Tessa siedziała oparta o poduszki, starannie ułożone przez Sophie (rozczesując jej włosy, dziewczyna powtórzyła „chwała Bogu" tyle razy, że Tessa kazała jej przestać, zanim obie się rozpłaczą), i patrzyła na jadeitowy naszyjnik, który trzymała w rękach.

Czuła się tak, jakby były w niej dwie różne osoby. Jedna wciąż dziękowała losowi, że Jem żyje, że znowu zobaczy wschód słońca, że trujący narkotyk go nie zabił. Druga...

– Tess?

Podniosła wzrok i zobaczyła sylwetkę Willa w świetle wpadającym z korytarza.

Na jego widok pomyślała o chłopcu, który zjawił się w jej pokoju w Mrocznym Domu i odwracał jej uwagę od strachu, mówiąc o Tennysonie, o jeżach, o czarujących dżentelmenach śpieszących na ratunek i o tym, że oni nigdy się nie mylą. Wtedy uznała go za przystojnego, ale traktowała go zupełnie inaczej. Był Willem w całej swojej doskonałej niedoskonałości. Willem, którego serce łatwo złamać, bo jest słabo strzeżone. Willem, którego kochała nie tyle mądrze, ile bezwarunkowo, za wszystko.

– Tess – powtórzył z wahaniem, gdy nadal milczała, i zamknął za sobą drzwi. – Ja... Charlotte powiedziała, że chciałaś ze mną rozmawiać...

– Will. – Wiedziała, że jest blada, twarz ma w plamach od płaczu, oczy czerwone, ale te wszystkie rzeczy nie miały znaczenia, bo to był Will. Wyciągnęła ręce, a on natychmiast podbiegł i zamknął je w swoich ciepłych dłoniach.

– Jak się czujesz? – spytał, przyglądając się jej uważnie. – Muszę z tobą porozmawiać, ale nie chcę cię męczyć, póki całkiem nie wrócisz do zdrowia.

– Dobrze. – Uścisnęła jego ręce. – Spotkanie z Jemem mnie uspokoiło. A ciebie?

Will uciekł wzrokiem, ale nie puścił jej dłoni.

– I tak, i nie.

– Twój umysł jest spokojny, ale serce nie – domyśliła się Tessa.

– Tak. Właśnie tak. Jak dobrze mnie znasz, Tess. – Posłał jej smutny uśmiech. – On żyje i za to jestem wdzięczny losowi. Ale wybrał życie pełne samotności. Bractwo... oni jedzą sami, spacerują sami, wstają sami i kładą się spać sami. Oszczędziłbym mu tego, gdybym mógł.

– Oszczędziłeś mu wszystkiego, co mogłeś – powiedziała cicho Tessa. – Tak jak ja tobie, a wszyscy staraliśmy się oszczędzać siebie nawzajem. Każdy musi sam dokonywać swoich wyborów.

– Więc twierdzisz, że nie powinienem się smucić?

– Nie. Smuć się, tak jak ja, ale nie obwiniaj siebie, bo nie ponosisz żadnej odpowiedzialności.

Will spojrzał na ich złączone dłonie. Delikatnie pogłaskał jej kostki kciukami.

– Może nie. Ale są inne rzeczy, za które ponoszę odpowiedzialność.

Tessa wzięła szybki, płytki wdech. Głos Willa był cichy i pobrzmiewała w nim szorstkość, której nie słyszała, odkąd...

...jego oddech miękki i gorący na jej skórze, aż sama też zaczęła oddychać ciężko, sunąć dłońmi po jego barkach, ramionach i bokach...

Pośpiesznie zabrała dłonie, nie patrząc na niego. Widziała blask ognia na ścianach jaskini i słyszała jego głos, a wszystko wydawało się jak sen, chwile wyrwane z prawdziwego życia, jakby działy się w jakimś innym świecie. Nawet teraz ledwo mogła uwierzyć, że to w ogóle się zdarzyło.

– Tesso? – zapytał. Ręce nadal miał wyciągnięte.

Miała wielką ochotę je ująć, przyciągnąć go do siebie i pocałować, zapomnieć się w nim, tak jak wtedy. Bo był równie skuteczny jak narkotyk.

I wtedy przypomniała sobie zamroczone oczy Willa w palarni opium, marzenia o szczęściu, które waliły się w gruzy, gdy tylko ustępowały skutki działania dymu. Nie. Z niektórymi rzeczami można sobie poradzić, tylko stawiając im czoło. Zaczerpnęła głęboko tchu i spojrzała mu w twarz.

– Wiem, co chcesz powiedzieć. Myślisz o tym, co między nami zaszło w Cadair Idris, bo myśleliśmy, że Jem nie żyje i że my również zginiemy. Jesteś honorowym człowiekiem, Will, i wiesz, co teraz musisz zrobić. Musisz mi się oświadczyć.

Will udowodnił, że nadal potrafi ją zaskoczyć, i roześmiał się, cicho i ze smutkiem.

– Nie spodziewałem się, że będziesz taka bezpośrednia, ale chyba powinienem. Znam moją Tessę.

– Nie jestem twoją Tessą. Ale nie chcę, żebyś teraz mówił o małżeństwie, o obietnicach na całe życie...

Will usiadł na brzegu łóżka. Był w stroju treningowym, rękawy koszuli miał podwinięte do łokci, koszulę rozpiętą pod szyją, tak że widziała białe blizny, pamiątki po runach uzdrawiających. W jego oczach dostrzegła również cień urazy.

– Żałujesz tego, co się wydarzyło między nami?

– Czy można żałować rzeczy, która, choć niemądra, była piękna? – spytała Tessa i uraza w jego oczach zmieniła się w zaskoczenie.

– Tesso, jeśli boisz się, że jestem niechętny, że czuję się zobowiązany...

– Nie. – Uniosła ręce. – Czuję tylko, że w twoim sercu jest mętlik smutku, rozpaczy, ulgi, szczęścia i zakłopotania, a ja nie chcę, żebyś składał jakieś deklaracje, póki jesteś w takim stanie. I nie mów mi, że nie jesteś przytłoczony, bo ja to widzę, i sama tak się czuję. Oboje jesteśmy przytłoczeni i żadne z nas nie jest teraz w stanie podejmować decyzji.

Will wahał się przez chwilę. Lekko dotknął miejsca na piersi, gdzie kiedyś znajdował się znak *parabatai* – Tessa zastanawiała się, czy on w ogóle zdaje sobie sprawę z tego gestu – i w końcu powiedział:

– Czasami boję się, że jesteś za mądra, Tesso.

– Jedno z nas musi być – skwitowała.

– Jest coś, co mogę zrobić? Wolałbym cię nie opuszczać. Póki sama mi nie każesz.

Tessa zerknęła na szafkę przy łóżku, gdzie leżały książki, które czytała przed atakiem automatów na Instytut... wydawało się, że wieki temu.

– Mógłbyś mi poczytać, jeśli nie masz nic przeciwko temu.

Will się uśmiechnął. Był to trochę dziwny, ale szczery uśmiech. Tessa go odwzajemniła.

– Nie mam nic przeciwko temu. Ani trochę.

Jakiś kwadrans później Will siedział w fotelu i czytał „Davida Copperfielda", kiedy Charlotte delikatnie uchyliła drzwi pokoju Tessy i zajrzała do środka. Martwiła się o niego, odkąd zobaczyła go w sali treningowej. Siedział na podłodze i wyglądał na bardzo nieszczęśliwego i samotnego, a ona przypomniała sobie swój odwieczny strach, że jeśli Jem kiedykolwiek ich opuści, zabierze ze sobą to, co w Willu najlepsze. Tessa nadal była zbyt słaba...

Cichy głos Willa wypełniał pokój, oświetlony słabym blaskiem ognia płonącego w kominku. Tessa leżała na boku, z włosami rozrzuconymi na poduszce, i patrzyła na Willa z wyrazem czułości w oczach, czułości takiej samej jak ta, którą było słychać w głosie czytającego. Była to scena tak intymna i wzruszająca, że Charlotte natychmiast się cofnęła i bezszelestnie zamknęła za sobą drzwi.

Lecz głos Willa podążał za nią, kiedy szła korytarzem, z sercem o wiele lżejszym niż jeszcze przed chwilą.

„...czuwać... nie, to za śmiałe może wyrażenie... nie czuwać, lecz go pielęgnować. Jeśli na niego działają zdradliwe wpływy, mam nadzieję, że przywiązanie moje przezwycięży je z czasem, bo wszak prawdziwe uczucie mocniejsze jest od wszelkich klęsk i zła wszelkiego"*.

---

* Przełożyła Wila Zyndram-Kościałkowska.

Rozdział dwudziesty czwarty

Miara miłości

„Miarą miłości jest kochać bez miary".
– przypisywane św. Augustynowi

Sala Rady była pełna światła. Na podium narysowano dwa wielkie kręgi, a między nimi runy: wiązania, wiedzy, umiejętności i rzemiosła, a także znaki symbolizujące imię Sophie. Ona sama znajdowała się w środku kręgów. Ciemne rozpuszczone włosy opadały jej do pasa, na sobie miała strój bojowy. Wyglądała bardzo pięknie w blasku wpadającym przez szklaną kopułę, blizna na jej policzku przypominała czerwoną różę.

Konsul Branwell trzymała nad nią Kielich Anioła w wysoko uniesionych białych rękach. Drobna twarz Charlotte odzianej w czerwoną luźną szatę była poważna i surowa.

– Weź Kielich, Sophie Collins. – Po jej słowach w pomieszczeniu zapadła całkowita cisza.

Sala Rady nie była pełna, ale rząd, w którym siedziała Tessa, tak. Gideon, Gabriel, Cecily, Henry, ona i Will pochylali się do przodu i z przejęciem czekali na Wstąpienie Sophie. W każdym końcu podwyższenia stał Cichy Brat z pochyloną głową.

Ich pergaminowe szaty wyglądały, jakby wyciosano je z marmuru.

Charlotte opuściła Kielich i podała go Sophie, a ona ostrożnie wzięła go w ręce.

– Sophie Collins, przysięgasz wyrzec się przyziemnego świata i podążać ścieżką Nocnego Łowcy? Przyjmiesz w siebie krew Anioła Razjela i będziesz ją czcić? Przysięgasz służyć Clave, przestrzegać Prawa ustanowionego przez Przymierze i być posłuszną Radzie? Będziesz bronić tego co ludzkie i śmiertelne, wiedząc, że za twoją służbę nie będzie rekompensaty i podziękowania innego niż zaszczyt?

– Przysięgam – powiedziała Sophie pewnym głosem.

– Potrafisz być tarczą dla słabych, światłem w ciemności, prawdą pośród fałszu, wieżą w czasie powodzi, okiem, które widzi, kiedy wszyscy są ślepi?

– Potrafię.

– A kiedy umrzesz, oddasz swoje ciało na spalenie, żeby twoje popioły mogły zostać wykorzystane do budowy Miasta Kości?

– Tak.

– Więc pij – poleciła Charlotte.

Tessa kątem oka zauważyła, że Gideon wstrzymuje oddech. To była niebezpieczna część rytuału, która mogła zabić niewyszkolonego albo niegodnego kandydata na Nocnego Łowcę.

Sophie pochyliła głowę i przystawiła Kielich do ust. Tessa zsunęła się na brzeg ławy, pełna lęku i oczekiwania. Poczuła dłoń Willa na swojej, jej ciepły, kojący ciężar. Gardło Sophie poruszyło się przy przełykaniu.

Krąg, który otaczał ją i Charlotte, rozjarzył się zimnym, niebieskobiałym blaskiem i zasłonił je obie. Gdy zgasł, Tessa miała w oczach gwiazdy. Zamrugała pośpiesznie i zobaczyła, że Sophie unosi Kielich. Otaczała go poświata, kiedy oddała go z powrotem Charlotte. Pani Konsul uśmiechnęła się szeroko.

– Teraz jesteś Nefilim – ogłosiła. – Nadaję ci imię Sophie Nocna Łowczyni, z krwi Jonathana Nocnego Łowcy, dziecko Nefilim. Wstań, Sophie.

Dziewczyna wstała pośród aplauzu tłumu. Okrzyki Gideona były najgłośniejsze. Twarz Sophie aż promieniała w zimowym słońcu świecącym na czystym niebie. Nagle na podłodze pojawiły się małe cienie. Tessa ze zdumieniem spojrzała w górę. Za szkłem zobaczyła płatki bieli.

– Śnieg – szepnął jej do ucha Will. – Wesołych świąt, Tesso.

***

Była to noc dorocznego przyjęcia świątecznego Enklawy. Tessa po raz pierwszy widziała wielką salę balową Instytutu otwartą i pełną ludzi. Ogromne okna jaśniały od odbitego światła, rzucały złote cienie na wypolerowaną podłogę. Za ciemnymi szybami można było zobaczyć padający śnieg, duże miękkie płatki, ale w środku było ciepło, przytulnie i bezpiecznie.

Gwiazdka u Nocnych Łowców nie przypominała takich świąt, jakie znała Tessa. Nie było wieńców adwentowych, śpiewania kolęd ani strzelających zabawek z niespodzianką. Drzewko tak, ale nie ozdobione w tradycyjny sposób. Potężna jodła ustawiona w drugim końcu pomieszczenia prawie dotykała sufitu. (Kiedy Will zapytał Charlotte, jak, u licha, drzewiszcze się tam znalazło, ona tylko zamachała rękami i powiedziała coś o Magnusie). Do każdej gałęzi przymocowano świece, choć Tessa nie widziała, w jaki sposób. Rzucały jeszcze więcej złotego światła na pokój.

Na gałęziach jodły, kinkietach, świecznikach rozstawionych na stołach i gałkach u drzwi wisiały kryształowe runy. Odbite od nich światło rzucało migotliwe tęcze na cały pokój. Ściany były udekorowane wieńcami z ostrokrzewu i bluszczu, z czerwonymi jagodami wśród zielonych liści. Tu i ówdzie zawieszono kępki jemioły z białymi owocami. Jedną ktoś nawet przywiązał do obróżki Churcha, a kot ukrył się pod świątecznym stołem i wyglądał na wściekłego.

Tessa chyba jeszcze nigdy nie widziała tyle jedzenia. Stoły uginały się pod tacami pieczonych kurczaków, indyków, dzikiego ptactwa, królików i świątecznych szynek, pod ciastami, kanapkami cienkimi jak opłatek, lodami, biszkoptami, kremowymi puddingami, kolorowymi galaretkami, ciastkami ponczowymi, puddingami bożonarodzeniowymi, lodowymi sorbetami, grzanym winem i wielkimi srebrnymi misami z ponczem. Nie zabrakło rożków wypełnionych słodyczami i worków Świętego Mikołaja z kawałkiem węgla, kostką cukru albo dropsem cytrynowym, które mówiły, czy obdarowany był w tym roku niegrzeczny, słodki czy kwaśny. Przed przybyciem gości była herbata i prezenty tylko dla mieszkańców Instytutu. Charlotte siedziała na kolanach Henry'ego, usadowionego w bujanym fotelu, i otwierała prezenty dla dziecka, którego narodzin oczekiwała w kwietniu. (I które, jak postanowiono, miało nosić imię Charles. „Charles Fairchild", przeczytała z dumą Charlotte, podnosząc mały kocyk uszyty przez Sophie, ze zgrabnymi inicjałami C.F. w rogu).

– Charles Buford Fairchild – uściślił Henry.

Charlotte się skrzywiła, a Tessa zapytała ze śmiechem:

– Fairchild? Nie Branwell?

Charlotte uśmiechnęła się nieśmiało.

– Jestem Konsulem, więc zadecydowano, że w tym wypadku dziecko przyjmie moje nazwisko. Henry nie ma nic przeciwko temu, prawda, kochanie?

– Nic a nic – potwierdził mąż. – Zwłaszcza że Charles Buford Branwell brzmiałoby trochę głupio. W przeciwieństwie do Charles Buford Fairchild.

– Henry...

Tessa uśmiechnęła się teraz na to wspomnienie. Stała obok świątecznego drzewa i patrzyła, jak członkowie Enklawy w pięknych strojach – kobiety w sukniach z czerwonej satyny, szafirowego jedwabiu i złotej tafty, mężczyźni w eleganckich wieczorowych garniturach – kręcą się po sali i gawędzą ze sobą roześmiani. Sophie, w eleganckiej sukni z zielonego aksamitu, promienna i spokojna, mówiła coś do Gideona. Cecily, cała w błękitach, rozglądała się i cieszyła wszystkim, a Gabriel podążał za nią krok w krok, ze zmierzwionymi włosami i miną pełną adoracji. W ogromnym kamiennym kominku płonęło masywne polano oplecione bluszczem i ostrokrzewem. Nad kominkiem wisiały siatki ze złotymi jabłkami, orzechami, kolorowym popcornem i cukierkami. Wszystkiemu towarzyszyła muzyka, cicha i kojąca, a Charlotte w końcu wykorzystała zamiłowanie Bridget do śpiewu, bo nagle jej głos wzniósł się ponad dźwięk instrumentów.

Ach, skrzywdziłaś mnie, ukochana,
Odtrąciłaś niegrzecznie.
A ja od zawsze cię kochałem
I wielbiłem twoje towarzystwo.

Greensleeves była całą moją radością;
Greensleeves była moją rozkoszą;
Greensleeves była moim sercem ze złota,
Kto, jak nie lady Greensleeves?

– Niech niebo ześle deszcz ziemniaków – rozległ się za nią rozmarzony głos. – Niech zagrzmi do melodii „Greensleeves".

Tessa drgnęła i odwróciła się, lekko poirytowana, bo szukała go, odkąd weszła do sali, a on ni stąd, ni zowąd pojawił się u jej boku. Jak zawsze na jego widok w wieczorowym stroju zaparło jej dech, ale ukryła to pod uśmiechem.

– Szekspir – powiedziała. – „Wesołe kumoszki z Windsoru".

– To nie była jedna z jego najlepszych sztuk – stwierdził Will, przyglądając się jej spod przymrużonych powiek.

Tessa wybrała na ten wieczór różowy jedwab i żadnej biżuterii, tylko aksamitna wstążka owinięta dwa razy wokół szyi i opadająca na plecy. Sophie ułożyła jej włosy – teraz w ramach przysługi, nie jako pokojówka – i wplotła w nie małe białe jagody. Tessa uważała, że strój jest wyszukany i rzuca się w oczy.

– Choć ma dobre momenty.

– Zawsze krytyk literacki – skomentowała Tessa z westchnieniem, odwracając od niego wzrok i patrząc przez pokój na Charlotte pogrążoną w rozmowie z wysokim jasnowłosym mężczyzną.

Will nachylił się ku niej. Pachniał lekko czymś zielonym i zimowym: jodłą albo cyprysem.

– We włosach masz owoce jemioły – stwierdził, muskając oddechem jej policzek. – To chyba znaczy, że każdy może cię pocałować w dowolnej chwili.

Tessa zmierzyła go wzrokiem.

– Myślisz, że będą próbować?

Lekko dotknął jej policzka. Miał na dłoniach białe irchowe rękawiczki, ale Tessa odniosła wrażenie, że to była jego skóra.

– Zabiłbym każdego, kto by tego spróbował.

– Cóż, nie po raz pierwszy zrobiłbyś coś skandalicznego w czasie świąt – zauważyła Tessa.

Will odczekał chwilę, a potem uśmiechnął się szeroko, tym rzadkim uśmiechem, który rozjaśniał jego twarz i całkiem ją zmieniał. Tessa martwiła się, że stracił go na zawsze wraz z Jemem, który zniknął w mrokach Cichego Miasta. Przyjaciel żył, ale jakaś część Willa odeszła razem z nim, kawałek serca, teraz pogrzebany gdzieś wśród szepczących kości. I przez pierwszy tydzień niepokoiła się, że Will nigdy nie dojdzie do siebie, że pozostanie kimś w rodzaju ducha, który błąka się po Instytucie, bez jedzenia, i rozmawia z innymi zjawami, a światło na jego twarzy będzie gasło za każdym razem, kiedy sobie coś przypomni i nagle zamilknie.

Była jednak zdeterminowana. Jej serce zostało złamane, ale wiedziała, że je uleczy, uzdrawiając Willa. Gdy tylko odzyskała siły, zaczęła przynosić mu herbatę, której wcale nie chciał, i książki, na które miał ochotę. Goniła go tam i z powrotem do biblioteki, prosiła, żeby pomagał jej w treningach. Powiedziała Charlotte, żeby przestała traktować go, jakby był ze szkła, i wysyłała go razem z Gabrielem i Gideonem, żeby walczył. I Charlotte robiła to z lękiem, a Will wracał z tych wypraw zakrwawiony i posiniaczony, lecz z oczami pełnymi życia i blasku.

– To było sprytne – stwierdziła Cecily, kiedy stały przy oknie i patrzyły, jak Will i Gabriel rozmawiają na dziedzińcu. – Obowiązki Nefilim dają mojemu bratu cel. Walka dobrze mu robi. Obowiązki Nocnego Łowcy i ty.

Tessa w zamyśleniu puściła zasłonę. Ona i Will nie rozmawiali o tym, co się wydarzyło w Cadair Idris. Noc, którą razem spędzili, wydawała się odległa jak sen. Jakby przytrafiła się komuś innemu, nie jej. Nie miała pojęcia, czy Will czuje to samo. Jem wiedział albo się domyślał i wybaczył im obojgu, ale od dnia, kiedy przyjaciel odszedł, Will nie zbliżył się do niej ponownie, nie powiedział, że ją kocha, nie pytał, czy ona go kocha.

Wydawało się, że minęły wieki, choć upłynęły zaledwie dwa tygodnie, kiedy Will przyszedł do biblioteki i, zastawszy ją samą, spytał – dość nieoczekiwanie – czy wybierze się z nim następnego dnia na przejażdżkę powozem. Zaintrygowana Tessa wyraziła zgodę, głowiąc się w duchu, czy istnieje jakiś inny powód tej propozycji oprócz jej towarzystwa. Tajemnica do zbadania? Wyznanie?

Ale nie. Okazało się, że to zwykła przejażdżka po parku. Było chłodno, brzegi stawów skuła cienka warstewka lodu, nagie gałęzie wyglądały ładnie, a Will prowadził uprzejmą rozmowę o pogodzie i punktach charakterystycznych miasta. Najwyraźniej postanowił kontynuować jej londyńską edukację od miejsca, gdzie przerwał ją Jem. Pojechali do British Museum, National Gallery, Kew Gardens i katedry św. Pawła, gdzie Tessa w końcu straciła cierpliwość.

Stojąc w słynnej Galerii Szeptów, opierała się o poręcz i patrzyła w dół na katedrę, a Will tłumaczył łaciński napis wyryty na ścianie krypty, w której był pochowany Christopher Wren – „Jeśli szukasz jego pomnika, rozejrzyj się dokoła". Gdy Tessa z roztargnieniem sięgnęła po jego rękę, Will natychmiast się odsunął, zarumieniony.

Spojrzała na niego zaskoczona.

– Coś nie w porządku?

– Nie – powiedział Will zbyt szybko. – Ja po prostu... nie przyprowadziłem cię do Galerii Szeptów, żeby cię obłapiać.

– Nie proszę, żebyś mnie obłapiał w Galerii Szeptów! – wybuchła Tessa. – Ale, na Anioła, przestaniesz wreszcie być taki uprzejmy?

Will popatrzył na nią ze zdumieniem.

– Nie wolałabyś...

– Nie. Nie chcę, żebyś był uprzejmy! Chcę, żebyś był Willem! Nie pokazuj mi pereł architektury, jakbyś był przewodnikiem Beadekera, tylko mów rzeczy straszne, szalone, śmieszne, układaj piosenki, bądź... – *Willem, w którym się zakochałam* – sobą. Bo inaczej zdzielę cię parasolką.

– Staram się do ciebie zalecać – rzucił Will z irytacją. – Zabiegać o ciebie jak należy. Po to była cała ta wycieczka. Wiesz o tym, prawda?

– Pan Rochester nigdy nie zalecał się do Jane Eyre – przypomniała Tessa.

– Tylko ubrał się jak kobieta i przeraził biedną dziewczynę na śmierć. Tego byś chciała?

– Byłbyś bardzo brzydką kobietą.

– Wcale nie. Byłbym oszałamiający.

Tessa się roześmiała.

– I właśnie o to chodziło. Nie uważasz, że tak jest lepiej?

– Nie wiem. – Will zmierzył ją wzrokiem. – Boję się odpowiedzieć. Kiedy się odzywam, Amerykanki od razu chcą mnie bić parasolkami.

Tym razem oboje parsknęli śmiechem, a ich stłumiony chichot odbił się echem od ścian Galerii Szeptów. Potem atmosfera była zdecydowanie swobodniejsza, a kiedy Will pomagał jej wysiąść z powozu, uśmiechał się do niej promiennie i szczerze.

Tamtej nocy rozległo się ciche pukanie do drzwi, a kiedy Tessa je otworzyła, zobaczyła tylko książkę leżącą na podłodze korytarza. „Opowieść o dwóch miastach”. Dziwny prezent, pomyślała. W bibliotece był jeden egzemplarz, mogła więc czytać go tak często, jak chciała, ale ten był zupełnie nowy, z rachunkiem od Hatcharda wsuniętym między kartki. Dopiero kiedy zabrała książkę do łóżka, na stronie tytułowej znalazła również list.

Tess, Tess, Tesso.

Czy istnieje dźwięk piękniejszy niż Twoje imię? Wymawianie go na głos sprawia, że moje serce bije jak dzwon. Trudno to sobie wyobrazić, prawda? Dzwoniące serce. Ale kiedy mnie dotykasz, jest właśnie tak, jakby moje serce dźwięczało w piersi i jego ton wędrował przez moje żyły i docierał aż do kości.

Dlaczego napisałem te słowa właśnie tutaj? Z Twojego powodu. Nauczyłaś mnie kochać tę książkę, choć ja nią pogardzałem. Kiedy czytałem ją po raz pierwszy, z otwartym umysłem i sercem, czułem rozpacz i zazdrość Sydneya Cartona... tak, Sydneya, bo choć nie miał nadziei, że ta kobieta go pokocha, przynajmniej mógł jej powiedzieć o swojej miłości. Przynajmniej mógł udowodnić swoje uczucie, nawet jeśli tym dowodem była śmierć.

Ja też wybrałbym śmierć za szansę wyznania Ci prawdy, Tesso, gdybym miał pewność, że to będzie moja śmierć. I dlatego zazdrościłem Sydneyowi, bo on był wolny.

A teraz ja też jestem wolny i w końcu mogę Ci powiedzieć, bez strachu o Twoje bezpieczeństwo, co czuje moje serce.

Nie jesteś ostatnim snem mojej duszy.

Jesteś snem pierwszym i jedynym, od którego nie mogłem się uwolnić. Ty jesteś pierwszym snem mojej duszy i mam nadzieje, że zrodzą się z niego inne sny, na całe życie.

Wreszcie z nadzieją

Will Herondale

Tessa siedziała przez długi czas z książką w ręce, ale jej nie czytała, tylko patrzyła, jak nad Londynem wstaje świt. Rankiem ubrała się szybko i zbiegła na dół, ściskając prezent. Złapała Willa, gdy wychodził ze swojej sypialni, z jeszcze wilgotnymi włosami, zarzuciła mu ręce na szyję, przyciągnęła go do siebie i wtuliła twarz w jego pierś. Will przytulił ją i pogłaskał jej włosy, książka z hukiem upadła na podłogę.

– Tesso, o co chodzi, co się stało? Nie spodobał ci się...

– Jeszcze nikt nie napisał do mnie czegoś równie pięknego – przerwała mu Tessa, nie podnosząc głowy. Przez koszulę i marynarkę czuła równomierne bicie jego serca. – Nigdy.

– Napisałem list tuż po tym, jak odkryłem, że klątwa była fałszywa – powiedział Will. – Zamierzałem dać ci go wtedy, ale... – Zacisnął dłoń na jej włosach. – Gdy usłyszałem, że zaręczyłaś się z Jemem, schowałem książkę. Nie wiedziałem, kiedy będę mógł, kiedy powinienem ci ją dać. A wczoraj, kiedy kazałaś mi być sobą, zdobyłem się na to, żeby odkurzyć stare marzenia.

Później tamtego dnia poszli do parku, mimo że było zimno, choć pogodnie, i niewielu ludzi zdecydowało się na spacer. Serpentine lśnił w zimowym słońcu. Will pokazał jej miejsce, gdzie razem z Jemem karmili kaczki zapiekanką z drobiu. Wtedy po raz pierwszy Tessa zobaczyła, że Will się uśmiecha, mówiąc o przyjacielu.

Wiedziała, że nie może zastąpić mu Jema. Nikt nie mógł go zastąpić. Ale puste miejsce w sercu Willa powoli się zapełniało. Bliskość Cecily sprawiała mu radość. Tessa widziała to, kiedy brat i siostra siedzieli razem przy kominku i cicho rozmawiali po walijsku. Wtedy jego oczy jaśniały. Polubił nawet Gabriela i Gideona, choć żaden nie mógł stać się dla niego takim przyjacielem, jakim był Jem. I oczywiście miłość Charlotte i Henry'ego nie osłabła ani trochę. Rana miała nigdy się nie zagoić, ale w miarę jak mijała zima, Will uśmiechał się coraz częściej i jadł bardziej regularnie, a z jego oczu zniknął udręczony wyraz. Tessa zaczęła oddychać swobodniej.

– Hmm – mruknął teraz, kołysząc się lekko na piętach i wodząc wzrokiem po sali balowej. – Chyba masz rację. Właśnie w okolicy świąt zrobiłem sobie tatuaż walijskiego smoka.

Tessa bardzo się starała nie zarumienić.

– Jak do tego doszło?

Will zrobił niedbały gest ręką.

– Byłem pijany...

– Nonsens. Ty nigdy naprawdę się nie upijałeś.

– Przeciwnie. Żeby nauczyć się udawać pijanego, trzeba się upić co najmniej raz i w ten sposób mieć punkt odniesienia. Sześciopalczasty Nigel pił grzany cydr...

– Chyba nie próbujesz mi wmówić, że naprawdę istniał Sześciopalczasty Nigel?

– Oczywiście, że istniał... – zaczął Will z szerokim uśmiechem, ale nagle spoważniał, patrząc ponad jej ramieniem na salę balową.

Tessa poszła za jego spojrzeniem i zobaczyła, że ten sam wysoki jasnowłosy mężczyzna, z którym wcześniej rozmawiała Charlotte, toruje sobie drogę przez tłum, zmierzając w ich stronę.

Krępy, około czterdziestki, z blizną biegnącą wzdłuż szczęki, miał zmierzwione, jasne włosy, niebieskie oczy i opaloną skórę, która wyglądała na jeszcze ciemniejszą przy wykrochmalonej białej koszuli. Było w nim coś znajomego.

Zatrzymał się przed nimi i skierował wzrok na Willa. Jego oczy były bardzo niebieskie, niemal koloru chabrów, i okolone kurzymi łapkami.

– William Herondale? – zapytał.

Will bez słowa skinął głową.

– Jestem Elias Carstairs – przedstawił się nieznajomy. – Jem Carstairs był moim bratankiem.

Will zbladł, a Tessa zrozumiała, dlaczego ten mężczyzna wydawał się jej znajomy. Było w jego sposobie poruszania się i kształcie dłoni coś, co przypominało jej Jema. Ponieważ Will nie był w stanie wydobyć z siebie głosu, odpowiedziała za niego:

– Tak, to jest Wiliam Herondale. A ja Theresa Gray.

– Zmiennokształtna – powiedział Elias. – Była pani zaręczona z Jamesem, zanim został Cichym Bratem.

– Tak – potwierdziła cicho. – Bardzo go kocham.

Elias obrzucił ją spojrzeniem, ani wrogim, ani wyzywającym, tylko zaciekawionym. Potem skierował wzrok na Willa.

– Byłeś jego *parabatai*?

Will w końcu odzyskał głos.

– Nadal nim jestem – odparł i z uporem zacisnął zęby.

– James mówił o tobie. Kiedy wróciłem z Chin do Idrisu, pytałem go, czy chce przyjechać i zamieszkać ze mną. Wysłaliśmy go z Szanghaju, bo było tam dla niego niebezpiecznie, gdy słudzy Yanluo szukali zemsty. Ale kiedy go zapytałem, czy przyjedzie do mnie do Idrisu, odmówił. Prosiłem go, żeby jeszcze raz się zastanowił. Przypomniałem, że jestem jego rodziną, jego krwią. Ale on odpowiedział, że nie mógłby opuścić swojego *parabatai* i że są rzeczy ważniejsze niż krew. – Wzrok Eliasa był spokojny. – Przyniosłem ci prezent, Willu Herondale. Zamierzałem mu to dać, kiedy dorósł, bo jego ojciec już wtedy nie żył. Ale teraz mogę podarować go tobie.

Will był cały spięty, jak mocno naciągnięta cięciwa łuku.

– Nie zrobiłem nic, żeby zasłużyć na prezent – oświadczył.

– Myślę, że zasłużyłeś. – Elias wyciągnął zza pasa krótki miecz w kunsztownej pochwie.

Podał broń Willowi, a on wziął ją po chwili wahania. Futerał był ozdobiony misternym wzorem z liści i runów, starannie wykonanym i lśniącym w złotym świetle. Will zdecydowanym gestem wyjął miecz z pochwy i uniósł go przed sobą.

Na rękojeści widniał taki sam deseń z liści i runów, ale klinga była prosta i gładka, nie licząc napisu biegnącego przez środek. Tessa pochyliła się, żeby przeczytać słowa wyryte w metalu.

„Jestem Cortana z tej samej stali co Joyeuse i Durendal".

– Joyeuse był mieczem Charlemagne'a – powiedział Will głosem zdławionym od emocji. – Durendal należał do Rolanda. Ta broń to prawdziwa legenda.

– Wykuty przez pierwszego płatnerza Nocnych Łowców, Waylanda Kowala – sprecyzował Elias. – W rękojeści miał pióro ze skrzydła Anioła. Był w rodzinie Carstairsów przez setki lat. Ojciec Jema polecił mi, żebym dał go jego synowi, kiedy ten skończy osiemnaście lat. Ale Cisi Bracia nie mogą przyjmować darów. – Spojrzał na Willa. – Byłeś jego *parabatai*. Ty powinieneś go dostać.

Will schował miecz z powrotem do pochwy.

– Nie mogę go przyjąć.

Elias zrobił zdziwioną minę.

– Ale musisz. Byłeś jego *parabatai*, on cię kochał...

Will oddał miecz Carstairsowi rękojeścią do przodu. Elias przyjął go po chwili wahania, a Will odwrócił się i wmieszał w tłum.

– Mówił pan o Jemie w czasie przeszłym – odezwała się Tessa. – Jema nie ma z nami, ale on żyje. Will... nie może znieść, kiedy ktoś uważa Jema za straconego albo zapomnianego.

– Przecież tak nie jest – zapewnił ją Elias. – Chodziło mi o to, że Cisi Bracia nie doznają takich emocji jak my. Nie czują tak samo jak my. Jeśli kochają...

– Jem nadal kocha Willa – oświadczyła Tessa. – Czy jest Cichym Bratem, czy nie. Są rzeczy, których nie zniszczy żadna magia, bo one same są magiczne. Nigdy nie widział pan ich razem, ale ja tak.

– Zamierzałem dać mu Cortanę – rzekł Elias. – Nie mogę przekazać jej Jamesowi, więc uznałem, że powinien ją dostać jego *parabatai*.

– Pańskie intencje były dobre, ale, proszę mi wybaczyć śmiałość, nie zamierza pan mieć własnych dzieci, panie Carstairs?

Jego oczy się rozszerzyły.

– Nie sądziłem...

Tessa spojrzała na lśniącą broń, a potem na trzymającego ją mężczyznę. Dostrzegła w nim pewne podobieństwo do Jema, jakby patrzyła na jego odbicie w falującej wodzie. Miłość, wciąż w niej obecna, sprawiła, że jej głos zabrzmiał łagodnie:

– Jeśli nie jest pan pewien, proszę zatrzymać go dla własnych potomków. Will tak by wolał. On nie potrzebuje miecza, nawet najbardziej legendarnego, żeby pamiętać o Jemie.

***

Will stał bez płaszcza i kapelusza na schodach Instytutu i patrzył na noc przyprószoną bielą. Było zimno. Wiatr ciskał małe płatki śniegu na jego twarz i gołe ręce, a on jak zawsze słyszał głos Jema, mówiącego, żeby nie był śmieszny i wracał do środka, zanim nabawi się zapalenia płuc.

Zima zawsze wydawała się Willowi najczystszą porą roku. Nawet dym i brud Londynu znikały pod śniegiem albo zamarzały. Tego ranka skruszył warstewkę lodu, która utworzyła się na jego dzbanku z wodą, a potem ochlapał twarz lodowatym płynem i drżąc, spojrzał w lustro. Pierwszy świąteczny poranek bez Jema od sześciu lat. Najczystsze zimno powodujące najczystszy ból.

– Will. – Szept, znajomy, poufały.

Rozejrzał się, myśląc o Starej Molly, ale duchy rzadko oddalały się od miejsca, gdzie umarły albo zostały pogrzebane, a poza tym, czego mogłaby od niego chcieć? Napotkał wzrok, spokojny i mroczny. Reszta była nie tyle przezroczysta, ile obwiedziona srebrem: blond włosy, lalkowata twarz, biała suknia, w której umarła. Krew na piersi, czerwona jak kwiat.

– Jessamine.

– Wesołych świąt, Will.

Jego serce znowu zaczęło bić, krew żywiej popłynęła w żyłach.

– Jessamine, dlaczego... co tutaj robisz?

Dziewczyna wydęła usta.

– Jestem tu, bo tutaj umarłam – powiedziała silniejszym głosem. Nie było niczego niezwykłego w tym, że duch stawał się bardziej materialny w obecności człowieka, zwłaszcza takiego, który go słyszał. Jessamine wskazała na dziedziniec, gdzie Will trzymał ją w ramionach, kiedy umierała, a jej krew płynęła po kamiennych płytach. – Nie cieszysz się, że mnie widzisz?

– A powinienem? Jessie, zwykle, kiedy widzę duchy, dzieje się tak dlatego, że trzymają je na tym świecie jakieś niedokończone sprawy albo żale.

Jessamine spojrzała na śnieg. Choć płatki padały wszędzie wokół niej, ją omijały, jakby stała pod szkłem.

– Gdybym miała jakiś żal, pomógłbyś mi go ukoić? Nigdy zbytnio mnie nie lubiłeś.

– Lubiłem – zapewnił ją Will. – I naprawdę mi przykro, jeśli sprawiałem wrażenie, że cię nie lubię albo wręcz nienawidzę. Chyba byłaś podobna do mnie bardziej, niż chciałem przyznać, i dlatego osądzałem cię z taką samą surowością jak siebie.

Jessamine zmierzyła go wzrokiem.

– To było szczere, Will? Ależ się zmieniłeś. – Zrobiła krok do tyłu, a on zobaczył, że jej stopy nie zostawiły śladów na śniegu. – Jestem tutaj, bo nigdy nie chciałam być Nocną Łowczynią, bronić Nefilim. Teraz mam za zadanie chronić Instytut, póki będzie potrzebował ochrony.

– I nie masz nic przeciwko temu? – zapytał Will. – Żeby być tutaj z nami, kiedy mogłaś odejść...

Jessamine zmarszczyła nos.

– Nie chciałam odchodzić. Za życia tyle ode mnie wymagano, że tylko Anioł wie, jak byłoby teraz. Nie, jestem tutaj szczęśliwa, kiedy czuwam nad wami, cicha i niewidzialna. – Jej srebrne włosy zalśniły w blasku księżyca, kiedy skłoniła głowę. – Choć ty niemal doprowadzasz mnie do szału.

– Ja?

– Tak. Zawsze mówiłam, że będziesz okropnym zalotnikiem, Will, i wciąż to udowadniasz.

– Naprawdę? Wróciłaś jak duch Starego Marleya, żeby mnie dręczyć w kwestii moich miłosnych perspektyw?

– Jakich perspektyw? Zabrałeś Tessę na tyle przejażdżek, że pewnie umiałaby z pamięci narysować mapę Londynu, ale jeszcze się jej nie oświadczyłeś, prawda? Dama nie może się sama sobie oświadczyć, Williamie, ani powiedzieć, że cię kocha, jeśli nie wyjawisz swoich zamiarów!

Will pokręcił głową.

– Jessie, jesteś niepoprawna.

– Ale mam rację – oświadczyła Jessamine. – Czego się boisz?

– Że jeśli wyjawię swoje zamiary, ona powie, że mnie nie kocha. W każdym razie nie tak, jak kochała Jema.

– Nigdy nie pokocha cię tak jak Jema. Będzie kochać ciebie, Willa, całkiem inną osobę. Wolałbyś, żeby nigdy nie zakochała się w Jemie?

– Nie, ale nie chcę również ożenić się z kobietą, która mnie nie kocha.

– Musisz ją o to zapytać – zawyrokowała Jessamine. – Życie to wieczne ryzyko. Śmierć jest dużo prostsza.

– Dlaczego nie widziałem cię wcześniej, skoro byłaś tutaj przez cały czas? – zapytał Will.

– Nie mogę wejść do Instytutu, a na dziedzińcu zawsze jesteś z kimś. Próbowałam wejść przez drzwi, ale powstrzymuje mnie jakaś siła. I tak jest teraz lepiej. Najpierw mogłam zrobić tylko kilka kroków. Teraz dotarłam aż tutaj. – Wskazała na schody. – Pewnego dnia uda mi się dostać do środka.

– A wtedy przekonasz się, że twój pokój jest taki jak kiedyś i twoje lalki również – powiedział Will.

Dziewczyna posłała mu taki uśmiech, że Will zaczął się zastanawiać, czy zawsze była taka smutna, czy to śmierć zmieniła ją bardziej, niż przypuszczał. Zanim jednak zdążył się odezwać, po jej twarzy przemknął wyraz przerażenia i Jessamine zniknęła w śnieżnym wirze.

Will odwrócił się, żeby zobaczyć, co ją tak wystraszyło. W otwartych drzwiach Instytutu stał Magnus. Miał na sobie płaszcz z astrachańskiej wełny, a jego jedwabny cylinder był już lekko przyprószony śniegiem.

– Powinienem przewidzieć, że zrobisz wszystko, żeby zamienić się w sopel lodu – rzucił czarownik, schodząc po schodach. Zatrzymał się obok Willa i spojrzał na dziedziniec.

Will nie miał ochoty wspominać o Jessamine. Pomyślał, że ona by tego nie chciała.

– Już opuszczasz przyjęcie czy tylko mnie szukałeś?

– Jedno i drugie – odparł Magnus, naciągając białe rękawiczki. – Po prawdzie, wyjeżdżam z Londynu.

– Wyjeżdżasz z Londynu? – zdziwił się Will. – Chyba nie mówisz poważnie.

– Dlaczego? – Bane strzepnął zbłąkany płatek śniegu, a ten rozjarzył się na niebiesko i zniknął. – Nie jestem londyńczykiem. Mieszkałem u Woolseya przez jakiś czas, ale to nie jest mój dom, a Scott i ja dość szybko męczymy się swoim towarzystwem.

– Dokąd pojedziesz?

– Do Nowego Jorku. Do Nowego Świata! Nowy kontynent, nowe życie. – Magnus uniósł ręce. – Mogę nawet zabrać ze sobą waszego kota. Charlotte mówi, że Church jest w żałobie, odkąd Jem odszedł.

– Gryzie wszystkich. Ciebie lubi. Myślisz, że spodoba mu się Nowy Jork?

– Kto wie? Razem się o tym przekonamy. Niespodzianki są tym, co mnie chroni przed stagnacją.

– Ci z nas, którzy nie żyją wiecznie, chyba nie lubią zmian tak bardzo jak ty – stwierdził Will. – Mam dość rozstań z ludźmi.

– Ja też – wyznał Magnus. – Ale człowiek uczy się z tym żyć.

– Słyszałem, że ludzie, którzy tracą rękę albo nogę, czasami nadal odczuwają ból w tych kończynach, choć już ich nie mają – powiedział Will. – Zdarza się, że czuję obecność Jema i mam wrażenie, jakby brakowało mi jakiejś części siebie.

– Ale tak nie jest – rzekł Magnus. – On nie jest martwy. Żyje, bo pozwoliłeś mu odejść. Gdybyś go poprosił, zostałby z tobą i umarł, ale ty kochałeś go dostatecznie mocno, żeby pogodzić się z rozstaniem. A to ponad wszystko dowodzi, że nie jesteś Sydneyem Cartonem, że twoja miłość nie jest z tych, które nierozerwalnie łączą się z destrukcją. To, co w tobie zobaczyłem, sprawiło, że zapragnąłem ci pomóc. Widziałem, że nie poddajesz się rozpaczy, że masz w sobie niewyczerpaną radość życia. – Ujął Willa pod brodę. Był jedną z nielicznych osób, którym Will musiał patrzeć w oczy, unosząc głowę. – Jasna gwiazda. – Spojrzenie czarownika było zamyślone, jakby wspominał coś albo kogoś. – Wy, śmiertelnicy, płoniecie tak gwałtownie. A ty gwałtowniej niż większość, Williamie. Nigdy cię nie zapomnę.

– Ja ciebie też – zapewnił Will. – Bardzo wiele ci zawdzięczam. Zdjąłeś ze mnie klątwę.

– Nie byłeś przeklęty.

– Byłem. Dziękuję ci, Magnusie, za wszystko, co dla mnie zrobiłeś. Jeśli wcześniej tego nie mówiłem, powiem teraz. Dziękuję.

Bane opuścił rękę.

– Nie sądzę, żeby jakiś Nocny Łowca kiedykolwiek mi podziękował.

Will uśmiechnął się krzywo.

– Nie przyzwyczajałbym się do tego na twoim miejscu. Nie należymy do najwdzięczniejszych istot.

– Istotnie. – Magnus zaśmiał się i zmrużył kocie oczy. – Zostawiam cię w dobrych rękach, Willu Herondale.

– Masz na myśli Tessę.

– Mam na myśli Tessę. A może zaprzeczysz, że ona zdobyła twoje serce? – Magnus zaczął schodzić po schodach, ale zatrzymał się jeszcze i obejrzał przez ramię.

– Nie zaprzeczę – powiedział Will. – Ale będzie jej przykro, że wyjechałeś bez pożegnania.

– A. – Magnus spojrzał na niego z osobliwym uśmiechem. – Uznałem, że to nie jest konieczne. Powiedz jej, że jeszcze się zobaczymy.

Will kiwnął głową, a Bane odwrócił się i z rękami w kieszeniach płaszcza ruszył w stronę bramy Instytutu. Will odprowadzał go wzrokiem, póki Magnus nie zniknął w bieli padającego śniegu.

***

Tessa wymknęła się z sali balowej niezauważona przez nikogo. Nawet zwykle bystrooka Charlotte miała uwagę zaprzątniętą czym innymi. Siedziała przy fotelu Henry'ego, trzymała go za rękę i uśmiechała się, słuchając muzyki.

Odnalezienie Willa nie zajęło Tessie dużo czasu. Domyśliła się, gdzie może być, i miała rację. Stał na schodach Instytutu bez kapelusza i płaszcza, a śnieg sypał mu na głowę i ramiona. Biały puch przykrył cały dziedziniec niczym lukier, przysypał rząd czekających powozów, czarną żelazną bramę, kamienne płyty, na których umarła Jessamine. Will patrzył przed siebie, jakby próbował coś dojrzeć wśród padających płatków.

– Will.

Odwrócił się i na nią spojrzał.

Wzięła ze sobą jedwabny szal, ale nic cieplejszego, więc czuła chłodne ukłucia na nagiej skórze szyi i ramion.

– Powinienem być bardziej uprzejmy dla Eliasa Carstairsa – stwierdził Will. Patrzył w niebo, gdzie blady sierp księżyca sunął między gęstymi chmurami. Białe płatki mieszały się z jego czarnymi włosami. Policzki i usta miał zaróżowione od zimna. Wyglądał bardzo przystojnie. – A ja zachowałem się... jak przedtem.

Tessa wiedziała, co miał na myśli. Dla Willa było tyko jedno przedtem i potem.

– Masz prawo wpadać w gniew – powiedziała. – Mówiłam ci już, że nie chcę, żebyś był idealny, tylko żebyś był Willem.

– Który nigdy nie będzie idealny.

– Ideał to nuda – oświadczyła Tessa, schodząc z ostatniego stopnia i stając obok niego. – Teraz bawią się w „kończenie poetyckich cytatów". Ty byś się popisał. Nie sądzę, żeby ktokolwiek był w stanie rzucić ci wyzwanie, jeśli chodzi o znajomość literatury.

– Poza tobą.

– Rzeczywiście byłabym trudną rywalką. Może razem stworzylibyśmy coś w rodzaju drużyny i dzielili się nagrodami.

– Tak się nie robi – rzucił Will z roztargnieniem, przekrzywiając głowę. Śnieg bielił wokół nich świat, jakby stali pośrodku wiru. – Dzisiaj, w czasie Wstąpienia Sophie...

– Tak?

– Tego zawsze pragnęłaś? – Skierował na nią wzrok. Białe płatki osiadły na jego rzęsach. – Dla siebie?

– Wiesz, że to niemożliwe, Will. Jestem czarownicą. W każdym razie w połowie. Nie mogę zostać Nefilim.

– Wiem. – Rozpostarł palce, pozwolił, żeby płatki śniegu topniały na jego dłoniach. – Ale w Cadair Idris powiedziałaś, że chciałaś zostać Nocną Łowczynią, a Mortmain zniweczył twoje nadzieje...

– Wtedy tak uważałam – przyznała Tessa. – Ale po przemianie w Ithuriela i zabiciu Mortmaina, jak mogłabym nienawidzić czegoś, co pozwoliło mi ochronić tych, których kocham? Niełatwo jest być innym, a jeszcze trudniej jedynym w swoim rodzaju. Zaczynam jednak myśleć, że nigdy nie była mi przeznaczona łatwa droga.

Will się roześmiał.

– Łatwa droga? Rzeczywiście nie dla ciebie, moja Tesso.

– Jestem twoją Tessą? – Otuliła się szczelniej szalem, udając, że drży tylko z zimna. – Martwi cię to, kim jestem, Will? Że nie jestem taka jak ty?

Między nimi zawisły niewypowiedziane słowa: „Nie ma przyszłości dla Nocnego Łowcy, który zadaje się z czarownikami".

Will zbladł.

– Tamte rzeczy, które powiedziałem na dachu, tak dawno temu... wiesz, że nie mówiłem poważnie.

– Wiem...

– Nie chcę, żebyś była inna, Tesso. Jesteś, jaka jesteś, a ja cię kocham. Całą, a nie tylko tę część, którą akceptuje Clave...

Tessa uniosła brwi.

– Jesteś gotowy tolerować resztę?

Will przeczesał włosy palcami.

– Nie. Źle się wyraziłem. Nie ma w tobie nic, czego bym nie kochał. Naprawdę myślisz, że jest dla mnie takie ważne to, żebyś była Nefilim? Moja matka nie jest Nocną Łowczynią. A kiedy zobaczyłem, jak zmieniasz się w anioła, kiedy zobaczyłem, jak płoniesz niebiańskim ogniem... to było wspaniałe, Tess. – Zrobił krok w jej stronę. – To, kim jesteś, co potrafisz zrobić, jest wielkim cudem, jak ogień, polne dzikie kwiaty albo morze. Jesteś wyjątkowa w tym świecie i jedyna w moim sercu. Nigdy nie przestanę cię kochać. Kochałbym cię nawet gdybyś w żadnej części nie była Nocną Łowczynią...

Tessa posłała mu drżący uśmiech.

– Ale cieszę się, że jestem, nawet jeśli tylko w połowie. Bo to oznacza, że mogę zostać z tobą w Instytucie. Że rodzina, którą tutaj znalazłam, może pozostać moją rodziną. Charlotte powiedziała, że jeśli tak postanowię, mogę przestać być Tessą Gray i przyjąć nazwisko panieńskie matki. Mogłabym się nazywać Starkweather. Mogłabym nosić prawdziwe nazwisko Nocnego Łowcy.

Usłyszała, jak Will bierze głęboki wdech. Kiedy wypuścił powietrze, przed jego ustami utworzył się biały obłoczek pary. Spojrzenie jego oczu, niebieskich, dużych i czystych, było utkwione w jej twarzy. Miał wyraz twarzy człowieka, który przygotował się na straszną rzecz i teraz zdecydował się ją zrobić.

– Oczywiście, że możesz nosić prawdziwe nazwisko Nocnego Łowcy – powiedział. – Moje.

Tessa wytrzeszczyła oczy.

– Twoje nazwisko?

Will zrobił krok w jej stronę, tak że stali teraz twarzą w twarz. Potem sięgnął po jej dłoń, ściągnął z niej rękawiczkę i schował ją do kieszeni. Jego dłoń była ciepła, pokryta odciskami, a dotyk przyprawiał o dreszcz. Oczy były spokojne i wyrażały całego

Willa: prawego, czułego, ostrego i dowcipnego, kochającego i dobrego.

– Wyjdź za mnie – poprosił. – Wyjdź za mnie, Tesso. Wyjdź za mnie i zostań Tessą Herondale. Albo bądź Tessą Gray, czy jakkolwiek chcesz się nazywać, ale wyjdź za mnie i nigdy mnie nie opuszczaj, bo nie zniosę ani jednego dnia więcej bez ciebie.

Wokół nich wirował śnieg, biały, zimny i doskonały. Chmury nad nimi rozstąpiły się i wyjrzały zza nich gwiazdy.

– Jem powtórzył mi, co Ragnor Fell mówił o moim ojcu – ciągnął Will. – Że dla mojego ojca istniała tylko jedna kobieta, tylko ona i żadna inna. Dla mnie ty nią jesteś. Kocham cię i będę kochał aż do śmierci...

– Will!

Przygryzł wargę. Jego włosy i rzęsy były białe od płatków śniegu.

– Co, zbyt górnolotne oświadczyny? Przestraszyłem cię? Wiesz, jak u mnie jest ze słowami...

– Och, wiem.

– Pamiętam, co mi kiedyś powiedziałaś. Że słowa mają moc zmieniania nas. Twoje mnie zmieniły, Tess. Uczyniły mnie lepszym człowiekiem. Życie to książka i są w niej tysiące stron, których jeszcze nie przeczytałem. Przeczytam je z razem tobą, ile się da, zanim umrę...

Tessa położyła dłoń na jego piersi, tuż nad sercem, i poczuła jego bicie, jedyną w swoim rodzaju sygnaturę czasu, charakterystyczną dla niego.

– Chciałabym tylko, żebyś nie mówił o umieraniu. Ale pomijając to, owszem, wiem, jak jest u ciebie ze słowami i... kocham je wszystkie, Will. Każde słowo, które wypowiadasz. I głupie, i szalone, i piękne, takie, które są tylko dla mnie. Kocham je i kocham ciebie.

Will próbował coś powiedzieć, ale Tessa zakryła mu usta dłonią.

– Kocham twoje słowa, mój Willu, ale powstrzymaj się z nimi jeszcze przez chwilę. – Uśmiechnęła się, patrząc mu w oczy. – Pomyśl o wszystkich słowach, które ja w sobie dusiłam przez cały ten czas, kiedy nie znałam twoich zamiarów. Gdy przyszedłeś do mnie do salonu i wyznałeś, że mnie kochasz, a ja cię odprawiłam, była to dla mnie najtrudniejsza rzecz w życiu. Powiedziałeś wtedy, że kochasz słowa mojego serca, kształt mojej duszy. Pamiętam. I pamiętam każde twoje słowo od tamtej chwili. Nigdy ich nie zapomnę. Jest tyle rzeczy, które chciałabym ci powiedzieć, i tyle, które chciałabym usłyszeć od ciebie. Myślę, że mamy na to całe życie.

– Więc wyjdziesz za mnie? – Will wyglądał na oszołomionego, jakby nie całkiem wierzył w swój szczęśliwy los.

– Tak – wymówiła w końcu Tessa to najprostsze i najważniejsze ze wszystkich słów.

A Will, który miał komentarz na każdą okazję, tylko otworzył usta, zamknął je i przyciągnął Tessę do siebie. Jej szal spadł na schody, ale on grzał ją swoimi ramionami, a jego usta były miękkie gorące, kiedy ją pocałował. Smakował płatkami śniegu i winem, zimą, Willem i Londynem. Gdy wsunął dłonie w jej włosy, białe jagody spadły na kamienne stopnie. Tessa przywarła do niego mocno. Z okien Instytutu wylewał się słabe dźwięki fortepianu i wiolonczeli, a ponad nie wybijały się niczym iskry skaczące pod niebo, uroczyste tony skrzypiec.

***

– Nie mogę uwierzyć, że naprawdę jedziemy do domu – powiedziała Cecily.

Ręce miała splecione przed sobą i aż podskakiwała z radości. Miała na sobie białe buty z jelonkowej skóry i czerwony zimowy płaszcz, najjaśniejszą rzecz w ciemnej krypcie, nie licząc samej Bramy, dużego, srebrnego, jaśniejącego prostokąta na ścianie.

Niczym obraz ze snu, Tessa widziała w nim skrawek błękitnego nieba (to na zewnątrz Instytutu miało londyńską szarą barwę) i wzgórza przysypane śniegiem. Will stał obok niej, muskając ją ramieniem. Pragnęła wziąć go za rękę, taki był blady i zdenerwowany.

– Nie jedziemy do domu, Cecy, tylko składamy wizytę – poprawił siostrę. – Chcę przedstawić narzeczoną... – jego twarz odzyskała odrobinę koloru, usta wykrzywił lekki uśmiech – ...żeby nasi rodzice mogli poznać dziewczynę, którą zamierzam poślubić.

– Och, co za bzdury! – rzuciła Cecily. – Możemy korzystać z Bramy, żeby ich zobaczyć, kiedy tylko chcemy! Charlotte jest Konsulem, więc nie grożą nam żadne kłopoty.

Charlotte jęknęła.

– Cecily, to nie jest zabawka. Nie możesz używać Bramy, kiedy zechcesz, a ta wyprawa musi zostać zachowana w tajemnicy. Nikt nie może się dowiedzieć, że odwiedziliście swoich rodziców i że pozwoliłam wam złamać Prawo!

– Nikomu nie powiem! – zapewniła ją Cecily. – Gabriel też nie. – Zerknęła na chłopca stojącego u jej boku. – Nie powiesz, prawda?

– A tak w ogóle, to dlaczego bierzemy go ze sobą? – zapytał Will, zwracając się do całego świata i do siostry.

Cecily położyła ręce na biodrach.

– A dlaczego ty zabierasz Tessę?

– Bo Tessa i ja zamierzamy się pobrać – odparł Will, a Tessa się uśmiechnęła. Nadal bawił ją sposób, w jaki siostra potrafiła go rozdrażnić.

– Cóż, Gabriel i ja też możemy się pobrać – stwierdziła Cecily. – Kiedyś.

Gabriel wydał z siebie zdławiony dźwięk i zrobił się niepokojąco czerwony na twarzy.

Will wyrzucił ręce w górę.

– Nie możecie się pobrać, Cecily! Masz dopiero piętnaście lat! Kiedy ja się ożenię, będę miał osiemnaście! Będę dorosły!

Na Cecily jego słowa nie zrobiły wrażenia.

– Możemy mieć długie narzeczeństwo – oświadczyła. – I nie rozumiem, dlaczego doradzasz mi poślubienie mężczyzny, którego moi rodzice nie znają.

– Nie doradzam ci poślubienia mężczyzny, którego nasi rodzice nie znają! – wybuchnął Will.

– Więc się zgadzamy, że Gabriel musi poznać mamę i tatę – skwitowała Cecily i odwróciła się do Henry'ego. – Brama gotowa?

Tessa przysunęła się do Willa.

– Podoba mi się sposób, w jaki ona tobą rządzi – szepnęła. – To bardzo zabawne.

– Zaczekaj, aż poznasz moją matkę – ostrzegł Will i wziął ją za rękę.

Jego palce były zimne. Tessa wiedziała, że nie spał całą noc. Myśl, że zobaczy rodziców po tylu latach, była dla niego równie radosna, jak i przerażająca. Ona sama znała tę mieszankę nadziei i strachu, nieskończenie gorszą niż każda z tych rzeczy z osobna.

– Brama jest gotowa – oznajmił Henry. – I pamiętajcie, że za godzinę otworzę ją znowu, żebyście mogli wrócić.

– Rozumiem, że to tylko ten jeden raz – przypomniała z niepokojem Charlotte. – Jestem Konsulem, ale nie mogę pozwolić, żebyście odwiedzali swoją przyziemną rodzinę...

– Nawet w święta? – zapytała Cecily tragicznym tonem, szeroko otwierając oczy.

Charlotte wyraźnie zmiękła.

– Cóż, może w święta...

– I na urodziny – dorzuciła Tessa. – Urodziny to szczególna okazja.

Charlotte ukryła twarz w dłoniach.

– Och, na Anioła.

Henry się roześmiał i wskazał na drzwi w ścianie.

– Ruszajcie – powiedział.

Cecily pierwsza zniknęła w Bramie, jakby wkroczyła do wodospadu. Gabriel poszedł w jej ślady, a za nim narzeczeni, trzymając się mocno za ręce. Tessa skupiła się na cieple dłoni Willa i na pulsowaniu krwi pod jego skórą, kiedy na całe wieki otoczyło ich zimno i ciemność. Gdy wir nagle wyrzucił ich po drugiej stronie, zachwiała się, oślepiona jasnym blaskiem. Will przytrzymał ją, chroniąc przed upadkiem.

Stali na szerokim kolistym podjeździe przed Ravenscar Manor. Tessa widziała to miejsce tylko z góry, kiedy razem z Jemem i Willem wybrała się do Yorkshire. Wtedy nie zdawała sobie sprawy, że to jest dom rodziny Herondale'ów. Pamiętała, że rezydencja stoi w dolinie otoczonej ze wszystkich stron wzgórzami porośniętymi kolcolistem i wrzosem, a teraz pokrytymi śniegiem. Za pierwszym razem drzewa były zielone, teraz bezlistne, a z ciemnego łupkowego dachu zwisały lśniące sople.

Pośrodku drzwi z ciemnego dębu znajdowała się ciężka mosiężna antaba. Will spojrzał na siostrę, a kiedy Cecily skinęła głową, wyprostował plecy i sięgnął do kołatki. Kiedy nią zastukał, wydawało się, że huk słychać w całej dolinie. Will zaklął pod nosem. Tessa lekko dotknęła jego nadgarstka.

– Bądź dzielny – powiedziała. – Przecież nie ma tu kaczek, prawda?

Uśmiechnął się do niej i w tym momencie drzwi się otworzyły. W progu stała pokojówka w czarnej sukni i białym czepku. Na widok przybyszów jej oczy zrobiły się wielkie jak spodki.

– Panienka Cecily – wykrztusiła. Gdy przeniosła wzrok na Willa, zakryła ręką usta, odwróciła się na pięcie i pobiegła w głąb domu.

– O, rany – mruknęła Tessa.

– Właśnie takie wrażenie robię na kobietach – skomentował Will. – Chyba powinienem był cię uprzedzić, zanim zgodziłaś się za mnie wyjść.

– Jeszcze mogę zmienić zdanie – odparowała Tessa słodkim tonem.

– Nie waż się...

Urwał w pół zdania, bo w drzwiach pojawił się wysoki mężczyzna o szerokich barkach i jasnoniebieskich oczach, z masą jasnych włosów przetykanych siwizną. Tuż za nim stała kobieta o fiołkowych oczach, smukła i uderzająco piękna, z czarnymi włosami Willa i Cecily. Na widok syna krzyknęła i uniosła ręce, niczym białe ptaki spłoszone przez podmuch wiatru.

Tessa puściła rękę Willa, który stał bez ruchu jak lis osaczony przez ogary.

– Idź – ponagliła go szeptem, a on posłusznie przekroczył próg domu.

Matka objęła go, mówiąc:

– Wiedziałam, że wrócisz. Wiedziałam.

Potem uszy Tessy zalał potop walijskich słów, z których zrozumiała tylko imię Willa. Ojciec, wyraźnie oszołomiony, tylko się uśmiechał. Wyciągnął ręce do Cecily, a ona pobiegła w jego objęcia.

Przez kilka następnych chwil Tessa i Gabriel stali w drzwiach lekko skrępowani, zerkając na siebie. W końcu Will odsunął się od matki, klepiąc ją łagodnie po ramieniu. Ona się roześmiała, choć jej oczy były pełne łez, i powiedziała coś po walijsku. Chyba to, że syn jest teraz wyższy od niej.

– Mała mama – odparł Will z czułością, potwierdzając przypuszczenia Tessy. Następnie odwrócił się do Tessy. – Mamo, tato, to jest Theresa Gray. Jesteśmy zaręczeni i zamierzamy pobrać się w przyszłym roku.

Matka krzyknęła cicho, ale ku uldze Tessy zabrzmiało to bardziej jak wyraz zaskoczenia niż przerażenia. Ojciec natychmiast pobiegł wzrokiem ku Gabrielowi i zaraz potem ku córce. Zmrużył oczy.

– A kim jest ten dżentelmen?

Will uśmiechnął się jeszcze szerzej.

– A, on. To jest... przyjaciel Cecily. Pan Gabriel Lightworm.

Gabriel, który już wyciągał rękę do gospodarza, zamarł z oburzenia.

– Lightwood – wykrztusił. – Gabriel Lightwood...

– Will! – Cecily odsunęła się od ojca i spiorunowała brata wzrokiem.

Will spojrzał na Tessę roziskrzonym wzrokiem. Ona już otwierała usta, żeby też go skarcić, ale nie zdołała się opanować i parsknęła śmiechem.

Epilog

„Ja mówię, że grobowiec, który zamyka się za umarłymi,
Otwiera się na niebiańskie komnaty;
A to, co tutaj kładzie kres wszelkim rzeczom,
Jest pierwszym krokiem ku wszystkiemu".

– Victor Hugo, *W Villequier*

Londyn, most Blackfriars, 2008

Ostry wiatr zamiatał żwir i śmieci – opakowania po czipsach, stronice gazet, stare rachunki – po chodnikach, kiedy Tessa, rozejrzawszy się szybko, pobiegła na most Blackfriars.

Dla każdego patrzącego wyglądałaby jak zwykła dwudziestolatka: dżinsy wsunięte w wysokie buty, niebieski kaszmirowy top, który kupiła za pół ceny na styczniowych wyprzedażach, długie kasztanowe włosy, kręcące się lekko przy wilgotnej pogodzie i opadające niedbale na plecy. Gdyby ten ktoś szczególnie interesował się modą, uznałby, że jej szalik we wzór turecki to podróbka, nie stuletni oryginał, a bransoletka na nadgarstku to vintage, a nie prezent od męża na trzydziestą rocznicę ślubu.

Tessa zwolniła, kiedy dotarła do jednej z kamiennych nisz w ścianie mostu. Wbudowano w nie cementowe ławki, tak że można było usiąść i patrzeć na szarozieloną wodę pluskającą o filary albo na katedrę św. Pawła w oddali. Od miasta niósł się hałas: samochody, ryczące klaksony, piętrowe autobusy, dzwonki setek komórek, rozmowy przechodniów, słabe dźwięki muzyki sączące się ze słuchawek iPodów.

Tessa usiadła na ławce i podciągnęła nogi pod siebie. Powietrze było zadziwiająco czyste i przejrzyste. Dym i zanieczyszczenia, które nadawały mu żółto-czarną barwę w czasach jej dzieciństwa i młodości, zniknęły, niebo miało kolor niebieskoszarego marmuru. Również z mostu kolejowego Dover i Chatham, kiedyś szpecącego krajobraz, zostały tylko pale sterczące z rzeki niczym osobliwa pamiątka po tym, co kiedyś tutaj się znajdowało. Na wodzie podskakiwały żółte boje, z cichym warkotem sunęły łodzie z turystami, głośniki przekazywały wzmocnione głosy przewodników. Autobusy czerwone jak lizaki pędziły jezdnią, zdmuchując suche liście na chodnik.

Tessa spojrzała na zegarek. Za pięć dwunasta. Przyszła trochę wcześniej, ale zwykle zjawiała się pierwsza na ich corocznym spotkaniu. Miała wtedy okazję pomyśleć. I powspominać, a nie było na to lepszego miejsca niż most Blackfriars, gdzie pierwszy raz ze sobą rozmawiali.

Oprócz zegarka nosiła na ręce perłową bransoletkę, z którą nigdy się nie rozstawała. Will z uśmiechem zapiął ją na jej nadgarstku po trzydziestu latach małżeństwa. Miał wtedy siwe nitki we włosach, choć ona ich nie dostrzegała. Zupełnie jakby wraz z miłością zyskał odrobinę jej zdolności zmieniania postaci, bo nieważne ile czasu mijało, zawsze widziała go jako szalonego, czarnowłosego chłopca, w którym się zakochała.

Czasami nadal nie mogła uwierzyć, że razem się zestarzeli, ona i Will Herondale, o którym Gabriel Lightwood powiedział kiedyś, że nie pożyje więcej niż dziewiętnaście lat. Przez te wszystkie lata przyjaźnili się z Lightwoodami, bo Will nie mógłby niechętnie traktować człowieka, który ożenił się z jego siostrą. Zarówno Cecily, jak i Gabriel odwiedzili Willa w dniu jego śmierci, podobnie jak Sophie, choć Gideon umarł kilka lat wcześniej.

Tessa wyraźnie pamiętała tamten dzień, kiedy Cisi Bracia powiedzieli, że już nic więcej nie mogą zrobić dla Willa, który już wtedy nie wstawał z łóżka. Wyprostowała ramiona i poszła przekazać wieść rodzinie i przyjaciołom. Siliła się przy nich na spokój, choć miała wrażenie, że wyrywano jej serce.

To był czerwiec, pogodny, gorący dzień roku 1937, przez rozsunięte zasłony do pokoju wlewało się światło słoneczne. Przy łożu umierającego zgromadziły się dzieci jej i Willa, ich wnuki, siostrzenice i siostrzeńcy – niebieskoocy chłopcy Cecily, wysocy i przystojni, dwie dziewczynki Gideona i Sophie – oraz najbliższe osoby: Charlotte, siwowłosa i prosta jak struna, synowie i córki Fairchildów z kręconymi rudymi włosami po Henrym.

Tessa siedziała na łóżku przy Willu, opartym o jej ramię. Ten widok mógł dla innych być dziwny: młoda kobieta tuląca z miłością mężczyznę, który wyglądał jak jej dziadek, ale dla rodziny i przyjaciół to byli Tessa i Will. A Nocni Łowcy, zgodnie ze zwyczajem, przychodzili i odchodzili przez cały dzień, opowiadali historie z życia umierającego i wspominali wydarzenia z tych długich lat, które Will i Tessa spędzili ze sobą.

Dzieci z czułością mówiły, że ich ojciec zawsze kochał matkę żarliwie i z oddaniem, że nigdy nie spojrzał na inną, że rodzice pokazali im, jak powinna wyglądać miłość, i dzięki temu one też zapragnęły taką samą znaleźć. Mówiły o zamiłowaniu ojca do książek i o tym, że im również je przekazał, nauczył szanować słowo drukowane i cieszyć się opowieściami zawartymi na ich stronicach. Wspominały, że nadal przeklinał po walijsku, kiedy coś upuścił, choć poza tym rzadko używał tego języka, i chwaliły jego prozę – po przejściu na emeryturę napisał kilka historii o Nocnych Łowcach, które bardzo dobrze przyjęto – ale twierdziły, że jego poezja zawsze była okropna, co nie powstrzymywało ich od jej recytowania.

Ich najstarszy syn James ze śmiechem napomknął o strachu ojca przed kaczkami i jego ciągłej walce, żeby je przepędzić ze stawu w rodzinnym domu w Yorkshire.

Wnuki przypomniały mu piosenkę o demonicznej ospie, której je nauczył, kiedy, zdaniem Tessy, były jeszcze za małe. Na dowód, że zapamiętały całą, zaśpiewały ją razem, fałszując i przyprawiając Sophie o palpitacje.

Ze łzami płynącymi po twarzy Cecily przypomniała bratu piękną mowę, którą wygłosił na jej ślubie z Gabrielem, a na koniec rzekł: „Drogi Boże, myślałem, że ona wychodzi za Gideona. Cofam wszystko". W ten sposób naraził się nie tylko siostrze i Gabrielowi, ale również Sophie. Will, zbyt słaby, żeby wybuchnąć śmiechem, tylko uśmiechnął się do Cecily i uścisnął jej dłoń.

Wszyscy żartowali sobie z jego zwyczaju zabierania Tessy na romantyczne „wakacje" do miejsc z gotyckich powieści, takich jak: straszne wrzosowisko, na którym ktoś umarł, ponure zamczysko, w którym straszył duch, i oczywiście plac w Paryżu, gdzie, według Willa, został zgilotynowany Sydney Carton. Przeraził tam przechodniów, krzycząc po francusku: „Widzę krew na bruku!".

Pod koniec dnia, kiedy niebo pociemniało, rodzina zebrała się wokół łoża Willa. Wszyscy całowali go po kolei i wychodzili z pokoju, aż została tylko Tessa. Położyła się obok męża i wsunęła mu ramię pod głowę, słuchając coraz słabszego bicia jego serca. W mroku szeptem opowiadali sobie historie znane tylko im dwojgu. O dziewczynie, która wazonem uderzyła w głowę chłopca, gdy przybył jej na ratunek, a on zakochał się w niej w tamtej chwili. O sali balowej, balkonie i księżycu żeglującym jak statek po niebie. O łopocie skrzydeł mechanicznego anioła. O świętej wodzie i krwi.

Koło północy drzwi się otworzyły i wszedł Jem. Tessa powinna myśleć o nim jako o bracie Zachariaszu, ale ani ona, ani Will nigdy tak go nie nazywali. Zjawił się jak cień w swojej białej szacie Cichego Brata, a Tessa wzięła głęboki wdech, kiedy go zobaczyła, bo wiedziała, że właśnie na niego czekał Will i że ta godzina nadeszła.

Nie od razu podszedł do Willa, tylko przeciął pokój i zbliżył się do komody, na której leżał futerał na skrzypce. Zgodnie z obietnicą, Will o nie dbał, tak że zawiasy nawet nie skrzypnęły, kiedy Jem otwierał pudło i wyjmował z niego instrument. Sięgnął po smyczek szczupłymi palcami; jego białe nadgarstki ginęły w jasnej tkaninie szaty.

Wsparł skrzypce na ramieniu i zaczął grać.

Zhi yin. Jem powiedział jej kiedyś, że oznacza to rozumienie muzyki, a także więź silniejszą niż przyjaźń. Grał teraz o latach życia Willa, tak jak je zapamiętał. O dwóch małych chłopcach w sali treningowej, z których jeden pokazywał drugiemu, jak rzucać nożem. Grał o rytuale *parabatai,* o ogniu, przysięgach i płonących runach. Grał o dwóch młodych mężczyznach, którzy biegali w nocy po ulicach Londynu, a czasami przystawali, żeby oprzeć się o mur i śmiać. Grał o dniu w bibliotece, kiedy obaj z Willem żartowali na temat kaczek, i o pociągu do Yorkshire, kiedy powiedział, że być *parabatai* oznacza kochać kogoś tak, jak kocha się własną duszę. Grało o tej miłości, o ich uczuciach do Tessy i jej do nich, o słowach Willa: „W twoich oczach znajdowałem samą życzliwość". Grał o tych nielicznych razach, kiedy go widzieli, odkąd wstąpił do Bractwa. O krótkich spotkaniach w Instytucie, jak tamto, kiedy Will został ugryziony przez demona Shaxa i omal nie umarł, a Jem przybył z Cichego Miasta i siedział przy nim przez całą noc, ryzykując odkrycie i karę. Grał o narodzinach ich pierwszego syna i ceremonii ochrony, której poddano dziecko w Cichym Mieście. Will chciał, żeby przeprowadził ją Jem, a nie inny Cichy Brat. Grał o tym, jak zasłonił twarz pokrytą bliznami i odwrócił się, kiedy usłyszał, że chłopiec ma na imię James.

Grał o miłości, stracie i latach milczenia, niewypowiedzianych słowach, niezłożonych przysięgach i odległości dzielącej ich serca. A kiedy skończył i schował z powrotem skrzypce do futerału, oczy Willa były zamknięte, a Tessy pełne łez. Jem odłożył smyczek i zrzucił kaptur, tak że Tessa zobaczyła jego pokiereszowaną twarz. Usiadł obok niej na łóżku i ujął dłoń Willa, a oni oboje usłyszeli w głowie jego głos:

Biorę twoją rękę, bracie, żebyś mógł odejść w pokoju.

Will otworzył oczy, które przez te wszystkie lata nie straciły intensywnie niebieskiej barwy, spojrzał na Jema, potem na Tessę, uśmiechnął się i umarł, z głową na ramieniu żony i ręką w dłoni przyjaciela.

Wspomnienia z tamtej chwili nigdy nie przestały boleć. Kiedy Will umarł, Tessa uciekła. Jej dzieci były dorosłe, miały swoje dzieci. Stwierdziła więc, że jej nie potrzebują, ale w ten sposób jedynie próbowała odpędzić od siebie myśl, która ją prześladowała. Po prostu nie mogłaby zostać i być świadkiem, jak się starzeją. Przeżyć śmierć męża to jedno, ale widzieć śmierć dzieci... nie potrafiłaby na to patrzeć. Wiedziała, że to musi się stać, ale nie chciała przy tym być.

A poza tym Will o coś ją poprosił.

Droga prowadząca ze Shrewsbury do Welshpool nie była taka sama jak wtedy, gdy Will pędził nią na złamanie karku, żeby uratować ją z rąk Mortmaina. Mąż zostawił jej szczegółowe instrukcje, opis miasteczek i pewnego rozłożystego dębu. Tessa kilka razy wolno przejechała tę trasę swoim morrisem, zanim znalazła drzewo. Takie samo jak to, które narysował w dzienniku, ręką nieco drżącą, ale z jasnym umysłem.

Sztylet tkwił między korzeniami, które rozrosły się wokół rękojeści. Tessa musiała kilka z nich wyciąć i rozkopać ziemię rydlem, zanim go wyciągnęła. Nóż Jema, teraz pociemniały od wiatru, słońca, deszczu i upływu czasu.

Zaniosła go Jemowi, gdy spotkali się na moście. Był rok 1937, naloty jeszcze nie zrównały z ziemią budynków wokół katedry św. Pawła, nie poznaczyły nieba ogniem, nie spaliły murów miasta, które Tessa kochała. Ale nad światem już wisiał cień, zapowiedź nadciągającego mroku.

– Zabijają się i zabijają, a my nic nie możemy zrobić – powiedziała Tessa, opierając dłonie na zniszczonej kamiennej balustradzie mostu. Myślała o wielkiej wojnie, o jej niezliczonych ofiarach.

To nie była wojna Nocnych Łowców, ale z krwi i rzezi rodziły się demony, a Nefilim mieli obowiązek powtrzymać je przed sianiem jeszcze większej destrukcji.

Nie możemy uratować ich przed nimi samymi, odpowiedział wtedy Jem. Miał kaptur nasunięty na głowę, ale wiatr go zdmuchnął, tak że Tessa dostrzegła jego okaleczony policzek.

– Coś nadchodzi. Czuję to w kościach. Potworność, którą Mortmain mógł jedynie sobie wyobrażać.

Nikt nie uwolni świata od całego zła, Tesso.

A kiedy wyjęła z kieszeni płaszcza i podała mu sztylet zawinięty w jedwab, nadal brudny od ziemi i poplamiony krwią Willa, Jem przycisnął go do piersi, pochylił głowę i zgarbił ramiona, jakby zasłaniał ranę w sercu.

– Will chciał, żebyś go zobaczył – powiedziała Tessa. – Wiem, że nie możesz wziąć go ze sobą.

Może nadejdzie taki dzień. Na razie przechowaj go dla mnie.

Nie poprosiła go o wyjaśnienie, ale zatrzymała nóż. Zabrała go ze sobą, kiedy opuszczała Anglię i płynęła kanałem, a białe klify Dover oddalały się jak chmury. W Paryżu odnalazła Magnusa, który mieszkał na poddaszu i malował, choć nie miał do tego najmniejszych zdolności. Pozwolił jej spać na materacu pod oknem, a w nocy, kiedy się obudziła, wołając Willa, przyszedł i ją objął. Pachniał terpentyną.

– Pierwszy raz jest zawsze najtrudniejszy – powiedział.

– Pierwszy raz?

– Pierwszy raz, kiedy umiera ktoś, kogo kochałaś – wyjaśnił. – Potem jest łatwiej.

Kiedy do Paryża dotarła wojna, pojechali razem do Nowego Jorku i Magnus pokazał jej miasto, w którym się urodziła, ale którego prawie nie rozpoznała: pełną ruchu, światła i życia metropolię, gdzie samochody roiły się na ulicach jak mrówki, pociągi śmigały po napowietrznych torach. W tamtym roku nie widziała się z Jemem, bo Luftwaffe bombardowało Londyn, więc on uznał, że to zbyt niebezpieczne, żeby się spotykali, ale w następnych latach...

– Tessa?

Serce jej stanęło, w głowie się zakręciło.

Przez chwilę zastanawiała się, czy nie traci zmysłów, czy po tylu latach w jej pamięci przeszłość i teraźniejszość tak się wymieszały, że już nie potrafiła dostrzec między nimi różnicy. Bo głos, który usłyszała, nie był cichym, niemym głosem należącym do brata Zachariasza i rozbrzmiewającym w jej głowie co roku przez ostatnie sto trzydzieści lat.

Ten głos przywoływał wspomnienia, zblakłe przez lata jak papier składany i rozkładany zbyt wiele razy. Przywodził na myśl noc sprzed wielu, wielu lat na tym samym moście, kiedy wokół wszystko było czarne i srebrne, a w dole płynęła woda...

Jej serce dudniło tak mocno, jakby chciało wyrwać się z klatki piersiowej. Tessa odwróciła się powoli. I wytrzeszczyła oczy.

Stał przed nią na chodniku, z rękami w kieszeniach bardzo modnych dżinsów, i uśmiechał się nieśmiało. Miał na sobie niebieską bawełnianą bluzę z rękawami podciągniętymi do łokci. Jego przedramiona pokrywała siateczka ledwo widocznych białych blizn. Tessa dostrzegła znak Ciszy, kiedyś czarny i wyraźny, teraz zaledwie srebrny ślad.

– Jem?

Zrozumiała, dlaczego wcześniej go nie zauważyła, kiedy wzrokiem przeszukiwała tłum. Wypatrywała brata Zachariasza w pergaminowej szacie, poruszającego się w tłumie londyńczyków, ale niewidzialnego jak duch. To jednak nie był brat Zachariasz.

To był Jem.

Nie mogła oderwać od niego wzroku. Zawsze uważała, że jest piękny. Teraz wydał się jej jeszcze piękniejszy. Dawny Jem miał srebrnobiałe włosy i oczy jak szare niebo, ten kruczoczarne, kręcące się lekko w wilgotnym powietrzu, i ciemnobrązowe oczy ze złotymi plamkami. Kiedyś jego skóra była blada, teraz z lekkim rumieńcem. Policzki, przed wstąpieniem do Bractwa, bez skazy, teraz przecinały dwie wyraźne, ciemne blizny, ślady po pierwszych runach Cichych Braci.

W miejscu, gdzie przy szyi bluza lekko się rozchylała, Tessa zauważyła wyblakły znak *parabatai*, który kiedyś wiązał go z Willem. I może nadal ich wiązał, jeśli ktoś wierzył, że dusze są ze sobą połączone nawet po śmierci.

– Jem – powtórzyła szeptem. Na pierwszy rzut oka wyglądał na jakieś dziewiętnaście lat, może dwadzieścia, czyli na trochę starszego niż był, kiedy został Cichym Bratem. Kiedy przyjrzała mu się uważniej, zobaczyła mężczyznę. W jego oczach, a nawet w sposobie poruszania się, dostrzegła długie lata bólu, mądrości i cichego poświęcenia. – Jesteś... – W jej głosie zabrzmiała nuta nadziei. – Już nie jesteś w Bractwie?

– Nie. – Jem mówił tak, jakby nagle zaparło mu dech. Patrzył na nią, jakby nie był pewien jej reakcji. – Już nie.

– Lek... znalazłeś go?

– Nie sam. Ale... został wynaleziony.

– Widziałam Magnusa w Alicante zaledwie kilka miesięcy temu. Rozmawialiśmy o tobie. Nic mi nie powiedział...

– Nie wiedział. To był ciężki, mroczny rok dla Nocnych Łowców. Ale z krwi i ognia, straty i smutku narodziły się nowe wielkie zmiany. – Wyciągnął przed siebie ręce i z lekkim zdumieniem w głosie dodał: – Ja sam się zmieniłem.

– Jak...

– Opowiem ci wszystko. Kolejną historię o Lightwoodach, Herondale'ach i Fairchildach. Ale na to trzeba więcej niż godziny, a tobie na pewno jest zimno.

Przysunął się, jakby zamierzał dotknąć jej ramienia, ale szybko się zreflektował i opuścił rękę.

– Ja... – Tessie zabrakło słów. Nadal była wstrząśnięta. Tak, spotykała się z nim co roku na tym moście, ale dopiero teraz uświadomiła sobie, że widywała innego Jema. Odnosiła wrażenie, że wróciła do własnej przeszłości, jakby cały ostatni wiek zniknął. Miała zawroty głowy, była jednocześnie ucieszona i przerażona. – A potem? Dokąd się udasz? Do Idrisu?

Przez chwilę wyglądał na szczerze zagubionego... i takiego młodego, choć wiedziała, ile ma lat.

– Nie wiem – odparł w końcu. – Nigdy wcześniej nie musiałem planować swojego życia.

– Więc... kolejny Instytut? – Nie odchodź, chciała powiedzieć. Zostań, proszę.

– Nie sądzę, żebym pojechał do Idrisu albo do jakiegoś Instytutu – odparł Jem po chwili tak długiej, że pod Tessą omal nie ugięły się kolana. – Nie wiem, jak być Nocnym Łowcą bez Willa. Nie sądzę nawet, żebym tego chciał. Nadal jestem *parabatai*, ale moja druga połowa odeszła. Gdybym pojechał do jakiegoś Instytutu i poprosił, żeby mnie przyjęli, i tak nigdy bym nie zapomniał, nigdy nie czułbym się pełny.

– Więc co...

– To zależy od ciebie.

– Ode mnie?

Tessę ogarnęło przerażenie. Wiedziała, co chce od niego usłyszeć, ale to wydawało się niemożliwe. Odkąd został Cichym Bratem, wydawał się taki daleki za każdym razem kiedy go widywała. Nie niemiły czy niewrażliwy, ale taki, jakby od świata oddzielała go warstwa szkła. Tessa pamiętała go jako chłopca, który obdarzał miłością tak swobodnie, jakby oddychał, ale mężczyzna, którego widywała raz w roku przez ponad stulecie, był inny. Zdawała sobie sprawę, jak bardzo ją samą zmienił ten czas. O ile bardziej musiał zmienić jego? Nie miała pojęcia, czego oczekiwał od nowego życia albo od niej. Chętnie powiedziałaby mu to, co chciałby usłyszeć, objęła go i przytuliła, wzięła za ręce... ale zabrakło jej odwagi. Najpierw musiała się dowiedzieć, na co może liczyć. Minęło tyle lat. Jak mogła zakładać, że on czuje to samo co kiedyś?

– Ja... – Jem spojrzał na swoje ręce, ściskające poręcz mostu. – Przez sto trzydzieści lat każda godzina mojego życia była ściśle zaplanowana. Często myślałem, co bym zrobił, gdybym był wolny, gdyby wynaleziono lek. Myślałem, że od razu bym uciekł jak ptak wypuszczony z klatki. Nie wyobrażałem sobie, że wyjdę i znajdę świat tak zmieniony, tak straszny. Pogrążony w ogniu i krwi. Chciałem przetrwać, ale tylko z jednego powodu. Chciałem...

– Czego chciałeś?

Nie odpowiedział, tylko lekko dotknął jej perłowej bransoletki.

– To prezent na trzydziestolecie waszego ślubu – stwierdził. – Nadal ją nosisz.

Tessa przełknęła ślinę. Skóra ją mrowiła, puls galopował. Tego rodzaju zdenerwowania nie czuła od tylu lat, że niemal zapomniała o jego istnieniu.

– Tak.

– Po Willu nie kochałaś już nikogo?

– Nie znasz odpowiedzi?

– Nie chodzi mi o to, że kochałaś dzieci albo przyjaciół. Wiesz, Tesso, o co pytam.

– Nie wiem. Chyba musisz mi powiedzieć.

– Kiedyś mieliśmy się pobrać – przypomniał Jem. – A ja kochałem cię przez cały ten czas... półtora wieku. Wiem, że ty kochałaś Willa. Widziałem was razem przez te lata. I wiem, że ta miłość była tak wielka, że przy niej inne, nawet ta, która nas łączyła, kiedy byliśmy bardzo młodzi, musiała się wydawać mała i nieważna. Masz za sobą całe życie z Willem, Tesso. Tyle lat. Dzieci. Wspomnienia, których nie mogę mieć nadziei... – Urwał raptownie i puścił jej nadgarstek. – Nie. Nie mogę tego zrobić. Byłem głupcem, myśląc, że... Wybacz mi, Tesso.

Odsunął się i wmieszał w tłum ludzi idących przez most.

Tessa przez chwilę stała oszołomiona. Ta chwila wystarczyła, żeby Jem zniknął jej z oczu. Wyciągnęła rękę, żeby poszukać oparcia. Kamień mostu był zimny, tak samo jak w tamtą noc, kiedy przyszli tutaj pierwszy raz, kiedy pierwszy raz ze sobą rozmawiali. On był pierwszą osobą, przed którą wypowiedziała na głos swoją największą obawę: że jej moc czyni ją jakąś obcą istotą, nieczłowiekiem. Jesteś człowiekiem, zapewnił ją wtedy. Pod wszystkimi względami, które się liczą.

Pamiętała pięknego umierającego chłopca, który pocieszał przerażoną, nieznajomą dziewczynę i ani słowem nie wspomniał o swoich lękach. Oczywiście zostawił swój ślad w jej sercu. Jak mogłoby być inaczej?

Pamiętała, jak podarował jej jadeitowy naszyjnik swojej matki, jak podał go jej drżącą ręką. Pamiętała pocałunki w powozie.

Pamiętała, jak weszła do pokoju oświetlonego blaskiem księżyca, a pod oknem stał srebrnowłosy chłopiec i grał na skrzypcach muzykę piękniejszą niż pragnienie.

„Will", zapytał. „To ty, Will?".

Will. Na chwilę jej serce się zawahało. Przypomniała sobie swoje cierpienie po jego śmierci, długie samotne noce, wyciąganie ręki każdego ranka po przebudzeniu, bo przez całe lata spodziewała się, że go tam znajdzie, i bardzo powoli przyzwyczajała się do myśli, że ta strona łóżka już zawsze będzie pusta. Chwile, kiedy widziała coś zabawnego i odwracała głowę, żeby się tym z nim podzielić, a potem stwierdzała wstrząśnięta, że go przy niej nie ma. Najgorsze chwile, kiedy, siedząc samotnie przy śniadaniu, uświadamiała sobie, że zapomniała błękit jego oczu i brzmienie śmiechu, że podobnie jak dźwięk skrzypiec Jema, zblakły one w dali, w której giną wspomnienia.

Jem był teraz śmiertelnikiem. Miał się zestarzeć tak jak Will i umrzeć jak Will, a ona nie wiedziała, czy potrafiłaby znieść to drugi raz.

A jednak.

„Większość ludzi może uważać się za szczęściarzy, jeśli znajdzie choć jedną wielką miłość w życiu. Pani znalazła dwie".

Nagle jej nogi zaczęły się poruszać, niemal bez jej woli. Pobiegła przez tłum, rozpychając ludzi. Wykrzyczała przeprosiny, kiedy prawie zbiła z nóg jakiegoś przechodnia, a innego trąciła łokciem. Nic jej nie obchodziło. Pędziła na złamanie karku przez most i zatrzymała się gwałtownie na jego końcu, gdzie wąskie kamienne schodki prowadziły w dół nad wody Tamizy.

Pokonała je po dwa na raz, omal nie poślizgnęła się na wilgotnym bruku. Na dole znajdowało się nieduże nabrzeże. Wezbrana rzeka pluskała o brzeg, wypełniała małą przestrzeń zapachem mułu i wody.

Jem stał przy metalowej poręczy i patrzył na Tamizę. Ręce miał wciśnięte w kieszenie, ramiona zgarbione, jakby chronił się przed silnym wiatrem. Wpatrywał się przed siebie z taką intensywnością, że najwyraźniej nie usłyszał, kiedy do niego podeszła. Chwyciła go za rękaw i obróciła twarzą do siebie.

– Co... – wysapała zdyszana. – O co próbowałeś mnie zapytać, Jem?

Jego oczy się rozszerzyły. Policzki miał zaróżowione, czy to od biegu, czy od chłodnego powietrza. Patrzył na nią, jakby była dziwaczną rośliną, która nagle przed nim wyrosła.

– Tesso... pobiegłaś za mną?

– Oczywiście, że tak. Uciekłeś w połowie zdania!

– To nie było dobre zdanie. – Spojrzał na ziemię, a potem znowu na nią. Znajomy uśmiech rozciągnął kąciki jego ust. I wtedy wróciło do Tessy wspomnienie, odległe, ale niezatarte: uśmiech Jema zawsze jaśniał jak promień słońca. – Nigdy nie za dobrze radziłem sobie ze słowami. Gdybym miał skrzypce, mógłbym zagrać to, co chcę powiedzieć.

– Po prostu spróbuj.

– Nie... nie jestem pewien, czy potrafię. Przygotowałem sobie sześć czy siedem przemów i wszystkie je przećwiczyłem.

Tessa delikatnie wzięła go za nadgarstki.

– Za to ja jestem dobra w słowach – powiedziała. – Więc pozwól, że cię zapytam.

Jem wyjął ręce z kieszeni. I stali tak, patrząc na siebie. Wiatr od rzeki zdmuchnął Jemowi włosy na twarz. Nadal były w nich pojedyncze srebrne nitki, odbijające się od czerni.

– Pytałeś mnie, czy kochałam kogoś oprócz Willa. Odpowiedź brzmi: tak. Kochałam ciebie. Zawsze kochałam i zawsze będę.

Usłyszała, że Jem nabiera powietrza. Na jego szyi pulsowała żyła, widoczna pod bladą skórą, poznaczoną białymi kreskami runów Bractwa.

– Podobno nie można kochać tak samo dwóch osób – ciągnęła Tessa. – I może z innymi tak jest. Ale ty i Will... wy nie byliście zwykłymi ludźmi, którzy mogliby być o siebie zazdrośni albo sądzić, że moja miłość do jednego z was umniejsza miłość do drugiego. Połączyliście swoje dusze jeszcze jako dzieci. Nie mogłabym kochać Willa tak bardzo, gdybym ciebie też nie kochała. I nie mogłabym kochać ciebie, gdybym tak bardzo nie kochała Willa.

Lekko uścisnęła jego nadgarstki. Dotykanie go było... dziwne, ale sprawiało, że jeszcze bardziej chciała go dotykać. Niemal zapomniała, jak bardzo tęskniła za bliskością kogoś ukochanego.

Zmusiła się jednak do tego, żeby puścić jego rękę, i sięgnęła pod kołnierzyk swojej koszuli. Ostrożnie wzięła do ręki łańcuszek i uniosła go tak, żeby Jem mógł zobaczyć jadeitowy naszyjnik, który podarował jej dawno, dawno temu. Napis na jego odwrocie lśnił jak nowy: „Kiedy dwoje ludzi jest jednością w głębi swoich serc, razem pokonają nawet moc żelaza i brązu".

Jem zamknął oczy. Jego rzęsy, długie i delikatne, muskały policzki.

– Przez wszystkie te lata – powiedział cichym szeptem i choć nie był to głos tamtego dawnego chłopca, nadal go kochała. – Nosiłaś go przez te wszystkie lata? Nie wiedziałem.

– Uznałam, że byłby to dla ciebie jedynie ciężar, póki jesteś Cichym Bratem. Jeszcze pomyślałbyś, że nosząc go, oczekuję czegoś od ciebie, a przecież tego oczekiwania nie mógłbyś spełnić.

Jem milczał przez dłuższą chwilę. Tessa słyszała plusk rzeki, szum uliczny w oddali. Wydawało się jej nawet, że słyszy, jak chmury przesuwają się po niebie. Każdy nerw w jej ciele krzyczał do Jema, żeby wreszcie się odezwał, ale czekała cierpliwie, obserwując jego twarz. W końcu powiedział:

– Być Cichym Bratem to widzieć wszystko i nic jednocześnie. Widziałem rozłożoną przed sobą wielką mapę życia. Widziałem prądy świata. I ludzkie życie zaczęło mi się jawić jako coś w rodzaju misterium pasyjnego granego gdzieś daleko. Kiedy zdjęto ze mnie runy i zwolniono z obowiązków Bractwa, było tak, jakbym obudził się z długiego snu, jakby pękła szklana kula, która mnie otaczała. Poczułem wszystko od razu, gwałtownie. Odzyskałem wszystkie ludzkie cechy odebrane przez czary Bractwa, a to, że zostało mi ich tak dużo, zawdzięczam tobie. Gdybym nie miał ciebie, Tesso, gdyby nie nasze coroczne spotkania, nie wiem, czy potrafiłbym wrócić.

Na widok blasku w jego oczach Tessie mocniej zabiło serce. Kochała w życiu tylko dwóch mężczyzn i nie sądziła, że jeszcze któregoś z nich zobaczy.

– Ale wróciłeś – wyszeptała. – I to jest cud. Pamiętasz, co kiedyś powiedziałam ci o cudach.

Jem uśmiechnął się na te słowa.

– Nie należy kwestionować cudów ani skarżyć się, że nie są całkiem zgodne z czyimiś oczekiwaniami. To chyba prawda. Szkoda, że nie wróciłem do ciebie wcześniej. Chciałbym być tym samym chłopcem, którego kiedyś kochałaś. Obawiam się, że minione lata zmieniły mnie w kogoś innego.

Tessa przyjrzała się jego twarzy. Z oddali dobiegły odgłosy ruchu ulicznego, ale tutaj, na brzegu rzeki, niemal mogła sobie wyobrazić, że znowu jest młodą dziewczyną, powietrze jest ciężkie od dymu i mgły, a z daleka niesie się turkot kół pociągu.

– Te lata mnie również zmieniły – powiedziała. – Byłam matką i babką, widziałam, jak umierają ci, których kochałam, a inni się rodzą. Mówisz o prądach świata. Ja też je widziałam. Gdybym była tą samą dziewczyną, którą kiedyś znałeś, nie potrafiłabym mówić tak swobodnie, z samego serca, jak teraz. Nie umiałabym poprosić cię o to, o co zamierzam poprosić.

Jem ujął w dłoń jej policzek. Tessa zobaczyła, że po jego twarzy z wolna rozlewa się wyraz nadziei.

– O co?

– Chodź ze mną. Zostań ze mną. Bądź ze mną. Obejrzyj ze mną wszystko. Zjeździłam cały świat i dużo widziałam, ale zostało jeszcze wiele do zobaczenia i z nikim nie chciałabym tego oglądać bardziej niż z tobą. Pojechałabym z tobą wszędzie, dokądkolwiek, Jemie Carstairs.

Gdy przesunął kciukiem po jej policzku, Tessa zadrżała. Tyle czasu minęło, odkąd ktoś patrzył na nią, jakby była ostatnim cudem świata. Wiedziała, że ona też tak na niego patrzy.

– To wszystko wydaje się nierealne – powiedział Jem. – Kocham cię od tak dawna. Jak to może być prawdziwe?

– Jest prawdziwe – zapewniła go Tessa. – Pójdziesz ze mną? Bo nie mogę się doczekać, żeby podzielić się z tobą światem, Jem. Jest tyle do zobaczenia.

Nie była pewna, kto do kogo pierwszy wyciągnął ręce, ale chwilę później znalazła się w jego ramionach, a on szeptał jej we włosy:

– Tak, oczywiście, tak.

Ostrożnie odszukał ustami jej usta. Wyczuła jego napięcie, ciężar lat, które upłynęły od ich ostatniego pocałunku. Objęła go za szyję i przyciągnęła do siebie, szepcząc:

– *Bie zhao ji.* – Nie martw się, nie martw się.

Pocałowała go w policzek, kącik ust, wreszcie w usta, aż nacisk jego warg stał się mocniejszy. Jej serce biło szybko, rytm oddechu się zmienił. Obecne doznania wymieszały się ze wspomnieniami: jaki kiedyś był chudy, jakie ostre w dotyku były jego łopatki pod delikatną tkaniną koszuli, którą wtedy nosił. Teraz pod cienką bawełnianą bluzą czuła silne mięśnie pleców i ogień życia buzujący w ciele przyciśniętym do jej ciała.

Zauważyła, że nad nimi, po moście Blackfriars nadal chodzą ludzie, jeżdżą samochody, i pomyślała, że przechodnie pewnie się na nich gapią, ale nie dbała o to; po tylu latach człowiek się uczy, co jest ważne, a co nie. Ważny był Jem, przyśpieszone bicie jego serca, miękkie wargi muskające jej usta, delikatne dłonie obejmujące jej twarz. Jego ciepła, solidna realność. Po raz pierwszy od wielu lat miłość przestała być tylko wspomnieniem.

Tak, ostatnią rzeczą, która ją obchodziła, było to, czy ludzie patrzą na chłopca i dziewczynę całujących się nad rzeką, podczas gdy Londyn, jego wieże, kościoły, mosty i ulice otaczały ich jak kiedyś, dawno temu. I czy Tamiza, która płynęła obok nich, spokojna i srebrna w popołudniowym blasku, pamięta noc sprzed lat, kiedy księżyc świecił jasno jak szyling na tego samego chłopca i tę samą dziewczynę, albo czy kamienie Blackfriars znają ślady ich stóp i myślą sobie, zachowując milczenie: „Wreszcie koło zatoczyło pełny krąg”.

Spis treści

Uwagi na temat Anglii Tessy

Londyn i Walia w „Mechanicznej księżniczce” są połączeniem tego, co prawdziwe i wymyślone, słynne i zapomniane. Dom rodu Lightwoodów jest podobny do Chiswick House, który nadal można zwiedzać. Jeśli chodzi o Cheyne Walk, gdzie mieszka Woolsey Scott, dom pod numerem 16 wspólnie wynajmowali w tamtym czasie Algernon Charles Swinburne, Dante Gabriel Rossetti i George Meredith. Tak jak Woolsey, byli oni członkami stowarzyszenia artystycznego. Jednakże żaden z nich nie okazał się wilkołakiem (przynajmniej nic o tym nie iadomo). Argent Rooms to owiane atmosferą skandalu Argyll Rooms.

Jeśli chodzi o szaloną jazdę Willa z Londynu do Walii, mam dług wdzięczności wobec Clary Booker, która pomogła mi stworzyć mapę tej trasy, znaleźć gospody, w których podczas swojej podróży mógł zatrzymać się Will, i pospekulować na temat pogody. W miarę możliwości starałam się trzymać istniejących dróg i zajazdów. (Droga Shrewsbury-Welshpool to obecnie A 458). Byłam w Cadair Idris i wspięłam się na szczyt góry, odwiedziłam Dolgellau i Taly-Llyn, widziałam Llyn Cau, choć nie odważyłam się do niego wskoczyć.

Most Blackfriars oczywiście istnieje do dzisiaj, a jego opis w epilogu jest jak najbliższy rzeczywistości. „Diabelskie maszyny” zaczynają się od spotkania Jema i Tessy na moście Blackfriars, więc uznałam, że również tam powinny się skończyć.

Podziękowania

Składam szczególne podziękowania Cindy i Margert Pon, za pomoc przy języku mandaryńskim; Clary Booker, za mapę podróży Willa z Londynu do Cadair Idris; Emily-Jo Thomas, za pomoc przy walijskim Willa i Cecily; Aspasii Diafa, Patrickowi Oltmanowi i Wayne'owi Millerowi, za pomoc przy łacinie i starożytnej grece. Dziękuję Moritzowi Wiestowi za zeskanowanie całego rękopisu, żeby można go było dostarczyć w czasie huraganu Sandy.

Wielkie dzięki za rodzinne wsparcie mojej matce i ojcu, a także Jimowi Hillowi i Kate Connor; Nao, Timowi, Davidowi i Benowi; Melanie, Jonathanowi i Helen Lewis; Florence i Joyce. Tym, którzy czytali, krytykowali i wskazywali na anachronizmy – Sarze Smith, Delii Sherman, Holly Black, Kelly Link, Ellen Kushner, Clary Booker – tony podziękowań. Dziękuję tym, których uśmiechnięte twarze i cięte uwagi pomagały mi przetrwać kolejny dzień: Elce Cloke, Holly Black, Robin Wasserman, Emily Houk, Maureen Johnson, Libbie Bray i Sarze Rees Brennan. Jak zawsze wyrazy wdzięczności dla mojego agenta Russela Galena, mojego wydawcy Karen Woytyli i zespołu Simon&Schuster oraz Walker Books, za to, że książka powstała. I wreszcie podziękowania dla Josha, który przynosił mi herbatę i koty, kiedy pracowałam.